BEATE RYGIERT
Das Geheimnis der Mona Lisa

BEATE RYGIERT

DAS GEHEIMNIS DER MONA LISA

Historischer Roman

Lübbe

Die Bastei Lübbe AG verfolgt eine nachhaltige Buchproduktion. Wir verwenden Papiere aus nachhaltiger Forstwirtschaft und verzichten darauf, Bücher einzeln in Folie zu verpacken. Wir stellen unsere Bücher in Deutschland und Europa (EU) her und arbeiten mit den Druckereien kontinuierlich an einer positiven Ökobilanz.

Originalausgabe

Copyright © 2023 by
Bastei Lübbe AG, Schanzenstraße 6 – 20, 51063 Köln

Lektorat: Melanie Blank-Schröder
Textredaktion: Marion Labonte, Labontext
Umschlaggestaltung: zero-media.net, München
unter Verwendung von Motiven von
© Alamy Stock Foto: IanDagnall Computing und © FinePic®, München
Copyright Kapitelillustration: © FinePic®, München
Satz: hanseatenSatz-bremen, Bremen
Gesetzt aus der Adobe Garamond Pro
Druck und Verarbeitung: GGP Media GmbH, Pößneck

Printed in Germany
ISBN 978-3-7857-2231-2

5   4   3   2   1

Sie finden uns im Internet unter luebbe.de
Bitte beachten Sie auch: lesejury.de

Wo viel Gefühl ist, ist auch viel Leid.
Leonardo da Vinci

1
DIE FLUCHT

Florenz, 1494

Der graue Novemberhimmel lastete schwer über Florenz. Feiner Regen sprühte Lisa ins Gesicht, als sie durch die Gassen des Viertels Santa Croce hastete. Sie zog die Kapuze des groben Wollmantels so tief wie möglich in die Stirn, um nicht erkannt zu werden. Vom Gerberviertel am Ufer des Arnos wehte der beißende Gestank nach frischer Tierhaut und Alaun herüber, aus dem Gewirr der Gassen erklang Geschrei und das rasselnde Geräusch von aufeinandertreffenden Degen.

»Nieder mit den Medici!«

»*Palle! Palle!*«, antworteten andere mit deren Schlachtruf.

»Am Arsch kannst du sie haben, deine Palle«, brüllte jemand zurück. Dann klirrten ganz in ihrer Nähe blanke Klingen.

Lisa Gherardini begann zu laufen und wäre um ein Haar auf den feuchten Steinplatten ausgeglitten. Das Herz schlug ihr bis zum Hals. Aufruhr lag in der Luft, seit Piero de' Medici am Tag zuvor von seinen Verhandlungen aus dem Feldlager des französischen Königs bei Sarzanello zurückgekehrt war. Lisas Vater Antonmaria Gherardini, der als Mitglied im »Rat der Hundert« am Morgen Pieros Bericht im Palazzo della Signoria mit angehört hatte, war außer sich vor Wut nach Hause gekommen. Am Mittagstisch hatte er von Verrat an den eigenen Leuten gesprochen und sich darüber empört, wie fahrlässig der Sohn und Nachfolger von Lorenzo, den alle nur »den Prächtigen« nannten, die Sicherheit der Republik aufs Spiel setzte.

»Was für ein Stümper«, hatte er sich aufgeregt. »Dümmer hätte er sich gar nicht anstellen können. Den richtigen Zeitpunkt zum Verhandeln hat er verstreichen lassen. Und dann muss er es im letzten Moment mit der Angst zu tun bekommen haben. Herrgott, stellt euch vor, er hat den Franzosen Pisa, Livorno und Sarzana in den Rachen geworfen! Und 200.000 Goldflorin noch obendrein. Dabei wird Charles VIII. Florenz keineswegs verschonen, oh nein. Was waren wir für Narren, diesem Bengel unsere Geschicke anzuvertrauen!«

»Er ist eben noch jung«, hatte Lucrezia, Lisas Mutter, sanft eingewandt.

»Sein Vater war noch jünger, als er die Macht übernahm«, hatte Antonmaria zornig zurückgegeben. »Aber Lorenzo hat seine Söhne verzogen. Feste! Turniere! Ballspiele! Pah!«

Lisa hätte gerne widersprochen. Was ihr Vater über Piero sagte, mochte stimmen. Sein jüngster Bruder Giuliano war jedoch aus vollkommen anderem Holz. Giuliano de' Medici war nicht nur der schönste junge Mann in ganz Florenz, sondern auch klug und besonnen. Und er hatte ein gutes Herz. »Diese Sippe hat lange genug über uns bestimmt«, hatte ihr Vater schließlich gesagt. »Es wird Zeit, dass wir uns wieder auf unser republikanisches Erbe besinnen.«

Und dann hatte Betta, ihre Amme, ihr nach dem Essen diesen Zettel von Giuliano zugesteckt. *Wir müssen fliehen,* stand darauf. *Komm so schnell du kannst zur Gartenpforte. Ich liebe dich.* Nun war sie auf dem Weg dorthin.

Das Portal des Hauses, an dem sie soeben vorbeieilte, wurde aufgerissen. Vier Männer stürmten heraus. Rasch wich Lisa in eine Toreinfahrt zurück und ließ die Burschen vorüberziehen. Alle waren mit Knüppeln bewaffnet, zwei von ihnen hielten brennende Fackeln in den Händen, dabei war es noch längst nicht dunkel. Als Lisa ihnen nachspähte, sah sie, dass sich ihnen an der nächsten Straßenecke weitere bedrohliche Gestalten anschlossen. Die Horde schlug dieselbe Richtung wie Lisa ein, zur Via Larga, zum Medici-Palast.

Lisa raffte den Mantel und rannte weiter. Das Papier mit Giulianos Botschaft fühlte sie in ihrem Mieder, wo auch die feine goldene Feder steckte, die er ihr geschenkt hatte als Zeichen seiner Liebe. Ja, sie liebten sich, und Lisa hatte keinen Augenblick gezögert, sondern mit Betta Schuhe und Mantel getauscht, das Wenige an Schmuck, das sie besaß, hastig mit dem Garn ihrer Stickarbeit am Saum ihres Unterkleids festgenäht und war losgelaufen.

Hinter dem Chor der Kathedrale Santa Maria del Fiore blieb sie kurz stehen und rang nach Atem. Entsetzt beobachtete sie, wie von allen Seiten wütende Bürger in dieselbe Richtung strömten.

»Schlagt sie tot, die Verräter«, hörte sie eine schrille Stimme rufen.

»Hängt sie auf, die Bastarde!«, forderten andere.

Ein Trupp junger Männer in den Farben der Medici bahnte sich grob seinen Weg durch die Menge und begann, auf die Aufständischen einzuprügeln.

Lisa fühlte einen harten Stoß im Rücken. »Was stehst du hier im Weg«, fuhr eine Frau sie an und gab ihr erneut einen Schubs, der sie zum Stolpern brachte. Erschrocken griff Lisa mit beiden Händen nach der Kapuze, damit sie nicht hinabglitt. Dann rannte sie mit gesenktem Kopf weiter, wobei sie einen kleinen Umweg über die Gasse Borgo San Lorenzo in Kauf nahm, um den Menschenmassen auszuweichen. Ohnehin musste sie sich dem Medici-Palast von seiner Rückseite her nähern. Denn dort lag die Gartenpforte, wo ihr Geliebter sie erwartete.

Auf der Piazza San Lorenzo war es ruhiger, der Lärm der Kämpfenden drang nur gedämpft zu ihr. Kurz lehnte Lisa sich gegen eine Hauswand und versuchte, ihren Herzschlag zu beruhigen. Seit dem Sommer waren sie und Giuliano ein Liebespaar. Ihre Wangen wurden heiß bei dem Gedanken an ihre Umarmungen, an seine wundervollen Lippen, die Berührung seiner Hände, seinen Atem an ihrem Hals. Er war nur wenige Monate älter als sie, fünfzehn Jahre, der jüngste Spross der Familie, die seit Generationen die Geschicke des Stadtstaats Florenz lenkte. Lisa konnte nicht glauben, dass das an diesem schrecklichen Novembertag ein Ende finden sollte. Eilig machte sie sich wieder auf den Weg. Denn wenn es tatsächlich nötig war, würde sie Giuliano begleiten, und sei es bis ans Ende der Welt.

Es wäre zwecklos gewesen, ihren Vater um Zustimmung zu bitten. Zwar hatte er es anfangs nicht ungern gesehen, dass sie gemeinsam mit ihren Freundinnen zu Spielen und Festen bei den Medici eingeladen worden war. Auch wenn Antonmaria Gherardini die Bankiers noch immer als Emporkömmlinge betrachtete, was Lisa angesichts der Jahrhunderte alten Machtstellung und des Reichtums der Medici fragwürdig fand, so fehlte ihrer eigenen Familie trotz des ellenlangen Stammbaums genau das: Einfluss und Geld. Doch nun hatte sich das Blatt gewendet, und es war nicht zu erwarten, dass ihr Vater ihr erlauben würde, Giulianos Frau zu werden.

Eilig überquerte sie die Piazza di San Lorenzo und spähte die Via de' Gori entlang. Von der Via Larga, in der sich der Haupteingang zum Palazzo befand, drang Geschrei und Lärm herüber, so als versuchten die Aufständischen, das mächtige Portal zu stürmen. Sie huschte in die Via de' Ginori in Richtung der rückwärtigen Gartenpforte. Auf einmal hörte sie das Geräusch von sich nähernden Pferden und beeilte sich noch mehr. Zwei Reitknechte sprengten heran, jeder von ihnen führte ein edles Ross am Zaumzeug. Die eisenbewehrten Hufe schlugen Funken aus dem Pflaster, und Lisa musste achtgeben, von ihnen nicht getroffen zu werden. Dabei bemerkte sie nicht, wie ihr die Kapuze vom Kopf glitt.

»Zurück«, schrie einer der Knechte sie an und holte mit seiner Reitgerte aus.

Da flog die Gartenpforte auf.

»Lisa«, rief Giuliano und riss sie in seine Arme.

»Was soll das werden?«, schrie Piero hinter ihm. »Keine Zeit für romantische Abschiede, Bruder. Los. In die Sättel.«

»Sie kommt mit«, gab Giuliano entschlossen zurück. »Wir brauchen noch ein Pferd.«

»Herr, das ist unmöglich …« Der Rest des Einwands von einem der Knechte wurde vom Lärm anrückender Aufständischer verschluckt. Es war nur eine Frage der Zeit, bis der wütende Mob sie erreichte.

»Schluss mit den langen Reden«, hörte Lisa eine besonnene Stimme sagen. »Macht, dass ihr aus der Stadt kommt!«

Ein junger Mönch stand in der Gartentür. Erst auf den zweiten Blick erkannte Lisa Giovanni, den mittleren der drei Medici-Brüder, der mit seinen kaum neunzehn Jahren bereits Kardinal war. Doch warum trug er jetzt eine Mönchskutte?

»Ich nehm sie mit auf mein Pferd«, insistierte Giuliano und ergriff ihre Hand.

»Das wirst du nicht«, schrie Piero, der bereits auf seinem Ross saß, das nervös in der engen Straße tänzelte und panisch um sich blickte. »Wir belasten uns nicht mit einem Weib. Das ist ein Befehl!«

Entsetzt sah Lisa, dass das eine Ende der Via de' Ginori von den Aufständischen blockiert war. Eine hochgewachsene Männergestalt löste sich aus der Gruppe und rannte auf sie zu. Mit einer eleganten Bewegung bestieg Giuliano sein Pferd, beugte sich zu Lisa hinunter, um sie zu sich hochzuziehen, während Piero bereits aus der Gasse sprengte.

Lisa griff nach seiner Hand, fühlte ihren festen Druck und sprang. Sie hatte bereits den Boden unter den Füßen verloren, als eine andere Kraft sie wieder nach unten zog, so heftig, dass ihr Giulianos Hand entglitt. Wütend schrie sie auf, doch ehe sie sich wehren konnte, wurde ihr ein Tuch über Kopf und Oberkörper gestülpt und fest um den Leib gezurrt. Vergeblich versuchte sie sich loszumachen, fühlte, wie sie hochgehoben wurde, an den Oberschenkeln gepackt und über eine Schulter geworfen.

»Lass mich los«, schrie sie, und doch kam nur ein Krächzen aus ihrer Kehle. Der dicke Stoff war so eng um ihren Kopf geschlungen, dass sie fast keine Luft bekam. Ihre Arme waren straff an ihrem Körper fixiert wie bei einem Wickelkind. Wer auch immer sich ihrer bemächtigt hatte, hielt ihre Beine umklammert und eilte mit ihr davon.

Ich werde verschleppt, dachte sie. In Todesangst mobilisierte sie ihre letzten Kräfte, versuchte, ihren Entführer zu treten und sich aus seiner Umklammerung zu winden. Vergeblich. Sie konnte nicht atmen. Und plötzlich war da ein hohes Sirren in ihren Ohren, füllte ihren Kopf vollständig aus, verdichtete sich zu einem hellen, flirrenden Ton. Dann wurde es schwarz um sie.

Als sie erwachte, glaubte sie zu träumen. Oder hatte sie alles andere nur geträumt? Sie lag auf einer gepolsterten Bank und blickte zur Decke empor. Dunkle Balken, dazwischen gemalte, wohlbekannte Rosetten.

»Ich glaube, sie kommt zu sich.« Das war Bettas Stimme.

Lisa fuhr hoch. Sie sah sich ungläubig um und schaute direkt in die erschrockenen Augen ihrer Mutter.

»Kind, was machst du nur für Sachen!« Lucrezia Gherardini klang zutiefst besorgt.

Lisa setzte sich auf. Sie wollte etwas sagen, doch ihre Kehle fühlte sich an, als hätte sie ein Wollknäuel verschluckt. Betta reichte ihr ein Glas, und Lisa trank mit vorsichtigen, kleinen Schlucken. Ihr Kopf dröhnte. Sie hatte keine Ahnung, was das alles zu bedeuten hatte.

Ganz langsam kehrte die Erinnerung zurück: Giuliano hoch oben auf seinem Pferd und ihre ineinander verschränkten Hände. Der Augenblick, als er sie zu sich hochgezogen hatte. Und dann diese Gegenkraft. Der Ruck, der sie von ihrem Liebsten fortgerissen hatte. Und fortgetragen …

Die Tür flog auf, und ihr Vater kam herein.

»Was hattest du in der Via de' Ginori zu suchen?« Seine Stimme hallte durch Lisas schmerzenden Kopf. Sie schloss die Augen, presste die Hände gegen die Schläfen. »Sprich mit mir!« Antonmaria packte ihre Handgelenke und zwang sie, ihn anzusehen. Der Griff war hart, er tat ihr weh. »Was hattest du vor?« Sein Gesicht befand sich nur wenige Zentimeter vor ihrem. Und als Lisa den Blick senkte und keine Antwort gab, fügte er leise und drohend hinzu: »Wolltest du tatsächlich mit diesen Burschen davonlaufen und deine Ehre in den Schmutz treten? Antworte!«

»Antonmaria«, mahnte Lucrezia sanft. »Ich bitte dich!«

»Ich will eine Antwort«, forderte ihr Mann und ließ Lisas Handgelenke los. Er war kein gewalttätiger Mensch. Noch nie hatte er seine Tochter geschlagen. Doch Lisa verstand, dass sie eine Grenze überschritten hatte. Und jenseits dieser Grenze galten neue Regeln.

»Warum bist du dort gewesen? Sag es uns«, bat ihre Mutter und behielt ihren Gatten ängstlich im Blick. Hinter ihr entdeckte Lisa das bleiche Gesicht ihrer Amme. Die gute Betta hatte die Augen geschlossen und bewegte die Lippen wie in einem stummen Gebet.

»Ich will ihm ins Exil folgen«, flüsterte Lisa und musste husten. Sie straffte sich. »Wir lieben uns.«

Ihr Vater starrte sie an, dann begann er zu lachen. »Ihr liebt euch? Von wem sprichst du?«, fragte er drohend. »Doch nicht etwa von diesem Versager Piero?«

Lisa verbarg ihr Gesicht in den Händen. Um keinen Preis würde sie ihre Liebe verraten.

»Es hat sich eine Botschaft gefunden«, hörte sie ihre Mutter sagen. »Ein Briefchen. Hier ist es.«

Entsetzt nahm Lisa die Hände vom Gesicht und sah, wie sie den Zettel mit Giulianos Nachricht an ihren Vater weiterreichte. Der las die Zeilen, presste die Lippen aufeinander und schüttelte den Kopf.

»Ich hab dich für klüger gehalten«, sagte er und betrachtete Lisa verächtlich. »Was für ein Glück, dass diese Dummheit vereitelt wurde. Du wirst niemandem in irgendein Exil folgen, Lisa. Wenn es stimmt, was ich gehört habe, sind die Brüder ohnehin schon tot.« Er stand auf und hob den Mantel auf, der vor der Bank auf dem Boden lag. Bettas Mantel. »Gehört der meiner Tochter?« Er betrachtete Lucrezia mit vorwurfsvoller Miene.

»Nein«, antwortete sie. Ihr Blick flog zu Betta, dann wandte sie ihn sofort wieder ab. Doch Antonmaria hatte es trotzdem gesehen.

»Meine Tochter hatte also eine Helferin«, sagte er und trat zu Betta. »Hier.« Er reichte ihr den alten Mantel. Die Amme nahm ihn und senkte den Kopf. »Pack deine Sachen und geh. Meine Frau wird dir deinen Lohn auszahlen. In einer Stunde will ich dich hier nicht mehr sehen.«

»Papa«, rief Lisa flehentlich aus. »Es ist nicht ihre Schuld.«

»Du hast recht«, antwortete ihr Vater heftig. »Es ist *deine* Schuld. Und ich hoffe, du begreifst, was du da angerichtet hast.« Betta schluchzte auf und verließ das Zimmer, während Antonmaria geräuschvoll einen Stuhl heranrückte, darauf Platz nahm und seine Tochter fixierte wie zum Verhör. »Von dir will ich nur noch eines wissen: Wie weit hast du es kommen lassen, mit diesem Giuliano de' Medici?« Er spuckte den Namen geradezu aus. »Hat er dich entehrt? Ja oder nein.«

Lisa presste die Lippen aufeinander und wandte sich ab. Verzweiflung stieg in ihr auf. Sie dachte an die zärtlichen Stunden, die sie mit ihrem Geliebten verlebt hatte, dort in dem Garten zwischen Lorbeersträuchern und den antiken Statuen aus Rom und aus Griechenland, dachte an seine Berührungen, die ein Feuer in ihr entfacht hatten, von dem sie bis dahin nur eine vage Ahnung gehabt hatte, dass es in ihr schlummern könnte. Die unaussprechliche Süße seiner Küsse und die Wellen der Leidenschaft, in der sie miteinander verschmolzen waren, so natürlich und unausweichlich, weil das Schicksal sie füreinander bestimmt hatte und …

»Dein Schweigen sagt mir alles.« Ihr Vater erhob sich. »Wenn er nicht schon tot wäre«, presste er hervor, »würde ich das nur zu gern erledigen.«

»Lass mich mit ihr reden«, bat Lucrezia leise. »Allein. Das ist Frauensache«, fügte sie hinzu.

Antonmaria Gherardini lachte verbittert auf. »Frauensache«, wiederholte er verächtlich. »Ja, sprich mit ihr. Das hättest du längst tun sollen.«

Dann verließ er mit schweren Schritten das Zimmer. Dumpf schlug die Tür hinter ihm ins Schloss. Lisa brach in Tränen aus. Nicht, weil ihr Vater so zornig auf sie war. Sondern weil sie den Gedanken, Giuliano könnte tot sein, einfach nicht ertrug.

»Erzähl mir, was passiert ist. Und zwar von Anfang an.«

Lisa hatte sich unter dem wachsamen Blick ihrer Mutter umgezogen. Ihr Kleid hatte schwer gelitten, der Saum war verschmutzt und teilweise zerfetzt, einige Zierschlaufen an den Ärmeln abgerissen. Vergeblich hatte sie versucht, ihr Unterkleid mit den eingenähten Schmuckstücken zu verbergen, Lucrezia hatte alles entdeckt. Im Gegensatz zu ihrem Vater war Lisas Mutter jedoch die Geduld in Person, und das war auch notwendig bei sieben Kindern im Alter zwischen vier und fünfzehn Jahren. Alessandra, die Jüngste, stand nun auf der Schwelle, ihre Puppe im Arm, und betrachtete ihre älteste Schwester mit weit aufgerissenen Augen.

»Warum weint Lisa?«, fragte sie ängstlich. »Und warum ist Papa so böse?«

»Lass uns allein, Sandra. Geh mit den anderen Mädchen spielen.« Energisch schob Lucrezia die Kleine aus dem Zimmer. »Und nun will ich wissen, was passiert ist.«

Lisa sah sie im Spiegel hinter sich, während sie die Nadeln aus ihrer aufgelösten Frisur zog und eine Bürste zur Hand nahm, um sich zu kämmen.

»Wer war das?«, fragte Lisa zurück.

»Wen meinst du?«

»Wer hat mich wieder nach Hause gebracht?« Verzweifelt bearbeitete sie ihr langes, dunkelbraun glänzendes Haar mit der Bürste und tat sich dabei selbst weh. Aber das war immer noch weniger schmerzhaft als die Trennung von ihrem Liebsten.

»Das tut nichts zur Sache«, gab Lucrezia zur Antwort. »Wichtig ist nur, dass dich sonst keiner erkannt hat.«

»Wer immer es war, er hatte kein Recht …«

»Hör zu«, unterbrach ihre Mutter sie, nunmehr aufgebracht. »Es ist nicht der Moment, solche Fragen zu stellen. Offenbar hast du noch nicht begriffen, wie schlimm es um dich steht. Dein Vater ist entschlossen, dich in die Obhut seiner Schwester zu geben.«

»Seiner Schwester? Meinst du Tante Ginevra?« Nachdem Tante Lucia gestorben war, hatte ihr Vater nur noch diese Schwes-

ter. Und die lebte unter dem Namen Suor Albiera im Kloster.
»Was willst du damit sagen?«, fragte sie erschrocken.

Statt zu antworten, ging Lucrezia erregt im Zimmer auf und ab. »Wie konntest du nur so unüberlegt handeln«, schimpfte sie. »Wir hatten so sehr gehofft, einen guten Mann für dich zu finden. Dass das angesichts unserer finanziellen Möglichkeiten nicht einfach gewesen wäre, das weißt du so gut wie ich.«

»Giuliano wäre eine glänzende Partie ...«

»Hör auf!«, fiel ihr Lucrezia heftig ins Wort. »Wo ist dein Verstand geblieben? Die Zeit der Medici ist vorüber, sieh das endlich ein. Und das ist noch nicht alles. Jeder, der mit ihnen in Zusammenhang gebracht wird, schwebt in Lebensgefahr. Hörst du nicht, was da draußen los ist?« Lucrezia riss die schweren Vorhänge auf und öffnete eines der Fenster. Der Lärm, der ins Zimmer drang, war unbeschreiblich. »Es herrscht Bürgerkrieg. Der Mob hat den Palast an der Via Larga geplündert. Es würde mich nicht wundern, wenn sie ihn in Schutt und Asche legen. Die Dienerschaft, die nicht geflohen ist, wurde erschlagen oder aufgehängt. Und jetzt bekriegen sich die verschiedenen Parteien.« Sie schloss das Fenster und zog die Vorhänge wieder sorgfältig zu. Besorgt wandte sie sich zu ihrer Tochter um. »Falls dich irgendjemand gemeinsam mit den Medici-Brüdern gesehen hat, sind wir alle des Todes«, sagte sie leise. »Alle, nicht nur du. Und nun sag mir endlich, was zwischen euch war. Hast du dich ihm hingegeben?«

Lisa wandte sich trotzig ab. Und doch machte ihr das, was ihre Mutter gesagt hatte, Angst. Am besten war es vermutlich, sie schwieg. Lucrezia stöhnte auf, zog einen Stuhl heran und nahm ihrer Tochter die Bürste aus der Hand. »Hör gut zu«, sagte sie. »Dein Vater wird den Leibarzt rufen und dich untersuchen lassen. Willst du das? Oder möchtest du dich nicht lieber mir anvertrauen?«

Es hatte nicht viel geholfen, ihrer Mutter die Wahrheit zu sagen. Lucrezia Gherardini war bleich wie Kerzenwachs geworden, nachdem sie aus ihrer Tochter herausgepresst hatte, dass diese nicht etwa nur einmal, sondern ganze fünf Mal Giuliano beigeschlafen hatte. Dann hatte sie Lisa allein gelassen. Endlich.

Kaum war ihre Mutter gegangen, überlegte Lisa fieberhaft, was sie mit den Briefen anfangen sollte, die Giuliano ihr geschrieben hatte. Sie musste sich beeilen, schließlich teilte sie das Zimmer mit ihren kleinen Schwestern, mit der achtjährigen Ginevra, der knapp sechsjährigen Camilla und mit Sandra, dem Nesthäkchen. Die Gherardini wohnten zur Miete und das äußerst beengt. Und hätte sich nicht Lucrezias Vater, Galeotto del Caccia, der Sache angenommen, so hätten sie nicht einmal diese Wohnung in einem halbwegs anständigen Palazzo bekommen, sondern würden noch immer in dem dunklen Loch nahe dem Wollsiederviertel jenseits des Arnos wohnen, wo einem in der Gasse jederzeit eine Ratte über den Weg laufen konnte und es an heißen Sommertagen unerträglich roch. Erst vor einem halben Jahr waren sie hier eingezogen, direkt neben ihren Großeltern, und wenn sich auch der Vermieter, der unter ihnen wohnte, täglich über den Lärm der Kinder beschwerte, so war es hier viel schöner als auf der anderen Seite des Flusses.

Lisa öffnete ihre Truhe und tastete nach Giulianos Briefen. Auf keinen Fall durften sie in die Hände ihrer Eltern fallen. All die intimen Geständnisse, die zärtlichen Liebesschwüre. Sie drückte das Bündel an ihre Lippen. Was sollte sie damit tun? Und mit den Liebesgedichten, die sie für ihn verfasst hatte? Verbrennen? Bei dem Gedanken traten ihr schon wieder die Tränen in die Augen. Doch eine andere Lösung fiel ihr nicht ein, es war durchaus damit zu rechnen, dass der Vater ihre Habe durchsuchen lassen würde. Entschlossen ging sie zum Kamin und warf alles in die Flammen. Sie wandte sich ab, um nicht mit ansehen zu müssen, wie Giulianos Zeilen zu Asche zerfielen. Sie hatte ja immer noch die goldene Feder.

Wie von selbst wanderten ihre Hände zu ihrem Mieder, dorthin, wo sie das Kleinod seit Wochen verwahrte. Doch sie fand es nicht. Ein heißer Schreck durchfuhr sie. Hastig öffnete sie das Oberteil ihrer *gamurra,* dem Hauskleid, und zog es über den Kopf, drehte und wendete es. Die goldene Feder war nicht mehr da! Offenbar hatte sie, als sie von dem Unbekannten verschleppt worden war, auch Giulianos Liebespfand verloren.

So als erfasse ihr Verstand erst jetzt, was geschehen war, sank sie aufs Bett und weinte bittere Tränen. »Giuliano«, wimmerte sie verzweifelt. »Wo bist du?« Stimmte es, was ihr Vater gesagt hatte? War er getötet worden? Nein, sie konnte das nicht glauben.

Endlich versiegten ihre Tränen. Sie trocknete ihr Gesicht und zog sich wieder an. Dann beschloss sie, um eine Unterredung mit ihrem Vater zu bitten. Sie hatten sich immer gut verstanden, Antonmaria und sie. Wenn er auf die Landgüter der Familie gefahren war, hatte er sie häufig mitgenommen, und auf diesen Fahrten hatte er sie wie eine Erwachsene behandelt, ihr die Pachtverhältnisse erklärt und mit ihr über die Einkünfte gesprochen, die er aus ihnen bezog. Sie konnte verstehen, dass er im Augenblick zornig auf sie war. Irgendwann würde er sich wieder beruhigen, und dann konnten sie vernünftig über alles reden. So wie früher.

Als sie das Zimmer verlassen wollte, fand sie die Tür abgesperrt. Zuerst wollte sie es nicht glauben, rüttelte an der Klinke, doch die gab nicht nach. In einem Anflug von Panik trommelte sie mit den Fäusten gegen das Holz, bis ihr die Hände wehtaten.

»Lasst mich raus«, schrie sie und lauschte. War das ein Wispern und Tuscheln auf der anderen Seite der Tür?

»Papa hat gesagt, du darfst nicht raus.« Das war Franceschinos Stimme, und sie klang ziemlich altklug für einen Neunjährigen. »Damit du nicht nochmal wegläufst.«

Gegen Abend kam ihre Mutter und befahl ihr, die Truhe zu packen.

»Wo schickt ihr mich hin?«, fragte Lisa angstvoll.

»Vorerst in Bettas Kammer.« Lucrezia vermied es, ihr in die Augen zu sehen, und Lisa verstand, wie sehr ihr das alles zu schaffen machte. Es musste sie schwer treffen, dass ihre Tochter sie nicht ins Vertrauen gezogen hatte. Doch was hätte Lisa auch tun sollen? Sie hatte von Anfang an gewusst, dass ihre Mutter mit ihrer Liebe zu Giuliano niemals einverstanden gewesen wäre.

Folco erschien und schleppte die Truhe ins Dachgeschoss. Der Knecht fluchte nicht übel, denn das sperrige Ding passte kaum die schmale Stiege hinauf. Dann wurde Lisa von ihrer Mutter dorthin eskortiert, vorbei an ihren sechs Geschwistern, die ihr mit weit aufgerissenen Augen hinterherblickten.

»Wo geht Lisa denn hin?«, hörte sie Camilla flüstern.

»Sie war nicht artig«, antwortete Gigi, der älteste der drei Brüder. »Das muss sie büßen.«

»Aber da oben wohnt doch die Betta«, wandte der siebenjährige Noldo ein.

»Nicht mehr«, wusste Franceschino. »Papa hat sie weggeschickt.«

Bei dieser Nachricht brachen Camilla und Alessandra in Tränen aus, und Lisa hätte am liebsten mitgeweint. Betta war die Seele des Hauses gewesen, hatte sich um die Kinderschar gekümmert und nebenbei noch um alles andere, um die Wäsche, das Saubermachen, das Kochen. Nicht nur Lisa würde sie vermissen. Am schwersten traf ihr Verlust wohl die Hausherrin selbst.

»Hier bleibst du vorerst«, sagte Lucrezia, als sie oben waren, und sah sich besorgt in der winzigen Stube um. »Bis dein Vater sich entschieden hat.«

»Mutter«, bat Lisa leise. »Lass mich mit ihm reden.«

Lucrezia schüttelte traurig den Kopf. »Ich hab ihm das schon mehrmals vorgeschlagen. Er lehnt es ab.« Fröstelnd schlang sie die Arme um ihren Körper. »Folco wird einen heißen Stein fürs Bett bringen. Leg dich hin, Lisa. Und bete. Das ist das Einzige, was du noch tun kannst.«

»Weißt du etwas von Giuliano und Piero?«, fragte Lisa hastig, als ihre Mutter sich bereits zum Gehen wandte. Lucrezia schüttelte den Kopf, stellte die Kerze auf den winzigen Tisch und ließ sie allein.

Nun war sie also eine Gefangene im eigenen Haus. Ratlos sah Lisa sich um. Die Stube unter der Dachschräge war so klein, dass die Truhe hinter der Tür gerade so Platz fand. Ein Fenster gab es hier nicht, nur eine Dachluke von der Größe eines Buches, die mit gewachstem Papier verschlossen war. Nicht einmal den Himmel konnte sie mehr sehen, dagegen drang unbarmherzig die Novemberkälte herein.

Hier also hatte die Frau gelebt, der sie so viel verdankte. Mit der sie all ihre Geheimnisse geteilt hatte. Lisa schämte sich, als ihr bewusst wurde, dass sie Betta kein einziges Mal besucht hatte, seit sie hier eingezogen waren. Die Bettstatt bestand aus grob zusammengezimmerten Brettern, und obwohl sie mit frischen Laken bezogen war, wirkte sie schäbig und unbequem. Die Wände waren vor langer Zeit mit gelber Farbe aus Siena gestrichen worden, an vielen Stellen waren sie inzwischen abgestoßen und zerkratzt. Über dem Kopfende glaubte Lisa den Abdruck eines kleinen Kreuzes zu erkennen, vielleicht von jenem Kruzifix, das ihre Amme Zeit ihres Lebens begleitete, wie Lisa sich aus frühen Jahren erinnerte.

Verzagt ließ sie sich auf der Strohmatratze nieder. Sie hatte nicht nur ihr eigenes Leben zerstört, sondern auch das ihrer geliebten Amme. Was Betta wohl gerade machte? Wo hatte sie Zuflucht gesucht, so von einem Moment auf den anderen des Hauses verwiesen? Betta stammte aus einem Dorf der Gegend, sie war nicht verheiratet gewesen, und das Kind, dessen Vater unbekannt war, hatte nur einen Tag überlebt – mehr wusste Lisa nicht von ihr. Reue überfiel Lisa. Wie hatte sie die gutmütige Seele nur in ihr gefährliches Unterfangen hineinziehen können! Leichtsinnig war sie gewesen, hatte die Folgen nicht bedacht.

Schwere Schritte polterten die Stiege herauf. Lisa sprang vom Bett auf, strich sich das Haar aus der Stirn und legte sich sittsam ihr Schultertuch über den Scheitel. Halb hoffte sie, es wäre ihr Vater, dann könnte sie versuchen, alles wieder in Ordnung zu bringen, zumindest die Sache mit Betta, auch wenn sie sich vor der Begegnung mit ihm fürchtete. Doch es war nur Folco, der ihr mit einer Zange den versprochenen heißen Stein brachte und ihn sorgsam in den eisernen Heizkasten legte, der am Fußende des Bettes stand. Dann wandte er sich wortlos um und verschwand. Geräuschvoll drehte sich der Schlüssel im Schloss.

Eine Weile stand Lisa mitten in dem winzigen Zimmer und versuchte zu begreifen, dass sie das alles nicht nur träumte. Sie überprüfte, ob die Tür wirklich verschlossen war, holte ihr Nachtgewand aus der Truhe und machte sich zum Schlafen bereit.

Keine Waschschüssel mit warmem Wasser, kein Abendessen. Keine Gutenachtrituale mit ihren Schwestern, kein Kichern und Lachen. Als sie sich allein in dem unbequemen Bett zusammenrollte, sehnte sie sich nach der Körperwärme der Kleinen, die sich in dem großen Bett im Mädchenzimmer an sie gekuschelt hatten. Hier also hat Betta geschlafen, sagte sie sich immer wieder, und ihre Brust wurde eng vor Schmerz, wenn sie an die gute Frau dachte. Dann stieß sie mit den Füßen gegen etwas Weiches, Wollenes. Es war das Lieblingstuch ihrer Mutter! Lisa kamen die Tränen. Also hatte Lucrezia sie doch nicht ganz vergessen.

Sie sprang noch einmal aus dem Bett und schlang das Wolltuch um ihren Körper, legte sich wieder hin und zog die Decke über sich. Und mit dem tröstlichen Gedanken, dass ihre Mutter nicht wollte, dass sie fror, schlief sie trotz all ihrer Sorgen und Ängste ein.

Als sie am nächsten Morgen erwachte, wusste sie nicht, wo sie war. Das bleiche Rechteck an der Decke schimmerte fahl. Es war so kalt, dass ihr Atem kleine Wölkchen bildete.

Rasch schloss sie wieder die Augen und versuchte, in den Traum zurückzukehren, in dem sie eben noch so glücklich gewesen war. Sie hatte in Giulianos Armen gelegen, über ihnen war der Wind durch die Lorbeerbüsche gefahren, der Springbrunnen hatte geplätschert ... Doch die Traumbilder verblassten, und ein anderes Geräusch drängte sich in ihr Bewusstsein. Es war Regen, der über das Dach strömte und gegen das gewachste Papier trommelte, das die Dachluke verschloss.

Sie starrte zu dem hellen Fleck an der Wand empor, den Bettas Kreuz hinterlassen hatte. Sie solle beten, hatte ihr die Mutter empfohlen. Sie versuchte ein Ave-Maria, war allerdings nicht bei der Sache. Bei dem Vers *Und gebenedeit sei die Frucht deines Leibes* sah sie wieder das entsetzte Gesicht ihrer Mutter vor sich, als sie ihr gestanden hatte, dass sie sich Giuliano hingegeben hatte. »Hast du nicht an die Folgen gedacht?«, hatte Lucrezia ihr entgegengeschleudert. »Was, wenn du schwanger bist?«

Natürlich hatte sie daran gedacht, sie war ja kein Kind mehr. Es hatte sie nicht geschreckt, denn Giuliano hatte von Heirat gesprochen, davon, dass er mit ihr eine Familie gründen wollte. Er hatte gesagt, dass er sich nach einem vollkommen normalen Leben sehnte, jenseits aller Diplomatie und Politik. Ein Leben mit ihr. Er hatte es ernst gemeint, sonst hätte er sie nicht gebeten, mit ihm zu kommen, hätte ihr nicht die Hand gereicht, um sie auf sein Pferd zu holen ...

Lisa gab das Beten endgültig auf und schlug die Decke zurück.

Fröstelnd durchsuchte sie die Truhe nach ihrem wärmsten Winterkleid und zog sich rasch an. Dennoch fror sie bis ins Mark. Sie prüfte den Stein im Heizkasten, er war nicht mehr warm. Wie spät es wohl sein mochte?

Ihr Magen knurrte. Seit dem vergangenen Mittag hatte sie nichts mehr gegessen. Mit einem Mal wurde sie schrecklich zornig, sprang auf und schlug mit den Fäusten gegen die Tür. Wie kamen ihre Eltern dazu, sie wie eine Gefangene zu halten?

Doch ihr Wutausbruch verhallte, und nichts geschah. Lisa fragte sich, ob man sie unten in der Wohnung überhaupt hören konnte. Vermutlich nicht. Resigniert schlang sie Lucrezias Wolltuch um die Schultern und versuchte sich zu beruhigen. Als ihr Körper vor Kälte zu zittern begann, schlüpfte sie, angezogen wie sie war, wieder ins Bett.

Sie musste eingeschlafen sein, plötzlich stand ihre Mutter in der Kammer und blickte besorgt auf sie herab. Lisa richtete sich auf und rieb sich die Augen. Ihr Kopf dröhnte.

»Darf ich runterkommen?« Sie räusperte sich. Ihre Kehle fühlte sich rau an, und ihre Glieder schmerzten.

Lucrezia schüttelte traurig den Kopf. Sie hatte einen Schemel ans Bett gezogen und ein Tablett mit einer kleinen Mahlzeit daraufgestellt. »Du musst Geduld haben«, mahnte sie und reichte Lisa den dampfenden Becher. »Dein Vater ist noch immer sehr zornig. Hier, trink.«

Es war ein Kräuteraufguss, Lisa blies auf die heiße Flüssigkeit, nahm mehrere kleine Schlucke, biss in das Maisbrötchen, das Lucrezia ihr bereitet hatte.

»Mein Hals tut weh«, sagte sie, legte das Brötchen weg und ließ sich zurück ins Kissen fallen.

»Du wirst hoffentlich nicht krank werden?«, fragte ihre Mutter erschrocken und legte ihr die Hand auf die Stirn. Dann seufzte sie tief auf. »Nun müssen wir den Leibarzt wohl doch noch rufen lassen.«

Drei Tage lang glühte Lisa im Fieber und wünschte sich sehnlichst, sterben zu dürfen. Zuerst fand sie es grausam, dass man sie so allein in der Mansarde liegen ließ, auch wenn ihre Mutter und das neue Hausmädchen fast stündlich nach ihr sahen. Dann wieder war sie froh darum, ihre Ruhe zu haben, reiste im Halbschlaf durch die Erinnerungen an die gemeinsame Zeit, die sie mit Giuliano verbracht hatte. Jeden einzelnen zärtlichen Moment erlebte sie wieder, jeden seiner Sätze überdachte sie neu. »Wir müssen stark sein«, hatte er einmal gesagt, und sie hatte genickt, erst jetzt verstand sie allerdings, was er wirklich damit gemeint hatte. Dass sie sich nicht damit abfinden durften, was geschehen war. Und dass immer Hoffnung bestand. Nein, ihr Geliebter war nicht tot, er lebte, das fühlte sie ganz deutlich. Genau in diesem Augenblick dachte er an sie, da war sie sich sicher. Und hätte er sich erst selbst gerettet, würde er keine Mittel und Wege scheuen, um sie nachzuholen.

Das war der Gedanke, an dem sie sich festhielt. Er würde sich mit ihr in Verbindung setzen und sie zu sich holen. In ihrer Fantasie durchlebte sie bereits die abenteuerlichsten Fluchten, und jedes Pferdegetrappel, das von der Gasse herauf in ihre Kammer drang, erfüllte sie mit Hoffnung.

Je mehr das Fieber jedoch sank, desto mehr schwand auch die Euphorie. Natürlich würde er nicht persönlich kommen können, das war viel zu gefährlich. Er würde jemanden schicken, dem er vertraute, und der würde sie aus dieser Dachkammer befreien. Solche hoffnungsvollen Stunden wechselten mit anderen in tiefster Verzweiflung, wenn sie erkannte, dass der Lärm von unten von ihren Geschwistern herrührte und keineswegs von ihren Befreiern. Oder wenn sie sich eingestehen musste, dass es keine

Möglichkeit gab, ihr eine Botschaft zukommen zu lassen, seit Betta des Hauses verwiesen worden war.

Lange grübelte sie darüber nach, wer es gewesen sein könnte, der sie dort in der Via de' Ginori so jäh von Giuliano weggerissen hatte, um sie auf dem kürzesten Weg zurück nach Hause zu bringen. Vergeblich hatte sie ihre Mutter erneut danach gefragt. Lucrezia hatte nur den Kopf geschüttelt und darauf hingewiesen, dass Lisa Gott für diesen Schutzengel danken solle, der sie vor dem Schlimmsten bewahrt hatte.

Endlich wich das Fieber, ihre Kräfte kehrten zurück, und es wurde ihr erlaubt, nach unten in die Küche zu kommen, um dort in der Zinkwanne ein Bad zu nehmen. Lucrezia schickte das Hausmädchen fort und wusch ihrer Tochter eigenhändig das lange Haar, kämmte es liebevoll und half ihr schließlich in ihr Lieblingskleid. Lisa, erschöpft von der Anstrengung nach dem langen Liegen, sah zu, wie ihre Mutter ihr das Haar kunstvoll flocht.

»Dein Vater will dich gleich sehen«, sagte Lucrezia, schlang die vielen kleinen Zöpfe um Lisas Hinterkopf und steckte sie dort nach der neuesten Mode fest. Offenbar wollte sie, dass ihre Tochter einen guten Eindruck machte. Vielleicht hatte ihr Vater sich endlich beruhigt und würde ihr verzeihen?

Besorgt betrachtete Lisa sich im Spiegel. Sie war bleich, dunkle Schatten lagen unter ihren Augen, die größer wirkten denn je. Sie rieb sich die blassen Lippen und kniff sich in die Wangen, damit ein wenig Farbe in ihr Gesicht kam.

»Du bist schön genug«, hörte sie ihre Mutter sagen. »Vielleicht hat dein Vater mehr Mitleid mit dir, wenn er sieht, wie elend du bist.«

Sie legte ihrer Tochter einen dunklen Schleier über den Scheitel und prüfte, ob alles ordentlich saß. Lisa fühlte, dass auch Lucrezia beunruhigt war, und fragte sich bang, was sie wohl erwartete.

Antonmaria Gherardini saß in seinem Arbeitszimmer und blickte zunächst nicht von den Papieren auf, die er gerade studierte. Leise schloss Lucrezia die Tür, und Lisa war mit ihrem Vater allein. Er kontrollierte Abrechnungen, bestimmt von einem der gepachteten Güter, sie hatten sie oft gemeinsam durchgesehen, und da sie meistens nicht den Erwartungen entsprachen, konnte Lisa davon ausgehen, dass ihr Vater nicht gerade guter Laune war. Endlich legte er die Blätter beiseite und blickte auf.

»Lisa«, begann er, »morgen wirst du uns verlassen. Ich habe mit der Oberin von San Domenico di Cafaggio gesprochen, es ist alles geregelt. Deine Tante, Suor Albiera, wird ein Auge auf dich haben und dir helfen, dich einzuleben. Nicht dass du das verdient hättest. Aber meine Schwester, freundlich wie sie ist, besteht darauf.«

In Lisas Ohren begann es zu rauschen. Ihr Vater wollte sie tatsächlich ins Kloster schicken?

»Nun, sie weiß ja auch nicht, was du getan hast«, fuhr er fort. »Und das soll auch niemand erfahren, hörst du? Wir schweigen über diese Sache. Und du wirst das auch tun. Alles andere würde uns in höchstem Maße schaden.«

»Vater, ich …«, begann sie, doch Antonmaria hob die Hand und brachte sie damit zum Schweigen.

»Ich kann mir denken, dass du nicht glücklich darüber bist. Darauf kann keine Rücksicht mehr genommen werden. Du wirst dich meinem Willen fügen.«

»Ich will nicht ins Kloster! Bitte, du hast es mir versprochen.« Und als Lisa sah, dass ihn das nicht zu berühren schien, fügte sie heftig hinzu: »Wenn dir so wenig an mir liegt, dann lass mich Giuliano hinterherreisen.«

Der Schlag mit der Faust auf den Schreibtisch ließ sie zusammenfahren.

»Du musst verrückt geworden sein«, polterte ihr Vater los.

»Selbst wenn dieser Hurensohn noch am Leben sein sollte – ist dir denn nicht klar, was dich an seiner Seite erwartet hätte?«

»Er liebt mich«, warf Lisa trotzig ein.

»Ich will von diesem Unsinn kein Wort mehr hören«, schrie ihr Vater sie an. »Ja, es mag sein, dass er von dir betört ist, schließlich bist du eine der schönsten jungen Frauen von Florenz. Weißt du eigentlich, wie gut deine Chancen standen, in eine der besten Familien einzuheiraten, trotz unserer finanziellen Lage? An der Seite eines ehrbaren Mannes, der dir ein sorgenfreies Leben hätte bieten können? Aber nein, du musstest ja einem Hirngespinst hinterherjagen. Kein Medici auf dieser Welt hätte dich je zu seiner rechtmäßigen Frau gemacht. Auch nicht Giuliano. Und weißt du warum?« Er starrte Lisa in die Augen, noch nie hatte sie ihn so aufgewühlt gesehen. »Weil sein Bruder Piero es ihm niemals erlaubt hätte.«

»Woher willst du das wissen?«, fragte Lisa empört zurück. »Er hat mir geschworen …«

»… er hätte seinen Schwur gebrochen«, fiel ihr Antonmaria ins Wort. »Denn die Medici heiraten seit Generationen ausschließlich aus strategischen Gründen. Das ist eines ihrer Mittel, ihre Macht zu bewahren. Warum hat Piero eine Orsini geheiratet? Nicht, weil er sie so glühend liebt, sondern weil die Orsini eine der einflussreichsten Familien in Rom sind und seine Stellung beim Papst stärken. Seine Schwester Maddalena hat er mit Francesco Cibo vermählt, auch dabei ging es nicht um Liebe, sondern darum, mächtige Verbündete zu gewinnen. Für seinen jüngsten Bruder hat er mit Sicherheit bereits großartige Pläne. Glaubst du, für ihn kommt eine Gherardini in Betracht?« Er lachte bitter auf. »Nie im Leben. Du wärst eine Weile Giulianos Spielzeug gewesen, bis er genug von dir gehabt hätte. Irgendwann hätte er eine andere geheiratet. Und dann? Du wärst noch verworfener gewesen, als du schon bist. Also schweig und gehorche.

Ich will kein weiteres Wort mehr von dir hören.« Antonmaria ergriff die Tischglocke, mit der Lisa und ihre Geschwister in einem anderen Leben manchmal gespielt hatten, und läutete. Sogleich stand Lucrezia in der Tür und blickte ängstlich von ihrem Mann zur Tochter. »Bring sie wieder in die Kammer«, sagte Antonmaria unbarmherzig.

»Darf sie nicht wenigstens ihren letzten Abend mit der Familie ...?«

»Nein«, unterbrach er seine Frau und erhob sich. »Für mich ist sie schon nicht mehr da.«

Lisa hatte nicht gewusst, dass sie noch so viele Tränen hatte. Sie weinte die halbe Nacht, tief verzweifelt und kummervoll. Sie wollte nicht ins Kloster, die düsteren Mauern von San Domenico di Cafaggio hatten ihr bereits als kleines Mädchen Angst eingeflößt, wann immer sie ihre Tante dort hatte besuchen müssen.

Die Gefahr, ein Leben als Nonne führen zu müssen, hatte stets über Lisa und ihren Schwestern geschwebt, denn trotz der zahlreichen Güter im Umland war ihr Vater nicht wohlhabend genug, um die horrende Mitgift zu bezahlen, die eine Familie von Rang erwartete, wollte man seine Tochter mit einem ihrer Söhne verheiraten. Zwar forderten auch Klöster eine beachtliche Summe von den Eltern ihrer Novizen, doch die war weitaus geringer als eine Mitgift. Vor einigen Jahren hatte Antonmaria Lisa allerdings versprochen, ihr dieses Schicksal zu ersparen. Das war während eines ihrer Sommeraufenthalte auf dem Land gewesen, in der Ca' di Pesa im Chianti, ihrem bei Weitem schönsten Besitz. Damals hatte er ihr das Reiten beigebracht und sich darüber gefreut, wie mutig sie war und wie geschickt sie sich anstellte, fast so, als wäre sie ein Junge, hatte er gesagt. Nachdem Lisa zur Welt gekommen war, hatte Lucrezia zwei Fehlgeburten erlitten, und es waren nicht ihre ersten, bereits vor Lisa hatte sie ein Kind verloren. Erst vier

Jahre später war endlich der Stammhalter Giovangualberto, von allen nur Gigi genannt, geboren worden, und doch blieb Lisa der Liebling ihres Vaters.

Das war nun wohl vorbei. Dabei wusste Antonmaria Gherardini genau, dass man Lisa nicht einsperren durfte, schließlich hatte er gesehen, wie sie frei wie der Wind über die Hügel des Chianti galoppierte. Und ihr deshalb die Angst vor einem Klosterleben genommen. Wie tief musste sie ihn gekränkt haben, dass er sein Wort brach. Trotzdem war es ungerecht.

Irgendwann musste sie eingeschlafen sein. Es war noch stockfinstere Nacht, als das neue Hausmädchen sie weckte. Sie hatte ihr eine Schüssel mit heißem Wasser gebracht, damit sie sich waschen konnte. Kurz darauf erschien ihre Mutter mit einem Glas warmer Milch und Lisas Mantel über dem Arm.

»Darf ich mich denn gar nicht von den Kleinen verabschieden?«, fragte Lisa kläglich.

»Sie schlafen noch«, antwortete Lucrezia und wandte sich ab, Lisa hatte gesehen, dass Tränen in ihren Augen standen. »Hättest du dich mir nur anvertraut«, sagte sie mit zitternder Stimme. »Jetzt kann ich dir nicht mehr helfen.«

Es war ein kalter Morgen. Grau erhoben sich Nebelfetzen aus dem Fluss. Dennoch sog Lisa nach den langen Tagen in der Dachkammer die frische Luft tief in ihre Lungen. Sie musste husten und schlang den Schal fester um ihren Kopf.

Schweigend legten sie den Weg zurück. Folco ging den Frauen voraus, die Fackel erhoben. Hin und wieder sah er sich nach ihnen um. Ob ihr Vater ihm aufgetragen hatte, besonders gut aufzupassen? Hatte er Sorge, Lisa würde erneut versuchen, wegzulaufen? Doch wo sollte sie hin? Eine bleierne Hilflosigkeit hatte von ihr Besitz ergriffen.

Scheu blickte sie um sich. Noch waren wenige Menschen auf

den Beinen. Ein Bäckerjunge trug eine Kiepe voller Panini an ihnen vorbei und zog den verführerischen Duft nach frisch gebackenem Brot hinter sich her. Erschrocken bemerkte Lisa, dass viele der vertrauten Ladengeschäfte in ihrer Nachbarschaft mit Brettern vernagelt waren, in so mancher Gasse lagerten Überreste von Straßensperren. Beim Palazzo del Podestà stockte sie, als sie die Leichen bemerkte, die zur Abschreckung noch immer an der Fassade hingen. Offenbar hatte man einige der Gefolgsleute der Medici an den Fenstern des oberen Stockwerks gehenkt. Instinktiv zog Lisa den Wollschal vor Mund und Nase.

»Sieh nicht hin«, sagte Lucrezia leise und legte den Arm um die Schultern ihrer Tochter.

Doch Lisa hatte bereits die riesigen Schandbilder entdeckt, die man von Piero, Giovanni und auch von Giuliano angefertigt hatte, grotesk verzerrt prangten sie über den Fassaden auf der Piazza della Signoria, so als wollten sie Lisa verhöhnen. Von da an hielt sie den Blick aufs Pflaster gesenkt und versuchte, das fratzenhafte Konterfei ihres Geliebten aus ihrem Kopf zu bannen.

Als sie vor dem Klostertor angekommen waren, hielt Lisa ihre Mutter am Ärmel zurück. »Bitte«, sagte sie flehentlich, »versuch ihn umzustimmen. Ich kann das nicht, ich bin nicht wie Tante Ginevra.«

»Sie heißt Suor Albiera.« Tränen liefen ihrer Mutter über die Wangen. Fest schloss sie Lisa in die Arme und drückte sie an sich. »Ich will es versuchen«, flüsterte sie. »Aber mach dir keine allzu großen Hoffnungen.«

Was darauf folgte, erlebte Lisa wie in einem schlimmen Traum. Die Pforte wurde geöffnet, eine der Dominikanerinnen empfing sie und brachte sie zur Mutter Oberin, wo ihre Tante bereits auf sie beide wartete. Vor Lisas Augen zerfloss alles in Tränen, kaum hörte sie, was man zu ihr sprach. Dann hieß es Abschied nehmen, Lucrezia küsste sie auf die Stirn, wandte sich hastig ab und ging.

Noch lange hörte Lisa das Hallen ihrer Schritte, das sich langsam entfernte.

»Komm«, sagte Suor Albiera sanft. »Ich zeig dir den Schlafsaal.«

Doch alles, was Lisa wahrnahm, war das Geräusch der sich schließenden Pforte.

2

DAS PFERD

Mailand, 1494

Leonardo betrachtete die prächtig gewandete Festgesellschaft. Seide und Brokat schimmerten mit Goldschmuck um die Wette, in den fließenden Bewegungen der paarweise Tanzenden blitzten hier und dort Diamanten und andere Juwelen auf. Am kostbarsten waren die Gastgeber selbst gekleidet, Ludovico Sforza, genannt Il Moro, und seine Gattin, Herzogin Beatrice d'Este, die mit der Markgräfin von Mantua an der Stirnseite des großen Saals standen.

Es war so weit. Leonardo gab das vereinbarte Zeichen. Fanfaren unterbrachen jäh die Musik. Überrascht hielten die Gäste in ihren graziösen Schrittfolgen inne und hoben die Köpfe, während die Beleuchtung bis auf wenige Kerzen erlosch. Das Portal öffnete sich, überirdisch wirkendes Licht strahlte mit solcher Helligkeit herein, dass die vornehmen Damen aufseufzten und sich so manch einer bekreuzigte.

»Als wäre die Sonne aufgegangen«, flüsterte eine hübsche Hofdame hingerissen in Leonardos Nähe, sehr zu dessen Vergnügen. »Ein Wunder.«

In diesem Moment erschien im Gegenlicht ein Reiter. Zunächst nur als dunkle Silhouette zu erkennen, verharrte er kurz, um dann bedächtig sein Pferd über die Schwelle zu lenken. Wie von selbst bildete die Hofgesellschaft eine Gasse, um dieser wunderbaren Erscheinung Platz zu machen, die in den nun wieder aufflammenden Lichtern ihre ganze Pracht entfaltete. Ein Raunen ging durch die Menge. Die Wirkung war in der Tat grandios. Pferd und Reiter waren über und über mit Goldblättchen bedeckt, dazwischen klebten hunderte von Pfauenaugen, die Leonardos Gehilfen aus den Federn der Vögel zurechtgeschnitten und als Ornamente auf das Kostüm aufgeklebt hatten. Das Spektakulärste jedoch verbarg sich im Helm des Reiters. Auf ihm prangte eine Erdkugel, bekrönt von einem goldenen Vogel, dessen Schweif fast den Rücken des Pferdes berührte. Eine Schar fantastisch maskierter Akrobaten folgte dem Reiter, schlug Saltos und Räder und formierte sich schließlich zu einer menschlichen Pyramide.

»Wie habt Ihr denn das geschafft?«, fragte Baldassare Taccone, der Hofkanzler, und wies auf den Reiter.

Leonardo lächelte und behielt dabei aufmerksam die Vorführung im Auge.

»Ach«, antwortete er gelassen, »Ihr glaubt nicht, was ein wenig Gold, Wachs und Pfauenfedern bewirken können.«

»Aber dieses Licht!«, rief Taccone begeistert aus. »Wie ist Euch das nur gelungen?«

»Ein paar Geheimnisse muss man doch noch bewahren dürfen, meint Ihr nicht?«, gab Leonardo liebenswürdig zurück, entschuldigte sich mit einer Verbeugung und entfernte sich eilig. Er wollte sich vergewissern, ob auf dem provisorisch eingerichteten Schnürboden über dem Saal, der durch Tücher verhängt worden war, alles nach Plan verlief. Dass er mit einem selbst entwickelten Reflektor arbeitete, indem er mehrere Spiegel miteinander kombiniert hatte, die das Licht einer einzigen, großen Fackel bündelten und zielgenau auf den Darsteller warfen, brauchte er nicht jedem auf die Nase zu binden.

Als Leonardo das Gerüst zu der von ihm gefertigten Wolke aus Pappmaché heraufgeklettert kam, hatte Salai seinen Platz bereits eingenommen. Schön wie ein Engel kniete Leonardos Lehrling in dem aufgeklappten, goldenen Ei, die flaumigen weißen Flügel am Körper angelegt, den Kopf mit der kunstvoll gestalteten Vogelmaske nach vorne gereckt.

»Raub ihnen den Verstand«, flüsterte Leonardo, wohl wissend, dass der Vierzehnjährige ihn nicht hören konnte, die Trompetenfanfaren waren viel zu laut.

Der funkelnde Reiter hatte die Mitte des Saals erreicht und brachte sein Pferd zum Stehen. Er nahm die Zügel in die linke Hand und machte mit der rechten eine weit ausholende Geste in Richtung des Hausherrn und seiner jungen Gemahlin. Und da geschah es: Aus dem Handschuh des Reiters sprühte ein Regen aus goldenen Lichtern, und nicht nur er, auch sein Gefolge war mit einem Mal in einen Schleier aus glitzernden Sternen gehüllt.

»Gleich geht es los«, raunte Leonardo den Männern zu, die die Seile betätigten. »Auf mein Zeichen. Salai! Schließ das Ei!«

Der Junge streckte ihm unter der Halbmaske die Zunge heraus und zog die obere Hälfte des Eis über sich. Harfenakkorde ertönten, mischten sich in den Beifall der Festgesellschaft, hallten von den Wänden wider. Unter diesen Klängen erhob sich der Vogel auf dem Helm des Reiters, reckte den Hals und färbte sich zum Entsetzen der Zuschauer blutrot. Dass dieser Effekt von gefärbten Glasplatten herrührte, die vor Leonardos optische Geräte geschoben wurden, konnte niemand wissen, und nun erhob sich der Vogel noch höher, entfaltete seine glühenden Flügel – und plötzlich schlugen Flammen aus seinem Schnabel.

»Los!«, rief Leonardo den Männern an den Zügen zu. »Lasst Salai fliegen!« Federn stiegen aus dem brennenden Vogel auf. Einige Damen waren einer Panik nah, da verglühte das Feuer bereits wieder, und andere Gäste sprachen besänftigend auf sie ein. Alles Theater. Alles Illusion.

Kaum hatte man sich ein wenig beruhigt, gab es erneut Aufschreie, denn vom gemalten Himmel der Saaldecke schwebte eine Wolke heran, darauf ein goldenes Ei, das sich öffnete. Ein überirdisches Wesen kam zum Vorschein, halb Vogelküken, halb Engel, und doch deutlich erkennbar ein wunderschöner Knabe.

Leonardo zwirbelte vor Aufregung an seinem goldblonden Bart, in den sich in letzter Zeit ein paar silberne Fäden gestohlen hatten. Nicht das erste Zeichen, dass er älter wurde. Leonardo da Vinci war sich durchaus der Zeit und seiner Endlichkeit bewusst. Trotzdem stieg er, als sei er nicht zweiundvierzig Jahre alt, sondern so jung wie Salai, die verborgene Leiter wieder hinunter und verfolgte, wie die Wolke sich weiter senkte und schließlich einige Ellen über dem Boden verharrte. Glücklicherweise hatte sich Ludovico Sforza gemerkt, was Leonardo ihm eingeschärft hatte, sich nämlich zu Beginn des Spektakels gemeinsam mit seiner Gattin zu dem Marmorstern in der Mitte des Saals zu begeben, und so konnte Salai ihn mühelos mit dem vergoldeten Lorbeerkranz krönen und der Fürstin das kostbare Diadem ins Haar stecken, das den Herrscher ein kleines Vermögen gekostet hatte.

So weit, so gut. Leonardo eilte zurück auf den Schnürboden, gab Instruktionen, die Wolke wieder elegant einzuholen, und während der junge Phönix, der sich aus der Asche erhoben hatte, echte Goldstücke über die Festgesellschaft regnen ließ, betätigten sechs Mann die Winden, um Leonardos Gehilfen, der sich im Vorfeld zweifelsohne schon seine eigenen Taschen mit Gold vollgestopft hatte, zurück auf das Gerüst zu ziehen.

»Das war …« Die Markgräfin von Mantua rang sichtlich um Worte, so begeistert schien sie. Und dies war bemerkenswert, denn die junge, resolute Herrscherin führte in Abwesenheit ihres

Mannes, der als Militärkommandeur im Dienst der Republik Venedig stand, das kleine Herzogtum souverän und mit fester Hand.

»Wenn mein kleines Intermezzo gefallen hat, bin ich ein glücklicher Mensch«, half ihr Leonardo bescheiden aus und machte eine tiefe Verbeugung.

»Leonardo da Vinci, du bist ein außerordentlicher Impresario«, fuhr die Markgräfin fort. »Und doch halte ich deine Talente bei dieser Art von Zerstreuung für verschwendet.« Leonardo, der ahnte, worauf Isabella d'Este hinauswollte, verbeugte sich ein weiteres Mal und überlegte, wie er ihr am besten entkommen konnte. »Denn deine wahre Berufung liegt in der Malerei. Habe ich recht?«

»Durchaus«, pflichtete Herzogin Beatrice, ihre Schwester, ihr bei, die soeben zu ihnen getreten war. »Auch wenn das Spektakel hinreißend war. So beeindruckend. Mir ist schier das Herz stehen geblieben, als der Vogel in Flammen aufging.«

»War das nicht gefährlich?«, erkundigte sich ein Edelmann aus dem Gefolge der Markgräfin von Mantua in vorwurfsvollem Ton.

»Oh nein«, beruhigte ihn Leonardo. »Der Anzug des Reiters und die Schabracke des Pferdes waren mit einer nicht entflammbaren Substanz getränkt. Und was den Saal anbelangt, so lagen in allen seitlichen Türen Löschschläuche bereit.«

»Aber all die Funken?« Offenbar hatte dieser Gast mehr Angst gehabt als die Frauen.

»Es gab keine Funken«, erklärte Leonardo ihm freundlich. »Alles, was Ihr dafür hieltet, war goldener Flitter dramatisch in Szene gesetzt.«

»Du solltest ein Bildnis von mir malen.« Nun hatte es die Markgräfin doch noch geschafft, ihr Anliegen vorzubringen. Leonardo setzte ein unverbindliches Lächeln auf, um nicht unhöflich zu wirken. Herausfordernd blickte Isabella d'Este ihn an. Ihre himmelblauen Augen funkelten. »Wäre das nicht eine reizvollere Aufgabe, als diese ...«, sie warf ihrer Schwester, der Gastgeberin, einen kurzen Blick zu, »... diese Konkubinen gewisser Herrscher zu porträtieren?«

Um sie herum wurde es auf einmal sehr still. Beatrice war bleich geworden, Leonardo empfand aufrichtiges Mitleid mit der jungen Frau. Mit nicht einmal zwanzig Jahren hatte sie dem Herzog bereits einen Sohn geboren und war erneut schwanger. Sie war sechzehn gewesen, als man sie Ludovico zur Frau gegeben hatte, der leicht ihr Vater hätte sein können. Eine strategische Heirat, wie so oft. Und ja, vor wenigen Jahren hatte Leonardo die wunderschöne und ebenfalls blutjunge Cecilia Gallerani gemalt, nach der Il Moro geradezu verrückt gewesen war, und das Gemälde war so unkonventionell wie vollkommen geraten, dass man in ganz Italien von diesem unerhörten Porträt sprach. Man nannte es die DAME MIT DEM HERMELIN.

»Nun, liebe Schwester«, warf Beatrice ein, die sich offenbar wieder gefangen hatte. Sie hatte nach ihrer Eheschließung höchstpersönlich dafür gesorgt, dass Cecilia den Palast verlassen musste. »Du wirst dich wohl kaum mit einem Nagetier abbilden lassen wollen.«

»Der Hermelin ist nicht irgendein Tier«, ließ sich Leonardo hinreißen, einzuwenden. »Er ist klug und mutig, und sein Wahlspruch lautet: Lieber sterben, als besudelt zu werden.« Außerdem hatte Ludovico im selben Jahr den Hermelinorden verliehen bekommen, also war das schöne Tier, dessen weißes Fell zu tragen sich keine dieser edlen Damen zu schade war, ein Sinnbild des Herzogs. Aber warum ließ er sich auf Diskussionen ein?

»Nein, mir schwebt ein großer Auftrag vor«, erklärte Isabella d'Este. »Ein offizielles Hofporträt, kein schlichter Zeitvertreib.«

Leonardo stockte der Atem. Schlichter Zeitvertreib? Hatte er richtig gehört? Nein, diese Frau würde zweifellos kein Bild von ihm bekommen. Offizielle Hofporträts konnten all die anderen Künstler malen, die keine Einwände dagegen hatten, sich bei der

Darstellung der Markgräfin mit der Etikette und den höfischen Traditionen abzumühen. Was Leonardo bei der Arbeit an Cecilias Bild so außerordentlich genossen hatte, war die Freiheit, die Geliebte des Herzogs so darstellen zu können, wie es ihm seine Intuition eingab, und damit etwas noch nie zuvor Gesehenes zu erschaffen. Denn alles an diesem Bild war neu: die Haltung, die überraschende Drehung des Kopfes, der Blick, der weder auf den Betrachter gerichtet war noch, wie auf den traditionellen Hochzeitsbildern üblich, im strengen Profil in die Ferne ging. Die Dame mit dem Hermelin richtete ihre sanften, braunen Augen auf jemanden, der rechts neben dem Betrachter zu stehen schien, und zwar fast über ihre Schulter hinweg, so als hätte man sie gerufen, und selbstverständlich folgte das Tier auf ihrem Arm diesem Blick. Wer nicht verstand, was ihm da gelungen war, wie tief er dem Mädchen in die Seele geblickt hatte – mit solchen Leuten sollte er nicht diskutieren. Und malen würde er so jemanden schon gar nicht. Niemals. Für kein Geld dieser Welt.

»Du wirst uns hoffentlich nicht unseren wundervollen *arbiter elegantiae* abwerben wollen, verehrte Schwägerin?«

Der Herzog war zu ihnen getreten, und Leonardo musste schmunzeln, als er ihn so reden hörte. *Schiedsrichter in Fragen des guten Geschmacks* nannte er ihn – das klang durchaus nicht nach dem Spross eines *condottiere*, dem Anführer eines Söldnerheers, denn nichts anderes war Ludovicos Vater gewesen, ehe er die Visconti vertrieben und sich selbst des Herzogtums Mailand bemächtigt hatte. Erst vor kurzem, nachdem der letzte Erbe der Visconti unter mysteriösen Umständen im Alter von vierundzwanzig Jahren verstorben war, hatte sich Ludovico offiziell den Titel des Herzogs angeeignet, und zwar mithilfe von Charles VIII., dem französischen König, den er ins Land gerufen hatte und dessen Armee gerade in Rom einmarschierte, nachdem er die Toskana und schließlich Florenz unterworfen hatte. Ob Ludovico sich damit langfristig die Herrschaft über Mailand würde sichern können? Oder würde Charles auf seiner Rückkehr nicht auch noch dieses Herzogtum unter seine Gewalt bringen, trotz aller Verträge, die womöglich das Papier nicht wert waren, auf dem sie geschrieben standen? Das war keineswegs ausgeschlossen, und Ludovico spielte mit dem Feuer.

»Oh nein, mein Schwager«, gab Isabella d'Este lachend zurück. »Beratung in gutem Geschmack hab ich sicherlich nicht nötig. Allerdings wünsche ich mir sehr ein Porträt von des Meisters Hand.«

Ludovico betrachtete Leonardo aus seinen kleinen, schwarzen Augen und runzelte die Stirn. »Er ist beschäftigt«, sagte er kühl. »Wir haben große Pläne mit unserem lieben Leonardo. Eine Wand im Refektorium von Santa Maria delle Grazie wartet darauf, von ihm dekoriert zu werden. Hat er damit überhaupt schon begonnen? Und da wir davon sprechen – schuldet er mir nicht noch ein Marienbild?« Der Herzog sprach tadelnd, so als handele es sich um ein paar neue Stiefel, die der Schuster noch immer nicht angefertigt hatte. »Ich wollte es längst dem König von Ungarn geschickt haben.«

Leonardo, der mit dem Marienbild noch nicht einmal begonnen hatte und im Grunde auch nicht vorhatte, das zu tun, denn es war mehr als fraglich, ob er dafür bezahlt werden würde, machte eine elegante Verbeugung. »Gewiss«, sagte er sanft. »Alles zu seiner Zeit. Zuerst werden wir endlich das Reiterstandbild in Bronze gießen, auf das Eure Hoheit schon so lange warten.« Schließlich war das Tonmodell seit über einem Jahr fertig. Es stand im Schlosshof und war mit seinen gut sieben Metern Höhe zu einer der größten Attraktionen Mailands geworden. Und an Isabella d'Este gewandt fügte er hinzu: »Habt Ihr das Modell gesehen?«

Das hatte sie nicht, und Leonardo erklärte sich gern bereit, es ihr am folgenden Morgen zu zeigen.

Es war noch früh, als Leonardo am nächsten Tag durch die Zimmerfluchten des Cortile Vecchio schritt. Der riesige, an die vierhundert Jahre alte Palastkomplex, einst von den Visconti-Herzögen bewohnt, hatte seit Generationen leergestanden, ehe Leonardo mit seinem Tross an Gehilfen hier eingezogen war. Ludovicos Vater Francesco Sforza hatte bei seiner Machtübernahme die Fortalezza di Porta Giovia zu seinem Herzogssitz gemacht, eine ursprünglich kleine Festung an der nördlichen Stadtmauer. Nach und nach hatten die neuen Machthaber sie mit Geschmack großzügig ausbauen lassen, während der alte Palast der Visconti dem Verfall preisgegeben wurde. Bei seiner Ankunft in Mailand war Leonardo und seinen Mitarbeitern dieses alte Gemäuer aus dunkel gebranntem Ziegelstein als Wohnung und Arbeitsplatz angeboten worden, und gleich bei der ersten Besichtigung hatte er die Möglichkeiten erkannt, die ihm dieses verwahrloste Gebäude bot. Vor allem fanden sie in dem alten Visconti-Palast Platz im Überfluss, auch wenn sie zunächst ein Heer von Ratten vertreiben mussten und es notwendig war, den Flügel, den sie benutzen wollten, nicht nur vom Schmutz, sondern darüber hinaus von verblichenen und von Motten zerfressenen Vorhängen, zerbrochenem Mobiliar und halb von den Wänden hängenden Stofftapeten zu befreien. Hier in den schier endlosen Fluchten aus verschiedenen Sälen, aus einstmals prunkvollen Privatgemächern, Küchen, Ställen und sogar einem großen und einem kleineren Theatersaal gab es Raum für die vielen Dinge, die Leonardo durch den Kopf gingen. Noch nie hatte ihm so viel Platz zur Verfügung gestanden. Platz für seine Träume und Visionen.

In dem Gebäudetrakt, in dem seine Gefährten untergebracht waren, sah er gerade noch eine Gestalt davonhuschen. Leonardo musste schmunzeln. War das nicht Fiametta gewesen, eines der Modelle, die in der Malerwerkstatt ein- und ausging? Welcher seiner Gehilfen wohl der Glückliche war, der ihre Gunst errungen hatte? Vermutlich Marco, von dem die Mädchen die Augen nicht wenden konnten. Oder war sie bei Franco gewesen, den alle nur Il Neapolitano nannten?

Leonardo ging hinunter ins Erdgeschoss und durchquerte den Garten, dessen symmetrische Anlage noch immer erkennbar war, obwohl die Springbrunnen und Bewässerungsgräben vertrocknet waren und robustere Pflanzen nach dem Gesetz der Stärkeren, das auch in der Pflanzenwelt galt, alles andere verdrängt hatten. Dafür hatten sich Eindringlinge wie wilde Brombeeren, Disteln und Brennnesseln zwischen Lorbeer, wuchernden Rosensträuchern und dem hartnäckigen Sternjasmin eingenistet, der Mauer und Gerüste überwucherte und alles mit seinem Duft erfüllte. Besonders erfreute sich Leonardo an einigen Obstbäumen, die die Jahre ohne Pflege überlebt hatten, zum Beispiel eine alte Feige, die sich in einer sonnigen Ecke ausgebreitet hatte, und ein Walnussbaum, der jeden Herbst großzügige Ernte abwarf.

Leonardo verweilte bei der Rabatte, die er im vergangenen Jahr auf Bitten seiner Mutter für die Kräuter ihrer toskanischen Heimat angelegt hatte. Caterina war im stattlichen Alter von 66 Jahren nach Mailand gekommen, um bei ihrem ältesten Sohn zu leben, ein Umstand, der Leonardo zunächst bestürzt hatte, denn er konnte sich keinen größeren Kontrast vorstellen, als den zwischen seinem Leben mit seinen Gehilfen und bei Hofe und der ländlichen Beschaulichkeit des Weilers Anchiano in der Nähe von Vinci, den Caterina nie zuvor verlassen hatte. Sie hatte sich allerdings erstaunlich gut in die Künstlergemeinschaft eingefügt. Über alle Maßen stolz auf ihren Sohn, hatte sie für alle gekocht und Leonardos Räume in Ordnung gehalten, bis sie im vergangenen Juni plötzlich am Wechselfieber erkrankt und in seinen Armen gestorben war.

Selbst jetzt im November wuchs der Thymian noch üppig, und der Rosmarinstrauch hatte sogar ausgetrieben. Etwas weiter zur Mauer hin hatte Leonardo schon vor Jahren die Wildnis gerodet und große Beete angelegt, in denen er Gemüse zog und so manches Experiment durchführte. So hatte er zum Beispiel bewiesen, dass Pflanzen Wasser nicht nur durch die Wurzeln aufnehmen, sondern auch über die Blätter. Dafür hatte er eine Kürbispflanze aller Wurzeln bis auf eine einzige beraubt, ihre Blätter aber feucht gehalten. Und siehe da, sie gedieh und produzierte im Lauf eines Erntejahres sagenhafte zwanzig Früchte.

Die Malerwerkstatt hatten sie in zwei ehemaligen Versammlungssälen im Erdgeschoss eingerichtet, deren hohe, gotische Fenster nach Norden gingen und das indirekte Licht hereinließen, das ein Künstler brauchte. Von dort ging es in die *corte della porta falsa* hinaus, einen kleinen Hof, in den die Sonnenstrahlen so gut wie nie direkt einfielen und der sich ausgezeichnet für Porträtsitzungen eignete. Denn das menschliche Antlitz entfaltete erst im milden Licht des Schattens seine ganze Schönheit. Deshalb spannten Leonardo und seine Gehilfen an hellen Sommertagen ein Leintuch wie ein Zeltdach über den Hof, um den Effekt noch zu verstärken.

Dem Wohntrakt gegenüber befand sich Leonardos »Allerheiligstes«, der frühere Theatersaal des Palastes. Schon lange hatte dort keine Aufführung mehr stattgefunden, stattdessen beherbergte er nun Leonardos Herzensprojekte, von denen nur wenige Menschen Kenntnis hatten. Einer der Eingeweihten war Tommaso Masini, mit dem ihn bereits seit seiner Jugend eine besondere Freundschaft verband, und der den Spitznamen Zoroaster trug, weil er bereits als Knabe alchemistische Experimente durchgeführt hatte. Heute war Tommaso einer der besten Metallurgen Italiens und vielleicht der gesamten christlichen Welt, und Leonardo schätzte sich glücklich, ihn in seiner Werkstatt zu haben. Wenn es um Metalle und deren Verarbeitung ging, war Tommaso seine rechte Hand. Gerade erst hatte er eine spezielle Legierung erfunden, die den Guss des gigantischen Pferdes überhaupt möglich machen würde.

Die Glocke der Kirche San Gottardo schlug acht Mal. Leonardo blieb also noch ein wenig Zeit, und so öffnete er das Vorhängeschloss zu dem früheren Theatersaal. Es hatte viel Mühe gekostet, den Raum vollständig leerzuräumen und Oberlichter ins Dach zu schlagen, die seine Gehilfen nach Leonardos Anleitung mit dem kostbaren Glas aus den Fenstern unbewohnter Gebäudeteile bedeckt hatten. Dazwischen hatte Tommaso mächtige Haken in der Decke verankert. Und da hingen sie nun, Leonardos Gestalt gewordene Träume, an besonders starken Seilen.

Leonardo trat ein. Im Dämmerlicht des frühen Morgens schienen Flügel und Propeller zu schweben. Durch die Zugluft begannen sie sich sanft zu bewegen. Leonardo atmete tief ein und wieder aus. In diesen Apparaturen steckten Jahre des Beobachtens, Grübelns, Rechnens und Entwerfens. Noch waren sie nicht weit genug entwickelt, um erprobt zu werden, so sehr Tommaso darauf drängte. Eines Tages jedoch würde er das Geheimnis des Vogelflugs vollends entschlüsseln, und dann würde es auch Menschen möglich sein, sich in die Lüfte zu erheben und – zu fliegen.

Das Licht, das durch die Dachluken fiel, wurde heller, es war Zeit, aufzubrechen. Denn vor seinem Treffen mit Isabella wollte er noch bei Gualtiero Bascapé vorbeischauen, dem Schatzmeister des Herzogs, und sich persönlich davon überzeugen, dass die Bronze für das Reiterstandbild tatsächlich eingetroffen war, und mit ihm besprechen, wie es am besten zur Gießerei transportiert werden sollte.

Er ging zum Stall, sattelte seinen prächtigen Rappen, den Ludovico ihm in einer seiner großzügigen Launen geschenkt hatte, und ritt zur Fortalezza. Dort fand er alles bestätigt und begab sich schließlich, eine Viertelstunde zu früh, gut gelaunt in den Hof des Herzogs und war entsprechend überrascht, die Markgräfin von Mantua dort bereits vorzufinden. Isabella d'Este betrachtete beeindruckt das überwältigend große Modell.

»Dagegen komme sogar ich mir etwas klein vor«, begrüßte sie ihn. Leonardo musste schmunzeln. Die Markgräfin reichte ihm gerade bis zu den Schultern.

»Es wird das größte Reiterstandbild, das die Geschichte je gesehen hat«, erklärte er.

»Nun, einen Reiter kann ich nicht erkennen«, gab Isabella trocken zurück. »Ich weiß nicht, was du vor Augen hast. Ich jedenfalls sehe ein Pferd.«

»Aber was für eines!« Leonardo wies auf den Rumpf. »Seht das Spiel der Muskeln und Bänder. Den Ausdruck der Augen, die Nüstern, man kann es direkt schnauben hören. Ich habe es mitten im Trab festgehalten, seht Ihr? Zwei Hufe in der Luft, dieses kraftvolle Tier berührt nur an zwei Punkten die Erde. Dies ist nicht nur einfach ein Pferd«, schloss er und merkte, dass die Begeisterung ihn davongetragen hatte. »Es ist das Pferd aller Pferde.« Er schluckte. Die Markgräfin betrachtete ihn spöttisch. »Ich bin schon lange zu dem Schluss gekommen«, fuhr er gelassener fort, »dass die Beschränkung auf das Wesentliche eindrucksvoller ist, als wenn man versucht, die ganze Geschichte zu erzählen.«

»Und du findest also, dass das Wesentliche an Francesco Sforza auf ein Pferd zurückzuführen ist?« Sie lachte amüsiert auf.

»Francesco Sforza war ein *condottiere*«, antwortete Leonardo ernst. »Seinen Aufstieg machte er auf dem Rücken von Pferden und ...«

»Du scheinst es zu lieben, die Sforza auf Tiere zu reduzieren, mein Lieber«, fiel ihm die Markgräfin ins Wort. »Francesco also ein Pferd. Und Ludovico ein Hermelin?«

Leonardo merkte, dass er sich in Acht nehmen musste. Diese Dame war bei Weitem scharfzüngiger als alle, mit denen er es bislang zu tun gehabt hatte.

»Tiere sind unsere Gefährten«, gab er zurück. »Ich respektiere und achte sie, dies ist der Grund, warum ich kein Fleisch esse. Die Kunst hat schon immer von Allegorien gelebt. Der höchste Gott der Griechen scheute sich nicht, Tiergestalt anzunehmen, um sich so seinen Geliebten zu nähern«, führte er ins Feld. »Petrarca hat seine Geliebte mit einem Lorbeerbaum verglichen, und ...«

»Du hast recht«, lenkte Isabella überraschend ein. »Und solange du mich nicht mit einem Habicht darstellen willst oder gar mit einer Schlange, wird das Porträt, das du von mir malen wirst, den ersten Platz in meiner Sammlung einnehmen. Aber erklär mir bitte, wie du dieses riesige Pferd in Bronze gießen willst. Ich kenne mich nicht besonders gut aus, was dieses Handwerk anbelangt. Gleichwohl sehe ich, dass es bei dieser Größe schwierig werden dürfte.«

»Das stimmt«, räumte Leonardo ein. »Deshalb habe ich eigens zu diesem Zweck eine Form angefertigt, um das Pferd in einem einzigen Stück gießen zu können.« Leonardos Augen leuchteten. »Ihr müsst wissen, Eccelenza, dass andere Bildhauer ihre Werke in Einzelteilen herstellen und diese dann zusammensetzen. Nicht mit mir! Um dieses gigantische Pferd in einem Guss zu verwirklichen, habe ich eine Vorrichtung konstruiert, wie es sie noch nie zuvor gegeben hat. Denn für dieses Standbild benötigen wir immerhin fünfundsiebzig Tonnen Bronze.«

Die Markgräfin starrte ihn ungläubig an. »Fünfundsiebzig Tonnen?«

»So ist es.« Leonardo nickte. »Man wird es zu den Weltwundern zählen, wenn es einmal fertig ist. Der Herzog ist begeistert.«

»Fünfundsiebzig Tonnen Bronze«, wiederholte die Markgräfin nachdenklich. »Das ist heutzutage schwer zu bekommen.«

»Wie wahr.« Leonardo seufzte, wenn er daran dachte, wie lange er auf diese Menge Metall nun schon gewartet hatte. »Doch dem Herzog ist nichts zu schwierig, wenn es darum geht, seinem Vater ein derart grandioses Denkmal zu setzen.«

Er lud die noch immer skeptisch dreinblickende Regentin Mantuas ein, die Gießerei zu besichtigen, in der sich die monumentale Form für das Pferd bereits befand. Sie willigte ohne zu zögern ein, und dort angekommen beobachtete er gespannt, wie sehr die kolossale Konstruktion die Markgräfin beeindruckte.

»Das sieht ja aus wie ein Trojanisches Pferd«, erklärte Isabella und betrachtete die Gussform mit der komplizierten Armierung von allen Seiten.

»Und wie beim Trojanischen Pferd verbirgt sich darin etwas Unerwartetes. Nämlich die sorgfältig ausgearbeitete Negativform des Monuments«, sagte Leonardo zufrieden.

Er stellte ihr seinen Freund vor, den um sieben Jahre älteren Franziskaner Luca Pacioli, einen ausgezeichneten Mathematiker, der ihm bei den Berechnungen für dieses schwierige Unterfangen geholfen hatte und der gekommen war, um sich zu erkundigen, wann es endlich so weit sein würde und man mit dem Guss beginnen könne.

»Das Metall steht bereit«, verriet Leonardo. »In den nächsten Tagen können wir beginnen.«

Als Leonardo später die Werkstätten betrat, war dort der Teufel los. Salai hatte am Abend zuvor einem der Bühnenhelfer den Geldbeutel gestohlen, und nun stand dieser vor Wut schäumend im Atelier und forderte ihn zurück. Boltraffio, einer von Leonardos Gehilfen, rang mit dem Jungen, der sich unter großem Geschrei wehrte.

»Gib den Beutel heraus!«, sagte Leonardo ruhig. Boltraffio ließ von Salai ab, schüttelte den Kopf angesichts dieses seiner Meinung nach hoffnungslosen Falls, und begab sich wieder an seine Arbeit. Der kleine Übeltäter hatte eine trotzige Miene aufgesetzt.

»Nun mach schon«, forderte Leonardo ihn auf. Es war nicht das erste Mal, dass etwas fehlte. Salai stahl wie eine Elster. Gian Giacomo Caprotti, wie er mit vollem Namen hieß, war als Zehnjähriger zu ihm gekommen. Sein Vater, ein Weinbauer aus der Umgebung, hatte mit ihm eines Tages vor der Tür gestanden und von der Begabung des Jungen erzählt.

»Zum Arbeiten in den Weinbergen taugt er nicht«, hatte er offen bekannt. »Aber er überrascht alle mit seinen Zeichnungen. Bitte. Nehmt ihn als Lehrling an.« Leonardo hatte nicht Nein sagen können, zu sehr erinnerte der hübsche Knabe mit den frechen Augen und den blonden Locken ihn an seine eigene Kindheit. Auch er war auf dem Land aufgewachsen, als unehelicher Sohn eines angesehenen Notars mit einer Dienstmagd, und früh zu einem Maler in die Lehre gegeben worden. Was Gian Giacomos Talent anbelangte, hatte der Vater nicht übertrieben, er war wirklich begabt und lernte schnell. Dass sein Sohn ein notorischer Dieb war, das hatte der Mann wohlweislich verschwiegen. Nachdem sein Schüler den anderen Malern in seiner Werkstatt alle erdenklichen Streiche gespielt hatte, rief Leonardo eines Tages aus: »Du bist ja ein wahrer Saladin«, was in der Folge zu Salai abgekürzt wurde. Ein Augenaufschlag des bildschönen Jungen genügte freilich, und Leonardos Ärger schmolz dahin. Was sollte er auch tun? Er hatte beschlossen, den kleinen Teufel zu erziehen und zu einem guten Maler auszubilden. Das Zeug dazu hatte er, davon war Leonardo überzeugt. Auf dem Hof seines Vaters käme er doch nur vor die Hunde.

»Ich sag es nicht noch einmal«, drohte er nun. Salai verzog sein hübsches Gesicht und warf den Beutel dem Bestohlenen vor die Füße. Dann drehte er sich auf dem Absatz um und rannte davon.

»Zähl besser nach, ob nichts fehlt«, brummte Boltraffio in Richtung des Bühnenhelfers, der dies eilig tat. Offenbar stimmte der Betrag, denn der Mann verabschiedete sich missgelaunt und ging seiner Wege.

»Immer Ärger mit dem Bengel«, meinte Marco d'Oggiono,

der damit beschäftigt war, einen Entwurf Leonardos für eine das Jesuskind stillende Madonna auf Leinwand zu übertragen. »Ich frage mich, wann du uns endlich von ihm erlöst.«

Leonardo überging die Bemerkung. Alle wussten ohnehin, dass er Salai ins Herz geschlossen hatte und ihn nicht wegschicken würde, ganz gleich, wie sehr er ihnen allen auf die Nerven fiel. Er machte eine scherzhafte Bemerkung über Fiametta, die zu früher Morgenstunde durch die Gänge des alten Palastes huschte, korrigierte einige Stellen, an denen Marco bei der Madonna die Lichter und Schatten auf seiner Vorzeichnung übertrieben hatte, und zeigte Girardo, der erst seit kurzem bei ihm war, wie er Harze in mehrfach gekochtem Terpentin für die feinen Lasuren auflösen musste, die Leonardo den deckenden Farben vorzog. Dann verließ er die Werkstatt und eilte zurück in die Gießerei, um mit dem Meister den Zeitplan abzustimmen und sich zu vergewissern, dass ausreichend Gehilfen vor Ort sein würden und keine weiteren Verzögerungen dem Guss des Pferdes mehr im Wege standen. Gemeinsam mit Luca überprüfte er ein letztes Mal alle Berechnungen, denn bei dieser Sache gab es nur einen Versuch. Entweder er würde gelingen, oder Leonardo würde zum Gespött ganz Italiens werden.

»Es wird gelingen«, versicherte ihm Pacioli.

Und doch, dachte Leonardo, als er sich spät am Abend endlich in sein *appartamento* zurückzog, wie er die Räume nannte, die er in den früheren Herzogsgemächern bezogen hatte, hing das Gelingen von so vielen Details ab, die er unmöglich alle kontrollieren konnte. Von der Qualität des Metalls, von dessen Temperatur beim Gießen, von der Geschicklichkeit der Handwerker nicht zu reden.

Unruhig ging er von seinem Schlafzimmer ins *studiolo*, so wie auch Lorenzo der Prächtige sein Arbeitszimmer damals genannt hatte, in dem Leonardo hin und wieder zu Versammlungen der

Gelehrten eingeladen gewesen war, die sich um den Medici geschart hatten. Einige alte Sessel aus der Zeit der Visconti standen um seinen Tisch, spartanische Holzsitze mit Lederbespannung, die Leonardo eigenhändig aufgearbeitet hatte. Ein menschlicher Schädel, den er einem Totengräber abgekauft hatte, ruhte auf einem Beistelltisch, eine Reihe von versteinerten Muscheln und deutlich erkennbaren Fischen, die aus dem Gebirge stammten, auf einem anderen. Dies war eines der Rätsel, die er gelöst zu haben glaubte, nämlich die Frage, wie diese Wasserwesen dorthin gekommen waren. Die Meere mussten vor langer Zeit das gesamte Land bis in diese Höhen bedeckt haben, davon ließ er sich nicht abbringen, selbst wenn ihn viele für diese These verlachten. Sein ganzer Stolz aber war der hölzerne Globus in der Mitte des Tischs, eine Nachbildung jenes Geräts, das Donnus Nicolaus Germanus für Papst Sixtus IV. angefertigt hatte.

Er suchte die Mappe mit den Entwürfen hervor und sah sie durch, während eine der Katzen, die in dem Palazzo hausten, auf seinen Schoß sprang und sich schnurrend an ihn schmiegte. Dieses Projekt beschäftigte ihn nun bereits seit wie vielen Jahren? Seit zwölf? Nein, fünfzehn. Er konnte es kaum glauben. Kritisch betrachtete er seine frühen Skizzen, auf denen Ludovicos Vater noch fest im Sattel seines prächtigen Rosses gesessen hatte. Immer dramatischer war die Szene geworden, immer mehr war das Pferd, das sich aufbäumte, ins Zentrum gerückt. Bis der Reiter auf seinem Rücken nur noch eine Last gewesen war, die es im nächsten Moment abwerfen würde. Schließlich war die Figur entfallen, nur das Pferd in seiner tänzelnden Anmut, seiner kraftstrotzenden Bewegung übriggeblieben. Und in wenigen Tagen würde es endlich in seiner ganzen Vollendung aus der Form heraus geboren werden.

Ein Rascheln ließ Leonardo aufhorchen. Leise, huschende Tritte von bloßen Füßen. Das Kätzchen sprang von seinem Schoß und floh unter den Schrank.

»Komm ins Licht, Salai«, sagte er und hob die Kerze vom Tisch. Sogleich tanzten Lichter und Schatten über die uralten Wände. »Warum schleichst du dich so an?«

Im Schein der Flamme wirkte die dichte Lockenpracht, die seinem Schützling bis auf die Schultern fiel, wie vergoldet. Als er Leonardo ansah, war es dem Meister einmal mehr, als sähe er sich selbst, vor vielen Jahren, als er im gleichen Alter gewesen war. Damals hatte er seinem Lehrmeister Verrocchio für die David-Statue Modell gestanden, die Lorenzo de' Medici in Auftrag gegeben hatte. Auch wenn Leonardos Haar heute nicht mehr den hellen Goldton aufwies – Salai hätte sein Sohn sein können, und viele, die seine Geschichte nicht kannten, hielten ihn dafür.

»Ich wollte dich nicht stören«, sagte der Junge ungewohnt sanft.

»Aber etwas möchtest du doch von mir?«

Salai wandte den Blick ab und trat an den Tisch, fuhr mit einem Finger an der Kante entlang und ließ seinen Blick unruhig über die dort ausgebreiteten Skizzen streifen.

»Ich wollte nur sehen, ob du mir noch böse bist«, sagte er leise und warf Leonardo einen Blick zu, der Steine zum Erweichen bringen konnte.

»Ich bin dir nicht böse«, antwortete Leonardo mit einem innerlichen Seufzen. Er musterte den Jungen. »Versprich mir, dass du aufhörst mit dem Stehlen.« Statt zu antworten, hatte Salai sich halb abgewandt und tat so, als betrachte er die Entwürfe für das LETZTE ABENDMAHL an der Wand, die Studie für die Gruppe um Petrus und die zum Judas, von dem Leonardo noch immer das Gesicht fehlte. »Hast du nicht alles, was du brauchst?«, fragte Leonardo. Salai nickte. »Lass ich dich Hunger leiden oder gehst du in Lumpen?« Der Junge schüttelte den Kopf. »Warum hast du es dann nötig, anderen ihr Geld wegzunehmen?« Statt einer Antwort zuckte Salai mit den Schultern. »Du weißt es nicht?«

»Es ist so lustig, wenn sie sich ärgern«, sagte der Junge schließlich und schob die Unterlippe vor.

»Das ist nicht lustig«, widersprach Leonardo ernst. »Fändest du es lustig, wenn man dich bestehlen würde?«

Salai sah ihn an, seine Mundwinkel zuckten, seine Augen blitzten. »Dem würde ich eins auf die Nase geben.«

»Dann sollte ich dich wohl auch schlagen«, gab Leonardo streng zurück. Salai lachte und zeigte dabei seine makellosen Zähne. »Das würdest du niemals tun, mein Meister«, sagte er beinahe liebevoll.

»Versprich mir, dass du dich ändern wirst«, entgegnete Leonardo ärgerlich. Salai hatte recht. Er würde es nicht über sich bringen, jemanden zu schlagen, schon gar nicht diesen Jungen.

»Jeder stiehlt so gut er kann«, antwortete der Bengel. »Die Kleinen ein paar Münzen und die Großen ganze Herzogtümer.« Dann duckte er sich weg, glitt zurück in die Schatten und verschwand.

An den folgenden beiden Tagen warteten sie vergeblich auf die Anlieferung der Bronze. Als Leonardo sich zum Castello begab, um nach dem Verbleib des Metalls zu fragen, wurde er nicht zum Schatzmeister vorgelassen. Verärgert bat er um eine Unterredung mit Ludovico, doch die bevorstehende Abreise der Markgräfin von Mantua mit ihrem Gefolge schien den gesamten Hof in Atem zu halten.

Endlich war auch die letzte Kutsche durch das Stadttor gerumpelt, und Leonardo wurde zum Herzog vorgelassen.

»Wie steht es um das ABENDMAHL?«, fragte ihn Ludovico.

Leonardo senkte das Haupt. »Es ist im Werden«, antwortete er.

»Und die Madonna für Ungarn?«

»Alles zu seiner Zeit«, gab Leonardo zurück. »Zuerst wird das Reiterstandbild vollendet. Darf ich fragen, wann wir mit dem

Metall rechnen können? Es wurde uns für diese Woche zugesagt. Alles ist bereit. Wir warten nur noch auf die Bronze.«

Schweigen erfüllte den Saal. Vergeblich versuchte Leonardo in den Zügen des Herrschers von Mailand zu forschen. Schließlich hielt er es nicht mehr aus. »Herr«, sagte er verzweifelt. »Wo ist das Metall?«

»Auf dem Weg nach Ferrara zu meinem Schwiegervater«, antwortete Ludovico endlich und sah an ihm vorbei. »Dort wird es zur Verteidigung gegen die Franzosen benötigt.«

Leonardo brauchte einen Moment, um das Ungeheuerliche zu begreifen. Er sah die vielen Kutschen und Planwagen vor sich, die in den vergangenen Tagen die Stadt verlassen hatten. Die Markgräfin von Mantua hatte ihm das wertvolle Metall gestohlen.

»Das heißt …«, Leonardo konnte es nicht glauben, »… die Bronze wird zu Kanonen gegossen?«

Il Moro betrachtete ihn aus schmalen Augen. »Wenn Ferrara fällt, marschiert das französische Heer nach Mantua. Und nach Mantua kommt Mailand an die Reihe.«

»Ich verstehe nicht«, entgegnete Leonardo. »Seid Ihr nicht mit Charles VIII. verbündet? Gibt es nicht Verträge, die …«

»Dinge ändern sich«, gab Ludovico kühl zurück. »Ich werde gemeinsam mit meinem Schwiegervater, dem Herzog von Ferrara, diese Froschfresser aus unserem Land werfen.«

»Aber Herr …«

»Bist du der einzige Mensch in Italien, der nicht mitbekommen hat, dass die Medici aus Florenz verjagt wurden?«, fuhr der Herzog ungnädig fort. Natürlich wusste Leonardo das, schließlich stammte er aus Florenz und stand mit seinem Vater dort in regem Briefkontakt. Die Vertreibung der Medici hatte ihn tief erschüttert. Nahezu dreihundert Jahre lang hatte diese Familie die Geschicke seiner Heimatstadt gelenkt. Lorenzo war ein großer Förderer der Künste gewesen. Aber Lorenzo war tot, und von seinem ältesten Sohn Piero hatte Leonardo nicht viel Gutes gehört ...

»Was nützt uns ein heroisches Standbild, wenn wir alle untergehen?«, unterbrach Ludovico seine Gedanken.

»Herr, seit fünfzehn Jahren arbeite ich an dem ...«

»... so kommt es auf ein paar weitere nicht mehr an«, schnitt ihm Ludovico das Wort ab. »Inzwischen hast du genug zu tun. Und wenn das ABENDMAHL endlich fertig sein wird, warten noch einige Säle darauf, von dir dekoriert zu werden.« Er wandte sich ab, und Leonardo verstand, dass die Unterredung beendet war.

»Das war Isabellas Werk.«

Sie saßen in Lucas Studierzimmer, eine Partie Schach, an der sie seit Wochen spielten, stand unberührt auf dem Tisch. Leonardo nickte. Er war so niedergeschlagen, dass er keine Worte fand. Sein Freund hatte vermutlich recht.

»Ich hätte nicht so vor ihr prahlen sollen«, brachte er schließlich hervor. »Niemals hätte ich das Standbild erwähnen dürfen.«

»Sie hätte auch so von der Bronze erfahren«, versuchte sein Freund ihn zu trösten. »Im Grunde kann man es ihr nicht einmal verübeln. Immerhin sind sie und Beatrice die Töchter des Herzogs von Ferrara. Sie denkt wie ein Mann. Das sollte man würdigen.«

Leonardo presste beide Hände gegen die Schläfen. »Warum hab ich mich nur auf diese Unternehmung eingelassen?«, beklagte er sich.

»Nun, wenn ich mich nicht täusche, war es deine Idee«, schmunzelte sein Freund. »Du warst es, der Ludovico mit diesem Standbild in den Ohren lag, bis er endlich auch begeistert davon war.«

»Es wird nie dazu kommen«, stöhnte Leonardo. »Immer wird etwas anderes wichtiger sein. Ein Krieg. Oder sonst eine Katastrophe. Eher wird er seiner neuen Geliebten, der Crivelli, einen Palast bauen, als dass er 75 Tonnen Bronze unserer Form in den Rachen gießen lässt. Und ich? Ich werde zum Gespött werden. Alle Welt wird sagen, Leonardo hat versagt. Er hat das größte Modell aller Zeiten gebaut, aber an dem Guss ist er gescheitert.«

»Seit wann interessiert es dich, was die Welt von dir denkt?« Luca schob die Schachpartie ein winziges Stück in Leonardos Richtung. »Na komm schon«, sagte er. »Seit Wochen bist du dran und tust keinen Zug. Wie soll da je unsere Schrift über das Schachspiel fertig werden?«

Das stimmt, dachte Leonardo. Was geht es mich an, was die anderen sagen. Eigentlich war er dieser ewigen Geschichte mit dem Pferd bereits seit einer Weile überdrüssig. Was konnte er dafür, dass Isabella ihm die Bronze vor der Nase weggestohlen hatte? Salais Worte fielen ihm wieder ein. *Jeder stiehlt so gut er kann.* Und auf einmal musste er lachen. Wie recht der Junge doch hatte.

»Weißt du«, sagte er zu Luca, noch immer lachend, »im Grunde hab ich sowieso keine Lust mehr auf die Bildhauerei. Man ist viel zu abhängig von Dingen, die man nicht beeinflussen kann. Und was hat man am Ende?«

»Ein achtes Weltwunder vielleicht?« Luca Pacioli grinste.

»Einen Gegenstand, der in der Landschaft herumsteht«, beantwortete Leonardo seine Frage selbst. »Eine Figur, deren Aussehen davon abhängt, wie Wind und Wetter mit ihr umgehen. Die ihre Wirkung nur durch das natürliche Licht erhält, eine Oberfläche, die auch nach jahrelanger Politur einfach nur metallen ist.« Er studierte aufmerksam die Figuren auf dem Schachbrett, dann nahm er einen Läufer und versetzte ihn. »Von nun an werde ich mich an die Malerei halten. Die ist eine viel größere Herausforderung für einen Künstler.«

»Wie passend«, gab sein Freund schmunzelnd zurück. »Da warten ja ohnedies ein paar Aufträge auf dich. Der Prior hat mich neulich gefragt, wann du endlich mit dem Fresko in seinem Refektorium beginnst.«

»Kein Fresko«, antwortete Leonardo.

Luca hob erstaunt die Brauen. »Sondern?«

»Du weißt, dass mir diese Technik nicht liegt. Was ist das schon für eine Kunst, in Windeseile Farbe auf feuchten Putz zu schmieren, der nach wenigen Stunden trocken ist, und man kann nichts mehr daran ändern? Das ist Handwerkskunst. Ich brauche Zeit für meine Werke.«

»Das Abendmahl wird also kein Fresko?«

Leonardo schüttelte den Kopf.

»Was wird es dann?«

»Eine Al-secco-Wandmalerei«, antwortete er. »Auf der Basis von Tempera. Ich experimentiere noch. Eine vollkommen neue Technik auf der Grundlage der früheren Meister. Es wird großartig werden.«

Luca Pacioli musterte seinen Freund fasziniert.

»Wenn sie so großartig ist«, sagte er schließlich, »warum sind andere nicht vor dir darauf gekommen? Glaubst du nicht, dass es besser ist, du hältst dich an das Altbewährte?«

Leonardo schenkte ihm ein mildes Lächeln. »Wenn sich die Menschheit stets nur an das Altbewährte gehalten hätte«, entgegnete er, »würden wir uns heute noch in Felle kleiden und in Hütten hausen, so wie Adam und Eva nach der Vertreibung aus dem Paradies.«

»Oder wir wären nie aus dem Paradies vertrieben worden«, wandte Luca ein und bewegte einen Bauern gefährlich in die Richtung von Leonardos Läufer. »Wäre das nicht besser?«

»Wenn wir nie vom Baum der Erkenntnis gekostet hätten?« Leonardo schlug den Bauer mit seinem Springer, und Luca riss vor Schreck die Augen auf. »Ich wäre vor Langeweile längst verrückt geworden.«

Am nächsten Morgen stand Leonardo lange vor der Wand im Refektorium des Klosters von Santa Maria delle Grazie, die er zu bemalen hatte. Später in seinem Atelier flog die Zeichenfeder nur so über das Papier, zog Linien und Schraffuren. Er rief seine Gehilfen, hieß sie einige Leitern mitnehmen und steckte eine Garnrolle ein, außerdem Hammer und Nägel. Wieder im Refektorium ermittelte er gemeinsam mit seinen Helfern die exakte Mitte der Wand und schlug dort einen Nagel ein. Unter den erstaunten Blicken der Mönche, die herbeigelaufen waren, spannte er zunächst eine waagerechte Schnur auf der Höhe des Nagels von einer Ecke zur anderen, dann vom Nagel aus strahlenförmig in verschiedenen Winkeln, so dass ein symmetrisches Netz aus Garn entstand.

»Was soll das werden?«, fragte der Prior des Klosters, nachdem zwölf Schnüre vom Zentrum aus über das Mauerwerk gespannt waren.

»Vielleicht wurde der Künstler vom Heiligen Geist übermannt«, schlug ein eifriger Novize vor und wurde vom Prior auf der Stelle zurück zu seiner Arbeit beordert.

Leonardo konnte sich ein Lächeln nicht verkneifen. »Der junge Bruder hat so Unrecht nicht«, erklärte er schmunzelnd. »Diese Eingebung kommt tatsächlich von ganz oben.«

»Wie?«, gab der Prior säuerlich zurück. »Klingt das nicht nach Blasphemie?«

Leonardo strich sich über den Bart. »Und wenn ich dir sage, dass ich dafür sorgen werde, dass der Heiland künftig höchstpersönlich im selben Raum mit dir und deinen Brüdern speisen wird? Was sagst du dann?«

Der Prior warf Leonardo einen vernichtenden Blick zu, schlug rasch das Kreuzzeichen und scheuchte die anderen Mönche aus dem Refektorium, ehe er selbst das Weite suchte.

Leonardos Gehilfen amüsierten sich prächtig, bis ihr Meister dreimal entschlossen in die Hände schlug.

»Genug gelacht«, rief er. »Wer von euch hat verstanden, was das zu bedeuten hat?« Das Lachen erstarb. Ratlos blickten Leonardos Lehrlinge auf die sternförmig gespannten Schnüre.

»Manche davon sehen so aus, als verlängerten sie die Linien der Malereien auf den Seitenwänden.« Es war Boltraffio, der zu den beiden Langseiten des Refektoriums hinaufwies.

»Das stimmt nicht«, widersprach Girardo. »Die Muster verlaufen parallel zur Decke, also gerade. Die Schnüre hingegen zeichnen eine diagonale Linie bis zum Nagel in der Mitte.«

»Aber wenn man hier steht«, mischte Salai sich ins Gespräch, »sieht es so aus, als seien auch die Bordüren schräg. Die Malerei lügt.« Er warf lachend seine blonden Locken ins Genick.

»Salai hat recht«, lobte Leonardo den jüngsten seiner Schüler. »Nicht das, was wir wissen, zählt. Sondern das, was unser Auge sieht.« Er wies zu den Ecken, wo die Seitenwände an die Fläche stießen, auf der das ABENDMAHL entstehen sollte. »Man nennt das Perspektive. Mit der Perspektive begreifen wir den Raum. Wir müssen nur genau hinsehen, dann liegt alles deutlich vor uns. Und was diese Wand da anbelangt – bald wird sie keine Wand mehr sein, sondern sich als Verlängerung des Refektoriums öffnen. Eine Bühne, auf der Jesus mit seinen Jüngern am Tisch sitzt und das letzte Abendmahl einnimmt. Der Raum, in dem er das Ungeheuerliche aussprechen wird.«

»Was ist das Ungeheuerliche?«, fragte Salai und schmiegte sich nahe an ihn.

»Der Verrat«, antwortete Leonardo und hielt die Hand des Jungen fest, mit der er vorsichtig nach der Geldbörse des Künstlers getastet hatte. »Noch ehe der Hahn dreimal kräht, wird mich einer von euch verraten haben«, zitierte er frei die Bibel.

»Jag den Jungen endlich zum Teufel«, forderte Boltraffio zornig.

»Wieso sollte ich? Nicht einmal Jesus hat Judas aus seiner

Tischrunde verbannt«, erwiderte Leonardo und gab Salai eine Kopfnuss. »Doch zurück zur Perspektive. Wer errät, was ich an die Stelle malen werde, wo der Nagel steckt?« Und als er nur fragende Gesichter sah, ergänzte er: »Wer steht im Zentrum dieser Geschichte?«

»Vielleicht der Beutel mit den Silberlingen?«, schlug Salai mit einem unverschämten Grinsen vor.

»Ganz sicher nicht«, gab Leonardo streng zurück.

»Unser Herr Jesus Christus«, sagte Giampietro ehrfürchtig.

Leonardo seufzte vor Erleichterung. »So ist es«, sagte er. »Ich hab schon befürchtet, dass keiner von euch darauf kommen würde.«

Entlang der Schnüre ritzte Leonardo deutliche Rillen in den Putz. Mit den zusätzlichen Linien, die er mit Rötel und weicher Holzkohle zog, nahm der Raum, zu dem die Wand sich nach und nach öffnete, Form und Tiefe an. Leonardo ließ ein Gerüst bauen, vor dem fortan häufiger der Prior anzutreffen war. Mit weit aufgerissenen Augen sah er zu, wie aus der Fläche ein dreidimensionaler Raum zu werden schien mit Deckenbalken, die sich nach hinten verjüngten, und der Illusion, dass sich die Seitenwände bis zu einem imaginären Hintergrund fortsetzten. In weiter Ferne erst schien sich dieser gezeichnete Raum zu schließen, drei Fenster in der Rückwand würden den Blick in eine Landschaft unter südlich blauem Himmel freigeben.

»Der Haken bei der Sache wird sein«, wandte Leonardos Freund Pacioli ein, als er ihn eines frühen Morgens besuchte, »dass die perspektivische Täuschung nicht von jedem Standpunkt des Betrachters aus funktionieren kann.«

»Das muss sie auch nicht«, antwortete Leonardo und winkte seinen Freund zu der Tür, durch welche die Mönche das Refektorium betraten. »Ich habe die Ordensbrüder beobachtet. Wenn sie hereinkommen, fällt ihr Blick als Erstes auf das Wandbild. Sitzen sie erst einmal vor ihren Tellern, ist ihnen die Suppe wichtiger. Deswegen ist diese Stelle hier gleich nach der Schwelle die wichtigste. Überprüfe es selbst.«

»Du hast recht«, sagte Luca und lachte anerkennend.

»Außerdem werde ich das Licht so einsetzen, dass es aussieht, als fiele es durch die echten Fenster in den gemalten Raum«, fuhr Leonardo eifrig fort. »Ich sehe alles genau vor mir. Nur die Gesichter machen mir noch Sorge.«

»Die Gesichter?«

»Ich habe bereits viele Studien gemacht, aber so recht zufrieden bin ich noch nicht.« Er zog Pacioli zu einem der Tische, auf dem seine Zeichenmappe lag. »Und nicht nur die Gesichter bereiten mir Kopfschmerzen. Es sind die Mienen, die Gebärden. Stell dir vor, jemand, den du über alles liebst, verkündet, dass ihn einer der Anwesenden noch in derselben Nacht verraten wird. Wie würdest du reagieren?«

Der Franziskaner kratzte sich hinter dem Ohr. »Ich würde es vermutlich im ersten Moment nicht glauben«, sagte er.

»Was genau würdest du nicht glauben?«, hakte Leonardo nach. »Den Verrat an sich? Oder dass es jemand aus der Runde sein soll?« Er löste die Bänder der Zeichenmappe und schlug sie auf. Vor den Augen seines Freundes blätterte er einige Skizzen durch. »Ich überlege, die Jünger in Gruppen zu gliedern.« Er wies auf seine Helfer. Jeweils drei oder vier standen beisammen und unterstützten sich gegenseitig. »Das ist nun einmal das, wozu es uns Menschen drängt. Vier Gruppen. Oder wird das zu symmetrisch?«

»Nein, der gesamte von dir erfundene Raum ist symmetrisch«, warf Luca ein.

»Vier Gruppen also«, wiederholte Leonardo, und seine Wangen begannen vor Aufregung zu glühen. »Die einen können es nicht glauben. Die andere Gruppe weist den Vorwurf weit von sich. ›Ich nicht, mein Herr‹, beteuern sie.« Er zog ein Blatt heraus, auf dem Gestalten in den unterschiedlichsten abwehrenden Haltungen zu sehen waren. »Dann gibt es die Gruppe derjenigen, die sich sogleich untereinander beraten. ›Ein Verräter? Wer könnte das denn sein?‹ Und schließlich die Mutigen, die entschlossen sind, ihren Herrn und Meister zu verteidigen, was immer auch kommen mag.« Leonardo schob die Skizzen wieder zusammen. »Ich will, dass alles ganz natürlich auf diesen einen Augenblick ausgerichtet ist. So als wären wir dabei. Aber bis dahin ist es noch ein weiter Weg.«

Luca zog vorsichtig an der Ecke einer Zeichnung, die unter den Gruppenskizzen hervorlugte. Eine lange Tafel wurde sichtbar, dahinter dreizehn angedeutete Figuren.

»Du willst sie alle auf einer Seite des Tischs platzieren?«, fragte er. »Wie verträgt sich das mit der Natürlichkeit? In Wirklichkeit sind sie doch wohl um den Tisch verteilt, und einige von ihnen sollten uns den Rücken zeigen.«

Leonardo lächelte nachsichtig. »Du hast vergessen, dass sie Teil des Refektoriums sind. Teil der Runde der Mönche. Keiner von ihnen wendet dem anderen seinen Rücken zu. Ich hab es bereits dem Prior gesagt. Er hält es für Blasphemie: Jesus und seine Jünger werden mit den Mönchen gemeinsam Abendmahl halten. Und auch sie können sich fragen: Hab ich meinen Herrn verraten?«

Über den Winter nahm die Szene, die Leonardo vor Augen schwebte, mehr und mehr Gestalt an. Der Herzog hatte ihn bei einer festlichen Gelegenheit mit der Familie Atellani bekannt gemacht, für die er schräg gegenüber dem Kloster ein prächtiges Haus gebaut hatte. Ludovico schwebte vor, in dieser ländlichen Umgebung außerhalb der Porta Vercellina ein neues Viertel zu gründen, in dem ausschließlich Familien wohnen sollten, die seinem engsten Kreis angehörten. Die Atellani boten Leonardo an, bei ihnen Quartier zu beziehen, wenn es abends zu spät und zu kalt war, um noch den weiten Weg bis nach Hause zurückzulegen. Das nahm er gerne an.

Wenn er nachts nicht schlafen konnte, über die Gesichter der Apostel nachgrübelte oder über Salai, der ihm auf der einen Seite viel Freude bereitete, so rasch machte er beim Malen Fortschritte, auf der anderen Seite aber noch immer der unerzogene Wildling war, als der er in sein Atelier gekommen war, dann ging Leonardo hinaus in den Garten hinter der Villa, an den sich ein großer Weinberg anschloss. Dort spazierte er im Mondschein zwischen den schwarzen Strünken der Weinstöcke und fühlte, wie die von Raureif oder gar Frost verkrustete Erde unter seinen Stiefeln knirschte. Oft wanderten seine Gedanken zu seiner frühen Kindheit, als er noch bei seiner Mutter Caterina in Anchiano bei Vinci gelebt hatte, wo man sie mit einem Bauern verheiratet hatte, nachdem sie von Ser Piero schwanger geworden war. Wenn er an diese ersten fünf Jahre seines Lebens dachte, sah er Tiere, Katzen und Hunde, er sah grüne Hügel, so weit das Auge reichte, Hänge voller Olivenbäume und Wein. Er sah Blätter und Zweige im tanzenden Spiel des Windes und des Lichts. Einmal selbst Land zu besitzen, dachte er, während er seinen Umhang fester um die Schultern zog, was wäre das für ein Glück. So einen Weingarten oder einen Olivenhain. Ein Stück Erde, zu dem man gut sein konnte und das es einem mit reicher Ernte lohnte.

Am Ende bin ich doch nur der Sohn einer Bäuerin, dachte er, über sich selbst schmunzelnd, und ging zurück ins Haus.

3

DER SEIDENHÄNDLER

Florenz, 1495–1496

Die Wintermonate waren lang und kalt gewesen, und der Frühling kündigte sich erst zögerlich mit ein paar sonnigen Tagen an. Lisa hielt den Stiel der Hacke fest umklammert, obwohl die frischen Blasen an den Händen höllisch schmerzten, und bearbeitete den harten Boden in einem der Klosterbeete.

»Alles wird leicht, wenn du es mit Freude tust«, sagte Tante Ginevra und stellte ein Weidenkörbchen neben Lisa auf den Weg. »Denk daran, dass du ein weiches Bett für Rübchen und Bohnen bereitest. Hier sind die Samen. Aber erst muss die Erde schön locker sein.« Eine Weile sah sie zu, wie ihre Nichte sich abmühte, dann nahm sie ihr die Hacke aus der Hand. »Schau genau zu. So geht es viel leichter.« Schwungvoll durchpflügte ihr Gerät den Grund.

»Ach, Tante Ginevra«, seufzte Lisa, doch sie wurde sogleich streng zurechtgewiesen.

»Suor Albiera, so sollst du mich ansprechen. Ginevra ist tot, seit ich eine Braut Christi bin. So wie auch Lisa sterben wird, wenn du erst die Gelübde des Heiligen Domenicus angenommen...«

»Du weißt, dass ich das nicht kann«, fiel ihr Lisa heftig ins

Wort. Tränen standen ihr in den Augen. Sie hob den Blick und betrachtete die Mauern, die den Garten umgaben. In einiger Entfernung arbeiteten andere Nonnen. Eine von ihnen blickte bereits streng zu ihnen herüber. Wenn sie nicht bald weiterarbeitete, würde sie einen Verweis bekommen. Einen von vielen.

»Geduld«, mahnte die Ältere und reichte ihr das Gartengerät zurück. »Mit der Zeit wird sich alles finden. Du wirst ruhiger werden. Und zufriedener. Ich bete jeden Tag darum.«

»Bete lieber, dass ich hier wieder rauskomme«, murrte Lisa und versuchte, die Hacke genauso leicht zu führen wie ihre Tante, während Tränen auf die noch winterharte Erde tropften.

Lisa wunderte sich, dass sie überhaupt noch welche hatte. Jede Nacht weinte sie sich in den Schlaf, und wenn die Glocke sie mitten in der Nacht weckte, um nach den Regeln die ersten Gebete, die *Laudes*, zu sprechen, war ihr Gesicht noch immer nass. Der strenge Tagesablauf, das endlose Knien in der Klosterkirche, dann die Arbeit in der Wäscherei, in der Spinnstube und im Garten – alles empfand sie als Qual.

Nicht einmal an Weihnachten hatte sie nach Hause gedurft. Wenn sie daran dachte, flossen die Tränen ganz von allein. Das Päckchen mit den Zuckerbäckereien ihrer Mutter hatte ihren Kummer nur noch verstärkt. So sehr vermisste sie ihre Familie, vor allem die Geschwister. Und natürlich den Geliebten ihres Herzens, Giuliano.

Manchmal drangen Neuigkeiten über die Geschehnisse draußen in der Welt durch die Klostermauern von San Domenico di Cafaggio zu ihr. Dann lauschte sie atemlos und erfuhr, dass nach der Flucht der Medici-Brüder bürgerkriegsähnliche Zustände in der Stadt ausgebrochen waren. Seit mehr als dreihundert Jahren hatte diese Familie die Geschicke von Florenz bestimmt. Pieros Vorfahren hatten es brillant verstanden, die seit Menschengedenken miteinander verfeindeten Parteien untereinander auszugleichen, von denen die einen Anhänger des Kaisers des Heiligen Römischen Reichs waren, die anderen die des Heiligen Stuhls, während die dritte Gruppe eine Oligarchie der Adeligen unterstützte. Durch die Vertreibung der Medici war ein Machtvakuum entstanden, und die blutigen Kämpfe um die Vorherrschaft hatten vielen Bürgern das Leben gekostet. Nach Wochen der allgemeinen Unsicherheit war kürzlich eine neue, sogenannte Volks-Regierung gebildet worden, und zwar unter der Federführung des Dominikanermönchs Girolamo Savonarola vom Mutterkloster San Marco, was die älteren Nonnen erleichtert aufseufzen ließ. Allein die Nennung seines Namens sorgte dafür, dass die frommen Frauen glänzende Augen und rosige Wangen bekamen. Ihrer Auffassung nach stand er für Recht und Ordnung ein und gebot dem liederlichen Leben in Florenz endlich Einhalt. Ihm war es gelungen, den König von Frankreich davon abzuhalten, Florenz zu zerstören und zu plündern, eine Gefahr, die Piero de' Medicis anmaßendes Verhalten heraufbeschworen hatte. Allein Savonarola verdankte man, dass die Franzosen nach nur zehn Tagen in Richtung Rom weitergezogen waren. Die Mutter Oberin schien Savonarola gar für einen Heiligen zu halten, so sehr pries sie ihn und verlas den versammelten Schwestern Sonntag für Sonntag die wichtigsten Stellen seiner Predigten, die er in der Kirche von San Marco hielt, und die vor Drohungen und Anklagen nur so widerhallten. »Armut! Keuschheit! Gehorsam«, dies waren die Regeln des Ordens, und Savonarola wollte am liebsten die ganze Welt in ein Kloster verwandeln. Lisa konnte die Begeisterung der Oberin nicht teilen, sie empfand einen großen Widerwillen gegen den Bußprediger, der ein düsteres Bild der Christenheit zeichnete, alles Schöne und jedes noch so unschuldige Vergnügen mit scharfen Worten geißelte. Und der in ihren Augen an der Vertreibung ihres Geliebten Mitschuld trug. Savonarola war einer der größten Gegner des Hauses Medici gewesen, obwohl

Giulianos Vater Lorenzo ihn nach Florenz geholt und seine Karriere befördert hatte. »Ein großer Fehler«, hatte Piero auf einer der Tanzveranstaltungen, zu denen Lisa eingeladen worden war, einmal öffentlich geäußert. »Eifernde Pfaffen sollten dort bleiben, wo sie hingehören – in ihren Zellen, und sich von der Politik fernhalten.«

Und nun war es ausgerechnet Lisa, die zwischen Klostermauern festsaß. Einen einzigen Tag lang war sie hier glücklich gewesen, und zwar an jenem, an dem sie erfahren hatte, dass Giuliano und seine Brüder noch am Leben waren. Sie hielten sich in Bologna auf, erzählten die einen, nein, in Venedig die anderen. Oder in Ferrara? Hauptsache, sie waren in Sicherheit, dachte Lisa. Und hoffte noch immer gegen alle Vernunft auf einen Brief ihres Liebsten. Aber konnte er wissen, wo sie sich befand? Machte er sich Sorgen um sie? Oder hatte er sie über seinen eigenen Problemen längst vergessen?

»Du sollst zur Mutter Oberin kommen.« Lisa schreckte auf. Sie hatte ihre Tante nicht zurückkommen hören. »Sofort.«

»Warum denn dieses Mal?«

Suor Albiera zuckte mit den Schultern. »Ach Kind«, seufzte sie, »ich weiß es nicht.«

Eilig verstaute Lisa ihre Hacke im Schuppen und bemühte sich, den Schmutz von ihrer Schürze abzuschütteln. Am Brunnen wusch sie ihre Hände und richtete das Tuch, das ihr Haar bedeckte.

Mit gesenktem Haupt betrat sie die Zelle der Mutter Oberin und blieb, wie sie es gelernt hatte, gleich hinter der Schwelle stehen.

»Du hast Besuch«, hörte sie die inzwischen gefürchtete Stimme mit ungewohnter Milde sagen. »Geh hinaus in den Kreuzgang.«

Besuch? Einen Augenblick lang war Lisa davon überzeugt, dass nur er es sein konnte, Giuliano. Dann wies sie sich zurecht. Das war unmöglich. Auf seinen Kopf waren viele tausend Gulden ausgesetzt. Doch eine kleine, hartnäckige Stimme in ihr bestand darauf, während sie einen tiefen Knicks machte und sich so gemessen, wie es ihr nur möglich war, zum Kreuzgang begab. Er hat sich verkleidet, sagte diese verführerische Stimme der Hoffnung. Er hat einen Boten geschickt. Er hat ...

Auf der steinernen Bank nahe dem Rosenbusch saß ihre Mutter, und Lisa hatte Mühe, nicht enttäuscht zu sein.

»Lisa, Liebes, wie geht es dir?« Lucrezia hatte sich erhoben und breitete die Arme aus. Mit einem Aufschluchzen ließ sich Lisa in die Umarmung fallen. »So schlimm?«, flüsterte Lucrezia nah an ihrem Ohr. Lisa nickte und verbarg ihr Gesicht in dem wohlbekannten Schultertuch aus gewobener Wolle, sog tief den Duft ihrer Kindheit in sich ein. »Na, na, beruhige dich«, fuhr ihre Mutter fort. »Ich hab Neuigkeiten. Willst du sie nicht hören?«

Mit einem Mal wurde Lisa vollkommen ruhig. Etwas war geschehen, das konnte sie fühlen.

»Ich hoffe, es sind gute Neuigkeiten«, sagte sie und schluckte die letzten Schluchzer hinunter.

»Und ob«, antwortete Lucrezia mit leuchtenden Augen und zog ihre Tochter zur Bank. »Komm, setz dich zu mir. Ich habe einen Weg gefunden, dich hier herauszuholen. Du wirst heiraten.«

»Giuliano?«, entfuhr es Lisa. Aufgeregt fasste sie nach dem Arm ihrer Mutter.

Die sah sie zornig an. »Hast du diese Kindereien noch immer im Kopf?«, schalt sie und sah sich um, ob auch niemand sie gehört hatte. »Natürlich nicht. Der sitzt in Venedig und hat an jedem Finger eine andere Geliebte. Wach auf, mein Kind. Ich hatte wirklich gehofft, dass dich die Wochen hier im Kloster zur Vernunft gebracht hätten.«

Schon wieder kämpfte Lisa mit den Tränen. »Einen anderen heirate ich aber nicht«, erwiderte sie störrisch.

»Lass mich doch erst einmal ausreden!« Lucrezias Augen funkelten. »Hast du nicht verstanden, dass dein Vater entschlossen ist, dich bei der geringsten Widerrede für immer hierzulassen? Du kannst dir nicht vorstellen, wie viel Überredung es mich gekostet hat, ihn für diesen Ausweg zu gewinnen. Hab ich mich umsonst bemüht? Willst du lieber Nonne werden?« Lucrezia erhob sich und sah verärgert auf ihre älteste Tochter herab. »Sag Ja, und ich behellige dich nie wieder.«

Verzweifelt griff Lisa nach ihrer Hand. »Bitte«, flehte sie. »Ich kann hier nicht bleiben.«

»Dann hör mir gut zu.« Lucrezia setzte sich wieder und nahm beide Hände ihrer Tochter in die ihren. »Es gibt jemanden, der dich zur Frau nehmen möchte. Trotz deiner Schande.« Lisa wagte nicht zu atmen. Wer immer das sein mochte, sie wollte ihn nicht. »Willst du nicht wissen, wer es ist?« Lisa presste die Lippen aufeinander. Wenn es nicht Giuliano ist, wollte sie erwidern, interessiert es mich nicht. Allein der Gedanke, einem anderen Mann anzugehören als ihm, erfüllte sie mit Entsetzen. Doch sie wollte auch nicht im Kloster bleiben. Unter keinen Umständen.

»Wer ist es?«, fragte sie widerstrebend und starrte auf ihre Hände, die ihre Mutter umfangen hielt.

»Ser Francesco di Bartolomeo di Zanobi del Giocondo«, sagte diese stolz.

Im ersten Moment wusste Lisa nicht, wer das sein sollte. Dann fiel es ihr wieder ein. Die del Giocondos waren reiche Kaufleute, und eine entfernte Verwandte von ihr hatte vor einigen Jahren dort eingeheiratet.

»Ist das nicht der Mann von Tante Camilla? Die im vergangenen Sommer gestorben ist?« Camilla war die Schwester der zweiten Frau ihres Vaters gewesen, wie die erste war sie im Kindbett gestorben. Lisa hatte bei Camillas Hochzeit dabei sein dürfen. Wie alt war sie da gewesen? Elf oder zwölf? An den Bräutigam konnte sie sich beim besten Willen nicht mehr erinnern.

»Genau der«, bestätigte ihre Mutter aufgeregt. »Ser Francesco ist Geschäftsmann. Er und seine Brüder handeln weltweit mit kostbaren Stoffen. Außerdem haben sie eine eigene Seidenweberei. Eine bessere Partie kannst du dir gar nicht wünschen!« Lucrezia lächelte sie aufmunternd an. »Camilla hat einen kleinen Sohn hinterlassen«, fuhr sie fort. »Erinnerst du dich an den kleinen Bartolomeo?«

»Sicherlich erinnere ich mich an Meo«, murmelte Lisa. Sie hatte ein paarmal auf den Kleinen aufgepasst, damals, als Camilla krank geworden war.

»Er ist nun zwei Jahre alt und braucht wieder eine Mutter«, erklärte Lucrezia. »Mit Kindern hast du dich doch immer gut verstanden. Aber das Beste ist, die del Giocondos gehören zu den reichsten Familien von Florenz. Was für ein unerwartetes Glück!« Lisas Mutter glühte nur so vor Begeisterung. »Francesco scheint vollkommen in dich vernarrt. Er war es, der mich beim Kirchgang auf dich angesprochen hat. ›Ich habe Eure Lisa lange nicht mehr gesehen‹, hat er gesagt. Und da hab ich erkannt, dass er Interesse an dir hat.«

»Er muss mindestens doppelt so alt sein wie ich«, wandte Lisa ein.

»Er ist dreißig. Na und?« Lucrezias Augen sprühten. »Dein Vater ist auch elf Jahre älter als ich. Ein älterer Ehemann bedeutet Segen für eine Frau, vor allem, wenn er so wohlhabend ist wie Francesco. Und so angesehen. Er hatte schon mehrfach einen Sitz im Rat der Signoria, und du weißt, dass nur den wichtigsten Familienoberhäuptern diese Ehre zuteilwird.«

»Er kennt mich doch gar nicht«, wandte Lisa verzweifelt ein. Vor die Wahl gestellt, im Kloster zu bleiben oder einen ungeliebten Mann zu heiraten, erschien ihr das eine so schlimm wie das andere.

»Täusch dich nicht«, antwortete Lucrezia mit einem kleinen,

verschmitzten Lächeln. »Er weiß alles über dich. Und stell dir vor – er stört sich nicht daran.« Lisa wandte stolz den Kopf ab. Sie schämte sich nicht, sich Giuliano hingegeben zu haben. Sie empfand keinerlei Reue, im Gegenteil. Hätte sie gewusst, wie alles enden würde, hätte sie sich noch häufiger mit ihm getroffen. »Du kannst von Glück reden, dass deine Dummheiten mit diesem kleinen Medici keine Folgen hatten«, sagte Lucrezia leise. »Hast du eigentlich eine Vorstellung davon, wie ich für dich gezittert habe, die ersten Wochen danach? Selbst am Weihnachtsfest gab es noch keine Gewissheit. Also. Von nun an bist du von der Klosterarbeit befreit, das hab ich mit der Mutter Oberin bereits besprochen. Du ziehst in den Besuchertrakt und bekommst das Essen von uns. Du musst zunehmen, und diese Ränder unter deinen Augen müssen verschwinden. Denn wenn ich ehrlich sein darf – du siehst fürchterlich aus. So kannst du Ser Francesco auf keinen Fall gegenübertreten.«

»Warum darf ich nicht nach Hause?« Lisas Stimme zitterte. »Dort erhol ich mich am schnellsten.«

»Dein Vater will es nicht«, antwortete Lucrezia und presste kurz die Lippen aufeinander. »Du sollst von hier direkt zum Notar und danach in die Via della Stufa ins Familienhaus der del Giocondos.«

Auf einmal verstand Lisa, welch harten Kampf ihre Mutter für sie ausgefochten haben musste. Trotzdem. So schnell konnte sie sich nicht an den Gedanken gewöhnen.

»Ich brauche Zeit«, antwortete sie, doch ihre Mutter zerrte ungestüm an ihren Händen.

»Zeit?«, fauchte Lucrezia. »Du hast keine Zeit. Willst du wissen, was dein Vater gesagt hat?« Sie wartete Lisas Antwort nicht ab. Vergeblich versuchte diese, sich aus dem harten Griff ihrer Mutter zu befreien. »›Sag es ihr‹, hat er gesagt. ›Aber wenn sie auch nur die kleinste Widerrede gibt, dann lass es gut sein.‹ Dein

Vater ist hin- und hergerissen. Denn die Mitgift, die eine solche Heirat verlangt, wenn wir Gherardini in Florenz nicht jeglichen Respekt verlieren wollen, wird uns zu armen Leuten machen. Dein Eintritt ins Kloster hingegen würde uns nur einen Bruchteil kosten. Rate also, was ihm lieber wäre.«

»Warum will Francesco del Giocondo ausgerechnet mich?«, wollte Lisa verzweifelt wissen.

Ihre Mutter zuckte mit den Schultern. »Ehrlich gesagt fragen wir uns das alle«, antwortete sie. »Ich habe nur eine Erklärung: Der Himmel hat meine Gebete erhört und ihn uns geschickt.«

Es blieb ihr keine Wahl. Von ihrer Mutter zu einer Entscheidung gedrängt, sagte sie Ja. Denn alles war besser als diese Klostermauern. War sie denen erst einmal entronnen, konnte alles Mögliche geschehen. Sie konnte nach Giuliano forschen lassen. Oder einfach weglaufen, falls Francesco allzu schlimm sein sollte. Lucrezia hatte ihr wieder und wieder versichert, dass er ein guter Mensch sei, kein Schönling, aber auch nicht hässlich, dass er klug und vorausschauend sei, und vor allem hatte er ihrer Meinung nach eine Tugend: Er war reich.

Reich. Das schien das Zauberwort. Lisa stellte mehr Fragen und fand heraus, dass die Mitgift ihren Vater in der Tat erheblich schmerzen würde. Sie verstummte für einige Minuten, als sie erfuhr, dass es das Landgut San Silvestro war, das er für sie »opfern« würde, wie ihre Mutter sich ausdrückte. Lisa hatte früher mit ihrem Vater lange genug über die Güter gesprochen und sich die Zahlen gemerkt. San Silvestro war das einträglichste seiner Besitztümer.

Und dennoch, das begriff sie, als Lucrezia über ihre glanzvolle Zukunft an der Seite dieses wohlhabenden Mannes sprach, würde sich für die Familie Gherardini dieses Opfer mehr als lohnen. Wäre Lisa erst einmal Teil der Familie del Giocondo, hätte sie die Pflicht, für die Ihren zu sorgen. Einträgliche Stellungen für ihre Brüder zu vermitteln. Die Heiraten ihrer Schwestern zu sichern. Und zu garantieren, dass Antonmaria und Lucrezia stets das ihrem Stand gemäße Leben führen konnten. Denn so gut ihr Vater auch versuchte, mit seinem Landbesitz zu wirtschaften, die Gefahr der Verarmung konnte nie ganz gebannt werden, zu sehr hingen die Erträge vom Wetter ab, vom Geschick und der Ehrlichkeit der Pächter und nicht zuletzt von der Frage, ob Krieg oder Frieden herrsche. Erst vor kurzem hatte das durchziehende Heer der Franzosen allerorts für große Schäden gesorgt.

»Du bleibst immer eine Gherardini«, schärfte ihre Mutter ihr ein. »Der Einsatz für diese Heirat ist hoch. Ich hoffe, du bist dir dessen bewusst.«

Der 5. März war ein wetterlauniger Tag. In den kühlen Frühlingsregen zauberte die Sonne immer wieder goldene Reflexe. Eine Sänfte holte Lisa vom Kloster ab. Vor der Amtsstube des Notars Ser Piero da Vinci in der Via San Giuliano erwartete sie ihr zukünftiger Mann. Statt des üblichen roten Gewandes, das eine Braut normalerweise trug, hatte Ser Francesco ihr ein schlicht geschnittenes Kleid aus edler, rötlich brauner Atlasseide mit schwarzen Paspeln geschickt, das genau zur Farbe ihres Haares passte, und einen schwarzen Schleier, der so federleicht und durchsichtig war, dass er ihr Gesicht weniger verhüllte, als ihre Züge auf raffinierte Weise noch deutlicher erscheinen ließ. Sie trug keinen anderen Schmuck als das goldene Kreuz, das ihre Großmutter Piera del Caccia ihr zum zwölften Geburtstag geschenkt hatte. Drei Jahre waren seither vergangen. Und doch war so vieles geschehen.

Ihr Herz klopfte angstvoll, als sie Francesco gegenübertrat. Sie musste sich beherrschen, ihn nicht anzustarren, vor Aufregung nahm sie im ersten Moment nur die große, kräftige Gestalt im

Witwerrock wahr und die blütenweißen Spitzenmanschetten, die aus den Ärmeln ragten und die langen, sehnigen Finger halb verdeckten. Dann wagte sie, ihm ins Gesicht zu sehen und blickte in zwei graugrüne Augen, die sie aufmerksam musterten. Sie registrierte die hohe, fliehende Stirn und die kräftigen Wangenknochen. Das etwas zu große Kinn, das dem Gesicht die Ausgewogenheit nahm. Sein haselnussfarbenes Haar lichtete sich bereits über den Schläfen. Nein, sie konnte sich nicht an dieses Gesicht erinnern. Bei der Hochzeit vor fast fünf Jahren hatte sie nicht auf ihn geachtet. Männer wie er waren in ihren Mädchenträumen nicht vorgekommen. Sein Lächeln wurde breiter.

»Nun?«, fragte er amüsiert. »Halte ich deiner Prüfung stand?«

Lisa wurde es heiß unter dem Schleier. Hinter Francesco machte sich ihr Vater mit einem Räuspern bemerkbar. Es war das erste Mal seit jenem schrecklichen Tag im November, als er sie aus seinem Haus verbannt hatte, dass sie Antonmaria wiedersah. Sein Blick war drohend, und Lisa sehnte sich nach ihrer Mutter. Doch Frauen waren bei dieser Art von Geschäftsabschluss nicht vorgesehen.

Der Notar verlas den Heiratskontrakt, die Worte rauschten an Lisa vorbei. Ihr Herz, das ihr mit jedem einzelnen heftigen Pochen zu sagen schien, dass sie gerade ihre Liebe verriet, übertönte alles. Unterschriften wurden geleistet, schließlich war sie an der Reihe. Sie zögerte und erntete einen harten Kniff von der Seite, auf der ihr Vater stand. Schließlich ergab sie sich und setzte ihren Namen unter das Dokument.

Und dann nahm Francesco alles Weitere in die Hand. Sanft drehte er sie zu sich, schob ihr einen Ring an den Finger, hob den Schleier und küsste sie liebevoll auf den Mund.

»Du wirst es nicht bereuen«, sagte er so leise, dass nur sie es hören konnte. »Das verspreche ich dir.«

Im Gegensatz zu der prächtigen Hochzeit mit Camilla gab es an diesem Tag kein Fest, das war bei der Wiedervermählung eines Witwers nicht üblich. Stattdessen lud Francesco seine neuen Schwiegereltern zu einem Mahl in das Haus in der Via della Stufa, die sich, wie Lisa mit wehem Herzen bemerkte, direkt hinter dem Palast der Medici befand, eine winzige, schäbige Gasse, die parallel zur Via Larga und der Via de' Ginori verlief und wie diese auf die Piazza San Lorenzo mündete. Hätte sie jemals während ihrer glücklichen Zeit mit Giuliano vermutet, dass sie eines Tages nur einen Steinwurf entfernt an der Seite eines ungeliebten Ehemanns leben würde?

Eine füllige Matrone in einem schwarzen Kleid aus Brokat erwartete sie auf dem Treppenabsatz im ersten Stock und nahm sie kritisch in Augenschein. Es war Monna Piera, Francescos Mutter, und die ausgeprägte Hakennase unter kühlen, grauen Augen ließ sie wenig freundlich erscheinen. Ihr Mann war im vergangenen Jahr gestorben. Seither war Francesco das Oberhaupt der Familie, obwohl er der jüngste der drei Brüder war, die das Familiengeschäft gemeinsam führten. »Warum?«, hatte Lisa ihre Mutter dazu befragt. »Weil er der Klügste von allen ist«, hatte Lucrezia geantwortet.

Lisa versank in einem tiefen Knicks vor ihrer Schwiegermutter. Francesco mochte der Kopf des Familienunternehmens sein. Im Haus allerdings hatte Monna Piera das Sagen.

»Sei willkommen, Schwiegertochter«, sagte die Patriarchin kühl. »Steh auf. Du zerknitterst noch das teure Kleid.«

Als Lisa sich erhob, hatte Monna Piera sich bereits von ihr abgewandt und begrüßte ihre Eltern ohne Herzlichkeit in der Stimme.

Francesco führte sie durch ein paar Zimmerfluchten in einen überraschend großen Saal. Auf einer riesigen Tafel war für mindestens dreißig Personen gedeckt.

»Früher waren dies einmal drei Häuser«, erklärte ihr Francesco. »Mein Vater hat sie zu einem einzigen umbauen lassen. Für diesen Raum ließ er ... wie viele Wände einreißen, Giuliano?«

Lisa zuckte bei der Nennung dieses Namens zusammen. Wer um alles in der Welt hieß in dieser Familie Giuliano? Ein Mann mit einem rötlichen Haarschopf und demselben kräftigen Kinn wie Francesco zuckte lachend mit den Schultern. Ein Strahlenkranz von Lachfältchen gab ihm ein freundliches Aussehen. »Ich glaube, es waren einmal vier kleinere Zimmer«, antwortete er. Dann richtete er seinen Blick auf Lisa. »Willkommen, Schwägerin. Schön, dass Meo nun wieder eine Mutter hat.«

Lisa nickte benommen, hörte, wie Francesco ihr seine Familie vorstellte, Alessandra, die Zweitgeborene mit ihrem Mann, der Lisa sehr betagt erschien. Giocondo, der älteste der Brüder mit graumeliertem Lippenbart und Sorgenfalten auf der Stirn, neben ihm seine Gattin Filippa, die Lisa mit kühlem Blick eingehend musterte. Sieben Geschwister hatte ihr Mann, dazu eine unübersehbare Schar von Cousinen und Cousins. Niemals würde Lisa sich all die Namen merken können.

»Du bist noch so jung«, wurde sie von einer molligen, gutherzig dreinblickenden Blondine begrüßt, die sich als ihre Schwägerin Alfonsina vorstellte, Giulianos Frau. »Jünger noch als unser Küken. Marietta«, rief sie laut und sah sich suchend um. »Wo ist denn unsere liebe Schwägerin?«

Eine schmale, hochschwangere Frau gesellte sich zu ihnen, ihren Bauch wie eine mächtige Kugel vor sich hertragend. Sie wirkte müde, dennoch lächelte sie tapfer. »Wie schön!«, sagte sie atemlos und reichte Lisa die Hand. »Endlich bin ich nicht mehr die Jüngste.«

»Wann ist es denn so weit?«, fragte Lisa teilnahmsvoll und konnte den Blick nicht von Mariettas Bauch wenden.

»Das weiß Gott allein«, seufzte die junge Frau. »Lange kann

es nicht mehr dauern. Es ist schon mein zweites. Wie alt bist du denn? Ich bin achtzehn.«

»Fünfzehn«, antwortete Lisa und sah sich nach ihren Eltern um. »Im Juni werde ich sechzehn.« Sie entdeckte Antonmaria und Lucrezia im Gespräch mit der Herrin des Hauses. Inmitten der zahlreichen Verwandtschaft ihres neuen Schwiegersohns wirkten sie seltsam verloren.

»Bald wirst auch du schwanger sein«, erklärte die blonde Alfonsina mit einem hellen Lachen, als wäre das ein Trost. »Wir del Giocondos sind fruchtbar und mehren uns. Nicht wahr, liebste Desca?« Sie zog eine brünette Frau, in deren dunklem Haar die ersten Silberfäden aufleuchteten, an ihre Seite. »Unsere liebe Gherardesca hat zehn Kindern das Leben geschenkt. Zehn! Und alle sind gesund und munter. Dagegen kommt keine von uns an.«

»Kein Grund, damit zu prahlen«, entgegnete die Angesprochene und löste sanft ihren Arm aus dem ihrer Schwägerin. »Jag unserer jungen Braut doch keinen Schrecken ein.« Sie schenkte Lisa ein Lächeln, das ihre verhärmten Züge verschönte. »Als ob wir einen Wettbewerb veranstalten würden!«

»Na, auf gewisse Weise ist dem auch so«, wandte Alfonsina ein und verzog das Gesicht. »Je mehr Kinder, desto gewogener wird uns die liebe Schwiegermutter.«

»Was redest du da«, erwiderte Gherardesca erschrocken. »Kinder kommen von ganz allein. Deine drei Söhne sind wahre Goldschätze, Alfonsina.«

Eine Glocke erklang. Monna Piera befahl zu Tisch. Wo war Lisas Platz? Schon fühlte sie sich wieder am Ellbogen berührt und zu einem Stuhl in der Mitte der Tafel geführt. »Nur Mut«, hörte sie Francesco leise sagen. »Sie sind alle gar nicht so schlimm, wie sie aussehen.«

»Ich werde mir niemals all die Namen merken können«, entfuhr es ihr.

Er lachte. »Solange du dir meinen merken kannst, bin ich zufrieden.«

»Und den von Monna Piera.« Sie biss sich auf die Zunge. Sie sollte nicht so vorlaut sein.

»Ja, das wäre kein Fehler«, sagte Francesco schmunzelnd. »Du bist ein kluges Mädchen. Und nun nimm Platz.«

Obwohl Lisa den Schleier längst abgelegt hatte, nahm sie alles nur wie aus großer Entfernung wahr. Den blutroten Wein, der in den gläsernen Pokal aus Venedig vor ihr gegossen wurde und feurig ihre Kehle hinunterrann. Die Rede ihres Vaters, der ein wenig zu ausführlich betonte, welch uraltes und ehrwürdiges Geschlecht die Gherardini doch waren, und die kurze, freundliche Antwort ihres Gatten. Die selbstsicheren Blicke ihrer neuen Verwandtschaft, deren Gesichter ineinander zu fließen schienen, die abschätzigen Mienen, die das Kleid ihrer Mutter taxierten, dabei war es extra für diesen Anlass aus guter Seide angefertigt worden, auch wenn Antonmaria noch so sehr dagegen protestiert haben mochte. Der Duft des Essens, überbordende Platten mit gefüllten Wachteln und Tauben, von denen jede so zart war, dass es Lisa um die Vögel jammerte, die sicher noch gerne im Wald herumgeflogen wären, statt hier auf ihrem Teller ihre dünnen Beinchen ohne Federkleid zu präsentieren. Unversehens sah Lisa sich wieder draußen auf dem Land bei der geliebten Ca' di Pesa, wo sie gemeinsam mit ihren Geschwistern laut mit Topfdeckeln schlagend in die Wälder gelaufen war, früh am Morgen der Jagd, um die Tiere zu warnen.

»Schmeckt es dir nicht?«, fragte Monna Piera laut und vernehmlich, als ihr nahezu unberührter Teller abgetragen wurde. Lisa fühlte, wie sich alle zu ihr umwandten, und senkte den Kopf.

»Eine kluge Braut hütet sich, ihren Magen allzu sehr zu füllen, Mutter«, hörte sie Alfonsina fröhlich sagen. »Unsere Lisa scheint zu ahnen, was sie erwartet.«

In dem sich erhebenden, gutmütigen Gelächter sah Lisa zu ihren Eltern hinüber. Antonmaria starrte bleich wie der Tod auf seinen Teller, während Lucrezia ihr einen mitfühlenden Blick zuwarf.

»Aber gänzlich ohne Stärkung zu bleiben«, warf Giocondo, Francescos ältester Bruder, ein, »erscheint mir auch nicht besonders klug.«

»Wollen wir hoffen, dass der nächste Gang unserer Braut besser mundet«, schallte Monna Pieras Stimme über das neuerliche Gelächter hinweg.

Lisa aß ein wenig von dem Kalbfleisch und den in Ingwer gegarten Rübchen. Sie musste an die Beete im Klostergarten denken, an den glücklichen Ausdruck im Gesicht ihrer Tante, mit dem sie die kostbaren Samen der Erde übergeben hatte. Warum kann ich nicht einfach glücklich sein, dachte sie bitter und führte unter der strengen Beobachtung ihrer Schwiegermutter einen weiteren Bissen zum Mund. Warum wurde mir diese unselige Liebe ins Herz gelegt, um mich dann von dem Geliebten zu reißen?

»Hier«, sagte Francesco und schob ein Stückchen Leber auf ihren Teller. »Probier. So etwas Gutes hast du sicher noch nie gegessen. Sie ist im Saft von Granatäpfeln gegart worden. Das Rezept stammt aus dem Orient. Und das hier musst du ebenfalls kosten. Hühnchen in Safran. Eine Spezialität unseres Kochs.«

Lisa betrachtete Francesco von der Seite. Das übergroße Kinn, die fliehende Stirn. Er ist jetzt mein Mann, dachte sie, und etwas in ihr gab nach. Er meinte es gut mit ihr. Sie atmete tief durch, spießte die Leber mit ihrer Gabel auf und führte sie zum Mund. Sie hasste Leber. Aber sie würde sich auch dazu überwinden.

Als das Dessert gereicht wurde, öffneten sich die Türen, und eine Schar Kinder stürmte herein. Flugs kletterten die Kleinen auf den Schoß eines Elternteils, die Größeren stellten sich artig neben deren Stühle und blickten sehnsüchtig auf die zu Pyramiden aufgehäuften Köstlichkeiten. Kandierte Früchte aus Syrien, weißer Mandelnougat aus Frankreich, Marzipan aus Granada, honigtriefende Kuchen aus dem Osmanischen Reich, Mohnkuchen aus dem fernen Königreich Polen – und über allem thronte die aus Zuckerwerk nachgebildete Kuppel des Doms zu Florenz. Ein Aufseufzen ging durch die Kinderschar. Aller Augen richteten sich auf Lisa.

»Nun, Braut«, ertönte Monna Pieras durchdringende Stimme. »Nach unserem Brauch ist es an dir, die Kleinen glücklich zu machen.«

Lisa schreckte auf. Doch angesichts der erwartungsvollen Gesichter wurde sie mit einem Mal vollkommen ruhig. Sie erhob sich, und sogleich rannten alle um den Tisch herum zu ihr.

»Einer nach dem anderen«, mahnte Lisa sie zur Ordnung. »Stellt euch schön hintereinander auf. Nein, nicht drängeln. Jeder bekommt seinen Teil.«

Selbstvergessen belud sie Teller um Teller mit den Köstlichkeiten und freute sich an dem Strahlen, mit dem sie ihr förmlich aus den Händen gerissen wurden.

»Ich will nur von dem Mohnkuchen«, bat ein vorwitziges Mädchen, und Lisa erfüllte den Wunsch. Mit einem Mal hielt sie inne. Warum waren eigentlich ihre eigenen Geschwister nicht eingeladen worden? Wieso waren von ihrer Familie nur ihre Eltern anwesend? Als hätte Lucrezia ihre Gedanken gelesen, trafen sich ihre Blicke über die Tafel hinweg.

Da zupfte sie jemand am Ärmel. Sie fuhr herum. Auf Francescos Schoß saß ein kleiner Junge. Eine Faust hatte er ein gutes Stück in den Mund geschoben, mit dem anderen hielt er Lisas Ärmel fest.

»Meo«, rief Lisa. Sie setzte sich und streckte die Arme aus, um den Jungen hochzunehmen und ihm kleine Küsse auf das rotblonde Haar zu drücken. Sein Kleinkinderduft nach Milch und Vanille schenkte ihr Zuversicht.

»Du hast jetzt einen Sohn«, sagte Francesco, und seine graugrünen Augen ruhten prüfend auf Lisa. »Wirst du dich gut um ihn kümmern?«

Viel später, lange nachdem sie sich von ihren Eltern verabschiedet hatte und auch ihre neue Verwandtschaft gegangen war oder sich in die eigenen Räume zurückgezogen hatte, stand Lisa im Schlafgemach und fühlte Furcht in sich aufsteigen. Den Abend hatte sie mit den Kindern verbracht und für einige Momente ihr Schicksal vergessen können, so gut tat ihr die Gesellschaft der Kleinen. Wann würde sie wohl ihre Geschwister wiedersehen?

Ängstlich betrachtete sie das große Himmelbett mit den goldfarbenen Vorhängen, die an den Pfosten mit Kordeln gerafft waren. Die gleichfarbige gesteppte Decke war bereits aufgeschlagen und ließ blütenweißes Leinen sehen. Auf beiden Seiten des Bettes befanden sich Wandschirme mit fernöstlichen Blütenmalereien. Ihr Mann unterhielt Handelsbeziehungen mit der ganzen Welt. Zwei zueinander passende chinesische Vasen standen auf dem Kaminsims, dazwischen eine Schale mit duftenden Kräutern.

Alles war so fremd. Nur ein Gegenstand im Raum war ihr vertraut. Es war ihre Truhe aus dem Elternhaus, und Lisa konnte sich nicht dazu entschließen, sie zu öffnen. Ihr war, als berge sie ihre gesamte glückliche Vergangenheit, und jede einzelne Erinnerung daran könnte sich verflüchtigen, sobald sie den Deckel hob.

Es klopfte, und Lisa erstarrte. Aber es war nur eine Dienerin, eine schlanke junge Frau von fremdartiger Schönheit. Sie war ein wenig älter als Lisa und hatte die ungewöhnlichsten Augen, die sie je gesehen hatte, ein helles Goldgrün wie zwei Teiche, in die das Sonnenlicht Reflexe warf. Ihre Haut schimmerte wie Samt. Unter dem weißen Tuch, das sie um den Kopf geschlungen hatte, war der Ansatz von tiefschwarzem Haar gerade noch erkennbar. Höflich fragte sie, ob sie der Braut aus dem Gewand helfen dürfe.

»Ich bin Caterina«, sagte sie, als Lisa sie nach ihrem Namen fragte. »Euch zu Diensten, Herrin.« Geschickt löste sie die Schleifen und Haken des Mieders am Rücken. Auch der Rock glitt zu Boden. Nun stand Lisa im Hemd da und fröstelte trotz des Feuers im Kamin.

»Ich habe alles zum Waschen bereitgestellt«, erklärte die Dienerin und führte Lisa hinter den Schirm mit den aufgemalten Chrysanthemen. Hier stand ein Waschtisch, Caterina goss dampfendes Wasser aus einem Krug in die Schüssel. »Soll ich Euch helfen?«

Lisa schüttelte den Kopf, und die Dienerin verschwand. Sie zog das Hemd über den Kopf und griff nach dem Schwamm. So weich war er, so groß. Sie befeuchtete ihn und strich mit ihm über die Seife, schnupperte, und unter dem Duft von Rosen und Lavendel, der sie mehr und mehr einhüllte, je länger sie sich wusch, entspannte sie sich ein wenig.

Das Tuch, mit dem sie sich abtrocknete, war warm, so als käme es direkt von einem Ofen.

Sie wollte eben wieder in ihr Hemd schlüpfen, als Caterina zurückkehrte, eine Fülle von Seide und Spitze über dem Arm.

»Euer Nachtgewand«, sagte sie und half Lisa hinein. Wie eine kühle, zweite Haut umschmeichelte es ihren Körper. Noch nie hatte Lisa einen so feinen Stoff getragen, noch dazu direkt auf der Haut.

»Ihr seht wunderschön aus«, sagte Caterina, während sie die Schleifen vorne band. Sie schenkte Lisa ein Lächeln, das eine Reihe von makellosen Zähnen zeigte. »Seht selbst.« Sie führte Lisa hinter dem Wandschirm hervor und wies auf einen hohen Spiegel.

War sie das wirklich? Im Kloster hatte es keine Spiegel gegeben und auch zuhause keinen, in dem sie sich in voller Größe hätte sehen können. Lisa starrte auf die Gestalt in dem schimmernden Gewand, betrachtete ihr Gesicht mit den weit aufgerissenen Augen in der Farbe von dunklem Bernstein, das Oval ihres Gesichts, das kleine, trotzige Kinn unter dem Mund, den sie immer für zu klein geraten hatte, bis Giuliano ihn nach endlosen Küssen als wunderschön bezeichnet hatte. Ach Giuliano. Warum musste sie ausgerechnet jetzt an ihn denken?

»Ich glaube, der Herr kommt«, sagte Caterina und zupfte noch rasch an den Spitzen am Ausschnitt des Nachtgewands herum. »Braucht Ihr noch etwas?«, fragte sie.

»Mut«, entfuhr es Lisa, und sie fühlte, wie sie errötete.

Caterina berührte sanft ihre Hand und lächelte ihr aufmunternd zu.

»Am Bett steht ein Ölfläschchen«, sagte sie leise. Dann zog sie sich zurück.

Lisa hatte keine Zeit, darüber nachzudenken, was die Dienerin damit meinte, denn Francesco trat herein, in einen graublauen Hausmantel gehüllt und mit einer passenden Mütze auf dem Kopf. Seine Miene entspannte sich, als er Lisa sah. Sie musste sich zusammenreißen, um nicht hinter den Wandschirm zu fliehen.

»Komm zu mir«, sagte er freundlich. Zögernd gehorchte Lisa. Er nahm ihre Hand und führte sie zum Bett. Dort blieb er stehen und sah sie an. Sie musste zu ihm aufblicken, er war so viel größer als sie. So viel kräftiger, als Giuliano es gewesen war. Francesco schob ihr eine Strähne hinter das Ohr und fuhr mit den Fingern sanft über ihre Wange, zeichnete die Linie ihres Kinns nach und hob ihren Kopf an. »Du brauchst keine Angst zu haben«, sagte er. »Ich bin kein grober Kerl. Wir werden es schön miteinander haben, das verspreche ich dir.«

»Warum habt Ihr ausgerechnet mich erwählt?« Die Frage war ihr herausgerutscht, sie beschäftigte Lisa bereits so lange.

»Weil ich dich mag, Lisa«, antwortete er heiser. »Ich fand dich von Anfang an sehr hübsch. Schon als du ein Blumenmädchen warst bei der Hochzeit mit Camilla, bist du mir aufgefallen. Damals warst du noch sehr jung. Heute bist du eine Frau. Meine Frau. Und ich möchte, dass du mich fortan duzt.«

Er beugte sich zu ihr, und sie schloss die Augen. Sie fühlte, wie seine Lippen leicht über die ihren glitten, wieder und wieder, sanft wie eine Feder. Dann wurde er drängender und umfing sie mit seinen Armen. Er roch gut, nach Sandelholz und anderen Düften, die Lisa nicht kannte.

Lisa fühlte sich hochgehoben und zum Bett getragen. Er ist nicht widerwärtig, sagte sie sich, als er sie sanft auf die Kissen legte. Er ist freundlich, dachte sie, als er ihr Gesicht mit Küssen bedeckte, dann ihren Hals. Er öffnete die oberste Schleife des Nachtgewands und legte ihre Schultern frei, schmiegte sein Gesicht in die Kuhle über dem Schlüsselbein.

»Ich liebe dich, Lisa«, hörte sie ihn flüstern, und sie fühlte, wie ihr Widerstand dahinschmolz. »Und ich werde dich glücklich machen.«

Es war ganz anders als damals mit Giuliano. Die Liebe war für sie beide neu gewesen, sie hatten einander erkundet und sich schließlich diesem unerklärlichen Rausch hingegeben. Giulianos Körper war jung gewesen wie ihrer, seine Haut glatt wie Seide und makellos. Wenn er auf ihr gelegen hatte, hatte sein Gewicht sie nicht beschwert. Francesco dagegen war ein Mann, sein Körper war hart und behaart, und doch glich seine Erfahrung den Unterschied aus. Er ließ ihr Zeit, sich an ihn zu gewöhnen, bedrängte sie nicht.

»Heute gilt alles, was du möchtest, Liebste«, flüsterte er, als er die Seide von ihrem Leib schob, ihre Hüfte liebkoste, ihren Bauch streichelte und sanft mit dem Handrücken über ihre Schenkel strich. »Wir haben Zeit. Wenn du heute noch nicht bereit bist ...«

Da zog sie ihn an sich. Giuliano war für immer verloren, es wurde Zeit, dass sie ihn aus ihrem Leben strich. Francescos Zärtlichkeiten hatten vermocht, ihren Widerstand aufzulösen, und ihre Lust entfacht. Wozu also noch warten?

»Sei sanft mit mir«, bat sie und öffnete sich ihm.

Er antwortete mit einem Seufzen, doch statt sich auf sie zu legen, versenkte er seinen Kopf zwischen ihre Schenkel. Lisa schrie vor Überraschung leise auf, als er seine Lippen um ihren Schoß schloss und mit seiner Zunge ihr Innerstes erkundete. Ihr Unterleib begann zu pulsieren, und etwas in ihr zog sich zusammen, um sich langsam, ganz langsam wieder auszudehnen, aufzusteigen und schließlich zu explodieren, sie zu überwältigen, wie eine riesige Welle über ihr zusammenzuschlagen. Und dann fühlte sie, wie er in sie eindrang, sanft, dennoch fordernd, sie fühlte, wie er sich auf sie legte, nahm die vielen Härchen wahr, die ihre Brust kitzelten, seine Wange an der ihren, die rau war und ein bisschen kratzig – dann hüllte sein Duft sie ein, in dem sie vollständig versank.

»Gib zu, es war gar nicht so schrecklich. Oder?«, fragte er später, als sie nebeneinander ruhten.

Lisa drehte sich zu ihm. Er lag seitlich auf einen Arm gestützt und musterte sie aus halbgeschlossenen Lidern. Sie betrachtete die kräftigen Schultern, das rötlich schimmernde Haar auf seiner Brust. Obwohl er nicht dick war, hing sein Bauch ein wenig, der Hüftknochen stach scharf hervor. Über dem nun schlaffen Glied verdichtete sich das rotbraune Gekräusel. Ihr Blick wanderte zurück zu seinem Gesicht. Seine Augen ruhten forschend auf ihr.

»Nein«, sagte sie. »Es war ...« Sie schmiegte sich scheu an ihn. Eine Schönheit war er nicht. Aber er war gut zu ihr. Ob sie ihn lieben konnte, wusste sie noch nicht. Wenn er allerdings weiterhin so behutsam mit ihr umging, würde das Leben an seiner Seite nicht so schlimm werden, wie sie befürchtet hatte. »Es war schön«, vollendete sie ihren Satz. Und das war die volle Wahrheit. Erleichtert und erschöpft von den Aufregungen des Tages schlief sie ein.

Am folgenden Morgen wurde sie zu Monna Piera gerufen. Die Hausherrin thronte auf einem Lehnstuhl, vor ihr auf dem Tisch lagen aufgeschlagene Haushaltsbücher. Eine alte Dienerin verließ mit hochrotem Kopf gerade das Zimmer.

»Guten Morgen, Schwiegermutter«, sagte Lisa und hoffte, dass Monna Pieras Laune nicht so schlecht war, wie ihre Miene vermuten ließ.

»Guten Morgen? Um diese Zeit?« Die Patronin betrachtete Lisa mit schmalen Augen. »Es ist zehn Uhr durch. Was hast du heute schon getan?«

»Ich hab mich um Meo gekümmert«, berichtete Lisa und kämpfte den aufsteigenden Ärger nieder. »Und auf bin ich bereits seit sieben.«

»Den Trotz, den ich aus dir heraushöre, gewöhnst du dir besser ab«, gab Piera zurück. »Ich weiß wirklich nicht, welchen Narren mein Francesco an dir gefressen hat. Er hätte eine weit bessere Partie machen können, das steht fest. Da mag dein Vater seinen Stammbaum herbeten, so lange er will. Er hat noch immer nicht deine Mitgift, dieses Landgut, überschrieben. Ich bin gespannt, wann er sich dazu bequemt. Und damit du es weißt: Jede meiner Töchter hatte eine Mitgift, die das Zehnfache wert war.« Lisa schwieg, dabei bebte sie fast vor Zorn. »Komm näher«, befahl ihr Piera. Lisa gehorchte. Um ihren Ärger zu verbergen, senkte sie den Blick. »Was ist denn das für ein Kleid, das du da trägst! Es ist ja viel zu klein.«

Lisa biss sich auf die Unterlippe. Ihre Schwiegermutter hatte recht. Offenbar war sie während der Monate im Kloster gewachsen. Ihre alten Kleider spannten zwar nicht, denn sie war deutlich dünner geworden. Aber sowohl der Saum als auch die Ärmel waren nun zu kurz.

»Dass sich deine Eltern nicht schämen, dich so in eine Ehe zu schicken.«

»Ich bin gewachsen, Schwiegermutter. Damit hat wohl niemand gerechnet.«

Piera erhob sich. Sie war eine stattliche Frau, und die Fülle ihres Leibes machte sie zu einer imposanten Figur. Streng sah sie auf Lisa herunter. »Das heißt, du hast keine einzige *gamurra*, die dir passt?«

Lisa antwortete nicht. Beharrlich starrte sie auf eine der kleinen, glasierten Steinfliesen zu ihren Füßen, die zwischen den größeren Terrakottaplatten ein Muster bildeten.

Mit einem tiefen Seufzen zog die Hausherrin an der Klingel. Sogleich erschien Caterina. »Sieh nach, ob Lisa irgendwelche Kleider aus der großen grünen Truhe passen. Man wird sie abändern müssen. Marietta hatte ungefähr dieselbe Statur, bevor sie heiratete.« Caterina knickste und verschwand wieder. »Nun ja«, fuhr die Patriarchin fort. »Wird ohnehin nur für kurze Zeit sein. Wenn du erst schwanger bist, fängt das Ganze wieder von vorne an.« Piera hob Lisas Kinn und zwang sie, ihr ins Gesicht zu blicken. »Ich hab dich noch gar nicht richtig angesehen«, sagte sie. »Eine Schande ist das. Mach den Mund auf.« Lisa glaubte nicht recht gehört zu haben. »Na wird es bald? Ich will deine Zähne sehen.« Lisa wurde es heiß vor Empörung. Bin ich ein Stück Vieh auf dem Markt, wollte sie entgegnen, doch sie wagte es nicht. Da fasste Monna Piera Lisas Kiefer mit überraschend hartem Griff und zwang ihn auf. Lisa gab einen erschrockenen Laut von sich und wich einen Schritt zurück. Offenbar war ihre Schwiegermutter zufrieden mit dem, was sie gesehen hatte. »Da haben wir nochmal Glück gehabt. Du wirst sie pflegen. Nichts ist schlimmer als der Gestank faulender Zähne. Caterina wird dir zeigen, wie es geht. Samstags wird gebadet. Aber ich gehe davon aus, dass du dich täglich wäschst.«

Piera ließ von ihr ab und setzte sich wieder. Gedemütigt wandte Lisa den Kopf ab. Ihr Blick fiel auf ein Gemälde, das Porträt eines Herrn in den besten Jahren, der Francesco erstaunlich ähnlich sah. War es sein verstorbener Vater? Ob er freundlicher gewesen war als seine Frau, oder hatte der Maler ihm nur geschmeichelt? Sicher würde kein Künstler es wagen, Piera so darzustellen, wie sie gerade vor ihr stand: zänkisch und voller Groll. Als hätte Lisa ihr etwas angetan.

»Jeder in unserer Familie hat seine Pflichten«, fuhr ihre Schwiegermutter fort. »Du bist nun nicht nur Ehefrau, sondern auch Mutter. Außer um Bartolomeo wirst du dich um alle Kinder kümmern, die dir meine Töchter und die Frauen meiner Söhne schicken werden. Können wir uns auf dich verlassen?«

»Ja«, erwiderte Lisa erleichtert. Nach allem, was sie gerade mit Piera erlebt hatte, erschien ihr diese Aufgabe geradezu wie eine Belohnung.

»Dann bist du entlassen«, sagte Piera. »Du wirst zunächst mit den Kindern essen. Ins Speisezimmer kommst du mir erst, wenn du etwas Anständiges zum Anziehen hast.«

»Monna Piera ist sehr hart mit mir«, wagte sich Lisa am Abend bei Francesco zu beklagen.

»Ich hab bereits davon gehört«, antwortete er ernst. »Sie hält dich für stolz und trotzig.«

»Sie hat sehr hässliche Dinge über mich und meine Eltern gesagt und ...«

»Ich will nichts davon hören«, unterbrach er sie schroff, so dass sie zusammenfuhr. »Sieh zu, dass du mit ihr zurechtkommst.« Und als er ihre erschrockene Miene sah, fügte er etwas milder hinzu: »Ich werde mich nicht in die Angelegenheiten von euch

Frauen hier im Haus einmischen, merk dir das, Lisa. Es liegt an dir. Wenn du meine Mutter erst einmal besser kennst, wirst du sie schätzen. Gewinn ihr Herz. Es ist aus Gold.«

Und dann zog er sie an sich, verschloss ihren Mund mit seinen Lippen, streifte ihr das Nachtgewand ab und hüllte sie in seine Zärtlichkeiten.

Es würde ein paar Tage dauern, bis die abgelegten Kleider Lisa angepasst waren, und so lange beschränkte sie sich auf die beiden Zimmer, die Francesco bewohnte, das Schlafgemach und einen angrenzenden Salon. Es war ihr mehr als recht, vom Mittagstisch ausgeschlossen zu sein, fürchtete sie sich doch vor der verwirrend großen Familie und vor allem vor Monna Piera. Von Caterina erfuhr sie, dass im Haus an der Via della Stufa die beiden Brüder samt Frauen und Kindern lebten, also Giocondo mit Filippa und Giuliano mit Alfonsina, außerdem Marietta, deren Mann Ippolito gleichfalls in der Firma mitarbeitete und sich oft wochenlang auf Reisen im Ausland befand. Dann waren da noch Lapo, der große, hagere Knecht, der aus Siena stammte, und Duccio, der wohlbeleibte Koch.

Als Lisa allerdings die Sprache auf Caterinas eigene Herkunft brachte, wurde die Dienerin ausgesprochen wortkarg. Sie senkte die langen, dichten Wimpern und schüttelte den Kopf, als wisse sie selbst nicht, woher sie kam. Zudem hatte Lisa häufig das Gefühl, dass Caterina es vermied, ihr in die Augen zu sehen, und bei aller Freundlichkeit und Dienstbeflissenheit blieb sie Lisa seltsam fremd.

»Das ist auch besser so«, fand Alfonsina, als Lisa sie einmal darauf ansprach. Die Schwägerin hatte ihre Söhne zu ihr gebracht, die bereits selbstvergessen mit Bauklötzen spielten. »Es ist nicht gut«, fuhr Alfonsina fort, »mit der Dienerschaft allzu persönlich zu werden. Sie tut ihre Arbeit, und wir sorgen für sie.«

»Wo kommt Caterina denn her?«, bohrte Lisa nach. »Sie ist von einer so ungewöhnlichen Schönheit mit ihren sanften Augen und der braunen Haut.«

Alfonsina schnaubte. »Schön ist das nicht gerade«, wandte sie ein. »Weiße Haut, so hell wie möglich, das ist schön.«

»Und blonde Locken, ich weiß«, fügte Lisa mit einem Lächeln hinzu. »So wie du.«

Alfonsina lächelte geschmeichelt. »Ich habe Giuliano sagen hören, dass Caterina aus dem Norden Afrikas stammt«, verriet sie nun doch. »Von einem Berbervolk. Stell dir das bloß vor.« Und da nun der Damm einmal gebrochen war, erzählte sie gleich weiter. »Ihr richtiger Name ist Kahina«, raunte sie. »Deshalb hat Monna Piera entschieden, dass sie auf den Namen Caterina getauft wird.«

»Kahina«, wiederholte Lisa nachdenklich. »Sicher hat der Name eine Bedeutung.«

»Ach was«, gab Alfonsina zurück. »Namen bedeuten nichts, vor allem nicht bei diesen Heiden. Wir nennen unsere Kinder nach Heiligen.«

»Oder nach Familienmitgliedern«, scherzte Lisa.

»Was mitunter dasselbe ist«, kicherte Alfonsina. »Lisa kommt sicher von Elisabetta. Die Heilige Elisabeth ...«

»... mit ihrem Rosenwunder, ich weiß«, warf Lisa ein und biss sich auf die Unterlippe. Auch Betta, ihre gute Amme, hatte Elisabetta geheißen. Was wohl aus ihr geworden war? »Aber sag mal«, fragte sie weiter. »Wie ist Caterina denn von so weit zu uns nach Florenz gekommen?«

Auf einmal schien sich Alfonsina daran zu erinnern, dass sie bereits viel zu viel gesagt hatte. »Nun ja, so wie alle unsere Dienerinnen und Diener eben«, sagte sie leichthin und erhob sich. »Nun muss ich aber gehen! Seid schön brav«, ermahnte sie ihre Söhne, und schon war sie weg. Und Lisa wurde das Gefühl nicht los, dass da etwas war, was selbst Alfonsina ihr nicht verraten wollte. Und sie nahm sich vor, bei der nächsten Gelegenheit die Dienerin selbst darauf anzusprechen. Doch seltsamerweise ergab es sich nie. Caterina tat rasch und unauffällig, was von ihr erwartet wurde – und verschwand. Wie ein Lufthauch, der eben noch durchs Zimmer gezogen war. Fast als hätte sie die Gabe, sich unsichtbar zu machen.

Während Lisa auf ihre neuen Kleider wartete, beaufsichtigte sie gern die Kinderschar, die täglich wuchs, denn offenbar sprach es sich unter den Cousins und Cousinen herum, dass man sich bei der neuen Tante nicht langweilte. Mit den Älteren übte Lisa Lesen und Schreiben, den Kleineren las sie aus einem illustrierten Buch über griechische Sagen vor, wobei sie die oftmals grausamen Geschehnisse kurzerhand abwandelte und es immer schaffte, ein glückliches Ende herbeizuzaubern, selbst wenn es mitunter an den Haaren herbeigezogen war. Besonders Meo liebte das Buch und konnte sich an den Illustrationen nicht sattsehen. Obwohl er noch so klein war, behandelte er den kostbaren Gegenstand vorsichtig und gab sich große Mühe, die Seiten umzuschlagen, ohne sie zu zerknittern, so dass Lisa es ihm unter ihrer Aufsicht erlaubte. Margherita, die mit ihren zwölf Jahren die Älteste der Enkelschar war, überraschte Lisa in diesen Tagen mit einem Gedicht, einem Vierzeiler über die Geschichte von Daphne, die sich in einen Lorbeerbaum verwandelte, um Apoll zu entkommen, der sie verfolgte. Es verstand sich von selbst, dass Lisa die erotische Komponente bei ihrer Erzählung am Tag zuvor beiseitegelassen und der Szene den Anschein eines harmlosen Fang-mich-Spiels gegeben hatte, dennoch hatte Margherita in ihren vier Zeilen, die sich perfekt reimten und sogar einen gefälligen Rhythmus aufwiesen, etwas von der Not der verfolgten Frau eingefangen, was Lisa anrührte.

»Das hast du sehr gut gemacht«, lobte sie das Mädchen und ermutigte es, noch öfter in Reime zu fassen, was sie bewegte. Außerdem übte Lisa mit ihr und ihrer jüngeren Schwester das Addieren und Subtrahieren, was die beiden rasch begriffen.

Es dauerte nicht lange, und ihre Mutter Filippa ließ ihr durch Caterina ausrichten, dass sie es richtiger fände, wenn sie den größeren Mädchen und vor allem Margherita das Sticken beibrächte, statt sie zu solch unschicklichen Dingen wie der Rechen- und Dichtkunst zu ermutigen. Immerhin sollte ihre Älteste bald heiraten, und Filippa sei sich sicher, dass ihr zukünftiger Schwiegersohn das mehr schätzte.

Lisa war betroffen, als sie das hörte. Margherita war doch noch viel zu jung, um eine Ehe einzugehen. Hatte sie sich deshalb so sehr mit der Geschichte der Daphne identifiziert? Würde auch sie sich am liebsten in eine Pflanze verwandeln, um der Heirat zu entkommen?

»Weißt du, wer der Verlobte ist?«, fragte sie Caterina. Die Dienerin schüttelte den Kopf. Trotzdem wurde Lisa das Gefühl nicht los, dass Caterina über vieles, was im Haus geschah, sehr wohl im Bilde war. »Bitte antworte Monna Filippa«, fuhr Lisa fort, »dass ich im Sticken leider kein Vorbild sein kann. Und sag ihr außerdem«, fügte sie kühn hinzu, »dass es viel nützlicher ist, rechnen zu können, als zu sticken.«

Am nächsten Tag erschien die Herrin des Hauses in dem großen Salon, der als Kinderzimmer diente, setzte sich in eine Ecke und beobachtete eine Weile aufmerksam, wie Lisa den Kindern kleine, ihrem Alter entsprechende Aufgaben stellte, indem sie Glaskugeln abzählen und verteilen ließ und die Älteren die Ergebnisse auf einer Schiefertafel notierten.

Innerlich zitternd vor Aufregung gab Lisa ihr Bestes, um sich nicht durch diesen Besuch einschüchtern zu lassen. Als sie sich nach einer Weile umblickte, war Monna Piera still und leise wieder verschwunden.

Auf diese Weise verbrachte sie ihre Tage, und erst wenn die

Kinder zu Bett gebracht worden waren und Francesco noch immer nicht kam, wurde Lisa die Zeit lang, und sie geriet ins Grübeln. Dann löschte sie das Licht und trat ans Fenster, um sich zu vergewissern, dass da draußen das Leben tatsächlich weiterging, doch alles, was sie sehen konnte, war die Rückseite des Palazzo Taddei auf der gegenüberliegenden Seite der Via della Stufa, ein paar erhellte Fenster, von Vorhängen gedämpft.

Schließlich erschien die Schneiderin wieder, und ein meergrünes sowie ein violettes Kleid saßen endlich wie angegossen. Lisa musste zugeben, dass man ihrer neuen Garderobe nicht ansah, dass sie bereits getragen worden war, so prächtig war sie. Nun durfte sie in Begleitung ihrer Schwägerin Alfonsina und beschützt von Lapo zum Geschäft der del Giocondos gehen, um sich passenden Stoff für *giorneas,* wie man die leichten Überwürfe nannte, ohne die eine Florentiner Dame niemals das Haus verließ, Schals, Tücher und weitere Accessoires auszusuchen.

»Du brauchst selbstverständlich auch eine Garnitur Seidenhemdchen«, plapperte Alfonsina unter ihrem Schleier fröhlich, während sie fest untergehakt die wenigen hundert Meter den Borgo San Lorenzo in Richtung Arno bis zur Via Por Santa Maria hinunterspazierten. Lisa hörte kaum zu. Mit großen Augen blickte sie sich um. Ihr wurde bewusst, dass sie seit dem vergangenen November nicht mehr in der Stadt unterwegs gewesen war. Endlich fühlte sie wieder das pulsierende Leben auf den geschäftigen Straßen. Und doch schien ihr so manches verändert.

»Warum tragen denn fast alle nur Grau und Schwarz?«, fragte sie Alfonsina.

Ihre Schwägerin seufzte tief und beugte sich näher zu ihr. »Das ist wegen Savonarola«, antwortete sie leise. »Der verbietet jeglichen Prunk.«

Jetzt erst fiel Lisa auf, dass auch die Umhänge über ihren eigenen Kleidern dunkel waren. Monna Piera höchstpersönlich hatte ihr ihren um die Schultern gelegt und den schwarzen Schleier zurechtgezupft. Lisa verstand nun, warum.

Im Warenlager der Familie schien es ihr, als hätte alle Pracht, die aus dem öffentlichen Leben verschwunden war, hier Zuflucht gesucht. Eine Fülle an Farben leuchtete ihr entgegen. Bis zur Decke reichten die Regale, in denen nach der Ordnung des Regenbogens die unterschiedlichsten Stoffe sortiert waren. Ein Gehilfe hatte bereits eine Auswahl an üppig bestickten Schals aus dem Orient, duftig weichen Umschlagtüchern aus Wolle, seidenen Schleiern mit geklöppelten Spitzenrändern und viele andere herrliche Dinge herausgesucht. Francesco begrüßte Lisa und Alfonsina, blieb einen Moment an der Tür stehen und schien sich an dem Entzücken seiner jungen Frau zu erfreuen, dann kehrte er zu seiner Arbeit ins Kontor zurück. Lisa wählte mit Bedacht und ließ sich von Alfonsina nicht beeinflussen, die wohl selbst am liebsten mit vollen Händen zugegriffen hätte, und hatte am Ende eine vernünftige und doch exquisite Grundausstattung ausgesucht, wie eine Dame von Stand sie brauchte. Und als das Paket zwei Stunden später in die Via della Stufa gebracht wurde und sie es öffnete, fand sie zu ihrer Freude darin noch einige weitere kostbare Stücke, die sie im letzten Moment aussortiert hatte, weil sie nicht unbescheiden wirken wollte. Offenbar hatte Francescos Gehilfe gut aufgepasst und ihr Mann sich als großzügig erwiesen.

Als Lisa am folgenden Tag ihren Platz an seiner Seite an der Mittagstafel einnahm, herrschte dort große Aufregung. Alle redeten durcheinander, bis Monna Piera ein Machtwort sprach und Francesco aufforderte, zu berichten, was die Gemüter so erhitzte.

»Der Papst hat Savonarola das Predigen untersagt«, erklärte er kurz und bündig.

»Das wurde auch Zeit«, fiel Giuliano ein und schüttelte den

Kopf, dass seine roten Locken nur so flogen. »Diese Hassreden kann ja kein Mensch mehr hören.«

»Die Kirche kann die Gläubigen kaum fassen, wenn er predigt«, wandte Filippa ein. »Es wird Unruhen geben.«

»Unruhen gibt es ohnehin«, erklärte ihr Mann düster. »Savonarolas Kinderbanden, die *fanciulli*, machen die Straßen unsicher. Ein Kunde hat mir heute wieder berichtet, dass sie Leute misshandeln, nur weil diese sich anständig kleiden und vielleicht noch einen Siegelring am Finger tragen, sonst nichts. Kaum einer wagt mehr, ohne einen Knecht zum Schutz aus dem Haus zu gehen.«

»Meine Freundinnen sagen, dass sie lieber keine Stoffe für neue Kleider mehr kaufen wollen«, wusste Alfonsina. »Sie haben Angst, dass die *fanciulli* in die Häuser eindringen und sie besudeln könnten. Erst neulich ist bei den Strozzi eingebrochen worden. Schmuck und Seidenroben wurden gestohlen.«

»Nicht, dass das unserem Geschäft etwas anhaben könnte«, antwortete Francesco gelassen. »Wir leben vom Handel mit dem Ausland. Lyon und Konstantinopel sind unsere stärksten Abnehmer. Und die kümmert es nicht, was dieser Dominikaner von San Marco von der Kanzel herabschreit.«

»Trotzdem«, sagte Monna Piera, nachdem sie sich alles angehört hatte. »Die Sache missfällt mir schon lange. Seit man die Medici vertrieben hat, kommt unsere Stadt nicht zur Ruhe. Und mit dem Interdikt des Papstes, so scheint mir, fängt der Ärger erst so richtig an.«

Ein leises Aufstöhnen vom unteren Ende des Tisches lenkte nicht nur Pieras Aufmerksamkeit auf sich. Es war Marietta, die sich auf ihrem Stuhl zusammenkrümmte.

»Was ist, meine Tochter?«, fragte Monna Piera überraschend liebevoll.

»Ich glaube, es ist so weit«, presste Francescos jüngste Schwester hervor.

Mariettas Schreie hallten durch das gesamte Haus. Die Kinder von Francescos Brüdern, die zu Lisa geschickt worden waren, saßen eingeschüchtert beisammen und widmeten sich nur halbherzig den Spielen. An Lernen war an diesem Tag ohnehin nicht zu denken. Nicht einmal die spannende Geschichte von Ikarus und Dädalus, die mithilfe von den Vögeln nachempfundenen, künstlichen Flügeln dem Labyrinth des Minotaurus entkamen, konnte sie fesseln – mit einem Ohr schienen alle den Geschehnissen am Ende des Flurs zu lauschen.

Die Niederkunft dauerte die ganze folgende Nacht hindurch. Lisa lag neben Francesco wach und fand keine Ruhe. Sie erinnerte sich an die Geburten ihrer jüngeren Geschwister, vor allem an die der beiden Schwestern, an die Angst, die sie damals gefühlt hatte, und die grenzenlose Erleichterung, als alles gut gegangen war. Gebären war eine lebensgefährliche Angelegenheit, Lisa kannte eine lange Reihe von Frauen, die das nicht überlebt hatten. Während Francesco neben ihr tief und fest schlief, konnte sie die Sorge um ihre Zukunft nicht von sich schieben. Eines Tages würde auch sie schwanger werden, manchmal hatte Lisa gar den Eindruck, dass nichts anderes in diesem Leben von ihr erwartet wurde, als möglichst vielen Kindern und am besten Söhnen das Leben zu schenken. Das Herz wurde ihr schwer. Und falls sie nicht im Kindbett sterben würde – sollte das alles sein? Würde sie bis ins hohe Alter in diesen beiden Zimmern sitzen, Kinder bekommen und großziehen, während Francesco und seine Brüder mit der gesamten Welt im Austausch standen, täglich Menschen aus aller Herren Länder trafen und genau Bescheid wussten, was gerade im fernen Rom, Mailand, Venedig und in all den anderen verlockenden Orten vor sich ging?

Im Morgengrauen steigerten sich die Schreie. Lisa hielt es nicht mehr aus, sie erhob sich leise, schlüpfte in eines der Kleider und legte sich ihr neues Wolltuch um. Leise verließ sie das Schlafgemach und ging den Flur hinunter zu den Räumen, die Marietta mit ihrem Mann bewohnte. Als sie vor der Tür stand, wurde diese plötzlich aufgerissen, und Monna Piera hätte sie beinahe umgerannt.

»Was machst du hier«, fuhr sie Lisa an.

»Kann ich helfen?«, fragte diese ängstlich.

»Geh zu Bett«, riet Piera ihr eine Spur freundlicher. »Wenn du etwas tun willst, dann bete. Hier stehen schon genug Leute herum, eine weitere Gafferin brauchen wir nicht.«

Es war bereits heller Tag, als endlich Caterina kam und berichtete, alles sei noch einmal gut gegangen. Marietta hatte ein Töchterchen geboren und war zwar schwach, doch außer Lebensgefahr.

»Jedenfalls hofft man das«, schloss sie ihren Bericht. Sie hatte dunkle Ringe unter den Augen. In dieser Nacht hatte sie wohl nicht geschlafen.

Als Lisa ihre jüngste Schwägerin am folgenden Tag besuchen durfte, erschrak sie, so bleich und schmal lag Marietta in ihren Kissen. Das Wickelkind trank am Busen einer drallen, blonden Amme, die in einem Lehnstuhl am Fenster saß.

»Wieder nur ein Mädchen«, erwiderte Marietta auf Lisas Glückwünsche. Sie wirkte niedergeschlagen.

»Hauptsache, es ist gesund.« Bestürzt sah Lisa, wie sich die Augen ihrer Schwägerin mit Tränen füllten. »Wir sind doch auch Töchter«, fügte sie hinzu und griff nach der Hand der Wöchnerin. »Sind wir denn nichts wert?« Marietta schwieg und wandte den Blick ab. »Das Wichtigste ist, dass du wieder zu Kräften kommst«, versuchte Lisa die junge Frau zu trösten. »Du bist noch jung und wirst noch viele Söhne haben.«

Mehr als drei Wochen waren seit ihrer Heirat vergangen, als Lisa scheu den Wunsch äußerte, ihre Eltern zu besuchen. Boten wurden hin- und hergeschickt, und wenige Tage später erschien

Folco zum vereinbarten Termin, um Lisa zu ihrem Elternhaus zu geleiten.

Sie freute sich unbändig auf das Wiedersehen. Und doch fühlte sie sich in ihrem alten Zuhause vom ersten Moment an behandelt wie eine Fremde. Antonmaria begegnete ihr kühl und förmlich und überließ das Gespräch beim Mittagessen seiner Frau. Die Geschwister wirkten befangen, sahen sie mit großen Augen an, als wüssten sie nicht mehr so recht, wer sie war. Wer weiß, dachte Lisa traurig, was der Vater ihnen über mich erzählt hat.

»Bist du jetzt reich?«, platzte Alessandra heraus, nachdem sie ihr Stück von dem Mandelkuchen, den Lisa mitgebracht hatte, verspeist hatte. Die Fünfjährige musterte Lisas Kleid mit kugelrunden Augen.

Noch während Lisa nach einer Antwort suchte, sagte Antonmaria: »Ihre neue Familie ist reich. Ob deine Schwester das zu nutzen weiß, wissen wir noch nicht.«

»Sie hat uns San Silvestro weggenommen«, erklärte Gigi feindselig.

»Warum hat sie das getan?«, fragte die siebenjährige Camilla sichtlich schockiert.

»Sie hat uns das Gut nicht weggenommen«, versuchte Lucrezia eilig zu erklären. »Der Vater hat es Lisa als Mitgift mit in die Ehe gegeben. Wenn Mädchen heiraten ...«

»... muss die Familie ganz viel Geld bezahlen. Sonst will sie keiner.« Franceschino blickte seine Schwestern mit einer Mischung aus Vorwurf und Häme an.

Die achtjährige Ginevra funkelte wütend zurück. »Gar nicht wahr«, fauchte sie.

»Das ist wohl wahr«, unterstützte der um ein Jahr jüngere Noldo altklug seinen Bruder. »Und bis ihr alle unter der Haube seid, ist Papa ein armer Mann und hat uns nichts mehr zu vererben.«

»Das reicht«, sprach Antonmaria ein Machtwort. »Dass wir nicht verarmen, dafür werde ich schon sorgen. Und nun raus mit euch. Ich hab mit Lisa zu reden.«

Das Hausmädchen scheuchte die Geschwisterschar aus dem Speisezimmer. Antonmaria wartete, bis es den Tisch abgeräumt hatte, dann fragte er: »Wie laufen die Geschäfte deines Mannes?«

Lisa brauchte einen Moment, um zu begreifen, dass die finanzielle Lage der del Giocondos offenbar das Einzige war, was ihren Vater interessierte.

»Gut, nehme ich an«, antwortete sie und sah hilfesuchend zu ihrer Mutter.

»Kannst du das ein bisschen genauer ...«

»Nein«, fiel Lisa ihm ins Wort. »Francesco spricht mit mir nicht über seine Geschäfte.«

»Dann ist es an dir, zu fragen«, gab ihr Vater streng zurück. »Ich hab dir alles beigebracht, was man über Finanzen wissen muss. Also ...«

»Antonmaria«, mahnte Lucrezia leise.

Lisa suchte in der Miene ihres Vaters vergeblich nach ein wenig Anteilnahme, nach der Wärme, die er ihr früher entgegengebracht hatte. Niemand, nicht einmal ihre Mutter, hatte sie bislang gefragt, wie es ihr ging. Ob sie glücklich war. Und wie sie sich in der neuen Familie eingelebt hatte.

»Ich hoffe, dir ist bewusst, welche Hoffnungen wir mit deiner neuen Position verbinden«, sagte der Vater und erhob sich. »Die Einkünfte von San Silvestro werden uns fehlen.«

»Was genau erwartest du denn von mir?«, brach es heftig aus Lisa hervor. »Dass der Kuchen, den ich das nächste Mal mitbringe, mit Golddukaten gefüllt ist? Wenn du Geld von Francesco brauchst, musst du selbst zu ihm gehen und ihm das sagen.« Sie stand auf und griff nach dem Wollschal, der über der Stuhllehne hing.

»Warte doch«, bat ihre Mutter. »Setzt euch wieder hin. Alle beide. Lass uns in Ruhe über alles ...«

»Es ist unsere eigene Schuld«, fiel ihr Antonmaria ins Wort. »Wir haben sie so erzogen. Stolz, patzig, ohne Respekt.« Er ging zur Tür. Dort wandte er sich noch einmal um und fasste Lisa scharf ins Auge. »Ich bin gespannt, ob es Monna Piera gelingen wird, dir diese Unarten auszutreiben.«

Die schwere Eichentür fiel mit einem dumpfen Krachen hinter ihm ins Schloss. Lisa stand starr vor Zorn und Enttäuschung neben ihrem Stuhl.

»Setz dich, mein Kind«, sagte Lucrezia sanft. »Nimm es ihm nicht übel. Er hat schwer zu kämpfen in diesen Tagen. Weißt du, der Pächter von ...«

Die Worte rauschten an Lisa vorüber. Am liebsten hätte sie das Haus ihrer Eltern auf der Stelle verlassen. Sie überwand sich, nahm widerstrebend Platz und lauschte der Geschichte von dem betrügerischen Pächter, den man aus der Ca' di Pesa herausklagen wollte und doch die Mittel dazu nicht hatte. Was geht mich das noch an, fragte sie sich trotzig, wohl wissend, dass es ihre Pflicht war, zu ihrer Familie zu stehen.

»Hör zu, Mutter«, unterbrach sie irgendwann deren Redefluss. »Ich weiß nicht, wie ihr euch das vorstellt. Ich hab kein eigenes Geld. Wenn ich etwas brauche, bekomme ich es. Monna Piera ist diejenige, die die Hausschatulle verwaltet.« Kurz überlegte Lisa, ob es klug wäre, ihrer Mutter zu sagen, was ihre Schwiegermutter über ihre Mitgift dachte, und entschied sich dagegen. »Dass sie das Geld zusammenhält, kannst du dir wohl vorstellen, du hast sie kennengelernt.« Lucrezia schwieg entmutigt. »Monna Piera ist nicht der Meinung, dass ich eine gute Partie für ihren Sohn bin«, fuhr Lisa vorsichtig fort. »Bitte macht mir das Leben nicht zusätzlich schwer und ...«

»Schwer?« Lucrezia schüttelte verständnislos den Kopf. »Du

sollst ein schweres Leben haben? Du lebst in einem der reichsten Häuser von Florenz und ...«

»Ich muss meinen Platz dort erst finden«, erklärte Lisa und erhob sich erneut.

»Bist du denn ...« Lucrezias Blick wanderte forschend zu Lisas schlanker Taille hinunter. »Ich meine, bist du noch nicht guter Hoffnung?«

»Woher soll ich das heute schon wissen«, antwortete Lisa entrüstet. »Hast du vergessen, dass ich kaum vier Wochen verheiratet bin?« Ihre Mutter schien gar nicht zuzuhören.

»Hoffentlich bist du nicht unfruchtbar«, erwiderte sie angstvoll. »Wo du schon von dem Medici nicht schwanger geworden bist. Ach Kind, hoffentlich straft dich Gott nicht für deine Sünden. Dein Mann schläft dir doch bei, oder?«

»Mutter«, antwortete Lisa gequält, »hör auf damit.« Entschlossen griff sie nach dem Wolltuch und schlang es um ihre Schultern. »Ich sehe, dass ich besser erst dann wiederkomme, wenn sowohl mein Geldsäckchen als auch mein Bauch gefüllt sind«, fügte sie bitter hinzu. »Vorher bin ich hier offenbar nicht mehr willkommen.«

Wie konnte man lange wütend auf Menschen sein, die man so sehr liebte? Ihr Vater hatte sie unsäglich verletzt, und doch hallten in den folgenden Tagen vor allem die Worte ihrer Mutter in Lisa nach. Natürlich war sie verantwortlich für ihre Familie, und sie wollte ja nur zu gerne helfen. Nur hatte sie keine Ahnung, wie sie, das jüngste und schwächste Glied in der Reihe der Töchter und Schwiegertöchter im Hause del Giocondo, um Geld für sie bitten konnte. Monna Piera brauchte sie erst gar nicht zu fragen. Und Francesco?

Was den ehelichen Beischlaf anbelangte, sorgte ihre Mutter sich umsonst, Lisas Ehemann kam fast jeden Abend zu ihr. Er war zärtlich, nahm sich die Zeit, die sie brauchte, bis sie bereit war für die Lust. Sein Versprechen aus der Hochzeitsnacht hielt er, grob war er nie zu ihr. Trotzdem blieb er Lisa seltsam fremd. Er lebte in seiner Welt, von der sie kaum etwas wusste. Die bestand offenbar aus Zahlen und Zinsen, aus Waren und Transportwegen, aus Rechnungsbüchern und Darlehen, aus doppelter Buchführung und Fehlern, denen man damit auf die Schliche kam. Dabei ging es nicht immer friedlich zu, es kam vor, dass Francesco am Mittagstisch die Stimme erhob und seine Brüder anschrie, bis ihn Monna Piera erstaunlich sanft zurechtwies. Als Francesco das erste Mal laut wurde, erschreckte Lisa sich fast zu Tode, ihr Mann schien sich blitzschnell in einen anderen zu verwandeln. Dann verzog sich sein Gesicht zu einer hochroten Fratze, und seine Augen feuerten Blitze ab. Bang fragte sich Lisa, ob er eines Tages auch auf sie so zornig werden könnte, und wagte noch weniger, ihn auf die Bedürfnisse ihrer Eltern anzusprechen.

Wenn er am Abend kam, wirkte er oft müde und geistesabwesend. Er wechselte ein paar höfliche Worte mit ihr, erkundigte sich nach Meo und fragte, wie ihr Tag verlaufen war, doch sie war sich nicht immer sicher, ob er ihr wirklich zuhörte. Und wären da nicht die Kinder gewesen, deren Betreuung ihre Tage ausfüllte – Lisa hätte sich einsam gefühlt.

In einem Anflug von Sentimentalität beschloss sie an einem schönen Tag im April, gemeinsam mit Meo ihre Tante in San Domenico di Cafaggio zu besuchen, und nach einigem Hin und Her bewilligte ihr Monna Piera eine Sänfte, die sie mit dem Kleinen zum Kloster bringen sollte.

»Ich kann sehr gut zu Fuß gehen«, wagte sie einzuwenden. Ihre Schwiegermutter wollte davon nichts hören.

»So weit kommt es noch«, erklärte sie, »dass eine del Giocondo in diesen unruhigen Zeiten mit einem Zweijährigen auf dem Arm durch die halbe Stadt läuft. Und dann liegt das Kloster ja noch außerhalb der Mauern.« Und damit war für sie die Sache erledigt.

Als sie vor der Klosterpforte aus der Sänfte stieg, klopfte Lisa das Herz bis zum Halse. Ob es eine gute Idee war, an diesen Ort zurückzukehren, an dem sie die schrecklichste Zeit ihres jungen Lebens verbracht hatte? Sie wurde in die Zelle für Besuche gebracht, wo ihre Tante bereits wartete und sie voller Freude in die Arme schloss, ihren kleinen Stiefsohn bewunderte und ihm mit schnurrenden Lauten ein Lächeln entlockte.

»Geht es dir gut, mein Liebes?«, fragte Albiera. Noch ehe Lisa antworten konnte, bemerkte sie, wie der Blick ihrer Tante tadelnd an ihrem Hals entlang zu dem Ausschnitt ihres Kleides glitt, so dass Lisa unwillkürlich das bestickte Schultertuch enger um sich zog. »Ich vermisse dein Kreuz«, fuhr die Nonne fort. »Dafür ist deine Kleidung sehr kostbar.«

»Francesco ist Seidenhändler«, sagte Lisa fast schon entschuldigend. Dabei fand sie das violette Kleid, das sie mit Bedacht für den Besuch im Kloster gewählt hatte, weil es dunkler war als das grüne, alles andere als besonders prächtig. Es hatte weder Bänder noch andere Verzierungen, war schlicht geschnitten und bestach einzig durch die Qualität der Atlasseide, die in der Tat ihresgleichen suchte.

Albiera nickte. »Ich habe gehört, dass dein Mann sehr wohlhabend ist«, sagte sie, und ihre Miene wurde sorgenvoll. »Und dass er zu jenen gehört, die der Kirche so gut wie keine Zuwendungen machen.«

Lisa glaubte, ihren Ohren nicht zu trauen. »Woher willst du das wissen?«, fragte sie überrascht.

»Der Name deiner neuen Familie steht auf einer entsprechenden Liste«, antwortete Albiera. »Es wäre gut, wenn du ihn darauf hinweisen würdest. Ich meine, in seinem und eurem Interesse.

Wer heute etwas auf sich hält, gibt sein Eigentum der guten Sache, um sich einen Schatz im Himmel zu erschaffen.«

»Der guten Sache«, wiederholte Lisa und langsam verstand sie, wovon ihre Tante sprach. »Diese Liste, die stammt nicht zufällig von Fra Girolamo Savonarola?«

»Nicht von ihm persönlich«, gab Albiera zurück und schob die Hände in die weiten Ärmel ihrer Kutte. »Aber er ist im Bilde über jeden in der Stadt. Du musst das verstehen, Lisa. Gott hat uns diesen Menschen geschickt, und er benötigt die Spenden für seinen Feldzug zur Erneuerung der Christenheit. Bitte sag dies deinem Mann. Zu seinem eigenen Seelenheil.« Ihr Blick fiel auf Meo, der sie die ganze Zeit mit großen Augen interessiert angestarrt hatte. »Ich hoffe, du hast ihn das Vaterunser gelehrt?«

»Tante Ginevra«, sagte Lisa mit voller Absicht, wusste sie doch genau, wie sehr Suor Albiera es hasste, mit ihrem bürgerlichen Namen angesprochen zu werden. »Er ist zwei Jahre alt.«

Die Nonne tat, als hätte sie nicht gehört. »Du kannst bestimmt schon sprechen, mein kleiner Engel. Nicht wahr?«

Meo steckte sich den Zeigefinger in den Mund, dann entdeckte er die Bibel, die auf dem Tisch zwischen ihnen lag.

»Buch!«, sagte er und deutete mit dem Finger voller Spuckebläschen darauf.

»Siehst du«, rief Suor Albiera aus und sah Lisa triumphierend an. »Er hat die Heilige Schrift erkannt. Aus dir, mein Junge, wird einmal ein aufrechter Kämpfer Gottes werden.«

Nur über meine Leiche, dachte Lisa. Sie stand auf. Es war Zeit, diesen Ort endgültig hinter sich zu lassen. »Wir müssen gehen«, sagte sie.

»Denk an meine Worte, meine Liebe«, mahnte Suor Albiera und erhob sich gleichfalls. »Die Segen des Herrn mögen dich begleiten. Und dich auch, du kleiner Engel.«

Sie wollte Meo über die Wange streichen, doch der Junge

hatte offenbar die Missstimmung zwischen den beiden Frauen aufgefangen und verbarg jäh den Kopf an Lisas Hals.

»Leb wohl«, sagte Lisa und meinte es so. Denn ein weiteres Mal würde sie bestimmt nicht mehr hierherkommen. Es wurde Zeit, dass sie mit ihrer Vergangenheit abschloss. Und sich in dem neuen Leben, das ihr geschenkt worden war, endlich einrichtete.

Am nächsten Tag kamen ihre monatlichen Blutungen, und Caterina versorgte sie mit den Leinenbinden, die sie an ihrem dafür vorgesehenen Leibgürtel befestigte. Im Monat Mai allerdings blieben sie aus. Als Lisa auch im Juni nicht blutete, ließ Monna Piera sie zu sich rufen.

»Du machst uns Freude«, sagte sie milde. »Wollen wir hoffen, dass es ein Junge wird.«

Und Lisa wurde klar, dass die Patriarchin selbst die privatesten Bereiche des Familienhaushalts kontrollierte.

Im selben Monat fand die Hochzeit zwischen der nun dreizehnjährigen Margherita und einem reichen Kaufmann statt, der mit Perlen und Edelsteinen handelte. Der Bräutigam war mehr als doppelt so alt wie die kindliche Braut, die zart und bleich in der rotseidenen Wolke ihres Festkleides fast verschwand. Lisa hatte versucht, mit Francesco darüber zu sprechen, ob es nicht zu früh sei, das Kind zu vermählen, doch er war nicht darauf eingegangen. Und vor Monna Piera hatte sie zu viel Angst, um das Thema anzuschneiden.

»Komm uns recht oft besuchen«, raunte sie dem Mädchen zum Abschied ins Ohr und konnte nicht mehr tun, als hoffen, dass ihr Ehemann gut zu ihr sein würde.

Mit dem Juni war auch die Hitze über die Stadt hereingebrochen, und zu Lisas Freude verlegte die Familie wie viele andere ihren Wohnsitz über die heißen Monate aufs Land. Marietta schwärmte ihr von dem Landgut der Familie im Mugello vor, einem wunderschönen Landstrich rund fünfundzwanzig Meilen nördlich von Florenz, wo man Jahr für Jahr den Sommer verbrachte.

»Die Medici besitzen ganz in der Nähe einen Palast«, erzählte sie, und Lisa fühlte einen Stich im Herzen. Giuliano hatte ihr von dem Palazzo in Cafaggiolo erzählt, damals, als sie noch glaubten, eine gemeinsame Zukunft zu haben. Statt an der Seite des Geliebten, machte sie sich nun also mit den Frauen und Kindern der Familie Giocondo bereits vor Morgengrauen auf die mühevolle Reise in diese Gegend. In einem Tross von vier Kutschen und einem vollbeladenen Gepäckwagen kämpften sich die Zugpferde die steilen Hänge der Ausläufer des Apennin empor, überwanden den bewaldeten Kamm und mussten beim Abstieg mit Bremshölzern unter den Rädern der schweren Gefährte unterstützt werden.

Als sie am Abend endlich ankamen, taten Lisa alle Glieder weh, doch der Anblick des Anwesens, das umrahmt von Buchen-, Kastanien- und Eichenhainen auf dem Absatz eines Hügels lag, ließ sie die Anstrengungen der Reise sogleich wieder vergessen. Ein Dutzend Zypressen reckten ihre Stämme wie grüne Finger in den fahlblauen Sommerhimmel und wirkten, als wollten sie das geräumige, aus dem grauen Stein der Gegend erbaute Gutshaus bewachen.

Nach den vielen Monaten, die Lisa hauptsächlich zwischen vier Wänden verbracht hatte, blühte sie hier geradezu auf. Sie genoss es, in den kühlen Morgenstunden die Laubwälder zu erkunden, gelegentlich bis ins Tal der Sieve zu spazieren und mit Armen voller wilder Blumen zurückzukehren, und selbst während der Mittagszeit fand man im Schatten der Bäume im Garten Erholung und Erfrischung. In der Bibliothek des Hauses entdeckte sie eine Ausgabe des CANZONIERE des Dichters Francesco Petrarca, sehnsuchtsvolle Liebesgedichte, die sie an einem der ungestörten gemeinsamen Abende mit Giuliano durchgeblättert hatte. Und die sie zu ihren eigenen Versen ermutigt hatten, die ihr nunmehr wie hilflose Versuche erschienen. Gut, dass sie alle ins Feuer geworfen hatte.

Sie nahm das Buch hinaus in die mit dunkelroten Rosen überwachsene Laube und las hier und da ein Sonett, geriet ins Träumen, bis die Kinder der Familie angelaufen kamen und sie mit sich zogen.

»Keiner weiß so schöne Spiele wie du«, vertraute ihr Gismonda einmal an, die nach der Verheiratung von Margherita nun die älteste ihrer Nichten im Hause war. »Die von Tante Alfonsina sind allesamt langweilig.« Monna Piera ermunterte Lisa gar dazu, die Kinder auch hier spielerisch zu unterrichten. Und so zählten die Kleineren die Blüten, die sie zu Kränzen flochten, und die Größeren rechneten gemeinsam mit der Köchin aus, wie viele *panini* man für das Mittagessen brauchte und wie viel Milch sie alle zusammen tranken und schrieben ihren Vätern Briefe, die in der Stadt geblieben waren, um selbst im Sommer ihrer Arbeit nachzugehen. Deswegen musste die arme Caterina gemeinsam mit zwei weiteren Dienerinnen trotz der Hitze im Stadthaus ausharren, um dort nach dem Rechten zu sehen und die Männer zu versorgen, denn, so sagte Monna Piera, man kann sein Haus nicht so lange sich selbst überlassen, sonst tanzen im Herbst die Mäuse auf den Tischen. Aber einige Male konnte Francesco sich doch freimachen und kam mit seinem Diener zu Pferd, was immerhin einen anstrengenden Tagesritt bedeutete. Dann blieb er eine Weile, ging mit dem Pächter und Freunden aus der Gegend auf die Jagd und hob auch Meo hin und wieder in den Sattel. Und jedes Mal brachte er Lisa Geschenke mit: Spitzentaschentücher von bester Qualität, einen mit Goldfäden durchwirkten Seidenschal und hauchfeine Sommerhandschuhe aus einem Stoff zart wie Spinnweben oder einen zierlichen Schirm gegen die Sonne. Zu ihrem sechzehnten Geburtstag am 15. Juni hatte sie wunderschöne Ohrgehänge aus Gold und Lapislazuli bekommen, dazu einen passenden Ring. Bei einem seiner Besuche überraschte er sie nun mit einem stattlichen Schmuckkästchen aus getriebenem Silber. »Damit du etwas hast, worin du deinen Schatz aufbewahren kannst«, sagte er und zeigte ihr den Schlüssel, mit dem sie das Kästchen abschließen konnte. »Ich hoffe nur, dass du darin nicht heimlich Liebesbriefe vor mir verstecken wirst«, erklärte er mit einem Zwinkern.

»Wie sollte ich? Noch hast du mir ja keine geschrieben«, gab Lisa lachend zurück und küsste ihn zärtlich.

Ja, in diesem Sommer geschah das Wunder, und Lisa verliebte sich in ihren Mann. In den Duft, den Sonne und Wind auf seine Haut zauberten, in das Glitzern in seinen graugrünen Augen, wenn er vom Pferd sprang und ihr aus dem Damensattel half, in die Geste, mit der er sich das Haar aus dem Gesicht strich, und in die Selbstverständlichkeit, mit der er sie in seine Arme schloss. In diesen Nächten liebte sie ihn leidenschaftlich, auch wenn er sich mehr und mehr zurückhaltend zeigte, weil er, wie er sagte, ihrer Leibesfrucht keinen Schaden zufügen wollte. So rücksichtsvoll war ihr Francesco. So sehr liebte er sie.

Bei einem dieser Besuche fand sie endlich den Mut, ihm von den Sorgen ihres Vaters zu erzählen und den Hoffnungen, die er in ihn als seinen Schwiegersohn setzte. Wie sie es erwartet hatte, zeigte sich Francesco wenig erfreut darüber, trotzdem versprach er ihr, sich mit Antonmaria zu treffen.

»Wir werden sehen, was sich machen lässt«, beendete er das Thema und nahm sie zärtlich in seine Arme. Als sie am nächsten Morgen erwachte, war er bereits wieder aufgebrochen.

Von ihrer Schwangerschaft spürte Lisa in diesen ersten Monaten wenig. Außer dass sich ihre Brüste rundeten, sie die Kordeln ihrer Mieder weniger straff schnüren und die Haken ihrer Röcke versetzen musste, weil sie in der Taille zu eng wurden, war alles wie immer. Und angesichts dessen, was sie bei Marietta mitbekommen hatte, schob sie vorerst jeden Gedanken an die Geburt weit von sich. Erfreut bemerkte sie, dass ihre Schwägerinnen sie mehr und mehr als eine der ihren behandelten, sie in ihre Gespräche mit einbezogen und ihr hin und wieder die Kinder abnahmen. Vor allem Marietta, die ebenfalls schon wieder in anderen Umständen war, schloss sich ihr an und half ihr, die Veränderungen ihres Körpers zu verstehen.

Ende September ließ die Hitze nach, und Monna Piera sprach davon, bald wieder in die Stadt zurückzukehren. Und als nach einer Gewitternacht, in der sie vor Blitz und Donner alle kein Auge zugetan hatten, das Wetter umschlug und es regnerisch wurde, die Niederungen bis in die Mittagsstunden hinein mit wattigem Nebel bedeckt blieben und die Feuchtigkeit allen unter die Kleider kroch, war auch Lisa bereit, das Leben in der Via della Stufa wieder aufzunehmen.

»Bald bekommst du ein Geschwister«, sagte Lisa im Spätherbst zu Meo, als er sich an die feste Kugel ihres Bauchs presste. »Es wächst da drin«, erklärte sie und staunte selbst über dieses Wunder.

»Ich kann es hören«, behauptete der Junge und sah mit einem Lächeln zu ihr auf. »Es singt.«

»Und es tritt mich«, gab Lisa lachend zurück und legte Meos kleine Hand an die Stelle, wo von innen sanft gegen ihre Bauchdecke geklopft wurde.

Es wurde Winter, und Lisa musste der Tatsache ins Auge sehen, dass die Niederkunft ihres ersten Kindes nahte. Und obwohl sie von Frauen umgeben war, die alle bereits geboren hatten, so zog es sie nun doch immer wieder zu ihrer Mutter. Augenscheinlich hatte Francesco ihrem Vater in irgendeiner Weise geholfen, weder der eine noch der andere wollte darüber sprechen. Was auch immer die beiden miteinander vereinbart hatten – wenn Lisa nun Lucrezia besuchen kam, behandelte Antonmaria sie freundlicher, obgleich sie nie zu der Herzlichkeit zurückfanden, die sie früher verbunden hatte.

»Das Wichtigste ist eine gute Wehfrau«, schärfte Lucrezia ihrer Tochter ein. »Sieh zu, dass du sie bald kennenlernst, sie kann dir noch viel besser erklären, was dich erwartet. Und dein Mann soll einen studierten Arzt bereithalten, für alle Fälle.«

Über diesen Vorbereitungen auf die Geburt trat das, was in der Stadt geschah, für Lisa allmählich in den Hintergrund. Dass die *fanciulli,* Savonarolas Kinderarmee, auf den Straßen die Bürger tyrannisierte, die sich nicht in schlichte, schwarze Bußgewänder kleideten. Dass Geschäfte aufgebrochen und geplündert wurden, so dass die Brüder del Giocondo bewaffnete Männer verpflichteten, damit sie vor ihren Lagern und Seidenwebereien Tag und Nacht Wache hielten. Dass berühmte Künstler Florenz verließen oder, wie der große Sandro Botticelli, sich in sich selbst zurückzogen und sich ihrer früheren Werke schämten, auf denen sie in leuchtenden Farben das Leben gefeiert und Frauen nackt und sinnlich dargestellt hatten.

All das hatte in jener Februarnacht 1496 für Lisa keinerlei Bedeutung, als sie in einem Meer aus Schmerzen versank und noch vor Tagesanbruch einen gesunden Jungen gebar.

»Wir werden ihn Piero nennen«, sagte Francesco überglücklich, als er das Neugeborene in seinen Armen hielt. »Zu Ehren unserer lieben Mutter.«

Amen, so soll es sein, dachte Lisa erschöpft und sah erleichtert das Strahlen, das die sonst so herben Züge ihrer Schwiegermutter verschönte.

4

DER AUFTRAG

Mailand, 1497–1500

Blätter, Ranken, Weinbeeren. Ein Himmel voller goldschimmernder Früchte im noch morgendunklen Laub. Es war Anfang Oktober, die Sonne gerade erst aufgegangen, und Leonardo lag im taufeuchten Gras des Rebengartens auf dem Rücken und blinzelte hinauf in das Spalier, von dem die Trauben herabhingen wie kleine Kronleuchter aus Perlen.

Der Weinberg, in den er sich verliebt hatte, gehörte dem Kloster, für das er DAS LETZTE ABENDMAHL an die Wand des Refektoriums gemalt hatte. Der Prior hatte ihm mitgeteilt, dass man nicht gewillt sei, ihm das Stück Land hinter den Gärten der Atellani zu verkaufen. Nicht einmal einen Preis hatte man ihm genannt. Tief atmete er den Geruch nach Kräutern, Gras und süßen Beeren ein, dann erhob er sich bedauernd, nahm den dichten Filzumhang von der Erde auf, der ihm als Unterlage gedient hatte, und ging zurück in das Zimmer im Haus der Atellani, in das er sich auch heute noch manchmal zurückzog, obwohl das Wandbild mit dem *cenacolo*, wie die Mailänder das ABENDMAHL liebevoll nannten, inzwischen fertig war.

Wenig später trafen die Erntearbeiter ein und erfüllten den sonst so stillen Ort mit ihrem Rufen, Gelächter und Gezeter.

Noch vor seinen Malergehilfen machte Leonardo sich auf den Weg zu seiner bereits vor Wochen begonnenen Arbeit in der Sala delle Asse in Ludovico Sforzas Residenz. Der Herzog selbst hatte seinen »Lieblingskünstler« mit der Neugestaltung betraut, eine ehrenvolle Aufgabe, bedachte man die wichtige Funktion dieses Saales als Fest- und Empfangsraum.

Im großen Hof blieb er kurz stehen und betrachtete das imposante Pferd aus Ton, das Modell, das niemals durch das Standbild aus Bronze ersetzt werden würde, so viel war inzwischen gewiss. Er begrüßte einige Gefolgsleute des Herzogs, durchquerte den Hof in Richtung des Falkenturms und betrat schließlich die Halle in dessen Erdgeschoss, deren hohe Wölbung von einem Gerüst bedeckt war. Leonardo stieg hinauf und blickte nach oben.

Blätter, Ranken, Beeren auch hier. Ein Himmel voller ineinander verschlungener Zweige. Von goldenen Schnüren umwunden und zusammengehalten bildeten sie einen grünen Baldachin, durch den das Blau eines Sommerhimmels hindurchschien. Eine Laube aus Maulbeerbäumen von gigantischem Ausmaß …

»Schon so früh bei der Arbeit?« Es war der Herzog selbst, der unter Leonardo zwischen den Tischen mit den Malutensilien stand und zu ihm heraufblickte. Hinter ihm wuselte sein Kammerdiener herein.

In aller Ruhe stieg Leonardo zu seinem Auftraggeber hinunter. Der blickte ihm spöttisch entgegen. »Ich bin erfreut. Offenbar nimmst du dieses Mal die abgemachte Frist ernst.«

Ludovico trug einen Hausmantel aus gefütterter, schwarzer Seide mit dem aufgestickten Wappen der Sforza, eine goldfarbene Schärpe hielt ihn um die voluminöse Taille zusammen. Die Zeiten, als der Herzog ein schnittiger Kriegsherr gewesen war, lagen hinter ihm. Und noch immer hatte er die Trauergewänder nicht abgelegt. Der Tod seiner Gemahlin zu Beginn dieses Jahres schien ihm näher zu gehen, als es je ein Mensch vermutet hätte.

Beatrice war bei der Geburt ihres dritten Kindes gestorben und hatte das Kleine mit ins Grab genommen. Erst zweiundzwanzig Jahre war sie alt gewesen. Seither verhielt sich der Herzog eigenartig. Es hieß, er durchlebe eine religiöse Krise, was Leonardo nicht recht glauben mochte. Er kannte den Herzog und seine Skrupellosigkeit lange genug, um daran zu zweifeln, dass er sich nun der Kirche in die Arme warf. Und doch, statt sich nach angemessener Trauerzeit um eine neue Verheiratung zu kümmern, und sei es auch aus politisch-strategischen Gründen, oder sich wenigstens mit seiner Geliebten Lucrezia Crivelli, einer von Beatrices Hofdamen, zu vergnügen, die ihm im selben Jahr einen Sohn geboren hatte, lag ein Schleier düsterer Vorahnungen über dem Herzog von Mailand. Leonardo hatte in seinem Auftrag Beatrices Gemächer umdekoriert, die man seither *salette nere* nannte, die schwarzen Zimmer. Dort hielt Il Moro sich auf, um nachzudenken. Und dafür gab es in diesen politisch schwierigen Zeiten wahrlich eine Menge Gründe.

»Ich nehme meine Arbeit immer ernst, mein Herr«, sagte Leonardo und betrachtete die bleichen Züge des Herrschers. Die Tränensäcke unter den dunkelbraunen Augen, die entzündeten Lider. Sie waren beide im selben Alter, doch die Jahre hatten in Ludovicos Antlitz grausamere Spuren hinterlassen als in dem seines Malers. Die Taten der Menschen schreiben sich in ihre Gesichter ein, dachte Leonardo. Der Herzog hatte auf seinem Weg zur Macht unzählige Menschenleben geopfert, man erzählte sich hinter vorgehaltener Hand, dass er möglicherweise sogar seinen eigenen Bruder vergiftet habe, von dessen Sohn ganz zu schweigen. Leonardo dagegen achtete darauf, nicht einmal einer Fliege etwas zuleide zu tun, deswegen aß er auch kein Fleisch, um keinem Lebewesen Schaden zuzufügen.

»Wirst du den Termin diesmal einhalten?«, hakte Ludovico nach und sah ihm scharf in die Augen.

»Es ist eine sehr große Decke«, gab Leonardo vage zurück. »Und die Wände sind hoch. Es wäre gut, wenn wir noch mehr Helfer einstellen könnten. Was sagt Ihr zu dem, was Ihr bereits seht? Wollt Ihr mit mir aufs Gerüst steigen, damit es Euch nicht die Sicht versperrt und Ihr das Werk besser betrachten könnt?«

Während er und der Kammerdiener dem Herrscher über Mailand die Leiter hinaufhalfen, fiel ihm der Kampf wieder ein, den sie im Frühjahr miteinander ausgefochten hatten. Angeblich in seine Trauer versunken hatte Ludovico »vergessen«, seinen Künstler zu entlohnen, und schließlich hatte Leonardo sich gezwungen gesehen, seine Arbeit an den Gemächern der Herzogin aus Protest niederzulegen, immerhin hatte er eine ganze Werkstatt samt Gehilfen zu unterhalten. Worauf Ludovico sich fürchterlich aufgeregt und den Versuch unternommen hatte, den Freskenmaler Perugino für diese Aufgabe zu gewinnen, der einst gemeinsam mit Leonardo bei dem berühmten Verrocchio gelernt hatte. Als ob ihn dies billiger gekommen wäre! Leonardo schüttelte noch immer verständnislos den Kopf, wenn er daran dachte. Sein Kollege hatte abgelehnt, und so war sich Ludovico zähneknirschend mit Leonardo einig geworden.

Dabei war die Sache recht einfach gewesen: Der Kämmerer bekam Order, Leonardo wie vereinbart Lohn und Auslagen zu bezahlen, und die Wandmalereien wurden fertiggestellt. Und zwar so schön, dass alle Unstimmigkeiten rasch vergessen waren.

»Nun, was sagt Ihr?«

Sie standen direkt unter einem Abschnitt der gewölbten Decke, der nahezu fertig war, es fehlten nur noch die letzten Lichter auf Blattspitzen und Früchten. Leonardo betrachtete zufrieden, wie perfekt die Illusion gelungen war. Man glaubte tatsächlich, im Freien zu stehen und durch das dicht ineinander verschlungene Geäst der Maulbeerbäume hinauf in einen sommerblauen Himmel zu blicken.

»Warum eigentlich Maulbeerbäume?«, fragte Il Moro, statt auf Leonardos Frage zu antworten, der glaubte, sich verhört zu haben. Hatte er dies nicht bei der Präsentation des Entwurfs in aller Ausführlichkeit erklärt? Das war allerdings lange her. Offenbar war es dem Herzog entfallen. Dabei hatte er sich so erfreut gezeigt über das Wortspiel.

»Im hiesigen Dialekt nennt man den Maulbeerbaum *moro*. Es ist also eine Anspielung auf Euren Beinamen«, erklärte Leonardo geduldig von Neuem. »Das Herzogtum verdankt viel von seinem Reichtum der Seidenproduktion, und es sind die Blätter des Maulbeerbaums, von denen sich jene Falter ernähren, die den Seidenfaden spinnen. Auch diese goldene Kordel, die sich ohne Unterbrechung in einer Vielzahl von kunstvollen Knoten um die Zweige schlingt, kann man so verstehen. Knoten, deren Kunstfertigkeit ihresgleichen sucht, wenn ich das so sagen darf, Eccelenza. Knoten, die Eure Kraft und Macht symbolisieren, denn Euch gelingt das Wunderwerk, in den politischen Wirren dieser aufreibenden Jahre die einander widerstrebenden Kräfte zusammenzuhalten. Sich darin zurechtzufinden, wie einst Theseus mithilfe des Ariadne-Knäuels im Labyrinth des Minotaurus.« Leonardo holte tief Luft. Ob das so war, würde die Zukunft weisen. »Dieser goldene Faden hat keinen Anfang und kein Ende«, fuhr er fort. Es war keine einfache Arbeit gewesen, die Schablone, die sogenannte Pappe, für diese Deckenmalerei fertigzustellen. Und es hatte Wochen gebraucht, sie Blatt für Blatt, Beere für Beere, Knoten für Knoten auf die Wandoberfläche zu übertragen. »Dieser Baldachin aus Blättern wurzelt tief unten, wo die Mauern beginnen, in den Fundamenten der Festung. Achtzehn Bäume steigen von dort auf, und zwischen den Stämmen sieht man hinaus in eine Landschaft voller Heiterkeit. So wie auf dem Entwurf.«

Obwohl es erst früh am Morgen war, fühlte Leonardo eine unsägliche Müdigkeit in sich aufsteigen. Wie leid war er es, auf die

Gunst und Launen mächtiger Menschen angewiesen zu sein, die seine Arbeit nicht ernst nahmen und gleich alles wieder vergaßen, was er ihnen sagte. War das sein Schicksal? Hier ein Porträtauftrag, dort eine Theater- oder Festdekoration, da eine Wand oder Decke, die es zu verschönern galt? Wäre es stattdessen nicht wunderbar, er könnte einfach den Eingebungen nachgehen, die ihm tagtäglich neu in den Sinn kamen? So viele nützliche Dinge hatte er bereits erfunden, die bedauerlicherweise keinen Menschen interessierten. Einen mechanischen Webstuhl zum Beispiel, der die Seidenproduktion im Herzogtum revolutionieren würde. Apparaturen, die den Häuserbau vereinfachen könnten. Kutschen, die sich ohne Pferde fortbewegten, Federungen, die das Reisen zu einem Vergnügen machten. Nichts schien seiner Vorstellungskraft unmöglich, und da er die physikalischen Gesetze und die Mathematik beherrschte wie kein anderer, würde es ihm auch gelingen, diese Dinge aus dem Stadium des Entwurfs in die Wirklichkeit umzusetzen, wenn man ihn nur ließe. In der vergangenen Nacht hatte er gar ein Zweirad erfunden, dessen Räder per Pedale über ein Zahnrad angetrieben werden könnten, und zwar mit den Füßen. Das müsste er tatsächlich einmal ausprobieren …

»Und unsere Insignien?«, holte der Herzog ihn zurück in die Gegenwart. »Unsere Namen und die unserer Freunde, die Wappen? Die werden von diesem Maulbeergestrüpp doch wohl nicht überwuchert werden?«

»Durchaus nicht«, antwortete Leonardo und zwang sich zu einem Lächeln. »Im Gegenteil. Alles strebt auf diese Inschriften zu.« Er half Ludovico von dem Gerüst herunter und erklärte ihm anhand der Entwürfe, wo die Embleme des Herzogtums und welche Texte in den Lünetten verewigt werden würden.

»Dann hoffe ich, dass wir das alles bald bewundern können«, schloss Il Moro und ließ seinen Blick über die Arbeitstische schweifen, auf denen sich in ordentlichen Reihen die vielen Reibesteine aus Porphyr und Marmor befanden, dazu die Glasbehälter mit den Farbpigmenten, Apothekerflaschen und Phiolen mit Terpentin- und Walnussöl, Säckchen mit Mastix, Dammar, Gummi arabicum und vielen anderen geheimnisvollen Dingen, die einer Malerwerkstatt das Aussehen eines alchemistischen Labors verliehen. Stimmen waren zu hören, Schritte kamen näher, Leonardos Mannschaft traf ein. »Wie viele zusätzliche Helfer benötigst du?«, fragte der Herzog unvermittelt.

»Zwei Dutzend«, antwortete Leonardo kühn, daran gewöhnt, höchstens die Hälfte von dem zu bekommen, was er forderte.

»Schaff sie her«, gab Ludovico zu seiner Überraschung ohne zu zögern zurück. »Erinnere mich daran«, fügte er an seinen Diener gewandt hinzu, »dass ich dem Kämmerer entsprechend Anweisung gebe.«

»Danke, mein Herzog«, war alles, was Leonardo hervorbrachte. Offenbar hatte Ludovico es eilig, den Saal vollendet zu sehen.

»Und noch etwas«, hörte er den Herzog sagen, der nun näher an Leonardo herantrat, so dass ihm der Geruch nach Amber und Myrrhe in die Nase stieg, mit dem Ludovico die Ausdünstungen seines Körpers zu überdecken versuchte. »Du hast doch so einen Narren an diesem Weinberg gefressen, dort hinter dem Grundstück der Atellani.« Der Herzog lächelte milde. »Ich habe mit dem Abt von Santa Maria delle Grazie darüber gesprochen. Er gehört dir.«

»Er gehört ... mir?« Leonardo traute seinen Ohren nicht. Erlaubte sich der Herzog einen Scherz mit ihm?

»So ist es. In meiner großen Güte habe ich ihn dem Kloster abgekauft und schenke ihn meinem Lieblingsmaler. Aus Dankbarkeit. Und weil du es dir so wünschst. Die Urkunde wird dir heute noch zugehen.«

Wie auf einer Theaterbühne drehte sich der Herzog auf dem Absatz um und kehrte in seine Gemächer zurück.

»Das glaube ich erst, wenn ich sie in Händen halte, die Urkunde«, murmelte Leonardo fassungslos.

»Wir sollten uns überlegen, was wir sonst noch brauchen«, scherzte Boltraffio, der das Geschehen verfolgt hatte. »Der Herzog scheint heute einen großzügigen Tag zu haben.«

»Ja«, stimmte Salai vorlaut ein. Er war zu einem attraktiven Siebzehnjährigen herangewachsen und hatte sich zum besten von Leonardos Schülern entwickelt. »Vermutlich ist es der einzige in seinem ganzen Leben. Bitte um ein Schloss, Herr.«

»Was sollte ich mit einem Schloss?«, fragte Leonardo, noch immer argwöhnisch. Schon oft hatte der Herzog etwas versprochen und am Ende nicht gehalten.

»Du kannst es mir schenken«, gab der Junge mit einem Lachen zurück.

»Lass uns lieber mit der Arbeit beginnen«, beendete Leonardo das Wortgeplänkel und klatschte in die Hände, um sich auch bei seinen anderen Mitarbeitern Gehör zu verschaffen. »Jeder weiß, was er zu tun hat. Oder braucht jemand Anweisungen?«

Die Aufgaben waren genauestens verteilt. Die einen rieben die Farbpigmente zu Staub. Giampietrino mischte die Lasuren, und Boltraffio überwachte die Lehrlinge, die damit beschäftigt waren, jedes einzelne Maulbeerblatt mit einer Grundierung aus Grünspan, vermischt mit dem Bodensatz vom Destillat der Aloe-Pflanze, die Leonardo entwickelt hatte, zu bemalen. Darauf trug der Meister eigenhändig mehrere Schichten feinster Temperafarben in helleren oder dunkleren Grüntönen auf, um dem Laub je nach Illusion des Lichteinfalls seine Lebendigkeit zu geben. Eine Sisyphusarbeit. Aber es würde sich lohnen.

So arbeiteten sie bis zur Mittagsstunde, dann erschien Ludovicos Diener erneut und bat Leonardo, ihn zum Kämmerer zu begleiten.

»Wir sind mit dem Abt übereingekommen, dass die diesjährige Ernte dem Kloster zusteht. Er wird dir als Entschädigung ein Fässchen Wein liefern.« Gualtiero Bascapé sah noch einmal die Papiere durch, schließlich blickte er auf. »Es ist guter Malvasier«, fügte er lächelnd hinzu und reichte Leonardo die Besitzurkunde.

»Malvasia di Candia Aromatica«, murmelte dieser und nahm freudig das Dokument entgegen. Selbstverständlich hatte er sich längst erkundigt. Aus dieser Sorte, die ursprünglich aus dem fernen Kreta stammte, gewann man einen hervorragenden Weißwein. Und sie schmeckte sogar als Tafelobst ausgezeichnet.

Spät am Abend ging er in der Dunkelheit hinüber und betrat seinen neuen Besitz. Im Mondlicht funkelten die noch nicht geernteten Trauben. Leonardo öffnete sein Klappmesser und schnitt eine Rispe vom Stock. Hielt sie hoch und bewunderte die Perfektion jeder einzelnen Beere, die Sanftheit des Nebeltaus, der sich schützend um die Früchte legte, und ihren perligen Schimmer dort, wo er durch die bloße Berührung weggewischt worden war. Das Glück füllte ihn aus bis in die letzte seiner Poren. Was würde sein Vater sagen, wenn er von seinem Besitz erfuhr? Er wäre stolz auf seinen Erstgeborenen. Denn Landbesitz war auch dem Florentiner Notar das höchste Gut.

In den folgenden Wochen wuchs die Wand- und Deckenbemalung stetig weiter. Draußen ließen die Bäume ihre Blätter fallen, doch in der Sala delle Asse herrschte ewiger Frühling. Als es Winter wurde, klagten die Gehilfen mehr und mehr über die Kälte, und Leonardo stritt mit dem Kämmerer um Kohlebecken, die ohnehin nur den Bereich um die Arbeitstische wärmten. Leonardo selbst und die anderen Maler führten dick vermummt und mit klammen Fingern unter der Kuppel die Pinsel, bis auch dies nicht mehr möglich war und die Arbeit unterbrochen werden musste und erst im Frühjahr wieder aufgenommen werden konnte.

Der April brachte die ersten warmen Tage, und ganz Mailand

schien aufzuatmen, als aus Frankreich die Nachricht vom Tod Charles VIII. eintraf. Der König, der Italien vor wenigen Jahren mit Krieg überzogen hatte, war von Ludovico im Verbund mit den Venezianern in der Schlacht von Fornovo geschlagen worden – mithilfe der Kanonen aus der Bronze, die eigentlich für das Reiterstandbild vorgesehen gewesen waren. Nun folgte ihm Louis XII. auf den Thron, dessen Großmutter eine geborene Visconti gewesen war. Würde er Anspruch auf das Herzogtum Mailand erheben? Alles war möglich. Doch es sah nicht so aus, als würde Il Moro sich darüber in diesem Frühling des Jahres 1498 irgendwelche Sorgen machen. Seine düstere Phase der Trauer um seine Gemahlin schien vorüber, und während eines Festakts in der Fortalezza di Porta Giovia, bei der er sich offiziell mit seiner Geliebten Lucrezia Crivelli zeigte, erteilte er Leonardo den Auftrag, die junge Frau zu porträtieren.

»Eccelenza«, versuchte Leonardo einzuwenden, »ich bin mit der Sala delle Asse mehr als ausgelastet.« Es verstand sich allerdings von selbst, dass der Herzog für solche Gegengründe taub war.

»Wofür bezahle ich ein ganzes Heer an Gehilfen?«, konterte er, und seine dunklen Augen glänzten unheilvoll. »Lass deine Handlanger die Maulbeerbäume fertigmalen und widme deine Kunstfertigkeit dieser Schönheit.«

Er küsste seine Konkubine vor aller Augen auf den Mund, und Leonardo konnte nicht anders, als die Selbstbeherrschung dieser anmutigen jungen Frau zu bewundern, die die Liebkosungen des Herzogs, der neben ihr umso hässlicher wirkte, mit einem unergründlichen Lächeln ertrug.

In dieser Nacht konnte Leonardo nicht schlafen. Er ging in jenen Raum, in dem er seine Bibliothek eingerichtet hatte, und betrachtete die kostbaren, gedruckten Bücher, die er im Lauf der Zeit gesammelt hatte. Er hatte keine Schule besucht, Lesen, Schreiben und Rechnen hatte ihm sein Onkel beigebracht, alles andere musste er sich in seinem unersättlichen Wissensdurst selbst aneignen. Dass er nie Latein, die Sprache der Gelehrten, gelernt hatte, empfand er als Makel, auch wenn er vor anderen stets versuchte, dies herunterzuspielen und sich gern über die Gelehrten lustig machte, die nur die Theorie kannten und ihre Studierzimmer nie verließen. Im Gegensatz zu seinen zahlreichen jüngeren Halbbrüdern, die allesamt eine humanistische Ausbildung erhalten hatten, war er zu dem berühmten Maler, Goldschmied und Bildhauer Andrea Verrocchio in die Lehre geschickt worden, was im Grunde ein großes Glück für ihn bedeutet hatte. Verrocchio war gut zu ihm gewesen, hatte früh sein Talent erkannt und ihn bereits im Alter von fünfzehn Jahren auf einem seiner großen Tafelbilder einen Engel malen lassen, der, wenn man ehrlich war, deutlich schöner ausgefallen war als das gesamte restliche Gemälde.

Vielleicht stimmte es wirklich, und seine Augen nahmen die sichtbare Welt anders wahr als die seiner Zeitgenossen. Dass ein Maler sich nicht damit zufriedengeben durfte, Formen und Farben nachzubilden, wollte er die Illusion von Tiefe beispielsweise in einer Landschaft erzeugen, sondern dass er dafür auch das nahezu Unsichtbare malen musste, das sich zwischen den Gegenständen befand, hatte vor ihm noch keiner der großen Meister herausgefunden. Diese Luftperspektive, wie er dieses Phänomen nannte, zeigte sich je nach Wetterverhältnissen durch einen leicht bläulichen oder goldenen Schleier, der sich über die entfernteren Gegenstände oder Landschaften im Hintergrund legte. Um diesen verdichteten Äther malen zu können, durfte man nicht mit deckenden Farben hantieren, man musste mit fast durchsichtigen Lasuren arbeiten, in denen äußerst wenig Pigmente enthalten waren, und diese mit großer Geduld in mehreren Schichten übereinanderlegen, nur so konnte der gewünschte Eindruck entstehen. Inzwischen wendete Leonardo diese Methode nicht nur an, um die Luftperspektive darzustellen, er hatte entdeckt, dass jeder Gegenstand und vor allem das menschliche Antlitz am lebendigsten abgebildet werden konnte, wenn man es Schicht um Schicht aus dem Malgrund geradezu herausmodellierte und auf diese Weise die feinen Übergänge zwischen Licht und Schatten schuf. Er nannte diese Technik *sfumato* von dem Wort *fumo* für Rauch, und sie hatte ihn berühmt gemacht.

Sie hatte allerdings den Nachteil, dass man Geduld brauchte, denn es dauerte lange, bis so ein Gemälde als beendet betrachtet werden konnte. Schicht um Schicht der ölhaltigen Farblasuren musste zuerst trocknen, ehe Leonardo eine neue auftragen konnte. Und da er viele solcher fast transparenter Schichten übereinander zu legen pflegte, brauchte er mindestens ein Jahr, wenn nicht gar zwei oder noch länger, bis eine Arbeit so war, wie er sie sich vorstellte. Und im Grunde hatte er das bislang nur zwei Mal in seinem Leben erreicht: in dem BILDNIS DER GINEVRA DE' BENCI und der sogenannten DAME MIT DEM HERMELIN. Und selbst an diesen Bildern hätte er noch fortgemalt, hätte man sie ihm nicht buchstäblich aus den Händen gerissen. Denn mit der Kunst war man niemals fertig, man beschloss nur einfach irgendwann, sich nicht länger mit einem bestimmten Werk zu beschäftigen.

Kaum ein Auftraggeber verstand das, sie sagten über ihn, er sei säumig und ließe sich beständig von anderen Ideen ablenken. Wie der Prior des Klosters, für das er das ABENDMAHL gemalt hatte, der so weit gegangen war, sich beim Herzog über ihn zu beschweren, weil dieser Tropf glaubte, beurteilen zu können, wie schnell oder wie langsam man ein solches Kunstwerk erschaffen konnte. Dass ein Künstler immer arbeitet, auch wenn er spazieren geht und müßig erscheint, hatte er Ludovico erklären können. Und damit gedroht, seinem Judas das Antlitz des Priors zu verleihen, sollte er ihn künftig nicht in Ruhe lassen. Darüber hatten sie dann gemeinsam herzlich gelacht, der Herzog und er, und die Sache war beigelegt worden. Und nun sollte er sich einmal mehr auf die Darstellung einer Frau einlassen, die ihn kein bisschen interessierte? Doch im Grunde, das wusste er, hatte er keine Wahl.

»Alles hat seinen Preis«, sagte Luca Pacioli, der Leonardo an einem dieser Sommerabende dazu überredet hatte, den Pinsel wegzulegen und mit ihm zum Viertel der Navigli hinauszufahren. Seit Wochen arbeitete Leonardo in den frühen Morgenstunden an dem Porträt der Crivelli und machte sich gegen Mittag auf den Weg zur Fortalezza, um dort nach dem Rechten zu sehen. »Du bist ein Günstling des Herzogs, was bedeutet, dass du ihm seine Wünsche erfüllen musst. Und du musst zugeben – es gibt wohl Schlimmeres, als ein so schönes Mädchen zu malen.«

Sie hatten sich eine jener Tavernen ausgesucht, wo man an einem der zahlreichen Kanäle draußen sitzen und frisch gefangenen Fisch essen konnte. Das Licht der untergehenden Sonne tauchte das Wasser in die Farbe von wilden Heckenrosen, käufliche Frauen flanierten an den Ufern auf und ab auf der Suche nach Freiern. Von ihren Booten aus riefen Matrosen ihnen Komplimente zu, einer begann gar ein schmachtendes Lied zu singen, begleitet vom lauten Lachen seiner Kameraden.

Von Anfang an hatten die Navigli Leonardo fasziniert. Das geniale Geflecht aus Wasserstraßen bestand bereits seit der Antike und war nach und nach erweitert worden. Auf diese Weise war die Stadt, die an keinem Fluss lag, mit dem Lago Maggiore, dem Comersee und sogar mit der Adria verbunden. Gleich nach seiner Ankunft in Mailand hatte Il Moro Leonardo mit dem Entwurf eines weiteren Systems beauftragt, und er hatte sich mit Feuereifer darangemacht und zahlreiche Reisen in die Umgebung unternommen. Doch seine Skizzen und Berechnungen ruhten nun schon seit vielen Jahren irgendwo in den Archiven des Herzogs, und es war mehr als fraglich, ob dieser Kanal jemals gebaut werden würde. Von seinen umfangreichen Plänen war lediglich eine einzige Schleuse realisiert worden.

»Du bist nicht sehr gesprächig heute Abend«, bemerkte Pacioli.

»Ich mach mir Sorgen«, erklärte Leonardo. »Ich hab davon gehört, dass der neue König von Frankreich einen Feldzug vorbereitet. Und ich bin mir nicht sicher, ob Ludovico die Sache ernst genug nimmt.« Er wies in die Ferne, wo der Kanal sich um eine Häuserecke wand und aus ihrem Sichtfeld verschwand. »Allein über diese Wasserstraßen ist Mailand verwundbar. Und statt endlich meine Entwürfe für neue Waffensysteme zu prüfen, fordert er ein Porträt von seiner Geliebten.«

Der Fisch wurde gebracht, und eine Weile waren sie damit beschäftigt, diese Köstlichkeit zu genießen. Hinter einer Ligusterhecke küssten sich zwei Verliebte, es duftete nach Küchenkräutern, frisch gebackenem Brot und gebräuntem Zuckerwerk, das ein halbwüchsiger Straßenhändler in einem Korb mit sich trug und lauthals anpries. Es war ein vollkommener Moment, und Leonardo fragte sich, wie lange diese friedlichen Zeiten noch währten.

»Hast du je daran gedacht, nach Florenz zurückzukehren, jetzt, wo man Savonarola hingerichtet hat?«, fragte Pacioli.

»Natürlich denke ich darüber nach«, antwortete Leonardo. »Und wenn ich ehrlich bin, habe ich auch Sehnsucht nach meiner Heimatstadt. Obgleich sich die Frage stellt, wie klug es ist, dorthin zurückzukehren, wo man als Schüler begonnen hat.«

»Selbst in Florenz hat sich herumgesprochen, dass du eines der größten Genies unserer Zeit bist«, sagte Pacioli.

»Du übertreibst«, wehrte Leonardo ab und schob den Teller von sich, auf dem nur noch Kopf und Gräten des Fisches übrig waren. »Ich bin ein Suchender. Und das werde ich immer bleiben.«

Im Herbst schien der Herzog zu begreifen, dass er unverzüglich handeln musste. Während Leonardo die erste Ernte seines Weingartens einfuhr und bei dem Winzer, den Salais Vater ihm empfahl, zu Wein keltern ließ, während das Porträt der Crivelli Gestalt annahm und in der Sala delle Asse die Maulbeerbäume immer mehr ergrünten und Früchte trugen, versuchte Ludovico, neue Bündnispartner zu gewinnen. Doch die Republik Venedig zögerte, ebenso der Papst. Man hatte genug vom Krieg. Wenn der Franzose Mailand wollte und sich damit zufriedengab – warum sich dann erneut ins Getümmel stürzen?

Ludovico verbrachte in diesen Wochen schlaflose Nächte, wie sein Kammerdiener Leonardo verriet. Aber auch Leonardo machte sich zunehmend Gedanken. Wohin sollte er mit seinen Leuten gehen, wenn die Franzosen Mailand tatsächlich eroberten?

Der Winter verging, und Ludovico hatte noch immer keine Verbündete gefunden, indes die Nachrichten über die Mobilmachung in Frankreich immer beängstigender wurden. Der Herzog war darüber so in Sorge, dass er kaum an Lucrezia Crivellis Porträt interessiert war, das Leonardo ihm feierlich überbrachte, so dass der Künstler sich einmal mehr die Frage stellte, wozu er sich eigentlich all die Mühe gemacht hatte.

Trotz seines Ärgers versuchte er jedoch die Gelegenheit zu nutzen, um Il Moro auf die Befestigungen der Stadt anzusprechen.

»Was soll mit ihnen sein?«, fragte der Herzog barsch zurück.

»Wäre es nicht klug, sie einer Revision zu unterziehen?«, fragte Leonardo.

Ludovico starrte ihn eine Weile finster an. Unter seinen Augen lagen dunkle Ringe, von der Nase zu den Mundwinkeln zogen sich tiefe Furchen.

»Dann schaut sie euch an in Gottes Namen«, stieß er schließlich hervor und wandte sich einem seiner Sekretäre zu. Leonardo kannte ihn gut genug, um zu verstehen, dass er damit entlassen war.

Es war ein schöner Frühlingstag, als Leonardo aufbrach, um die Stadtmauern genauer in Augenschein zu nehmen. Wer ihm begegnete, mochte denken, dass er einen Spaziergang machte, zumal sein Freund Luca Pacioli ihn begleitete. Doch die beiden hatten kein Auge für die frisch erblühten Bäume, auch interessierten sie sich nicht für die eleganten Damen der Gesellschaft, die die neueste Frühjahrsmode ausführten, oder für die bunten Segel und die Geschäftigkeit auf den anlandenden Barken auf den Kanälen im Viertel Navigli. Nein, Leonardo und Luca studierten die Befestigungsanlagen und fanden zahlreiche Schwachstellen.

Zuhause machte Leonardo sich Notizen, eines der Kätzchen wie so oft schnurrend auf dem Schoß. Skizzierte Verbesserungen an dieser oder jener Stelle der Stadtmauer. Schließlich suchte er eine bestimmte Mappe heraus und blätterte sich durch die Entwürfe, die er in den vergangenen Jahren gefertigt hatte. Vor allem jene mit den Kriegsmaschinen sah er genauer an.

»*Sehr erhabener Herr*«, hatte er bereits vor Jahren an Ludovico Sforza geschrieben, damals, als er sich um die Stelle eines Ingenieurs am Mailänder Hof beworben hatte, »*nachdem ich mit großer Gründlichkeit die Arbeit aller, die sich Kriegsbaumeister nennen, studiert habe, lege ich meine geheimen Erfindungen zu Füßen Eures herrschaftlichen Thrones und erbiete mich, ihre Ausführung nach Euren Wünschen und Befehlen zu besorgen.*« Und so weiter und so fort. Die Anstellung hatte er erhalten, wenn auch nicht in der Form, die er sich erhofft hatte. Doch keine seiner Erfindungen von völlig neuartigem Kriegsgerät, das seinem Herrn und Auftraggeber einen unschätzbaren Vorteil gegenüber jedem noch so mannstarken Heer verleihen würde, war weiterverfolgt worden.

Der Herzog hatte kein Interesse gezeigt, nicht einmal an diesem Geschütz, dessen Entwurf Leonardo gerade studierte. Dabei konnte man damit nicht nur aus einem Rohr feuern, sondern aus mehreren gleichzeitig. Seine detaillierte Skizze zeigte zehn Munitionsläufe, die von einem Punkt aus zu laden waren und dann fächerförmig ausliefen. Mit einem Kanonenschuss gleich zehn Treffer – welcher kluge Kriegsherr konnte sich eine solche Waffe entgehen lassen? Oder jene einfach zu bedienenden Wurfmaschinen, leicht zu transportieren, mit deren Hilfe man Geschosse weit ins gegnerische Feld hinein katapultieren konnte. Oder dieses handliche Geschütz, das nicht jedes Mal umständlich neu geladen werden musste, sondern in dessen Lauf sich bereits mehrere Geschosse hintereinander befanden, bereit, in kürzesten Abständen abgefeuert zu werden. »Weißt du«, hatte der Herzog gesagt und dabei gönnerhaft den Arm um Leonardos Schulter gelegt, »überlass das getrost mir und meinen Heerführern und kümmere dich um die schönen Dinge.«

Resigniert schloss Leonardo die Mappe und nahm das Kätzchen behutsam auf den Arm, erhob sich und räumte die Entwürfe zurück an ihren Platz. Wenigstens hatte der Herzog zugestimmt, dass er die Befestigungsanlagen überprüfte. Nun musste er ihn unbedingt auf ihre Schwachstellen ansprechen. Vielleicht war es ja noch nicht zu spät. Alles in allem kamen sie schließlich gut miteinander aus, Ludovico Sforza und er. Seit siebzehn Jahren lebte er nun in Mailand. Es würde ihm nicht leichtfallen, das Herzogtum zu verlassen, falls das nötig werden sollte, vor allem jetzt, da ihm hier mit dem Weinberg Grund und Boden gehörte. Wo sollte er hin mit all seinen Gehilfen, seinen Gerätschaften, den Bildern, die in Arbeit waren, und seinen Erfindungen? Von den Flugmaschinen und den Formen für den Guss des großen Pferdes ganz zu schweigen. All dies würde er zurücklassen müssen und hoffen, dass er die Modelle eines Tages nachholen konnte.

Er sprach mehrmals in der Fortalezza vor und bat um eine Unterredung mit dem Herzog. Doch von Tag zu Tag wurde er vertröstet.

»Hast du auch etwas über die neuesten Pläne des Königs von Frankreich erfahren?«, fragte er in diesen Tagen Tommaso, der eine Weile in Turin bei einem Freund gewesen war.

»Oh ja«, antwortete Tommaso. »In Turin lässt er eine große Menge neuer Geschütze gießen. Und das ist noch nicht alles.«

Es klang nicht gut, was Tommaso zu berichten hatte. Außer den neuen Geräten für die Artillerie, hatte Louis XII. dort bereits eine alarmierende Anzahl bewaffneter Fuhrwerke stationiert. Und in der Schweiz warb er angeblich Söldnerheere an. Wie gefährlich diese waren, hatte man in Italien bereits beim Feldzug von König Charles VIII. erleben müssen, sie galten als unbesiegbar und grausam.

Als Leonardo endlich zum Herzog vorgelassen wurde, führte man ihn in einen Saal, dessen rot ausgemaltes Kreuzgewölbe ganz und gar mit goldenen Strahlensonnen übersät war wie ein Nachthimmel mit Sternen. Diese Sonnen waren das Symbol des Herzogs Gian Galeazzo gewesen, des Urvaters der Visconti, und im Zentrum einer jeden dieser Sonnen befand sich eine weiße Taube mit dem Spruchband A BUON DROYT – »mit gutem Recht«. Hier saß nun Ludovico Sforza, der die Visconti ausgemerzt hatte, umringt von ernst dreinblickenden Männern. Leonardo erschrak, so bleich und sorgenvoll wirkte der Herrscher von Mailand.

»Nun, Leonardo«, begann dieser, »bist auch du der Meinung, dass meine Tage als Herzog von Mailand gezählt sind?«

»Wie käme ich dazu«, antwortete Leonardo bestürzt und sah fragend in die Runde. Einen der Männer erkannte er, es war der Medicus und Hofastrologe Ambrogio da Rosate. »Seid Ihr krank, mein Herr?«

»Ich nicht, aber mein Schicksal scheint krank zu sein«, gab Ludovico lakonisch zurück. »Jedenfalls behaupten das diese Sterndeuter.« Mit einem Wink verabschiedete er die betreten dreinblickenden Herren, die sich eilig entfernten.

»Ich bin gekommen, um mit Euch über die Befestigungswälle zu sprechen«, begann Leonardo, doch Ludovico runzelte unwillig die Stirn. »Ihr habt mir den Auftrag gegeben, sie in Augenschein zu nehmen«, ergänzte Leonardo, der befürchtete, der Herzog könnte dies vergessen haben.

»Viel lieber sähe ich dich in der Sala delle Asse bei der Arbeit«, wurde er gemaßregelt. »Damit wenigstens die Kunst mich überlebt, wenn schon mein Untergang vorbestimmt ist.«

»Herr«, rief Leonardo befremdet aus. »Was sollen diese Worte bedeuten?«

Es dauerte eine Weile, bis der Herzog antwortete. »Sie haben sich gegen mich verschworen«, sagte er schließlich finster. »Sogar Venedig, denen ich damals beigesprungen bin. Genua. Der Papst. Und natürlich der König von Neapel. Auch deine Heimatstadt, Leonardo.« Ludovico ballte die Fäuste, und einen Moment lang glomm der wohlbekannte alte Zorn in seinen Augen auf. »Ich habe Piero de' Medici mit Waffen, Soldaten und Geld ausgestattet, damit er Florenz mithilfe der Pisaner wieder unter seine Herrschaft bringt.« Leonardo horchte auf. Diese Nachricht war ihm neu. »Aber er dankt es mir schlecht«, fuhr der Herzog, nun wieder niedergeschlagen, fort. »In seinem Unglück steht man stets allein. Und die Liga, der auch Piero sich angeschlossen hat, ist zu mächtig.«

»Ihr dürft den Mut nicht sinken lassen«, beschwor Leonardo seinen Dienstherrn. »Wenn an den Mauern einiges verbessert wird, kann die Stadt einer Belagerung lange standhalten und ...«

»Du hast nicht verstanden«, fiel ihm der Herzog düster ins Wort. »Mein Stern ist am Sinken. Hast du noch nicht von jener heiligen Frau gehört, die das geweissagt hat?«

»Ihr werdet Euch doch nicht von den Fantasien einer Nonne ins Bockshorn jagen lassen«, rief Leonardo aus. Sicher, er hatte davon gehört. Diese Art von Prophezeiungen waren genau die Nachrichten, die auf Märkten und in Tavernen weitergetragen und ausgeschmückt wurden. Leonardo glaubte nicht an diesen Unsinn.

»Sie ist nicht die Einzige.« Ludovico fuhr sich über Augen und Stirn. Er sah aus, als hätte er viele Nächte nicht geschlafen. »Die Astrologen, die du eben hier hast hinaushuschen sehen wie ängstliche Kinder, sagen dasselbe. Die Sterne ...«

»Glaubt Ihr wirklich, dass die Sterne über das Kriegsglück entscheiden?«, wagte Leonardo ihn zu unterbrechen.

»Entscheiden sie nicht über alles?«, fragte der Herzog. Dann richtete er sich in seinem Stuhl auf. »Dennoch werde ich mich wie ein echter Sforza bis zuletzt meinem Schicksal stellen. Lass sehen. Was hast du da gezeichnet?«

Tatsächlich wurden in den folgenden Wochen an einigen Stellen die Mauern verstärkt, Gräben verbreitert und bewaffnete Wachtürme entlang der Kanäle errichtet. Ob der Herzog auch den Rat befolgte, so viel unverderbliche Lebensmittel in die Stadt zu bringen wie möglich, wusste Leonardo nicht. Fieberhaft arbeitete er mit seinen Gehilfen an der Deckenmalerei in der Sala delle Asse und hoffte, sie vor dem Angriff der Franzosen fertigstellen zu können. Denn dass dieser folgen würde, daran zweifelten nur noch die wenigsten.

Gleichzeitig überdachte Leonardo seine eigene Situation. Sollte er bleiben, selbst wenn der Herzog gestürzt würde? Als Künstler hatte er vermutlich nicht viel zu befürchten, und in dem alten Gemäuer der Visconti-Burg fühlte er sich mit seinen Leuten sogar dann sicher, falls Louis den Söldnerheeren erlauben sollte, die Stadt zu plündern.

»Wir könnten nach Venedig gehen«, schlug Franco beim gemeinsamen Abendessen vor. »Ich hab dort Verwandte.«

»Was ist mit Florenz?«, fragte Tommaso, brach sich ein Stück Brot ab und reichte den Laib an Giampietrino weiter, der neben ihm saß.

»Heimzukehren ist ein verlockender Gedanke«, antwortete Leonardo mit einem Seufzen und nahm sich ein Stück Käse. »Aber solange man nicht weiß, welche Partei dort die Macht an sich reißt, warte ich lieber ab.« Sein Vater hatte ihm von den Unruhen geschrieben, die seit dem Machtvakuum herrschten, das nach Savonarolas Hinrichtung entstanden war. Seine Gegner führten einen erbitterten Kampf gegen seine Anhänger, und wieder einmal, wie nach der Vertreibung der Medici fünf Jahre zuvor, befand sich seine geliebte Stadt in Aufruhr. Dazu kam der Feldzug gegen Pisa, mit dem man versuchte, die von Piero de' Medici so leichtfertig verspielte Provinz zurückzugewinnen, und die hohen Abgaben, die der Rat den Bürgern auferlegte, um diesen Krieg zu finanzieren sowie die wechselhaften, meist schlechten Nachrichten von dieser Front.

»Hast du nicht eine Einladung von der Markgräfin von Mantua?«, fragte Luca Pacioli mit vollen Backen.

»Das stimmt«, gab Leonardo wenig begeistert zurück. »Kost und Logis für uns alle werde ich allerdings mit dem Porträt bezahlen müssen, mit dem sie mir auf die Nerven fällt.«

»Es wäre eine Möglichkeit«, räumte Marco d'Oggiono ein und sah fragend zu Boltraffio hinüber. Leonardo wusste, dass die beiden erwogen, gemeinsam eine eigene *bottega* zu eröffnen. Obwohl sie seiner Werkstatt fehlen würden, denn sie hatten sich unter seiner Anleitung zu ausgezeichneten Malern entwickelt, unterstützte Leonardo sie bei diesem Plan und hatte ihnen bereits den einen oder anderen Auftrag für Altarbilder vermittelt, für die er selbst weder Zeit noch Lust gehabt hatte.

»Nichts spricht dagegen, noch eine Weile abzuwarten«, erklärte er nun. »Dann wäre es wohl kein Fehler, sich für den Empfang des französischen Königs etwas auszudenken«, schlug Tommaso vor. »Eine kleine, typisch leonardeske Überraschung.« Er grinste von einem Ohr zum anderen, und seine schwarzen Augen funkelten.

»Das klingt, als hättest du bereits eine Idee«, gab Leonardo interessiert zurück und schnitt einen Rettich in dünne Scheiben.

Tommaso zwirbelte nachdenklich an seinem Bart. »Gut möglich«, sagte er. »Ich denke an etwas Mechanisches. Etwas, was die Franzosen noch nie gesehen haben.«

»Ihr redet, als wäre Mailand bereits verloren«, wandte Suardi bestürzt ein, der von allen nur Bramantino genannt wurde, weil er der Schüler des berühmten Architekten Bramante gewesen war, ehe er zu ihnen gekommen war. Er stammte aus Mailand, deshalb war sein Einwand nur zu verständlich. »Und wenn es gar nicht so weit kommt? Dann ist die Arbeit umsonst.«

»Wenn der Herzog tatsächlich bleibt«, gab Tommaso listig zurück, »bekommen eben die Florentiner unser Geschenk. Denn früher oder später kehren wir doch dorthin zurück.«

»Spann uns nicht so auf die Folter, Zoroaster«, drängte Salai, wohl wissend, wie sehr Tommaso diesen Spitznamen verabscheute, und warf eine eingelegte Olive nach dem Metallurgen, die einen hässlichen Ölfleck auf dessen Hemd hinterließ. »Was soll das für eine Überraschung werden?«

»Vielleicht ein Musikinstrument«, mutmaßte Girardo, während Tommaso versuchte, über den Tisch hinweg Salai eine Ohrfeige zu versetzen. »So eines, wie du es dem Sforza aus Florenz mitgebracht hast.«

In dem Gerangel wurde ein Krug Wein umgestoßen, und Leonardo wich geschickt dem Sturzbach aus, der sich über den Tisch in Richtung seiner Beinkleider ergoss.

»Eine Laute aus Silber in Form eines Pferdekopfs?«, fragte er. »So reich bin ich nicht. Das Material hat damals Lorenzo der Prächtige bereitgestellt.« Und zu den Lehrlingen gewandt fügte er kopfschüttelnd hinzu: »Bewegt vielleicht einer von euch mal seinen Hintern und holt ein paar Lappen? Muss man euch denn alles sagen? Salai. Du entschuldigst dich sofort bei Messer Tommaso.«

Salai setzte sein Engelsgesicht auf und murmelte etwas Unverständliches.

»Weder ein Musikinstrument noch aus Silber«, erklärte Tommaso nun schlecht gelaunt. »Ich erzähl es dir bei Gelegenheit.«

Die Idee war tatsächlich genial. Tommaso schlug vor, einen mechanischen Apparat in Gestalt eines Löwen zu bauen, dem Wahrzeichen von Mailand, der sich vor dem Eroberer erheben und verbeugen würde. Gleichzeitig war auch das Sinnbild von Florenz ein Löwe, liebevoll *marzocco* genannt, der ein Schild mit einer Lilie zeigte. So könnte das Geschenk leicht von Louis XII. auf die Herrschaft am Arno umgedeutet werden.

»Hmm«, machte Leonardo. Schon hatte er seine Zeichenfeder zur Hand und zog ein Blatt heran, auf dem er ein paar Zahlen notiert hatte. »So in etwa?« Die Feder zog kratzend ein paar Linien auf dem Papier, und vor Tommasos Augen entstand die Gestalt eines kraftvollen Löwen.

»Er müsste liegen, das wäre die Ruhestellung«, erklärte sein Freund. »Die Mechanik muss dafür sorgen, dass er aufsteht. Zuerst stemmt er die Vorderbeine auf, dann folgen die hinteren.«

Wieder fuhr die Feder über das Blatt, und eine Folge von Bewegungsabläufen nahm Gestalt an. Dann zeichnete Leonardo einige Zahnräder, die ineinandergriffen, verband sie mit Linien.

»Wie groß stellst du dir das Ungeheuer denn vor?«, fragte er.

»Groß genug, dass es Eindruck macht«, gab Tommaso zurück.

»Also etwas größer als ein lebender Löwe«, beschloss Leonardo. »Zuerst brauchen wir das Skelett. Aus Metall?«

»Besser aus Holz«, antwortete Tommaso. »Den Körper modellierst du aus Pappmaché.«

»Ja«, erklärte Leonardo zufrieden. »Aber dann beziehen wir die Figur mit echtem Fell.«

»Löwenfell?« Tommaso hob skeptisch die Brauen.

Leonardo lachte. »Das Fell einer Ziege tut es auch. Wir färben es einfach um.«

Das Tüfteln an dem Automaten lenkte Leonardo von den Sorgen um seine unsichere Lage ab und brachte ihn auf andere Gedanken. Das Deckengewölbe in der Sala delle Asse war vollendet, und man hatte das Gerüst entfernt. Nun machten sich die Gehilfen daran, die Baumstämme und das Wurzelwerk an den Wänden in Farbe auszuführen, die Vorzeichnungen dazu hatte Leonardo bereits auf die Mauern übertragen.

Gemeinsam mit Tommaso entwickelte er indessen die Idee mit dem Automaten weiter, fand, dass es noch eindrucksvoller wäre, wenn der Löwe sich die Brust aufrisse und daraus Kugeln herausfielen, die Lilienblüten enthielten, denn Lilien waren Bestandteil des Wappens von Louis XII. Und dass dieser seine Pläne verwirklichen und Mailand in seine Gewalt bringen würde, wurde immer wahrscheinlicher.

Bereits im August standen seine Truppen vor Asti und eroberten Zug um Zug die befestigten Städte auf ihrem Weg nach Mailand. An dem Tag, als der mechanische Löwe vollendet war und seinen Probelauf mit Bravour bestand, erreichte Leonardo die Nachricht, dass der Feind die wichtige Bastion Alessandria eingenommen hatte und nun auf Pavia zumarschierte. Gleichzeitig näherte sich von Osten das Heer der Venezianer, die mit den Franzosen verbündet waren, und hinterließ in der Lombardei eine Spur der Zerstörung. Täglich gab es neue Schreckensmeldungen. Die Leichtigkeit, mit der die Franzosen und Venezianer alles überrannten, erfüllte die Mailänder mit Entsetzen.

Leonardo und seine Männer begannen, Vorkehrungen zu treffen. Sie bauten schwere Sperren, die sie im Ernstfall von innen gegen die Tore des alten Visconti-Schlosses schieben konnten, und gaben dem Gebäude von außen noch mehr den Anschein einer verlassenen Ruine, so dass ein Fremder nicht auf die Idee käme, dass es sich lohnen könnte, es zu erstürmen. Leonardo fiel auf, dass die Zahl der Schlossbewohner allmählich anwuchs. Nicht nur die Frauen und Männer, die von den Malern regelmäßig als Modelle verpflichtet wurden, schlugen in den verlassenen Flügeln mitsamt ihren Familien klammheimlich ihr Quartier auf, auch Freunde und Bekannte baten scheu um Obdach, denn die Stadt befand sich von Tag zu Tag mehr in Aufruhr. Wie so oft, wenn eine alte Autorität schwand, hielten sich viele der Allerärmsten schadlos und plünderten Läden und aufgegebene Paläste. Jahrelange Ungerechtigkeiten brachten bislang unbescholtene Bürger dazu, Amtsträger des bisherigen Herrschers bei helllichtem Tage anzugreifen und mitunter sogar zu töten. Viele riefen gar zu offenem Widerstand gegen Il Moro auf.

Als die Unruhen sich ausweiteten, begab sich Leonardo zur Fortalezza di Porta Giovia, um seine Leute von der Arbeit in der Sala delle Asse abzuziehen. Es war durchaus möglich, dass der Mob irgendwann den Palast stürmte, und dieser Gefahr wollte Leonardo die Maler nicht länger aussetzen. Während sie alles zusammenpackten, ging Leonardo zum Kämmerer und bat um die vorgezogene Auszahlung der bald fälligen Rate. Dabei bemerkte er eine ungewöhnliche Betriebsamkeit in den Räumen der Schatzkammer, deren Türen weit offenstanden. Männer eilten aus und ein, schleppten schwer an mit Samt verhüllten Schläuchen und verluden sie auf einen Wagen. Leonardo vermutete Gold darin. Augenblicklich begriff er, was das bedeutete. Der Herzog wollte die Stadt verlassen und so viel wie möglich von seinen Schätzen mitnehmen.

»Du kommst zur Unzeit«, fuhr Gualtiero Bascapé ihn an.

»Ich denke eher, ich komme gerade noch rechtzeitig«, gab Leonardo zurück.

»Die Arbeit ist noch nicht einmal fertiggestellt«, versuchte der Schatzmeister, ihn abzukanzeln.

»Und wird vielleicht auch nicht mehr fertiggestellt werden können. Habt ein Einsehen und bezahlt mir und meinen Gehilfen, was uns zusteht, ehe alles den Franzosen in die Hände fällt.«

Bascapé riss empört die Augen auf, und es schien, als wollte er einiges erwidern. Dann ließ er es sein.

»Wie viel ist es?«, fragte er resigniert und nahm die Feder, um die Auszahlung zu dokumentieren. Nicht einmal die Mühe, im Vertrag nachzuschlagen, wie viele Dukaten Leonardo zustanden, machte er sich mehr.

Leonardo nannte den Betrag, und wenig später erhielt er die Münzen hingezählt.

»Was sind Eure Pläne?«, fragte er wie nebenbei, als er den Empfang quittierte. »Werdet Ihr den Herzog begleiten?«

Doch Bascapé schenkte ihm keine Beachtung mehr. Er hatte dem Lieblingskünstler seines Herrn bereits den Rücken zugewandt und gab einem Mitarbeiter weitere Anweisungen. Leonardo nahm seinen Lohn und ging.

Als er in die Sala delle Asse zurückkam, waren seine Leute bereits aufgebrochen. Nur die Tische und Leitern waren als Eigentum des Herzogs zurückgeblieben. Draußen zogen Gewitterwolken auf, das Licht, das durch die Fenster fiel, war fahl. Dennoch brachte es das endlose goldene Band zum Erglühen, das oben an der Decke die gemalten Maulbeerzweige zu einer Laube ordnete. Leonardo wischte mit einem liegengebliebenen Lappen einen der Tische in der Mitte des Raums ab, legte sich mit dem Rücken darauf und blickte nach oben.

Blätter, Ranken, Beeren. Ein Himmel voller ineinander verschlungener Zweige. Es war eine gute Arbeit, und es schmerzte ihn, sie unvollendet zu lassen. Er dachte an seinen Weinberg. Die Trauben hatten sich auch in diesem Jahr gut entwickelt, doch Leonardo bezweifelte, dass er die Ernte in Ruhe würde einfahren können. Wer wusste schon, wie lange ihm das Stück Land noch gehörte. Was würde damit geschehen, wenn die fremden Soldaten die Stadt belagerten? Schließlich lag sein Garten außerhalb der Mauern.

Aber diese Arbeit hier, die war ihm gut gelungen. Ein prachtvoller Saal, selbst wenn ihm, so wie dem gesamten Herzogtum, die soliden Wurzeln fehlten.

Dass Il Moro offenbar vorhatte, Mailand zu verlassen, nahm Leonardo als Zeichen. Er gab Order, die Tore verschlossen zu halten. Nur durch eine unscheinbare Tür, die aus der Sakristei der Kirche San Gottardo im Süden der Anlage auf die Straße namens Contrada delle Ore hinausführte, hielten sie Verbindung zur Außenwelt. Durch Bramantinos guten Kontakt zu einem Müller der Umgebung hatte eine große Menge Mehl eingelagert werden können. Daraus backten die Frauen, die in der Burg Zuflucht gefunden hatten, in der von Tommaso wiederhergestellten Schlossküche Brot und zauberten aus Leonardos Gemüse, das er im Garten zog, schmackhafte Gerichte. Bei schönem Wetter aß man gemeinsam zwischen den verwilderten Lorbeerbäumen auf dem Rasen, ganz so, als halte man eine Landpartie ab, und nicht, als erwarte man die Erstürmung der Stadt.

Leonardo scharte seine Schüler um sich und erklärte, wie das menschliche Auge funktionierte, und zeigte ihnen, wie man mit den optischen Geräten umging, die er entwickelt hatte. Zum Beispiel mit den Rahmen, die er gitterförmig mit Draht bespannt hatte und die auf höhenverstellbaren Stativen zwischen dem Auge des Malers und dem zu malenden Gegenstand platziert wurden.

»Dann teilt ihr das Zeichenblatt in ebensolche Quadrate ein«, erläuterte Leonardo. »Und könnt nun mit Leichtigkeit das, was ihr durch den Rahmen seht, auf eure Zeichnung übertragen. Genauso verfährt man mit Entwürfen, die man vergrößert auf die Leinwand oder, bei einer Wandmalerei, auf die Wand überträgt.«

Mit seinen Meisterschülern sprach er über verschiedene Formen der Perspektive und wie man die Entfernung zwischen zwei Bäumen, die weit hintereinanderstanden, nicht nur anhand ihrer unterschiedlichen Größe deutlich machen konnte, sondern auch dadurch, dass der Baum im Hintergrund eine fahlere Tönung erhielt als der vordere. Er lehrte sie, die Proportionen gegenüber der Wirklichkeit zu verändern, wenn sich die Malerei nicht auf Augenhöhe des Betrachters befand, weil sie ansonsten verzerrt wirkte. Und wenn sich die anderen abends zum Schlafen zurückzogen, weihte er Salai, seinen Liebling, in noch kompliziertere Techniken ein: in die Geheimnisse von Licht und Dunkelheit, das Phänomen der Reflexionen, die Besonderheit der Schatten zwischen den Schatten und das Verfahren bei der Darstellung von durchscheinenden Gegenständen wie Glas, dünnen Stoffen oder hauchfeinem Laub.

»Ich muss das alles aufschreiben«, sagte er eines Abends, als er sah, dass Salai sich nicht mehr konzentrieren konnte. »Es gibt noch so vieles, was du lernen musst.« Und griff sogleich zur Feder.

Vollkommen versunken notierte er in Stichworten eine Gliederung für das, was einmal eine Art Lehrbuch der Malerei werden sollte, als ihm plötzlich die Feder aus der Hand genommen wurde. Er wandte sich unwillig um. Salai stand dicht neben ihm. Nackt, wie Gott ihn geschaffen hatte.

»Genug der Theorie«, sagte er sanft und nahm Leonardos Hand, legte sie auf seine Hüfte, die sich seidig anfühlte und kühl. Bestürzt blickte Leonardo auf das aufgerichtete Geschlecht seines Schülers, und das Begehren durchflutete ihn derart jäh, dass er erzitterte. Ja, er liebte Männer, und ganz besonders liebte er Salai, in dem noch immer der kleine Teufel steckte, der er vor neun Jahren gewesen war, als er zu ihm gekommen war. Leonardo hatte sich stets zurückgehalten, hatte versucht, die Gefühle, die er für diesen jungen Mann hegte, als die eines Vaters zu seinem angenommenen Sohn umzudeuten. Jene Geschichte vor vielen Jahren, als er in Florenz der Sodomie angeklagt worden und nur um Haaresbreite einer Verurteilung entgangen war, hatte ihn vorsichtig werden lassen. Zu käuflichen jungen Männern zu gehen hatte er sich seither verboten, und zu den männlichen Modellen hielt er streng Abstand. Nur selten hatte sich hier und dort eine kurze, verschwiegene Affäre ergeben. Auch wenn jeder wusste, dass die Liebe zwischen Männern nicht nur unter Adeligen häufig vorkam, sondern vor allem in den Palästen der geistlichen Herren, so stand sie doch unter schwerer Strafe.

»Komm«, sagte Salai und fuhr ihm mit den Händen durch sein dichtes, lockiges Haar. »Ich bin kein Kind mehr. Und ich will dich.«

Leonardo hatte Salai, wie auch seine anderen Schüler und Kollegen, schon häufig nackt gesehen. Sie standen einander Modell, so war das in jeder *bottega*. Er wusste, dass der Junge die Spiele der geschlechtlichen Liebe bereits mit einigen der anderen jungen Kollegen erfahren hatte. Nun schmiegte er seinen Adoniskörper, den man perfekter nicht malen konnte, an ihn, und Leonardos über Jahre hinweg mühsam aufgebauter Schutzpanzer schmolz dahin. Mit einem Aufseufzen ließ er es zu, dass Salai ihn vom Schemel zog und damit begann, ihn auszukleiden und jedes Stückchen Haut, das zum Vorschein kam, mit Küssen zu begrüßen.

Er ist erwachsen, dachte Leonardo. Es ist seine Entscheidung. Und dann dachte er gar nichts mehr und gab sich dem Verlangen hin, das er schon so lange nach diesem jungen Mann empfand.

Über all dem hätte Leonardo mitten im Herzen von Mailand die Welt da draußen gerne vergessen, doch die Nachrichten drangen auch durch die Mauern der Corte Vecchia. So erfuhr Leonardo, dass der Herzog seine kleinen Söhne in der Obhut seines Bruders mit dem Goldschatz nach Tirol geschickt hatte, wo er hoffte, dass der Mann seiner Nichte, der mächtige Kaiser Maximilian I. von Habsburg, sie beschützen würde. Was Ludovico selbst im Sinn hatte, darüber gab es die widersprüchlichsten Ansichten. Die einen meinten, er sei längst seinen Kindern gefolgt, die anderen, er würde sich heldenhaft an die Spitze seiner Palastwache setzen.

Und dann, Anfang September, war es so weit: Eine Vorhut der französischen Truppen ritt, ohne auf Gegenwehr zu stoßen, durch die Porta Vercellina in Mailand ein und besetzte alle Tore der Stadt in der Absicht, die Flucht des Herzogs und seiner engsten Vertrauten zu vereiteln. In der Gegend von San Vittore al Corpo, nicht weit von Leonardos Weingarten entfernt, errichteten die Eroberer eine beeindruckende Zeltstadt, wie Leonardo berichtet wurde. Die Hoffnung der Besatzer, Ludovico Sforza gefangen zu nehmen, sollte sich allerdings nicht erfüllen. Il Moro war, so schien es, bei Nacht und Nebel unerkannt aus der Stadt geflohen.

»Wir sollten den mechanischen Löwen präsentieren«, drängte Salai, der sich immer wieder aus der verborgenen Tür hinausschlich und mit allerlei Neuigkeiten zurückkehrte.

»*Pazienza*«, antwortete Leonardo. »Geduld. Wir werfen unsere schöne Erfindung doch nicht irgendeinem dahergelaufenen Kommandeur vor die Füße. Eines Tages wird der König von Frankreich persönlich in Mailand einziehen. Dann ist der Moment gekommen.«

Einige Tage später verließ auch Leonardo seinen sicheren Rückzugsort. In den Straßen war wieder Ruhe eingekehrt, französische Soldaten patrouillierten und kontrollierten die Tore samt der strategischen Kreuzungen, ansonsten gingen die Mailänder wieder ihren Geschäften nach. Es schien, als würden sich die Bürger nach den Wochen der Unsicherheit erleichtert den neuen Machthabern unterordnen, Hauptsache, man wusste endlich wieder, woran man war.

Leonardo zog es zu seinem Weinberg, doch an der Porta Vercellina wurde er von einem Posten aufgehalten. Ohne Passierschein, so erfuhr er, durfte er die befestigte Stadt nicht verlassen. Wehmütig betrachtete er die nach seinen Plänen verstärkte Wehranlage. Wer hätte gedacht, dass der Herzog am Ende nicht einmal den Versuch unternehmen würde, Mailand zu verteidigen?

Bei der Residenz fand er zu seiner Überraschung den Haupteingang unbewacht. Dumpfe Schläge, gefolgt von übermütigem Triumphgeschrei drangen aus dem großen Hof. Unbehelligt trat Leonardo durch den Torbau und glaubte, seinen Augen nicht zu trauen.

Ein Trupp französischer Armbrustschützen hatte auf einer Seite des Hofs wie zu einer Übung Aufstellung genommen. Ihre Waffen zielten auf das Modell des Reiterstandbilds. Ehe Leonardo begriff, was dort vor sich ging, ertönte ein Kommando. Einige Dutzend Bolzen schlugen in dem Korpus des Pferdes ein und sprengten ganze Brocken heraus. Jubel brach unter den Schützen aus, sogleich zogen sie neue Bolzen auf, um gleich wieder zu schießen.

Sprachlos stand Leonardo im Schatten der Arkaden und konnte den Blick nicht von diesem ungeheuerlichen Akt der Zerstörung wenden, bis auch der letzte Rest Ton zu Boden fiel und nur noch das Metallgerüst des monumentalen Pferdes übrig blieb, wie ein groteskes Gespenst.

Schließlich wandte Leonardo sich ab und ging. Er hatte Jahre für den Entwurf gebraucht. Monate, um das Modell fertigzustellen. In weniger als einer Stunde war alles zerstört worden. »Es war nur ein Modell«, sagte er sich, während er wie gehetzt durch die Straßen Mailands lief. »Nur ein Modell«. Die Gussformen lagerten immer noch sicher in der Schmiede. Dass irgendjemand eines Tages beschließen würde, das Standbild in Bronze zu gießen, darauf konnte man beim besten Willen nicht hoffen.

Im Oktober endlich zog Louis XII. mit großem Pomp in Mailand ein und bezog Quartier in den herzoglichen Gemächern der Fortalezza di Porta Giovia. Salai lag Leonardo in den Ohren, er solle endlich den mechanischen Löwen präsentieren, doch der konnte sich nicht dazu entschließen. Der Anblick, wie die Soldaten sein Kunstwerk zerstörten, hatte sich in sein Gedächtnis eingebrannt. Was war von solchen Barbaren zu erwarten? Dann aber kehrte eines Mittags Tommaso aus der Stadt zurück und brachte ungeheure Neuigkeiten.

»Der König will dein ABENDMAHL von der Wand ablösen lassen und mit nach Frankreich nehmen«, erklärte er atemlos.

»Was will er?«, fragte Leonardo überrascht. »Hat er es denn gesehen?«

»Ja, stell dir vor, gleich an seinem zweiten Tag hier in Mailand hat er sich zum Kloster bringen lassen«, sprudelte es aus Tommaso heraus. »Seitdem schwärmt er davon und will es unbedingt haben.«

Leonardo ballte zornig die Fäuste. »Das ist unmöglich«, stieß er hervor. »Was für ein Tor! Man kann es nicht von der Wand lösen. Er wird es zerstören. So wie seine Leute das Pferd zerstört haben.«

»Beruhige dich erst einmal und hör mir zu«, bat Tommaso. »Der König will dich sehen. Und weißt du, was mir mein Gefühl sagt?«

»Woher soll ich das wissen«, gab Leonardo unwillig zurück.

»Dass wir für ihn arbeiten werden.« Er fasste Leonardo, der

noch immer zögerte, bei den Schultern. »Stell dir vor, wir könnten bleiben«, sagte er leise. »Der König soll ein echter Kenner der Kunst sein. Vielleicht nimmt er uns sogar mit nach Frankreich?«

»Nach Frankreich? Ich denke, du willst zurück nach Florenz?«, gab Leonardo schroff zurück. Der Gedanke, jemand könnte nach dem Pferd auch noch sein Wandbild in Trümmer legen, machte ihn rasend.

»Wirst du hingehen?«

»Natürlich werde ich hingehen«, presste er zwischen den Zähnen hervor. »Und wenn es nur dazu dienen sollte, dass er die Finger von dem *cenacolo* lässt.«

Der König war ein hagerer Mann Ende dreißig. Alles an ihm schien zu lang – die Gestalt, das Gesicht, Arme und Finger. Aus kobaltblauen Augen musterte er Leonardo eingehend. Auf beiden Seiten der Nasenwurzel hatten sich zwei steile Falten eingegraben, die ihm ein grimmiges Aussehen verliehen. Er hatte die Vorführung des mechanischen Löwen mit keiner Regung seiner Miene quittiert.

»Als Maler hast du uns außerordentlich beeindruckt«, sagte er schließlich, und Leonardo verstand, dass er für die Spielerei des Automaten wenig übrig hatte. »Leider habe ich mich davon überzeugen lassen müssen, dass wir das Wandbild mit dem LETZTEN ABENDMAHL nicht mitnehmen können. Es sei denn, wir tragen das ganze Kloster ab und bauen es in Frankreich wieder auf.«

»Das Wandbild wäre zerstört«, warf Leonardo besorgt ein. Diesen mächtigen Herren schien kein Plan zu absurd. »Manche Dinge kann man nicht wegtragen, sie gehören an den Ort, für den sie geschaffen wurden. So sehr wir das auch bedauern mögen.«

Der König nickte, und sein Mund verzog sich zu einem kleinen Lächeln. Da mischte sich ein auffallend gut aussehender jüngerer Mann mit der Figur eines römischen Gladiators in das Gespräch ein.

»Du hast um einen Passierschein gebeten«, sagte er und seine tiefblauen Augen glitzerten listig. »Willst du Mailand verlassen?«

»Wer möchte das wissen?«, fragte Leonardo zurück, fasziniert von der Ausstrahlung dieses Mannes.

»Kein Geringerer als der Sohn unseres Papstes«, erläuterte der König. »Der Ehemann meiner Nichte und einer meiner besten Kriegsherren.«

»Du sprichst mit Cesare Borgia«, fügte der Jüngere mit einem spöttischen Lächeln hinzu und deutete eine kleine Verbeugung an. »Dürfen wir erfahren, ob du Reisepläne hegst?«

»Ich besitze einen Weingarten, der vor den Toren der Stadt liegt«, antwortete Leonardo. »Wenn meine Gehilfen und ich die Tore nicht passieren dürfen, verfaulen die Trauben an den Stöcken.«

Die Miene des Königs erhellte sich, und Cesare Borgia lachte laut auf. »Das soll natürlich nicht geschehen«, versicherte der König. »Du wirst das Dokument bekommen. Wir schätzen die hiesigen Künstler. Und an allererster Stelle Leonardo aus Vinci. Wir werden wieder nach dir schicken. Einstweilen wünsche ich eine gute Weinernte.«

Er wandte sich ab, und Leonardo begriff, dass die Audienz beendet war, verbeugte sich und verließ mit seinen Leuten den Saal.

An diesem Abend feierten sie ein kleines Fest, und selbst Leonardo fand zu seiner guten Laune zurück. Er hatte den Passierschein am selben Tag ausgestellt bekommen und war sofort zum Weinberg geeilt. Nun häuften sich die reifen Trauben, die er gemeinsam mit Salai geerntet hatte, auf einer Schale in der Mitte des Tischs, und seine Freunde bedienten sich mit vollen Händen. Bramantino hatte einen ganzen Laib Käse von einer befreundeten Bauersfamilie ergattert und Luca Pacioli ein Fässchen Wein spendiert. Irgendwann holte Salai Leonardos Laute und drängte ihn, endlich wieder zu spielen und zu singen, und tatsächlich ließ er sich dazu überreden, stimmte das Instrument und gab eine Stegreif-Canzone über das wechselhafte Schicksal Mailands zum Besten, so dass sich alle vor Lachen bogen. Er fühlte sich wieder wie früher, als er noch am Hof von Lorenzo de' Medici ein und aus gegangen war. Damals war er ein junger Mann voller Hoffnungen und Träume gewesen. Dennoch spürte er an diesem Abend wieder jene prickelnde Lebendigkeit, und die Hoffnung, dass eine glückliche, fruchtbare Zeit für ihn anbrechen mochte, ließ ihn aufleben. Und einen großen Anteil daran hatte das Glück, das er mit Salai erlebte.

Im Grunde, notierte er spät in der Nacht in sein Notizbuch, war Ludovico Sforzas Regentschaft dürftig gewesen. Für die Kunst hatte er alles in allem wenig getan, Kanonen waren ihm wichtiger gewesen als das Standbild seines Vaters. Am Ende hatte er sich wenig ruhmvoll aus der Stadt geschlichen. Denn das Wichtigste war ihm nicht gelungen, nämlich das Herz seines Volkes zu gewinnen.

Zwei weitere Male lud Louis XII. Leonardo in die Fortalezza di Porta Giovia ein. Dort lernte er einen Diplomaten und Vertrauten des französischen Königs kennen, einen gewissen Florimond Robertet, der Leonardo durch seinen Kunstverstand für sich einnahm. Cesare Borgia war an jenen Abenden ebenfalls anwesend. Laut Robertet verfolgte der junge Kriegsherr nur ein Ziel, und zwar die Rückgewinnung der vom Kirchenstaat verlorenen Gebiete im Auftrag seines Vaters, Papst Alexander VI. Für seine Verdienste – oder wahrscheinlicher mithilfe so mancher Gefälligkeit vonseiten des Papstes – hatte ihn der König zum Herzog der Gegend Valentinois in Frankreich ernannt, wofür man ihm in Italien den Beinamen Il Valentino gegeben hatte.

An einem dieser Abende kam Florimond Robertet geschickt auf ein eigenes Anliegen zu sprechen.

»Ich möchte die Gelegenheit, Euch persönlich zu treffen, nicht versäumen«, sagte er zu Leonardo, »und ein Gemälde von Eurer Hand in Auftrag geben.« Als er sah, wie Leonardo überrascht zögerte, fügte er hinzu: »Das Thema bleibt Euch überlassen, wobei ich eine Madonna mit dem Kinde bevorzugen würde. Für den Hausaltar. Meine Gattin wäre entzückt und ich nicht minder. Das Honorar dürft Ihr selbst bestimmen.«

Als der König das hörte, erklärte er, dass selbstverständlich auch er ein Bild aus der Hand des Meisters wünsche, vor allem, da es offenbar unmöglich war, das Wandgemälde aus dem Refektorium von Santa Maria delle Grazie mit nach Frankreich zu nehmen.

»Welches Thema würden Eure Majestät denn bevorzugen?«, fragte Salai vorwitzig.

Der König schien unentschlossen.

»Wie wäre es mit einem *Salvator mundi?*«, schlug ein Mann im Gefolge, den Leonardo nicht kannte, schmeichlerisch vor. »Einen Messias als Retter der Welt. So wie Eure Majestät die Welt von diesem grässlichen Despoten eines Sforza errettet habt.«

Leonardo konnte nicht glauben, dass dies ernst gemeint war, doch der König nickte nachdenklich mit dem Kopf.

»Einen *Salvator mundi* also«, sagte er. »Das wäre gewiss das Richtige.«

Noch ehe die Sache konkreter werden konnte, zog Louis XII. mit seinem Gefolge weiter und ließ Mailand in der Obhut eines Statthalters zurück. Es dauerte nicht lange, und die fremden Soldaten wurden zur Plage, belästigten Frauen und glaubten, sich am Eigentum der Bürger vergreifen zu können, so dass die Begeisterung der Mailänder für die Franzosen rasch ins Gegenteil umschlug.

Im Dezember verbreitete sich das Gerücht, Ludovico Sforza sei mit einem gewaltigen Heer, das ihm Maximilian von Habsburg gegeben habe, auf dem Weg, sein Herzogtum zurückzuerobern, und auf einmal war die Wut vergessen, mit der man Il Moro noch vor wenigen Wochen zum Teufel gewünscht hatte. »Er kommt, um uns von den Franzosen zu befreien«, hieß es nun hinter vorgehaltener Hand. »Dann wird er mit all jenen abrechnen, die mit den Besatzern kollaboriert haben.«

Als Leonardo in Erfahrung brachte, dass sein früherer Herr tatsächlich ein Heer durch die Lombardei in Richtung Mailand führte, wurde ihm klar, dass seine Zeit in dieser Stadt abgelaufen war. Wie nachtragend der Herzog sein konnte, wusste er aus Erfahrung, und zu viele Bürger hatten Leonardo an der Seite des französischen Eroberers gesehen. Er schrieb an die Markgräfin von Mantua, und diese antwortete postwendend, sie sei entzückt, Leonardo und sein Gefolge an ihrem Hof willkommen zu heißen.

Obwohl er ungern aus Mailand schied, erfüllte ihn nun, da es unumgänglich war, eine große Gelassenheit. Er löste seine Guthaben in den örtlichen Bankhäusern auf, kaufte Wagen und Zugtiere und überwies sechshundert Golddukaten, die er meinte, entbehren zu können, zu Händen seines Vaters nach Florenz mit der Bitte, den Betrag sicher anzulegen. Salais Vater bot an, sich in seiner Abwesenheit um den Weinberg zu kümmern, was Leonardo grenzenlos erleichterte. Dann begann er, seine *bottega* aufzulösen. »*Verkaufe, was du nicht mitnehmen kannst*«, schrieb er als Order an sich selbst in sein Notizbuch. Es fiel ihm alles andere als leicht, sich von den Dingen zu trennen, die er im Lauf der bald achtzehn Jahre zusammengetragen hatte. Schließlich stellte sich die Frage, wer ihn begleiten würde.

Dass Luca Pacioli sich ihm als Erster anschloss, erfüllte Leonardo mit Stolz und Freude. Bramantino und Giampietrino entschieden sich, als gebürtige Mailänder lieber zurückzubleiben. Auch die Verträge mit den meisten Lehrlingen löste Leonardo und brachte sie entweder bei Kollegen unter oder schickte sie schweren Herzens nach Hause. Alle anderen wollten ihm jedoch in die Fremde folgen, sogar Boltraffio und Marco d'Oggiono.

»Das einzig Gute, was mir die Begegnung mit dem französischen König eingebracht hat, ist am Ende der Passierschein«, versuchte Leonardo am Weihnachtsabend zu scherzen. Alles war bereits gepackt. Und schon im Morgengrauen des nächsten Tages verließ Leonardo gemeinsam mit seinem Tross die Stadt, in der er so lange gelebt und gewirkt hatte.

Am Abend des dritten Tages kamen sie in Mantua an. Sie hatten sich einer größeren Kolonne angeschlossen und aufgrund der Truppenbewegungen sowohl des Herzogs als auch der Franzosen einige Umwege in Kauf nehmen müssen. Die Markgräfin Isabella begrüßte sie in aller Herzlichkeit, und schon am folgenden Tag zeigte sie Leonardo ihr *studiolo*. Hier bewahrte sie ihre Kunstschätze auf, eine reiche Antikensammlung, Medaillen und Gemmen, wertvolle Manuskripte, Musikinstrumente und natürlich Gemälde, ihre größte Leidenschaft, wie sie beteuerte.

»Meine Agenten sind in ganz Europa unterwegs, um für mich das Beste vom Besten zusammenzutragen«, erklärte sie und beobachtete ihren Gast gespannt.

»Ihr seht mich beeindruckt«, sagte Leonardo und betrachtete den Bilderzyklus von Szenen aus der griechischen Mythologie seines Kollegen Andrea Mantegna. »Hat Andrea das Thema gewählt?«

»Nein«, antwortete Isabella selbstbewusst. »Die Ideen und sogar die ausgewählten Szenen zu den Bildern stammen alle von mir. Für jedes Gemälde hat Mantegna einen Text mit einer Skizze erhalten.« Leonardo schloss kurz gequält die Augen, bevor er sich einem anderen Bild zuwandte. Genau so hatte er sich das vorgestellt. Die Markgräfin von Mantua war keine Mäzenin, die die Werke, die sie in Auftrag gab, dem Zufall überließ. Oder dem Künstler, was sie für dasselbe zu halten schien. »Um meine Kollektionen beneidet mich bereits jetzt so mancher Fürst«, fuhr Isabella fort. »Einige behaupten zwar, dass Frauen davon nichts verstünden. Und dass sie sich nicht mit den Fragen der Kunst abzugeben hätten, außer im religiösen Bereich. Aber ich glaube, dass meine schärfsten Kritiker mich einfach nur beneiden.«

»Dazu haben sie angesichts dieser Sammlung allen Grund«, erklärte Leonardo.

Isabella strahlte, und ihre Wangen färbten sich durch die weißliche Schminkpaste hindurch rosig.

»Bald werden sie noch mehr Grund dazu haben«, sagte sie. »Wenn sie nämlich erfahren, dass ich ein Gemälde aus der Hand des größten Malers unserer Zeit besitzen werde.«

»Und wen«, fragte Leonardo vorsichtig, »haltet Ihr für den größten Maler unserer Zeit?«

»Euch natürlich«, kam es ohne zu zögern zurück. Und die Tatsache, dass die Markgräfin ihn nunmehr mit »Ihr« ansprach und nicht mehr mit »du«, war Beweis genug dafür, wie sehr sie ihn schätzte.

Er hatte es vorausgesehen. Nichts war umsonst, auch nicht sein Aufenthalt in Mantua. Wenn er daran dachte, wie lange es dauern würde, bis dieses Porträt endlich fertig sein würde – unter einem Jahr käme er hier nicht weg. Er würde sterben vor Langeweile, Musenhof hin oder her.

In einem großen Gewächshaus, das extra für sie freigeräumt worden war und ausgezeichnete Arbeitsbedingungen bot, hatten sich seine Gefährten bereits darangemacht, die mitgebrachten Kisten zu öffnen. »Wir packen erst gar nicht alles aus«, ordnete er an.

»Wie meinst du das?«, fragte Boltraffio, der sich offenbar bereits einen guten Platz zum Arbeiten ausgesucht hatte und dabei war, seine Staffelei aufzubauen.

»Lasst das bitte nicht die Markgräfin hören«, antwortete Leonardo und strich sich über das Kinn, »aber lange möchte ich hier nicht bleiben.«

Er hatte bereits von Mailand aus weitere Briefe geschrieben, einen davon an seinen Vater in Florenz mit der Bitte, sich nach Aufträgen für ihn umzuhören. Außerdem hatte er einigen Mitgliedern im Großen Rat der Republik Venedig seine Dienste angeboten und sich als Ingenieur empfohlen. Denn Venedig wurde, wie so häufig zuvor, gerade wieder von den Osmanen bedroht, ihre Heere hatten bei Friaul den Fluss Isonzo überschritten. Leonardo fand, dass angesichts dieser Lage seine Erfindungen im Bereich der Kriegstechnik durchaus hilfreich sein könnten. Darüber hinaus hatte er Ideen, wie man den Feind durch Umleitung der Flüsse Ausa und Zellina aufhalten könnte. Wasser interessierte ihn schon lange, und er brannte darauf, das Kanalsystem der Serenissima zu studieren. All das würde ihn mehr begeistern, als die Herrin von Mantua zu malen.

»Ich habe genaue Vorstellungen von dem Porträt«, sagte Isabella wenige Tage später. Sie hatte Leonardo an ihre Tafel gebeten und ihm nach dem Essen eine hübsche, angeblich aus römischer Zeit stammende Amor-Statue gezeigt, die ihr Agent aus Süditalien geschickt hatte. Nun wollte sie von Leonardo wissen, ob er glaube, sie sei echt oder eher eine Nachbildung. Sie saßen bei einem Glas Süßwein im *studiolo,* und seine Gastgeberin kam gleich darauf zur Sache. »Ich denke an etwas vollkommen Neues.« Leonardo hielt unwillkürlich den Atem an. »Und zwar möchte ich, dass Ihr mich in der Pose malt, in der sich sonst nur männliche Herrscher abbilden lassen. Ihr wisst schon: im strengen Porträt mit dem Blick nach rechts.«

»Und was, verzeiht, ist daran neu?«, konnte Leonardo sich nicht verkneifen zu fragen.

»Na, das liegt doch auf der Hand«, gab Isabella ungeduldig zurück. »Ich bin eine Frau. Das ist das Neue.« Leonardo antwortete nicht. Frauen waren für ihn immer etwas Besonderes gewesen. Alle seine Modelle waren den Männern, mit denen sie zu tun hatten, in vielerlei Hinsicht ebenbürtig gewesen, wenn nicht überlegen, sei es Ginevra de' Benci oder Cecilia Gallerani. Von seinen Madonnen ganz zu schweigen. Politische Hierarchien hatten seiner Meinung nach in der Kunst nichts verloren, hier zählte einzig und allein die Ausstrahlung, das Wesen des Dargestellten. Man mochte es auch Seele nennen. Das war es, was ihn beim Porträtieren interessierte, und deshalb war er so froh gewesen, dass Il Moro nie auf die Idee gekommen war, Leonardo möge ihn malen. Aber jetzt saß er in der Falle.

Er ließ seinen Blick erneut über Mantegnas Bilder schweifen, über jenes mit der Darstellung, wie Minerva das Laster aus dem Garten der Tugend vertreibt. Sosehr er seinen Kollegen schätzte, angesichts dieser albernen Vorgaben war ihm wohl jede Lust vergangen, jedenfalls glaubte Leonardo es dem Gemälde anzusehen.

»Nun, was sagt Ihr?«, forderte ihn die Markgräfin auf.

Ob es klug war, mit ihr zu streiten? Er sah ihr in die kampfbereiten, wasserblauen Augen, registrierte den entschlossenen Zug um ihr rundes Kinn. Nein. Wenn jemand solchermaßen überzeugt von sich war, liefen die besten Argumente ins Leere.

»Euer Wunsch ist berechtigt«, antwortete er vage. Und vermied es, seine ausdrückliche Zustimmung zu geben, die er am Ende ja doch nicht halten würde.

Er wählte einen der kleineren Räume des Schlosses, die nach Norden hinausgingen, und ließ einen Sessel seitlich vor das Fenster stellen. Dort baute er eine seiner leichteren Staffeleien auf und fixierte einen großen Bogen festes Papier am Rand mit Hasenleim auf seinem Zeichenbrett. Dann bat er Isabella, sich bequem hinzusetzen, die Knie diagonal zu ihm, und den Kopf, so wie sie es wünschte, im rechten Winkel von ihm abgewandt. Er richtete es so ein, dass ihr Blick aus dem Fenster ging, hinaus in den winterlichen Schlossgarten. Zu seiner Freude hatte es zu schneien begonnen, und das Licht, das auf das Gesicht der Markgräfin fiel, war weich und modellierte ihr Profil mit der rundlichen Stirn und dem kleinen Kinn ausgesprochen vorteilhaft, brachte ihr Dekolleté mit dem breiten, die Ansätze der Schultern zeigendem Ausschnitt zum Leuchten. Ihr langes, rotblondes Haar wurde, wie es Mode war, von einem feinen Haarnetz in Form gehalten und fiel ihr wie eine Mischung aus Helm und Madonnenschleier über die Schulter. So zeichnete er sie mit verschiedenfarbigen Rötelstiften. Ließ sich Zeit dabei. Erklärte ihr, dass er für das Gemälde eine solche, genaue Studie benötigte, den sogenannten Karton.

»Wenn ich damit fertig bin«, schloss er, »seid Ihr von diesem langweiligen Modellsitzen erlöst. Das Gemälde kann man nach diesem Entwurf anfertigen.«

Sechs Wochen strichelte er an dieser Zeichnung herum. Dann endlich brachte ein Bote ein Schreiben aus Venedig. Überrascht betrachtete Leonardo das Siegel. Es stammte nicht vom Rat der Republik, auch nicht von einem der venezianischen Adelshäuser. Es zeigte sechs Kugeln in einem ovalen Feld, und Leonardo kannte dieses Wappen nur zu gut. Eilig entfaltete er das Papier und las.

… mein Bruder Giuliano und ich laden Euch ein, zu uns nach Venedig zu kommen, stand dort unter den üblichen Höflichkeitsfloskeln. *Wir haben Pläne, die wir mit einem genialen Ingenieur, wie Ihr es seid, persönlich zu besprechen wünschen.* Unterzeichnet war das Blatt von Piero de' Medici, dem vertriebenen Herrscher über Florenz.

Noch am selben Tag kündigte er sein Kommen an. Und eine Woche später brach er bereits mit seinen Leuten auf. Für Isabella hatte Salai mit einem Silberstift eine Kopie seiner Zeichnung angefertigt, an der nichts auszusetzen war.

»Die andere nehme ich mit«, erklärte er der enttäuschten Markgräfin.

»Und das Gemälde?«, fragte sie.

»Das braucht Zeit«, antwortete Leonardo. »Glaubt mir, so lange wollt Ihr mich und meine Leute gar nicht an Eurem Hof haben.« Und ehe sie widersprechen konnte, hatte er sich tief verbeugt und ihr für ihre großmütige Gastfreundschaft gedankt.

»Man sollte nicht im Winter reisen«, murrte Salai, und Leonardo, der neben ihm ritt, gab ihm im Stillen recht. Der Regen peitschte ihnen seit Stunden ins Gesicht, trotz der gefilzten Wollmäntel waren sie durchnässt bis auf die Haut. »Ehrlich, so schlimm war die Markgräfin doch gar nicht.«

Eine Woche waren sie nun schon unterwegs. Starker Regen hatte Flüsse und Bäche über die Ufer treten lassen und die Wege, die nicht überflutet waren, in Schlammpisten verwandelt. An diesem Morgen hatten sie Padua hinter sich gelassen, und Leonardo hoffte, am selben Tag noch Mestre zu erreichen, wo er Boote finden musste, die ihn und seinen Tross ins Herz der Serenissima bringen würden. Nur mit halbem Ohr lauschte er Salais Gejammer, wie gemütlich sie es in Mantua haben könnten – in Gedanken war er bereits an seinem Ziel. Was Piero de' Medici wohl von ihm wollte? Er hatte gehört, dass er bereits mehrere Versuche unternommen hatte, Florenz wieder unter seine Herrschaft zu bringen. Sein jüngerer Bruder Giuliano hatte sogar für eine Weile einige kleinere Dörfer in der Toskana besetzen können, im Mugello, wo die Familie einst ein prächtiges Sommerschloss besaß. Von einer Machtübernahme waren die Brüder freilich noch weit entfernt. Es leuchtete ein, dass Piero an Leonardos Erfindungen interessiert war, womit er ihn und die Entwicklung der Waffen allerdings bezahlen wollte, das entzog sich Leonardos Kenntnis. Die Medici-Brüder hatten keine eigene Armee, und Söldnerheere waren eine teure Angelegenheit. Trotz dieser Bedenken freute sich Leonardo auf die Begegnung. Er hatte die besten Erinnerungen an ihren Vater Lorenzo, den Prächtigen. Bei Leonardos Weggang aus Florenz waren Piero und seine Brüder Kinder gewesen, und er war gespannt, die beiden jungen Männer kennenzulernen, von denen er bereits so viel gehört hatte.

In Mestre fanden sie zu später Stunde noch Aufnahme in einer Herberge, in der Gäste aus aller Welt logierten. Am nächsten Morgen staunten die Gefährten nicht schlecht über das bunte Treiben in der Hafenstadt, durch die die meisten Reisenden kamen, die vom Festland aus Venedig besuchen wollten. Franco und Boltraffio erkundigten sich nach einem Ort, wo sie die Pferde und das Gepäck vorerst unterbringen konnten, und fanden eine passende Lagerhalle mit Stall. Leonardo und seine Leute gaben ihre verschmutzte Kleidung in eine Wäscherei, besuchten ein Badehaus und ließen sich Haare und Bärte nach der neuesten venezianischen Mode schneiden – mit Ausnahme von Tommaso, der auf seinem Zottelbart bestand.

Leonardo hatte beschlossen, den Brüdern zunächst gemeinsam mit Salai einen Besuch abzustatten und danach zu entscheiden, wo sie langfristig ihr Quartier aufschlagen würden. Er schickte einen Boten zu den Medici, und als es Zeit war, sie aufzusuchen, ließ er sich mit Salai in einer großen schwarzen Barke, einer *gondola*, über das Wasser der Lagune zu der im Nachmittagslicht wie pures Gold schimmernden Stadt übersetzen, die man *La Serenissima* nannte, die Heitere.

Piero und Giuliano de' Medici residierten im Palast eines reichen Florentiner Adeligen, der schon ihrem Vater eng verbunden gewesen war, direkt an dem großen, gewundenen Kanal, der die Stadt wie eine Schlange durchzog. Selbst der sonst so schlagfertige Salai verstummte angesichts der Pracht, die sich entlang dieser Wasserstraße entfaltete, und wusste offenbar nicht, wohin er zuerst schauen sollte. An ihrem Ziel angekommen öffnete sich ein Tor, und die Barke glitt zu der Anlegestelle im Bauch des über dem Wasser errichteten Gebäudes.

»Ziemlich nass, dieser Keller«, scherzte Salai, als sie von der Barke über zwei Steinstufen das Haus betraten, wo sie von einem Lakaien empfangen wurden. Sie folgten ihm über eine prächtige Marmortreppe hinauf in den ersten Stock. Eine Flügeltür öffnete sich. Zwei ganz in Schwarz gekleidete junge Männer traten ihnen entgegen.

»Willkommen«, sagte der Ältere.

»Was für eine Freude, Euch zu sehen«, ergänzte der andere.

»Es ist uns eine Ehre«, antwortete Leonardo und betrachtete die Brüder, die unterschiedlicher nicht sein konnten. Piero hielt eine Hand in die Hüfte gestemmt und musterte seine Gäste abschätzig. Daneben wirkte die Freude des jüngeren, Giuliano, echt. Er war mit Abstand der Hübschere von beiden, seine dunklen Augen waren groß und ausdrucksvoll, der Mund unter der kräftigen Nase voll und sinnlich. Seine schwarzen Locken fielen ihm auf die Schultern, während Piero der Mode entsprechend die dünnen, rotbraunen Haare ins Gesicht gekämmt trug, wo sie knapp über dem Bogen der Brauen rund um das Gesicht abgeschnitten waren, so dass die Stirn verdeckt war und die etwas schiefe Nase betont wurde. Außerdem verzog er beim Sprechen leicht den Mund, was ihm einen arroganten Zug verlieh. Ob er es wohl auch war?

Leonardo stellte Salai vor, von dem Piero kaum den Blick wenden konnte, und nach dem Austausch der üblichen Höflichkeiten baten die Brüder sie in eine große Fensternische, wo vier Stühle um einen kleinen Tisch mit Erfrischungen bereitstanden. Bald kam die Sprache auf die unliebsame Situation der Medici-Brüder.

»Wir werden nach Florenz zurückkehren«, sagte Piero finster und schob den Unterkiefer vor, was ihm einen direkt furchteinflößenden Ausdruck verlieh. »Und dabei könnt Ihr behilflich sein.«

»Was in meiner Macht steht, tue ich gern«, antwortete Leonardo unverbindlich. »Mit welchen Söldnerführern steht Ihr unter Vertrag?«

In Pieros Pupillen zuckte es, dann senkte er die Lider.

»Wir haben kein eigenes Söldnerheer«, sagte Giuliano an seiner Stelle in nüchternem Ton. »Wie Ihr wisst, hat man uns vertrieben. Nun sind wir auf die Gunst von Freunden angewiesen.«

»Und an mächtigen Freunden fehlt es uns nicht«, ergänzte Piero, nun wieder selbstbewusst. »Von ihnen könnt auch Ihr profitieren.« Sein Blick wanderte zu Leonardos Händen. »Ihr habt Eure Entwürfe nicht dabei?«

»Dieses Mal noch nicht«, antwortete Leonardo freundlich. Aus den Augenwinkeln hatte er bemerkt, dass Salai den hübschen Giuliano auf eine Weise musterte, die ihm ganz und gar nicht behagte. »Wir haben ja Zeit, nicht wahr? Meine Schüler und ich, wir möchten gerne die hiesigen Maler kennenlernen. Die Brüder Bellini zum Beispiel. Und Giorgione. Sicher könnt Ihr mir noch einige andere Künstler empfehlen, die uns noch unbekannt sind.«

»Wir vertun unsere Zeit hier nicht mit Künsten«, gab Piero barsch zurück. Giuliano warf ihm einen mahnenden Blick zu.

»Mein Bruder will damit sagen«, beeilte er sich zu berichten, »dass ihn die Sorge um die Zukunft von Florenz Tag und Nacht umtreibt. Selbstverständlich sind wir, genau wie unser Vater und Großvater, an den schönen Künsten interessiert und werden Euch gern mit Vertretern der venezianischen Schule bekannt machen. Und ich wollte Euch ohnehin um einen großen Gefallen bitten.«

O Madonna, dachte Leonardo, lass diesen netten Jungen bitte nicht so eitel sein, sich ein Porträt von sich zu wünschen.

»Wir brauchen keine Gefallen«, warf Piero stolz ein. »Wir brauchen Florentiner, die ihre Stadt genauso lieben wie wir und die bereit sind, für die Wiederherstellung der Ordnung Opfer zu bringen.«

Es wurde kurz still in dem prächtigen Saal. Von draußen drangen die Rufe der Männer herein, die die Barken mit langen Stangen durch den Kanal lenkten. In einer nahen Kirche erklang ein Glockenspiel.

»Opfer sind schön und gut«, brach Leonardo schließlich das Schweigen. »Aber selbst wenn ich Euch meine Entwürfe ohne Entlohnung überlassen würde, was ich nicht kann, denn ich habe ein halbes Dutzend Männer, die von mir abhängen – der Bau meiner Kriegsmaschinen kostet Geld und zwar nicht wenig. Bislang sind es Entwürfe auf Papier, setzt man sie um, wird noch so manches zu berichtigen sein. Alles hat seinen Preis, Messer Piero. Das wisst Ihr als Erbe eines der größten Bankhäuser dieser Welt besser als ich.«

Piero war eine Spur bleicher geworden, doch sein schiefer Mund lächelte. »Es gibt vielerlei Arten von Lohn«, antwortete er. »Die Erfüllung eines langgehegten Wunsches könnte zum Beispiel einer sein.«

Leonardo lächelte ebenfalls. »Da habt Ihr recht. Nur – welche Art von Wunsch könntet Ihr mir erfüllen?«

»Für einen großen Feldherrn zu arbeiten«, antwortete Piero und ließ sein Gegenüber nicht aus den Augen. »Wäre das nicht etwas, was Euch reizen könnte?«

Leonardo hob die Brauen. »Ihr sprecht, verzeiht, nicht von Euch selbst. Oder?«

»Ich spreche von Cesare Borgia«, gab Piero ungerührt zurück, so als wäre es das Selbstverständlichste von der Welt. »Der Sohn des Papstes ...«

»... der Italien gerade mit Krieg überzieht«, ergänzte Leonardo überrascht.

»Er ist dabei, die Territorien des Vatikans zurückzuerobern, die dem Heiligen Stuhl schändlicherweise geraubt wurden.« Piero wirkte wie ein Schachspieler, der gleich die Dame seines Gegners schlagen wollte. »Und mit seiner Hilfe werden die Medici wieder in den Palast in der Via Larga einziehen.«

»Das klingt erfolgversprechend.« Leonardo nickte. »Und was soll meine Aufgabe in dieser Sache sein?«

»Ich werde vermitteln, dass Cesare Euch in seine Dienste aufnimmt. Als Ingenieur für Kriegstaktik. Oder wie immer Ihr Euch nennen wollt. Ihr werdet endlich Eure Visionen in die Tat umsetzen können. Wünscht Ihr Euch das nicht schon lange?«

»Woher wisst Ihr das?«, entfuhr es Leonardo. Diese Grünschnäbel hatten ihn nie zuvor gesehen.

»Wir haben unsere Informanten, verehrter Meister«, antwortete Piero. »Von ihnen wissen wir auch, dass Ihr plant, sobald wie möglich nach Florenz zurückzukehren.«

»Da haben wir ja etwas gemeinsam«, gab Leonardo lakonisch zurück.

»Cesare ist genau der Mann, den Ihr sucht«, erklärte Piero unbeirrt. »Und er hat sehr wohl die Mittel, Euch für diese Art von Arbeit angemessen zu entlohnen.«

»Aber dieses Geschäft beinhaltet noch etwas anderes«, warf Giuliano ein. »Als Gegenleistung werdet Ihr ein Porträt malen.« Leonardo stöhnte auf. Diese Porträtmalerei würde ihn wohl noch sein ganzes Leben lang verfolgen. »Nicht mich sollt Ihr malen«, ergänzte Giuliano mit einem entwaffnenden Lächeln. »Und auch nicht meinen Bruder. Sondern eine Dame in Florenz. Ihr Name ist Lisa. Lisa Gherardini.«

»Verheiratete del Giocondo«, ergänzte Piero und bedachte Giuliano mit einem nachsichtigen Lächeln. »Mein Bruder hat die Seele eines Dichters«, fügte er entschuldigend an Leonardo gerichtet hinzu. »Gefühl. Viel zu viel Gefühl. Nun ja, es heißt, die erste Liebe sei die, die wir ein Leben lang mit uns herumtragen. Wobei ich mich an meine erste gar nicht erinnern kann.« Er lachte abschätzig und klopfte Giuliano gönnerhaft auf die Schulter. »Dabei ist diese Lisa längst verheiratet und hat inzwischen ... wie viele Kinder?«

»Zwei«, antwortete Giuliano gefasst und ignorierte den Spott seines Bruders. »Einen Sohn und eine Tochter.«

»Und warum wollt Ihr dann ...«, begann Leonardo, doch Piero ließ ihn nicht ausreden.

»Weil es nicht nur ein sentimentales Porträt einer einstigen Liebe ist«, erklärte er. »Wenn es stimmt, was mein Bruder sagt, ist sie uns noch immer gewogen. Das wird uns nützlich sein.«

»Und dazu braucht Ihr ein Porträt?«

»So ist es.« Piero nickte bedeutungsvoll. »Alles Weitere werden wir besprechen, wenn es so weit ist. Seid Ihr einverstanden?«

»Ich werde darüber nachdenken.« Leonardo erhob sich. Er mochte nicht, wie Piero ihn in seine strategischen Züge einplante. Und doch. Cesare Borgia war ein *condottiere*, wie man ihn lange nicht mehr auf den Schlachtfeldern gesehen hatte. Er war unerschrocken, ein ausgezeichneter Taktiker. Und er war jung. Warum sollte Leonardo seine Erfindungen in Venedig feilbieten wie sauren Wein? In all den Wochen, die inzwischen vergangen waren, hatte keiner der Räte der Republik Venedig auf seine Briefe geantwortet.

»Weiß Il Valentino von Eurem Plan?«, fragte er. »Und hat er bereits Interesse an meiner Mitarbeit bekundet?«

Piero grinste. »Alles zu seiner Zeit«, antwortete er. »Wenn Ihr einwilligt, das Porträt zu malen, werde ich mit ihm darüber sprechen.«

»Also gut«, sagte Leonardo. »Wenn Cesare Borgia Verwendung für mich findet, werde ich die Dame malen. Aber nur dann. Und erst, wenn ich Zeit dafür habe.«

»Somit haben wir eine Vereinbarung.« Giuliano streckte die Hand aus. »Lasst es uns machen wie einst unser Vater: Der Handschlag genügt und ist bindend.«

»Verzeiht, meine Herren«, meldete sich nun Salai zu Wort. »Es wurde noch nicht gesagt, wie viel Ihr meinem Meister für das Porträt bezahlen werdet.«

Piero starrte Leonardos schönen Gehilfen böse an. Giuliano fing sich als Erster. »Euer Schüler hat recht«, sagte er und griff sich an den Gürtel. Leonardo erstarrte. Ein paar schreckliche Sekunden lang glaubte er, Giuliano würde eine Stichwaffe zücken, einen Dolch oder ein Stilett. Doch es war ein kleiner Lederbeutel, dessen Band Giuliano bedächtig löste. Kurz wog er ihn in der Hand, dann reichte er ihn Leonardo. »Nehmt dies als Anzahlung«, sagte er. »Wenn das Bildnis fertig ist, erhaltet Ihr nochmal dieselbe Summe.«

5

DIE ENTTÄUSCHUNG

Florenz, 1500

Leben und Sterben sind untrennbar miteinander verwoben, das hatte Lisa einmal jemanden sagen hören. Und seit dem vergangenen Sommer wusste sie, wie sehr das stimmte. Kaum neun Monate waren seitdem vergangen. Und wie an vielen anderen Tagen saß sie auch heute in der Klosterkirche Santissima Annunziata, lauschte den Wechselgesängen der Mönche des Servitenordens und versuchte zu beten. Zu Maria, deren Mantel wie auf dem großen Tafelbild die Gläubigen beschützte. Und die selbst Mutter gewesen war und Lisas Schmerz bestimmt verstand. Doch wie all die Male zuvor konnte sie sich auch jetzt nicht auf das Gebet konzentrieren. Ihre Gedanken glichen einer Schar aufgeregter Kinder, die wild durcheinanderliefen, hierhin, dorthin, und wenn sie eines zurückgerufen hatte, war das andere schon wieder entwischt.

Dabei war sie nach der Geburt ihres Sohnes endlich glücklich gewesen. Oder besser gesagt, zufrieden mit sich und dem Leben, das sie mit Francesco führte, obwohl es ihr im Grunde aufgezwungen worden war. Sicherlich, die erste Zeit im Haus ihres Ehemanns war alles andere als einfach gewesen. Doch nachdem Piero zur Welt gekommen war, hatte sich ihre Stellung dort grundlegend geändert.

Als hätte sie einen Prinzen geboren, hatte Francesco sie mit Liebesbeweisen und Geschenken nur so überschüttet. Inzwischen war die hübsche Silberschatulle gut gefüllt, ein Perlencollier samt passender Ohrringe und zwei Dutzend Ansteckperlen, mit denen sie ihre Garderobe verzieren konnte, waren die Glanzstücke darin. Ihr Gatte hatte nun nicht mehr gezögert und Antonmaria ein großzügiges Darlehen gewährt und in seinem Namen mit dem Pächter verhandelt, so dass sich für die Gherardini vieles zum Guten gewendet hatte.

Die erstaunlichste Wandlung hatte sich allerdings mit Monna Piera vollzogen. Er war zwar nicht ihr erster männlicher Enkel, und dennoch schien sie an dem kleinen Piero ganz besonders zu hängen. Sie nannte ihn liebevoll Pippo und verbrachte von Anfang an täglich viel Zeit in der Kinderstube, wo sie seiner Amme streng auf die Finger sah und jede noch so geringe Entwicklung des Säuglings wie ein Weltwunder bestaunte. Und Lisa freute sich darüber.

Denn auch sie wurde nun von Monna Piera mit Achtung und der ihr eigenen, ein wenig schroffen Herzlichkeit behandelt. Die gestrenge Hausherrin hatte erkannt, dass Lisa kein ungebildetes Gänschen war, sondern, so wie es sich für eine Tochter aus adeligem Hause geziemte, eine gute Erziehung genossen hatte. Sie konnte nicht nur lesen, schreiben und mit Zahlen umgehen, sondern hatte bei Antonmaria sogar die Kunst der doppelten Buchführung erlernt, wie der gelehrte Franziskaner Luca Pacioli sie in seinem Buch SUMMA DE ARITHMETICA, GEOMETRIA, PROPORTIONI ET PROPORTIONALITÀ dargelegt hatte. Lisas Vater war es gelungen, eine der ersten gedruckten Ausgaben von diesem Werk zu bekommen, und hatte ihr das Wesentliche daraus beigebracht.

Monna Piera entschuldigte sich zwar nie ausdrücklich für das beleidigende Verhalten am Tag nach der Eheschließung, dafür zeigte sie Lisa gegenüber nun Wertschätzung und bat sie, da sie immer häufiger unter rheumatischen Schmerzen litt, Briefe für sie zu verfassen oder die Rechnungen für Holz, Getreide, Zucker und andere Waren, die ins Haus geliefert wurden, auf ihre Richtigkeit zu überprüfen. Und als sich Filippa wiederholt darüber beschwerte, dass ihre Töchter bei Lisa nicht nur Schreiben und Lesen lernten, sondern auch Rechnen und die Älteren außerdem Grundlagen der Buchführung statt Sticken und anderer weiblicher Tugenden, verteidigte Monna Piera Lisas Unterricht. Ja, sie stellte auf deren Anregung einen Hauslehrer ein, der nicht nur die Jungen, sondern ebenso die Mädchen der Familie in Latein und vielen anderen Disziplinen unterrichtete.

Im Sommer nach Pieros Geburt hatte man nach allerlei Diskussionen beschlossen, auch in diesem Jahr nach Mugello zu fahren, trotz der unübersichtlich agierenden Söldnerheere, die hier und dort unterwegs waren, kleinere toskanische Städte angriffen und plünderten. Francesco bekam seine ersten Sorgenfalten, denn außer den Soldaten der unterschiedlichsten Parteien – seien es die aus Pisa, die ihre durch Piero de' Medicis ungeschicktes Handeln erlangte Unabhängigkeit bis aufs Blut verteidigten, venezianische Truppen, die den Pisanern zu Hilfe eilten, oder päpstliche Söldner, unter denen, wie Gerüchte besagten, sich sogar der älteste der Medici-Söhne befand – zogen auch selbsternannte Kriegsherren oder besser gesagt Banditen durch die Gegend und überfielen Reisende und vor allem Warentransporte. Auf diese Weise hatten die del Giocondos bereits mehrere wertvolle Lieferungen verloren.

Der gut bewachte Tross der Frauen und Kinder gelangte glücklicherweise unbehelligt ans Ziel, und auf dem Landgut war von den kriegerischen Auseinandersetzungen nichts zu spüren. Dafür gab sich das Wetter unbeständig. Eine für die Gegend ungewöhnliche drückende Schwüle wechselte mit Unwettern ab. Erst regnete es viele Wochen lang gar nicht, dann viel zu viel, und die

Ernte drohte in diesem Jahr besonders schlecht auszufallen. Ende August fegte ein Sturm über das Land, der uralte Esskastanienbäume samt den Wurzeln ausriss und einen Teil des Scheunendachs wegtrug. In einem benachbarten Hof brach Feuer aus, und Francesco und seine Brüder, die gerade zu Besuch waren, halfen wie alle Männer der Gegend beim Löschen.

Schließlich beschloss Monna Piera, dass die Familie vorzeitig in die Stadt zurückkehren sollte, in der Fra Girolamo Savonarola immer fanatischer Gottes Zorn von der Kanzel herabpredigte. Sturm, Dürre, Überschwemmung und natürlich auch der Krieg seien die göttliche Strafe für die Sünden des Volkes sowie der Herrschenden und vor allem für die Verfehlungen des Papstes.

»Nicht allein, dass Savonarola uns mit der Hölle droht und uns das Leben vergällt«, schimpfte Francesco während eines Familienessens, »nun mischt er sich sogar noch in die große Politik ein.«

»Stimmt es, dass er einen Brief an den französischen König geschrieben hat, um ihn aufzufordern, gegen Florenz in den Krieg zu ziehen?«, fragte Gherardesca, seine ältere Schwester, die mit ihrem Gatten zu Besuch gekommen war.

»Er hat nicht unrecht mit seinen Vorwürfen«, wandte Filippa streng ein und presste ihre Lippen aufeinander. »Der Lebenswandel des Papstes ist eine Schande für die gesamte Christenheit. Er hat fünf Kinder von unterschiedlichen Frauen und …«

»Der Papst und die Kurie gehören zu unseren wichtigsten Kunden«, fiel ihr Francesco ins Wort. »Und Alexander tut nur, was seine Vorgänger schon taten. Das gibt diesem Schreihals trotzdem nicht das Recht, unsere Stadt zu tyrannisieren und uns die Geschäfte zu versauen.«

»Und einen fremden König einzuladen, gegen die eigene Stadt zu ziehen«, mischte sich nun Monna Piera ein. »Das ist Verrat.«

»Er stammt ja auch aus Ferrara, dieser Savonarola«, ergänzte Giuliano. »Vaterlandsliebe kann man von dem nicht erwarten.«

»Was will er eigentlich wirklich?«, fragte Lisa, und alle wandten sich ihr überrascht zu.

»Das kannst du in seinen Traktaten nachlesen. Wenn du willst, leih ich sie dir«, erklärte Filippa eifrig. »Er will uns zur ursprünglichen Lehre des Christentums zurückführen. Und wenn ihm das in Italien gelungen ist, zieht er zu den Ungläubigen und befreit das Heilige Land.«

Lisa betrachtete ihre Schwägerin bestürzt. Filippas Augen glänzten, und ihre sonst so blassen Wangen hatten sich gerötet. Offenbar gehörte sie zu den Anhängern des Frate.

»Ja«, höhnte Giuliano. »Und ihr Frauen sollt euer Gesicht bedecken oder gleich im Haus bleiben, wie die der Anhänger Mohammeds. Ist das in deinem Sinne, Schwägerin?«

»Ihr solltet diesen Unsinn gar nicht lesen«, sagte Francesco und nahm sich von dem Mandelkuchen, den es zum Nachtisch gab.

»Zum Glück hast du mir nicht zu sagen, was ich lesen soll und was nicht«, fauchte Filippa zurück. »Es reicht, dass du im Geschäft den Ton angibst. Und deine eigene Frau ist ja sehr fürs Lesen.« Sie zog das »sehr« in die Länge und warf Lisa einen giftigen Blick zu.

»Das reicht«, ergriff Monna Piera das Wort. »So weit kommt es noch, dass dieser geifernde Pfaffe Unfriede in unsere eigene Familie bringt. Savonarolas Predigten tun dir nicht gut, Filippa, und die Lektüre seiner Traktate auch nicht. Unsere Stammkirche ist seit jeher Santissima Annunziata bei den Serviten-Brüdern. Unsere Vorfahren, allesamt ehrliche Handwerker und Kaufleute, haben den Orden gemeinsam mit ihren Zunftgenossen gegründet. Dort gehen wir beten, wenn wir das Bedürfnis dazu verspüren, und dort werden wir in der Familiengruft zu Grabe getragen. San Marco oder der Dom dagegen ...«

»Ganz Florenz geht in den Dom, wenn der Frate dort predigt«, wehrte sich Filippa.

»Das mag sein, dass ganz Florenz das tut«, gab Monna Piera unnachgiebig zurück. »Aber unsere Familie nicht.«

Lisa seufzte tief und senkte den Kopf über ihre gefalteten Hände. Damals hatte sie nicht auf Monna Pieras Worte geachtet, hatte nicht geglaubt, dass sie einmal in ebendieser Kirche auf den Knien versuchen würde, Trost zu finden. Ausgerechnet sie, die nicht von sich behaupten konnte, besonders fromm zu sein. Eilig betete sie einige Ave Maria, löste den Rosenkranz, den sie in Gedanken versunken mehrmals um ihre Hände geschlungen hatte, und ließ ein paar Perlen durch ihre Finger gleiten. Doch die Litanei linderte nicht den Schmerz in ihrem Herzen und besänftigte auch nicht die Wut, die immer wieder von Neuem aufflammte und sich einfach nicht zurückdrängen ließ. Und schon wanderten ihre Gedanken wieder zu dem, was damals im Herbst 1496 nach ihrer Rückkehr in die Stadt geschehen war.

Bereits im September hatte Lisa bemerkt, dass sie erneut schwanger war, da war Pippo noch kein halbes Jahr alt gewesen. Sie musste das Kind in jenen stürmischen Nächten im Landhaus empfangen haben. Dieses Mal fühlte sich die Schwangerschaft anders an, das noch unbekannte Wesen in ihr machte sich auf eine Weise bemerkbar, die Lisa verzauberte. Es war kein unangenehmes Gefühl, dieses Ungeborene in sich zu tragen, keine Übelkeit, kein Schwindel, auch keine Rückenschmerzen kündigten es an, wie sie es von ihren Schwägerinnen hörte. Ihr war, als läge ein goldener Schein auf ihr, als könne nichts und niemand ihnen beiden etwas anhaben.

»Du bist noch schöner geworden«, sagte Francesco zu ihr, und sie schmiegte sich an ihn. Der einzige Kummer war, wenn man es so nennen mochte, dass er sich nicht mehr mit ihr vereinigte, sobald ihr Körper sich zu runden begann. »Das ist nicht gut für das Kind«, erklärte er, als sie ihn scheu danach fragte. »Wir wollen ihm keinen Schaden zufügen.«

Nein, das wollte sie nicht, und sie war gerührt, weil er rücksichtsvoll war, wusste sie doch, wie groß sein Bedürfnis nach der körperlichen Liebe war. Sie vermisste sie ebenso, wagte aber nicht, es ihm zu sagen. Selbst im zweiten Jahr ihrer Ehe war ihr Mann Lisa auf eine seltsame Art fremd geblieben. Nur im Akt der Liebe waren sie einander wirklich nahe, für wenige, aus der Zeit gefallene Augenblicke. Francesco sprach selten über das, was ihn bewegte, und wenn, dann ging es um seine Geschäfte. Probleme mit den Kunden, den Lieferanten. Und mit seinen Brüdern, die vieles anders sahen als er. War er wirklich eine solche Krämerseele?

Und Lisa selbst – sie hätte nicht gewusst, wie sie das, was sie bewegte, in Worte fassen sollte. Von den unterschwelligen Spannungen zwischen ihr und den anderen Frauen im Haus wollte er ja nichts hören, das hatte er gleich zu Beginn ihrer Ehe gesagt. Also sprach sie über die Kinder, über die Fortschritte, die Meo und Pippo machten, denn oft schliefen die beiden Jungen bereits, wenn der Vater aus dem Kontor kam, und es war keine Seltenheit, dass Francesco seine Söhne eine ganze Woche lang nicht sah.

Der Winter kam, und draußen auf den Straßen von Florenz tobten sich die *fanciulli* im Auftrag Savonarolas aus, in der gesamten Toskana herrschten Krieg und Aufruhr, auf dem Friedhof von Santa Maria Novella wurde die Leiche einer zwanzigjährigen jungen Frau gefunden, die niemand zu kennen schien – waren auch die anderen im Haus von Entsetzen über diese Zustände gepackt, Lisa schwebte in einer Wolke aus Liebe zu dem Kind, das sie in sich trug, und schien vor allem Unbill geschützt. Die Venezianer besetzten den Hafen von Livorno, was den Getreidepreis in die Höhe trieb, und Francesco und seine Brüder, so wie die meisten Kaufleute in Florenz, rauften sich die Haare, weil ihnen nun auch dieser Handelsweg abgeschnitten war. Der Preis für Mehl, vor allem für das feine, weiße aus Weizen, stieg ins Unermessliche, gleichzeitig erhob die Signoria immer neue Steuern, um den Krieg gegen Pisa zu finanzieren, und zu allem Überfluss wütete in mehr als zwanzig Florentiner Häusern die Pest. Doch im Hause in der Via della Stufa erfand Lisa für die kleineren Kinder der Familie immer neue Spiele, während die größeren auf ihren Tafeln Schreibübungen machten und Rechenaufgaben lösten.

Ausgerechnet an Pippos erstem Geburtstag Anfang Februar drang die Welt, die sich bislang nicht über ihre Schwelle gewagt hatte, bei ihnen ein. Es war am Vormittag, und Lisa zog dem Kleinen gerade ein frisches Hemdchen über, weil er sich verkleckert hatte. Plötzlich erfüllten laute Rufe die schmale Via della Stufa, dann wurde so heftig gegen das Portal geschlagen, dass man das Dröhnen bis in den ersten Stock hinauf hören konnte, in dem sich die Wohnräume befanden. Eilig lief Lisa hinaus auf den Balkon und beugte sich über die Brüstung. Eine Schar von Savonarolas *fanciulli* hatte sich vor ihrem Haus versammelt und verlangte lauthals Einlass. Lisa wusste, dass man ihnen den Zutritt nicht verwehren konnte, und sah sich hastig im Zimmer um. Schon vernahm sie die wilden Stimmen der Jugendlichen unten im Foyer, dann verzweifelte Schmerzensschreie des Knechts. Pippo fing an zu weinen, und Meo presste sich an sie. Entschlossen nahm Lisa ihr silbernes Schmuckkästchen an sich und zog die Kinder mit sich auf den Balkon. »Jetzt müssen wir ganz leise sein«, sagte sie eindringlich zu den Jungen, die tatsächlich verstummten. Sie konnte gerade noch die Vorhänge von außen zuziehen, als die Zimmertür aufgerissen wurde. Durch einen Spalt beobachtete sie, wie die Horde in das Zimmer einfiel, mit Knüppeln auf alles einschlug, was in ihren Augen wohl zu prunkvoll war, und sich vor allem an den Kleidertruhen zu schaffen machte. Seide wogte auf, Damast und Spitze, entsetzt musste Lisa in ihrem Versteck mit ansehen, wie ihre gesamte Garderobe in Säcke gestopft und weggeschleppt wurde.

Vorsichtig spähte Lisa über die Balkonbrüstung. Auf der Straße schien der Teufel losgelassen worden zu sein, und doch war dieser Mob im Auftrag eines christlichen Mönchs unterwegs. Die verwahrlosten *fanciulli* waren gleichzeitig auch in die Nachbarhäuser eingedrungen, aus denen Lisa schrille Schreie und Triumphgeheul vernahm.

»Schhhh«, machte sie, als Pippo laut zu weinen begann. »Still. Gleich ist alles vorüber.«

Sie warteten eine lange Weile, bis Lisa sah, wie die Jugendlichen voll beladen aus ihrem Haus auf die Via della Stufa strömten, dann ging sie zurück in das Zimmer.

Angesichts des Durcheinanders, das sie dort vorfanden, brach nun auch der vierjährige Meo in Tränen aus. Die chinesischen Vasen auf dem Kaminsims waren zerschlagen worden, ebenso die Blütenschale und der große Spiegel. Die wenigen Schönheitsmittel, die Lisa besessen hatte, waren verschwunden. Ein fast schon aufdringlicher Duft nach Rosen schwebte über dem Wirrsal, er kam aus einer besonders hübschen Phiole aus vielfarbigem Glas, die von einer Insel bei Venedig stammte und einige Tropfen kostbares Rosenöl aus Kleinasien enthalten hatte. Nun lag sie zerbrochen auf der Schwelle der weit offen stehenden Tür.

Am Himmelbett waren die seidenen Vorhänge zerschnitten worden. Erst auf den zweiten Blick bemerkte Lisa, dass die kunstvoll bemalten Papierwandschirme fehlten, die, wie sie inzwischen wusste, aus einem fernen Königreich namens Nippon stammten, sowie die beiden Teppiche aus dem Reich der Osmanen. Überall lagen Scherben, und das ganze Zimmer war von einer weißen, flaumigen Schicht bedeckt, man hätte meinen können, es hätte geschneit. Die Jugendlichen hatten auch die leichten Federbetten aufgeschlitzt, die Francesco erst vor kurzem aus dem Habsburger Reich hatte kommen lassen.

Doch das schlimmste Verbrechen war auf dem Flur geschehen. Dort fand Lisa Monna Piera, die gegen die Wand gelehnt auf dem Fußboden kauerte. Blut strömte aus einer Wunde an ihrem Kopf, so dass Meo, der Lisa gefolgt war, schrill zu schreien begann. Dennoch dauerte es noch eine gefühlte Ewigkeit, bis sich endlich Pippos Amme aus ihrem Versteck hervorwagte und Lisa den Kleinen und Meo abnahm.

»Wo seid ihr denn alle?«, rief Lisa und nannte ihre Schwägerinnen beim Namen, doch die Einzige, die von unten die Treppe heraufgelaufen kam, war Caterina mit vor Entsetzen weit aufgerissenen Augen. »Schnell, geh und hol den Medicus!«, rief Lisa ihr atemlos zu. Und als sie sah, wie die Dienerin zögerte angesichts dessen, was auf den Straßen los war, fügte sie hinzu: »Nimm Lapo mit.«

»Herrin«, wandte Caterina verzweifelt ein. »Lapo liegt wie tot im Hausgang. Er wurde niedergeschlagen.«

Lisa schlug die Hand vor den Mund. »Was ist mit Duccio?«

»Mir geht es gut«, tönte es von der Treppe. Schnaufend kam der schwere Mann herauf. »Oh Madonna!«, rief der Koch aus, als er Monna Piera sah, und bekreuzigte sich. »Ich geh allein und hol den Arzt. Ihr Frauen bleibt besser im Haus.«

Während Lisa und Caterina der verletzten Monna Piera halfen, sich zu erheben, und sie in ihr Zimmer führten, kamen nach und nach auch endlich die Schwägerinnen aus ihren Winkeln hervor. Als sie sahen, was mit ihrer Schwiegermutter geschehen war, brachen sie in lautes Wehklagen aus.

»Schick sie weg«, stieß Monna Piera hervor und nahm Caterina das feuchte Tuch aus der Hand, das sie ihr auf die Wunde legen wollte. Und als Lisa zögerte, rief sie: »Lasst mich allein, ihr Heulsusen. Nur Lisa soll bleiben. Raus mit euch!«

Sie hatten Glück. Duccio hatte den Arzt zuhause angetroffen und überreden können, mitzukommen. Monna Piera hatte eine Platzwunde am Kopf, außerdem war ihr schwindelig. Messer Gianotti versorgte die Wunde und ließ die Verletzte zur Ader, verordnete ihr warmen Gewürzwein und strenge Bettruhe.

Dem Knecht hatten die Eindringlinge mit den Knüppeln den linken Oberschenkel gebrochen, und seine Schreie hallten durch das gesamte Haus, als Messer Gianotti ihm den Knochen geraderichtete und mit einem Stock schiente. Darüber hinaus hatten die *fanciulli* Lapo böse zugerichtet, sein Körper war von blauen Malen nur so übersät. Francesco, der sogleich herbeigeeilt war, tobte vor Zorn angesichts der Verletzten und des angerichteten Schadens. Und doch war er machtlos. Es gab keine Stelle, wo man hätte Beschwerde einreichen können, denn im Grunde, das wurde Lisa nun erst richtig bewusst, entschied Savonarola über das Wohl und Weh der Stadt.

So wie den Giocondos war es den meisten Familien der Stadt ergangen. Nur diejenigen, die bereitwillig alles, was auch nur im Entferntesten nach Prunk aussah, selbst der Kinderarmee ausgehändigt hatten, waren verschont geblieben, wenn man vom Verlust ihres Eigentums einmal absah. Zu diesen gehörten die Gherardini, und Lisa hörte erleichtert, dass keiner ihrer Angehörigen verletzt worden war.

Wenige Tage später wurde auf der Piazza della Signoria ein riesiger Scheiterhaufen errichtet, und Angst breitete sich aus. Es waren jedoch keine Menschen, die am folgenden Tag, dem 7. Februar 1497, auf Savonarolas Geheiß den Flammen übergeben wurden, sondern all die gesammelten Gegenstände, die laut dem Bußprediger des Teufels waren und die Menschen verdarben. Dinge von unschätzbarem Wert wurden meterhoch auf die Holzscheite gestapelt. Vor allem kostbare Kleidung und Schönheitsmittel, Musikinstrumente und Möbel, Schmuck, Gemälde und

Skulpturen, Bücher, antike Handschriften und Illustrationen, sofern sie nicht biblische Themen zum Gegenstand hatten – einfach alles, was die Sinne und den Kunstverstand erfreuen mochten, ging an diesem denkwürdigen Tag unwiederbringlich in Flammen auf. In diesem ›Fegefeuer der Eitelkeiten‹, wie Savonarola das Inferno nannte, verbrannten wohl auch Lisas Kleider, die Teppiche und japanischen Wandschirme aus ihrem Zimmer.

Zum Glück erholte Monna Piera sich bald wieder. Ihre Wunde am Kopf verheilte, und doch, das trat in den folgenden Wochen immer deutlicher zutage, war sie nach diesem Überfall nicht mehr dieselbe wie zuvor. Dass ihr ein Bursche im Alter von zwölf, dreizehn Jahren kaltblütig einen Holzknüppel über den Schädel gezogen hatte, stellte die Weltordnung der alternden Frau in Frage. Wenn man nicht einmal mehr in seinem eigenen Haus sicher war – was kam dann als Nächstes?

Sie litt nun häufig unter Kopfschmerzen und düsteren Gedanken. Es kam so weit, dass sie an manchen Tagen lieber auf ihrem Zimmer aß, als sich an den Familientisch zu setzen, und Lisa konnte es ihr nicht verdenken. Ihre Schwägerinnen, vor allem Filippa, verdarben auch ihr die Mahlzeiten mit den schauerlichen Neuigkeiten, die sie auf der Straße aufgeschnappt hatten und bei diesen Gelegenheiten zum Besten gaben. Zum Beispiel, dass nun schon unzählige Frauen und Mädchen in aller Öffentlichkeit, auf dem Markt oder in der Kirche, ohnmächtig zusammengebrochen und an Entkräftung gestorben waren.

»Sie haben nicht genug zu essen«, behauptete Filippa und weigerte sich, vom reich gedeckten Tisch mehr zu nehmen als Brot und mit Wasser verdünnten Wein, so wie Savonarola angeblich selbst. »Diese Frauen müssen verhungern, weil wir Reichen zu wenig Almosen geben.«

»Blödsinn«, gab Francesco scharf zurück. »Es liegt daran, dass sie das Fasten, das dieser Wahnsinnige ihnen auferlegt, allzu wörtlich nehmen. Pass bloß auf, Filippa, dass du nicht auch demnächst vor Hunger vom Stuhl kippst und das vor gefüllten Schüsseln.«

Und weil Monna Piera nicht da war, um zur Ordnung zu rufen, zankten sie sich, bis Francesco hochrot vor Zorn den Mittagstisch verließ und Filippa die Lippen so heftig aufeinanderpresste, dass sie jegliche Farbe verloren.

Ein anderes Mal erzählten sie von der Nonne, die Anfang April ihr Kloster Santa Maria in Casignano sieben Meilen vor Florenz verlassen hatte, um gegen Savonarola zu predigen und die Menschen zur Vernunft aufzurufen.

»Der Frate hat ihr ausrichten lassen, sie solle lieber spinnen und ihre Exerzitien abhalten, wie es sich für eine Nonne gehört«, wusste Alfonsina.

»Recht hat er«, fand Filippa.

»Dabei soll sie eine Heilige sein«, warf Marietta ein. »Man sagt, sie habe Kinder geheilt…«

»Ach was, Heilige«, konterte Filippa. »Ein paar Kräuter ins heiße Wasser werfen und damit Bauchkrämpfe lindern – dafür wird man nicht gleich heiliggesprochen, sonst wären es die Bader und Doktoren schon lange.«

Lisa, die nur noch wenige Wochen vor der Entbindung stand, zog sich gegenüber solcher Reden mehr und mehr in sich selbst zurück, kümmerte sich um Meo und Pippo, sah nach ihrer Schwiegermutter und versuchte, sie zu entlasten.

»Wenn ich einmal nicht mehr bin«, sagte Monna Piera eines Tages, »solltest du die Haushaltsbücher führen.«

Lisa erschrak. Monna Piera war 58 Jahre alt, und wenn dies auch ein stattliches Alter bedeutete – vor dem Überfall war sie stark und gesund gewesen, niemand hatte darüber nachgedacht, dass sie irgendwann ihre Position im Haus aufgeben müsste.

»Das wird noch lange nicht der Fall sein«, entgegnete Lisa.

»Das weiß nur unser Herrgott«, gab Monna Piera zurück.

»Und selbst wenn du recht haben solltest, ist es klug, an später zu denken. Ich werde dich nach und nach in alles einweisen.«

»Wieso mich?«, fragte Lisa. Sie sah bereits die empörten Mienen ihrer Schwägerinnen vor sich.

»Du bist zwar die Jüngste, aber die Klügste«, antwortete Monna Piera. »Und nun lass mich allein. Ich möchte ruhen.«

Und dann, als Lisa dachte, keine weitere Neuigkeit könne sie mehr erschüttern, so ungeheuerlich erschien ihr alles, was in den vergangenen Monaten geschehen war, warfen vier Worte sie aus ihrem so mühsam gewonnenen Gleichgewicht: Die Medici kehren zurück! Es war Giocondo, der die Nachricht brachte und im ganzen Haus für helle Aufregung sorgte.

»Piero de' Medici ist in Siena«, rief er. »Er reitet an der Spitze eines großen Heeres.«

»Piero?«, fragte Monna Piera skeptisch, die der Lärm aus ihrem Zimmer gelockt hatte. »Wovon will der denn ein großes Heer bezahlen?«

»Wer weiß«, sagte Francesco, der mit seinem ältesten Bruder ebenfalls zu ungewöhnlicher Stunde das Kontor verlassen hatte. »Womöglich finanziert der Papst ihn.«

»Und was heißt das nun für uns?«, wollte Alfonsina ängstlich wissen.

»Zumindest könnte Piero, falls ihm die Rückkehr an die Macht gelingt, seine Schulden bei uns begleichen«, antwortete Francesco lakonisch. »4000 Golddukaten stehen noch aus. Er hat damals so rasch das Weite gesucht, dass ich ihn nicht mehr daran erinnern konnte.«

»Vielleicht wäre die Rückkehr der Medici unsere Rettung«, sagte Monna Piera nachdenklich. »Er könnte Savonarola zum Schweigen bringen.«

»Wenn du dich da nicht täuschst«, warf Filippa ein. »Ich habe sagen hören, dass es Fra Girolamo persönlich war, der ihn zurückgerufen hat.«

»Das glaubst du doch selbst nicht«, rief Marietta aus.

»Welches Interesse sollte er daran haben?« Alfonsina konnte sich das offenbar auch nicht vorstellen. »Savonarola hat die Medici bis aufs Blut bekämpft.«

»Weil sie gottlos waren«, antwortete Filippa eigensinnig. »Und wer weiß? Vielleicht hat sich Piero im Exil ja eines Besseren besonnen.«

»Du meinst, er könnte fromm geworden sein?« Francesco lachte schallend. »Oh nein. Das, was man aus Rom und Venedig so hört, klingt nicht gerade nach Frömmigkeit.«

»Schluss damit«, schnitt Monna Piera Filippa, die zu einer Antwort angesetzt hatte, das Wort ab. »Lasst uns nicht um des Kaisers Bart streiten. Am Ende sind das alles nur Gerüchte.«

»Unter den Medici liefen die Geschäfte ausgezeichnet«, wagte Giocondo noch zu sagen. »Vielleicht sollten wir ein wenig nachhelfen...«

»Was willst du damit sagen?«, unterbrach Monna Piera ihn scharf. »Willst du etwa zur Waffe greifen? Das kommt nicht in Frage. Du bist Kaufmann. Kein Soldat. Nein, wir halten uns vollständig heraus aus dieser Sache und schlagen uns auf keine Seite. So hat es schon euer Vater getan. Und so macht auch ihr das.«

Unter Monna Pieras strengen Augen gingen sie auseinander, jeder kümmerte sich um seine Aufgaben, doch am folgenden Tag hieß es aus verlässlicher Quelle, Piero de' Medici befinde sich bereits bei der Certosa, keine fünf Meilen außerhalb der Stadt. Ein Heer von zweitausend Mann, Berittene und Fußvolk, begleite ihn.

»Bist du denn dafür, dass Piero zurückkehrt?«, fragte Lisa in dieser Nacht scheu ihren Ehemann. Seit sie von der Sache wusste, spielte ihr Herz verrückt. Mal schlug es viel zu ruhig und ließ einige Schläge aus, dann wieder galoppierte es aus dem Takt.

Francesco antwortete lange nicht, und Lisa glaubte schon, er sei eingeschlafen.

»Ich weiß nicht«, antwortete er schließlich. »Manches spräche dafür. Anderes dagegen.«

»Glaubst du, dass die Medici in Florenz noch Anhänger haben?« Lisa legte im Dunkeln die Hände auf ihren Bauch. Das ungeborene Kind strampelte auf einmal heftig.

»Ja sicher, von denen gibt es einige«, sagte Francesco. »Ob sie sich allerdings offen zu Piero bekennen werden?« Er verstummte, und Lisa kam es so vor, als ginge er im Geiste einige Namen durch. »Ja, durchaus möglich. Falls es ihnen gelingt, sich zu organisieren. Savonarola hat seine Spitzel überall.«

»Aber du, du würdest dich nicht einmischen, wenn ...?«

»Ich werde nicht zu den Waffen greifen«, kam ihr Francesco zuvor und drehte sich zu ihr. Selbst in der Dunkelheit konnte Lisa fühlen, dass er sie ansah. »Für niemanden. Du hast gehört, was unsere Mutter gesagt hat, und sie hat vollkommen recht. Ich bin Kaufmann. Politik interessiert mich nur insofern, als es die Geschäfte betrifft.« Er ließ sich wieder auf den Rücken fallen. »Außerdem: Was ist, wenn die Sache fehlschlägt? Ich bin Vater und Ehemann, habe für eine Familie zu sorgen. Ich kann es mir nicht leisten, am Galgen zu enden. Oder würdest du das wollen?«

»Natürlich nicht«, antwortete Lisa rasch, und das Kind in ihrem Bauch schien sich zu beruhigen.

Und dennoch, dachte sie, während sie dem Atem ihres Gatten lauschte, der immer gleichmäßiger ging, bis sie sicher war, dass er eingeschlafen war. Wäre es nicht schön, die Frau eines mutigeren Mannes zu sein? Eines Mannes, der seine Heimat nicht einem wahnsinnigen Prediger und den ängstlichen Volksvertretern überließ, sondern selbst ordnend eingriff? Und der dem Erben einer Familie, die über Hunderte von Jahren die Geschicke der Stadt ausgezeichnet geführt hatte, helfen würde, zurückzukehren?

Doch die Frage, die sie am meisten beschäftigte, war, ob wohl Giuliano mit Piero ritt. Ob er tatsächlich so nah war, keine fünf Meilen von ihr entfernt. Ganz sicher begleitete er seinen Bruder, so wie er damals, vor mehr als zwei Jahren, mit ihm geflohen war. Und wieder sah Lisa sich in Bettas Kapuzenmantel durch die regennasse Stadt eilen, hörte das aufgebrachte Geschrei der Menge, fühlte Giulianos Hand, seinen Griff, der so fest war – und doch nicht fest genug.

Was wäre aus ihr geworden, wenn sie damals mit ihm die Stadt verlassen hätte? In den Träumen, die sie in dieser Nacht unruhig schlafen ließen, sah sie sich auch jetzt an seiner Seite, dort im Feldlager bei der Certosa, verkleidet als sein Page mit Rüstung und Schwert.

Am nächsten Tag wurde Francesco überraschend durch einen Boten in den Regierungspalast eingeladen, um an den Beratungen darüber teilzunehmen, wie man der Situation begegnen sollte. Außerdem hatte man die Stadttore geschlossen und die Bürger zu den Waffen gerufen. Im Hause del Giocondo machte freilich niemand Anstalten, das zu tun. »Wir halten uns aus allem heraus«, hatte Lisas Mann am Morgen erneut verkündet und sich in den Regierungspalast begeben, während seine Brüder gemeinsam mit den Angestellten das Warenlager sicherten für den Fall, dass ein Bürgerkrieg ausbrechen sollte.

Gegen Nachmittag, Francesco war noch immer im Regierungspalast, brachte Lapo die Nachricht, dass das Heer der Medici vor dem südlichen Tor bei der Kirche San Pier Gattolino Stellung bezogen hatte. In der Stadt wurde es seltsam still, so als würden alle den Atem anhalten. Lisa zitterte vor Aufregung. Am liebsten wäre sie selbst hingelaufen, hätte sich auf der Stadtmauer einen Platz erobert und versucht, einen Blick auf die Medici-Brüder zu werfen. Vielleicht wäre es ihr ja gelungen, heimlich das

Stadttor zu öffnen. In ihren kühnen Fantasien sah sie sich als Heldin des Tages, die ihrem Geliebten zum Sieg verhalf …

Stattdessen kümmerte sie sich um Meo, der sie mit einer Unmenge von Fragen löcherte, und um Pippo, dem die Aufregung im Haus zusetzte, was ihn weinerlich machte. Und als sie am Abend erschöpft auf eine Liege sank und die Last des ungeborenen Kindes fühlte, musste sie sich eingestehen, wie kindisch diese Hirngespinste gewesen waren. Sie brauchte sich nur umzusehen, um zu begreifen, dass sie längst nicht mehr dieselbe war, die Giuliano damals zurückgelassen hatte. Und er? In welcher Weise hatte er sich wohl verändert?

»Ist Francesco noch immer nicht zurück?« Lisa schreckte auf. Sie hatte ihre Schwiegermutter nicht ins Zimmer kommen hören.

»Das gefällt mir nicht«, fuhr die Matrone fort. Schwer ließ sie sich in Francescos Lehnstuhl sinken.

»Die Beratungen sind wohl noch im Gange«, versuchte Lisa sie zu beruhigen.

»Beratungen, pah!«, machte Monna Piera. »Das ist doch nur ein Vorwand.«

Lisa fröstelte. »Was meint Ihr damit?«, fragte sie erschrocken.

»Was gibt es denn da zu beraten?«, polterte die Ältere los. »Von denen will keiner die Medici zurück. Die haben Francesco und die anderen nur in den Palazzo della Signoria geholt, damit sie sich nicht auf die Seite des Feindes schlagen können. Lapo war vorhin dort. Der Regierungspalast ist von Wachen umstellt. Niemand kommt hinein und niemand heraus.« Monna Piera erhob sich und ging unruhig im Zimmer auf und ab. Sie begab sich zum Fenster und spähte vorsichtig hinaus. Es war bereits dunkel. Nach einer schier endlosen Weile hörten sie eilige Schritte im Flur. Die Tür flog auf, und Francesco trat ein.

»Die Madonna sei gelobt«, brach es aus Monna Piera hervor. »Wie ist es dir ergangen, mein Sohn?« Sie klingelte nach Caterina.

»Man hat uns nur mit endlosen Reden hingehalten«, antwortete Francesco erschöpft.

Caterina erschien, half Francesco, die Stiefel auszuziehen, und brachte ihm seine Hauspantoffeln. Dann eilte sie davon, um ihrem Herrn eine Stärkung aus der Küche zu holen.

»Wer war außer dir noch geladen?«, erkundigte sich Monna Piera, als sie wieder allein waren.

Francesco zählte eine lange Reihe von Namen auf, und Lisa spitzte die Ohren.

»Hab ich also richtig vermutet.« Auf einmal erschien Lisa die Schwiegermutter um Jahre gealtert. »Und warum haben sie dich unter Verdacht, ein Anhänger der Medici zu sein, mein Sohn?«

Francesco zuckte mit den Schultern. Er ging zu einem Tisch, auf dem eine Karaffe und Zinnbecher standen, schenkte sich von dem mit Wasser vermischten Wein ein und trank.

»Sie waren wohl übervorsichtig«, antwortete er schließlich.

Von der Straße drang plötzlich Lärm herauf. Jubel und Triumphgeheul schwollen an und liefen wie in Wellen durch die Gassen.

»Was hat das zu bedeuten?«, fragte Monna Piera besorgt.

»Sie sind wieder abgezogen, die Feiglinge«, antwortete Francesco, dem die Neuigkeit offenbar bereits bekannt war. »Dieser Piero! Nichts als Schall und Rauch. Wie eine Fackel, die ins Wasser fällt.« Er lachte bitter auf und schüttelte den Kopf. »Man stelle sich das einmal vor. Steht mit zweitausend Soldaten vor der Stadt und wagt nicht einmal einen Versuch. Was für ein ruhmreicher Mann. Sein Vater wird sich im Grabe umdrehen.«

In dieser Nacht lag Lisa wieder wach. Wenn sie die Augen schloss, sah sie Giuliano durch die Dunkelheit reiten. Wie musste er sich fühlen nach einem derart schmählichen Rückzug. Hatte Piero darauf gewartet, dass seine Anhänger die Stadttore von innen aufschlossen? Dass man ihn mit offenen Armen empfangen würde? Und vor allem beschäftigte sie die Frage, ob Pieros Plan womöglich hätte gelingen können, wären nicht alle mutmaßlichen Medici-Anhänger unter dem Vorwand einer Ratsversammlung im Palazzo della Signoria festgehalten worden?

Wieder regte sich das Kind in ihrem Bauch. Er war bereits so groß, dass sie sich seitlich legen und ein Kissen unterschieben musste. Nicht mehr lange, und sie würde das Neugeborene in ihren Armen halten. Vier Wochen, hatte die Wehfrau gesagt. Höchstens fünf.

Am nächsten Tag gab es wieder einmal einen Brief für Monna Piera zu schreiben. Als sie fertig waren, blieb Lisa noch einen Moment bei ihr sitzen.

»Was hast du auf dem Herzen, Schwiegertochter?«, fragte Monna Piera nach einer Weile.

»Ich hab mir nur gerade überlegt«, sagte Lisa zögernd, »wie ungerecht es doch ist, dass keine Frau in den Rat der Signoria gewählt werden kann. Eine Frau wie Ihr zum Beispiel«, schob sie rasch hinterher, als sie den überraschten Ausdruck in Monna Pieras Augen wahrnahm. »Ihr könntet guten Rat geben, besseren als mancher Mann.«

Monna Piera betrachtete sie eingehend, endlich erschien die Andeutung eines Lächelns um ihren Mund.

»Unser Platz ist das Haus«, antwortete sie ernst. »Und glaube mir, wenn du es klug anstellst, regierst du von hier aus die ganze Welt.«

Die Gesänge der Mönche verklangen, und Lisa blickte auf. Der Messmer huschte vorbei und löschte die Kerzen auf dem Altar. Er nickte ihr kurz zu und verschwand in der Sakristei. Man kannte sie hier längst und ließ sie in Ruhe beten.

Die Welt regieren – damals hatte Lisa fast daran geglaubt.

Monna Piera war zu ihrem Vorbild geworden, so reizbar und streng ihre Schwiegermutter sein konnte, im Grunde waren sie sich in vielem ähnlich.

Dass an dem Tag, an dem sie ihre Tochter zur Welt brachte, in ganz Florenz das Wappen der Medici mit den berühmten sechs Kugeln, den *palle,* zerstört wurde, erfuhr sie erst später. Sie gab ihrem Kind den Namen Piera, und dies hatte einen doppelten Grund, denn auch ihre eigene Großmutter mütterlicherseits trug diesen Namen.

Die kleine Piera war, davon war Lisa heute noch überzeugt, ein Engel gewesen. Innerhalb von etwas mehr als zwei Stunden war sie ohne größere Probleme aus ihr herausgeglitten. Von Anfang an hatte dichtes, goldblondes Haar um ihr Köpfchen gelegen wie ein Heiligenschein, ihre Haut war rosig gewesen und ohne die üblichen Runzeln, die ein Neugeborenes normalerweise entstellten.

Lisa hatte darauf bestanden, sie selbst zu stillen, was sie einen regelrechten Kampf gekostet hatte, denn keine Frau von ihrem Stand tat so etwas. Doch um nichts in der Welt hätte sie sich von diesem wunderbaren Wesen trennen lassen wollen, so wie bei Pippo, der nach seiner Geburt im Grunde mehr Zeit mit seiner Amme verbracht hatte als mit ihr. Dass Lisa der Kleinen selbst die Brust gab, hatte auch ihre Schwiegermutter nicht gutgeheißen, Lisa hatte sich dennoch durchgesetzt. Es war, als hätte mit ihrer Tochter das Glück höchstpersönlich bei ihnen Einzug gehalten. Und nicht nur in ihrem Haus in der Via della Stufa, sondern in ganz Florenz. Kaum war die kleine Piera auf der Welt, begann Savonarolas Macht immer mehr zu schwinden, und wenige Tage vor dem ersten Geburtstag der Kleinen wurde dem Frate der Prozess gemacht. An derselben Stelle, wo er das »Fegefeuer der Eitelkeiten« hatte entzünden lassen, wurde er mit zwei seiner Mitstreiter hingerichtet.

Das war nun zwei Jahre her. Zwei Jahre, in denen Lisa aus dem Himmel in die Hölle gefallen war. Und sich von diesem Sturz noch immer nicht erholt hatte. Wie sollte sie auch.

Lisa hatte Monna Piera geglaubt, als sie zu ihr gesagt hatte, wenn sie nur klug genug wäre, könnte sie im Haus die Herrin sein. Sie hatte nicht geahnt, dass ihr Leben an der Seite von Francesco auf Lügen gebaut war, auf Verrat und Heimlichkeiten. Sie war dumm gewesen, blind und gutgläubig. Inmitten ihrer Kinder und denen der Verwandten hatte sie sich unverwundbar gefühlt, und selbst der alte Schmerz über den Verlust ihrer ersten Liebe war nach und nach bedeutungslos geworden.

Doch dann war ihr Töchterchen im Alter von zwei Jahren gestorben, innerhalb weniger Tage hatte ein Fieber die kleine Piera dahingerafft, erst im vergangenen Sommer. Lisa war endlich wieder schwanger gewesen, im siebten Monat schon, und musste mitansehen, wie das über alles geliebte Kind dahinwelkte wie eine abgerissene Blume und in ihren Armen einfach aufhörte zu sein. Der Schmerz war ungeheuer gewesen, hatte Lisa betäubt und überwältigt, so dass sie geglaubt hatte, der kleinen Piera ins Grab folgen zu müssen, in die Familiengruft hier in der Kirche Santissima Annunziata, wohin es sie seither so häufig zog.

Allein das Wissen um Meo, Pippo und das Kind in ihrem Bauch hatte sie wieder zurück ins Leben geholt. Sie hätte sterben mögen, doch das Ungeborene konnte sie, noch nicht einmal auf der Welt, unmöglich mit sich nehmen, das sah sie schließlich ein. Die folgenden Wochen waren ein Tränental gewesen, mehr geweint hatte sie vermutlich nur in jener Zeit, als man sie ins Kloster gesperrt hatte. Und das nicht nur wegen Pieras Tod.

»Wo ist eigentlich Caterina?«, hatte sie eines Tages gefragt, als sie sich endlich wieder zu den anderen an den Familientisch gesetzt hatte, und sich gewundert, dass alle betreten den Blick abwandten. Sie konnte sich nicht erinnern, seit wann die Dienerin nicht mehr zu ihr gekommen war und statt ihrer die alte Magd, die normalerweise Monna Piera versorgte. Lisa war zu sehr in ihren Kummer versunken gewesen. »Ist sie krank?«

Sie erhielt keine Antwort. Selbst Monna Piera tat, als hätte sie nichts gehört. Und das war es, was Lisa misstrauisch machte.

Caterinas Verschwinden ließ ihr keine Ruhe. Lisa fiel auf, dass sie noch nie in den Kammern unter dem Dach gewesen war, wo die Dienerinnen wohnten. Sie hatte sich kein einziges Mal gefragt, wo sie eigentlich untergebracht waren, genauso wenig wie damals bei Betta, das gestand Lisa sich nun beschämt ein. Erst als sie selbst ins Unglück gestürzt war, hatte sie die schäbige Unterkunft ihrer geliebten Amme kennengelernt. Im Haus ihres Mannes hatte sie sich so verhalten, wie Alfonsina es ihr gleich nach ihrer Heirat empfohlen hatte, und keinen Gedanken an die Verhältnisse verschwendet, in denen ihre Dienerschaft lebte.

Aber das würde sich nun ändern. Wie sollte sie, wie ihre Schwiegermutter gesagt hatte, die ganze Welt regieren, wenn sie sich nicht einmal im eigenen Haus auskannte? Kurz entschlossen stieg sie an jenem Nachmittag die Treppe hoch, die in das Dachgeschoss führte. Sie war eng und steil und Lisa hatte Mühe, mit ihrem Bauch hinaufzukommen. Oben angelangt fand sie sich vor vier Türen wieder. Sie klopfte an der erstbesten und trat ein, ohne eine Antwort abzuwarten.

Der Raum war winzig, darin ein viel zu großes Bett. Davor stand Caterina im Hemd und drehte sich erschrocken halb zu ihr um. Aus einer Luke im Dach fiel das Sommerlicht schräg auf ihren Leib, von dem Lisa den Blick nicht abwenden konnte. Denn er war fast ebenso gewölbt wie ihrer.

»Du bist schwanger?«, entfuhr es Lisa. Die Dienerin legte die Hände wie schützend auf ihren Bauch und starrte ihre Herrin verängstigt an. Und auf einmal kam Lisa ein ungeheurer Verdacht.

»Wer ist denn der Vater?«, fragte sie atemlos. Caterina schwieg, doch in ihren weit aufgerissenen Augen glaubte Lisa die Antwort zu lesen. All die vielen Nächte kamen ihr in den Sinn, in denen Francesco sie nicht angerührt hatte, angeblich aus Rücksicht auf ihre Schwangerschaften. Die Abende, an denen er spät kam, müde und wortkarg und sich rasch zur Ruhe legte. »Es ist mein Mann, nicht wahr?«

Caterinas grüngoldene Augen füllten sich mit Tränen. Sie ließ sich auf die Bettkante sinken und bedeckte das Gesicht mit ihren feingliedrigen Händen, denen selbst die grobe Arbeit, die sie zu tun hatte, nichts von ihrer Anmut nehmen konnte. Das Tuch, das sie wie immer um den Kopf geschlungen hatte, löste sich und rutschte zu Boden, und zum Vorschein kam eine Fülle schimmerndes, langes Haar, glatt und glänzend wie Rabenflügel. Alles an Caterina war von einer fremdartigen Schönheit, selbst die nackten Füße, die unter dem Hemd hervorlugten, waren zierlich und wohlgeformt.

»Bitte, Herrin«, hörte sie Caterina flehentlich stammeln. »Ich ... ich hab es nicht gewollt.«

Lisa schluckte. Ihr Hals war wie ausgetrocknet. Das Entsetzen füllte sie aus und nahm ihr fast den Atem.

»Wie lange geht das schon so?«

Caterina nahm die Hände vom Gesicht und sah Lisa an. Eine Träne, groß und schimmernd wie eine Perle, rollte ihr über die Wange, eine zweite hing in ihren dichten Wimpern. »Schon lange«, antwortete sie und wischte die Tränen weg. Und im nächsten Moment wirkte sie wieder gefasst und distanziert, so wie Lisa sie kannte. Diese Frau, das begriff Lisa jetzt, hatte gelernt, ihre Gefühle tief in ihrem Innern zu verschließen. »Seit ich vor zehn Jahren in dieses Haus gekommen bin.«

Zehn Jahre? Noch bevor Francesco Camilla geheiratet hatte? Auch während all der Zeit seiner Trauer und Lisas Ehe war diese

Dienerin seine Konkubine gewesen? Lisa war wie betäubt, als sie die Kammer und das Reich der Dienstboten verließ und in ihre eigene Welt eine Treppe tiefer zurückkehrte. Eine Welt, die in Scherben lag.

Mechanisch griff sie nach ihrem Schleier und dem Umschlagtuch und verließ das Haus, entschlossen, nie wieder zurückzukehren. Von ganz allein fanden ihre Füße den Weg zu dem Gebäude, in dem ihre Eltern wohnten.

Dort traf sie ihre Mutter im Streit mit der Köchin an, die sie angeblich beim Einkaufen betrogen hatte, und als Lucrezia endlich Zeit für Lisa hatte, war sie nicht bei bester Laune.

»Was ist los«, fragte sie. »Du kommst doch sonst nicht, ohne vorher einen Diener zu schicken. Ist etwas passiert?«

»Ich will bei euch bleiben«, brach es aus Lisa hervor. Und unter Tränen berichtete sie ihrer Mutter, was sie erfahren hatte.

Lucrezia lauschte mit gerunzelter Stirn.

»Ich versteh nicht. Hat dein Mann dich etwa hinausgeworfen?«, fragte sie bestürzt, als ihre Tochter geendet hatte. »Das kann er nicht. Du hast dir nichts zuschulden kommen lassen. Oder verschweigst du mir etwas?«

»Begreifst du denn nicht?«, rief Lisa ungehalten aus. »Ich kann dort keinen Tag länger bleiben. Er hat mich betrogen! Von Anfang an. Die Dienerin bekommt ein Kind von ihm.«

»Das ist freilich schlimm«, räumte Lucrezia ein. »In seinem Alter sollte er so verantwortungsvoll sein, es dazu nicht kommen zu lassen.«

Lisa riss die Augen auf. »Was meinst du damit?«

»Wohlhabende Männer wie er haben Mittel und Wege, eine Schwangerschaft zu verhindern«, erklärte Lucrezia. »Aber was geschehen ist, ist geschehen. Ich versteh noch immer nicht, warum du dort wegwillst.«

»Du ... du verstehst das nicht?« Lisa rang nach Luft. »Wie

kann ich bei ihm bleiben, jetzt, wo ich weiß, dass er neben mir eine ... eine Konkubine hat?«

Die Tür ging auf, und Lisas jüngere Schwestern Camilla und Alessandra kamen hereingestürmt, um Lisa zu begrüßen. Die beiden waren groß geworden, in wenigen Jahren würden sie hübsche junge Frauen sein. Als sie Lisas tränenüberströmtes Gesicht bemerkten, hielten sie erschrocken inne. Die elfjährige Camilla legte ihr den Arm um die Schulter.

»Ich bin auch immer noch so traurig wegen der süßen kleinen Piera«, flüsterte sie mitfühlend. »Aber bald bekommst du doch ein neues Kindlein und ...«

»Lasst uns allein«, befahl die Mutter. »Lisa und ich haben zu reden.« Schmollend zogen sich die Mädchen zurück. »Und sagt den anderen, sie sollen uns in Ruhe lassen«, rief Lucrezia den beiden hinterher. Sie seufzte tief, und Lisa entdeckte neue Falten um ihren Mund. »Und nun zu dir.« Lucrezia musterte ihre Älteste mit einer Mischung aus Ärger und Mitgefühl. »Du kannst deinen Mann nicht verlassen«, sagte sie. »Schon gar nicht, solange du schwanger bist, denn das Kind ist ja sein Eigentum.« Sie hob die Hand, um Lisa zum Schweigen zu bringen, die aufbegehren wollte. »So wie du und dein Sohn Piero sein Eigentum seid. Solltest du ihn tatsächlich verlassen, wovor Gott dich behüten möge, dann siehst du deine Kinder niemals wieder. Du selbst hättest in den Augen der Leute jede Ehrenhaftigkeit verloren. Man würde dich als Hure betrachten. Unter Savonarola – der Madonna sei Dank, dass sie uns von diesem Satan befreit hat – wärst du geschoren und drei Tage lang am Regierungspalast öffentlich ins Eisen gelegt worden, zu jedermanns Spott und Belustigung. Das ist zum Glück vorbei, aber dein Schicksal wäre dennoch entsetzlich. Außer du gehst zurück ins Kloster, ich fürchte nur, was das anbelangt, hat sich deine Meinung nicht geändert.«

»Und wenn ich zu euch ...«

»Unmöglich«, fiel ihr die Mutter streng ins Wort. »Du kannst nicht zurück. Dein Vater würde das niemals erlauben. Eher würde er dich für tot erklären lassen. Vergiss nicht, was wir für diese Eheschließung geopfert haben. Die del Giocondos müssten im Falle einer Trennung das Gut San Silvestro nicht herausgeben, und sie werden es auch niemals tun, so geizig, wie sie sind. Also fasse dich und komm zur Vernunft.«

»Du würdest mir wirklich deine Türe verschließen?«

»Es bliebe mir nichts anderes übrig.« Lucrezia wirkte müde und verhärmt. »Deine beiden Schwestern – sie werden nicht die Wahl haben, die du hattest. Für sie ist keine Mitgift da, also werden sie früher oder später ins Kloster eintreten, ob sie wollen oder nicht. So ist das nun mal, Lisa. Du bist jetzt zwanzig Jahre alt, höchste Zeit, endlich vernünftig zu werden. Ich hab für dich mehr getan, als jede andere Mutter je tun würde. Aber irgendwann muss Schluss sein mit den Launen.«

»Du ... du hältst das für eine Laune?«

»Was denn sonst?« Lucrezia erhob sich. »Dein Mann tut das, was alle tun. Also geh nach Hause und kümmere dich um deine Pflichten. Denk an deine Kinder. Und an uns. Das Leben ist kein fortdauerndes Fest. Und komm mir nie wieder mit solchen Grillen.«

Damals war Lisa zum ersten Mal hierher in die Kirche gekommen, hatte sich niedergekniet und leise unter ihrem Schleier geweint. Um die kleine Piera. Um ihre Träume. Um das Leben, das sie sich einmal gewünscht hatte. Hier hatte Lapo, der Knecht, sie endlich gefunden. Mit seinem Hinkebein, das ihm seit der Misshandlung durch die *fanciulli* geblieben war, hatte er in der ganzen Stadt nach ihr gesucht.

Diskret hatte er gewartet, bis sie bereit gewesen war. Dann

hatte er sie nach Hause begleitet, wo Monna Piera sie sogleich zu sich rufen ließ.

»Du sollst nicht allein durch die Stadt laufen«, sagte sie und musterte Lisa mit wachen Augen. »Schon gar nicht in deinem Zustand. Denk an das Kind.« An welches, wollte Lisa fragen. An meines oder das im Bauch von Caterina? Doch sie schwieg. »Du kannst dich beruhigen«, fuhr die Matrone fort. »Caterina hat das Haus bereits verlassen. Ich hätte das gern vermieden, so eine zuverlässige Dienerin finden wir nicht so schnell wieder. Ihr Verlust wird uns schmerzen.«

»Sie ist fort?«

»Ich hoffe, du erkennst daran, wie sehr ich dich schätze. Obwohl es vollkommen unnötig war, dort hinaufzugehen und diesen Wirbel zu machen. Wir hatten die Dinge sorgsam geordnet. Aus Rücksicht auf dich.«

»Wenn Francesco wirklich Rücksicht auf mich genommen hätte ...«

»Lisa«, fiel ihr die Schwiegermutter streng ins Wort. »Du willst das meinem Sohn nicht etwa zum Vorwurf machen? Soll er denn monatelang enthaltsam leben während deiner Schwangerschaften? Kein Mann tut das. Andere gehen ins Hurenhaus. In unserem Haus handhaben wir das anders, wie vernünftige Menschen. Unsere Dienerinnen haben es gut bei uns.«

»Wollt Ihr damit sagen«, fragte Lisa verwirrt, »dass Francescos Brüder das gleichermaßen tun?« Sie dachte an die beiden anderen Hausmägde, die sie im Grunde nur vom Sehen kannte. Zwei hübsche Mädchen, wenn auch nicht solche Schönheiten wie Caterina.

»Natürlich, was denkst du denn«, gab Monna Piera ungehalten zurück. »Und deine Schwägerinnen sind klug genug, das zu schätzen. Wer will denn schon die ganze Zeit von seinem Ehemann belästigt werden? Und ist es nicht besser zu wissen, wo er hingeht? Sicher zu sein, dass er keine Krankheiten mit nach

Hause und die Familie nicht ins Gerede bringt? Glaub mir, ich weiß, wovon ich spreche.« Monna Piera presste kurz die Lippen zusammen und warf dem Porträt ihres verstorbenen Mannes einen raschen, wenig freundlichen Blick zu.

»Das heißt«, sagte Lisa langsam, »dass eine andere Frau Caterina ersetzen wird?«

Monna Piera betrachtete sie einige Augenblicke unentschlossen. »Ich will dir nichts vormachen«, sagte sie schließlich. »Francesco wird Caterina auch weiterhin aufsuchen, fürchte ich. Ich habe vorhin mit ihm darüber gesprochen. Er ist nicht glücklich darüber, wie die Dinge sich entwickelt haben. Offen gestanden ist er sogar recht ungehalten. Denn eigentlich wollte ich das Mädchen an einen Geschäftskunden weiterverkaufen. Er hat sie einmal im Haus gesehen und Interesse bekundet. Sie ist ja auch etwas Besonderes. Aber Francesco will das nicht.«

»Ihr wolltet sie verkaufen?«, fragte Lisa entsetzt. »Wie einen Ballen Stoff?«

»Ja sicher«, gab Monna Piera zu. »Sie hat uns damals eine hübsche Summe gekostet.« Sie blätterte in einem alten Haushaltsbuch, das vor ihr auf dem Tisch lag. »Hier. Ganze zwölf Golddukaten.« Sie schüttelte missbilligend den Kopf. »Francesco hat nun einmal auf ihr bestanden und gibt sie auch jetzt nicht her. Das musst du dir aus dem Kopf schlagen. Alles, was ich tun kann, ist, zu verhindern, dass sie dir wieder begegnet.«

»Sie ist eine Sklavin«, sagte Lisa mehr zu sich selbst. Sicher, sie hatte gehört, dass viele wohlhabende Haushalte ihre Dienerschaft nicht wie ihre Eltern mit freien Bürgern oder Landbewohnern besetzten, sondern die Arbeitskräfte im wahrsten Sinne des Wortes kauften. Aber dass die Familie, in der sie nun seit vier Jahren lebte, dies tat, hatte sie nicht geahnt. Ihr war schwindlig geworden angesichts des gesamten tragischen Ausmaßes von Caterinas Unglück. »Wenn das bereits so lange währt«, sprach Lisa einen unerträglichen Gedanken aus, der ihr soeben gekommen war, »wieso ist Caterina dann nicht schon früher schwanger geworden?«

Monna Piera presste verärgert die Lippen aufeinander und wandte den Blick ab.

»Es war an Francesco, dafür zu sorgen, dass das nicht passiert«, sagte sie schließlich. »Er wurde nachlässig. Ich hoffe, es ist ihm eine Lehre.«

»Wo ist Caterina jetzt?«

»Warum willst du das wissen?« Monna Piera wirkte, als wäre sie mit ihrer Geduld am Ende. »Habe ich nicht schon genug getan, um dich zufrieden zu stellen? Francesco war außer sich, als ich ihm meinen Entschluss mitteilte und ...«

»Wo habt Ihr sie hingeschickt?«, fiel Lisa ihr ungehalten ins Wort. Sie sah Caterina wieder vor sich, die Tränen in ihrem Gesicht. Und doch hatte sie ihre Würde bewahrt, wie auch immer sie das schaffte. »Sie soll zurückkommen.«

»Und warum? Damit du dich tagtäglich über ihren Anblick aufregst?«

»Weil sie keine Schuld trifft«, gab Lisa zurück. Ja, auf einmal wurde ihr bewusst, dass sie gar keinen Groll gegen Caterina hegte. Ihre Wut galt Francesco und all jenen, die diese ungeheuerlichen Zustände billigten. »Wie alt war sie, als sie in dieses Haus kam? Vierzehn? Oder fünfzehn? Seitdem ist sie die Bettgefährtin Eures Sohnes. Glaubt Ihr, ich mache das *ihr* zum Vorwurf?« Sie sah ihrer Schwiegermutter in die Augen, bis diese den Blick abwandte. »Welchen Sinn macht es, sie wegzuschicken, wenn Francesco ohnehin nicht von ihr lassen wird? Nein, ihr Kind soll hier bei uns zur Welt kommen. Und wir werden für es sorgen.« Lisa erhob sich. Sie war nun vollkommen ruhig. Es kam nicht in Frage, dass in ihrem Namen noch mehr Leid über Caterina kam. »Das ist alles, was ich dazu zu sagen habe.«

Sie verließ das Zimmer ihrer Schwiegermutter. Ohne von ihr

entlassen worden zu sein oder sich verabschiedet zu haben. Und das hatte es noch nie gegeben.

Noch am selben Abend war Caterina wieder da. Scheu trat sie in Lisas Schlafzimmer, kniete vor ihr nieder und küsste ihr die Hand.

»Steh auf«, sagte Lisa unangenehm berührt. »Von nun an werden wir ehrlich zueinander sein.«

»Ich habe Euch nie belogen, Herrin«, antwortete die Dienerin leise und erhob sich.

»Liebst du deinen Herrn?«, fragte Lisa und biss sich auf die Unterlippe, so sehr zitterte sie.

Caterina schien zu zögern. »Wie eine Dienerin ihren Herrn lieben sollte«, antwortete sie schließlich.

»Nun ja«, gab Lisa unwillig zurück. »Du weißt, dass ich das nicht meine. Liebst du meinen Mann darüber hinaus als Frau? Hast du es gern, wenn er zu dir kommt?«

Röte stieg in Caterinas Wangen. Ihr Blick wurde dunkel.

»Ihr wisst, dass ich keine Wahl habe«, sagte sie leise.

»Und wenn du eine Wahl hättest«, fragte Lisa. Sie musste einfach wissen, wie Caterina zu Francesco stand. »Was würdest du dann tun?«

»Wenn ich eine Wahl hätte?« Caterina sah Lisa fassungslos an. In ihren grüngoldenen Augen begann ein Feuer zu lodern. »Was ich tun würde? Ich würde meine Freiheit fordern und nach meinen Schwestern suchen. Und dann ...« Die Dienerin stockte. Ihr Atem ging heftig. »Dann würde ich eine Familie gründen. Mit einem Mann, den ich mir selbst erwählen würde. Einer, der gut zu mir und meinem Kind ist. Und ich würde ein eigenes Leben führen. Und nicht eines im Schatten anderer.« Lisa war wie betäubt von diesem Ausbruch der sonst stets so beherrschten Frau. Caterinas Brust hob und senkte sich, so aufgeregt war sie. Doch dann schlug sie die Augen nieder. »Aber das sind alles Träumereien. Denn ich habe keine Wahl«, sagte sie leise und wandte sich zum Gehen.

Ich auch nicht, dachte Lisa bitter. Auch ich hatte keine Wahl, außer die, im Kloster zu bleiben. Immerhin hatte Francesco Caterina mit Gold aufgewogen, wohingegen Lisas Familie ein ganzes Landgut hatte hergeben müssen, damit er sie überhaupt nahm.

An diesem Abend legte sie sich früh zur Ruhe, und als Francesco kam, tat sie so, als ob sie bereits schliefe. In ihr war alles in Aufruhr, und sie hielt es für besser, in diesem Zustand keine Auseinandersetzung zu beginnen. Francesco gab sich damit allerdings nicht zufrieden.

»Steh auf«, bat er sie. Er sprach freundlich, gleichwohl verstand Lisa, dass er keinen Widerspruch duldete. »Wir müssen miteinander reden.« Er half ihr in den Hausmantel, nachdem sie sich mit ihrem schweren Bauch aus dem Bett gequält hatte, und führte sie zu einem Stuhl, als sei sie gebrechlich. »Es tut mir leid, wenn ich dir Kummer bereitet habe«, fuhr er fort und nahm ihr gegenüber Platz. In seiner Miene las Lisa jedoch kühle Reserviertheit, und die Worte, die aus seinem Mund strömten, waren nichts als höfliche Floskeln, jedenfalls schien ihr das so. »Ich möchte, dass du weißt, dass ich dich liebe und achte«, sagte er. »Und dass das andere nichts zu bedeuten hat.«

Das andere. Damit meinte er Caterina und das Kind.

»Für mich hat es etwas zu bedeuten«, sagte sie und ärgerte sich darüber, wie sehr ihre Stimme bebte. »Wenn du mich lieben würdest ...«

»Das tue ich«, unterbrach Francesco sie streng. »Gerade meine Rücksichtnahme auf dich während deiner Schwangerschaften beweist, wie sehr.«

»In Wahrheit liebst du Caterina«, widersprach Lisa und hoffte, dass er das Zittern ihrer Lippen nicht bemerkte. »Du liebst sie schon seit langem. Und wäre sie nicht deine Sklavin, hättest du sie längst geheiratet.«

»Ich hab sie aber nicht geheiratet«, entgegnete er. »Wäre, hätte, würde ... Darauf kann man kein Leben aufbauen. Ich habe *dich* geheiratet. Du weißt genau, dass ich viele Frauen hätte haben können. Trotzdem wollte ich dich. Die eigensinnige, dickköpfige und mutige Lisa Gherardini.« Er stockte, und sie sah ihn überrascht an. Woher wollte er das über sie gewusst haben? Er hatte sie doch gar nicht gekannt. Hatte sie als Zwölfjährige bei seiner Hochzeit gesehen. Und dann nie wieder. Die Worte ihrer Mutter fielen ihr wieder ein. Dass er um ihre »Schande« wisse und es ihm einerlei sei. Stolz straffte sie die Schultern.

»Warum du mich wolltest, ist mir ein Rätsel«, sagte sie mit gepresster Stimme. »Und wenn du mich lieben würdest, würdest du von Caterina lassen. Schlimm genug, was geschehen ist. Aber auch in Zukunft mit ansehen zu müssen, wie du ...«

»Ich werde von Caterina nicht lassen«, fiel ihr Francesco heftig ins Wort. »Du kannst nicht von mir verlangen, die meiste Zeit meines Lebens enthaltsam zu sein. Du wirst, wie ich hoffe, wieder schwanger werden und ...«

»Nein!« Lisa war aufgesprungen. Das Kind in ihrem Leib bewegte sich ebenfalls so jäh, dass sie vor Schmerz fast aufgeschrien hätte. »Soll Caterina dir Kinder schenken, so viele du willst«, fuhr sie mit gepresster Stimme fort und umfing ihren Bauch mit beiden Händen. »Ich hab dir einen Sohn geboren und wenn Gott will, wird dieses hier auch einer werden. So oder so dulde ich keine Konkubine neben mir. Du wirst dich entscheiden müssen. Wenn du Caterina nicht aufgibst, wirst du dich mir nicht mehr nähern.«

Mühsam ging sie zum Bett und ließ sich auf der Kante nieder. Auf einmal schwankte das Zimmer um sie.

»Ich muss gar nichts«, hörte sie Francesco wie durch einen dichten Schleier hindurch sagen. »Und du, komm besser wieder zur Vernunft. Von deinen ehelichen Pflichten kannst du dich nicht selbst entbinden. Wenn es im Guten nicht geht, Lisa, wirst du mich von einer anderen Seite kennenlernen.«

In dieser Nacht bekam sie Blutungen, und die Wehfrau, die man herbeigerufen hatte, riet ihr zu Bettruhe. Der Blutfluss hörte auf und kam wieder, sobald sie aufstand.

Monna Piera erschien höchstpersönlich und beschloss, dass Lisa bis zur Geburt eine eigene Kammer bekommen musste. Dort lag sie und fragte sich, wohin Francesco mit seinen »Bedürfnissen« wohl ging, nun, da sowohl sie als auch Caterina schwanger waren. Oder galt für die Sklavin die Rücksichtnahme nicht? Sie war schließlich sein Eigentum, er konnte mit ihr tun und lassen, was er wollte, und ein Bankert war vermutlich in seinen Augen weniger wertvoll als ein eheliches Kind. Aber war sie als seine Ehefrau nicht genauso sein Eigentum? Hatte er ihr nicht unmissverständlich zu verstehen gegeben, dass er auch mit ihr tun und lassen würde, was ihm beliebte?

Irgendwann in diesen Nächten, in denen sie sich unruhig im Bett herumwälzte, bemerkte sie, dass sie das Kind in ihrem Bauch nur noch als Last empfand und sich nicht im Geringsten darauf freute. Wie sollte sie auch, hatte Francesco doch einen Bastard gezeugt, als es sich gerade erst in ihr eingenistet hatte. Diese Erkenntnis brannte wie eine Wunde in ihrem Herzen, und selbst das Wissen, dass er Caterina bereits während ihrer früheren Schwangerschaften beigelegen haben musste, änderte nichts daran, dass jedes zärtliche Gefühl, das sie je für dieses neue Ungeborene empfunden hatte, erstarb. Es war ein heißer Sommer, kaum ein Lufthauch drang in die Kammer, und das Liegen war eine Qual. Hin und wieder brachte die Amme Pippo zu ihr, auch Meo sah täglich eine Viertelstunde nach seiner Mamma Lisa, wie er sie nannte, doch das änderte wenig an ihrem Empfinden, dass die Zeit zäh wie Honig dahinfloss.

Am Tag, als endlich die Wehen einsetzten, stellte sich heraus, dass die schlimmste Pein nun erst begann. Als würde das Kind sich weigern, ihren schützenden Leib zu verlassen, verging Stunde um Stunde, und nichts geschah. Es wurde Nacht und wieder Tag, und Lisa hatte längst keine Stimme mehr vor Schreien, bis man endlich auf Bitten der Wehfrau und gegen den Willen des Arztes eine weise Frau namens Adalberta kommen ließ, von der man sagte, dass sie bei schwierigen Geburten Wunder vollbringen könne. Sie untersuchte Lisa und legte sich mit ihrem vollen Gewicht jäh auf ihren Bauch, schob und drückte, dass Lisa schwarz vor Augen wurde. Und gerade, als jegliche Kraft von ihr wich, hörte Lisa wie aus weiter Ferne das Schreien des Neugeborenen. Dann wurde es dunkel um sie.

Als sie wieder zu sich kam, fühlte sie, wie jemand ihr das schweißnasse Hemd vom Körper streifte, sie mit sanften, wohltuenden Bewegungen wusch und sie in frisches Leinen hüllte. Eine kühle Kompresse wurde ihr auf die Stirn gelegt. Ohne dass sie die Augen öffnete, wusste sie, dass es Caterina war, die sich so liebevoll um sie kümmerte.

Sie hielt die Augen geschlossen, gab sich der Fürsorge hin und versuchte, alles Denken aus ihrem Kopf zu verbannen. Lange war das nicht möglich, der Schmerz, der in ihrem Unterleib pulsierte, drängte sich immer mehr in den Vordergrund, füllte sie schließlich ganz und gar aus. Ein Stöhnen entfuhr ihr. Als sie aufsah, bemerkte sie, dass Caterina aus dem Zimmer schlüpfen wollte.

»Wo gehst du hin?«, hörte sie sich sagen – es war nur ein Krächzen.

Sofort war Caterina wieder an ihrer Seite und reichte ihr einen Becher.

»Wie fühlt Ihr Euch?«, fragte sie und fuhr ihr mit der Kompresse, die beiseite gerutscht war, über die Stirn. Statt zu antworten, schloss Lisa die Augen. Ihr gesamtes Elend fiel wieder über sie herein. »Möchtet Ihr das Kind sehen?« Lisa wandte den Kopf ab und schwieg. Sie hatte keinerlei Bedürfnis, das Wesen zu sehen, das ihr so unendlich viele Schmerzen zugefügt hatte. Doch Caterina schien es als Zustimmung zu nehmen, denn bald vernahm sie Schritte und ein Bündel wurde in ihre Arme gebettet.

»Wir haben sie Camilla getauft«, hörte sie ihre Schwiegermutter sagen, die mit dem Säugling ins Zimmer gekommen war. »Nach deinem zweiten Vornamen und dem von Meos Mutter. Ich schlage vor, dass wir sie Milla nennen. Was hältst du davon?«

Lisa war es einerlei. Als hätte es eine andere geboren, betrachtete sie das Wickelkind. Das Gesichtchen mit seinen vielen Falten wirkte kummervoll wie das einer Greisin. Nein, Milla hatte nichts von ihrer verstorbenen Schwester Piera. Das Kind presste die Augen zusammen und fing jämmerlich an zu greinen.

»Bring es der Amme«, befahl Monna Piera, und das Bündel verschwand aus Lisas Gesichtsfeld. »Wie fühlst du dich, Lisa del Giocondo di Gherardini?«

Die Nennung ihres Mädchennamens ließ Lisa aufhorchen. Sie drehte den Kopf und blickte zu Monna Piera auf, die sich streng über sie beugte. »Wie lange willst du mich mit meinen rheumatischen Gliedern noch im Stich lassen?«

Eine Woche später stand sie wieder auf. In Monna Pieras Zimmer hatte sich ein Stapel Korrespondenzen angesammelt, die sie gemeinsam abarbeiteten. Eines Morgens empfing die alte Dame sie jedoch mit einem leeren Tisch vor sich.

»Braucht Ihr mich heute nicht?«, erkundigte sich Lisa.

»Setz dich«, gab Monna Piera zurück. »Ich muss wissen, ob ich dir noch immer vertrauen kann«, fuhr sie fort, als Lisa Platz genommen hatte.

»Warum solltet Ihr das nicht?«, fragte Lisa ruhig.

»Wirst du uns eines Tages verlassen?«

»Wenn ich das könnte, hätte ich es bereits getan«, antwortete Lisa.

»Der Weg ins Kloster steht dir immer noch offen«, gab Monna Piera zurück. »Eure Ehe wird geschieden, und mein Sohn ist wieder frei. Dort hinten, ein paar Straßen weiter bei den Orsolinen, wäre das Leben gar nicht so schlimm für dich. Der Orden ist weniger streng als die Dominikaner, du kannst Kinder unterrichten und ansonsten deinen Neigungen nachgehen. Und musst keinem Mann mehr zu Willen sein.«

»Ich geh nicht ins Kloster«, begehrte Lisa auf. Jähe Angst überfiel sie. Wollte Francesco sie auf diese Weise loswerden?

»Dann füge dich«, sagte Monna Piera ruhig, ja, für ihre Verhältnisse geradezu freundlich. »Francesco wird warten, bis du vollständig genesen bist. Danach führt ihr euer Eheleben weiter wie bisher. Hab ich dein Wort?«

Was blieb ihr anderes übrig. Sie nahm den Unterricht mit den Kindern wieder auf, setzte sich hin und wieder in den Lateinunterricht der Größeren, versuchte zu lesen, in der Divina Commedia von Dante zum Beispiel und in anderen Büchern, die sie in der schmalen Bibliothek des Hauses fand. Immer wieder nahm sie Anläufe, ihre Gefühle in Versen zu Papier zu bringen, so wie früher, als sie in Giuliano verliebt gewesen war – doch am Ende verbrannte sie die Blätter genau wie damals seine Gedichte. Schließlich gab sie es auf. Sie hatte einfach kein Talent für die Poesie.

»Setz dich zu mir und erzähl mir von Kahina«, bat Lisa ihre Dienerin, als diese ihr eines Morgens eine Tasse von dem Kräutersud brachte, den die weise Frau empfohlen hatte, noch einige Wochen lang vor dem Aufstehen zu trinken.

Caterina schrak zusammen. »Woher kennt Ihr den Namen?«, fragte sie.

»Ist das wichtig?« Lisa blies auf die heiße Flüssigkeit und nahm vorsichtig einen Schluck. »Nun, da du Mutter wirst, denkst du bestimmt an deine eigene? Warum hat sie dir diesen Namen gegeben? Und welchen Namen wirst du für dein Kind wählen?«

Die Dienerin zuckte mit den Schultern und nahm auf der vorderen Kante eines Hockers Platz. »Den Namen wird Monna Piera bestimmen«, antwortete sie reserviert.

»Nein«, gab Lisa zurück. »Ich werde das tun. Gemeinsam mit dir. Hat Kahina eine Bedeutung?«

»Ja, natürlich.« Caterina straffte sich. »Eine tapfere Königin unseres Volkes trug vor langer Zeit diesen Namen. Er heißt übersetzt »Priesterin«. Kahina hat für unsere Unabhängigkeit gekämpft.«

»Sie hat selbst zu den Waffen gegriffen?«, fragte Lisa ungläubig. Caterina nickte. »Gegen wen denn?«

»Gegen die muslimischen Eroberer«, antwortete Caterina. »Kahina hat viele Jahre lang unseren Stamm angeführt und große Siege errungen. Am Ende ist sie verraten worden.«

»Von wem?«

»Von ihren eigenen Leuten.« Caterina stand auf und legte einen leichten Schal um Lisas Schultern.

»Und du? Wie bist du in die Sklaverei geraten?«

»Auch durch Verrat.« Die Dienerin wirkte äußerlich ruhig. Lisa, die sie inzwischen gut genug kannte, sah an der Art, wie sie das Kissen aufschüttelte und die Decke um den Leib ihrer Herrin ordnete, wie erregt sie in Wahrheit war. »Gierige Verwandte haben meine Schwestern und mich fremden Händlern ausgeliefert, nachdem unsere Eltern gestorben waren.«

Lisa schwieg betroffen. »Willst du dein Kind, falls es ein Mädchen wird, nach einer deiner Schwestern benennen?«, erkundigte sie sich schließlich. »Wie heißen sie denn?«

»Die Ältere heißt Takama, das bedeutet Wärme in Eurer Sprache.« Caterina musste schlucken, so sehr bewegte sie offenbar die Erinnerung an ihre Familie. »Und die Jüngste von uns heißt

Lunja. Prinzessin.« Die Dienerin wischte sich mit dem Unterarm über die Augen und wandte den Kopf ab.

»Wo sind sie jetzt?«, fragte Lisa.

Caterina zuckte mit den Schultern. »Wir sind in alle Winde zerstreut.«

Als Mitte Oktober Caterinas Zeit gekommen war, bestand Lisa darauf, dass Adalberta auch der Dienerin beistand. Sie selbst wich nicht von ihrer Seite und hielt ihre Hand, bis sie ein gesundes Mädchen gebar.

»Wir haben uns überlegt«, sagte Monna Piera am folgenden Morgen, als Lisa gemeinsam mit ihr die Rechnungen durchsah, »dass wir Caterinas Tochter am besten Maddalena nennen. So wie die Sünderin.«

»Das Kind hat noch keine Sünde auf sich geladen. Und in dieser Sache am allerwenigsten«, entgegnete Lisa empört. »Ich möchte ihr gern einen anderen Namen geben. Sie soll Rosina heißen. Nach der Heiligen Rosina von Augsburg.« Sie würden das Mädchen Sina rufen, so hatte sie es schließlich mit Caterina besprochen, denn das war ein Name, der auch in ihrer Heimat vorkam und dort »die Schöne« bedeutete.

Mit Genugtuung beobachtete Lisa die Verwandlung in der Miene ihrer Schwiegermutter. »Heilige Rosina?«, fragte Monna Piera misstrauisch. »Von der hab ich noch nie etwas gehört.«

»Der Prior der Serviten hat mir von ihr erzählt«, behauptete Lisa. In Wirklichkeit hatte sie in einem alten Heiligenlexikon in ihrem Elternhaus so lange gesucht, bis sie fündig geworden war. »Die Heilige Rosina hat vor zweihundert Jahren im fernen Germanien gelebt und gewirkt.« Und als sie sah, dass ihre Schwiegermutter noch immer zögerte, fügte sie hinzu: »Ist das nicht ein schöner Name? Es steckt die Rose darin, die für die Klarheit des Geistes steht.«

»Na schön«, gab Monna Piera nach, und ein flüchtiges Lächeln erschien auf ihrem herben Gesicht. »Gegen Klarheit des Geistes ist nichts einzuwenden. Aber lass mich dir eine Frage stellen, Schwiegertochter: Wie kommt es, dass du dich wieder so gut mit Caterina verstehst? Ich denke, du hasst sie?«

Lisas Freude über den Sieg, den sie in Bezug auf Rosinas Namen errungen hatte, verflog. Sie erkannte, dass solche kleinen Manöver nur ein Versuch waren, sich von ihrem Herzeleid abzulenken. Dabei konnte sie nichts über die Enttäuschung hinwegtrösten, die Francesco ihr bereitet hatte, auch nicht über den Schmerz wegen des Todes ihrer Tochter Piera, und ebenso wenig über das schlechte Gewissen wegen ihrer Gefühlskälte der kleinen Milla gegenüber. Aber sie war nicht so dumm, Caterina die Schuld an allem zu geben.

»Ich hasse sie nicht«, antwortete sie endlich. »Und der Hausfrieden ist nicht nur Euch wichtig.«

Einer der Servitenmönche brachte frische Blumen und verteilte sie in Vasen auf den Altären. Von draußen waren Männerstimmen zu hören, doch Lisa achtete nicht darauf, sie war in ihrer eigenen Gedankenwelt eingesponnen.

Gut zwei Monate nach Camillas Geburt hatte Francesco Lisa wieder fordernd in seine Arme gezogen. Sie hatte ihn gewähren lassen, schließlich hatte sie keine andere Wahl gehabt. In dieser Zeit verstand sie endlich, wozu das kleine Ölfläschchen da war, das ihr Caterina einst auf das Tischchen neben dem Brautbett gestellt hatte. Denn sosehr Francesco sie auch streichelte und zärtlich berührte, damit sie bereit dafür war, ihn zu empfangen – ihr Körper blieb verschlossen, und die zärtlichen Gefühle, die sie für ihn einmal empfunden hatte, wollten sich nicht wieder einstellen. Nun sorgte das duftende Öl wenigstens dafür, dass sie beim Liebesakt keine allzu großen Schmerzen empfand. Irgendwann würde sie ohnehin wieder schwanger sein, auch wenn es ihr nach der letzten Geburt davor graute. Und tatsächlich. Seit nunmehr nahezu einem halben Jahr hatte sie nicht empfangen ...

»Lisa? Bist du das wirklich?« Sie schreckte hoch. Neben ihrem Betstuhl stand eine Frau. »Ich hab dich seit einer Ewigkeit nicht mehr gesehen. Wo hast du die ganze Zeit gesteckt?«

»Simonetta!« Lisa ließ den Rosenkranz in die Tasche zwischen den Falten ihres Rockes gleiten und erhob sich. Ungestüm schloss ihre einstige Freundin sie in die Arme. Zuletzt waren sie sich auf einem Ball der Medici begegnet. Piero, der Gastgeber, war wegen Simonetta mit einem Cousin in Streit geraten. Ja, er war damals sogar so weit gegangen, diesen jungen Mann, der nichts weiter getan hatte, als Simonetta zum Tanz aufzufordern, ins Gesicht zu schlagen, was einen Skandal heraufbeschworen hatte. Piero hatte sich seine Verwandten damit zu erbitterten Feinden gemacht.

»Ich kann es noch immer nicht glauben«, flüsterte Simonetta und blickte sich rasch um. »Komm, wir setzen uns dort drüben hin«, schlug sie leise vor und hakte sich bei Lisa unter. Der Mönch schien zufrieden mit seinem Blumenschmuck und verließ die Kirche wieder. Nun waren Lisa und Simonetta allein.

Sie nahmen auf einer Bank in der Nähe des Gnadenbildes Platz, jenem Fresko, auf dem der Engel Maria die Nachricht überbrachte, dass sie schwanger sei, und zwar von Gott selbst.

»Du bist damals von einem Tag auf den anderen verschwunden«, wisperte Simonetta und hob den Schleier über ihren Scheitel. Sie war noch schöner geworden, fand Lisa. Ihre blauen Augen blitzten genauso unternehmungslustig wie früher, ihre vollen Lippen glänzten in einem satten Rot, vermutlich benutzte Simonetta eine dieser teuren Pasten mit dem Farbstoff Karmin, der aus Schildläusen hergestellt wurde, wie Alfonsina es Lisa erklärt hatte. Jetzt senkte Simonetta ihre Stimme noch mehr. »Ich hab tatsächlich gedacht, du seist mit Giuliano auf und davon.«

Lisa schüttelte erschrocken den Kopf. Auch sie hob den Schleier. Verstohlen musterte sie die Züge ihrer einstigen Freundin. Konnte sie ihr vertrauen? Besser, sie erzählte nichts von ihrem Fluchtversuch damals.

»Nein, wie kommst du denn darauf?«, antwortete sie. »Ich habe geheiratet. Ser Francesco di Bartolomeo di Zanobi del Giocondo.«

»Den Seidenhändler?« Simonetta nickte anerkennend. »Warum hast du dich nie bei mir gemeldet? Ich bin seit drei Jahren mit Ercole Tornabuoni verheiratet. Hast du Kinder?«

Lisa nickte und fühlte, wie ihr schon wieder Tränen in die Augen stiegen. »Einen Sohn«, sagte sie. »Und eine Tochter. Meine Zweitgeborene ist im vergangenen Sommer gestorben.«

»Ach, das tut mir leid.« Simonetta griff nach ihrer Hand. »Ich hab leider noch keinen Sohn.« Sie seufzte kurz, und sogleich leuchteten ihre blauen Augen wieder auf. »Dafür zwei wunderhübsche Mädchen. Du musst sie kennenlernen, Lisa. Komm uns doch mit deinen Kindern besuchen. Morgen Nachmittag. Da bin ich allein, meine Schwiegermutter macht eine Visite, und Ercole ist im Rat. Abgemacht?«

In diesem Moment waren Männerstimmen aus der Sakristei zu hören, und wenig später betrat ein Mann in einem modischen, bordeauxroten Kurzmantel über dem schwarzen Gewand die Kirche, gefolgt von dem Vorsteher des Klosters. Letzteren kannte Lisa gut, Francesco belieferte die Serviten mit Messgewändern und Stoffen, außerdem liehen die Mönche, wie Monna Piera ihr anvertraut hatte, regelmäßig Geld von den del Giocondos. Der elegante Mann an der Seite des Priors war ihr jedoch unbekannt, und die Tatsache, dass er einen kurzen, sauber geschnittenen Bart trug, was in Florenz nicht üblich war, legte nahe, dass er ein auswärtiger Besucher war. Er warf den beiden Frauen einen Blick aus meergrünen Augen zu, verneigte sich kurz und ging weiter zu dem berühmten Gnadenbild der heiligen Verkündigung, die der Basilika ihren Namen gegeben hatte.

»Was für ein schöner Mann«, raunte Simonetta ihr hingerissen zu.

Auch Lisa konnte die Augen nicht von dem Fremden wenden, etwas an ihm zog sie magisch an. Er war sehr groß und ausgesprochen schlank, das gepflegte Haar fiel ihm in Locken auf die Schultern – Gold und Silber, fuhr es Lisa durch den Kopf, zwischen seinen goldblonden Haaren glitzerte es silbern. Vor dem Fresko der Verkündigung blieb er stehen. Der Legende nach hatte ein Meister, dessen Name vergessen war, das Gnadenbild vor mehr als zweihundert Jahren erschaffen. Das Bildnis soll beinahe fertig gewesen sein, nur das Antlitz der Jungfrau Maria fehlte noch, es wollte dem Künstler einfach nicht gelingen. Darüber fiel er in einen tiefen mystischen Schlaf, und als er aufwachte, war das Gesicht der Madonna vollendet – ein Engel, so hieß es seither, habe es gemalt.

»Habt Ihr alles zu Eurer Zufriedenheit vorgefunden?«, erkundigte sich der Prior dienstbeflissen bei dem Fremden. »Sind auch die Unterkünfte für Eure Gehilfen nach deren Wünschen?«

»Danke«, antwortete der Angesprochene. »Fürs Erste wird es gehen. Wenn ich mit der Arbeit beginne, brauche ich natürlich mehr Platz.«

Er betrachtete das Fresko, dann wandte er sich um. Simonetta hatte eine Münze aus ihrem Beutel geholt und warf sie nun in den Opferstock. Der Fremde schien sie und Lisa nicht zu beachten.

»Darf ich Euch die Gattinnen zweier unserer wichtigsten Wohltäter vorstellen?«, fragte der Prior, als er die beiden Frauen erkannte. »Monna Simona Tornabuoni und Monna Lisa del Giocondo.«

Der Fremde hatte ihnen höflich und, wenn Lisa sich nicht täuschte, ohne jegliches Interesse zugenickt und sich bereits abgewandt, doch bei der Nennung ihres Namens fuhr sein Kopf herum. Er sah sie an, als ob er sich plötzlich an etwas erinnerte. Sein wacher Blick, der ihre Züge in Sekundenschnelle zu erfassen schien, ging ihr durch und durch, so dass sie errötete und rasch den Schleier wieder über ihr Gesicht zog.

»Messer Leonardo da Vinci«, stellte der Prior ihn stolz den Frauen vor. »Er ist in seine Heimatstadt zurückgekehrt, und wir haben die Ehre, ihn und seine Gehilfen in unserem Kloster zu beherbergen. Ach, ich freue mich so. Er wird uns ein schönes, großes Altarbild malen. Nicht wahr, Messer Leonardo?«

Das Lächeln war aus dem Gesicht des Mannes an seiner Seite verschwunden und hatte einem eher gequälten Ausdruck Platz gemacht.

»So Gott will«, antwortete er. »Ich wünsche den Damen einen angenehmen Tag.«

»O Madonna«, schwärmte Simonetta, als die beiden wieder in der Sakristei verschwunden waren, und kniff Lisa vor Aufregung viel zu fest in den Arm. »Leonardo da Vinci, der größte Künstler unserer Zeit! Er hat Ginevra de' Benci gemalt, es soll großartig sein. Und Ginevra selbst erst ... kennst du sie?« Noch ganz benommen von der Begegnung schüttelte Lisa den Kopf. »Das muss sich unbedingt ändern.« Sie seufzte theatralisch auf. »Ach, Lisa! Ein Bildnis von seinen Händen ... wäre das nicht herrlich? Ich muss das Ercole vorschlagen. Was meinst du? Statt so ein langweiliges Altarbild zu malen, würde der Meister doch sicher lieber mich porträtieren.«

Lisa zuckte mit den Schultern. Was wusste sie schon über die Vorlieben eines Künstlers? Sie kannte sich ja nicht einmal mehr mit ihrem eigenen Seelenleben aus.

6

DIE RÜCKKEHR

Florenz, 1500–1502

»Nun bist du also wieder da«, sagte Leonardos Vater und nahm ein Stück Brot aus dem Korb, den Lucrezia ihm reichte. Sie war seine vierte Ehefrau und fünfunddreißig Jahre jünger als er. Mit seinen 71 Jahren war Ser Piero da Vinci im Grunde ein alter Mann. Nicht zu alt jedoch, um mit ihr in den vergangenen zehn Jahren zu seinen fünf Kindern aus dritter Ehe sechs weitere gezeugt zu haben, von denen das jüngste noch nicht einmal seinen zweiten Geburtstag gefeiert hatte und noch von seiner Amme genährt wurde.

Leonardo hatte nie mit seinem Vater unter einem Dach gelebt. Er war ein Bastard, und jeder wusste das. Es war Leonardos Großvater gewesen, der seine Hand über seinen illegitimen Enkel gehalten und ihn im Alter von fünf Jahren in seine Landvilla geholt hatte, wo Leonardos Onkel Franco ihm bis zu seinem vierzehnten Lebensjahr alles beigebracht hatte, was er selbst wusste, ehe Leonardo zu Verrocchio in die Lehre gegeben wurde. Sein Onkel stand ihm weit näher als Ser Piero, der bald nach Leonardos Geburt von Vinci nach Florenz gezogen war, um sich hier als Notar niederzulassen. Dennoch war das Verhältnis zwischen Leonardo und seinem Vater ein freundschaftliches, wenn auch kein besonders herzliches. Leonardo konnte sich auf seinen Vater verlassen, was in dieser unbeständigen Zeit wichtig war, in der die Kundschaft eines Künstlers wechselte wie Wetterfahnen im Wind. Ser Piero hatte ihm den Auftrag der Servitenmönche samt der Unterkunft im Kloster vermittelt.

»Ja, ich bin wieder da«, sagte Leonardo und sah belustigt zu, wie sich der vierjährige Guglielmo – oder war es Pandolfo? Er konnte seine vielen Halbgeschwister, die vom Alter her seine eigenen Kinder hätten sein können, einfach nicht auseinanderhalten – blitzschnell das gebratene Bein eines Rebhuhns von der Platte schnappte, die die Köchin gerade auf den Tisch gestellt hatte, und zwar mit solchem Schwung, dass es ihm aus den Fingerchen glitt und im hohen Bogen auf den Steingutfliesen landete. Geschrei und Gelächter erhob sich, Lucrezia sprach ein Machtwort, und schließlich wurde der kleine Missetäter samt Teller in die Küche verbannt.

»Ist mit deiner Unterkunft alles zu deiner Zufriedenheit?«, fragte Ser Piero, nachdem wieder Ruhe eingekehrt war.

»Es ist alles bestens«, beruhigte Leonardo ihn. »Zum Arbeiten hat man uns Räume in der Akademie zugesagt. Am Montag kann ich sie besichtigen.«

Natürlich waren die Räume des Klosters nicht mit dem morbiden Palast der Visconti in Mailand zu vergleichen, ja, Leonardo wurde wehmütig, sobald er nur an ihn dachte. Es war nicht leicht für ihn, sich an die kleiner bemessenen Dimensionen zu gewöhnen. Dennoch genoss er es, wieder zuhause zu sein, obwohl sich in Florenz vieles verändert hatte. Die Jahre unter Savonarolas rigider Herrschaft hatten überall Spuren hinterlassen, viele der einst so eleganten und prunkliebenden Bürger trugen noch heute Schwarz und andere gedeckte Farben. So wie Lucrezia, seine um zwölf Jahre jüngere Stiefmutter, die ihm immer wieder scheue Blicke zuwarf, so als wüsste sie nicht recht, was sie von diesem

Stiefsohn halten sollte. Und der älteste seiner Halbbrüder, Antonio, wirkte alles andere als erfreut, so als befürchte er, Leonardo könnte ihm seine Stellung als Erstgeborener in der Rangordnung der Familie streitig machen. Dies amüsierte Leonardo. Am liebsten hätte er dem jungen Mann rundheraus gesagt, dass er sich keine Sorgen zu machen brauchte. Er hatte noch nie dazugehört und würde es auch künftig nicht tun, das sagte er sich ohne jedes Bedauern. Denn im Gegensatz zu Antonio und seinen Brüdern war er seinem Vater keinen Gehorsam schuldig, wie es das Gesetz vorschrieb. Als Bastard war er auf sich allein gestellt, was in einer Gesellschaft, in der die Familie über allem stand, nicht immer einfach war. Und doch barg es Vorteile. Es bedeutete Freiheit, und die wusste Leonardo durchaus zu schätzen. Umso schöner war es, dass Ser Piero und er ein gutes Einvernehmen miteinander pflegten.

»Was wirst du denn auf dem Altarbild darstellen?«, erkundigte sich sein Vater.

»Das steht noch nicht fest«, antwortete Leonardo.

»Sicherlich etwas aus dem Marienleben?«, warf Lucrezia ein.

»Ja, das ist unumgänglich.« Leonardo ließ sich von dem grünen Spargel und dem Mandelreis auftun. »Schließlich ist die gesamte Basilika der Madonna geweiht.« Als die Hausdienerin ihm von dem Rebhuhn geben wollte, lehnte er dankend ab.

»Was ist eigentlich aus deiner ANBETUNG DER KÖNIGE geworden?«, fragte Ser Piero.

»Das Bild befindet sich noch bei Giovanni de' Benci«, erklärte Leonardo widerstrebend. Er dachte nicht gern an das halb vollendete Gemälde, das die Mönche des Klosters San Donato in Scopeto vor bald zwanzig Jahren bei ihm in Auftrag gegeben hatten. »Ich hab es damals bei ihm gelassen.«

»Wäre das nicht etwas für die Serviten?«, schlug sein geschäftstüchtiger Vater sogleich vor. »Das ist schließlich auch ein Marienthema. Und für San Donato hat dein Freund Filippino Lippi längst einen Ersatz geschaffen. Ich muss mal in dem Vertrag nachlesen, den ich damals für dich aufgesetzt habe, ob eine Klausel ...«

»Ich glaube nicht, dass das eine gute Idee wäre«, unterbrach Leonardo seinen Vater. »Jeder in Florenz kennt den Entwurf und weiß, dass es eine zwanzig Jahre alte Arbeit ist. Die Serviten werden das nicht mehr wollen.« Er aß von dem Spargel und ließ sich den Mandelreis auf der Zunge zergehen. »Einen guten Koch habt ihr«, wechselte er das Thema. Denn so wenig Lust er verspürte, für die Serviten dieses Altarbild zu schaffen, noch unerträglicher wäre es für ihn, eine Arbeit aufzugreifen, die er vor so langer Zeit begonnen hatte.

Auf einmal hatte er es eilig, wegzukommen. So ging es ihm häufig in diesen Tagen. Seit er in seine Heimatstadt zurückgekehrt war, quälte ihn eine Unruhe, die er an sich nicht kannte. Es ging um die Frage, wohin ihn sein Schicksal noch führen sollte. Er war nicht mehr der unbekümmerte Dreißigjährige, der mit einer silbernen Leier in Form eines Pferdekopfs und einem Empfehlungsschreiben von Lorenzo de' Medici im Gepäck nach Mailand aufgebrochen war. Er würde in wenigen Tagen 48 Jahre alt werden, das hieß, die meiste Zeit seines Lebens lag bereits hinter ihm. Und was hatte er vollbracht? Eine Handvoll Gemälde. Ein paar bemalte Wände. Eine Kiste voller Notizbücher. Zu viel von dem Wissen, das er im Laufe der Zeit angesammelt hatte, würde er mit ins Grab nehmen. Und von dem, was ihn am meisten umtrieb, von seinen Erfindungen, die die Welt verändern würden, hatte er noch keine einzige umgesetzt, sah man einmal von den Apparaten und Mechanismen ab, die er für die großen Feste und Theaterspiele gebaut hatte und die inzwischen wieder demontiert worden waren oder in den Ecken der Paläste verstaubten.

Auch in Venedig hatten sie nichts von seinen Vorschlägen wissen wollen, weder von den neuartigen Kränen zum Ausbaggern der Kanäle und Fahrrinnen noch von seinen Entwürfen für Brücken und schon gar nicht von den Taucheranzügen, die es den Venezianern ermöglicht hätten, feindliche Schiffe unter Wasser zu kapern. Dabei stand die Kriegsflotte des Sultans nicht nur direkt vor der Küste, sondern weiter im Osten war sein Heer an Land gegangen und rückte unaufhaltsam auf die Serenissima zu. Wie borniert mussten diese Menschen sein, dass sie seine Vorschläge nicht wenigstens ausprobieren wollten?

Nach dem Mittagessen bei der Familie seines Vaters spazierte er eine Weile durch die sonntägliche Stadt und klopfte schließlich auf gut Glück an dem Tor des Palazzo Benci in der Piazza Madonna degli Aldobrandini. Es war ein schöner Frühlingstag, und eigentlich war anzunehmen, dass der Hausherr ausgegangen war. Doch er hatte Glück.

»Willkommen zurück!«, rief Giovanni de' Benci herzlich aus und trat mit weit geöffneten Armen auf ihn zu, nachdem der Diener Leonardo in die prächtige Wohnung im ersten Stock begleitet hatte. »Ich hab bereits gehört, dass du wieder in der Stadt bist. Ginevra und ich haben uns gefragt, wann du dich wohl blicken lassen würdest.« Der Freund schloss ihn fest in die Arme.

»Dies ist mein zweiter Besuch seit meiner Ankunft.« Leonardo erwiderte die Umarmung herzlich. »Der erste galt meinem Vater.«

»Komm!«, sagte Giovanni und löste sich von seinem Freund. »Meine Schwester wird sich unbändig freuen. Und ehrlich gesagt, sie hat Aufheiterung wahrlich nötig.«

»Was ist mit Ginevra?«, fragte Leonardo, als sie einige der Zimmerfluchten durchschritten. »Geht es ihr nicht gut?«

»Sie ist leidend«, antwortete Giovanni bedrückt. »Seit einigen Jahren. Das Gehen fällt ihr schwer, kein Arzt kann sagen, warum. Und mit ihrer Ehe ... nun, mein Schwager ist durch und durch eine Kaufmannsseele. Für Dichtung und Kunst hat er nun einmal kein Verständnis. Und selbstredend hätte er sich Nachkommen gewünscht.« Er schwieg einen Moment. »Jedenfalls wird Ginevra sich freuen, dich zu sehen.«

Leonardo dachte an die junge Frau von sechzehn Jahren, die er vor langer Zeit porträtiert hatte. Schon damals war Ginevra anders gewesen als ihre Altersgenossinnen. Überaus gebildet und klug, mit einem wundervollen, mitunter beißenden Humor, den so mancher als »unweiblich« getadelt hatte. Ihre enge Freundschaft mit Lorenzo de' Medici hatte sie freilich stets vor Anfeindung bewahrt, so wie ihre außergewöhnliche Schönheit. Was davon wohl noch übrig war? Leonardo rechnete nach. Ginevra musste heute dreiundvierzig Jahre alt sein.

»Sicher möchtest du deine Sachen abholen lassen«, plauderte Giovanni indessen weiter, während Ginevras Zofe ihre Herrin auf den Überraschungsbesuch vorbereitete. »Obgleich ich gestehen muss, dass ich den *globo* ungern herausrücke.«

»Die kleine Weltenkugel, die ich auf das Straußenei graviert habe?«, fragte Leonardo. »Wenn sie dir so gefällt, dann behalte sie ruhig. Ich schenke sie dir.«

»Nein, nein«, wehrte Giovanni ab. »So etwas Wertvolles kann ich nicht annehmen. Aber wenn du sie gerade nicht brauchst, bewahre ich sie gerne weiter für dich auf.«

Die Zofe öffnete die Flügeltür und bat sie, einzutreten. Eine ältere, dunkel gekleidete Dame stand am Fenster. Erst auf den zweiten Blick entdeckte Leonardo Ginevra de' Benci. Sie saß in eine schlichte, taubenblaue *gamurra* gekleidet in einem mit Kissen gepolsterten Sessel, ein aufgeschlagenes Buch auf den Knien.

»Leonardo ist wieder da!«, rief sie entzückt. »Verzeih, dass ich dir nicht wie früher entgegeneile, ich würde nichts lieber tun«, sagte sie, und Leonardo bemerkte erleichtert, dass Ginevras wächserne Schönheit, die er einst auf dem Gemälde eingefangen hatte, kaum gelitten hatte. Sie war noch bleicher geworden, ihr Teint noch durchscheinender, und an den Schläfen konnte man die Adern bläulich unter der Haut schimmern sehen. Ihr langes goldglänzendes Haar hatte sie in einem Netz am Hinterkopf zusammengenommen. »Was für eine Freude, dich zu sehen.«

Leonardo kniete sich neben dem Sessel nieder, um auf Augenhöhe mit der Freundin zu sein, nahm ihre Hand von der Lehne und drückte einen leichten Kuss darauf. Die zarten Finger fühlten sich kühl an. »Die Freude ist ganz bei mir«, antwortete er.

»Dann muss ich dich ausschimpfen«, gab sie zurück und entblößte lächelnd ihre ebenmäßigen Zähne. »Weil du nicht früher zurückgekommen bist. Bei deiner Abreise war ich ein Mädchen. Und nun bin ich eine alte Frau. Bitte steh auf und setz dich zu mir.« Sie machte ihrer Zofe ein Zeichen, zwei Stühle heranzurücken.

»Wenn du eine alte Frau bist, bin ich ein Greis«, entgegnete Leonardo mit einem Lachen. Er wies auf das Buch in ihrem Schoß. »Darf ich fragen, was du liest?«

»Meine Gesellschafterin hat mir den Boccaccio aus der Bibliothek geholt.« Ginevra wies auf die Frau am Fenster. »Aber ich fürchte, ich bin zu alt für diese boshaften Geschichten.« Sie reichte der Dame das Buch, die sich mit einem Knicks verabschiedete und den Raum verließ.

»Und was ist mit deinen eigenen Gedichten? Du schreibst doch noch?« Ginevra nickte. »Dann muss ich dich gleichfalls ausschimpfen«, fuhr Leonardo mit gespieltem Ernst fort. »Es ist Jahre her, dass du mir ein paar von deinen Versen geschickt hast.«

»Das stimmt«, räumte Ginevra ein. »Ja, es sind einige Seiten hinzugekommen. Ich würde gerne eine Auswahl drucken lassen, aber mein Gatte ...« Sie seufzte.

»Will er es nicht?«, fragte Leonardo.

»Nein«, antwortete Ginevra. »Lasst uns lieber von dir sprechen. Woran arbeitest du? Ich hab von dem großartigen Wandbild in Mailand gehört, dem Letzten Abendmahl.« Sie griff nach einer Ledermappe auf dem Beistelltisch und öffnete sie. In den verschiedenen Fächern lag sorgfältig sortiert ihre Korrespondenz. Sie zog einen Brief heraus und reichte ihn Leonardo. Er stammte von einem florentinischen Gesandten in Mailand. »Man hat es mir als wahres Wunderwerk beschrieben. Ich hoffe, du hast eine Kopie anfertigen lassen, denn ich brenne darauf, es zu sehen.«

Leonardo schüttelte bedauernd den Kopf. »Dafür war keine Zeit«, sagte er entschuldigend. »Aber ich werde wiederkommen und dir all meine Skizzen zeigen. Wenn du mir im Gegenzug aus deinen Gedichten vorliest.«

Eine Dienerin erschien mit einem Tablett, das sie auf einer Anrichte abstellte. Giovanni stand auf und schenkte süßen Wein in kostbare, geschliffene Gläser.

Ginevra legte die Mappe beiseite, nahm ihr Glas aus der Hand ihres Bruders und lehnte ihren Kopf gegen das Kissen in ihrem Nacken. Sie wirkte müde, und mit einem Mal waren die Anzeichen ihres Leidens und wohl auch des Alters nur allzu deutlich erkennbar. Die bläulichen Schatten unter den dunkelgrünen Augen, Fältchen um die Mundwinkel, die ihr einen Ausdruck von Resignation verliehen. Die Wangen waren längst nicht mehr so rundlich wie früher, ihre hohen Wangenknochen stachen deutlicher hervor. Was war aus dem selbstbewussten jungen Mädchen geworden?

»Du hast mir meine Frage noch nicht beantwortet«, riss Ginevra ihn aus seinen Gedanken. »Woran arbeitest du?«

»Die Serviten wollen ein Altarbild von mir.« Leonardo probierte den süßen Wein. Er war von ausgezeichneter Qualität, sicher stammte er aus Sizilien. »Ich überdenke noch das Thema.«

»Denk nicht zu lange nach«, riet ihm die Freundin, und ein gutmütiges Lächeln verschönte wieder ihre Züge. »Meist sind die ersten Eingebungen die besten.«

»Es muss mich anrühren«, sagte Leonardo mehr zu sich selbst. »Ansonsten habe ich keine Freude an der Arbeit.«

»Wie wäre es mit dem Schmerz der Menschheit?«, schlug Ginevra vor. »Vielleicht bist du ja reif für die Mutter Gottes, die ihren toten Sohn im Arm hält?«

»Eine Pietà?«, fragte Leonardo zweifelnd.

Ginevra bat Giovanni, ihr eine größere Mappe aus dem Regal zu reichen und holte eine Radierung daraus hervor. »Dieses Kunstwerk hat ein fünfundzwanzigjähriger Florentiner gerade in Rom geschaffen. Sein Name ist Michelangelo Buonarotti. Kennst du ihn?« Sie reichte Leonardo das Blatt.

»Er muss noch ein Kind gewesen sein, als du Florenz verlassen hast«, warf Giovanni ein.

»Von Buonarotti hab ich gehört. Er soll sehr begabt sein«, antwortete Leonardo und nahm das Blatt entgegen.

Die Radierung zeigte eine junge sitzende Frau mit einem männlichen Leichnam auf dem Schoß. »Seht euch die Proportionen an.« Leonardo schüttelte den Kopf. »Von der Taille abwärts ist diese Madonna eine Riesin. Und darüber ein kaum fünfzehnjähriges Kind.«

»Aber du musst doch zugeben«, protestierte Ginevra, »dass die Haltung der beiden Figuren bemerkenswert ist, vor allem die des Heilands. Michelangelo soll das Ganze aus einem einzigen Marmorblock herausgehauen haben, ohne vorherige Skizze oder Markierungen am Stein.«

»Dafür ist das Ergebnis allerdings erstaunlich«, räumte Leonardo ein. »Auch wenn es besser gewesen wäre, er hätte planvoller gearbeitet.« Er reichte das Blatt zurück.

»Willst du es auch versuchen und besser machen?« Ginevras Augen glitzerten vergnügt. »Du, der du uns Frauen so tief in die Seele blicken kannst?«

Leonardo lachte verlegen, und Giovanni stimmte mit ein.

»Ihr werdet es vermutlich nicht glauben«, sagte er dann wieder ernst. »Aber manchmal bedaure ich wirklich, nicht in die Haut einer Frau schlüpfen zu können. Wenigstens für eine gewisse Zeit. Um wirklich zu fühlen, wie es ist ...« Er stockte, als er sah, wie Giovanni das Gesicht verzog, als hätte er in eine Zitrone gebissen.

»Sieh nur, wie verächtlich mein eigener Bruder unser Dasein als Frau empfindet«, rief Ginevra aus, der das offenbar nicht entgangen war.

Giovanni hob abwehrend die Hände. »Nein, ganz und gar nicht«, beteuerte er. »Ich fand es nur ... irgendwie belustigend, dass ein so ausgezeichneter Mann wie du ...«

»... so etwas Unperfektes wie eine Frau sein möchte?« Ginevra funkelte ihn empört an.

»Frieden«, bat Leonardo. »Wir wissen alle, Ginevra, dass du die Frau in Perfektion bist. Und nicht nur das«, er zwinkerte ihr zu, »du bist eine *Bergtigerin*.«

Ihre Züge entspannten sich. »Du hast das nicht vergessen?«, fragte sie leise.

Leonardo schüttelte den Kopf. »*Ich bitte um Gnade und bin eine Bergtigerin* ... Wie könnte ich auch nur eine Zeile deiner Gedichte vergessen. Damals hast du mich mit diesem bis in alle Ewigkeit beeindruckt.« Er hob sein Glas. »Auf die Bergtigerin«, sagte er und sah Giovanni auffordernd an.

»Auf die Bergtigerin und ihre Krallen«, entgegnete dieser mit einem versöhnlichen Schmunzeln.

»Auf unsere Seelenverwandtschaft«, fügte Ginevra ernst hinzu und führte das Glas zum Mund.

Wie ein Lauffeuer verbreitete sich die Nachricht von Leonardos Rückkehr in der Stadt. Die Oberhäupter aller wichtigen Familien machten ihm ihre Aufwartung im Kloster der Serviten, und selbst Piero Soderini, dem es gelungen war, sich in den vergangenen wechselvollen Jahren als *gonfaloniere* – wörtlich genommen »Bannerträger« – an der Spitze der Regierung von Florenz zu behaupten, gab sich die Ehre und zeigte sich außerordentlich interessiert an Leonardos Arbeit nicht nur als Maler, sondern ebenso als Architekt und Konstrukteur. Vertreter der anderen großen Kirchengemeinden der Stadt sprachen vor und schienen sondieren zu wollen, ob auch sie vielleicht die Chance hätten, ein Werk bei ihm in Auftrag zu geben. Von den vielen privaten Anfragen ganz zu schweigen, die er allesamt an Boltraffio weitergab als seinen stellvertretenden Werkstattleiter. Jeder, der in Florenz etwas auf sich hielt, wollte sich oder seine Ehefrau porträtiert wissen, und so waren seine Gehilfen mehr als ausgelastet.

Leonardo selbst richtete sich einen Arbeitsplatz in einem etwas abseits gelegenen Raum des Klosters ein, um ungestört seine Gedanken weiterzuverfolgen. Das Gespräch mit Ginevra de' Benci ging ihm nicht mehr aus dem Kopf. Die trauernde Mutter Gottes, die ihren zu Tode gemarterten Sohn auf dem Schoß trägt – wäre das ein Thema für ihn? Nein, er mochte keine Toten darstellen, diese Thematik hatte er von Anfang an gemieden. Es war das Leben, das es zu feiern galt, die Dynamik der Gefühle, Reaktionen, die sich in Bewegung äußerten. *Bewegung ist der Ursprung allen Lebens,* hatte er kürzlich in sein Notizbuch geschrieben, und das wollte er abbilden, auch wenn es unmöglich schien, denn auf der Leinwand oder der Holztafel rührte sich ja nichts, wenn er es einmal festgehalten hatte. Dennoch war genau dies die Herausforderung. Der Betrachter sollte die Bewegung sehen, obwohl sie nicht sichtbar war. Deswegen hatte er auch nicht die Absicht, das Porträt der Markgräfin von Mantua zu realisieren, vor allem deshalb nicht, weil sie ihn in eine absolut statische Anordnung zwingen wollte. Und diese Monna Lisa del Giocondo, für deren Porträtauftrag er bereits stattliche zweihundert Golddukaten angenommen hatte? Seit er ihr in der Basilika des Klosters rein zufällig begegnet war, erschien sie Leonardo bei weitem interessanter als die Markgräfin. Lisa del Giocondos Schönheit war ungewöhnlich und nicht auf den ersten Blick zu erfassen. Diese Frau barg ein Geheimnis, vermutlich ein schmerzhaftes – konnte es sein, dass es die Liebe zu Giuliano de' Medici war, die sie noch immer tief in sich verbarg?

Ach, die Liebe! Bereitete sie nicht die meiste Zeit Schmerzen? Hatte man keinen Menschen, dem man seine Liebe schenken konnte, war man unglücklich. Und wenn man liebte, war man es auch. Seit Salai in seinem Leben war, erlebte Leonardo größte Freuden und schlimmste Pein. Auf beglückende Momente der Harmonie folgte die Erkenntnis, dass Leonardo und Salai, so wie jedes andere Menschenpaar, im Grunde doch wie zwei Sterne im Universum umeinanderkreisten und einander nicht wirklich nahe kommen konnten. Dann wurde Leonardo sich der Jahre bewusst, die sie voneinander trennten, und die Gewissheit, dass Salai eines Tages einem anderen Menschen, der jünger war als Leonardo, angehören würde, bereitete ihm Höllenqualen. Hinzu kam Salais unberechenbarer Charakter, seine Freude daran, andere und besonders Leonardo zu verletzen, sowie seine Angewohnheit, sich in zweifelhafter Gesellschaft zu bewegen.

Diese düsteren Gedanken waren der wahre Grund dafür, warum er sich am liebsten in seine mathematischen Studien vertiefte, sich mit Luca Pacioli austauschte, denn nichts war verlässlicher als Zahlen und die Gesetze, die man aus der Beobachtung der Natur ableiten konnte. Und die Liebe? *Die Liebe ist die Tochter der Erkenntnis*, schrieb er in diesen Tagen in sein Notizbuch. *Die Liebe ist umso glühender, je tiefer die Erkenntnis ist.* Aber stimmte das wirklich?

Obwohl er sein Thema für das Altarbild noch nicht kannte, begann er nach dem Besuch im Palazzo Benci zu zeichnen. Frauenköpfe, Vorstudien für die Gottesmutter. Er stellte fest, dass es

Ginevra war, die mal versonnen, mal träumerisch, dann wieder verschmitzt lächelnd unter seinen Händen auf dem Papier Gestalt annahm. Er war froh gewesen, dass sie an jenem Tag seinen Gedanken, er hätte gerne die Erfahrung, wie es wäre, eine Frau zu sein, nicht weiterverfolgt hatten. Wobei Ginevra es vielleicht verstanden hätte – oder vielleicht gerade nicht? Hätte diese Überlegung sie am Ende gar verletzt? Denn was er gemeint hatte, war die Erfahrung einer Schwangerschaft, die er sich als Mann nur schwer vorstellen konnte, und vor allem das Gebären selbst. Die Tatsache, dass Frauen die Fähigkeit hatten, in ihrer Körpermitte einen neuen Menschen heranwachsen zu lassen, war, wenn man es recht bedachte, ungeheuerlich. Trotz des strengen Verbots der Kirche hatte er in seinem Leben zahlreiche Leichen seziert, darunter auch einige Frauen, und kannte sich im Innern des menschlichen Körpers recht gut aus. Seine Notizbücher waren voll von Darstellungen der Organe, des Systems der Muskeln, Sehnen und Knochen – er wusste einigermaßen Bescheid darüber, wie dieser Mechanismus funktionierte, denn im Grunde war der Körper nichts anderes als eine genial konstruierte Maschine. Doch das Geheimnis, wie das Wunder der Befruchtung funktionierte, hatte er noch nicht ergründet. Wie entstand aus dem männlichen Samen und der weiblichen Eizelle ein Kind? Was war der Auslöser, der die menschliche Körper-Maschine in Gang setzte? War es wirklich der göttliche Funke, von dem die Kirche sprach? Aber was für ein Funke sollte das sein? Noch mehr faszinierte ihn allerdings das langsame Wachsen und Gedeihen des Kindes im Mutterleib ...

Nachdenklich legte Leonardo den Stift beiseite. Nein, das wäre sicher kein geeignetes Thema gewesen, um Ginevra de' Benci aus ihrer Melancholie zu reißen, schließlich war sie nach fast dreißig Jahren Ehe noch immer kinderlos und würde vermutlich in diesem Leben nicht mehr gebären. Auch dies hatten sie also gemeinsam, Ginevra und er. Er nahm sich vor, sie bald wieder zu besuchen.

In diesen Tagen sprach im Kloster ein französischer Gesandter vor und übergab Leonardo einen Brief von Florimond Robertet, der überall seine Agenten zu haben schien und über den Aufenthaltsort des Künstlers bestens Bescheid wusste. In dem Schreiben erneuerte Robertet seinen Wunsch nach einem Bildnis der Madonna mit dem Kinde, »*wie in Mailand besprochen*«, und ebenso den des Königs nach einem *Salvator mundi*.

Leonardo wusste nicht, ob er weinen oder lachen sollte. Dem Brief lag keine Anweisung eines Vorschusses bei. Glaubte der König von Frankreich etwa wie seinerzeit Ludovico Sforza in Mailand, es sei eine Ehre, für ihn zu arbeiten, auch ohne Bezahlung? Und wieso erkundigte sich Robertet nicht nach dem Preis für einen solchen Auftrag?

Verärgert warf er den Brief auf seinen Arbeitstisch. Dort fand ihn Salai.

»Lass mich die Bilder malen«, forderte er am selben Abend.

»Die Bilder für die Franzosen?«, fragte Leonardo zweifelnd nach. »Es ist alles andere als sicher, ob wir jemals Geld von diesen Herren sehen werden.«

»Wir geben die Gemälde eben erst dann heraus, wenn sie bezahlt haben«, schlug Salai vor. »Wenn nicht, verkaufen wir die Werke einem anderen.« Und als Leonardo noch immer zögerte, fügte er schmeichelnd hinzu: »Ach, komm schon. Es wird Zeit, dass du mir endlich eine Arbeit von Bedeutung anvertraust.«

»Warum nicht«, stimmte Leonardo schließlich zu. Salai hatte recht. Er war vielleicht noch nicht der beste Maler in Leonardos *bottega*, aber bereits ein guter, und er lernte täglich dazu. »Und womit willst du beginnen?«

»Mit dem Bild für den König«, gab Salai selbstbewusst zurück. »Dem Retter der Welt.«

»So soll es sein«, erklärte Leonardo schmunzelnd. »Ich bin gespannt auf deinen Entwurf.«

Der Besucherstrom in Leonardos Werkstatt riss indessen nicht ab, und sosehr er sich darüber freute, wie begeistert er willkommen geheißen wurde – die ständigen Störungen empfand er mehr und mehr als lästig. Menschen, an die er sich nicht einmal erinnern konnte, taten so, als seien sie einst die allerbesten Bekannten gewesen. Dagegen freute es ihn, wenn Künstlerkollegen vorbeischauten. So manch alte Freundschaft wurde erneuert, und der Austausch mit Malern wie Filippino Lippi, Pietro Perugino und Sandro Botticelli war Leonardo willkommen. Andere schienen freilich nur daran interessiert, herauszufinden, woran Leonardo und seine Gehilfen gegenwärtig arbeiteten, und machten heimlich Skizzen, wenn sie glaubten, dass keiner hinsah.

Auch ein gewisser Fra Pietro da Novellara erschien in diesen Tagen und erkundigte sich derart hartnäckig nach seinen Plänen, dass Leonardo misstrauisch wurde.

»Ich bin mit allerlei mathematischen Berechnungen beschäftigt«, antwortete er vage, der das Gefühl nicht loswurde, dass der Mönch von jemandem geschickt worden war, denn besonders kunstsinnig schien er nicht zu sein. Als er seinen Vater bat, Erkundigungen über den Karmeliter einzuholen, erfuhr er, dass Fra Pietro der Beichtvater von Isabella war, der Markgräfin von Mantua. Leonardo musste laut lachen.

»Was ist daran so lustig?«, fragte Ser Piero irritiert.

»Ach, im Grunde nichts«, antwortete Leonardo rasch. Sein Vater, da war er sicher, hätte wenig Verständnis dafür, dass er sich weigerte, der Anfrage einer so hochstehenden Persönlichkeit wie Isabella d'Este nicht zu entsprechen.

Der vielen Besucher überdrüssig, entschied Leonardo schließlich, für ein paar Tage die Werkstatt in Boltraffios Obhut zu lassen und hinaus aufs Land zu reiten. Er wollte seinen Onkel Franco in

Vinci wiedersehen; es war lange her, seit er zuletzt die Orte seiner Kindheit besucht hatte.

Noch vor Sonnenaufgang sattelte Leonardo seinen treuen Hengst, verließ das Kloster, durchquerte die erwachende Stadt und ritt durch die Porta San Frediano und weiter in Richtung Westen. Salai hatte keine Lust gehabt, ihn zu begleiten, mit seltenem Eifer arbeitete er an seinem Entwurf zum *Salvator mundi*, und so folgte Leonardo ganz allein dem Arno, fasziniert vom wechselvollen Lauf des Flusses, überquerte ihn bei Empoli und bog nach Norden ab in Richtung der sanften Hänge des Montalbano, dessen Hügellandschaft sich im Glanz der Frühlingssonne abzeichnete. So vertraut war ihm hier alles, mit jeder Meile, die er zurücklegte, kehrten auch die Erinnerungen wieder. In seiner Jugend hatte er diese Gegend durchstreift und in zahlreichen Zeichnungen festgehalten. Er atmete tief den Geruch ein, den die Erde unter der Wärme der Frühlingssonne verströmte, betrachtete mit kundigem Auge das frische Grün der Rebstöcke und versuchte zu erkennen, ob sich zwischen dem silbrig schimmernden Laub der uralten Olivenbäume die ersten Blüten öffneten.

Wenig hatte sich verändert. Hier war ein neues Gut erbaut worden, dort eine Scheune erweitert. Auf einer Erhebung in einiger Entfernung war ein Bauernhof ausgebrannt, nur noch schwarz verkohlte Balken ragten aus dem Mauerwerk empor. Leonardo erinnerte sich an die Familie, die dort gelebt hatte. Was war geschehen?

Bald sah er in der Ferne die imposante Silhouette von Vinci vor sich aufragen, unverkennbar prägte die trutzige Burg mit ihrem rechteckigen Wehrturm das Bild. Wie eine Herde Schafe scharten sich die Häuser des Dorfes um die Festung. Der Wildbach Streda, an dem er als Kind so gern gespielt hatte, führte nur wenig Wasser.

Als er an dem Tor des stattlichen Hauses in der Hauptstraße

von Vinci klopfte, öffnete ihm der alte Hausdiener, der bereits in Leonardos Kindheit bei seinem Großvater beschäftigt gewesen war. Bei seinem Anblick kniff der gute Mann erstaunt die Augen zusammen.

»Erkennst du mich noch, Gianni?«, fragte Leonardo.

»Der junge Herr Leonardo«, rief der Alte aus. »Was für eine Freude! Sucht Ihr Euren Onkel? Der ist auf dem Gut, schon seit einer Weile. Guido und Nannina, die neue Magd, sind bei ihm. Wisst Ihr noch, wie Ihr dorthin kommt?«

»Gewiss«, antwortete Leonardo. »Wie könnte ich das vergessen haben?«

Er verabschiedete sich von dem Diener, durchquerte den Ort und nahm den Weg zwischen Obstwiesen und Weinbergen, der zu dem Landsitz seiner Familie führte. Es war die Zeit des Mittagessens, als er vor dem großen, gemauerten Tor von seinem Pferd stieg und es in den Hof führte. Auch hier schien sich wenig verändert zu haben. Eine junge Magd, die gerade Wäsche aufhängte – Leonardo vermutete, dass sie die erwähnte Nannina war –, floh erschreckt beim Anblick des Fremden und alarmierte das gesamte Haus. Zwei prächtige Jagdhunde kamen bellend angerannt, gefolgt von einem älteren Knecht, der den Neuankömmling sogleich erkannte und die Tiere zurückpfiff.

»Da wird der Herr sich aber freuen!« Guido küsste Leonardo die Hand. Dann bestaunte er den Araberhengst. »Was für ein prächtiger Gaul«, sagte er anerkennend und griff nach dem Halfter. »Wenn Ihr erlaubt, bring ich ihn in den Stall und versorge ihn.«

Leonardo bedankte sich und ging auf das Gutshaus zu. Die Tür flog auf, und auf der Schwelle erschien Francesco da Vinci, von allen nur Franco genannt, inzwischen stolze 64 Jahre alt, jedoch noch immer schlank und zäh wie eine Rute, auch wenn er inzwischen fast kahl geworden und sein wettergegerbtes Gesicht voller Runzeln war.

»Leonardo, Junge!«, rief er aus. »Was für eine Überraschung! Komm, lass dich umarmen.« Lange hielten sie sich so, und Leonardo fühlte, wie zerbrechlich der Körper seines Onkels geworden war. »Warum hast du dich nicht angemeldet?«, fragte Franco, machte sich los und zog seinen Neffen ins Haus. »Wir hätten ein Lämmchen geschlachtet, und die gute Nannina hätte ein Festessen gekocht.«

»Das wären zu viel Umstände gewesen, Onkel«, antwortete Leonardo und sah sich staunend um. Hier schien die Zeit stehengeblieben zu sein, auch im Haus war fast alles genauso wie früher. »Lasst die Lämmer leben. Ich esse ohnehin kein Fleisch. Was immer Nannina für dich gekocht hat, es ist gut genug für deinen Neffen.«

Während sie die einfache Gemüsesuppe mit frisch gebackenem Brot genossen, das sie in Olivenöl tunkten, lauschte Leonardo aufmerksam den Erzählungen seines Onkels. Er sprach über seine angegriffene Gesundheit und darüber, wie traurig es doch sei, dass seine liebe Frau Bertalda vor drei Jahren gestorben war. »Und Kinder waren uns ja nicht vergönnt«, fügte Onkel Franco mit einem Seufzen hinzu. Er schilderte anschaulich, wie schwierig es geworden war, angesichts der Überfälle vonseiten Pisanischer Freibeuter mit dem Anbau von Wein und Oliven sein Auskommen zu bestreiten. »Wenn man uns Landbesitzer in Ruhe lässt und unsere Rebhänge nicht verwüstet, können wir von Glück sagen. Leider gab es in den vergangenen Jahren immer wieder hässliche Zwischenfälle. Einem Nachbarn weiter unten in Richtung Empoli haben sie gar das Haus abgefackelt. Hast du die Ruine gesehen?« Leonardo nickte. Franco schüttelte seufzend den Kopf. »Bislang kamen wir hier oben noch mit einem blauen Auge davon. Aber so kann es nicht weitergehen. Mögen die Mächtigen in Florenz diesen sinnlosen Krieg endlich beenden«, schloss er. »Dann will ich mich nicht mehr beklagen. Einige unserer Hänge bringen nämlich einen besonders guten Wein hervor. Hier.« Er hob seinen Becher. »Ist dieser Malvasier nicht ausgezeichnet? Sag du es mir, als weitgereister Mann – ist dieser Wein gut oder nicht?«

»Dein Wein ist der beste«, versicherte ihm Leonardo.

»Auch unsere Olivenbäume tragen ausgezeichnet«, fuhr Franco da Vinci zufrieden fort. »Im vergangenen Winter haben wir zweiunddreißig Gallonen Öl gepresst, pures Gold in flüssiger Form. Du musst ein Fässchen mit nach Florenz nehmen. Aber nicht wahr, du bleibst doch ein bisschen? Du reist nicht gleich wieder ab?«

»Ich bleibe gern ein paar Tage, wenn ich dir nicht lästig falle«, antwortete Leonardo.

»Du mir lästig fallen?« Franco lachte. »Ich hätte mir keine größere Freude vorstellen können. Die Nachricht, dass du wieder nach Florenz zurückgekehrt bist, ist sogar schon bis zu uns hier draußen gedrungen. Mein Bruder hat es mir sofort geschrieben, stolz, wie er auf dich ist.«

»Ist er das?« Die Frage war Leonardo herausgerutscht, und er hätte sie gern sogleich wieder zurückgenommen.

Sein Onkel betrachtete ihn aus seinen wachen, wasserblauen Augen. Dann schlug er ihm freundschaftlich auf den Oberarm.

»Was hältst du von einem kleinen Spaziergang?«, schlug er vor, ohne auf Leonardos Frage einzugehen.

»Eine gute Idee«, gab Leonardo erleichtert zurück.

Franco führte seinen Neffen durch den angrenzenden Olivenhain, nannte ihm das stattliche Alter seiner Lieblingsbäume und zeigte ihm die korbartigen Behausungen einiger Bienenvölker, die er seit einigen Jahren hielt. Sie gingen langsam bergauf, Franco auf einen Stock gestützt. So erreichten sie die ersten Reben, zwischen denen Pfirsich- und Aprikosenbäume bereits ihre rosafarbene und weiße Blütenpracht entfalteten. Bei einer Holzbank weit oben über dem Gutshaus hielten sie inne.

»Siehst du das?« Franco wies über die angrenzenden Hänge und hinüber zum nächsten Hügel. Sein Gesicht hatte einen verschmitzten Ausdruck angenommen. »Seit Bertaldas Tod bewirtschafte ich den Hang hier selbst, der Rest ist gut verpachtet. Ich müsste nicht arbeiten, aber es macht mir Freude, und für etwas muss man ja leben, nicht wahr?« Er blickte versonnen über seinen Besitz. »Wenn ich einmal nicht mehr bin, wird das alles dir gehören.« Er machte eine weit ausholende Geste.

Leonardo sah ihn überrascht an. »Du sollst nicht vom Sterben reden«, wandte er sanft ein.

»Doch, das sollte ich wohl«, widersprach sein Onkel und nahm auf der Bank Platz. »Komm, setz dich zu mir. Es ist gut, seine Angelegenheiten zu ordnen, solange noch Leben in einem ist.«

»Onkel, ich ...«

»Lass uns offen sprechen«, unterbrach Franco ihn sanft. »Dein Vater hat elf eheliche Kinder. Für dich wird da nichts zu holen sein, wenn er einmal stirbt. Sein Ältester, Antonio, ist als Notar bereits in seine Fußstapfen getreten und wird sicher dafür sorgen, dass du leer ausgehst.«

»Ich brauche nichts«, entgegnete Leonardo.

»Du sollst mich nicht unterbrechen«, tadelte sein Onkel ihn freundlich. »Dass du einen stolzen Charakter hast, ehrt dich. Aber hör mir zu. Ich habe keine Erben. Und dass Pieros Kinder auch noch diesen Besitz hier bekommen sollen, finde ich nicht richtig. Immerhin bist du einer von uns. Ich war in dieser Sache mit meinem Bruder von Anfang an nicht einer Meinung. An seiner Stelle hätte ich dich als meinen legitimen Sohn in mein Haus genommen und genauso erzogen wie meine ehelichen Kinder.«

»Ich war viel lieber bei Großvater und bei dir«, warf Leonardo peinlich berührt ein. Es schmerzte ihn, an die Haltung seines Vaters erinnert zu werden. Wenn er es sich recht überlegte, hatte er in seinem ganzen Leben noch nie darüber gesprochen. Und so offene Worte zum Verhalten seines Vaters hatte er auch noch niemals jemanden aussprechen gehört.

»Und deshalb wirst du mein Erbe sein«, wiederholte Onkel Franco mit fester Stimme. »Das Testament ist gemacht. Mehrere Zeugen haben es unterzeichnet, es liegt bei Messer Leone hier in Vinci, unserem hiesigen Notar. Und es ist gut, dass du gekommen bist, denn nun weißt du Bescheid, nur für den Fall, dass deine Halbbrüder ...«

»Onkel«, unterbrach Leonardo ihn und legte ihm die Hand auf den Arm. »Warum wollen wir ihnen das Schlimmste unterstellen?«

Sein Onkel öffnete bereits den Mund, als wollte er ihm widersprechen, doch dann ließ er es sein. Ein Lächeln ließ seine verhärmten Züge wieder jung erscheinen.

»Du hast recht«, sagte er und drückte seine Hand. »Wie schön, dass du gekommen bist. Ich habe dich vermisst.«

Am Abend sprachen sie lange über Verschiedenes, was den Onkel beschäftigte. Die jährliche Ölgewinnung war Schwerstarbeit, zumal die Olivenpresse des *frantoio*, der Ölmühle, in die Jahre gekommen war und hin und wieder klemmte. Leonardo sah sie sich am nächsten Tag an und baute sie mithilfe des Knechts auseinander.

»Das Gewinde der Spindel ist abgenutzt«, sagte er, nachdem er die einzelnen Teile ins Tageslicht gebracht und im Hof gereinigt hatte.

»Kann man das reparieren?«, fragte Franco, der hinzugekommen war.

»Wir sollten sie vollständig erneuern«, antwortete Leonardo.

»Außerdem ...« In seinem Kopf begann es zu arbeiten. Aus seiner Kindheit wusste er noch genau, wie schwer die Presse zu bedienen war. Es brauchte eine Menge Kraft, um die Mahlsteine zu bewegen. Mit einer zusätzlichen Übersetzung mithilfe von Zahnrädern könnte das viel leichter gehen. »Ich werde ein paar Entwürfe zeichnen«, beschloss er.

Im Grunde war es ganz einfach, auch wenn Onkel Franco sich die spärlich verbliebenen Haare raufte, als er Leonardos Zeichnungen begutachtete.

»So etwas hab ich noch nie gesehen«, sagte er.

»Solche Räder, deren Zacken ineinandergreifen, gibt es schon seit langem, sie sind nur in Vergessenheit geraten«, versuchte Leonardo ihn zu beruhigen. »Sieh her, es ist gar nicht kompliziert: Ein kleines Rad übersetzt seine Drehung auf ein großes. Dieses dreht sich zwar langsamer, erhält aber mehr Kraft. Du erzielst also damit eine größere Wirkung. Habt ihr einen tüchtigen Tischler in Vinci, der sauber arbeiten kann?«

Franco schickte seinen Neffen zu Meister Manfredo, der die Entwürfe skeptisch studierte.

»Wir brauchen gut abgelagertes Eichenholz«, erklärte Leonardo. »Die beste Qualität, die du hast. Es soll schließlich die nächsten hundert Jahre halten.«

»So einen Mühlenmechanismus hab ich noch nie gesehen«, wandte Manfredo ein.

»Ich weiß«, antwortete Leonardo geduldig. »Aber du wirst sehen, wenn das Getriebe einmal fertig ist, werden alle Ölbauern es wollen.«

Sie gingen sofort ans Werk und suchten die passenden Hölzer heraus. Leonardo fertigte Schablonen für die Scheiben mit den gezahnten Rändern an und vergewisserte sich, dass der Handwerker sorgfältig arbeitete. »Es ist wichtig«, erklärte er, »dass der folgende Zahn bereits greift, ehe der vorhergehende seine Haftung verliert, nur so funktioniert die Übersetzung, ohne zu ruckeln und Abriebschäden zu verursachen.«

Der Tischler nickte. Langsam begann er die Mechanik zu verstehen. Er musterte Leonardo unter seinen buschigen Brauen.

»Ich dachte, du bist Maler«, sagte er staunend.

»In erster Linie bin ich Erfinder«, gab Leonardo zurück. »Ein Erfinder, der sich auch mit der Malerei beschäftigt.«

Als er zum Hof seines Onkels zurückkehrte, sah er Nannina. Die junge Magd, die er bei seiner Ankunft so erschreckt hatte, saß im Schatten auf einer Bank und spann. Zu ihren Füßen kniete neben einem großen Weidenkorb mit Wollvlies ein vielleicht einjähriger Knabe, Leonardo vermutete, dass er ihr Sohn war. Fasziniert blieb er stehen und sah zu, wie Nannina in der erhobenen Rechten den Faden hielt und mit der anderen Hand von der Wolle nachgab, während sie mit dem Knie geschickt die Spindel in gleichmäßiger Drehung hielt, so dass der Faden, an dem sie hing, immer länger wurde. Kurz bevor die Spindel den Boden berührte, fing Nannina sie auf. Sie wickelte den frisch gesponnenen Faden um ein bereits dickes Knäuel am unteren Drittel des Schafts und fuhr dann mit dem Spinnen fort.

Als Nannina bemerkte, wie aufmerksam er sie beobachtete, hielt sie verlegen in ihrer Arbeit inne.

»Kann ich Euch zu Diensten sein?«, fragte sie und wollte die Spindel beiseitelegen.

»Nein, Nannina. Lass dich bitte nicht stören.« Leonardo trat näher. »Mir gefällt deine Spindel. Besteht sie aus einem einfachen Holzstab?«

Nannina legte das Arbeitsgerät in ihren Schoß und holte aus dem Korb eine zweite Spindel hervor.

»Ohne Wolle sieht sie so aus«, erklärte sie und reichte sie Leonardo. Nachdenklich nahm er sie in die Hand. Es handelte sich um einen polierten Rundstab von vielleicht einer dreiviertel Elle.

An dem einen Ende war eine Öse angebracht, durch die man den Faden führte. Eine Daumenlänge von jedem Ende entfernt befand sich jeweils ein kurzes Querstäbchen.

»Wofür sind die da?«, fragte Leonardo.

»Man wickelt doch das Garn dazwischen auf«, antwortete Nannina mit einer Miene, als wunderte sie sich, dass ein so kluger Mann wie Leonardo das nicht wusste. »Ohne diese Querstäbchen würde der Knäuel von der Spindel rutschen.«

Leonardo nickte. Natürlich. So einfach war das und so wirkungsvoll.

In diesem Moment hatte der kleine Junge eine weitere unbenutzte Spindel im Korb entdeckt und zog sie juchzend heraus. Mit staunenden Augen hielt er sie vor sich und betrachtete sie, ganz so, wie er es bei Leonardo beobachtet hatte. So gesehen wirkte die Spindel wie ein Kreuz. Und das brachte Leonardo auf eine Idee.

»Macht es dir etwas aus, wenn ich dich zeichne?«, fragte er Nannina.

Die Magd errötete. »Ich glaube nicht, dass sich das schickt«, antwortete sie und nahm dem Jungen die Spindel aus der Hand, so dass er zu weinen begann. »Schließlich werde ich fürs Arbeiten bezahlt und nicht fürs Rumsitzen.«

»Du kannst gern weiterarbeiten«, beruhigte Leonardo sie. »Und lass dem Kleinen ruhig die Spindel. Ist er dein Sohn?« Nannina nickte. »Es schadet ja nicht, wenn er damit spielt, oder?«

Zögernd reichte Nannina ihrem Kind das Werkzeug, das es sogleich an sich riss. »Und Ihr wollt mich wirklich beim Spinnen zeichnen?«, fragte sie nach.

»Ja«, antwortete Leonardo. »Wenn du erlaubst.«

Er zog sein Skizzenbuch aus der Ledertasche, die er stets über seine Schulter gehängt bei sich trug, nahm ein Stück Rötelkreide aus dem Holzkästchen, in dem er seine Stifte aufbewahrte, und begann. Unter seinen Händen nahm Nanninas Figur Gestalt an, wie sie den Faden spann. Dann der Junge mit seiner leeren Spindel. Zuerst war die Magd befangen und warf ihm immer wieder verlegene Blicke aus den Augenwinkeln zu. Nach einer Weile allerdings hatte sie sich an ihn gewöhnt und bewegte sich ganz natürlich.

Leonardo füllte Seite um Seite. Hielt den gebeugten Nacken der jungen Frau fest, die Haltung ihres Kopfes mit dem sorgfältig in der Mitte gescheitelten Haar und dem darum geschlungenen Baumwolltuch, den konzentrierten Ausdruck ihres Gesichts. Fing in schnellen Skizzen die Bewegungen des Kindes ein, das hingebungsvoll mit der Spindel spielte. Schließlich begann es zu quengeln. Nannina legte ihre Arbeit in den Korb zurück und nahm den Jungen auf ihren Schoß.

Nun flog Leonardos Stift nur so über das Papier. Nannina versuchte spielerisch, dem Kind die Spindel wegzunehmen, doch der Junge wehrte sich erneut, drehte sich auf ihrem Schoß von ihr weg, um sich sein Spielzeug nicht entreißen zu lassen. Schon stand er mit einem Fuß im Wollkorb, und hätte seine Mutter ihn nicht mit beiden Händen umfangen, wäre er wohl von ihrem Knie gerutscht.

»Es ist Zeit für die Küche«, sagte sie zu Leonardo, während der Junge sich protestierend in ihren Armen wand.

»Geht ruhig.« Leonardo legte noch ein paar Schraffuren für die Schatten an und nickte ihr zu. »Danke, dass ich dich zeichnen durfte.«

Nannina errötete erneut. Sie stand hastig auf, setzte sich das Kind auf die Hüfte, griff mit der anderen Hand den Korb und verschwand im Haus.

Jetzt erst hielt Leonardo inne und blätterte zurück.

»Das ist es«, sagte er halblaut vor sich hin, als er die Studien durchsah. »Eine Mutter mit ihrem Kind, das mit ihrer Spindel spielt.« Einem gewöhnlichen Alltagsgegenstand, in dem der künftige Christus sein Schicksal erkennt, das am Ende seines Lebens auf ihn warten wird: das Kreuz.

»Warum bleibst du nicht für immer?«, fragte sein Onkel beim Abendessen mit einem schelmischen Glitzern in den Augen. »Wäre das nichts für dich? Du heiratest Nannina und lässt dich hier nieder. Platz für deine Experimente und die Malerei gäbe es genug. Notfalls könnten wir ein eigenes Gebäude anbauen und ...«

»Ich werde nicht heiraten«, unterbrach Leonardo ihn sanft.

»Nicht?« Franco musterte ihn. »Es ist für einen Mann aber besser, verheiratet zu sein. Und Nannina ist vollkommen verzaubert von dir. Sie wäre dir bestimmt eine gute Frau. Oder stört dich das Kind?«

»Wer ist denn der Vater?«, erkundigte sich Leonardo, mehr, um seinen Onkel abzulenken, als dass es ihn wirklich interessierte.

Franco zuckte mit den Schultern. »Ich bin es jedenfalls nicht«, antwortete er mit einem Schmunzeln. Er aß ein paar Bissen, dann fuhr er fort. »Das Leben auf dem Land ist viel gesünder als das in der Stadt. Und Florenz ist zu Pferd nur ein paar Stunden entfernt. Hier hast du deine Ruhe. Überleg es dir.«

»Danke«, sagte Leonardo. »Es ist sehr freundlich von dir, mir dieses Angebot zu machen. Weißt du, ich ...« Wie sollte er seinem Onkel erklären, dass er niemals zurückkehren konnte? Dass es ihm unmöglich war, eine Frau zu heiraten, auch wenn er Frauen noch so sehr verehrte? Sah man in Florenz über sein Zusammenleben mit einem Mann hinweg, so war dies in Vinci unvorstellbar. »Meine Kundschaft ist in der Stadt«, begann er, doch Franco hob die Hand.

»Ich hab schon verstanden«, erklärte er. »Für einen Künstler ist es hier zu langweilig. Aber du sollst wissen, dass du jederzeit willkommen bist. Wann immer dir danach ist, komm zu uns, mein Junge. Für dich ist immer Platz in diesem Haus. Und eines Tages wird es dir gehören.«

Am folgenden Morgen ließ Franco seinen braven Gaul vor den Wagen spannen und bat Leonardo, ihn zu begleiten. Sie setzten sich nebeneinander auf den Kutschbock, und als der Onkel die Straße in Richtung Berge nahm, begann Leonardo zu ahnen, wohin sie fuhren. Rund drei Meilen oberhalb der Stadt lenkte Franco das Pferd in einen Feldweg, der rechter Hand abbog. Nach kurzer Zeit erreichten sie ein einfaches Bauernhaus, das aus dem Stein der Gegend gemauert war. In der sandigen Einfahrt zum Hof brachte Leonardos Onkel das Gefährt zum Stehen.
»Erkennst du es wieder?«, fragte er.
Leonardo nickte, außerstande, zu sprechen. Selbstverständlich erkannte er es wieder. Es war das Haus, in dem er geboren worden war und in dem er seine ersten fünf Lebensjahre verbracht hatte. Sein Vater hatte Caterina zwar nicht geheiratet, als sie mit Leonardo schwanger geworden war, aber einen Mann für sie gesucht und sie zusammen hier untergebracht.
Er starrte auf die Haustür, als könnte sie jeden Moment aufspringen und seine Mutter auf ihn zugelaufen kommen. Nicht die gebrechliche alte Frau, die erschöpft von der Reise bei ihm in Mailand angekommen war. Sondern seine junge, schöne Mamma, die ihn in den ersten Jahren seines Lebens mit ihrem Lachen verzaubert hatte. Doch die Fenster waren verrammelt. Und die Tür blieb verschlossen.
»Wohnt hier niemand mehr?«, fragte er schließlich.
»Nein«, antwortete Franco. »Ich weiß nicht, ob dir bekannt ist, dass das Anwesen einst einem Notar gehört hat, Ser Tomme di Marco di Tommaso da Isola. Dein Großvater hatte es gepachtet, damit Caterina und du von Anfang an ein Zuhause hattet. Vor

einigen Jahren haben wir es dann erworben. Eine Zeitlang hat ein Freund von mir darin gewohnt, der eine Weile untertauchen musste. Du weißt schon. Wir leben in schwierigen Zeiten. Der alte Zwist zwischen Pisa und Florenz ... Es ist leicht, auf der einen oder anderen Seite in Ungnade zu fallen. Inzwischen hat sich die Sache beruhigt, und seither steht es leer. Also, falls du jemals einen Rückzugsort brauchen solltest ... hier findet dich so schnell niemand.«

Leonardo antwortete nicht. Er ließ seinen Blick vom Gebäude zu dem Ausblick wandern, der sich von hier auf die Hügelkette des Montalbano bot und weit hinab in die Täler des Nievole und des Arno bei Empoli reichte. Sogar die pisanischen und lucchesischen Berge sowie die Hügel am Tyrrhenischen Meer konnte man bei gutem Wetter sehen.

Unter den Obst- und Olivenbäumen hier oben hatte sich damals sein persönliches kleines Königreich befunden, ein vor langer Zeit gepflasterter Platz, von Gräsern und Sträuchern verborgen.

»Möchtest du dich umsehen?«, fragte Franco.

Leonardo nickte und glitt vom Kutschbock. Es dauerte nicht lange, und er hatte zwischen den Bäumen die Stelle gefunden. Heute konnte er kaum fassen, wie klein alles war, einige wenige Natursteinplatten, mehr nicht. In den ersten Jahren seines Lebens war dies sein Kosmos gewesen, in dem er fand, was er brauchte. Steine. Schneckenhäuser. Stöckchen. Blüten und Blätter. Heute bedeckte eine Schicht Humus die Platten, gebildet aus dem verrotteten Laub vieler Jahren. Dazwischen wuchsen harte Grasbüschel aus den Fugen.

Als er in den Hof zurückkehrte, hatte Franco die Haustür aufgeschlossen und die Läden geöffnet. Leonardo trat ein und blickte sich um. Ein großer Kamin beherrschte den Raum, der früher als Küche gedient hatte. Ein Tisch stand in der Mitte und um ihn zwei Stühle.

»Das sah früher anders aus«, sagte Leonardo.

»Das Haus war leer, als ich es übernommen habe«, erklärte Franco. »Ich hab es mit dem Nötigsten ausgestattet.«

Leonardos Blick glitt über die Wände. Die gemauerten Nischen, in denen sie früher das Tongeschirr aufbewahrt hatten. Er wandte sich nach rechts, wo einst die gute Stube gewesen war. Ein alter Lehnstuhl stand darin und ein passender Schemel für die Füße. Auf der gegenüberliegenden Seite der Küche hatte sich das Schlafzimmer der Eltern befunden, zwei Stufen führten zu diesem wohl ältesten Teil des Hauses hinunter.

»Hier bist du zur Welt gekommen«, hörte er Franco sagen.

Ein Bett, ein Stuhl und eine Truhe. Der Fußboden war mit unebenen Steinplatten ausgelegt.

Hier also hatte alles begonnen. Wann war er zuletzt da gewesen? Kurz nachdem man ihn in die Malergilde aufgenommen hatte. Er dachte an den Stolz seiner Mutter, als er ihr diese Neuigkeit erzählt hatte. Und dann hatte er nie wieder die Zeit gefunden, zurückzukehren. Oder war es ganz anders gewesen? Hatte er es nicht eher vermieden, seinen Fuß wieder über diese bescheidene Schwelle zu setzen?

Sie sprachen nicht viel während der kurzen Heimfahrt.

»Dass es meine Mutter tatsächlich auf sich genommen hat, zu mir nach Mailand zu kommen«, sagte Leonardo versonnen, kurz bevor sie Francos Landgut erreichten.

»Ich hab versucht, es ihr auszureden«, erklärte Franco mit einem Seufzen. »Aber du kanntest Caterina ja. Wenn sie sich etwas in den Kopf gesetzt hatte, ließ sie sich nicht mehr davon abbringen. ›Wenn er nicht zu mir kommt‹, hat sie gesagt, ›muss ich eben zu ihm.‹« Leonardo nickte. Ja, so war sie gewesen, seine Mutter. »Du hast viel von ihr«, fügte sein Onkel hinzu. »Vor allem siehst du ihr unglaublich ähnlich.«

Die Rückkehr an den Ort seiner frühen Kindheit hatte Leonardo mehr aufgewühlt, als er erwartet hatte. An diesem Abend ging er früh zu Bett, und doch konnte er lange nicht einschlafen. Erinnerungen überkamen ihn wie die Wellen eines Flusses. Er sah sich auf seinem »Geheimplatz« mit einer Eidechse spielen, die er mit viel Geduld an sich gewöhnt hatte. Auf den Steinplatten hatte er mit Kohlestücken eine gesamte Menagerie aufgemalt und stundenlang den Flug der Vögel beobachtet. Eine Zeitlang war er mit den Armen schlagend über den Hof gerannt und hatte nicht begreifen können, warum er sich nicht ebenso in die Lüfte erheben konnte. Damals hatte er mit Tieren und Pflanzen gesprochen, und sie hatten ihm geantwortet, jedenfalls war er davon überzeugt gewesen. Und seine Mutter war immer für ihn da gewesen, hatte ihn sogar mit auf die Felder der Landbesitzer genommen, wenn sie dort arbeitete.

Eine Erinnerung hatte sich ihm besonders deutlich eingeprägt, auch wenn er sich heute fragte, ob dies nicht viel eher ein Traum gewesen war: Er ruhte in einer provisorischen Wiege, einem Weidenkorb vielleicht, in den Caterina eine Decke gelegt hatte, über sich die Zweige eines Baumes. Vollkommen versunken in das Spiel von Licht und Schatten der Blätter im Wind, bemerkte er plötzlich einen großen Raubvogel, der sich auf dem Rand seiner Wiege niederließ, vermutlich ein Milan. Dieser Vogel kehrte Leonardo den Rücken zu und schlug mit seinen Schwanzfedern mehrmals gegen seine Lippen. Noch heute war ihm, als könnte er diese Berührung fühlen. Hatte sich diese Begebenheit tatsächlich zugetragen?

Am nächsten Morgen beschloss er, dass er sich lange genug in der Welt seiner Kindheit aufgehalten hatte. Es wurde Zeit, in die Gegenwart zurückzukehren.

Er fragte bei Meister Manfredo nach und erfuhr, dass die Zahnräder fertig waren. Gemeinsam mit Guido und dem Tischler, der viel zu neugierig war, um nicht herausfinden zu wollen, was es mit diesen Scheiben auf sich hatte, baute Leonardo das neue Getriebe in die Ölmühle ein. Nach einigen Versuchen begannen die Zähne der Eichenholzscheiben ineinander zu greifen und setzten den Mechanismus in Bewegung.

»Hast du nichts zum Auspressen da?«, fragte Leonardo. »Ein paar Walnüsse vielleicht?«

Sogleich holte Guido mit Onkel Francos Erlaubnis einige Säcke Walnüsse aus dem Vorratslager.

»Das geht ja leicht wie Butter«, rief Franco fasziniert aus, als das goldene Nussöl aus der Presse lief. »Deine Änderungen sind so einfach, dass es fast schon an Zauberei grenzt.«

»Keine Zauberei«, erklärte Leonardo nachdrücklich. Er wusste genau, dass manche Menschen die Worte seines Onkels für bare Münze halten könnten. Es war noch nicht lange her, dass sein Freund Tommaso als Magier verschrien worden war, und dies nur, weil er über das Wissen verfügte, wie man aus verschiedenen Metallen neue Legierungen herstellen konnte. So war das einfache Volk. Sobald Feuer und Wasser im Spiel waren oder eine einfache Mechanik die Abläufe erleichterte, war schnell die Rede von übernatürlichen Kräften. Und im Zweifel waren damit die der Hölle gemeint. »Nein, keine Zauberei«, wiederholte er. »Alles, was ich tue, beruht auf Erfahrung und genauer Beobachtung. Jeder, der sich dafür interessiert, begreift das.« Und sogleich kam ihm eine neue Idee. Mit ein paar Abänderungen und in kleinerer Ausführung könnte er nach diesem Modell eine Mühle bauen, um die Farbpigmente fein zu zermahlen, die er beim Apotheker meist als grobes Pulver oder mitunter auch nur in Klumpen erhielt, darunter die gelbe Erde aus Siena oder das Umbrabraun ...

»Du hast recht«, riss sein Onkel ihn aus seinen Überlegungen. »Dennoch. Bei aller Erfahrung – man muss in der Lage sein, die

Dinge so genau zu verstehen. Du bist sehr klug, mein Neffe. Und ich bin außerordentlich stolz auf dich. Sicher könntest du hier noch vieles verbessern, wenn du nur länger bleiben wolltest.« Als er jedoch Leonardos verlegene Miene sah, denn tatsächlich hatte er bereits für seine Abreise gepackt, fügte er hinzu: »Nun ja, das kannst du alles tun, wenn dir diese Ländereien einmal selbst gehören. Wie ich sehe, zieht es dich zurück in die Stadt.«

»Ich muss«, räumte Leonardo bedauernd ein. »Aber ich komme wieder.«

»Hoffentlich dauert es nicht so lange wie beim letzten Mal«, gab Franco wohlwollend zurück.

Am Morgen seiner Abreise schenkte Leonardo der betrübten Nannina eine der Zeichnungen, die er von ihr und ihrem Sohn gemacht hatte. Auch von seinem Onkel hatte er mehrere Porträts angefertigt. Eines davon nahm er mit – zur Erinnerung. Die anderen überließ er Franco.

»Ich würde mich noch mehr über ein Bild von dir freuen«, erklärte der mit einem gutmütigen Lachen. »Mein altes, verwittertes Gesicht kann ich jeden Tag im Spiegel betrachten.«

»Ich mag mich selbst nicht malen«, antwortete Leonardo.

»Warum nicht?«, wollte sein Onkel wissen. »Du bist ein ansehnlicher Mann. Und viele Künstler tun das, vor allem, wenn sie so berühmt sind wie du.«

Leonardo zuckte nur mit den Schultern. Er konnte nicht erklären, warum er einen derartigen Widerwillen dagegen empfand. Vielleicht war es diese intensive Zwiesprache mit sich selbst. Sich im Spiegel in die eigenen Augen zu blicken, fand er verstörend. Viel lieber richtete er seine Aufmerksamkeit auf die Welt, die ihn umgab.

»Nimm dies als Geschenk mit nach Florenz.« Franco reichte ihm zwei kleine Holzfässchen. »In dem einen ist Olivenöl«, erklärte er, »und in dem anderen das frische Walnussöl. Ein größeres Fass Wein werde ich dir nach Florenz bringen lassen.«

»Danke«, sagte Leonardo und befestigte die beiden Fässchen zu beiden Seiten des Sattels.

Nannina hatte Tränen in den Augen, als er seinen Araberhengst bestieg. Selbst Guido wischte sich verlegen über das wettergegerbte Gesicht.

»Komm bald wieder«, wiederholte Franco. »Denk daran, dass ich nicht mehr der Jüngste bin.«

»Du bist stark wie einer deiner Olivenbäume«, gab Leonardo zurück. »Und die werden auch viele hundert Jahre alt.«

Während des Ritts zurück in die Stadt nahm das Madonnenbild in seinem Kopf mehr und mehr Gestalt an. Wäre das nicht das ideale Motiv für das Werk, das Florimond Robertet sich wünschte? Dabei wäre das Altargemälde für seine Gastgeber bei weitem dringlicher gewesen, dessen war er sich durchaus bewusst. Außerdem hatte er die Bestellungen der Franzosen selbst nie richtig ernst genommen und sie in Salais Hände gelegt. Aber so war das nun einmal mit seinen Eingebungen. Sie kamen selten so, wie es den Auftraggebern passte. Nannina mit der Kreuzspindel hatte in ihm ein wahres Gewitter an Ideen ausgelöst, die für die Basilika der Santissima Annunziata nicht geeignet waren. Die Madonna, die ihm vorschwebte, war eine Arbeit für einen intimeren Rahmen, eine Hauskapelle, nicht für eine große Basilika.

Die Freude seiner Mitarbeiter war groß, als er in die Malerwerkstatt trat. Mit einem Blick erfasste er, was jeder gerade tat: Boltraffio war mit seiner Darstellung des Heiligen Sebastian weitergekommen, ebenso Marco, der ein Motiv von Leonardo für einen reichen Kaufmann aus Venedig adaptierte. Leonardo würde am Ende die Augen, Hände und vielleicht ein paar Locken im

Haar der Madonna verfeinern, eine solide Werkstattarbeit, und als solche war sie auch bestellt worden.

»Und wie weit bist du gekommen?«, fragte er Salai, nachdem er alle herzlich begrüßt hatte.

»Komm mit, ich zeig es dir«, antwortete der junge Mann mit vor Stolz glänzenden Augen.

Leonardo nahm noch das gutmütige Grinsen in den Gesichtern seiner Meisterschüler wahr, dann ließ er sich von Salai mitziehen.

Er hatte sich ganz hinten in der Werkstatt seinen Arbeitsplatz eingerichtet. An der Wand stand eine Tischplatte auf zwei Holzböcken, vor einem kleineren Fenster die Staffelei. Das gedämpfte Licht fiel auf einen großen Karton mit dem Entwurf für das Bild des *Salvator mundi*.

»Na, was sagst du?«, fragte Salai erwartungsvoll.

Leonardo schwieg überrascht, als er den Bildaufbau sah, für den sein Lieblingsschüler sich entschieden hatte. Einerseits war er beeindruckt, wie weit Salai in der kurzen Zeit seiner Abwesenheit gekommen war. Auf der anderen Seite entsprach die Darstellung keineswegs dem, was Leonardo seinen Lehrlingen seit Jahren nahezubringen versuchte. Salais Interpretation des Heilands hatte viel mehr Ähnlichkeit mit einem dieser aus der Ostkirche stammenden, byzantinischen Andachtsbilder, die als Ikonen gehandelt wurden. Vor einem nachtdunklen Hintergrund saß, dem Betrachter frontal zugewandt, der Messias, die Rechte zum Segen erhoben, auf der linken Handfläche hielt er die Weltenkugel. Das ebenmäßige Gesicht war von langem Haar umrahmt, das in sanften Wellen auf die Schulter herunterfloss und dort in kleinen, spiralförmigen Locken auslief. Der Mittelscheitel betonte den zentrierten Aufbau des Bildes. Den Blick des Messias empfand Leonardo als träumerisch, die Augen waren schmal, die Lider geschwollen, so als hätte das Modell eine durchzechte Nacht hinter sich.

»Wer hat dir dafür Modell gestanden?«, fragte Leonardo. Dieses Gesicht war ihm unbekannt, auch wenn es dem seinen auffallend ähnlich war.

»Ein neuer Freund«, antwortete Salai. »Du kennst ihn noch nicht. Aber nun sag mir endlich, wie du es findest!«

»Nun ...« Leonardo überlegte, mit welchen Worten er seinem Schüler erklären sollte, dass ihn der Entwurf nicht sonderlich begeisterte, ohne ihn sogleich zu entmutigen, als Salai ihm zuvorkam.

»Es gefällt dir nicht«, rief der junge Maler patzig aus. »Dir gefällt nie etwas, das von mir stammt. Wenn es nach dir ginge, würde ich mein Leben lang deine Entwürfe ausführen.« Wütend drehte er sich auf dem Absatz um und wollte davonrennen. Leonardo hielt ihn am Arm fest.

»Langsam«, mahnte er. »Noch habe ich kein Wort zu dem Karton gesagt.«

»Dein Schweigen sagt mir genug«, gab Salai kämpferisch zurück.

»Wolltest du nicht meine Meinung hören?«, entgegnete Leonardo ruhig. Widerstrebend hob Salai den Blick. »Oder willst du wie ein Kind nur gelobt werden?«

Zornesröte schoss Salai ins Gesicht. Leonardo wurde sich schmerzlich bewusst, wie sehr er diesen jungen Mann liebte.

»Also, was gefällt dir daran nicht?« Eigensinnig schob Salai den Unterkiefer vor.

»Zuerst sage ich dir, was mir gefällt«, begann Leonardo. »Die Proportionen stimmen. Den Blickwinkel hast du richtig gewählt. Die segnende Hand ist gelungen, nur der Daumen ein wenig zu weit abgespreizt.« Leonardo hob seine eigene Hand in der segnenden Geste, Zeige- und Mittelfinger wiesen nach oben. »Wenn du den Daumen locker lässt, dann sieht es natürlicher aus.« Salai probierte es aus und nickte unwillig. »Der Faltenwurf des Ärmels ist gut und der Hell-Dunkel-Kontrast ebenfalls. Das Einzige, was mir nicht gefällt, ist die Haltung der gesamten Figur.«

Salai starrte mit zusammengezogenen Brauen auf den Karton.

»Das heißt, *alles* ist schlecht. Denn das Bild besteht nur aus der Figur.«

»Es ist keineswegs schlecht«, widersprach Leonardo geduldig. »Viele gute Maler unserer Zeit würden den *Salvator mundi* auf diese Weise darstellen ...«

»Na siehst du«, fiel ihm Salai empört ins Wort. »Wenn gute Maler ...«

»Aber *wir* tun das nicht«, unterbrach Leonardo ihn streng. »Und du weißt genau warum. Weil es bereits hundertmal, ach, was sage ich – tausend Mal so gemacht wurde. Weil es uns nichts Neues erzählt. Wenn du malen willst wie andere Maler, musst du nicht bei mir lernen, Salai. Und das weißt du.« Er ließ seine Worte wirken und betrachtete die Miene des Jüngeren. Vielleicht hatte er unrecht, und Salai war nicht geschaffen für das Neue, das ihm, seinem Lehrer, vorschwebte. Statt der sonst üblichen idealisierten Ikonen stellte Leonardo und jeder, der in seinem Stil malte, Menschen dar, so als könnten sie sich im nächsten Moment bewegen und aus dem Bild steigen. Vielleicht sollte er einsehen, dass es Salai durchaus ausreichte, ein guter Maler zu sein, wenn auch kein genialer. Kein Fragender. Kein Suchender, so wie Leonardo. »Bist du bereit, mehr zu hören?« Salai zog abwehrend die Schultern hoch, dennoch nickte er. »Denk an das, was ich dir beigebracht habe«, fuhr Leonardo fort. Es wäre besser gewesen, Salai hätte sich daran erinnert, *bevor* er diesen Entwurf gemacht hätte. Aber selbst jetzt war es noch nicht zu spät. »Statik ist Tod. Das Leben ist Bewegung. Wenn du willst, dass dieser Heiland lebendig wirkt, musst du es anders angehen.« Eine Weile herrschte bedrücktes Schweigen. »Versuch es einfach nochmal neu«, schlug Leonardo dann vor.

»Nein«, entgegnete Salai finster und schüttelte seine Locken.
»Warum denn nicht?«
»Weil ich schon so viel Arbeit hineingesteckt habe, verdammt!«
»Eine Woche?« Leonardo schmunzelte, was Salai noch wütender zu machen schien. »Was bedeutet eine Woche gegenüber der Ewigkeit eines *Salvator mundi*? Es ist ein Karton, Salai, nur ein Entwurf. Bedenke doch, wie viele Entwürfe ich für bedeutende Bilder anfertige, ehe ich das Richtige gefunden habe. Es braucht Geduld und ...«

Salai stampfte zornig mit dem Fuß auf. »Ich will aber nicht ewig an einem Bild herummalen, so wie du das tust«, fiel er seinem Lehrmeister ins Wort. »Ich will fertig werden. Außerdem hab ich bereits mit dem Gemälde begonnen. Hier.«

Trotzig ging er zur Wand und hob eine Holztafel hoch.

»Warte.« Leonardo nahm Salai die Tafel aus der Hand und hielt ihre Rückseite ins Licht, um die Maserung zu untersuchen. »Wo hast du die her?«

»Von einem Tischler, der auch Botticelli beliefert.«

»Du hast eine schlechte Wahl getroffen«, gab Leonardo ärgerlich zurück. »Ich werde persönlich hingehen und diesem Mann sagen, dass er uns nie wieder solchen Abfall verkaufen darf. Siehst du diese Linie?« Er folgte mit dem Zeigefinger einer Maserung, die in einem halbrunden Bogen vom oberen Rand der Tafel bis nach unten verlief. »Hier wird früher oder später ein Riss entstehen. Wieso hast du das nicht gesehen? Hab ich dir nicht oft genug gezeigt, wie man eine Tafel prüft, ehe man ein Kunstwerk darauf entstehen lässt?« Salai antwortete nicht. Leonardo seufzte und wendete die Bildtafel, um sie auf die Staffelei zu stellen. Salai hatte bereits die Grundierung aufgebracht und die Vorzeichnung übertragen. »Du solltest nochmal von vorne anfangen«, wiederholte Leonardo eindringlich. »Diese Holztafel taugt nichts. Und dein Entwurf ...«

Das Geräusch von Schritten hinter ihnen ließ Leonardo stocken. Als er sich umwandte, stand da ein junger Mann, der dem *Salvator mundi* bis aufs Haar glich.

»*Buongiorno*«, sagte der Fremde und sah fragend von Salai zu Leonardo. »Ich störe doch nicht?«

»Keineswegs«, antwortete Salai betont gelassen. Und zu Leonardo sagte er: »Darf ich vorstellen? Das ist Amadeo. Mein neues Modell.«

In dieser Nacht kam Salai nicht nach Hause, und Leonardo fand keinen Schlaf. Ohne Gruß war der Schüler mit seinem neuen Freund aus der Malerwerkstatt gestürmt und hatte ihn einfach stehen lassen. War er gekommen, der Moment, vor dem Leonardo sich gefürchtet hatte? Würde Salai ihn verlassen? Hatte er das bereits?

Auch in den folgenden Tagen ließ sich sein Schüler nicht blicken. Leonardo tat, als bemerke er seine Abwesenheit nicht, und begann damit, seine Skizzen von Nannina und ihrem Sohn in die Komposition umzuwandeln, die ihm vorschwebte: Die Szene, kurz nachdem Jesus seiner Mutter schelmisch die Spindel abgerungen hatte und aus dem Spaß Ernst wurde. Der Moment, in dem ihn die Erkenntnis traf, dass dieser kreuzförmige Gegenstand keineswegs ein Spielzeug war, sondern das Symbol seines späteren Schicksals.

Wie bildet man das ab, fragte sich Leonardo, und ließ seinen Rötelstift wie suchend über das weiche Papier gleiten. Wie zeigt man diesen Übergang zwischen zwei so vollkommen gegensätzlichen Gefühlszuständen wie selbstvergessenes Vergnügen und die Vorahnung des eigenen Endes? Immer wieder zeichnete er den pausbackigen Kopf des kleinen Jesus, das glückliche Lächeln auf seinen Lippen, während in den Augen bereits die Ahnung von dem aufblitzt, was kommen würde.

Das war es, was ihn interessierte. Wofür es sich lohnte, die langwierige Prozedur des Malens auf sich zu nehmen. Seit er in jungen Jahren die Art der flämischen Meister kennengelernt hatte, Farbpigmente in Öl zu lösen, hatte er sich ganz und gar dieser Technik verschrieben und sie zur Perfektion gebracht. Jedoch hatte nicht jeder die Geduld, die Leonardo für notwendig hielt. Und Salai schien sie nicht aufbringen zu wollen.

Im Gegensatz zu Farben, die in Wasser gelöst wurden, brauchten jene in Öl lange zum Trocknen, was Leonardo Zeit gab, feinste Nuancen zu schaffen, unmerkliche Übergänge, rauchige Schattierungen. Denn die Dinge im wirklichen Leben hatten keine Umrisslinien, die sichtbare Welt bestand aus Flächen, die aneinander grenzten und die durch Licht, Schatten und Beschaffenheit der Oberfläche Volumen und Struktur erhielten.

Die Tage vergingen, und Leonardo versuchte, sich mit Arbeit gegen den Schmerz über die Abwesenheit seines Geliebten zu wehren. Vertiefte sich in das Mienenspiel der Madonna, die erkennt, dass ihr Sohn ihr entgleitet. Soeben waren Mutter und Kind noch eng miteinander verbunden gewesen, jetzt strebte es bereits von ihr weg. So wie Salai sich von ihm abgewandt hatte.

Das Leben besteht aus unzähligen solcher Momente, dachte er, während er die Ränder eines frischen Bogens Papier mit Hasenleim bestrich und ihn auf dem Zeichenbrett fixierte. Lag in der Glückseligkeit der körperlichen Vereinigung mit einem geliebten Menschen nicht immer auch der Vorgeschmack des Verlusts? Mit entschlossenen Bewegungen begann er von Neuem, vergaß die Zeit, hörte auf zu denken und wusste, dass er zumindest, was seine Kunst betraf, auf dem richtigen Weg war.

Wo viel Gefühl ist, ist auch viel Leid, schrieb er in sein Skizzenbuch, klappte es zu und erhob sich. Ging von einem seiner

Mitarbeiter zum anderen, besah sich die Arbeiten, korrigierte hier, lobte dort, gab Anregungen, beantwortete Fragen. Ausgezeichnete Maler wie Boltraffio waren sich nicht zu schade, noch immer bei ihm zu bleiben, unter seiner Aufsicht weiter zu lernen, selbst wenn sie längst einen eigenen Stil entwickelt hatten, der auf seinen Errungenschaften aufbaute und schon heute von den Kunden »leonardesk« genannt wurde, »im Stile Leonardos«. Dass Salai so empfindlich auf seine Kritik reagierte, zeigte einmal mehr, wie kindisch der Junge mit seinen fast zwanzig Jahren noch war.

Und gerade an dem Tag, als Boltraffio zu Marco sagte: »Ich glaube, jetzt sind wir den Quälgeist endlich los«, stolzierte Salai zur Tür herein, ging zu seinem Platz am hinteren Ende der Werkstatt und nahm seine Arbeit an seinem *Salvator mundi* wieder auf. Wo bist du gewesen, wollte Leonardo ihn fragen, doch er schwieg. So als hätte er das begonnene Werk nicht kritisiert, als wäre rein gar nichts zwischen ihnen vorgefallen, machte Salai einfach weiter. Und Leonardo ließ es geschehen.

»Die Liebe macht uns zu Narren«, sagte Ginevra de' Benci mit dem Lächeln einer Sphinx. Inzwischen war es Spätsommer geworden, und Leonardo war einer Einladung seiner Freunde gefolgt. Gemeinsam mit einer größeren Gesellschaft waren sie ein Stück weit den Hügel in Richtung Fiesole gefahren, um der Sommerhitze in der Stadt zu entfliehen, die sich in den Straßenschluchten zwischen den Häusern aus *pietra serena*, dem Stein der Gegend, nur so staute. Sie saßen ein wenig abseits im Schatten einer ausladenden Zeder und beobachteten Salai inmitten einer Gruppe junger Leute, die ihm, Frauen wie Männer, fasziniert lauschten und immer wieder in Gelächter ausbrachen. Leonardo hatte seiner Freundin gar nicht erst das Herz ausschütten müssen, sie hatte auch so gleich erfasst, was dieser Gehilfe ihm bedeutete.

»Kein Wunder, reimt sich doch *amore* auf *dolore*«, fuhr Ginevra fort und drückte ihm die Hand. »Liebe und Schmerz kommen wie Zwillinge stets gemeinsam zur Tür herein.«

Zwei junge Damen flanierten an ihnen vorüber, die eine blond, die andere dunkelhaarig, warfen ihnen neugierige Blicke zu und hätten sich offenbar zu gerne zu ihnen gesetzt, schienen es aber nicht zu wagen.

»Gesellt Euch ruhig zu uns, Monna Simonetta«, rief Ginevra und klopfte mit der Hand auf das Kissen auf dem kostbaren Teppich neben ihr. »Ich sehe Euch doch an, dass Ihr etwas auf dem Herzen habt.«

»Wenn wir nicht stören?«, gab die Blonde zurück und nahm bereitwillig neben Ginevra Platz. »Darf ich Euch meine Freundin vorstellen? Monna Lisa del Giocondo.« Nun erinnerte Leonardo sich wieder, er hatte die beiden in der Klosterkirche getroffen, damals, kurz nach seiner Ankunft. Monna Lisa zögerte, wandte den Kopf und sah zu einer Gruppe von Männern hinüber, die um Ginevras Bruder Giovanni versammelt waren und seinen Jagdfalken bestaunten. Dann gab sie sich einen Ruck und ließ sich auf dem letzten freien Eckchen des Teppichs nieder.

»Wir sprachen gerade über die Liebe.« Ginevra suchte auf den Kissen, die sie stützten, eine bequemere Haltung. »Was meint Ihr dazu: Macht sie uns zu Narren oder nicht?«

»Nur wenn wir ihr nicht gehorchen«, antwortete Simonetta und streifte Leonardo mit einem koketten Blick. »Und wir mit der Reue leben müssen, sie nicht ausgekostet zu haben.«

Ginevra lachte auf. »Was für eine bemerkenswerte Antwort«, erwiderte sie anerkennend. »Die Reue der verpassten Gelegenheit. Man sollte ein Gedicht darüber schreiben.«

»Das Dichten ist meine Sache nicht«, räumte Simonetta offen ein. Ihre Wangen hatten sich sanft gerötet unter dem Lob der Älteren. »Aber Lisa schreibt heimlich Verse. Jedenfalls hast du das doch früher getan«, fügte sie hinzu, als ihre Freundin erschrocken protestierte.

»Ihr schreibt?« Ginevra musterte Lisa del Giocondo mit erwachendem Interesse. »Dann müsst Ihr mich besuchen und mir Eure Verse zeigen.«

»Simonetta übertreibt.« Lisa del Giocondo war über und über rot geworden und sprach so leise, dass sie fast nicht zu verstehen war. »Ich bin beileibe keine Dichterin. Ich habe nur hin und wieder aufgeschrieben, was mir auf der Seele lag ...«

»... und das in den schönsten Reimen«, behauptete Simonetta.

»Wir Frauen dürfen unser Licht nicht unter den Scheffel stellen«, sagte Ginevra mit fester Stimme. »Dichtung sollte immer das ausdrücken, was uns auf der Seele liegt, Monna Lisa. Also. Ich erwarte Euren Besuch. Und nun hoffe ich, dass Ihr Euch noch gut amüsiert.«

Von der Gruppe um Salai drang lautes Lachen herüber. Leonardos Herz zog sich schmerzhaft zusammen, als er sah, wie ein junger Adeliger den Arm um seinen Geliebten legte.

»Ich würde so gern Messer Leonardo noch etwas fragen«, hörte er Simonetta sagen und riss sich von Salais Anblick los.

»Ihr werdet ihn hoffentlich nicht um ein Porträt bitten wollen«, kam ihr Ginevra streng zuvor. Die blonde junge Frau senkte errötend die Lider. »Belästigt ihn nicht mit so etwas«, fuhr Ginevra ernst fort. »Unser lieber Leonardo hat zu viel zu tun, um jede junge Dame, die sich das wünscht, malen zu können. Hab ich recht, mein Freund?«

Leonardo lächelte gequält und suchte nach einer Antwort, die Simonetta nicht verletzen würde.

»Es ist nur«, wagte diese einzuwerfen, »weil das Bild, das er von Euch gemacht hat, so wundervoll sein soll.«

Ginevras strenge Miene hellte sich ein wenig auf. »Ja, das ist es«, räumte sie ein und lächelte Leonardo wehmütig zu. »Er hat mir damals in die Seele geblickt. Weiß der Himmel, wie ihm das gelungen ist.«

»Ich würde es nur zu gerne einmal sehen. Mein Vater hat mir davon erzählt«, sagte Simonetta. »Bedauerlicherweise ist es ja nicht mehr hier.«

Ginevra schien ihr nicht mehr zuzuhören, und Leonardo wusste, warum. Denn das Porträt, das er von ihr gemalt hatte, war mit jenem Mann nach Venedig gereist, den seine Freundin mehr geliebt hatte als alles andere. Wieder klang Salais helles Lachen zu ihnen herüber, und Leonardo zuckte schmerzhaft zusammen. Er kannte durchaus die Leiden der Liebe, auch wenn sein Gefährte ihn nicht verlassen hatte – noch nicht ...

Auf einmal bemerkte Leonardo, dass Monna Lisa ihn aufmerksam betrachtete, ihre großen, bernsteinfarbenen Augen schienen ihm direkt ins Herz zu dringen, und so scheu sie bislang gewirkt hatte, sie hielt seinem Blick stand, so als ahnte sie, was in ihm vorging.

Aus der Gruppe um Giovanni de' Benci löste sich ein Mann und kam mit großen Schritten auf sie zu. Leonardo kannte ihn vom Sehen, er war ein Klient seines Vaters, ein Seidenhändler, wenn er sich nicht irrte.

»Lisa?« Monna Lisa schreckte zusammen.

»Ihr wollt uns doch Eure Gattin nicht schon entführen?«, fragte Ginevra de' Benci, als sich der Seidenhändler vor ihr verbeugte.

»Mit Eurer Erlaubnis«, erwiderte er höflich und nickte Simonetta zu. »Meiner Mutter geht es nicht gut. Und die Kinder warten.« Er reichte seiner Frau die Hand, um ihr beim Aufstehen zu helfen. Simonetta erhob sich nun gleichfalls.

»Ich erlaube es nur, wenn sie verspricht, mich zu besuchen«, erklärte Ginevra und lächelte die junge Frau freundlich an.

»Selbstverständlich wird sie das«, antwortete der Seidenhändler an Monna Lisas Stelle und legte besitzergreifend den Arm um ihre Schulter. Sie ist so viel kleiner als er, so zerbrechlich, dachte Leonardo, als er ihnen nachblickte.

»Die Kleine wirkt alles andere als glücklich«, hörte er Ginevra sagen. Dann schien ihr etwas einzufallen. »Ach, fast hätte ich es vergessen. Neulich hatte ich einen Gedanken, der dir nützlich sein könnte.«

»Was für einen Gedanken?«

»Eine Idee für dein Altarbild«, gab Ginevra zurück. »Hast du immer noch kein Thema gefunden?« Er schüttelte den Kopf. »Du liebst doch starke Frauen.«

»Ich *bewundere* euch Frauen«, räumte Leonardo überrascht ein.

»Wie wäre es also mit einer Darstellung der Jungfrau Maria und ihrem Kind gemeinsam mit ihrer eigenen Mutter Anna?« Ginevra ließ ihre Worte wirken. Leonardo war verblüfft. »Großmutter, Mutter und der künftige Retter der Welt. Das wäre einmal etwas anderes als die ewigen Szenen aus dem Marienleben. Papst Sixtus IV. hat die Annenverehrung erst vor einigen Jahren eingeführt.«

»Eine *Anna selbdritt*«, sagte Leonardo nachdenklich vor sich hin. So nannte man die Darstellung dieser Dreiergruppe, die vor allem bei der ländlichen Bevölkerung äußerst beliebt war.

»Und das Beste ist«, fuhr Ginevra fort, »dass die Heilige Anna die Patronin des Handels ist. Das wird den Serviten ganz besonders gefallen.« Sie wartete gespannt auf seine Reaktion. »Es wäre außerdem etwas wirklich Neues. Soweit ich weiß, hat das noch keiner deiner Kollegen hier in Florenz aufgegriffen.«

In den folgenden Wochen waren Leonardo und seine Gehilfen damit beschäftigt, Wohnung und Malerwerkstatt in die Via Larga zu verlegen, wo er durch Vermittlung seines Vaters das geräumige Haus eines gewissen Martelli samt Stallungen anmieten konnte. Diese Möglichkeit hatte sich recht kurzfristig ergeben, und Leonardo hatte sofort zugegriffen, denn die tägliche Begegnung mit dem Prior der Serviten und seine betont höflichen Fragen nach dem Fortschritt des Altarbilds hatten an seinen Nerven gezerrt. Auch der stete Strom der Besucher war allen lästig geworden. Seine treuen Maler, die nun schon so lange für ihn arbeiteten, samt der Gehilfen konnten im Haus der Martelli mit ihm gemeinsam wohnen. Ein weiterer Vorzug waren die großen Stallungen, in denen Leonardo seine Pferde unterbringen konnte und außerdem ausreichend Platz für seine Flugmaschinen fand, die Robertet ihm aus Mailand hatte nachschicken lassen. Leider war der Großteil von ihnen so beschädigt angekommen, die Leinwände von Mäusen zerfressen und die Verleimungen spröde, dass er sie hatte wegwerfen müssen. Die Gussformen für sein monumentales Standbild hatten die Franzosen an Isabella d'Estes Bruder verkauft – und das Gold, das sie dafür verlangt hatten, selbst eingestrichen.

»Mach dir nichts draus«, hatte Tommaso ihn getröstet. »Die Maschinen bauen wir neu. Und zwar besser. Die alten waren ohnehin viel zu schwer.«

Das stimmte. Aber wann Leonardo Zeit erübrigen sollte, sich wieder seinem Traum vom Fliegen zu widmen, stand in den Sternen. Zunächst galt es, die neue Wirkungsstätte her- und einzurichten.

Hier begann Leonardo dann fieberhaft, an einem Entwurf für die Gruppe der Anna, ihrer Tochter Maria und dem Enkelkind Jesus zu arbeiten. Ginevras Worte hatten in ihm eine wahre Kaskade an Bildideen ausgelöst. Zu Weihnachten präsentierte er den erstaunten Mönchen und den Förderern des Klosters den Karton in Originalgröße und rief damit eine rege Diskussion hervor.

»Es ist, als blicke man direkt in eine Kinderstube«, sagte einer der alteingesessenen Kaufleute bestürzt, der dem Kloster jährlich hohe Summen spendete. »Schickt es sich denn, die Heilige Jungfrau und ihre Mutter in einer so alltäglichen Szene abzubilden?« Doch als der Bischof höchstpersönlich den Entwurf lobte, zeigten sich auch die Servitenbrüder begeistert. Der Karton wurde im Kloster öffentlich ausgestellt, und nun strömten wochenlang die Bürger von Florenz herbei, um über diese kühne Darstellung zu staunen: Maria saß seitlich auf dem Schoß ihrer Mutter und beugte sich zum Jesuskind hinunter, das einen kleinen Ziegenbock bei den Hörnern gepackt hielt, als wollte es sich auf dessen Rücken schwingen, um auf ihm zu reiten.

»Oder versucht dieser kleine Bengel gar, dem Böckchen den Hals umzudrehen?«, fragte Ginevra Leonardo leise, als sie gemeinsam vor dem Karton standen. Es war eines der wenigen Male, dass sie, auf ihren Stock gestützt, das Haus verlassen hatte.

Leonardo antwortete zunächst nicht. In diesem Entwurf war es ihm gelungen, so viel Bewegung einzufangen, dass er selbst immer wieder neue Aspekte in seiner eigenen Arbeit entdeckte. »Es ist ein Opfertier«, erklärte er schließlich. »Wenn der kleine Bengel, wie du ihn nennst, dies tatsächlich vorhaben sollte – bedeutet das dann nicht, dass er sein Schicksal annimmt? Schließlich nennt man ihn selbst das Opferlamm, das am Kreuz sein Leben hingibt.«

Sein Schicksal annehmen – was hieß das denn? Ein Bild nach dem anderen zu malen, während da draußen in der Welt das wirkliche Leben stattfand, Kriege tobten und Ländergrenzen verschoben wurden? Sein kleiner Jesus war ein Handelnder, einer, der sein Schicksal bei den Hörnern packte – und was war er? Er ließ sich von Salai Hörner aufsetzen und fand nicht die Kraft, etwas dagegen zu unternehmen.

Leonardo stürzte sich in Arbeit, vollendete die Madonna mit der Spindel und übertrug Marco, von dem Gemälde Varianten anzufertigen, ehe es auf die Reise nach Mailand zu Robertet ging. Er überarbeitete seine Entwürfe für den Flugapparat, mit dessen Hilfe er irgendwann einmal dahinsegeln würde wie ein Vogel. Auch hörte er auf Ginevras Rat und zeigte sich gesellig, nahm Einladungen der besten Florentiner Gesellschaft an, war sich nicht zu schade, so wie früher hin und wieder zur Laute zu greifen und mit seiner wundervollen Stimme aus dem Stegreif Canzonen zu improvisieren oder im Sommerhaus der Benci in den lucchesischen Hügeln bei einem amüsanten Streitgespräch darüber mitzuwirken, welche der Künste die höchste sei – natürlich war dies in seinen Augen die Malerei, was nicht alle gerne hörten. Zum Beispiel war der nach Florenz zurückgekehrte junge Bildhauer Michelangelo Buonarotti, den Ginevra so bewunderte, vollkommen anderer Meinung. Er verteidigte in ungelenken Worten – wen verwunderte es – die Bildhauerei und, zu Leonardos Überraschung, auch die Poesie. Offenbar schmiedete der junge Kollege heimlich Verse.

»Wer hat ihm denn das Gesicht so verunstaltet«, fragte Leonardo schließlich voller Mitleid seinen Freund Giovanni de' Benci.

»Das soll bei einer Schlägerei passiert sein«, antwortete Giovanni. »Ein eifersüchtiger Kollege hat ihm die Faust mitten ins Gesicht gerammt und ihm dabei die Nase zerschmettert. Hätte Lorenzo de' Medicis Leibarzt ihn nicht behandelt, hätte er das möglicherweise nicht überlebt. Hast du gehört, dass die Dombauhütte ihm einen riesigen Marmorblock anvertraut hat?«

Leonardo nickte. »Man hat ihn auch mir angeboten«, sagte er. »Aber das Steineklopfen war noch nie meine Sache. Außerdem liegt der Koloss bereits seit einer Ewigkeit herum«, fügte er hinzu. »Simone da Fiesole hat da einmal etwas angefangen und den Marmor vollkommen verdorben. Er ist hoch wie eine Säule und an einer Stelle so schmal, dass man Sorge hat, er könnte auseinanderbrechen.«

»Nun«, meinte Giovanni grinsend, »da kann man gespannt sein, was der junge Buonarotti daraus macht.«

Bei einigen solchen gesellschaftlichen Ereignissen waren die führenden Köpfe der Florentiner Regierung zugegen, Piero Soderini, der langjährige *gonfaloniere,* mit seinen Anhängern zum Beispiel. Er brachte Leonardo höfliches Interesse entgegen, wie bereits nach dessen Ankunft in der Stadt. Leonardo wurde aus dem stets grämlich dreinblickenden Mann nicht recht schlau, der kaum ein Jahr älter war als er und mit seinen nach unten gezogenen Mundwinkeln und dem stechenden Blick doch viel älter wirkte. So freundlich er ihm auch begegnete, so unverbindlich wirkten seine Worte, und während er mit Leonardo sprach, wanderte sein Blick stets über dessen Schulter hinweg, so als halte er nach wichtigeren Gesprächspartnern Ausschau.

»Soderini ist ein schlauer Fuchs«, sagte Giovanni de' Benci auf dem Heimweg von einer solchen Gelegenheit in Florenz, als Leonardo ihn nach seiner Meinung über den Mann an der Spitze der Regierung fragte. Der Abend war schön, und sie hatten beschlossen, zu Fuß zum Palazzo Benci zu gehen und dort Ginevra Gesellschaft zu leisten, die sich nicht wohlfühlte und der Einladung ferngeblieben war. Auf den Treppen des Doms saßen und standen ein paar junge Männer beisammen und schienen lebhaft über etwas zu diskutieren. Ihr Lachen und Rufen schallte von den umliegenden Fassaden zurück. Die Nacht senkte sich gerade über die Stadt, und der helle Marmor des Doms und des Baptisteriums schien im Licht des Mondes von innen her zu leuchten. »Soderini ist Kopf der Partei der *frateschi,* also der Anhänger Savonarolas«, fuhr Giovanni fort, nachdem sie einige Bekannte gegrüßt hatten. »Und trotzdem hat er zugelassen, dass man den Frate umbrachte.

Daraufhin haben sich die Anhänger der Medici, also die des reichen Bürgertums, auf seine Seite geschlagen, weil sie hoffen, dass er mit seiner Politik des Mittelwegs sowohl die alten Adelsfamilien mit ihrem Streben nach einer Oligarchie als auch die Vertreter des einfachen Volks in Schach hält und der Plebs ihnen nicht ihre Paläste stürmt. Als geschickter Taktiker hängt er sein Fähnchen in die Richtung, aus der der Wind gerade am stärksten weht.«

»Er wird von den Anhängern der Medici unterstützt?«, fragte Leonardo verwundert. »Würde Soderini denn die Rückkehr von Piero und Giuliano befürworten?«

Giovanni wiegte den Kopf. »Er verneint das zwar entschieden, und erst neulich wurde einer ihrer Gefolgsleute inhaftiert – ich halte es dennoch nicht für ausgeschlossen«, sagte er nach einer Weile. »Die Medici haben selbst nie nach dem Regierungsamt gestrebt, Pieros Vorväter haben es stets vermieden, persönlich im Fokus zu stehen. Sie haben dafür gesorgt, dass jene Männer an die Macht gelangten, die sie in ihrem Sinne lenken konnten. Keiner von ihnen hätte Soderini das Amt streitig gemacht. Aber Piero de' Medici ist unberechenbar, und das weiß Soderini. Unser *gonfaloniere* wird versuchen, die Dinge in der Schwebe zu belassen, um niemanden zu verprellen.«

Sie waren von dem belebten Domplatz in eine der schmalen Gassen eingebogen, die zur Piazza Madonna degli Aldobrandini führten. Plötzlich stellte sich ihnen eine Horde abgerissener Jugendlicher in den Weg und verlangte ihre Geldbörsen. Als sie nicht gleich taten, was die Bande wollte, zielte einer mit einem Stein auf Leonardo und traf ihn tatsächlich an der Schläfe. Und wenn Giovanni die Flegel nicht mit seinem Degen in die Flucht geschlagen hätte, wer weiß, wie die Sache ausgegangen wäre.

»Da siehst du, wie unverschämt Savonarolas *fanciulli* geworden sind«, schimpfte Giovanni, während seine Hausmagd im Palazzo Benci Leonardos Schramme mit Aquavit reinigte und mit einer Kräuterpaste die Blutung stillte. »Sie treiben noch immer ihr Unwesen.«

»Dabei ist er doch seit drei Jahren tot«, wandte Leonardo ein und dankte der Frau.

Giovanni lachte trocken auf.

»Tot, ja. Aber in vielen Köpfen nach wie vor höchst lebendig.« Er seufzte und nahm einen Schluck Wein. »Es war ein Fehler, Savonarola auf diese Weise aus dem Weg zu schaffen«, sagte er. »Man hat ihn gefoltert und vermutlich einen Widerruf gefälscht. Danach hatte man nichts Besseres zu tun, als ihn so schnell wie möglich hinzurichten. Meine Sympathien hatte er bestimmt nicht, sein Prozess war jedoch äußerst fragwürdig. Auf diese Weise haben sie ihn zum Märtyrer gemacht. Wollen wir hoffen, dass kein Nachfolger aufsteht und das Volk erneut um sich schart. Er hätte wahrlich leichtes Spiel.«

Leonardo schwieg. Politik unterlag nur selten der Vernunft, sondern folgte den Launen einzelner Menschen sowie der Hysterie der Massen – davon hatte er sich bereits mehrfach überzeugen können. Ihm waren die Wissenschaften lieber, bei denen man entweder durch Berechnung oder durch Beobachtung und Erfahrung zu verlässlichen Ergebnissen kam.

»Ich weiß«, fuhr sein Freund fort, als hätte er seine Gedanken gelesen, »Politik interessiert dich nicht. Sollte sie aber. Denn sie bestimmt unser aller Geschick.«

»Bei dir wäre sie in viel besseren Händen«, gab Leonardo zurück. »Ich finde, *du* solltest *gonfaloniere* werden.«

Giovanni lachte hell auf und leerte sein Weinglas.

»Das kannst du vergessen«, erklärte er. »Piero Soderini sitzt so fest im Sattel, aus dem lässt er sich nicht mehr werfen. Außerdem hege ich keine derartigen Ambitionen. Und nun lass uns nach meiner Schwester sehen.«

So verging der folgende Winter, ohne dass Leonardo mit der Übertragung seines Entwurfs für das Altarbild auf Holztafeln begann. Wie schon früher drängte es ihn nicht, den Karton als Gemälde auszuführen – was daran könnte ihn noch überraschen? Die Komposition war vollendet, alles andere war reine Fleißarbeit. Irgendwann würde er das Boltraffio überlassen oder Marco. Irgendwann, wenn sie ihre anderen Aufträge erledigt hätten. In Leonardos *bottega* konnte man drei Kategorien von Werken erhalten: Madonnen in den unterschiedlichsten Varianten, die die Gesellen nach seinen Vorbildern malten, und von diesen Bildern gab es eine reiche vorgefertigte Auswahl. Deutlich kostspieliger waren Auftragswerke, mit denen Leonardo zunächst seine Maler betraute, um am Ende noch letzte Hand anzulegen und die Arbeiten mit seiner unnachahmlichen Art und Weise mit Lichtern und Schattierungen zu versehen. Die teuerste Kategorie waren jene Gemälde, die er selbst schuf. Oder zumindest deren größten Teil, denn auch hier überließ er die Grundierung und einzelne Elemente häufig seinen Gehilfen, von denen jeder eine besondere Fertigkeit besaß – seien es die Faltenwürfe, die Landschaften oder die Hände und Füße der dargestellten Figur. Keiner von Leonardos Mitarbeitern malte beispielsweise so hinreißende Jesuskinder wie Giampietrino, der seiner Heimatstadt Mailand den Rücken gekehrt hatte, um wieder bei Leonardo zu arbeiten.

Und dann kam eines schönen Tages im Frühjahr 1502 ein Brief mit fremdem Siegel an. Leonardo erkannte einen Stier und zwei gekreuzte Schlüssel, dazu französische Lilien. Sein Herz begann zu hämmern, als wüsste es bereits, welche Wendung sein Schicksal nehmen würde.

Er zwang sich zur Ruhe und öffnete das Schreiben. Die ersten Zeilen verschwammen ihm vor den Augen. Er blinzelte, erwog, das geschliffene Augenglas zu Hilfe zu nehmen, das ihm ein Kollege in Venedig überlassen hatte. Auf das Blatt gelegt vergrößerte es die Buchstaben. Doch kurz darauf sah er wieder klar. »... *auf Empfehlung unseres geschätzten Freundes ist es Uns Ehre und Genugtuung, Euch in Unsere Dienste zu berufen als Obersten Architekten und Ingenieur. Wir erwarten Euch so bald als möglich. Es gibt viel zu tun* ...« Eine geschwungene Unterschrift, in der ein C und ein S dominierten, war unschwer zu entziffern als Cesare Borgia.

Leonardo blickte auf. Sah, wie seine Gehilfen und die jungen Maler ihre Arbeit taten, wie Girardo, der sich in den vergangenen Jahren gut entwickelt hatte, den Faltenwurf einer Madonna verfeinerte und der neue Lehrling unermüdlich gelbe Erde aus Siena mit Walnussöl zu Farbe verrieb. Hörte Marco mit dem neuen Hausmädchen zanken, weil sie es gewagt hatte, seine Pinsel auszuwaschen und sie nun ganz und gar verdorben seien. Er roch den Geruch nach Terpentinbalsam und Leinöl, dazu den unverkennbaren Duft der Mandelzweige, die in dem dafür vorgesehenen Tongefäß bereits seit Stunden im Feuer langsam zu Kohlestiften verglühten. Alles war so vertraut. Nichts konnte ihn hier mehr überraschen.

Salai kam von einer Besorgung zurück, stellte das Döschen mit dem kostbaren Lapislazuli für den Mantel der Madonna auf seinen Tisch und sah ihn an. Sein Blick wanderte von Leonardos Gesicht zu dem Schreiben in seinen Händen. Zögernd kam er näher.

»Was ist?«, fragte er.

»Der Moment ist gekommen«, sagte Leonardo und faltete Cesares Brief zusammen. »Du musst dich entscheiden. Entweder unsere Wege trennen sich hier für immer.«

»Oder?« Leonardo erkannte die Angst in Salais Augen.

»Oder du unternimmst an meiner Seite eine große Reise.«

Tommaso war sofort begeistert. Selbstverständlich würde er mitkommen, wohin immer der Weg sie auch führte, Hauptsache, es winkte ein Abenteuer. Sogleich legten sie Listen an, was sie mitnehmen sollten, die sie nach einer Weile jedoch allesamt wieder verwarfen.

»Einen Zirkel«, beschloss Leonardo. »Und einige meiner Skizzenbücher. Mehr brauchen wir nicht.«

»Du hast recht«, antwortete Tommaso und tippte sich mit dem Zeigefinger bedeutungsvoll gegen die Stirn. »Alles andere haben wir hier drin.«

»Gute Stiefel«, fügte Leonardo hinzu. »Du solltest dir neue machen lassen.«

»Ach was«, entgegnete der Metallurg. »Es reicht, wenn ich die alten frisch besohlen lasse.«

Nachts konnte Leonardo nicht schlafen, so sehr beschäftigte ihn die Frage, welche Aufgaben er in Cesares Dienst übernehmen würde. Vielleicht hatte Il Valentino Interesse an einer seiner Kriegsmaschinen. Oder er würde Leonardo beauftragen, die Schwachstellen der Kastelle herauszufinden, die er erobern wollte. Und jene gegen Angriffe zu sichern, die er bereits eingenommen hatte. Und noch immer hatte sich Salai nicht geäußert, wofür er sich entschieden hatte.

Leonardo war gerade im Gespräch mit Boltraffio und Marco darüber, welche Aufträge die *bottega* in den nächsten Wochen und Monaten ohne ihn ausführen würde, als ein kleiner, schmaler Mann in die Werkstatt kam, der Leonardo stark an ein Wiesel erinnerte. Er war von einem so unauffälligen Äußeren, dass er gerade deswegen die Aufmerksamkeit des Meisters erweckte.

»Niccolò Machiavelli«, stellte er sich vor. »Ich störe doch nicht?« Leonardo horchte auf. Diesen Namen hatte sein Freund Giovanni einmal erwähnt, als von aufstrebenden, jüngeren Beamten die Rede gewesen war. »Wenn nicht«, fuhr der Gast fort, »würde ich gerne mit Euch, Messer Leonardo, sprechen.«

»Geht es um einen Auftrag?«, fragte Boltraffio geschäftig. Machiavelli verneinte höflich.

Und so bat Leonardo ihn in sein *studiolo*, wo sie ungestört waren.

»Ich nehme an, Piero Soderini schickt Euch?«, erkundigte sich Leonardo, nachdem Machiavelli Platz genommen hatte. »Darf ich fragen, in welcher Position Ihr für ihn arbeitet?«

»Ich habe die Ehre, der Republik als Zweiter Kanzler des Rats der Zehn zu dienen«, antwortete der Besucher bescheiden. »Und als solcher wurde ich kürzlich dorthin abgesandt«, fuhr er fort, »wo Ihr bald hingehen werdet.«

Leonardo betrachtete den jungen Mann aufmerksam. Bislang hatte er nur den Geschwistern Benci von Cesares Brief erzählt, und auf ihre Verschwiegenheit war Verlass. Salai hatte er wohlweislich nur gesagt, dass er vorhatte, zu einem Abenteuer aufzubrechen. Tommaso, da war Leonardo sich sicher, schwieg wie ein Grab. Woher also hatte die Regierung Kenntnis von seinem Vorhaben?

»Nun, Il Valentino hat es mir selbst erzählt«, erklärte der Zweite Kanzler, der Leonardos Überraschung wahrgenommen hatte. »Er scheint sehr stolz darauf, Euch bald an seiner Seite zu haben. Und das kann er auch sein. Einen fähigeren Ingenieur als Euch gibt es wohl kaum.«

»Als solcher habe ich Euren Vorgesetzten meine Dienste bereits mehrfach angeboten«, gab Leonardo kühl zurück. »Wie es scheint, gibt es hier keine Verwendung für mich.«

»Da ist das letzte Wort noch nicht gesprochen«, antwortete Machiavelli. »Ich habe von Euren Vorschlägen zur Kanalisierung des Arnos gehört. Das klingt wahrlich interessant. Florenz mit dem Meer zu verbinden und einen richtigen Hafen zu verschaffen – Respekt. Aber da Ihr nun in Cesare Borgias Dienste tretet, könntet Ihr auch dort für Eure Heimatstadt von Nutzen sein. Wäre das in Eurem Sinne?«

Leonardo versuchte in den Zügen seines Besuchers zu lesen,

wie das gemeint war. Normalerweise fiel es ihm nicht schwer, die Mienen seiner Mitmenschen zu deuten, doch dieses wie eingemeißelt wirkende Lächeln ließ nichts erkennen. Und Machiavellis Augen wirkten wie zwei blankpolierte dunkle Murmeln.

»Ich bin ganz Ohr«, sagte er schließlich.

»Vielleicht hole ich zunächst ein bisschen aus«, begann Machiavelli. »Verzeiht, aber ich weiß nicht, wie gut Ihr über die politischen Verhältnisse im Bilde seid. Cesare Borgia steht offiziell als *condottiere* unter Florentiner Vertrag. Die Stadt bezahlt ihm jährlich ein Gehalt von dreißigtausend Dukaten dafür.«

»Als Söldnerführer für Florenz? Wie ist dies möglich?«, wandte Leonardo verwirrt ein. »Er kämpft doch gar nicht für die Republik. Oder?«

»Nein, das tut er nicht«, antwortete Machiavelli mit unverändert liebenswürdigem Lächeln. »Er kämpft für seine eigene Sache. Oder die seines Vaters, dem Papst. Man könnte also sagen, wir bezahlen dieses Geld dafür, dass er Florenz *nicht* angreift.«

»Ein Schutzgeld.«

»Das klingt ein wenig harsch, aber im Grunde habt Ihr recht.« Endlich löste Machiavelli den Blick von ihm und sah sich im *studiolo* um. Er betrachtete interessiert eine Landkarte, die Leonardo in den vergangenen Tagen von der Toskana gezeichnet hatte. »Kürzlich gab es in Arezzo einen Aufstand gegen Florenz. Mit der Unterstützung von Cesare Borgia hat sich die Stadt von uns losgesagt und sich unter seinen Schutz gestellt. Anders gesagt: Es waren seine Gefolgsleute, die den Aufstand angezettelt haben. In Wahrheit hat Il Valentino mit diesem Handstreich unser Hoheitsgebiet angegriffen.« Leonardo nickte. Giovanni hatte ihm davon erzählt. »Deswegen hat unsere Regierung mich und den Bischof von Volterra zu ihm geschickt. Doch alles, was ich zu hören bekam, waren vage Drohungen.« Machiavelli war aufgestanden und betrachtete die Karte. »Er ist ein brillanter Kopf«, fuhr er fort. »Und äußerst schnell im Denken wie im Tun. Er taucht an einem Ort auf, noch ehe man begriffen hat, dass er den anderen überhaupt verlassen hat.« Er wandte sich zu Leonardo um. »In der Tat haben wir nicht die geringste Ahnung, was uns von diesem Feldherrn erwartet.« Er sah Leonardo eindringlich an.

»Und warum wendet Ihr Euch an mich?«

»Wir dachten, da Ihr vorhabt, in seine Dienste zu treten, könntet Ihr uns helfen, mehr über die Pläne dieses Mannes herauszufinden.«

Nun war es heraus. Leonardo sollte für seine Heimatstadt ein wenig ... wie nannte man das? Spionieren. Ausgerechnet er, der nichts mit Politik zu tun haben wollte.

»Ich bin Künstler«, wandte er ein. »Und Erfinder ...«

»Und genau das kommt Euch zugute«, stimmte Machiavelli ihm eifrig zu. »Niemand wird Verdacht schöpfen, wenn Ihr Fragen stellt. Zudem werdet Ihr doch sicher Eurem Stellvertreter hier in der Werkstatt immer wieder Anweisungen schicken müssen. Wenn Ihr ihn bei diesen Gelegenheiten wissen lasst, wo Ihr Euch befindet und wohin Ihr demnächst reisen werdet, ist uns das eine große Hilfe. Vielleicht könnt Ihr dabei einige Besonderheiten erwähnen, zum Beispiel eine interessante Brücke, die Ihr gesehen habt, oder einen Campanile, und wir vereinbaren, dass die Brücke bedeutet, dass Il Valentino dort nur kurz verweilen wird, und ein Campanile, dass er länger zu bleiben gedenkt. Wenn Ihr Euren Gehilfen nach einer Madonna fragt, die er fertigstellen muss, geben wir dem eine zweite Bedeutung. Und so fort.«

»Eine Art Geheimcode«, sagte Leonardo fasziniert.

»Wenn Ihr so wollt?« Machiavelli lächelte sein einnehmendes Lächeln, das nicht bis zu seinen Augen drang. Er trug, wie es neuerdings in Florenz Mode war, das Haar kurz geschoren, was den mausartigen Eindruck, den sein Äußeres erweckte, noch verstärkte ... »Ich muss gestehen, dass ich Cesare Borgia im Grunde bewundere«, sagte er. »Stimmt es, dass Ihr ihm bereits begegnet seid?«

Wieder staunte Leonardo darüber, wie gut dieser Mann informiert war. Aber sicher. Wenn er in aller Welt solche verborgenen Kundschafter sitzen hatte wie einen solchen, den er gerade aus ihm zu machen versuchte, dann war das nicht verwunderlich. »Ich bin ihm in Mailand begegnet«, antwortete er zurückhaltend.

»Im Grunde ist das, was er tut, richtig«, erklärte dieser erstaunliche Mann. »Es ist gut, dass er die Romagna befriedet hat. Sie gehörte ohnehin seit langer Zeit zum Kirchenstaat. Durch die Schlamperei der vorangegangenen Päpste haben dort ein paar noble Familien die Herrschaft an sich reißen können, ohne die Gegend kontrollieren zu können. Ein Paradies für Banden und versprengte Söldner, die die Landbevölkerung in Angst und Schrecken versetzt und unsere Handelsrouten unsicher gemacht haben. Dies hat nun ein Ende. Freilich sind diese Siege Il Valentino zu Kopf gestiegen, und wir haben Sorge, dass er auch vor Florenz nicht Halt machen wird.«

»Sollte dem so sein, werde ich ihn bestimmt nicht aufhalten können«, gab Leonardo zu bedenken.

»Wer weiß«, antwortete Machiavelli. »Allein rechtzeitig zu erfahren, was auf uns zukommt, könnte helfen, das Schlimmste zu verhindern.«

Sie sprachen noch lange miteinander. Es verstand sich von selbst, dass Leonardo sich bereit erklärte, in diesem Spiel, das Il Valentino mit Mittelitalien trieb, die Rolle zu übernehmen, die der Rat der Stadt ihm zugedacht hatte. Denn eine andere Wahl hatte er nicht. Es war fraglich, ob er die Stadt überhaupt verlassen dürfte, falls er sich weigern würde. Niccolò Machiavelli hatte bereits ein perfektes kleines System an Codeworten zusammengestellt, eine Liste, die sie nun ergänzten und hier und dort abwandelten, damit Boltraffio beim Lesen keinen Verdacht schöpfte, denn es sollte niemand in Leonardos Umfeld in die Sache eingeweiht werden.

»Und wie kommt Ihr an die Briefe?«, fragte Leonardo und kannte doch schon die Antwort.

»Wir lesen sie vor ihm«, lautete Machiavellis lapidare Antwort. »Und macht Euch keine Sorgen um das Siegel. Es wird nicht beschädigt werden.«

Und Leonardo erhielt eine weitere Ahnung davon, woher dieser Mann und seine Leute so umfassend über alles informiert waren.

»Was soll ich den Serviten sagen, wenn sie wissen wollen, wann sie ihr Altarbild bekommen?«, fragte Boltraffio am Abend vor ihrer Abreise.

»Antworte ihnen mit einem Bibelzitat«, gab Leonardo zurück. »Prediger 3, Verse eins bis elf.«

Tommaso brach in Gelächter aus und begann frei zu rezitieren: »*Alles hat seine Zeit*«, deklamierte er übertrieben theatralisch. »*Und jegliches Unternehmen unter dem Himmel seine Stunde.*«

Ein Lehrling stimmte mit ein. »*Geborenwerden hat seine Zeit und Sterben hat seine Zeit. Pflanzen hat seine Zeit und Pflanzen ausreißen hat seine Zeit ...*«

»*Krieg hat seine Zeit*«, übersprang Leonardo einige Verse, »*und Frieden hat seine Zeit. Ebenso Erschaffen und Zerstören* und so weiter und so fort. Sag das den Serviten. Sie werden ihr Altarbild schon noch bekommen.«

Salai hatte sich in all den Wochen nicht mehr blicken lassen, und in Leonardos Herz schwelte ein bitterer Schmerz. Auch das wird vergehen, sagte er sich, als er in der letzten Nacht keinen

Schlaf fand. Doch am folgenden Morgen, als er in aller Herrgottsfrühe mit Tommaso im Stall ihr Gepäck auf die Pferde band, war sein Schüler auf einmal neben ihm und sattelte die Stute, die Leonardo ihm vor Jahren geschenkt hatte. Schweigend schloss er sich seinem Meister und dem Metallurgen an.

Vor dem südlichen Stadttor San Pier Gattolino zügelte Leonardo seinen Araberhengst und wandte sich zu Salai um.

»Hast du es dir gut überlegt?«, fragte er streng. »Dies hier wird kein Vergnügungsausflug.«

Salai nickte. »Ich weiß«, sagte er mit fester Stimme. »Ich hab mich entschieden. Mein Platz ist bei dir.«

Leonardo versuchte in seinen Augen zu lesen, ob es ihm auch wirklich ernst war. »Wenn du jetzt mit mir durch dieses Tor reitest, wirst du nicht mehr umkehren können«, erklärte er dem jungen Mann. »Nur an meiner Seite kannst du Florenz wieder betreten. Denn du hast keine Passierscheine.«

»Ich bleibe an deiner Seite«, erklärte Salai. »Jetzt und für immer.«

Leonardos Herz wurde weit. Wenn er außer seiner Mutter Caterina je einen Menschen geliebt hatte, dann war es dieser junge Mann.

Er sah hinunter auf die Stadt, auf das Gewirr der Dächer jenseits des Silberstreifens, den der Arno bildete. Der hoch aufragende Turm des Regierungspalasts hob sich von dem sich langsam aufhellenden Nachthimmel ab. Gemeinsam mit der imponierenden Kuppel des Doms und dem Campanile von San Lorenzo gab er der Stadt ihre einzigartige, unverkennbare Silhouette. Er liebte diese Stadt, in der er zu dem werden konnte, der er heute war. Niemand wusste, was sie erleben und wie lange sie fort sein würden. Sein Pferd scharrte ungeduldig mit den Hufen. »Bist du dir sicher?«, fragte er.

»Vollkommen sicher«, antwortete Salai. Und wie um dies zu

bestätigen, lenkte er sein Pferd an Leonardo und Tommaso vorbei und durchquerte das Tor. Tommaso warf Leonardo ein schiefes Lächeln zu.

»Vielleicht macht das nun endlich einen richtigen Mann aus ihm«, sagte der Metallurg. Dann wandten sie der Stadt endgültig den Rücken zu.

7

DAS PORTRÄT

Florenz, 1502–1503

Lisa schlüpfte in Monna Pieras Krankenstube. Seit einiger Zeit konnte die alte Dame das Bett nicht mehr verlassen, ihr Atem ging rasselnd, und selbst das Liegen bereitete ihr Schmerzen.

»Soll ich Euch die Füße einreiben?« Lisa wartete die Antwort nicht ab. »Ich hab mir die Hände am Feuer gewärmt«, fuhr sie fort und kniete sich ans untere Ende des Betts. Sie schlug die Decke ein Stück zurück und nahm von der Salbe, die sie bei den Orsolinen geholt hatte. Der Geruch nach Kampfer, Minze und Lavendel verbreitete sich im Raum, als sie ihre Hände gegeneinander rieb und dann in sanften Bewegungen die bläulich geschwollenen Knöchel der Kranken massierte. »Schwester Domenica hat gesagt, dass dieses Mittel bestimmt auch Eurem Husten guttut. Wollen wir das ausprobieren?«

Monna Piera schwieg, doch ihr Atem beruhigte sich tatsächlich ein wenig, nachdem Lisa ihr mit dem Balsam die Brust eingecremt hatte. Schließlich deckte Lisa ihre Schwiegermutter sorgfältig zu und nahm auf einem Hocker neben dem Kopfende Platz.

»Kann ich Euch noch etwas Gutes tun?«, erkundigte sie sich.

Monna Piera antwortete nicht gleich. Ihr Blick ruhte auf ihrer Schwiegertochter, glitt dann zu deren Bauch.

»Bewegt es sich schon?«, fragte sie. Lisa schüttelte den Kopf. Sie hatte vermeiden wollen, wieder schwanger zu werden. Aber wie machte man das, wenn es der Ehemann genau darauf anlegte? Sie an sich zog in einer nimmersatten Regelmäßigkeit und seinen Samen in sie versenkte wie ein emsiger Bauer, der sein Feld bestellte? »Diesmal wird es wieder ein Sohn.« Monna Piera legte ihr die Hand mit den geschwollenen Fingergelenken in den Schoß. »Hol mir das Hauswirtschaftsbuch«, verlangte sie.

Lisa zögerte. »Ihr sollt Euch ausruhen«, gab sie zu bedenken. »Ich habe die letzten Ausgaben eingetragen und addiert. Es ist alles erledigt.«

Monna Piera lächelte, trotzdem waren ihr die Schmerzen deutlich anzusehen. »Ich weiß«, antwortete sie. »Aber es ist nun einmal meine Aufgabe, oder nicht? Glaubst du, es macht mir Freude, nutzlos herumzuliegen?«

Seufzend stand Lisa auf und brachte ihr das große Buch, stützte sie im Rücken mit einem dicken Kissen, damit sie darin blättern konnte.

»Man muss ein Auge auf Alfonsina haben«, sagte Monna Piera und wies auf ein paar Posten in einer Spalte. »Sie neigt zur Verschwendung. Und Filippa ...« Ächzend reckte sich die alte Dame etwas höher. »Sie gibt alles der Kirche hin. Hier. Zwei Dutzend feinster Wachskerzen für San Marco. Dabei bin ich noch nicht einmal tot.« Sie lachte rau auf und ließ sich zurück in die Polster fallen. »Ich werde ein ernstes Wort mit beiden reden müssen. Und ihnen erklären, dass es nicht mehr lange dauern wird, dann führst du die Bücher.«

»Mutter«, wandte Lisa ein. »Das werden sie nicht wollen. Ich bin die Jüngste und ...«

»Filippa würde als Erstes den Hauslehrer entlassen«, erklärte Monna Piera. »Und dafür sorgen, dass die Mädchen ins Kloster kommen. Willst du das?«

Nein, natürlich wollte Lisa das nicht. »Alfonsina kann nicht rechnen«, fuhr Monna Piera fort. »Das gäbe ein schönes Durcheinander, wenn sie die Bücher führen müsste.«

»Und Marietta?«, schlug Lisa vor. »Sie ist immerhin Eure eigene Tochter.«

»Ich hab es versucht.« Monna Piera seufzte tief. »Marietta weiß mit Zahlen nichts anzufangen. Sie verrechnet sich ständig.«

»Und wenn ich ihr helfe?«

»Dann kannst du es gleich allein machen.«

Lisa biss sich auf die Unterlippe.

»Ich weiß, was du denkst«, fuhr ihre Schwiegermutter fort. »Aber du musst dir keine Sorgen machen. Ich werde mit ihnen reden und es ihnen erklären. Sie werden es nicht wagen, gegen meinen Willen aufzubegehren.«

Lisa schwieg bedrückt. Solange Monna Piera noch bei ihnen war, hatte sie damit vermutlich recht. Doch danach? »Das Beste wird sein, Ihr werdet einfach so bald wie möglich wieder gesund«, sagte sie und erhob sich.

»Gehst du heute wieder in den Palazzo Benci?« Monna Piera zog misstrauisch die Brauen zusammen.

»Francesco will es so«, antwortete Lisa. Sie wusste, dass ihre Schwiegermutter ihre Besuche dort nicht gerne sah.

»Lass dir von Monna Ginevra bloß keine Flausen in den Kopf setzen«, riet Monna Piera.

»Bestimmt nicht«, versuchte Lisa sie zu besänftigen. »Simonetta kommt auch.«

»Als ob mich das beruhigen könnte«, gab die alte Dame aufgebracht zurück. »Ich halte Ercoles junge Frau für keinen geeigneten Umgang für dich.«

»Warum nicht?«, wagte Lisa zu fragen.

»Sie ist leichtfertig«, urteilte Monna Piera streng. »Und eitel. Gibt viel zu viel für ihre Garderobe aus.«

»Woher wisst Ihr das denn?«, fragte Lisa verblüfft.

»Woher ich das weiß?« Monna Piera richtete sich ein wenig auf, und Lisa beeilte sich, ihr erneut ein zusätzliches Kissen in den Rücken zu schieben. »Wie sollte ich das nicht wissen. Schließlich kauft sie bei uns ein. Ich weiß alles über unsere Kundschaft. Und das solltest du in Zukunft auch.«

Lisa überzeugte sich davon, dass Meo und Pippo in der Obhut des Hauslehrers waren und fleißig lernten. Eine Weile blieb sie in der Tür stehen und konnte es kaum glauben, wie eifrig ihr Sohn mit seinen sechs Jahren bereits Buchstaben auf seine Tafel kritzelte. Meo hatte inzwischen seinen neunten Geburtstag gefeiert und mit dem Lateinunterricht begonnen. Er war ein ausgesprochen hübscher Junge mit seinem seidigen, blonden Haar und dem Grübchen im Kinn. Das hatte er von seiner verstorbenen Mutter, ja, sogar ihre anmutige Art, sich zu bewegen, hatte er geerbt, was Lisa immer wieder aufs Neue erstaunte. Sie liebte diesen Jungen genauso zärtlich wie Pippo, der hingebungsvoll das geschwungene G zu schreiben übte und sich dabei gedankenverloren Kreide ins Gesicht schmierte. Ehe die beiden sie entdecken konnten, wechselte sie einen freundlichen Blick mit dem Lehrer und schloss leise die Tür. Dann machte sie sich auf die Suche nach ihrer Tochter.

Sie fand Milla in der Obhut von Caterina beim Spiel mit der kleinen Sina. Die beiden Mädchen waren ein Herz und eine Seele. Es rührte Lisa, wenn sie sah, wie die Tochter der Dienerin Milla bei der Hand nahm und aufpasste, dass ihr nichts passierte. Denn obwohl Lisas Tochter gut zwei Monate älter war als Sina, begriff sie nur langsam, wie die Welt um sie herum funktionierte. Man konnte nicht länger die Augen davor verschließen, dass es nicht normal war, wenn ein Kind im Alter von drei Jahren noch keinen zusammenhängenden Satz sagen konnte und von sich selbst in der dritten Person sprach. »Milla ist einfältig«, hatte Mariettas jüngste Tochter neulich erklärt, worauf Sina sie an den Haaren gepackt und sich dafür eine Rüge von Monna Piera eingehandelt hatte. Nun saßen die beiden einträchtig beieinander auf dem Teppich in Lisas Schlafzimmer und sortierten lose Knöpfe nach Farben und Größe, die Caterina in einem Säckchen aufbewahrte.

Caterina legte ihre Flickarbeit beiseite und stand auf, um ihrer Herrin beim Umkleiden zu helfen. Die *gamurra* aus silbergrünem Brokat und das passende Oberkleid hatte die Dienerin bereits am Morgen aus der Truhe geholt und aufgehängt, damit sich die Falten glätteten. Während Sina mit den Knöpfen Muster legte, beobachtete Milla mit offenem Mund, wie ihre Mutter aus dem Hauskleid schlüpfte und die prächtige Robe anlegte.

»Mamma schöööön«, rief sie, als Caterina ihr das Haar kämmte und die Perlenschnur, die Francesco seiner Frau im ersten Ehejahr geschenkt hatte, hineinflocht und daran den Haarschleier befestigte. Die Kleine hatte sich aufgerappelt und war zu ihrer Mutter getapst, strahlend vor Begeisterung wollte sie ihr Gesicht an Lisas Arm schmiegen, die ihn jäh wegzog.

»Du sabberst ja«, rief Lisa vorwurfsvoll aus. »Pass auf, du machst mir das Kleid schmutzig.«

Ein Speichelfaden zog sich vom Mundwinkel des kleinen Mädchens bis über das nun vor Schluchzern zitternde Kinn. Caterina nahm das weinende Kind hoch, wischte ihm den Mund ab und bedeckte sein Gesicht mit Küssen.

»Hier, bleib schön bei Sina«, sagte sie und setzte sie wieder zu ihrer Tochter auf den Teppich. Sina legte ihr Ärmchen um Milla, die untröstlich weiterschniefte. Lisa fühlte sich erbärmlich. Warum musste sie ihre Tochter nur immer wieder so brüsk zurückweisen? Im Grunde ihres Herzens hatte sie dieses Kind nicht mehr gewollt, seit sie von Francescos Verrat erfahren hatte. Dabei konnte die Kleine ja nichts dafür und hätte ihre Liebe genauso verdient wie ihre anderen Kinder und wahrscheinlich sogar noch mehr gebraucht.

Bevor sie ging, kniete sie sich zu den beiden Mädchen und gab jedem einen Kuss auf den Scheitel. Erleichtert sah sie, wie Millas Tränen versiegten und ein zauberhaftes Lächeln auf ihrem Gesicht erschien. Es war so einfach, ihre Tochter glücklich zu machen. Und doch fiel es Lisa oft so schwer.

»Um die Wahrheit zu sagen, ich schreibe schon seit längerem keine Gedichte mehr«, gestand Lisa und sah der vornehmen Dame fest in die Augen. Ginevra de' Benci faszinierte sie, zugleich fand sie sie ein wenig furchteinflößend. Dass Francesco so sehr darauf beharrte, dass sie »der armen kranken Frau« immer wieder Gesellschaft leistete, irritierte sie genauso wie deren Blick aus diesen unergründlichen Augen, die so dunkel waren wie die Nadeln von Wacholder. Dunkelgrün mit grauen Sprengseln, wechselhaft, je nach Licht und Stimmung.

Bislang hatte sie Ginevra stets gemeinsam mit Simonetta besucht und es glücklicherweise vermeiden können, über diese leidige Sache mit den Gedichten zu sprechen. Aber heute wartete sie vergeblich auf ihre Freundin, und Ginevra hatte nach all der Zeit nun doch noch jene Frage gestellt, vor der sie sich gefürchtet hatte: die Frage nach Lisas Gedichten.

»Was ist mit denen, bevor Ihr aufgehört habt zu schreiben?«

»Die hab ich verbrannt.« Lisa biss sich auf die Unterlippe und versuchte, nicht an jenen entsetzlichen Tag zu denken, an dem sie sich gezwungen gesehen hatte, die Liebesbriefe samt der Gedichte ins Feuer zu werfen. Jenen Tag, als das Schicksal sie von ihrem Geliebten getrennt hatte. »Es war nicht schade um sie«, gab sie vor und merkte selbst, wie ihre Stimme zitterte. Lisa hatte sich nie gefragt, ob ihre Verse künstlerisch wertvoll waren. In ihnen hatte sie ihr Innerstes nach außen gekehrt und versucht, das, was sie fühlte, in Worte zu kleiden. Auch später hatte sie sich bemüht, ihrer Seele in der Dichtung eine Stimme zu geben, war aber nie mehr mit dem Ergebnis zufrieden gewesen. Sie fand es ärgerlich, dass Simonetta damals bei der Landpartie davon angefangen hatte. Wo blieb sie eigentlich? Nun war Lisa bereits seit einer halben Stunde hier, und ihre Freundin war noch immer nicht gekommen.

»Dann waren es wohl Liebesgedichte«, sagte ihre Gastgeberin mit einem freundlichen Lachen. »Und vermutlich galten sie nicht Eurem Gatten.«

Lisa starrte auf ihre Hände und wünschte sich weit weg. Der alte Schmerz brach so jäh in ihrem Herzen auf, diese Sehnsucht nach der einen, wahren Liebe, über die die Dichter schrieben, nach jenem Menschen, der sie ohne Worte verstand. Und keinesfalls mit der Geliebten unter demselben Dach schlief, unter dem seine Kinder lebten, von seiner Ehefrau ganz zu schweigen. Ja, vielleicht war es auch der Schmerz über die erste unbeschwerte Zeit ihrer Ehe, als sie noch geglaubt hatte, Francescos Liebe zu ihr sei echt, uneingeschränkt und rückhaltlos? Als sie noch nicht geahnt hatte, welches Spiel im Hause del Giocondo getrieben wurde und dass sie wie alle anderen Frauen im Grunde nur eine Bestimmung hatte, nämlich möglichst viele Söhne zur Welt zu bringen und ansonsten schön den Mund zu halten?

»Es tut mir leid«, sagte sie und straffte sich. »Ich fürchte, Ihr hattet ein falsches Bild von mir. Ich bin nichts weiter als Ehefrau und Mutter und ...«

»Lest Ihr gerne?«, unterbrach Ginevra sie, als hätte sie nichts gesagt.

»Ja«, antwortete Lisa verwirrt.

»Ich weiß, das ist eigentlich vollkommen unter Eurer Würde, Monna Lisa«, fuhr die Gastgeberin fort, »und ich möchte nicht, dass Ihr denkt, ich verwechsle Euch mit einer Hausangestellten.

Aber ich würde mich sehr freuen, wenn Ihr die Güte hättet, mir ein wenig vorzulesen. Meine Augen brennen in letzter Zeit häufig und werden schnell müde. Und meine Gesellschafterin erfasst einfach den Rhythmus der Verse nicht.« Ginevra sah Lisa bittend an.

»Ich soll vorlesen?«, fragte Lisa überrascht.

»Es sind neue Dichtungen aus Rom.« Die Hausherrin griff nach einem Konvolut aus Blättern, die mit einem blassblauen Seidenband zusammengehalten wurden. »Ein Freund hat sie mir geschickt. Ich dachte, das könnte auch Euch interessieren.«

Lisa nahm die Blätter entgegen. »Das heißt«, fragte sie staunend, »dass dies erst kürzlich verfasste Gedichte sind von Menschen, die in Rom leben?«

»So ist es«, antwortete Ginevra mit einem Lächeln. »Mein Freund ist dort Mitglied eines Dichterzirkels. Bitte erwartet nicht zu viel, nicht alles, was sie schreiben, ist gut.«

Lisa zog an dem Bändchen und löste die Schlaufe. Nahm das erste Blatt zur Hand und überflog es. Die Handschrift war eigenwillig, aber leicht zu entziffern. Sie räusperte sich. Dann begann sie zu lesen.

Sie merkte kaum, wie die Zeit verging. Erst als Ginevras Gesellschafterin ins Zimmer trat und fragte, ob der Gast zum Mittagessen bliebe, fiel Lisa auf, dass sie längst zu Hause sein sollte. Zwischen ihr und Ginevra lagen zwei kleine Stapel, auf dem einen die Gedichte, die ihnen gefallen hatten und auf dem anderen jene, die sie für nicht gelungen oder nichtssagend hielten. Überraschenderweise waren sie sich in ihrem Urteil stets einig gewesen.

»Ich muss mich verabschieden«, sagte Lisa nun ernüchtert.

»Warum ist Simonetta denn nicht gekommen?«

»Ich fürchte, ich hab vergessen, sie einzuladen«, gab Ginevra mit einem unergründlichen Lächeln zurück. »Vielleicht tue ich ihr Unrecht, aber ich glaube nicht, dass sie sich sonderlich für Lyrik interessiert. Schade, dass Ihr schon gehen müsst«, fügte sie hinzu. »Mein Diener wird Euch begleiten.«

Auf dem Heimweg waren Lisas Kopf und Herz erfüllt von klingenden Worten. Auch wenn ihr nicht alles gefallen hatte, was dort in Rom gedichtet worden war, so trug sie doch so manchen Vers mit sich nach Hause wie ein Kleinod. Ginevra hatte versprochen, ihr bei ihrem nächsten Besuch einige ihrer eigenen Gedichte zu zeigen, und Lisa konnte es kaum erwarten, sie zu lesen.

Als sie an dem Laden mit Spezereien vorbeikamen, in dem Lisa hin und wieder Heilkräuter einkaufen ließ, fiel ihr ein, dass sie für die Fußbäder ihrer Schwiegermutter noch Beinwellwurzeln und Wacholderbeeren besorgen lassen wollte, und beschloss, es bei dieser Gelegenheit selbst zu erledigen. Sie bat Ginevras Diener, kurz auf sie zu warten, und betrat den Verkaufsraum.

Eine Wolke von Wohlgerüchen empfing sie. Bündel von getrockneten Kräutern hingen von der Decke und verströmten ihre Aromen. In Keramikgefäßen bewahrte der Spezereienhändler kostbare Gewürze aus fernen Ländern auf und in dem Regal hinter der Theke allerlei seltsame Gegenstände, bei denen es Lisa kalt den Rücken hinunterlief. Da waren bizarr gebogene Tierhörner, Schlangenhäute, ein Glas voller lebender Blutegel, ein anderes mit großen, spitzen Tierzähnen und viele Absonderlichkeiten mehr. Beim Anblick all dieser Merkwürdigkeiten hatte sie nicht auf die Kundin geachtet, die vor ihr bedient wurde. Nun drehte sich diese zur Seite, und Lisa stieß einen Laut der Freude aus.

»Betta!«, rief sie überrascht. Ein ganzes Gewirr an Gefühlen durchflutete sie. Freude und Zuneigung zu ihrer Amme, Verlegenheit und Scham darüber, der Grund für ihre Entlassung gewesen zu sein. »Wie geht es dir?«

Ein großes Strahlen erhellte die verhärmten Züge der alternden Frau.

»Lisetta, mein Täubchen«, sagte sie und ihre Stimme zitterte. »Lass dich ansehen. Bist du also doch nicht im Kloster? Bei der Mutter Gottes, ich hab mir solche Sorgen um dich gemacht.«

»Mir geht es gut«, antwortete Lisa verlegen. Ihr wurde bewusst, dass sie sich bereits viel früher nach Betta hätte erkundigen müssen. »Ich habe geheiratet, Ser Francesco del Giocondo ist mein Ehemann.«

»Der reiche Seidenhändler?« Betta klatschte vor Freude in die Hände. »Jesus Maria und Josef, meine Gebete wurden erhört.« Mit einem Räuspern machte der Gewürzhändler auf sich aufmerksam. »Das wäre dann alles«, sagte Betta rasch in seine Richtung. »Bitte schreibt das auf die Liste meines Herrn.«

»Auf dieser Liste steht schon viel zu viel«, murrte der Händler. »Aber einmal will ich noch ein Auge zudrücken. Sag Messer Guidobaldo, dass er endlich seine Rechnung bezahlen muss, sonst kann ich ihm künftig seine Medizin nicht mehr geben.«

Beschämt deckte Betta ihren Korb mit einem Baumwolltuch ab. Lisa überlegte, wer dieser Guidobaldo wohl sein mochte, während sie dem Spezereiverkäufer ihre Wünsche nannte. Als er in sein Hinterzimmer verschwand, wo er die Vorräte aufbewahrte, wandte sich Lisa wieder an Betta.

»Und wie geht es dir? Wo bist du in Stellung?«

Die Amme seufzte. »Bei Guidobaldo Valeri, einem alten, siechen Beamten«, erzählte sie. »Er ist zu krank, um zu arbeiten, und man zahlt ihm seine Pension nicht aus, jedenfalls sagt er das. Nun ja, ich habe zu essen und ein Dach über dem Kopf.«

Lisa kaute auf ihrer Unterlippe herum. Am liebsten hätte sie Betta auf der Stelle zu sich ins Haus geholt. Doch darüber hatte sie nicht zu entscheiden. Sie würde zuerst Monna Piera fragen müssen. Und natürlich Francesco. Sie ließ sich jedoch die Adresse von diesem Valeri geben und drückte Betta beim Abschied eine Goldmünze in die Hand. Wie sie diese Ausgabe vor Monna Piera rechtfertigen sollte – ihr würde sicherlich etwas einfallen. Draußen auf der Straße umarmte sie ihre frühere Amme herzlich und machte sich auf den Heimweg.

»Was habt ihr denn gemacht?«, wollte Monna Piera misstrauisch wissen, als sie am Nachmittag zu ihr ging.

»Ich hab ihr vorgelesen«, antwortete Lisa, und ihre Schwiegermutter rümpfte die Nase.

»Als ob sie dafür nicht Bedienstete hätte«, murrte sie. »Ich muss mit Francesco sprechen. Es geht nicht, dass dich diese Frau als Zofe missbraucht.«

»Ich hab es gern getan«, beeilte Lisa sich zu sagen. »Auf diese Weise habe ich neue Dichtungen aus Rom kennengelernt.«

»Dichtungen?« Monna Piera gab sich keine Mühe, ihren Widerwillen zu verbergen. »Mit so etwas solltest du deine Zeit nicht verschwenden. Ich dachte wirklich, du wärst zu vernünftig für solchen Unsinn.«

Lisa lenkte die Rede rasch auf andere Dinge und nahm sich vor, nie wieder in Monna Pieras Gegenwart von Dichtung zu sprechen. Sie vergewisserte sich, dass ihre Schwiegermutter es schön warm hatte und wünschte ihr eine gute Nacht.

An diesem Abend legte Francesco ihr einen kleinen Beutel aus rotem Samt in den Schoß.

»Was ist das?«, fragte sie und bemerkte erstaunt, wie seine Augen vor Vorfreude blitzten.

»Mach es auf«, sagte er statt einer Antwort.

Sie öffnete den Knoten und ließ den Inhalt in ihre Hand gleiten. Eine schwere goldene Kette kam zum Vorschein, daran ein Anhänger mit einer unregelmäßig geformten einzelnen Perle, fast so groß wie eine Haselnuss. Unter ihr baumelte ein kleiner, tropfenförmiger Rubin. Lisa schrie leise auf, als sie das Kleinod sah, sie hatte nicht gewusst, dass es solch riesige Perlen überhaupt gab. Sie musste ein Vermögen wert sein.

»Das ist für mich?«, fragte sie ungläubig.

»Gefällt sie dir?«, wollte Francesco wissen und nahm ihr den Schmuck aus der Hand. Er trat hinter sie und legte ihr die Kette mit dem Anhänger um. »Du siehst aus wie eine Königin.«

Lisa wandte sich zum Spiegel, dem neuen, den Francesco nach dem Überfall der *fanciulli* hatte anbringen lassen. Er war oval und mit seinem Goldrand fast noch prächtiger als der alte. Lisa trug bereits ihr Nachtgewand mit den weißen Spitzen am Ausschnitt. Die Perle mit dem Rubin baumelte zwischen Busen und Bauchnabel.

Dann fiel ihr Blick auf Francesco hinter sich im Spiegel. Er drückte ihr einen Kuss auf den Scheitel und umfing ihre Brüste mit seinen Händen.

»Ich begehre dich so sehr«, flüsterte er und zog sie an sich. In ihrem Rücken fühlte sie seine Erektion. Mit einer Hand zog er ihr Nachtgewand nach oben.

»Nicht«, mahnte sie. »Du weißt doch. Das Kind ...«

»Das hat dich früher auch nicht gestört«, raunte er ihr ins Ohr und hob sie auf seine Arme. »Ich liebe dich, Lisa«, hörte sie ihn sagen, als er sie aufs Bett legte und sich über sie beugte, ihren Hals mit Küssen bedeckte und die Perle zurechtrückte, die ihr ins Haar gerutscht war. Mit einem Ruck löste er das Bändchen, mit dem das Oberteil geschlossen war und legte ihre Brüste frei, nahm die Perle und spielte mit ihr um ihre Brustwarzen, so dass sie sich zusammenzogen.

»Nicht«, wiederholte Lisa und versuchte, sich zu wehren, doch Francesco lag auf ihrer einen Hand, und die andere hielt er spielerisch fest. Er fuhr mit der Zunge über die Wölbung ihrer Brüste, über den Perlanhänger und rollte ihn rund um ihre

Brustwarze, saugte an ihr, so dass sich ihr Unterleib zusammenzog, obwohl sich alles in ihr dagegen wehrte, Lust zu empfinden. Sanft, aber entschlossen schob er mit seinem Knie ihre Beine auseinander, streifte ihr das Hemd hoch und legte seine Hand auf ihre Scham, bewegte rhythmisch den Mittelfinger in ihr, so lange, bis sie feucht wurde. Sie wollte es nicht, und doch reagierte ihr Körper auf seine Berührungen. Sie bäumte sich auf, doch ihr Mann nahm es als Einladung, in sie einzudringen und sie mit seinem Gewicht liebevoll niederzudrücken, ihren Protest mit seinem Mund zu ersticken, der sich um ihre Lippen schloss. Er tat ihr nicht weh, er war sanft, und trotzdem tat er ihr Gewalt an, sehr behutsam, und dennoch konnte sie sich nicht gegen ihn wehren, er war viel stärker als sie. Sie fühlte hilflosen Zorn in sich aufsteigen, gegen ihn und gegen ihren eigenen Körper, diesen Verräter, der tatsächlich Lust empfand, eine schmerzliche Lust gegen ihren Willen, sie hätte nie geglaubt, dass so etwas möglich war. Und Francesco wusste das, kannte sie, bewegte sich langsam und genussvoll, so zärtlich und zugleich unnachgiebig, bis die Wogen über ihr zusammenschlugen, ganz so, als wären sie immer noch das glücklich verliebte Paar in den ersten beiden Jahren nach ihrer Hochzeit, und als wüsste sie nicht, wie sehr er ihre Liebe verraten hatte und fast täglich mit Caterina aufs Neue verriet.

»Ich liebe dich«, stöhnte Francesco und ergoss sich zuckend in ihr. »Und du liebst mich auch. Hör auf, dich dagegen zu wehren.«

Später, als er tief und fest schlief, stand sie leise auf, streifte das beschmutzte Nachthemd ab und wusch sich hinter dem neuen Wandschirm aus bemalter Leinwand. Dieser und sein Gegenstück waren beileibe nicht so hübsch wie die alten, die ihnen geraubt worden waren, statt Chrysanthemen balgte sich darauf ein hässlicher Satyr mir einer nackten Nymphe, Lisa hasste diese Szene. Dann stand sie vor dem Spiegel und betrachtete ihren Leib.

Die sanfte Rundung der Schwangerschaft, ihre vollen Brüste und dazwischen diese unanständig große Perle mit dem Rubin, der im Licht der Kerzen schimmerte wie ein Tropfen Blut. Hastig nahm Lisa das Schmuckstück ab und wog es in der Hand. Es war schwer. Am liebsten hätte sie es zum Fenster hinausgeworfen. Aber das ging natürlich nicht. Niedergeschlagen ließ sie es in ihre silberne Schmuckschatulle gleiten.

In diesem Jahr war Monna Piera zu schwach, um auf das Landgut im Mugello zu reisen, und so war die ganze Familie während des Sommers in der Stadt geblieben. Das schöne Wetter schlug bereits im September um, und die Kälte zog in das Haus in der Via della Stufa ein. Tagelang regnete es, und Lapo kam kaum mit Feuermachen hinterher. Am schlimmsten war es an jenen Tagen, wenn der Nebel drückend über der Stadt hing und die Kamine schlecht zogen, so dass sich der Qualm in den Räumen ausbreitete und auch jene zum Husten brachte, die nicht krank waren so wie Monna Piera.

Ihr ging es immer schlechter, und Lisa hatte bereits zweimal ihre Besuche bei Ginevra de' Benci absagen müssen. Ihre Schwiegermutter sprach nicht mehr davon, dass sie eines Tages ihren Platz einnehmen sollte, und Lisa war froh darüber. Sicher hatte sie eingesehen, dass es dem Familienfrieden keineswegs dienen würde, wenn sie ausgerechnet ihr die Leitung des Hauswesens übertragen würde.

Mit dem Frieden unter den Geschwistern del Giocondo war es ohnehin nicht gut bestellt in diesen Zeiten. Die Brüder waren sich nie besonders einig über die strategischen Fragen ihres Geschäfts gewesen, aber in diesem Herbst traten die Divergenzen nur allzu deutlich hervor. Dass Monna Piera ihren Jüngsten, Francesco, immer schon bevorzugt hatte und seinem unternehmerischen Geist mehr vertraute als ihren älteren Söhnen, hatte längst einen Keil zwischen die Geschwister getrieben. Francesco, so hatte Monna Piera einmal anerkennend zu Lisa gesagt, besaß ein untrügliches Gespür für gute Geschäfte und ging mitunter hohe Wagnisse ein, was seinen Brüdern schlaflose Nächte bereitete, das Familienunternehmen in den vergangenen Jahren jedoch zu einem der bedeutendsten in ganz Italien hatte werden lassen. Dass er auch Geld verlieh und dies zu überhöhten Zinsen, hatte Lisa rein zufällig erfahren, als sich ihnen ein vornehmer Schuldner einmal nach der Sonntagsmesse in den Weg gestellt und Francesco bittere Vorwürfe gemacht hatte.

»Übertreib es nicht«, hatte damals Monna Piera ihren Sohn ermahnt, und die Sache war bereinigt worden. Denn seinen guten Ruf wollte Francesco nicht aufs Spiel setzen, auch wenn er immer tat, als sei ihm egal, was die anderen von ihm dachten. Er gab sich gern raubeinig und verwegen, doch im Grunde steckte ein weicher Kern in ihm, das wusste Lisa.

Bislang hatte der Erfolg Francesco recht gegeben. Aber in diesen Jahren der wiederkehrenden kriegerischen Auseinandersetzungen hatten die del Giocondos immer häufiger Warenlieferungen an venezianische Konkurrenten verloren. Stoffe, die sie bereits angezahlt und über Vorbestellungen verkauft hatten, waren nicht bei ihnen angekommen. Und von ihren Schuldnern war Piero de' Medici nicht der Einzige, der spurlos verschwunden war, ohne seinen Kredit zurückzubezahlen. Zu allem Überfluss hatte Francesco sich noch mit dem Steueramt überworfen, das per neu geschaffenem Gesetz die gesamte Weizenernte eines seiner Güter beschlagnahmt hatte – eine der vielen willkürlichen Zwangsabgaben für die Finanzierung der Rückeroberung von Pisa, an die niemand mehr so recht glaubte. Darüber und über vieles mehr stritten die Brüder, und Monna Piera war zu schwach, um wie früher ein Machtwort zu sprechen und Francesco den Rücken freizuhalten.

Eines Morgens ließ Monna Piera nach dem Notar schicken. Sie schloss sich mit Ser Piero da Vinci drei Stunden lang ein und war danach so erschöpft wie noch nie. Eine Reihe von hochstehenden Persönlichkeiten gab sich am Nachmittag die Klinke in die Hand, und Lisas Schwägerinnen lauerten angespannt auf dem Flur in der Hoffnung, zu erfahren, was da hinter verschlossener Tür vor sich ging. Am Abend bat Monna Piera ihre Söhne zu sich und alle drei, sogar Francesco, hatten Tränen in den Augen, als die Unterredung beendet war.

»Sie hat ihr Testament gemacht«, verriet Francesco Lisa. »Aber sie sagt keinem von uns, was darin steht.«

Nun drängten sich auch Filippa und Alfonsina darum, Zeit mit der Schwiegermutter zu verbringen, ihr die Medizin zu reichen und ihre Kissen aufzuschütteln. Doch wenn die Schmerzmittel nachließen, wollte Monna Piera stets nur Lisa um sich haben, und die anderen räumten sichtlich erleichtert den Platz.

Monna Piera tat ihren letzten Atemzug dann für alle vollkommen überraschend an einem Nachmittag Ende September. Der Sommer schien zurückgekehrt, die Temperaturen stiegen, und der alten Matrone schien es erstaunlich besser zu gehen. Mit Lisas und Caterinas Hilfe ließ sie sich sogar seit langem wieder in ihren Lehnstuhl betten. Sie nahm eine ganze Schale guter Fleischbrühe zu sich und verlangte, ihre Enkel zu sehen. In aller Eile gelang es Lisa, auch jene zu versammeln, die nicht im Haus in der Via della Stufa lebten, selbst Margherita, die erst vor kurzem ihr zweites Kind bekommen hatte, kam herbeigeeilt. Jedem einzelnen legte Monna Piera zum Segen ihre Hand auf den Scheitel. Dann ließ sie ihren Sessel so drehen, dass die Mittagssonne sie wärmen konnte, und bat, sie ruhen zu lassen. Als Lisa zwei Stunden später vorsichtig nach ihr sah, war sie für immer eingeschlafen.

Dieses Haus wird nie wieder dasselbe sein, dachte Lisa, als sie und Caterina der Totenwäscherin halfen, Monna Piera für die Aufbahrung zurechtzumachen und ihr das feine Leichenhemd anzuziehen, das Francesco für seine Mutter gebracht hatte. In der Nacht hielt sie gemeinsam mit den anderen beim Schein vieler Wachskerzen die Totenwache. Das Kind in ihrem Bauch bewegte sich sanft wie ein Falter, und Lisa fragte sich, ob ihre Schwiegermutter Recht behalten würde und es wieder ein Sohn war, der in ihr heranwuchs.

Am Tag darauf riss der Strom der Besucher nicht ab, die sich von Piera del Giocondo verabschieden wollten, und erst jetzt bekam Lisa eine Ahnung davon, wie sehr man ihre Schwiegermutter in der Stadt respektiert hatte. Während der Begräbnisfeier in der Basilika Santissima Annunziata, wo Monna Piera in der Familiengruft beigesetzt wurde, musste Lisa auf einmal haltlos weinen, denn hier lag neben all den anderen Verwandten schließlich auch die kleine Piera begraben.

»Das ist alles viel zu viel Aufregung für dich, mein Liebes«, sagte Francesco am Abend gerührt. »Ich habe nicht gewusst, wie sehr du meine Mutter geliebt hast.«

Drei Tage herrschte im Haus in der Via della Stufa eine seltsame Stille, die Lisa vorkam wie die Ruhe vor einem gewaltigen Sturm. Sogar die Kinder unterhielten sich nur flüsternd, bei den gemeinsamen Mittagessen sprach niemand ein Wort.

Am vierten Tag kam Ser Piero da Vinci zur Testamentsverlesung ins Haus, zu der nicht nur Francesco und seine Brüder gebeten wurden, sondern auch seine Schwestern sowie alle Ehegattinnen und -gatten. Lisa hatte Mühe, den langen, verschnörkelten Eingangsformeln des Notars zu folgen, das Ungeborene drückte auf ihre Blase, und sie wusste kaum, wie sie sitzen sollte. Nach dem Tod von Francescos Vater war das Familiengeschäft bereits auf die drei Brüder verteilt und die Schwestern durch ihre Mitgift reichlich abgefunden worden. An diesem Tag ging es um Monna Pieras Privatvermögen, und niemand rechnete mit einer Überraschung, Lisa am allerwenigsten. Sie sehnte sich nach ihrem bequemen Sessel neben dem Feuer und unterdrückte ein Gähnen, als lange Listen von Gegenständen verlesen wurden, die Monna Piera ihren fünf Töchtern vermachte, bis hin zum letzten Tischtuch schien sie alles ganz genau verteilt zu haben. Nach den Töchtern kamen die Schwiegertöchter an die Reihe, angefangen mit Filippa, der Ältesten. Als auch Alfonsina erfahren hatte, womit Monna Piera sie bedacht hatte, richtete der Notar seine Augen auf Lisa.

»Für die Ehefrau von Messer Francesco, Lisa del Giocondo geborene Gherardini, hat die Verstorbene zweierlei vorgesehen, einen Gegenstand und ein Amt: Monna Lisa erhält einen goldenen Siegelring mit einem grünen Jadestein, in den das Familienwappen geschnitten wurde, dazu das Amt der Schatzmeisterin der Familie. Ich verlese, was Monna Piera mir hierzu wörtlich diktiert hat: »*Es ist mein Wille, dass meine Schwiegertochter Lisa meine Nachfolgerin in der Aufsicht der häuslichen Finanzen wird.*« Unterschrieben und bezeugt von ...« Es folgte die Aufzählung einer Reihe von ehrbaren Bürgern der Stadt.

Einen Moment lang schien es, als hielten alle den Atem an. Francesco wandte überrascht den Kopf und musterte seine Frau mit völlig neuen Augen, offenbar hatte auch er keine Ahnung gehabt. Dann brach ein Sturm der Entrüstung los.

Lisa selbst saß da wie betäubt. Es war lange her, seit die alte Dame das letzte Mal davon gesprochen hatte, dass sie die Hausfinanzen übernehmen sollte, und Lisa war davon ausgegangen, dass Monna Piera sich die Sache anders überlegt hatte. Doch das war nicht der Fall. Und das Schlimmste war: Statt ihre Töchter und Schwiegertöchter auf diesen Plan vorzubereiten, hatte sie sich dazu entschlossen, sie vor vollendete Tatsachen zu stellen.

»Das kommt keinesfalls in Frage«, schrie Filippa sie an und musste von ihrem Mann zurückgehalten werden, damit sie sich nicht auf Lisa stürzte.

»Sie kann das nicht ernst gemeint haben«, fand Alfonsina, der man deutlich ansah, wie gekränkt sie war. »Unsere gute Mutter war nicht mehr bei Sinnen, als sie das diktiert hat.«

»Jetzt wissen wir, warum sich Lisa dauernd so rührend um sie gekümmert hat«, warf Marietta gehässig ein. »Alles pure Berechnung.«

»Eingeschmeichelt hat sie sich bei ihr wie eine Katze«, fauchte Filippa. »Aber das würde dir so passen. Unsere Finanzen kontrollieren? Niemals!«

»Und den Siegelring«, mischte sich Alessandra ein, die älteste der Töchter, die schon lange nicht mehr im Haus lebte, »der gebührt selbstverständlich mir. Es ist das wertvollste Stück in der Familienschatulle ...«

»... von der ihr anderen das Allermeiste erhalten habt«, gab Francesco kämpferisch zurück. »Jede von euch hat eine stattliche Auswahl vom Familienschmuck erhalten. Lisa nur diesen Ring. Also lasst sie in Ruhe. Was kann sie dafür ...«

»Oh, sie kann ganz sicher etwas dafür«, fiel ihm Filippa wutentbrannt ins Wort. »Diese hinterlistige Schlange hat uns Monna Piera abspenstig gemacht.«

»Wenn ich noch etwas sagen dürfte«, erhob der Notar das Wort und raffte verlegen die Papiere zusammen. »Monna Piera war sehr wohl bei Verstand, als sie ihren Letzten Willen bei mir festschreiben ließ. Wer daran zweifelt, dem rate ich, die Zeugen zu konsultieren.« Ser Piero da Vinci verbeugte sich zum Abschied und verließ hastig den Raum.

»Wir werden die Wünsche unserer Mutter respektieren«, sagte

Giuliano, der mittlere der Brüder, in dem sichtlichen Versuch, die Wogen zu glätten. »Und Lisa soll den Ring bekommen. Aber nicht das Amt. Dafür werden wir gemeinsam eine bessere Lösung finden.«

»Warum?«, fragte Francesco angriffslustig. »Wenn wir unserer Mutter in allem anderen folgen, warum dann nicht ...«

»Das ist ein abgekartetes Spiel«, unterbrach ihn Filippa. »Zuerst wurdest du als Jüngster deinen Brüdern vorgezogen und zum Haupt des Unternehmens gemacht. Und das völlig zu Unrecht. Was dabei herausgekommen ist, das sehen wir ja inzwischen.«

»So?«, höhnte Francesco. »Was siehst du mit deinen kurzsichtigen Mausaugen, Schwägerin? Dass meine Arbeit dir ermöglicht, jeden Monat ein kleines Vermögen der Kirche zu spenden? Ja, wem, glaubst du denn, hast du das zu verdanken? Etwa deinem Ehemann? Wenn es nach dem ginge, besäßen wir heute noch einen kleinen Stoffladen unten am Arno und weiter nichts. Keine Niederlassung in Lyon, geschweige denn eine in Rom. Und von dem Handel mit Byzanz ganz zu schweigen.«

Als wäre dies das Stichwort, entbrannte nun ein fürchterlicher Streit unter den Brüdern. Entsetzt sah Lisa zu, wie der stets zurückhaltende Giocondo mit zornesrotem Gesicht seinen offenbar lange angestauten Ärger schrill hinausschrie. Dass er die krummen Manöver Francescos nicht mehr länger mittrage, der die Familienehre mit Füßen trete. Dass er nachts nicht mehr schlafe vor Sorge, die ausgeklügelten Winkelzüge seines Bruders würden auffliegen und sie alle ins Unglück stürzen. Und da nun offenbar ein unsichtbarer Damm gebrochen war, stimmte Giuliano in den Streit mit ein, beschuldigte Francesco, sich heimlich am Firmenvermögen zu bereichern und die Bilanzen zu seinen Gunsten zu schönen.

»Und nun soll auch noch deine Frau mithelfen, uns alle hinters Licht zu führen?«, schloss er mit geballten Fäusten und einem Gesicht, so weiß wie sein Hemd.

In der Stille, die diesen Eruptionen folgte, schienen all die schlimmen Anschuldigungen von den Wänden widerzuhallen. Drei Tage, dachte Lisa innerlich zitternd. Nur drei Tage ohne Monna Piera und diese Familie, die jahrelang zusammengehalten hat, fällt auseinander wie ein loses Deck Karten.

»Das reicht«, sagte Francesco kalt und nahm sie sanft beim Arm. »Es ist gut, dass wir endlich wissen, was jeder über den anderen denkt.«

Und damit führte er Lisa aus dem Raum.

»Wir werden hier ausziehen«, sagte er, nachdem Caterina Lisa aus der festlichen *gamurra* geholfen hatte, die sie zur Feier der Testamentsverlesung angelegt hatte, ihr die kalten Füße massiert und einen Becher mit Kräutertee gebracht hatte.

»Ausziehen?« Erschreckt legte Lisa eine Hand auf ihren gewölbten Bauch. »Aber wohin denn?«

»Gleich nach nebenan«, antwortete Francesco und deckte sie fürsorglich mit einem Wollschal zu. »Ich hab Messer Signorelli das Haus abgekauft.«

»Aber … aber …«, stammelte Lisa. »Da wohnt doch seine Familie!«

»Nun, bald nicht mehr.« Francesco nahm in seinem Lieblingsstuhl Platz und wippte unternehmungslustig mit dem Fuß. Der Streit mit seinen Geschwistern schien ihm kein bisschen zugesetzt zu haben, ganz im Gegenteil. Er wirkte ausnehmend zufrieden.

»Wo gehen die Signorellis denn hin?«, fragte Lisa, die nicht fassen konnte, welche Wendungen dieser Tag nahm.

»Ich weiß es nicht. Aufs Land vermutlich. Zu Verwandten. Das spielt für uns keine Rolle.« Er rückte den Stuhl näher an den Kamin heran. »Wir werden endlich unsere eigenen vier Wände haben, Lisa. Freut dich das denn nicht? Mir ist es hier lange schon zu eng. Wir brauchen repräsentative Räume. Dieses Haus ist viel zu verwinkelt und zu klein für vier Familien, die beständig wachsen. Außer dem großen Saal sind das im Grunde alles nur winzige Kammern. Keine anständige Bibliothek. Kein *studiolo*, wie jeder eines hat, der etwas auf sich hält. Keine Kunstwerke ... Lisa, du bist doch jetzt mit Ginevra de' Benci befreundet. Bedauerst du es nicht, dass du keinen standesgemäßen Rahmen hast, um sie auch einmal bei dir zu empfangen? Oder denk an Simonetta Tornabuoni.« Er stand auf und ging mit großen Schritten auf und ab. »Ich möchte, dass du dich mit der ersten Gesellschaft von Florenz umgibst«, fuhr er eifrig fort. »Wir wollen Empfänge geben und Konzerte veranstalten. Von mir aus sogar Dichterlesungen, von diesen Dingen verstehst du mehr als ich. Jedenfalls wird es Zeit, dass wir uns von den anderen lösen und unserer eigenen Wege gehen. Meine Brüder werden immer kleingeistige Krämer bleiben. Ich hingegen habe anderes im Sinn.«

Lisa hatte ihm mit wachsendem Staunen gelauscht.

»Das hast du dir alles längst genau überlegt«, stellte sie fest. »Hast du ...« Sie musste schlucken, so ungeheuerlich war das, was ihr gerade durch den Kopf ging. »Hast du damit nur gewartet, bis deine Mutter stirbt?«

»Sagen wir es so«, antwortete Francesco und sah sie liebevoll an. »Ich wollte es ihr zu ihren Lebzeiten nicht antun. Der Zusammenhalt der Familie war ihr heilig. Aber die Zeiten ändern sich. In ein paar Jahren sind meine Söhne alt genug, um mit ins Geschäft einzusteigen. Meo ist bald zehn. Ich selbst bin im Alter von zwölf Jahren Lehrling bei meinem Vater geworden. Bis er und Pippo richtig mitarbeiten können, habe ich vorgesorgt. Unsere besten Mitarbeiter werden mir folgen. Und die anderen ...« Francesco verzog sein Gesicht zu einem schadenfrohen Grinsen. »Die können gern bei meinen Brüdern bleiben.«

Lisa wusste nicht, was sie sagen sollte. Einmal mehr wurde deutlich, wie wenig Ahnung sie von dem hatte, was ihren Mann beschäftigte. Caterina kam ins Zimmer, um zu fragen, ob sie noch etwas wünschten. Francesco ließ sich warmen, gewürzten Wein bringen und drängte Lisa, auch davon zu nehmen. Sie lehnte ab. Sie vertrug Alkohol nicht gut, und wenn sie schwanger war schon gar nicht. Lieber trank sie noch einen Becher frischen Lindenblütentee, den Caterina ihr brachte.

»Was ist mit den Hausangestellten?«, fragte sie, nachdem die Dienerin gegangen war.

»Caterina bleibt selbstverständlich bei uns«, antwortete Francesco rasch und vermied es, ihr in die Augen zu sehen. Natürlich, dachte Lisa resigniert. »Und stell dir vor«, Francesco senkte seine Stimme, offenbar wollte er auf keinen Fall, dass dies jemand hörte, »ich konnte sogar Duccio davon überzeugen, mit uns zu kommen. Er hat seinen Preis zwar gewaltig in die Höhe getrieben, doch seine Kochkunst ist das allemal wert. Besonders, wenn ich daran denke, welche Gäste wir bald bewirten werden.«

»Und Lapo?«

»Der soll ruhig hierbleiben, das alte Hinkebein«, urteilte Francesco, ohne mit der Wimper zu zucken. »Ich habe bereits einen jüngeren Knecht verpflichtet. Im Moment kümmert er sich noch um das Warenlager. Und sobald das neue Haus fertig ist ...«

»Wann wird das sein?«

Francesco nahm wieder auf seinem Stuhl neben ihr Platz und griff nach ihrer Hand. »Das Kind wirst du noch hier auf die Welt bringen«, versicherte er ihr. »Wir werden das Haus der Signorelli von Grund auf umbauen. Vor dem Frühjahr wird es kaum fertig sein. Bis dahin haben wir auch das Geschäft untereinander aufgeteilt. Ach«, rief er aus, ließ sie los und rieb sich begeistert die Hände. »Was bin ich froh! Das hätte heute gar nicht besser verlaufen können, Lisa. So wie sie über dich hergefallen sind, kann ich doch nicht anders, als mich von ihnen lossagen.« Er strahlte über das ganze Gesicht.

Lisa dagegen wurde das Herz schwer. Was hätte Monna Piera zu all dem gesagt? Und was war mit ihr? Warum hatte Francesco sie nicht längst in seine Pläne eingeweiht? Wie mühsam hatte sie sich in die Familie ihres Mannes eingelebt. Sicherlich, ihren Schwägerinnen würde Lisa keine Träne nachweinen. Aber ihre Neffen und Nichten taten ihr jetzt schon leid. Sie selbst würde vor allem die Mädchen vermissen. Ob ihre Eltern ihnen nach der Trennung der Haushalte erlauben würden, sie weiterhin zu besuchen? Würde sich Lisa ohne den täglichen Umgang mit den Mädchen nicht einsam fühlen? Sosehr sie Caterina schätzte – Francesco und seine zwischen ihnen aufgeteilte Liebe würden ewig zwischen ihnen stehen. Und da kam Lisa eine Idee.

»Ich habe einen Wunsch.« Sie sah ihren Mann forschend an.

»Wenn ich ihn dir erfüllen kann, tu ich es gern«, antwortete Francesco zurückhaltend. Er befürchtete wohl, Lisa könnte die Sprache noch einmal auf Caterina bringen. Doch das hatte sie nicht vor. Sie hatte gelernt, zu erkennen, wann eine Sache aussichtslos war.

»Ich möchte meine alte Amme als Hausdienerin einstellen«, sagte sie mit fester Stimme. »Sie hat meinen Eltern lange treu gedient.« Die Umstände von Bettas Entlassung verschwieg sie lieber.

»Einverstanden«, antwortete Francesco sichtlich erleichtert. »Du hast recht. Wir haben noch viel zu wenig Bedienstete.«

Nach dem fürchterlichen Streit schien der Rest der Familie die Nachricht von Francescos Entschluss, sich von ihnen zu trennen, mit großer Erleichterung aufzunehmen. Man händigte ihm Monna Pieras Siegelring für Lisa aus, und alle taten so, als hätte es niemals Unstimmigkeiten gegeben. Natürlich erhob Lisa keinen Anspruch darauf, die Haushaltsbücher zu führen, sie zog sich ganz in ihre beiden Räume zurück und bereitete sich auf die Geburt ihres vierten Kindes vor. Zwei Wochen nach Mona

Pieras Beerdigung war es so weit. Seit der schweren Niederkunft von Milla hatte Lisa mit dem Schlimmsten gerechnet, doch ihre Ängste waren unbegründet. Nach wenigen Stunden gebar sie ohne große Umstände einen schmalen, jedoch kerngesunden Jungen. Sie beschlossen, ihn Andrea zu nennen.

»Warum denn Andrea?«, fragte ihre Mutter mit schlecht verhohlener Enttäuschung, als sie Lisa besuchte. »Keiner in der Familie heißt so. Jedenfalls nicht in unserer.«

»Auch in Francescos Familie nicht«, antwortete Lisa. »Und genau deshalb haben wir ihn ausgesucht.«

Lucrezia sah sie an, als hätte sie den Verstand verloren.

»Nun ja«, sagte sie ein wenig schnippisch, »nachdem du nicht nur deinen Ältesten, sondern sogar deine erste Tochter – Gott habe sie selig – nach deiner Schwiegermutter benannt hast, hätten wir schon erwartet, du würdest dich deines Vaters erinnern.«

»Hast du vergessen, dass deine eigene Mutter Piera hieß?«, wandte Lisa verletzt ein. Es tat ihr weh, an den Verlust ihres geliebten Kindes erinnert zu werden, und dann mit solchem Vorwurf.

»Du hättest sie auf meinen Namen taufen lassen können«, gab ihre Mutter zurück. »Oder zumindest deine zweite Tochter.«

Lisa schwieg. Wie hatte es nur dazu kommen können, dass ihre früher so einfühlsame Mutter derart hartherzig geworden war? Sie war eifersüchtig, das war deutlich zu spüren. Und Lisa war es leid, die von allen Seiten an sie gerichteten Erwartungen zu erfüllen. Sie fand es empörend, dass ihr Vater seit ihrem großen »Sündenfall« nur finanzielle Forderungen an sie stellte, ihr jedoch keinerlei Herzlichkeit mehr entgegenbrachte. Warum sollte sie ihr Kind nach diesem nachtragenden alten Mann benennen?

»Antonmaria klingt meinem Mann zu altmodisch«, behauptete sie und nahm ihrer Mutter den Säugling vom Arm. »Wie geht es meinen Schwestern?«

»Camilla tritt im Frühjahr ins Kloster ein«, antwortete Lucrezia. Lisa erschrak.

»Ist das ihr eigener Wunsch?«

Lucrezia lachte bitter auf. »Natürlich nicht«, antwortete sie resigniert. »Aber dein Vater hat ausgerechnet, dass er nur noch für eine Tochter die Mitgift aufbringen kann. Für Ginevra.«

»Warum gerade für sie?«

»Weil sie die Hübscheste von allen ist«, gab Lucrezia mit gepresster Stimme zurück. »Und weil dein Vater hofft, sehr bald eine gute Partie für sie zu finden. Ginevra ist sechzehn. Höchste Zeit also ...«

Der kleine Andrea begann zu quäken, und Lisa übergab ihn seiner Amme, einem blutjungen, unverheirateten Mädchen vom Land mit langen, schweren Zöpfen. Sie hieß eigentlich Beatrice, doch alle nannten sie nur Bice.

»Und was wird aus Alessandra?«, fragte Lisa. »Muss sie auch ins Kloster?«

Lucrezia zuckte mit den Schultern.

»Wenn nicht noch ein Wunder geschieht.« Sie sah Lisa forschend ins Gesicht, und diese wusste genau, was ihre Mutter dachte.

»Francesco ist gerade dabei, seine Geschäfte von denen seiner Brüder zu trennen«, erzählte sie. »Wir werden umziehen, in das Haus nebenan.«

»Dorthin, wo die Baustelle ist?«, fragte Lucrezia überrascht.

Lisa nickte. Die Handwerker hatten gerade damit begonnen, Wände einzureißen, und warfen den Schutt auf die Straße. Einige Anwohner hatten sich bereits beschwert. »Es ist kein guter Zeitpunkt, Francesco um Geld zu bitten. Es gab eine Menge Ärger nach Monna Pieras Tod und ...«

»Man erzählt sich allerhand über deinen Mann in der Stadt«, fiel ihr Lucrezia ins Wort. »Er soll ein Wucherer sein. Und das Unglück anderer Leute ausnutzen.«

»Soweit ich mich erinnere, hat er dir und Vater viel Gutes getan«, wandte Lisa ein und ärgerte sich über sich selbst. Hatte sie es nötig, ihren Mann zu verteidigen?

»Was nur recht und billig ist«, gab Lucrezia zurück. »Immerhin ist er mit uns verschwägert. Und das Schicksal deiner Geschwister …«

»Das ist ihm keineswegs egal«, entgegnete Lisa und fühlte, wie sie langsam zornig wurde. »Er hat Noldo und Franceschino Lehrstellen angeboten. Ich kann nicht verstehen, warum sie dies ablehnen.«

»Wie kannst du es wagen!« Lucrezia funkelte sie aufgebracht an. »Die Gherardini sind weder Handwerker noch Händler und werden es auch nie sein. Wir stammen von altem Adel ab, die Ahnen deines Vaters herrschten einst über das riesige Gebiet zwischen den Tälern der Elsa und des Greve im Chianti mit unzähligen Landgütern, da haben Francescos Vorfahren noch Weinfässer zusammengezimmert! Und mein Stammbaum erst … Es grenzt an Beleidigung, unseren Söhnen so etwas anzubieten. Hast du deine Herkunft denn ganz vergessen, Lisa?«

»Nein, das habe ich durchaus nicht.« Lisa musste sich beherrschen, um nicht lauter zu werden. »Ich weiß, dass meine Vorfahren stets von den Einkünften ihrer Ländereien gelebt haben. Aber diese Zeiten sind vorbei. Und daran kann Vater nicht ständig nur anderen die Schuld geben, vor allem nicht mir. Es ist keine Schande, von der eigenen Hände Arbeit zu leben. Keine größere, als ständig um Almosen zu …«

»Du vergisst dich«, zischte ihre Mutter. »Schließlich trägst du sehr wohl Schuld daran, dass unsere Einkünfte nach dem Verlust von San Silvestro zurückgegangen sind und wir für deine Schwestern keinen anderen Ausweg sehen als das Kloster. Und jetzt machst du dich lustig über uns?«

Lisa holte tief Luft, um etwas zu entgegnen, doch sie ließ es sein. Die Meinung ihrer Mutter würde sie ohnehin nicht ändern. Das Einzige, was sie versuchen konnte, war, ihre Schwestern vor diesem Schicksal zu bewahren.

»Ich spreche mit Francesco«, sagte sie. »Zögere Camillas Eintritt ins Kloster bitte so lange wie möglich hinaus. Wie gesagt, im Augenblick ist er zu beschäftigt.« Ihr Blick fiel auf das silberne Kästchen auf dem Kaminsims. Und wenn sie sich von ihren Schmuckstücken trennte? Würde ihr Francesco das übelnehmen? »Wie hoch muss so eine Mitgift denn sein?«, fragte sie bedrückt.

Lucrezia hob die Schultern und ließ sie wieder fallen. »Tausend Golddukaten«, sagte sie. »Je nachdem. Vielleicht reichen auch achthundert.« Die Falten um ihren einst so schönen Mund gruben tiefe Kerben in ihr Gesicht. Lucrezia ging auf die Fünfzig zu, und die Sorgen hatten sie frühzeitig altern lassen.

Lisa dachte fieberhaft nach. Wenn es gelänge, ihre Schwestern gut zu verheiraten, würde die Bürde, ihre Eltern zu unterstützen, nicht mehr allein auf ihren Schultern lasten. Tausend Golddukaten waren freilich ein echtes Vermögen. Das Gut San Silvestro war nur halb so viel wert gewesen. Sie bezweifelte, dass ihre Juwelen auch nur annähernd ausreichen würden.

»Wenn meine Brüder doch bereit wären, eine Arbeit anzunehmen«, versuchte Lisa es erneut. »Glaub mir, es wäre leichter, euch zu helfen. Francesco arbeitet schließlich ebenfalls hart für sein Geld.«

Lucrezia tat so, als habe sie das nicht gehört, tätschelte Milla den Kopf und ließ sich von Pippo, der gerade von seinem Unterricht kam, auf die Wangen küssen. Dann verabschiedete sie sich kühl und ging.

Es wurde ein milder Winter, und die Arbeiten an dem neuen Haus schritten gut voran. Andrea wuchs und gedieh genauso unauffällig, wie er gekommen war, ein liebes, umgängliches Kind, das die Nächte durchschlief und auch bei Tag kaum störte. Während Francesco neben seiner täglichen Arbeit halbe Nächte lang mit seinen Brüdern um die Trennung der Geschäfte rang, bat er Lisa, sich um die Gestaltung des neuen Hauses zu kümmern.

»Schließlich kommst du aus einem noblen Haus«, erklärte er mit einem provozierenden Grinsen und imitierte Lucrezias Tonfall. »Euch ist das Repräsentieren doch in die Wiege gelegt worden, im Gegensatz zu uns simplen Händlern.« Lisa senkte den Blick, wie immer, wenn er sich über ihre Familie lustig machte.

Aber wenn er ihr diese Aufgabe schon anvertraute, dann wollte sie auch zeigen, was in ihr steckte. Ihr eigenes Zuhause war nicht gerade ein Vorbild, allzu beengt in gemieteten Räumen war sie aufgewachsen, und sie schämte sich für ihre Eltern, die von einer ruhmvollen Vergangenheit zehrten, die sich in ihren gegenwärtigen Lebensumständen nicht mehr spiegelte. Ihre Großeltern mütterlicherseits waren dagegen viel besser gestellt gewesen. Nach ihrem Tod war ihr Vermögen zwischen ihrer Mutter und ihren zahlreichen Brüdern und Schwestern aufgeteilt worden, ein Tropfen auf den heißen Stein der Bedürfnisse ihres Vaters.

Vergeblich wartete Lisa auf eine Gelegenheit, mit Francesco über das Schicksal ihrer Schwestern zu sprechen, seine Laune war nicht die beste, wenn er spät nach den zähen Verhandlungen mit seinen Brüdern nach Hause kam. Das Einzige, was ihn dann noch zu interessieren schien, war das neue Haus und die Fortschritte, die die Handwerker machten.

Wenn Lisa überlegte, wie sie künftig gerne wohnen wollte, geriet sie mitunter ins Träumen und sah wieder die prachtvollen Gemächer des Palazzo Medici vor sich, den herrlichen Festsaal und die privaten Gemächer, in die Giuliano sie eingeladen hatte. Ohne überbordend zu wirken hatte es keine einzige Handbreit gegeben, die nicht gestaltet gewesen war. Nichts war dem Zufall überlassen worden. Und das war auch kein Wunder, überlegte sie, denn die größten Künstler jener Zeit hatten an der Ausstattung mitgewirkt.

Sie führte alsbald lange Gespräche mit Simonetta und lernte den Unterschied zwischen *pietra serena* und Travertin kennen, erfuhr, in welchen Werkstätten man Türen und Fensterläden anfertigen ließ, welche Handwerker die Deckenbalken am schönsten schnitzten und bemalten und woher der beste Marmor für die Kamine stammte. Lisa wagte auch Ginevra de' Benci um Rat zu bitten, besonders in Hinblick auf die Bibliothek, die Francesco entschlossen war, einzurichten.

»Habt Ihr denn keinen Architekten?«, fragte Ginevra erstaunt darüber, dass Lisa sich um all das selbst kümmerte.

»Für die groben Handwerksarbeiten schon«, antwortete sie verlegen. »Er ist jedoch kein Künstler, und für die Gestaltung der Räume hat er nur die üblichen Ideen. Und ich möchte es gern selbst verstehen.« Schließlich war dies vermutlich ihre einzige Gelegenheit, nach ihren Wünschen ein Haus einzurichten, ihr Haus, in dem sie wohl den Rest ihres Lebens verbringen würde.

»Ich werde Euch einen Freund von Messer Leonardo schicken«, sagte Ginevra nach einigem Nachdenken. »Man nennt ihn Bramantino, denn er hat bei dem großen Architekten Bramante gelernt. Er ist erst vor kurzem von Mailand hergekommen, weil er sich Leonardo da Vinci anschließen wollte. Doch der ist ja nicht mehr in der Stadt.« Ginevra seufzte. »Hoffentlich kommt er bald zurück«, sagte sie mehr zu sich selbst.

»Wo ist Messer Leonardo denn?«, fragte Lisa.

»Er hat beschlossen, ein wenig Krieg zu spielen«, antwortete Ginevra grimmig. »Cesare Borgia hat ihn in seine Dienste genommen.«

»Als Maler?«

»Als Ingenieur.« Ginevra wirkte unglücklich. »Männer können recht töricht sein. Und Leonardo ist nicht der Erste, der seine wahre Bestimmung im Leben verleugnet. Wie sieht es denn mit Eurem Mann aus, liebe Lisa? Tut er das, was er am besten kann?«

»Ich denke schon«, antwortete Lisa verwirrt.

»Natürlich«, gab Ginevra resigniert zurück. »Er ist Kaufmann, so wie mein Gatte. Die haben den richtigen Sinn für die Wirklichkeit.« War das ein Lob?, fragte Lisa sich, denn es klang kein bisschen danach. »Aber kommen wir zu Eurem Anliegen zurück. Bramantino wird Euch gefallen. Er wird Euch helfen, Euer Haus einzurichten, damit es nicht nur gefällig ist, sondern auch Euren Bedürfnissen gerecht wird.«

Ginevra behielt Recht. Bartolomeo Suardi, wie »Bramantino« in Wirklichkeit hieß, wirkte zunächst zwar, als sei es vollkommen unter seiner Würde, eine Kaufmannsfrau bei der Einrichtung ihres neuen Hauses zu beraten, doch nachdem er mit Lisa in dem entkernten Haus in der Via della Stufa umhergegangen war und sich alles angesehen hatte, lag für ihn die Gestaltung der Räume offenbar auf der Hand.

»Wir gliedern die Wohnung in drei Bereiche«, sagte er und begann einen Plan in ein Notizbuch zu zeichnen. Mit wenigen Strichen hatte er den Grundriss skizziert und umrandete nun drei Räume und zeichnete eine I hinein. »Eure privaten Gemächer.« Mit energischen Zügen hob er zwei weitere Räume hervor und kennzeichnete sie mit II. »Hier würde ich den offiziellen Bereich ansiedeln, in dem Ihr Gäste empfangen und bewirten werdet. In diesem größeren Saal können auch Feste gefeiert werden.« Er sah zu den drei Fensterbögen. »Das *studiolo* und die Bibliothek würde ich hier unterbringen. Dieses Zimmer ist hell, so dass Ihr genügend Licht zum Lesen habt.«

»*Studiolo* und Bibliothek in einem?«, fragte Lisa nach.

»Ja«, antwortete Bramantino. »Außer Ihr verfügt über eine Sammlung von mehr als fünfhundert Bänden.«

Er musterte Lisa prüfend, die hastig verneinte. Im Grunde hatten sie erst zwei Dutzend Bücher.

Mit großen Schritten eilte Bramantino weiter durch die Zimmerfluchten. Hier sollte ein Fenster zugemauert und dort eines eingefügt werden. Ein Aufzug für die Speisen aus der Küche im Erdgeschoss direkt ins Esszimmer würde dem Gesinde eine Menge Wege ersparen und ein weiterer für Lasten die Brennholzversorgung in die zweite Etage vereinfachen.

»Solche Aufzüge hat bereits Lorenzo der Prächtige in den Palast der Medici einbauen lassen«, erklärte er Lisa, und als Francesco davon hörte, war es für ihn ausgemachte Sache, dass sie das in ihrem neuen Haus ebenfalls haben würden.

Am meisten entzückt war Lisa allerdings von seiner Idee, auf einem Teil des flachen Daches eine nicht einsehbare Terrasse anzulegen, auf die man Bäume in Kübeln pflanzen konnte und so einen verborgenen Garten inmitten der Stadt schuf, auf dem sich »die Frauen des Hauses«, wie Bramantino es ausdrückte, mit den Kindern ungestört aufhalten konnten.

Alles schien sich unter seinen Erklärungen und hingeworfenen Skizzen aufs Schönste zu ordnen, und als er einige Tage später Francesco alles fein säuberlich in Plänen aufbereitet präsentierte, war dieser begeistert. Er gewährte Lisa freie Hand, alles so zu verwirklichen, wie dieser großartige Architekt es vorsah.

Und dann wurde es Zeit, Betta die gute Nachricht zu überbringen. Lisa hegte keinen Zweifel daran, dass ihre Amme nur zu gern in ihre Dienste treten würde. Wenn sie es richtig verstanden hatte, erhielt sie bei Guidobaldo Valeri gar keinen richtigen Lohn. Sie schickte Ricardo, den neuen Hausknecht, um Betta zu einem Besuch bei ihr einzuladen. Doch wenn sie gehofft hatte, dass er ihre Amme gleich mitbringen würde, hatte sie sich getäuscht.

»Sie sagt, dass sie den alten Herrn gerade nicht allein lassen kann«, richtete Ricardo ihr aus. »Und dass sie sich melden wird.«

Erst am übernächsten Tag erschien sie scheu in der Via della Stufa und sah sich mit großen Augen in dem für ihre Begriffe prunkvollen Haus der Kaufmannsfamilie um. Lisa empfing sie voller Herzlichkeit, stellte ihr die Kinder vor und erzählte von dem neuen Zuhause, das sie bald beziehen würde.

»Und du musst wieder zu mir kommen«, schloss sie und nahm die vertraute Hand ihrer Amme zwischen ihre. Sie war faltig geworden und rau, Betta ging auf die fünfzig zu, und auf der rechten Seite hatte sie einen Backenzahn verloren. Man sah ihr die Entbehrungen der vergangenen Jahre an, und Lisa nahm sich vor, alles wiedergutzumachen. »Du wirst meine Hausdienerin. Aber keine Angst, es gibt auch noch Caterina, die bislang alles macht. Du wirst mich überallhin begleiten, Betta. Und ich verspreche dir, dass du mein Haus nicht mehr verlassen musst, es sei denn, du möchtest es.«

Sie sah der Frau, die sie großgezogen hatte, in die Augen und las Unglaube und Zweifel. Und noch etwas anderes, sie konnte es nicht deuten.

»Lisa, mein Täubchen«, sagte Betta schließlich, »das klingt so schön, dass es mir vorkommt wie in einem Traum.«

»Das ist kein Traum«, beeilte Lisa sich zu sagen. »Mein Mann hat mir die Erlaubnis gegeben. Du wirst eine eigene Kammer haben und ...«

»Es geht nicht, mein Kind«, fiel ihr Betta sanft ins Wort.

Lisa stockte. Sie konnte nicht glauben, was sie gehört hatte.

»Warum soll es nicht gehen?«, fragte sie überrascht. »Willst du nicht mehr bei mir sein? Bist du böse auf mich, wegen damals?«

Betta schüttelte energisch den Kopf und drückte Lisas Hand.

»Ich? Böse? Aber nein«, beteuerte sie. »Wie könnte ich dir jemals böse sein? Ich hab dich doch so lieb wie meine eigene Tochter und ...«

»Dann komm zu uns«, bat Lisa. »Was hindert dich?«

Betta wandte den Blick ab und schien nach Worten zu suchen. »Ich kann den alten Mann nicht alleine lassen«, erklärte sie schließlich. »Er hat niemanden außer mir. Keine Verwandten. Und er ist so elend dran. Ohne meine Pflege ist er drei Tage später tot.« Betta seufzte tief auf und ließ den Kopf hängen. »Weißt du, mein Kind, es war damals nicht einfach für mich, eine Stellung zu finden. Nein, sag nichts, du hast keine Schuld. Ich hätte selbst klüger sein und dir von diesem Unsinn abraten müssen. Ich habe einen Fehler gemacht und dafür gebüßt. Dein Vater hat mich ohne Empfehlung weggeschickt, und die Herrschaften waren misstrauisch. Hätte mich Messer Guidobaldo nicht aufgenommen – wer weiß, was aus mir geworden wäre. Er war immer anständig zu mir. Also lass ich ihn auf seinem Sterbebett nicht allein, das würdest auch du nicht wollen. Hab ich recht?«

Lisa schluckte. Die Enttäuschung war größer und schmerzhafter, als sie es sich je vorgestellt hätte. Betta bedeutete so etwas wie Heimat für sie, sie war die einzige liebevolle Verbindung zu ihrer Kindheit, nachdem das Verhältnis zwischen ihr und ihren Eltern so abgekühlt war. Aber natürlich hatte Betta recht. Sie wäre nicht die wunderbare, herzensgute Frau, als die Lisa sie in Erinnerung hatte, wenn sie ihren Dienstherrn in dieser Lage im Stich ließe.

»Wir könnten eine andere Frau finden, die nach ihm sieht«, versuchte sie eine Lösung anzubieten. Betta schüttelte den Kopf und erhob sich.

»Ich könnte mir selbst nicht mehr im Spiegel in die Augen sehen«, sagte sie und zog ihr Schultertuch enger um sich. »Tut mir leid, mein Täubchen. Bestimmt findest du eine Hausdienerin mit ausgezeichnetem Ruf.«

Aber ich will nur dich, dachte Lisa verzweifelt. Sie ging zu ihrer Schatulle, in der sie neuerdings eigenes Geld verwahren durfte, und entnahm ihr zwei schwere Goldmünzen. Betta schüttelte den Kopf und wehrte ab.

»Das ist lieb von dir, aber ich brauche nichts«, erklärte sie. »Du hast mich bei unserem Wiedersehen schon so großzügig beschenkt. Und weißt du was?« Ein verschmitztes Lächeln erschien auf ihrem Gesicht, das sie um Jahre jünger erscheinen ließ. »Ich hab die Münze in den Saum meines Kleides eingenäht. So wie ich es dir damals gezeigt habe.«

Auch Lisa musste lächeln. »Als ich meinen Schmuck eingenäht habe?«

»Genau«, antwortete Betta verschwörerisch und wandte sich zum Gehen.

»Noch eines«, sagte Lisa rasch. Betta drehte sich zu ihr um. Nun war es an Lisa, nach den rechten Worten zu suchen. »Erinnere dich an mich und mein Angebot, wenn dein Dienstherr stirbt«, sagte sie schließlich, und Betta bekreuzigte sich erschrocken. »Komm dann zu mir.«

»So soll es sein.« Betta nickte und verließ rasch das Zimmer.

Inzwischen war zwischen den Brüdern del Giocondo ein wahrer Kleinkrieg ausgebrochen, als sie versuchten, das von ihrem Vater gegründete und über die Jahre gewachsene Unternehmen gerecht untereinander aufzuteilen. Die Tatsache, dass sich direkt nebenan unter den Augen der Schwägerinnen das Haus der Signorelli in einen eleganten und modernen Stadtpalast verwandelte, machte die Sache nicht einfacher. Lisa versuchte, sich von dem missgünstigen Gerede nicht beeindrucken zu lassen, ohnehin aß sie mit den Kindern schon seit der Testamentseröffnung nur noch in ihren Privaträumen. Trotzdem konnte sie es nicht verhindern, immer wieder Filippa oder Alfonsina in die Arme zu laufen, die sie mit Fragen überschütteten, und es kam ihr vor, als würde jeder ihrer Schritte in der Stadt überwacht.

Und wenn es möglich war, Francescos »Verschwendungssucht« noch mehr zu geißeln als seine eigenen Brüder, so tat dies

Antonmaria Gherardini. Zum Glück konnte Lisa die Vorbereitungen für den Umzug als Grund vorschieben, dass sie sich noch seltener bei ihren Eltern zeigte als früher. Die wenige freie Zeit, die sie hatte, verbrachte Lisa lieber mit Ginevra.

Eines Nachmittags im Februar betrachtete sie die bis zur Decke reichenden Regale in der Bibliothek des Palazzo Benci, angefüllt mit Bänden in lateinischer, griechischer und arabischer Sprache, und kam sich lächerlich vor. Sie besaß genau dreiundzwanzig Bücher, und eines davon war Francescos alter Foliant mit den Heldengeschichten, aus dem sie den Kindern vorlas. Zum ersten Mal erwog sie, dass Francesco sich übernehmen könnte, dass er größenwahnsinnig geworden sei, so wie es neulich aus ihrer Mutter herausgebrochen war, als sie ihre Verbitterung über die Prunksucht ihres Schwiegersohns nicht länger verbergen konnte, der sich ein protziges Haus einrichtete, statt seine Schwägerinnen vor dem Kloster zu bewahren.

»Leere Regale sind wie ein Versprechen«, hörte sie Ginevra sagen, die auf den zierlichen Stock mit dem Elfenbeingriff gestützt zu ihr getreten war. »Wir hingegen müssen für jede Neuanschaffung ein anderes Buch hergeben, und das ist jedes Mal, als würde man mir ein Stück Seele aus dem Leib reißen. Wenn ich sie in Zukunft an Euch weiterreichen darf, würdet Ihr mich von diesen Qualen befreien.«

Errötend wandte Lisa sich zu ihr um. »Ihr seid zu freundlich«, sagte sie leise, doch Ginevra schien das nicht zu hören.

»Und wenn ich mich nach einem dieser alten Freunde sehne«, fuhr sie fort, als hätte Lisa nichts gesagt, »dann weiß ich ja, wo er ist und kann ihn bei Euch besuchen.«

»Es wäre mir die größte Freude«, gab Lisa glücklich zurück.

Und am Tag vor dem Einzug schleppten zwei von Giovanni de' Bencis Knechten eine große Kiste mit Büchern in die Via della Stufa, nahmen gemeinsam mit Ricardo, dem jungen Hausdiener, den neuen Lastenaufzug in Betrieb und transportierten sie direkt in die Bibliothek.

Mit vor Freude glühenden Wangen räumte Lisa eigenhändig die Bücher in die Regale. Einige Lyrikbände, die Ginevra doppelt besaß, waren darunter, Klassiker der Antike in lateinischer und griechischer Sprache, die Lisa ratlos drehte und wendete – wenigstens meine Söhne werden sie einmal lesen können, dachte sie. Aber auch Prosa in der *lingua vulgaris,* dem gesprochenen Toskanisch, war zu ihrem Entzücken darunter, Geschichtensammlungen, Novellen, sogar ein Reisebericht des Marco Polo.

Als sie schließlich das neue Haus bezogen, gab es fast nichts, was sie aus ihren alten Zimmern mitnahmen. Die Möbel, so hatte Francescos ältester Bruder bestimmt, waren Eigentum der Familie und sollten bleiben, wo sie waren. Ihr neues Heim war ohnehin mit allem ausgestattet, die Betten frisch gezimmert und geschnitzt, die Baldachine aus feinstem Brokat, und außer den Spielsachen der Kinder brauchten sie lediglich ihre Kleider aus den alten in die neuen Truhen zu legen.

»Was geschieht mit dieser hier?«, fragte der neue Knecht und wies auf die kleine, an den Ecken abgestoßene Kleidertruhe, die Lisa am Tag ihrer Hochzeit mitgebracht hatte.

»Die kann weg«, hörte sie Francesco sagen.

»Nein«, rief sie schnell. »Wir stellen sie auf den Dachboden. Für die zu klein gewordenen Kleider der Kinder. Und das Spielzeug, das sie nicht mehr wollen.«

Francesco warf ihr einen fragenden Blick zu. Lisa wusste, was er dachte. Auch dafür hatten sie neue Möbel anfertigen lassen. Doch er ließ sie gewähren. Und als sich Ricardo schulterzuckend das alte Stück auf den Rücken lud, dachte Lisa, dass dies der letzte Gegenstand aus ihrem alten Leben war. Denn schon die Kleider, die sie mitgebracht hatte, waren vom ersten Tag an zu klein gewesen. Außer dieser abgenutzten Holzkiste besaß sie von früher nur noch das goldene Kreuzchen, das Kommunionsgeschenk von ihrer Großmutter Piera.

»Das ist der Gipfel der Unverschämtheit«, ertönte plötzlich Filippas schrille Stimme. Lisa schreckte aus ihren Gedanken auf. Die Schwägerin war in den vergangenen Stunden um sie herumgestrichen, wohl um sicherzugehen, dass sie nicht doch etwas mit in ihre neue Wohnung nahm, was der Familie gehörte. »Und wer soll jetzt für uns kochen? Das ist eine weitere Frechheit von unserem Schwager. Er hat uns den Koch gestohlen!«

Lisa beschloss, dass es hier für sie nichts mehr zu tun gab. Einmal sah sie sich noch in dem Schlafzimmer um, in dem sie zu Francescos Gemahlin geworden war und ihre Kinder geboren hatte. Dann drehte sie sich um und verließ das Haus.

Der Familienstreit flammte tatsächlich noch einmal mächtig auf, nachdem Francescos Brüder und deren Frauen begriffen, dass auch Duccio sie verlassen hatte, der für alle eine so verlässliche Größe geworden war wie das Abendgeläut von San Lorenzo, das zu ihnen in die Via della Stufa drang, und das man schon nicht mehr hörte, so selbstverständlich war es geworden. Doch Francesco schien ihre Empörung mehr zu amüsieren, als zu beunruhigen.

»Heute beginnt eine neue Ära«, sagte er an jenem Abend, als sie das erste Mal in ihrem eigenen Heim zu Abend aßen. Duccio hatte zur Feier des Tages Francescos Lieblingsgericht zubereitet und einen Fasan gebraten, den er mit gelben Linsen, Safran und Rosinen gefüllt hatte. »Heute haben wir die letzten Urkunden unterzeichnet«, fügte Lisas Mann hinzu. Er wirkte erschöpft, aber glücklich.

»Ist alles nach deinen Wünschen verlaufen?«, fragte Lisa, die sich an der großen Tafel allein mit ihrem Mann ein wenig verloren vorkam. Seit sie denken konnte, hatte sie im Kreis einer großen Familie gegessen, nur zu Beginn ihrer Zeit in der Via Stufa und während der vergangenen Wochen hatte sie sich in ihr Zimmer zurückgezogen.

»Alles lief nach Plan«, antwortete Francesco zufrieden. »Nun kann ich endlich schalten und walten, ohne ständig meine Brüder hinter mir herzuziehen wie zwei Barken mit lahmen Segeln. Du glaubst nicht, wie viel Kraft mich das all die Jahre gekostet hat.«

»Was ist mit dem Haus im Mugello?«, fragte sie.

»Das habe ich den Brüdern überlassen«, antwortete Francesco. »Dafür ist uns das kleine Gut in der Nähe von Fiesole geblieben. Du kennst es noch nicht. Es ist sehr hübsch. Und viel näher bei Florenz. Wenn ich will, kann ich dich und die Kinder jedes Wochenende dort besuchen.«

»Caterina wird uns begleiten«, erklärte Lisa und nahm gegen ihre Gewohnheit einen großen Schluck von ihrem Wein. »Milla kann ohne Sina nicht sein, sie sind ein Herz und eine Seele. Und ich brauche meine Dienerin.« Das Blut pochte in ihren Schläfen. Diese Sätze hatte sie mehrfach vor dem Spiegel geübt, sie wusste ja, dass Caterina im Sommer stets in der Stadt hatte bleiben müssen, damit Francesco nachts bei ihr liegen konnte. Aber sie hatte sich fest vorgenommen, das künftig nicht mehr hinzunehmen, auch wenn sie damit einen fürchterlichen Streit mit ihrem Gatten heraufbeschwören sollte. Doch der blieb stumm. Als sie es wagte, ihm in die Augen zu sehen, wirkte er nachdenklich. Und auf einmal durchfuhr sie ein Schreck. Hatte er womöglich inzwischen eine andere Bettgenossin? Jemanden, den Lisa nicht kannte? Monna Pieras Worte kamen ihr wieder in den Sinn. *Ist es nicht besser zu wissen, wo er hingeht*, hatte sie gesagt. *Sicher zu sein, dass er keine Krankheiten mit nach Hause schleppt und die Familie nicht ins Gerede bringt?* Machte sie gerade einen großen Fehler?

»Gewiss«, brach Francesco das Schweigen. »Wenn ich es mir recht überlege, kann ich sogar jeden Abend zu euch hinaufreiten und morgens in aller Frühe ins Geschäft zurückkehren.« Er hatte seinen Teller geleert, erhob sich nun und trat hinter Lisas Stuhl. »Ich möchte, dass du wieder glücklich bist, meine Lisa«, sagte er. »Dass wir wieder zueinanderstehen wie früher, am Anfang unserer Ehe. Weißt du noch?« Er strich ihr sanft das Haar aus dem Nacken und drückte ihr einen Kuss auf die Stelle, wo der Hals in die Schulter überging. Sie schauderte. »Lass uns nochmal von vorne beginnen«, flüsterte er nah an ihrem Ohr. »Hier in diesem Haus, das deine Handschrift trägt.«

»Wirst du von Caterina lassen?«, fragte sie und musste sich räuspern, so rau klang ihre Stimme.

Sie fühlte, wie Francesco einen Schritt zurücktrat. Dann ging er um den Tisch herum und nahm wieder Platz. Er wirkte ernüchtert. »Caterina gehört zur Familie. Du hast es selbst gesagt. Sollen wir sie mit dem Kind auf die Straße setzen?«

»Nein, natürlich nicht«, gab Lisa zurück. »Das Kind, wie du es nennst, ist immerhin deine Tochter.«

»Was willst du dann?«

»Schenk ihr die Freiheit«, brach es aus Lisa heraus. »Lass uns für sie einen guten Ehemann finden. Das ist das Mindeste, was du ihr nach all der Zeit schuldig bist.«

Als sie sah, wie sich Francescos Miene verschloss, bereute sie, so weit gegangen zu sein. Das hatte sie nicht vorgehabt. Lediglich dafür zu sorgen, dass Caterina und Sina mit ihr und den Kindern den Sommer auf dem Land verbringen durften, das hatte sie gewollt. Aber seine Bitte, noch einmal von vorn zu beginnen, hatte sie dazu hingerissen, das auszusprechen, was sie sich schon lange wünschte. Und Caterina ebenso.

»Eigentlich wollte ich heute mit dir über etwas völlig anderes sprechen«, sagte Francesco und wirkte enttäuscht. »Über etwas sehr Schönes, ich war mir sicher, dass du dich darüber genauso freuen würdest wie ich.« Er zögerte. Nahm sein Weinglas und leerte es in einem Zug.

»Worüber denn?«, fragte Lisa leise. Es half nun einmal nichts. Sie war an diesen Mann gebunden, war die Mutter seiner Kinder.

Francesco schien eine Weile nachzudenken, und sein Schweigen schnitt Lisa schmerzhaft in die Seele. Er blickte auf und betrachtete die leere Stelle an der Wand über dem Kamin. Als er sich erneut an Lisa wandte, schien sein Lächeln ihn ganz und gar auszufüllen.

»Wir haben heute ja die letzten Papiere bei Ser Piero da Vinci unterzeichnet«, begann er. »Und da machte er mir ein unglaubliches Angebot.«

»Ein Angebot?« Welches Angebot konnte der Notar wohl gemacht haben, das Francesco in solche Begeisterung versetzte?

»Messer Leonardo will dich malen.«

Zuerst verstand Lisa nicht, was das heißen sollte. Leonardo wollte sie malen?

»Aber der ist doch gar nicht in Florenz«, entgegnete sie verwirrt. Sicher handelte es sich um ein Missverständnis. Oder Francesco machte sich über sie lustig.

»Er ist zurück«, sagte Francesco. »Und er hat vorgeschlagen, ein Porträt von dir zu machen.«

»Von mir?« Lisa schüttelte ungläubig den Kopf. Die Szene in jenem Sommer fiel ihr wieder ein, als sie bei der Landpartie rein zufällig dem berühmten Künstler begegnet war. Und wie Ginevra Simonetta zurechtgewiesen hatte, weil diese sich so sehr ein Porträt von ihm gewünscht hatte. Erst neulich hatte Ginevra noch erwähnt, dass der berühmte Leonardo da Vinci es inzwischen hasste, Menschen zu porträtieren, obwohl das in ihren Augen seine Berufung sei. »Das glaub ich nicht«, sagte sie. »Er wird einen Scherz gemacht haben.«

»Nein, das hat er nicht«, gab Francesco zurück. Sein Ärger über Lisas Bitte, Caterina die Freiheit zu schenken, schien verflogen. Er sprang auf und ging aufgeregt auf und ab. »Wir haben bereits einen Vertrag geschlossen«, erklärte er. »Erstaunlich teuer, so ein Bildnis aus des Meisters Hand. Aber es ist jeden einzelnen Golddukaten wert.« Begeistert blieb er vor Lisa stehen und rieb sich die Hände. »Weißt du, was das bedeutet, meine Schöne?« Lisa schüttelte den Kopf. Sie glaubte es noch immer nicht. »Es bedeutet, dass wir es geschafft haben. Jede Frau in Florenz will von Leonardo da Vinci verewigt werden. Jede. Und wen will er malen? Dich. Ganz Florenz wird uns beneiden. Ach, was sag ich: Ganz Italien. Die ganze Welt. Die Tür zur ersten Gesellschaft der Stadt wird uns offenstehen. Jeder wird die Frau kennenlernen wollen, die Leonardo da Vinci aus freien Stücken malen wollte. Und meinem Geschäft kommt das famos zugute.«

»Wieso um alles in der Welt soll er ausgerechnet mich malen wollen?«, fragte Lisa misstrauisch. »Er kennt mich doch gar nicht. Er hat mich ein- oder zweimal gesehen, mehr nicht.«

Francesco zuckte lachend die Schultern.

»Offenbar hast du Eindruck auf ihn gemacht. Außerdem spielt das keine Rolle. Gleich in den nächsten Tagen gehst du zu ihm. Ach, Lisa. Ich habe es gewusst. Das Glück ist mit uns.«

Die Tür ging auf, und Caterina brachte die größeren Kinder, damit sie ihrem Vater gute Nacht sagen konnten. Stürmisch schnappte Francesco die kleine Milla und schwenkte sie übermütig durch die Luft, bis sie juchzte. »Seht euch nur eure wunderschöne Mamma an«, rief er ausgelassen. »Der berühmteste Maler unserer Zeit wird sie malen. Ist das nicht großartig?«

Lisa wechselte einen ratlosen Blick mit Caterina, küsste ihre Söhne und wünschte ihnen eine gute Nacht.

»Schöööne Mamma«, jubelte Milla auf Francescos Arm. Es kam selten genug vor, dass er das Mädchen so herzte.

Auch Lisa bekam einen feuchten Kuss von dem Mädchen, dann brachte Caterina sie zu Bett.

»Du denkst also wirklich ...«

»Warum freust du dich denn nicht?«, fragte er sie und zog sie vom Stuhl. Nahm sie in die Arme und wirbelte sie herum. »Weißt du nicht, dass ich dies alles hier nur für dich gemacht habe?« Er beschrieb eine große Geste, die das gesamte Haus mit einschloss. »Ich weiß, ein Palast ist es nicht. Aber es gehört uns. Und hier über dem Kamin wird bald dein Bildnis hängen. Gemalt von Leonardo da Vinci!«

Auf Francescos Drängen hin machte sich Lisa zum vereinbarten Termin für die erste Sitzung bei Leonardo zurecht. Er hatte ihr dafür selbst das Kleid ausgesucht, eine rubinrote *Seidengamurra* mit Ärmeln aus zartrosa und silbern gemustertem Damast, die mithilfe von Nestelbändern am Armausschnitt befestigt wurden und dort das weiße Seidenhemd aufblitzen ließen, das Lisa darunter trug. Aus demselben Damast war die *cufetta* geschneidert, der ärmellose, locker über Vorder- und Rückseite des Kleides fallende Mantel.

»Ist das nicht zu auffällig«, fragte sie, als sie sich unbehaglich im Spiegel betrachtete. Caterina hatte ihr Haar sorgfältig in viele kleine Zöpfe geflochten, sie kunstvoll am Hinterkopf aufgesteckt und mit Perlen verziert. Einige der Klemmen ziepten. Vergeblich versuchte Lisa die Stelle etwas zu lockern. »Ich sehe aus, als würde ich zu einem Ball gehen.«

»Das ist genau richtig«, befand Francesco zufrieden. »Schließlich musst du zeigen, wessen Ehefrau du bist.«

Und Lisa wurde das Gefühl nicht los, dass es ihrem Mann mehr darum ging, für sein Geschäft als Seidenhändler zu werben als um das Bild selbst.

Mit gemischten Gefühlen begab sie sich in Ricardos Begleitung zur angegebenen Adresse. Im Grunde befand sich die *bottega* des Meisters nur wenige Gehminuten von ihrem Haus entfernt in der Via Larga, quasi zwischen dem Palazzo Medici und der Piazza del Duomo. Einige Passanten blickten sich neugierig nach ihr um, und Lisa wurde es unter ihrem dichten Gesichtsschleier heiß vor Verlegenheit.

»Hier ist es«, sagte Ricardo und öffnete die Tür für sie. »Seid vorsichtig. Es geht zwei Stufen nach unten. Soll ich auf Euch warten?«

»Nein«, antwortete Lisa. »Geh ruhig nach Hause. Caterina braucht dich. Heute kommen doch die Waschfrauen, du musst helfen, den Wasserkessel anzuheizen.« Der Hausknecht verneigte sich und kehrte um.

Lisa holte tief Luft, hob ihren Rock ein wenig an und betrat die Werkstatt. Sie lüftete den Gesichtsschleier und legte ihn sich über den Scheitel, sah sich um und vergaß augenblicklich ihre Befangenheit, viel zu faszinierend war das, was hier vor sich ging.

Es roch scharf nach Harzen und Terpentinöl, nach frischem Holz und nach vielen anderen Aromen, die sie nicht einordnen konnte. Direkt neben der Eingangstür befand sich ein großer Tisch, an dem zwei junge Männer arbeiteten. Der eine betätigte eine Art Mühle, aus der mit einem Knirschen, als würden Steine zermalmt, leuchtend blaues Pulver in ein Gefäß rieselte. Daneben zerrieb ein anderer Gehilfe das frisch gemahlene Pulver mithilfe eines abgeflachten, runden Steins auf einer Marmorplatte zu noch feinerem Staub. Auf dem Tisch standen Glasgefäße, in denen Flüssigkeiten in unterschiedlichen Farbnuancen schimmerten. Als er Lisa sah, hielt der junge Mann in seiner Bewegung inne.

»Euch zu Diensten, Signora«, sagte er und wischte sich die Hände an der Arbeitsschürze ab. »Wie kann ich helfen?«

Lisas Blick flog durch den Raum. An einer Werkbank vergoldete ein Mann kunstvoll geschnitzte Rahmen. In der Nähe der großen Fenster zur Straße hinaus standen mehrere Staffeleien, an denen Maler arbeiteten. Vor der gegenüberliegenden Wand hing an Seilzügen eine Vielzahl von Bildern in verschiedenen Höhen, was, wie Lisa sofort begriff, ungemein platzsparend war. Fasziniert betrachtete sie die auf den Gemälden dargestellten Szenen, es waren hauptsächlich Madonnenbilder, noch unvollendet, manche nur mit Linien angedeutet, einzelne Flächen bereits koloriert, anderes noch schattenhaft.

»Darf ich fragen …«, begann der Malergehilfe erneut.

»Mein Name ist Lisa del Giocondo«, sagte sie. »Leonardo da Vinci erwartet mich.« Der ungläubige Blick, mit dem der junge Mann sie musterte, ließ sie erröten. Natürlich. Es war alles nur ein Missverständnis. Und auf einmal kam sie sich lächerlich vor in ihrer Festtagsrobe inmitten dieser Welt aus Farben, Gerüchen und Geschäftigkeit. Sie gehörte hier so wenig hin wie ein Pfau in einen Pferdestall. Doch dann straffte sie sich. So schnell würde sie sich nicht entmutigen lassen, auch wenn das Ganze auf einem Irrtum beruhte. Sie war Lisa Gherardini, verheiratete del Giocondo.

»Hättet Ihr die Freundlichkeit, ihm meine Anwesenheit zu melden?«, fragte sie so selbstbewusst wie möglich.

Da kam bereits einer der Maler mit großen Schritten auf sie zu. Er hatte ein feingeschnittenes Gesicht und lebhafte, dunkle Augen. In der Hand hielt er einen Stofflappen, mit dem er sich die Finger reinigte.

»Monna Lisa?«, fragte er. »Herzlich willkommen. Ich bin Gianni Boltraffio und werde Euch sogleich zum Meister bringen. Bitte hier entlang.« Er legte den Lappen weg und bat Lisa zu einer Wendeltreppe, die das Erdgeschoss mit dem oberen Stockwerk verband. Lisa raffte ihre *gamurra* samt dem Übermantel zusammen, um nicht an den weiß gekalkten Wänden entlangzustreifen, und schimpfte innerlich mit Francesco, der sie in ihrer teuersten Robe in eine Werkstatt geschickt hatte.

Oben war es dämmrig, nur ein kleines Fenster am Ende des Flurs spendete ein wenig Licht. Im Gegensatz zum unteren

Stockwerk, das aus einem einzigen großen Raum bestand, gab es hier viele Zimmer. Der Maler, der sich als Boltraffio vorgestellt hatte, blieb vor einer der Türen stehen und klopfte, ehe er sie einen Spalt weit öffnete.

»Dein Modell ist gekommen«, sagte er ins Zimmer hinein. »Die Frau des Seidenhändlers.« Lisa vernahm keine Antwort. Nach kurzem Zögern winkte Boltraffio sie heran und öffnete die Tür weit. »Du hast sie für heute herbestellt«, fügte der Maler hinzu. »Hier ist sie.«

Lisa trat auf die Schwelle. Leonardo saß an einem Pult und schrieb offenbar gerade etwas, er hielt die Feder noch in seiner linken Hand. Es schien, als müsste er einen Augenblick lang nachdenken, dann erhob er sich und kam ihr entgegen.

»Danke, Gianni.« Er fuhr sich kurz über die Stirn. »Seid willkommen, Monna Lisa. Bitte. Tretet ein.«

Es war Lisa unangenehm, dass sie den Meister offensichtlich gestört hatte, auch wenn es nicht ihre Schuld war, falls er die Sitzung vergessen haben sollte. Sie betrat das Zimmer und sah sich um. Regale vom Boden bis zur Decke, angefüllt mit Büchern, Kompendien und seltsamen Gegenständen. Dies war also das *studiolo* des berühmten Leonardo da Vinci, Studierzimmer und Bibliothek in einem, wie bei ihr zuhause und doch so grundlegend verschieden. Interessiert warf sie einen Blick auf sein Schreibpult, wo der Meister gerade noch einen Gedanken zu Ende formulierte, und zwar, wie Lisa überrascht bemerkte, mit der linken Hand von rechts nach links, statt umgekehrt. Auf dem Titelblatt eines Buches, das neben dem Tintenfass lag, entzifferte sie den Namen »Archimedes«. Leonardo legte ein Blatt Papier auf das Geschriebene, um die Tinte zu trocknen, und klappte das Notizbuch zu. Dann rückte er einen Sessel mit gepolsterten Armlehnen heran.

»Bitte«, wiederholte er. »Nehmt Platz.«

Lisa setzte sich und sah den berühmten Maler erwartungsvoll

an. Dazu musste sie sich ein wenig nach links drehen, denn Leonardo hatte den Sessel nicht seinem Stuhl gegenüber gestellt, sondern ein wenig schräg zu ihm, so dass sie den Kopf wenden musste. Fasziniert stellte Lisa fest, dass sein Haar inzwischen vollständig weiß geworden war, in dichten silbernen Locken fiel es ihm bis auf die Schultern. Sein Gesicht war sorgfältig rasiert, und obwohl er nicht mehr jung war, konnte Lisa kaum den Blick von ihm wenden, so anziehend fand sie ihn. Die Zeichen von Erschöpfung waren allerdings nicht zu übersehen. Dunkle Ränder lagen unter seinen ausdrucksvollen Augen. Auf seiner Stirn hatten sich Falten gebildet.

»Nun«, sagte er mit einem Schmunzeln, und seine Stimme war noch genauso wohlklingend, wie Lisa sie in Erinnerung hatte. »Erkennt Ihr mich wieder?«

»Ja«, sagte sie und errötete, weil sie ihn so angestarrt hatte. »Auch wenn Ihr Euch verändert habt.«

»Ich bin alt geworden. Das ist es, was Ihr meint.« Leonardo lachte kurz auf.

Lisa wollte widersprechen, aber sie ließ es sein. Es war nicht ihre Art, zu schmeicheln. Denn es stimmte ja, was er sagte. Sie fand ihn gealtert. Und irgendwie melancholisch.

»Die Zeit«, sagte sie stattdessen, »geht mit niemandem von uns gnädig um.« Leonardo betrachtete sie lange, ihr wurde unbehaglich unter seinem Blick. »Und da wir schon von der Zeit sprechen«, fuhr sie fort, »wollen wir nicht mit dem Porträt beginnen?«

Leonardo lächelte. »Das haben wir bereits«, sagte er. »Ist der Sessel nicht bequem?«

Sie bemerkte, dass sie rastlos auf dem Sitz hin und her rutschte. »Doch«, gab sie verlegen zu und nahm sich vor, von nun an stillzusitzen.

»Erzählt mir von Euch«, bat Leonardo. »Von Eurem Leben. Seid Ihr glücklich?«

Lisas Unbehagen wuchs.

»Ich meine es ernst, Messer Leonardo«, entgegnete sie, nachdem sie sich wieder gefasst hatte. »Ich bin nicht gekommen, um Konversation zu machen. Zuhause warten vier Kinder und ein Haushalt auf mich und ...« Sie stockte. Denn Leonardo lachte und wirkte dabei wieder jung.

»Verzeiht«, sagte er. »Ich habe Euch nicht erklärt, wie ich arbeite. Also. Ehe ich das Porträt eines Menschen male, muss ich ihn kennenlernen. Ich muss wissen, was ihn bewegt, wie er denkt, was ihn interessiert und wie er im Leben steht. Denn ich werde nicht nur Euer schönes Äußeres malen – um das zu tun, gäbe es genug Maler auf der Welt. Dazu braucht es keinen Leonardo da Vinci.« Er war aufgestanden und zu seinen Regalen gegangen. Dort nahm er einen Stein aus einem Fach, betrachtete ihn kurz und reichte ihn Lisa. »Wisst Ihr, was das ist?«

Verwirrt griff sie nach dem Stück und betrachtete es ratlos. »Das ist ein Stein«, antwortete sie, und als sie seinen erwartungsvollen Blick sah, präzisierte sie. »Ein hellgrauer Stein. So wie viele auf den Feldern herumliegen.« Sie reichte ihm den kleinen Brocken zurück.

Leonardo drehte und wendete ihn und betrachtete ihn mit zusammengezogenen Brauen.

»Ein hellgrauer Stein«, wiederholte er ihre Worte. »Und doch ist er einzigartig. In ihm ist ein jahrhundertealtes Wesen verewigt, vielleicht ist es auch noch viel älter. Ein Wesen aus dem Meer. Gefunden habe ich ihn wohlgemerkt nicht auf einem Feld, sondern im Gebirge.« Er sah auf. Sein Blick war intensiv, und Lisa hatte auf einmal das Gefühl, er würde etwas in ihr wachrufen. Etwas, das sie früher einmal gekannt hatte. Neugier und Wissensdurst. Und ein schwer zu benennendes Gefühl, so etwas wie die Gewissheit, dass es mehr unter dem Himmel gab als die Welt in der Via della Stufa, in der sie es sich eingerichtet hatte. »Hier«, sagte Leonardo, nahm behutsam ihre Hand und legte den Stein erneut hinein. »Betrachtet ihn genauer. Geht ruhig damit zum Licht, wenn nötig.« Lisa erhob sich und trat ans Fenster. Und dann sah sie es. In dem Mineral war eine Muschel abgebildet, es sah so ähnlich aus, wie wenn Betta früher, als sie klein gewesen war, die Hohlform eines Sterns in den Teig des Weihnachtskuchens gedrückt hatte. »Habt Ihr es gesehen?«

»Ja«, antwortete sie staunend.

»Und nun frage ich Euch, Lisa del Giocondo: Wie kommt die Muschel ins Gebirge?«

Sie drehte sich zu ihm um.

»Ihr habt das wirklich im Gebirge gefunden?«

»So ist es. In der Lombardei. Ich habe es auf dem Rücken meines Pferdes und zuletzt auf meinen beiden Beinen bestiegen. Aber wie dieser Meeresbewohner dort hochkam, konnte mir noch niemand beantworten.« Er nahm Lisa die Versteinerung aus der Hand und legte sie zurück ins Regal. »Ich hab noch mehr davon. Kommt her und seht sie Euch an. Die einzige Erklärung ist, dass es einmal eine Zeit gab, in der das Meer bis da oben reichte.«

»Bis ins Gebirge?«

Leonardo nickte. »Was bedeuten würde, dass Florenz und ganz Italien, bis auf die höchsten Gipfel, unter Wasser lagen.«

Fasziniert lauschte Lisa seinen Worten. Wenn sie das am Abend Meo und Pippo vor dem Einschlafen erzählte, würden sie denken, es stammte aus einem der Märchenbücher.

»Das glaubt Ihr wirklich?«, fragte sie.

Leonardos Augen blitzten vergnügt.

»So lange, bis Ihr mir eine schlüssigere Lösung des Rätsels vorschlagt.«

Er zeigte ihr noch einige andere seiner Schätze, Felsbrocken, in denen deutlich die Abdrücke von Fischgräten zu erkennen waren, andere mit schneckenförmigen Mustern und einige weitere Muscheln.

»Und Ihr seid sicher, dass nicht ein betrügerischer Siegelschneider diese Linien in die Steine geritzt hat?«, fragte sie, noch immer zweifelnd.

»Um sie dann dort oben auf dem verlassensten aller Gipfel zu verstreuen?«, gab Leonardo zurück. »Nein, das glaube ich nicht. Und diesen hier«, er wies auf eine besonders schöne Meerschnecke, »habe ich eigenhändig geöffnet. Das Muster war im Innern eines unversehrten Steins eingeschlossen. Erst durch meinen Hammerschlag kam es ans Tageslicht.« Er bat Lisa, sich wieder zu setzen. »Erratet Ihr, warum ich Euch das gezeigt habe?«

Lisa dachte nach. »Weil Ihr wissen wollt, ob mich so etwas interessiert?«

Er schüttelte den Kopf. »Ich wollte Euch damit erklären, dass nicht die äußere Erscheinung das Wesentliche der Dinge ist. Auch nicht von uns Menschen. Was Ihr im ersten Moment wahrgenommen habt, war ein einfacher, hellgrauer Stein. Dass in ihm eine uralte Geschichte verborgen ist, erkennt man erst, wenn man genau hinschaut. Und mitunter bleiben solche Geheimnisse für immer im Fels begraben. Keiner weiß es, aber sie sind da. Ich muss also, um Euch malen zu können, Eure tieferen ›Gesteinsschichten‹ freilegen.« Er setzte sich wieder und sah aus dem Fenster. Etwas in seinem Gesicht wurde dunkel, so als ob ein Schatten über ihn hinwegglitt. »Ich bildete mir lange ein, ein recht guter Menschenkenner zu sein«, fuhr er nach einer Weile fort. »Doch die allertiefsten Schichten der menschlichen Seele bleiben auch mir oft verborgen.« Eine steile Falte bildete sich zwischen seinen Brauen, seine Augen wirkten, als wären sie auf etwas Schreckliches gerichtet. Dann schien er sich zur Ordnung zu rufen. »Um Euer Porträt zu malen«, sagte er und räusperte sich, »müsst Ihr mir also erlauben, einen Blick in Eure Seele zu tun.« Er betrachtete sie forschend, und Lisa senkte den Kopf.

Wollte sie das? Sie sehnte sich zurück in ihr Haus, wo es noch so viel zu tun gab nach dem Umzug. Und doch hatte die Sache mit den Muscheln und Fischen im Stein etwas in ihr ausgelöst. In ihr war eine unbestimmte Sehnsucht erwacht – wonach, das konnte sie nicht sagen. Außerdem würde Francesco es ihr nie verzeihen, wenn sie sich verweigerte. Und schließlich war Ginevra, die sie aufrichtig bewunderte, gut mit diesem Mann befreundet. Wovor sollte sie sich also fürchten?

»Na schön«, willigte sie ein und unterdrückte ein Seufzen. »Aber beantwortet mir bitte noch eine Frage.«

»Gerne, wenn ich kann«, gab Leonardo zurück. Ob ihn ihre Einwilligung freute oder nicht, war nicht zu erkennen.

»Warum ausgerechnet ich?«, brach es aus Lisa hervor. »So viele Frauen wünschen sich ein Porträt von Eurer begnadeten Hand. Weder mein Mann noch ich haben uns darum beworben. Und schließlich kennen wir uns kaum. Warum also wollt Ihr gerade mir Eure kostbare Zeit widmen?«

»Und Euch die Eurige stehlen, wollt Ihr sagen?« Wieder war da ein amüsiertes Funkeln in den meergrünen Augen, das jedoch sogleich wieder erlosch. Leonardo wandte sich zu seinem Schreibpult, so als befände sich die Antwort auf Lisas Frage dort. Lisa versuchte zu erkennen, was er betrachtete. Das Buch von Archimedes? Oder den Stapel Briefe, mit dem seine Rechte spielte?

»Es geht um ein Versprechen«, erklärte Leonardo schließlich.

»War es Ginevras Idee?«, wollte Lisa wissen. »Hat sie Euch ein Versprechen abgenommen?«

»Nein«, gab Leonardo zurück. »Noch ist es ein Geheimnis. Ich werde es Euch enthüllen. Zu gegebener Zeit.« Er schob die Briefe beiseite und erhob sich. »Wir sehen uns morgen um dieselbe Stunde.«

Verwirrt stand Lisa ebenfalls auf. Mit diesem raschen Ende der Unterhaltung hatte sie nicht gerechnet. »Wie lange wird das alles dauern?«, fragte sie.

»So lange wie nötig«, gab Leonardo fast streng zurück. »Ihr dürft eines niemals tun, Monna Lisa. Mich bedrängen. Die Dinge brauchen ihre Zeit, um zu reifen. Und seid versichert: Bald werdet Ihr es selbst nicht mehr eilig haben.«

Lisa war bereits an der Tür, als er sie noch einmal zurückrief. »Ihr müsst nicht so kostbar gekleidet sein, wenn Ihr zu mir kommt«, sagte er, nun wieder sanft und freundlich. »Ein einfaches Kleid genügt. Und lasst die Haare natürlich, damit Ihr Euch wohlfühlt. Dass diese Frisur Euch Schmerzen bereitet, ist deutlich zu sehen.« Er nickte ihr zu. »Bis morgen also.«

Was für eine seltsame Porträtsitzung, dachte Lisa, während sie das Zimmer verließ. Sie fragte sich, was sie Francesco wohl berichten sollte. Kein einziger Strich wurde gezeichnet, geschweige denn gemalt. Als sie die Tür schließen wollte, sah sie noch einmal zurück. Doch Leonardo da Vinci saß bereits wieder über seine Schreibarbeit gebeugt, und Lisa war sich sicher, er hatte sie bereits vergessen.

»Wie war die Sitzung?«, waren Francescos erste Worte, als er am Abend nach Hause kam.

»Interessant.« Lisa überlegte, was sie ihm von dem Gespräch berichten sollte.

»Das ist gut.« Francesco gab ihr einen Kuss. »Ich hatte bereits befürchtet, dass dich das Stillsitzen langweilen würde. Wann wird das Bild fertig sein?«

»Das weiß man noch nicht«, antwortete sie. »Er sagte, dass er nicht gedrängt werden darf.«

Francesco seufzte. Offenbar hätte er das Gemälde lieber heute als morgen über dem Kamin befestigt.

»Nun ja«, sagte er pragmatisch, wie er nun einmal war, »dann können wir wenigstens sicher sein, dass er ordentliche Arbeit leistet. Ich hab mir sowas schon gedacht und deshalb beschlossen, es vorerst noch nicht an die große Glocke zu hängen. Die Wirkung wird viel größer sein, wenn das Bild da ist.«

Mehr wollte er von der Sitzung nicht wissen, und Lisa beschloss, nichts von dem Stein zu erzählen, und auch nicht davon, dass der Meister erst ihre Seele verstehen musste, ehe er sie malen konnte. Und als sie die Kinder ins Bett gebracht und die Umarmungen ihres Mannes mehr erduldet als genossen hatte, wurde ihr bewusst, dass sie die Treffen mit Leonardo da Vinci auf jeden Fall fortsetzen wollte. Weil sie unbedingt wissen musste, was jemand wie Leonardo da Vinci in ihr sah. Und vor allem ließ sie das kleine Wörtchen »Geheimnis« nicht mehr los, das der Meister wie nebenbei erwähnt hatte. Der Grund, warum er sie malen wollte, war geheim? Sosehr sie sich den Kopf zerbrach, sie konnte sich keinen Reim darauf machen.

Am nächsten Morgen kümmerte sich Francesco nicht um ihre Garderobe, mit Sorgenfalten im Gesicht verabschiedete er sich hastig von ihr und eilte bereits zu früher Stunde in sein Kontor. So ging es nun bereits seit einigen Tagen, offenbar gab es Schwierigkeiten in seinem neu gegründeten Geschäft.

Lisa dachte an das, was Leonardo gesagt hatte, und wählte ein einfaches, dunkelblaues Kleid aus feiner Wolle und eine passende *giornea* mit schlichten Stickereien. Das Haar nahm sie locker im Nacken zusammen. Dann stellte sie fest, dass es noch lange nicht Zeit war, zur *bottega* zu gehen, und sie sah nach den Kindern, die im Speisezimmer das feine, helle Brot, das Duccio frisch gebacken hatte, in ihre Becher mit warmer Honigmilch tauchten. Bice, Andreas Amme, saß dabei und ließ es sich schmecken, das Kind an ihrer Brust.

»Gehst du heute nicht zum Maler?«, fragte Pippo und verschlang einen dicken Bissen. »Du hast gar nicht das schöne Kleid an«, mümmelte er, so dass ihm der Speichel von den Lippen troff.

»Man redet nicht mit vollem Mund«, tadelte Caterina und wischte ihm das Kinn ab.

»Ich muss nicht jeden Tag das schöne Kleid anziehen«, erklärte Lisa und krempelte Camillas Ärmel ein wenig höher, denn auch von ihren Fingerchen tropfte die Milch. »Messer Leonardo sagt, das ist nicht nötig.«

»Wann zeigst du uns, was er gemalt hat?«, wollte Meo wissen.

»Wenn es so weit ist«, antwortete Lisa und gab jedem der Kinder einen Kuss. »Seid brav«, ermahnte sie sie. »Wenn ich zurückkomme, möchte ich hören, was ihr heute bei Signor Bartoldi gelernt habt.«

Auf der Treppe passte Duccio Lisa ab und beschwerte sich, dass das Holz für den Küchenherd bald ausginge, und so schickte sie Ricardo zu dem Bauern vor den Toren der Stadt, mit dem sie einen Vertrag geschlossen hatte, um eine Fuhre zu holen. »Ich kann sehr gut alleine in die Via Larga gehen«, beruhigte sie den Hausknecht, der sogleich im Stall verschwand, um das Pferd vor den Karren zu spannen. Und noch immer war es viel zu früh für Lisa, um aufzubrechen.

Wie seltsam, dachte sie. Sonst verflog die Zeit doch immer viel zu schnell. Sie holte das schwere Haushaltsbuch hervor, das sie nach dem Vorbild ihrer Schwiegermutter führte. Liebevoll fuhr sie mit den Fingern über den noch fast makellosen Einband aus marmoriertem Papier und schlug den Folianten auf. Sie liebte den Geruch der kostbaren Seiten, die aus einer Papiermühle in der Lombardei stammten, wie der Händler ihr erzählt hatte, das leise Knacken des noch neuen Buchrückens, wenn sie es öffnete, die weiche Textur der aus Stoffresten, den sogenannten Hadern, hergestellten Blätter.

Während sie die Kosten für das Holz eintrug, fiel ihr wieder Leonardo da Vincis Angewohnheit ein, mit der linken Hand in Spiegelschrift zu schreiben. Versonnen blätterte sie vor bis zur letzten Seite ihres Haushaltsbuchs und nahm die Feder in die linke Hand. Konzentriert versuchte sie, ihren vollen Namen von rechts nach links zu schreiben, und stellte fest, dass es von Buchstabe zu Buchstabe immer besser gelang. Dann schrieb sie die Namen ihrer Kinder und darunter den ihres Mannes.

Endlich war es Zeit zu gehen. Caterina half ihr, die *giornea* umzulegen, und befestigte mit ein paar Klammern den Schleier an dem Haarknoten in ihrem Nacken.

»Soll ich mitkommen?«, fragte Caterina. »Wo doch Ricardo unterwegs ist?«

»Danke«, antwortete Lisa. »Aber die paar Schritte kann ich alleine gehen.«

Es war nicht üblich für eine Frau ihres Standes, sich unbegleitet auf der Straße zu zeigen, und Lisa bemerkte durchaus die erstaunten Blicke einiger Passanten. Dabei liebte sie es so sehr, sich unabhängig und frei zu bewegen und nicht nur innerhalb der eigenen vier Wände. Zu Lisas Leidwesen war dies lediglich im Sommer auf dem Land möglich, und auch dort sah Francesco es nicht gern, wenn sie allein einen Spaziergang machte oder gar mit dem Pferd ausritt.

An der Ecke der Piazza San Lorenzo fiel Lisa ein zerlumpter, jüngerer Mann auf, der sie unverhohlen anstarrte, so dass sie eilig weiterging und den nachtblauen Schleier noch tiefer über ihr Gesicht zog. Gerade als sie von der Via de' Gori in die Via Larga einbog, bemerkte sie, dass er ihr folgte, und ihre Schritte beschleunigten sich von ganz allein. Trotzdem hörte sie die seinen bald erschreckend nahe in ihrem Rücken und blickte sich nach anderen Passanten um. Außer zwei nicht gerade vertrauenerweckenden Männern auf der anderen Straßenseite war auf einmal niemand mehr zu sehen. Sie vernahm bereits den Atem ihres Verfolgers hinter sich, fühlte seine Hand auf ihrer Schulter, als die beiden Männer zu ihnen herübergerannt kamen. Lisa bekam es mit der Angst zu tun, doch die beiden hatten es nicht auf sie abgesehen. Blitzschnell drängten sie Lisas Verfolger gegen die Hauswand.

»Wo ist das Geld!«, zischte der eine.

»Ich schneid dir die Gurgel durch, wenn du nicht ...«, drohte der andere.

Lisa begann zu laufen und erreichte wenig später die *bottega*. Das Herz schlug ihr bis zum Hals vor Schreck und Empörung darüber, dass man als Frau kaum einen Schritt allein machen konnte, ohne belästigt zu werden.

Hastig riss sie die Tür auf und wäre beinahe die zwei Stufen hinuntergestolpert, sie konnte sich gerade noch an der Klinke festhalten.

»Ist etwas passiert?«, fragte der Maler, der sie am Vortag zu Leonardo gebracht hatte, Lisa hatte in der Aufregung den Namen vergessen. Er trat auf die Straße und blickte in die Richtung, aus der Lisa gekommen war, doch offenbar hatten die Streitenden sich schon wieder zerstreut.

»Es ist alles gut«, sagte Lisa und versuchte, ihren noch immer fliegenden Atem zu kontrollieren. »Da war ein Mann, der mir gefolgt ist ...«

»Ihr solltet nicht alleine ...«

»Ich weiß«, schnitt sie dem Maler das Wort ab und hob den Schleier.

»Wenn Ihr möchtet, kann einer der Gehilfen Euch künftig von zuhause abholen«, fuhr er fort, und plötzlich fiel Lisa sein Name wieder ein. Und obwohl sich alles in ihr dagegen sträubte, sagte sie: »Ja, das wäre tatsächlich sehr freundlich, Signor Boltraffio.«

Als sie Leonardos *studiolo* betrat, war der Meister zunächst nicht da.

»Er kommt sicher gleich«, erklärte Boltraffio. »Nehmt einfach in Ruhe Platz und erholt Euch von dem Schrecken.«

Der Sessel stand an derselben Stelle wie am Tag zuvor. Unschlüssig ging Lisa auf ihn zu, setzte sich jedoch nicht. Ihr Blick wanderte zum Schreibpult. Bis auf das Buch von Archimedes war es leer. Lisa hatte in ihrer eigenen, noch spärlich bestückten Bibliothek nachgesehen, aber auch unter den in griechischer Sprache verfassten Bänden von Ginevra befand sich keines von diesem Autor. Sie trat näher, um den Titel zu entziffern. Zu ihrer Überraschung war er in der *lingua vulgare*, in der gesprochenen Sprache, verfasst und lautete: »Von schwimmenden Körpern«. Sie war versucht, es aufzuschlagen, wagte es allerdings nicht. Außerdem waren dunkle Flecken auf dem Einband, die sie abstießen. War das Blut? Nein. Das konnte nicht sein.

Stattdessen zog ein winziger Totenschädel ihre Aufmerksamkeit auf sich, der im Regal daneben stand und in der Morgensonne wie Elfenbein schimmerte. Er war so klein, dass er in eine Männerhand passte, und Lisa überlegte, ob er wohl von einem ungeborenen Menschen stammen könnte. Ihr schauderte ein wenig, doch als sie den Schädel genauer betrachtete, kam ihr der Gedanke, dass er künstlich angefertigt sein müsste.

»Habt Ihr Bekanntschaft mit meinem kleinen Genius gemacht?«

Lisa fuhr herum. Sie hatte Leonardo nicht kommen hören.

»Verzeiht«, sagte sie verlegen.

»Dafür gibt es keine Ursache«, antwortete der Meister. »Er hat Euch hoffentlich nicht erschreckt.«

»Er ist künstlich gemacht, nicht wahr?«, fragte Lisa.

Leonardo nickte. »Nehmt ihn ruhig in die Hand«, ermutigte er sie. »Er fühlt sich angenehm an.« Und als er ihr Zögern sah, fügte er schmunzelnd hinzu: »Er beißt nicht. Ohnehin fehlt ihm dazu ja der Unterkiefer.«

Lisa überwand ihre Scheu und griff nach dem winzigen Totenkopf. Es stimmte. Die glatte Oberfläche der Schädeldecke schmeichelte geradezu ihrer Haut und nahm sogleich ihre Wärme an.

»Woraus ist er gemacht?« Fasziniert betrachtete sie die hauchfeinen Wände in der Nasenhöhle.

»Aus einer Modelliermasse, die ich erfunden habe. Ich nenne sie *mistioni*. Von *misto*, vermischt. Tatsächlich bin ich damit immer noch am Experimentieren. Man kann die wundersamsten Dinge damit herstellen, auch Steine, die echten Juwelen täuschend ähnlich sehen.« Er holte ein Kästchen aus einer Lade. Als er es öffnete, glaubte Lisa zu träumen. Es war über und über mit leuchtenden Steinen gefüllt. Leonardo entnahm dem Kästchen ein dunkelrotes Exemplar und reichte es Lisa. »Was denkt Ihr, was das ist?«

Sie stellte den kleinen Schädel zurück an seinen Platz und nahm den Stein. Er erinnerte sie an den tropfenförmigen Anhänger unter der großen Perle, die ihr Francesco geschenkt hatte.

»Er sieht aus wie ein Rubin«, sagte sie und drehte ihn, um seine Wirkung im Licht zu prüfen. »Aber er ist nicht echt, sagtet Ihr?«

»Ich habe ihn aus der *mistioni*-Masse in einer etwas anderen Zusammensetzung der Bestandteile hergestellt«, antwortete Leonardo. »Beigefügtes Harz macht, dass er durchscheinend wirkt. Und feines Farbpulver erzeugt die Färbung.« Er nahm Lisa den funkelnden Kunststein wieder aus der Hand und legte ihn zurück.

»Absolut erstaunlich«, sagte sie.

Während Leonardo seine Schätze wegschloss, musste Lisa daran denken, welches Geschäft Francesco mit diesen herrlichen Nachbildungen von Kostbarkeiten machen könnte, die für viele Menschen unerschwinglich waren.

»Lasst uns ein wenig arbeiten«, schlug Leonardo vor, und jetzt erst bemerkte Lisa das große Zeichenbrett, auf dem ein Papierbogen aufgespannt war. Leonardo musste es mitgebracht und auf das Schreibpult gelegt haben. »Macht es Euch auf dem Sessel gemütlich. Wir wollen sehen, was mir Eure äußere Form erzählt.«

Lisa verstand nur halb, was er damit meinte. Doch sie gehorchte, setzte sich und versuchte, eine Haltung einzunehmen, die einer Frau ihres Standes angemessen war. Sie dachte an ihren Mann und die Erwartungen, die er in das Gemälde setzte. Als sie aufblickte, bemerkte sie, dass Leonardo sie amüsiert betrachtete. Er trat vor einen Spiegel und machte ihr ein Zeichen, zu ihm zu kommen. Verwirrt folgte sie seiner Aufforderung. Er nahm sie sanft bei den Schultern und drehte sie zum Spiegelglas.

»Was seht Ihr?«, fragte er. Lisa errötete und wandte den Blick ab. »Nein«, sagte Leonardo. »Nicht ausweichen. Schaut Euch an. Ihr seid schön. Viel schöner, als Ihr denkt.« Widerstrebend sah sie sich selbst in die Augen, betrachtete ihre hohen Wangenknochen, die vor Scham glühten, die ebenmäßige Nase, das herzförmige Kinn unter dem viel zu kleinen Mund. Sie hatte dunkles, kastanienbraunes Haar, und dass dies nicht dem Schönheitsideal entsprach, war ihr seit Kindesbeinen an schmerzlich bewusst. Alle weiblichen Idole waren blond, so wie die Venus auf dem Gemälde von Sandro Botticelli, das sie einmal vor vielen Jahren gesehen hatte, damals im Palazzo Medici bei einer Werkschau des Malers. So blond wie ihre Freundin Simonetta und wie Ginevra de' Benci, die sie bewunderte, und viele andere Schönheiten ihrer Zeit.

»Ich sehe Zweifel in Euren Augen«, unterbrach Leonardo ihre Gedanken. »Was habt Ihr an Euch auszusetzen?«

»Dass ich nicht blond bin«, gestand Lisa und biss sich auf die Lippen. »Und mein Mund zu klein ist.«

»Lächelt Ihr deswegen nie?«

Lisa sah ihn erstaunt an. »Ich lächle nie?«

»Jedenfalls nicht in meiner Gegenwart. Vermutlich liegt es an mir.« Wie am Vortag war es Lisa, als senkte sich ein Schatten über seine Züge.

»Nein«, beeilte sie sich, ihm zu versichern. »Es liegt nicht an Euch. Ihr seid ... Ihr seid der interessanteste Mensch, der mir seit langem begegnet ist.«

»Und wer war der andere interessante Mensch«, fragte Leonardo ernst. »Der, der Euch vor langer Zeit begegnet ist?«

Lisa wandte das Gesicht ab. Warum musste ihr in diesem Augenblick ausgerechnet Giuliano einfallen? Giuliano de' Medici, ihre erste große Liebe? Wo jener fast noch ein Knabe gewesen war und keineswegs vergleichbar mit einem Genie wie Leonardo da Vinci? Und auf einmal fühlte sie Tränen hinter ihren Augen brennen und schluckte schwer. Noch immer ruhte Leonardos forschender Blick auf ihr.

Wenn er jetzt nachfragt, dachte sie und versuchte ihre Tränen wegzublinzeln, dann kann ich sie nicht mehr zurückhalten. Doch Leonardo fragte nicht.

»Kommt«, sagte er stattdessen. »Wir wollen endlich beginnen.«

Es tat Lisa gut, einfach nur dazusitzen und ihren Gedanken nachzuhängen, während Leonardo zeichnete. Das leicht kratzende Geräusch, mit dem der Rötelstein über das Papier glitt, beruhigte sie, und nach und nach wich das Gewirr ihrer Gefühle, und übrig blieb eine große Traurigkeit. Leonardo schien sich nicht daran zu stören, dass sie sich hin und wieder bewegte. Sie solle bequem sitzen, hatte er gesagt. Sich wohlfühlen. Davon war sie freilich weit entfernt.

Warum hatte sie ihr eigener Anblick so verstört? Zuhause sah sie jeden Tag in den Spiegel, und es verwirrte sie keineswegs. Das ist, weil ich nur auf meine Garderobe achte, dachte sie. Darauf, wie das Haar frisiert ist und ob der Schleier richtig sitzt. Natürlich prüfte sie auch, ob sie nicht etwa einen Fleck im Gesicht hatte oder, wenn sie die weißliche Schminkpaste benutzte – was selten vorkam, denn es passte einfach nicht zu ihr –, achtete sie darauf, dass sie gleichmäßig aufgetragen war. Aber sie vermied stets, sich selbst in die Augen zu blicken, das wurde Lisa bewusst, während der größte Maler ihrer Zeit ihre Züge skizzierte. Warum das so war, sie hatte keine Ahnung. War es schon immer so gewesen?

Unmerklich hatte sich das Licht verändert, das durch das Fenster auf sie fiel, es wurde heller, gleißender. Wie viel Zeit vergangen war – Lisa wusste es nicht. Endlich legte Leonardo den Stift beiseite und erhob sich. Streckte sich und schenkte mit Wasser verdünnten Wein aus einem Krug in einen Becher.

»Möchtet Ihr auch?«, fragte er.

Lisa nickte und nahm dankbar einen zweiten Becher an. Ihr Magen knurrte. Am Morgen hatte sie kaum etwas gegessen, inzwischen war es sicher Mittagszeit.

»Darf ich sehen, was Ihr gezeichnet habt?«, fragte sie.

Wortlos ging Leonardo zum Pult, nahm das Zeichenbrett und hielt es so, dass sie das Blatt, das darauf befestigt war, sehen konnte. Lisa hatte erwartet, ihre Gestalt zu erkennen, doch der Bogen war voller kleiner Details: ihre Hände in mehrfachen Varianten, auf der Sessellehne ruhend, in ihrem Schoß verschränkt. Dann entdeckte sie ihre Mundpartie aus verschiedenen Blickwinkeln, so, wie sie ihre Lage verändert hatte. Ihre Nase, ihr Kinn, das ihm zugewandte Ohr. Und vor allem ihre Augen, mit halb geschlossenen Lidern, weit offen und in die Ferne gerichtet.

»Es scheint, als sei ich in lauter Einzelteile zerfallen«, sagte sie. Sie hatte es scherzhaft gemeint, und doch waren die Worte viel zu ernst über ihre Lippen gekommen.

Leonardo antwortete nicht. Er platzierte das Zeichenbrett wieder behutsam auf seinem Schreibpult, und Lisa bemerkte, dass es genau darauf passte. Und dass es nicht einfach nur ein Brett war, sondern wie ein Lesepult gebaut, hinten höher als vorne.

Lisa erhob sich und spürte erst jetzt, wie steif ihre Glieder geworden waren.

»Ich sollte nach Hause gehen.«

Leonardo schien in Gedanken versunken. Er öffnete eine Lade und holte das Bündel Briefe heraus, das ihr gestern bereits aufgefallen war.

»Wenn Ihr noch ein paar Minuten habt«, sagte er, »möchte ich Euch gern etwas zeigen.«

Auf einmal fühlte Lisa eine seltsame Aufregung.

»Geht es um das Geheimnis?«, fragte sie leise.

»Ja.« Leonardo zog einen Brief aus dem Bündel, legte die anderen zurück und schloss die Lade. »Ihr wolltet wissen, warum Ihr hier seid. Und aus welchem Grund ich Euch malen werde.« Lisa nickte. »Aber ich muss Euch warnen. Die Sache ist gefährlich. Und Ihr müsst mir Euer Wort geben, dass Ihr mit niemandem darüber sprechen werdet. Selbst dann nicht, wenn Euch die Sache nicht gefällt. Vor allem dann. Versprecht Ihr mir das? Bei allem, was Euch heilig ist?«

»Beim Leben meiner Kinder«, versicherte Lisa und erschrak selbst vor ihren Worten. »Ich verspreche es.«

Leonardos grünblaue Augen ruhten prüfend auf ihr. Schließlich gab er sich einen Ruck, löste das, was Lisa für einen einzigen Brief gehalten hatte, auseinander. Es waren zwei. Einer war geöffnet, der andere noch versiegelt. Leonardo reichte ihr den zweiten.

»Bitte lest ihn hier«, sagte Leonardo. »Dieses Schreiben darf mein *studiolo* nicht verlassen. Es wäre viel zu gefährlich, falls diese Botschaft in die falschen Hände gelangte.« Lisa starrte auf das Siegel. Ein Sturm von Gefühlen durchtobte sie. Sechs Kugeln in einem unten zugespitzten Oval. Fünf davon waren blank. Die sechste ganz oben trug das Zeichen der Lilie.

»Das Wappen der Medici«, flüsterte sie und sah Leonardo mit großen Augen an.

»So ist es«, antwortete er. »Ich lasse Euch nun allein, damit Ihr in Ruhe lesen könnt. Darin ist eine Frage enthalten. Lautet die Antwort nein, endet unsere Bekanntschaft heute. Lautet sie ja, werden wir uns noch viele Male treffen.«

Er wartete Lisas Reaktion nicht ab, sondern verließ das *studiolo*, schloss geräuschlos die Tür hinter sich.

Lisa sank auf den Sessel und starrte noch immer das rote Stück Siegelwachs an. Ihr Herz hämmerte so heftig in ihrer Brust, dass es in ihren Ohren dröhnte wie Trommelschläge. Fassungslos strich sie mit den Fingerspitzen über das Wappen, so als könnte sie ihren Augen nicht trauen. Dann brach sie das Siegel und entfaltete das Schreiben. Auf den ersten Blick erkannte sie die Schrift. Und etwas fiel leise klirrend zu Boden.

Es war eine kleine Feder aus Gold, etwas länger als ihr Mittelfinger, und Lisas Herz setzte einige Momente lang aus. Sie hob das Kleinod auf und drehte es im Licht, bis es funkelte, und ihr war, als hörte sie wieder Giulianos samtweiche Stimme. *Andere tauschen Ringe*, hatte er gesagt. *Das Zeichen unserer Liebe sollen diese Federn sein.* Aber sie hatte die ihre gleich nach ihrer Trennung verloren. Sie biss sich auf die Unterlippe und nahm den Brief zur Hand.

Meine Geliebte, Schönste von allen, Lisa, Dame meines Herzens ..., weiter konnte sie nicht lesen, die Buchstaben verschwammen vor ihren Augen. Sie suchte in ihrer Rocktasche nach ihrem Taschentuch und fand es endlich. Tupfte sich die Augen ab, die Nase. Presste es kurz gegen ihren Mund. Dann las sie weiter.

Zu viel Zeit ist vergangen, seit uns das Schicksal getrennt
hat. Und ich weiß, dass Du in glücklichen Umständen lebst,
verheiratet bist und Kinder hast. Glaube mir, es vergeht kein

Tag, an dem ich mir vor allem eines wünsche: dass Du glücklich sein mögest. Meine Sehnsucht, Dich in den Jahren des Exils an meiner Seite zu haben, hat nie nachgelassen. Auch wenn Du mich vermutlich für treulos hältst – diesen Vorwurf habe ich nicht verdient. Viele Male habe ich versucht, Dir Nachrichten von mir zukommen zu lassen, zuletzt an jenem unglücksvollen Tag, als ich mit meinem Bruder vor den Toren von Florenz stand in der Hoffnung, die Bürger unserer Stadt würden uns willkommen heißen. Diese Hoffnung war vergebens. Und da ich nie eine Antwort von Dir erhalten habe, muss ich davon ausgehen, dass Dich meine Briefe nicht erreicht haben.

Nie werde ich diese Nacht vergessen. Meine Augen suchten unablässig die Stadtmauer ab in der Hoffnung, Dich zu sehen. Ja, ich war so töricht zu wünschen, Du mögest Dich heimlich zu uns ins Feldlager durchschlagen, ein ganz unsinniger Gedanke, schließlich wäre dies ein Weg von unsagbaren Gefahren gewesen. Die Vergangenheit können wir nicht mehr ändern, liebste Lisa, deshalb lass uns von der Gegenwart sprechen, und vor allem von der Zukunft.

Mein Bruder und ich bereiten seit Jahren unsere Rückkehr nach Florenz vor. Mächtige Verbündete stehen uns bei, allen voran der Papst und sein Sohn, Cesare Borgia, der Herzog von Valentinois. Leonardo da Vinci ist ein Freund von ihm, er hat einige Monate in seinen Diensten gestanden. Deshalb hoffe ich, dass dieser Brief den Schutzwall, den Deine Familie um Dich herum aufgetürmt hat, endlich durchdringen kann.

Ich möchte Dich heute um einen großen Dienst bitten. Wir wissen nicht mit Sicherheit, wer von den bedeutenden Familien in Florenz heute noch zu uns steht. Verrat ist an der Tagesordnung, und so mancher mag seines eigenen Vorteils wegen die Seiten gewechselt haben. Ich will Dir nicht verhehlen, dass die Stadt voller Späher ist, dass man nur wenigen vertrauen

kann. Dir vertraue ich aus vollem Herzen und bitte Dich, herauszufinden, wer noch immer treu zu uns steht und uns im Falle einer Rückkehr unterstützen würde.
Vielleicht magst Du jetzt denken – wie soll ich, eine Frau, dies bewerkstelligen? Gerade als Frau wird man Dich am wenigsten verdächtigen. Du bist klug und umsichtig. Hast mehr Mut als mancher Mann. Und deshalb hege ich die Hoffnung, dass Du uns diesen unschätzbaren Dienst erweisen wirst.
Dies ist einer der Gründe, warum ich Leonardo um ein Porträt von Dir gebeten habe. Ich kann es nicht erwarten, endlich Deine geliebten Züge vor Augen zu haben. Wir sind beide erwachsen geworden in den vergangenen acht Jahren. Auch ich bin nicht mehr der Jüngling von damals. Und Du bist sicherlich noch schöner geworden in Mutterschaft und Ehe. Auch wenn mir das Schmerzen bereiten wird, so wünsche ich mir doch nichts sehnlicher, als Dich endlich wiederzusehen, sei es auch auf einem Gemälde.
Der dritte Grund sind die Porträtsitzungen, die Dir einen guten und unanfechtbaren Anlass liefern, Leonardo regelmäßig und über längere Zeit hinweg aufzusuchen. Bei dieser Gelegenheit wird er Dir weitere Briefe von mir übergeben, und natürlich hoffe ich, auch von Deiner Hand endlich ein paar liebe Zeilen zu erhalten. Schreibst Du noch Gedichte? Wie sehr würde ich mich über einige Verse freuen.
Nun bleibt mir nur zu beteuern, wie sehr ich Dich noch immer liebe. Ob unsere Liebe eine Zukunft haben kann, steht in den Sternen. Aber an unsere Rückkehr nach Florenz glaube ich fest. Dann werden wir uns endlich wiedersehen, und die glorreichen Zeiten von früher kehren zurück.
In Liebe, Giuliano de' Medici

Lisa ließ den Brief sinken. Noch immer schlug ihr Herz viel zu heftig, viel zu schnell. Hatte sie es nicht immer gewusst? Giuliano hatte sie nicht vergessen. Eine jubelnde Freude darüber mischte sich mit unbändiger Wut gegen ihren Vater. Er musste es gewesen sein, der ihr Giulianos Nachrichten vorenthalten hatte. War er deswegen so kalt ihr gegenüber? Hatte er Sorge, sie könnte auf anderem Wege von Giuliano erfahren und Mann und Kinder verlassen?

Jetzt kannte sie endlich die Wahrheit. Es war keine Frage, dass sie Giulianos Bitte erfüllen würde. Ihr war, als hätte sie all die Jahre nur auf eine solche Aufgabe gewartet. Wie sie das anstellen sollte, würde ihr schon noch einfallen.

Noch einmal überflog sie den Brief, versuchte, sich jedes Detail einzuprägen und in ihrem Herzen zu bewahren. Dann faltete sie ihn sorgfältig zusammen und legte ihn zurück auf das Schreibpult. Nur die goldene Feder, die wollte sie behalten. Kurz überlegte sie, wo sie sie aufbewahren sollte, und schob die Goldschmiedearbeit kurzerhand wie früher in ihr Mieder. Die Feder fühlte sich kühl und kratzig an, und es schauderte Lisa. Bald jedoch erwärmte sich das Metall an ihrem Körper, und ihr schien, als würde es ein Teil von ihr.

Einen selbstvergessenen Augenblick lang stand sie einfach nur da, und ihr war, als flöge die Zeit zwischen dem Heute und jenem Tag, als sie mit Giuliano hatte ins Exil gehen wollen, in rasender Geschwindigkeit an ihr vorbei. Wie anders wäre ihr Leben verlaufen, wären sie damals nicht getrennt worden. Doch nun hatte Giuliano das zerrissene Band zwischen ihnen wieder geknüpft, und sie würde alles tun, um ihn nicht erneut zu verlieren. Auch wenn sie nicht mehr die Seine war, sondern einem anderen Mann angehörte. Sie würde dafür sorgen, dass er und sein Bruder wieder die Herren von Florenz wurden.

8
NÄCHTLICHE SCHATTEN

Florenz, 1503

»Du willst die Kleine also tatsächlich malen?«

Luca Pacioli betrachtete das Blatt mit den Skizzen von Monna Lisas Mund, Augen und der Nasenpartie und warf Leonardo einen amüsierten Blick zu.

»Es wird mir wohl nichts anderes übrigbleiben«, knurrte Leonardo. Was hatte er sich da nur eingebrockt. Wäre er damals in Venedig nur nicht auf den Vorschlag der Medici-Brüder eingegangen. »Es ist Teil einer Verabredung«, fügte er missmutig hinzu. »Ich hab mein Ehrenwort gegeben. Piero hat seines gehalten und mir den Posten bei Il Valentino verschafft. Nun ist die Reihe an mir.«

»Es wäre nicht das erste Mal«, entgegnete Pacioli, »dass du einen Vertrag brichst. Soweit ich höre, warten die Serviten noch immer auf ihr Altarbild.«

»Die Serviten schicken mir auch keine gedungenen Mörder auf den Hals«, gab Leonardo zurück. »Piero ist dazu sehr wohl im Stande.«

»Wegen eines Bildes? Das tut nicht einmal die Markgräfin von Mantua, und wenn du mich fragst, schäumt sie vor Wut, dass du sie noch immer hinhältst.« Pacioli reichte Leonardo das Skizzenblatt zurück. »Und was ich überhaupt nicht verstehe – wieso will der Medici unbedingt ein Gemälde von dieser Krämersgattin?«

Leonardo stützte beide Ellbogen auf sein Schreibpult und legte das Kinn in seine Hände. Auch Boltraffio hatte das bereits gefragt. Und es stimmte, was Luca Pacioli sagte, Isabella d'Este hatte die Hoffnung darauf, endlich ihr Porträt von Leonardos Hand ihrer Sammlung einverleiben zu können, noch lange nicht aufgegeben. So fern sie war, sie schaffte es dennoch, sich unerbittlich in Erinnerung zu bringen. Immer wieder kamen ihre Emissäre in die *bottega*, überbrachten Isabellas Grüße und stellten stets dieselbe Frage: Wann darf die Markgräfin mit dem versprochenen Bildnis rechnen?

»Er will es eben«, antwortete er endlich seinem Freund.

Pacioli musterte ihn aufmerksam. »Aha«, sagte der Mathematiker schließlich. »Du möchtest mir den Grund nicht nennen. Oder ... du darfst es nicht. In diesem Fall wäre es besser, du denkst dir bald eine gute Begründung aus. Denn andere werden sich ebenfalls wundern.« Er stockte, dann überzog ein Grinsen sein Gesicht. »Womöglich denken sie, du bist in sie verliebt.« Leonardo schnaubte. »Warum auch nicht«, fuhr Luca fort, ihn zu necken und wies auf die Skizze. »Soweit ich es beurteilen kann, sind zumindest die Einzelteile ihres Gesichts recht hübsch.« Als er sah, dass Leonardo auf seine spaßhafte Bemerkung nicht einging, wurde er wieder ernst. »Nun gut. Ich will dich nicht weiter stören. Bist du sicher, dass du mir den Archimedes überlassen möchtest? Unglaublich, dass es dir gelungen ist, ihn zu bekommen.« Der Mathematiker griff nach dem Buch, drehte und wendete es. »Es muss einiges hinter sich haben mit all diesen Flecken und ...«

»Es ist Blut«, warf Leonardo tonlos ein.

Pacioli sah ihn irritiert an. »Was sagst du?«

Leonardo öffnete schon den Mund, um seinem Freund alles zu erzählen, was ihm seit Wochen auf der Seele lastete und jede

Nacht Alpträume bescherte. Aber dann ließ er es doch sein. Wie sollte er erklären, was an jenem Tag geschehen war? Er fühlte sich außerstande, die Szene zu schildern, jenen Moment, der ihn in den Besitz des Buches gebracht hatte. Sein Entsetzen war so groß gewesen, dass er über Nacht vollständig ergraut war. Seither hatte er diese Bilder ständig vor Augen, es war unmöglich, sie zu vergessen ...

»Du hast dich verändert«, bemerkte Luca Pacioli und betrachtete ihn forschend.

»Salai sagt, ich sehe jetzt aus wie ein würdiger, alter Mann«, versuchte Leonardo zu scherzen und wandte den Blick ab.

»Das silberne Haar steht dir ausgezeichnet«, gab Luca zurück. »Du gehörst zu jenen Männern, die bis ins hohe Alter ihr gutes Aussehen bewahren. Im Gegensatz zu mir.«

Sie lachten halbherzig. Luca betrachtete das Buch genauer und schien langsam zu begreifen.

»Was ist dort passiert«, fragte er ernst. »Wessen Blut ist es, das daran klebt?«

Leonardo setzte mehrmals zum Sprechen an. Es ging nicht. »Belaste dich nicht damit«, sagte er schließlich. »Nimm das Buch. Was Archimedes darin schreibt, wird dich begeistern. Ich hätte es neu binden lassen sollen.«

»Das kann ich gern für dich erledigen«, schlug Pacioli vor. Einen Moment lang schien er zu überlegen, ob er weiter in Leonardo dringen sollte. Offenbar entschied er sich dagegen. »Wenn ich das Buch gelesen habe, komm ich wieder«, sagte er stattdessen. »Und dann tauschen wir uns darüber aus, ja? Außerdem will ich alles über dein neues Wasserprojekt wissen.«

Obwohl er von all seinen Freunden Luca Pacioli am liebsten mochte – Giovanni de' Benci einmal ausgenommen – atmete Leonardo auf, als sich die Tür hinter dem Franziskaner schloss.

Wie froh war er, dass das Buch nicht mehr auf seinem Schreibpult lag. Womöglich würden nun auch die quälenden Erinnerungen nachlassen?

Er stand auf, legte das Blatt mit den Skizzen von Monna Lisa in eine neue Mappe aus hellblauem Karton und schrieb nach kurzem Zögern *Lisa del Giocondo* darauf. Er würde das Gemälde in Angriff nehmen. Seit er von seinen Reisen im Auftrag Cesare Borgias zurückgekehrt war, fühlte er eine seltsame Gleichgültigkeit in allem, was er tat. So als käme es nicht darauf an, und das war eine vollkommen neue Erfahrung für ihn. Dieses Gefühl der Teilnahmslosigkeit irritierte ihn. Es war, als befände er sich in einer Art unsichtbarem Nebel und sei von den Dingen und anderen Menschen auf seltsame Weise getrennt – das alles hatte er früher nie gekannt. Stets hatte er für etwas gebrannt, hatte etwas herausfinden wollen, etwas begreifen und etwas erschaffen, was vor ihm noch nie einer gewagt hatte. Gedanken zu denken, die vollkommen neu waren. Dinge zu lernen, sich Wissen durch Erfahrung anzueignen und auf Neues anzuwenden. Probleme zu lösen. Antworten zu finden. Auf neue Fragen zu stoßen und auf diese Weise tiefer und tiefer in die Welt der Erkenntnis einzudringen. Und jetzt?

Leonardo starrte auf die Mappe und den Namen darauf. Jetzt war ihm, als wäre es vollkommen bedeutungslos, was er tat. Da konnte er genauso gut die Frau des Seidenhändlers malen, es kam nicht darauf an.

Er legte die Mappe in ein Fach und verließ sein *studiolo*. Auf der Treppe hörte er die fröhlichen Stimmen der Gehilfen und ihr schallendes Gelächter. Er fand Luca Pacioli im Gespräch mit Salai, der noch immer an dem Gemälde arbeitete, das er für den französischen König entworfen hatte, den *Salvator mundi*.

»Dein Heiland hat wohl die ganze vorhergehende Nacht durchzecht«, zog Pacioli Salai auf. »Sieh dir nur seine Augen an. Er schaut noch immer glasig.«

»Er wird trunken sein von der Allmacht Gottes«, warf Boltraffio spottend ein.

»Oder von seiner eigenen Schönheit«, rief Girardo frech vom Feuer herüber, wo er die Konsistenz des Knochenleims prüfte, der in einem Topf vor sich hin simmerte. »Was ist eigentlich aus Amadeo geworden, deinem überirdisch schönen Modell?«

Salai ging auf die Spöttereien seiner Kollegen nicht ein. Er presste die Lippen aufeinander und warf Leonardo einen hilfesuchenden Blick zu. Pacioli verabschiedete sich nun endgültig, und die anderen wandten sich wieder ihren eigenen Arbeiten zu.

»Findest du nicht auch, dass es fertig ist?«, fragte Salai an Leonardo gewandt.

Sein Meister seufzte innerlich. Er hatte die Komposition, die Salai gewählt hatte, von Anfang an nicht gemocht. Außerdem erinnerte ihn das ebenmäßige, jedoch leere Antlitz des Modells an die Affäre seines Geliebten mit diesem stadtbekannten Taugenichts, der sich, wie Leonardo erfahren hatte, zurzeit von keinem Geringeren als von einem Kardinal aushalten ließ. Er konnte es kaum erwarten, bis ihm dieses Bild aus den Augen kam, doch in diesem Zustand konnte es unmöglich in seinem Namen an den König von Frankreich geschickt werden.

»Du weißt selbst, dass es noch lange nicht fertig ist«, antwortete er und zwang sich zu einem geduldigen Tonfall. »Wenn es das Prädikat leonardesk erhalten soll, muss es zumindest bestimmte Merkmale aufweisen. Fang mit den Haaren an. Setz ihnen unvergleichliche Lichter, du hast mich oft dabei beobachtet. Auch die Zierborte am Hemd kannst du noch schöner gestalten. Von der Mundpartie ganz zu schweigen. Also. Streng dich an.«

Ohne Salais Reaktion abzuwarten, ging er weiter, beantwortete Fragen, lobte hier, gab dort Hinweise. Dann öffnete er die Tür zum Innenhof und trat hinaus.

In dem sonnigeren Winkel, an dessen Mauerwerk ein wilder

Wein dem Licht entgegenkletterte, stand ein grob gezimmerter Tisch mit Bänken. Hier pflegten die Maler gemeinsam zu Mittag zu essen, sogar eine kleine Feuerstelle hatte Tommaso in die Ecke gemauert, in der sie *focaccia* backten, mit Olivenöl bestrichene Teigfladen, und sie gelegentlich mit Zwiebeln, ein bisschen Speck oder Wurstscheiben oder für Leonardo mit Kräutern und Käse belegten. Der größte Teil des Innenhofs wurde von der Sonne jedoch nie berührt, und das machte ihn zu einem ausgezeichneten Ort für die Arbeit mit den Modellen. Das indirekte Licht ließ die Gesichter plastisch erscheinen, keine Schlagschatten verzerrten die Proportionen, und wenn es dennoch im Hochsommer zu hell wurde, ließ Leonardo Stoffbahnen über den Hof spannen, je nach Modell und Sonnenstand dünne Schleier oder auch festes Leinengewebe. Jetzt im Frühling war dies allerdings noch nicht notwendig. Und damit sich die Modelle nicht den Blicken seiner Gehilfen ausgesetzt fühlten, hatte Leonardo seinerzeit Schößlinge vom Buchsbaum in acht irdene Gefäße gepflanzt, die inzwischen eine natürliche, grüne Trennwand bildeten.

Ja, heute würde er mit Monna Lisa hier arbeiten, sie konnte jeden Augenblick eintreffen. Rasch bat er seine beiden Lehrlinge, den Lehnstuhl aus seinem *studiolo* in den Hof zu tragen, er legte sogar eigenhändig einen einfach gewobenen Schafwollteppich darunter, so dass sein kleines Freiluft-Atelier einladend wirkte und nicht wie ein schäbiger Hinterhof, der es nun einmal war. Hoch oben an einem der Fenster des Nachbarhauses hing ein Vogelkäfig mit winzigen Finken, die unermüdlich ihre Gesänge in die Luft trillerten. Leonardo holte eine leichte Staffelei aus der Malerwerkstatt und legte Zeichenbrett, Papier, Kohle- und Rötelstifte zurecht.

Die Glocke von San Lorenzo hatte gerade zehn Mal geschlagen, als Monna Lisa in den Hof trat. Mit staunenden Augen betrachtete sie das Arrangement hinter der Reihe aus Buchssträuchern. Sie wirkte bestürzt.

»Es geht also los?«, fragte sie atemlos. »Warum habt Ihr mir das nicht gesagt. Jetzt trage ich nur dieses unscheinbare Kleid.«

»Beruhigt Euch«, antwortete Leonardo und seufzte innerlich. »Es kommt noch immer nicht auf Eure Garderobe an. Wenn ich ein Kleid malen wollte, hättet Ihr gar nie kommen müssen. Bitte. Nehmt Platz. Das Licht ist günstig, und wir sollten die Zeit nutzen.«

Zögernd sah die junge Frau sich um, wie ein Tier, das zunächst die Umgebung prüft, ehe es sich niederlässt, dachte Leonardo amüsiert. Ihr Blick wanderte zum Tisch und zu den Bänken, dann die Mauern empor, als wollte sie herausfinden, ob jemand aus den Nachbarhäusern sie sehen könnte. Leonardo ließ ihr Zeit, setzte sich auf den Schemel, den er zum Zeichnen bevorzugte, und tat so, als müsste er seine Stifte prüfen. Endlich ließ Lisa sich vorsichtig auf den vorderen Rand des Sessels nieder.

»Ich hab mir alles überlegt«, sagte sie leise und verschwörerisch. »Wie wir das am besten angehen.«

Leonardo hob die Brauen und warf ihr einen fragenden Blick zu.

»Was meint Ihr mit ›angehen‹?«

»Na, das, was ich für ...«, wieder glitt ihr Blick über die Mauern, die den Hof begrenzten, so als fürchte sie, belauscht zu werden, »... für den Absender des Briefs tun soll. Ihr habt doch sicher den Brief gelesen und ...«

»Ihr irrt Euch«, unterbrach Leonardo ihren fast schon geflüsterten Redestrom. »Ich habe ihn nicht gelesen und ich will auch nichts damit zu tun haben, was darin steht.«

Verblüfft sah Lisa ihn an. »Wirklich nicht?«, fragte sie. »Ich meine, Ihr werdet mir nicht dabei helfen und ...«

»Nein«, schnitt Leonardo ihr abermals das Wort ab. »Mein

Auftrag ist, Euer Porträt anzufertigen und hin und wieder Briefe zu übergeben. Mehr nicht. Und nun würde ich gerne beginnen.«

Die Verwirrung stand Monna Lisa nur allzu deutlich ins Gesicht geschrieben. Was immer sich die beiden Medici für sie ausgedacht hatten – es schien sie mächtig zu beschäftigen. Endlich hatte sie sich zurechtgesetzt, als mit einem geschmeidigen Satz die schlanke, graugetigerte Katze neben Leonardos Schemel landete, die ihn seit einer Weile besuchte. Nach seiner Rückkehr war sie einfach da gewesen, hatte das dargebotene Schälchen mit Milch gnädig wie eine Königin geleert und erschien nun täglich, um ihre Ration zu fordern. Und wie jeden Morgen hatte Leonardo auch an diesem Tag als Erstes ihren Napf gefüllt.

Während die Katze schnurrend an seinen Beinen entlangstrich, warf Leonardo seinem Modell einen prüfenden Blick zu. Gehörte sie zu den zahlreichen Menschen, die Tieren mit Angst oder sogar Abscheu begegneten? Vor allem die Städter machten häufig Jagd auf herrenlose Katzen und Hunde, was Leonardo entsetzlich fand. Er liebte Tiere, und sie schienen das zu spüren. Bedauerlicherweise teilten nur wenige Zeitgenossen seine Freundschaft mit ihnen, selbst unter seinen Gehilfen gab es so manchen, der seine Ablehnung nur um seinetwillen zu verbergen suchte.

»Ist das Eure Katze?«, fragte Monna Lisa ihn. Sie wirkte kein bisschen erschreckt.

»Nein, ich finde, Katzen gehören nie jemandem«, antwortete er. »Katzen gehören nur sich selbst.«

»Hat sie einen Namen?«

»Ich nenne sie Dea, denn ich habe den Eindruck, dass sie sich für eine Göttin hält.«

Monna Lisa lachte, und Leonardo nahm es entzückt zur Kenntnis, ja, ihm fiel auf, dass es das erste Mal war, seit er sie kannte. Und dass sie dabei bezaubernd aussah. Doch so rasch, wie dieses Lachen gekommen war, verschwand es auch, und Lisa strahlte wieder jenen Ernst aus, der ihm bereits damals auf Ginevras Landpartie aufgefallen war.

Und da geschah etwas Erstaunliches. Statt sich ihrer Milchschale zuzuwenden, ging Dea mit steil aufgerichtetem Schwanz zu Monna Lisa, schnupperte kurz an ihrem Rocksaum und sprang dann mit einem einzigen Satz auf ihren Schoß. Das alles ging so schnell, dass Leonardo nicht eingreifen konnte. Das Tier wandte Lisa den Kopf zu und zeigte mit einem genüsslichen Miau sein Gebiss mit den vielen spitzen Zähnen.

»Ist ja gut«, sagte Lisa und strich der Katze begütigend über den Rücken. »Stört es Euch bei der Arbeit, wenn sie hier sitzt?«, fragte sie Leonardo, der über die Selbstverständlichkeit staunte, mit der sie mit Dea umging.

»Nein, nicht im Geringsten«, antwortete er und begann mit raschen Strichen zu zeichnen. »Es ist offenbar nicht das erste Mal, dass Ihr es mit einer Katze zu tun habt?«

»Oh nein!« Monna Lisa lächelte wieder, als die Katze es sich auf ihrem Schoß bequem machte. »In meiner Kindheit habe ich stets die Sommer auf dem Land verbracht.« Ein sehnsuchtsvoller Ausdruck erschien auf ihrem Gesicht. »Meine Familie besitzt ein wundervolles Haus, die Ca' di Pesa im gleichnamigen Flusstal. Kennt Ihr die Gegend?« Leonardo nickte. Auch dorthin hatte ihn seine ruhelose Zeit im Dienste von Il Valentino geführt. »Da gab es viele Katzen. Ich habe meinem Vater und den Pächtern so lange in den Ohren gelegen, bis sie alle am Leben ließen, auch die Kleinen. Jedenfalls«, räumte sie ein, »galt das, solange wir dort waren. Was hinterher geschah, weiß ich natürlich nicht.« Sie streichelte das seidige Fell, Dea antwortete mit einem lauten Schnurren, das den Tierkörper in Vibration versetzte. »Ich mag Katzen sehr«, fügte Lisa leise hinzu. »Sie sind klein, aber ungeheuer stark.«

»Jede noch so kleine Katze ist ein Kunstwerk«, stimmte Leonardo ihr zu, während der Rötelstift mit einem schabenden Geräusch über das Papier glitt. »Alles ist perfekt an ihr.«

Dann sprachen sie lange Zeit nichts. Jeder von ihnen schien in Gedanken versunken. Und endlich geschah es wieder, Leonardos Bewusstsein verschmolz vollkommen mit dem, was er tat, ging auf in Proportionen, Flächen, Formen, Licht und Schatten, und noch tiefer glitt es, versuchte einzutauchen in das Wesen dieser ihm fast unbekannten Frau, in ihr Denken, Fühlen und Sehnen, ihre Wünsche und Ängste. Blatt um Blatt füllte er auf diese Weise, und nach und nach löste sich der schmerzhafte Ring auf, den er seit jenem unseligen Tag um sein Herz liegen fühlte, nichts hatte mehr Bedeutung, nur noch die Linie oder die Schraffur, die seine Hand gerade zog.

Mit allem anderen hatte er auch die Zeit vergessen, und erst als Lisa vor der zunehmenden Helligkeit die Augen niederschlug, sich die Stimmen seiner Mitarbeiter zur Pause näherten und Dea mit einem jähen Satz von dem Schoß der jungen Frau sprang, bemerkte er, dass es bereits Mittag geworden war.

»Darf ich sie sehen?«, fragte Monna Lisa wieder.

Wortlos reichte er ihr den Stapel Zeichnungen. Noch immer fühlte er sich benommen, wie stets, wenn er sich selbst ganz und gar in seine Arbeit versenkt hatte. Doch dann kehrte die Erinnerung zurück, und der Druck auf seinem Herzen schnürte ihm fast die Luft ab.

Lisa del Giocondo betrachtete jede einzelne der Zeichnungen so gründlich, als handele es sich um ein Vertragsdokument und nicht um Skizzen ihres Gesichts. Vergeblich wartete Leonardo auf die typischen Ausrufe, die Frauen bei solchen Gelegenheiten von sich zu geben pflegten, die leisen spitzen Schreie des Entzückens oder verlegenes Gekicher. Nein, Monna Lisa studierte die Blätter ohne jede Eitelkeit, so als wäre nicht sie es, die ihr von dort entgegenblickte, sondern als wollte sie herausfinden, wer das sein könnte.

»Danke«, war alles, was sie sagte. Dann verabschiedete sie sich.

Erst als er allein in seinem *studiolo* war, sah er selbst die Skizzen durch und versuchte, sie mit ihren Augen zu betrachten. Die Zeichnungen waren gut, natürlich waren sie das, Kunstsammler, von denen es in Florenz genügend gab, würden sie ihm aus der Hand reißen. Lisas feine Züge mit dem kindlichen, runden Kinn und den leicht erhöhten Wangenknochen waren plastisch herausgearbeitet, der rätselhafte Ausdruck in ihren Augen, von denen man nicht sagen konnte, ob sie traurig blickten oder erheitert, und die ihn – das wurde ihm erst jetzt bewusst – die ganze Zeit über eindringlich angesehen hatten, als wollte sie verstehen, was ihn beschäftigte. Ihm ging auf, dass sich in diesem Fall nicht nur er als Maler bemühte, ihr Wesen zu erforschen, sondern dass sein Modell seinen forschenden Blick zurückwarf, so als spiegelte sich sein Blick in ihrem und umgekehrt.

Betroffen schob er die Zeichnungen in die zartblaue Mappe zu den Studien von Mund, Nase und Augen. Und auf einmal fühlte er, wie sehr er Feuer gefangen hatte. Dass er Monna Lisa nicht nur deswegen malen würde, weil Giuliano de' Medici ihn damit beauftragt hatte und sein machthungriger Bruder Piero keinen Zweifel daran ließ, dass es keine gute Idee wäre, wenn Leonardo sein Versprechen nicht halten würde. Nein, er fühlte, dass er, genau wie damals bei Ginevra de' Benci und bei Cecilia Gallerani ein Werk schaffen könnte, das über alles hinausging, was bislang gemalt worden war. Etwas, das zukunftsweisend war. Weil er nicht einfach die physische Gestalt abbilden würde, sondern das Geheimnis, das diese Frau in sich barg. Ein Geheimnis, das mehr beinhaltete als ihre Gefühle zu Giuliano de' Medici oder die Liebe zu irgendeinem Menschen. Was ihn ansprach, war das Suchende, das Hungrige in ihrem Blick. Die Melancholie, die er bei ihr von Anfang an gespürt hatte. Eine Melancholie, die er selbst nur allzu gut kannte. Und die ihn gerade wieder fest in ihren Klauen hielt.

Eine Melancholie, die auch jenes Geheimnis beinhaltete, das jede Frau in sich trug und das ihn schon bei seinen Madonnen-Bildern fasziniert hatte. Dieses Rätsel, dem er mit dem Gemälde bereits nahegekommen war, auf dem die Jungfrau Maria auf dem Schoß ihrer Mutter saß und wiederum selbst ihren Sohn, der einmal die Welt erlösen wird, auf ihren Knien zu halten sucht. In Monna Lisa sah er jedoch ein Geheimnis aufblitzen, das er trotz allem noch nicht vollkommen ergründet hatte.

Leonardo setzte sich an sein Schreibpult und schlug den hellblauen Ordner auf, um die Zeichnungen erneut zu betrachten. War das möglich? Sollte ausgerechnet diese Bürgersfrau, an der er auf der Straße achtlos vorbeigegangen wäre, die Antwort auf seine vielen Fragen verkörpern? Oder saß er einer Illusion auf, so wie früher, als er der Überzeugung gewesen war, dass seine wahre Bestimmung darin läge, Kriegsingenieur eines großen Feldherrn zu sein, und dass er mit seinen Erfindungen mithelfen musste, die politische Landkarte zu verändern?

Er war ein Narr gewesen. Und jetzt musste er die Rechnung für seinen Irrtum bezahlen.

Salai rief nach ihm. Er und die anderen hatten den Mittagstisch gedeckt. Und obgleich er keine rechte Lust verspürte, sich unter seine Mitarbeiter zu begeben, deren ausgelassene Stimmen er bis zu sich herauf hören konnte, raffte Leonardo sich auf. Es waren gute Männer, ausgezeichnete Maler und Schüler mit den besten Anlagen. Sie hatten es verdient, dass er stark für sie war, der Fels in der Brandung, der unerschütterliche Baum, unter dem sie gedeihen konnten. Sie brauchten ihn, und er brauchte sie. Und so zwang er sich, eine heitere Miene aufzusetzen und das Grauen, das er tief in seinem Herzen trug, zu verbergen.

Das gelang ihm recht gut, solange die Sonne schien, doch bei Einbruch der Dunkelheit kehrten die Dämonen zurück. Besonders fürchtete Leonardo sich inzwischen vor dem Schlaf, denn da war er den Erinnerungsbildern wehrlos ausgeliefert.

Auch in der folgenden Nacht schreckte Leonardo mit einem Schrei auf, war schweißgebadet und wusste zunächst nicht, wo er sich befand.

»Was ist denn nun schon wieder los?«, fragte Salai verschlafen neben ihm und zündete eine Kerze an.

Leonardos Herz raste. Nur langsam nahm sein Schlafzimmer im Haus der Martelli Kontur an. Kraftlos ließ er sich zurück auf das Kopfpolster sinken und starrte an die Decke mit ihren dunklen, parallel verlaufenden Holzbalken. Wenn er die Augen schloss, sah er wieder all das Blut, den in zwei Hälften geteilten Körper des Mannes und die langsam aus ihren Höhlen tretenden Augäpfel seines Freundes, die ihn anstarrten, hörte Il Valentinos Lachen ...

Salai reichte ihm einen Becher mit Wein.

»Das geht jetzt seit Wochen so«, beklagte er sich. »Wie soll da ein Mensch schlafen können, wenn du so fürchterlich schreist.«

Leonardo schwieg. Salai war nicht dabei gewesen, auch Tommaso nicht, und Leonardo dankte Gott dafür. Falls es den überhaupt gab, was er immer mehr bezweifelte. Denn wenn ein Gott existierte, warum hatte er dann so ein monströses Geschöpf wie den Menschen erschaffen?

Er stand auf und zog das verschwitzte Hemd aus. Wusch sich und schauderte, als er sich mit dem nassen, kalten Schwamm über die Brust fuhr. Nackt wie er war legte er sich zwischen die Laken, fröstelte. Salai war bereits wieder eingeschlafen. Er jedoch starrte in die flackernden Schatten, die das Kerzenlicht an die Decke warf. Bereute bitterlich, nicht bei seiner Malerei und den Studien geblieben zu sein.

Dabei hatte die Sache so gut begonnen, damals, im vergangenen Sommer. Als er in Begleitung von Tommaso und Salai Florenz verlassen hatte, beschloss er, zunächst den Umweg über Pisa und Livorno zu nehmen, um zu Il Valentino zu gelangen, von dem man nie so genau wusste, wo er sich augenblicklich befand. Die Andeutungen von Niccolò Machiavelli, dass die Regierung von Florenz tatsächlich an seinem Wasserprojekt zur Kanalisierung und Schiffbarmachung des Arnos interessiert sein könnte, hatten Leonardo dazu bewogen, die Gelegenheit zu nutzen und dem Lauf des Flusses bis zu seiner Mündung ins Meer zu folgen.

Eigentlich verfolgte er zwei Pläne: Florenz mit dem Meer zu verbinden war der eine. Politisch viel bedeutender war allerdings Leonardos Idee, den Arno, der für Pisa eine unverzichtbare Lebensader darstellte, um den rebellischen Stadtstaat herumzuleiten und ihm damit buchstäblich das Wasser abzugraben. Denn seit Piero de' Medici mehr als sieben Jahre zuvor die Stadt in seinem diplomatischen Unverstand den französischen Invasoren überlassen hatte, wehrte sich Pisa dagegen, inzwischen längst nicht mehr von den Franzosen gehalten, sich wieder unter die Vorherrschaft von Florenz zu begeben. Nein, die Pisaner waren so weit gegangen, ihre Unabhängigkeit zu erklären, und noch war es den Florentinern trotz aller Anstrengungen nicht gelungen, die Stadt zurückzuerobern. Aber ohne den Arno wäre Pisa nicht überlebensfähig, und darum waren die Ratsherren von Florenz geneigt, Leonardos Vorschläge zu unterstützen.

Und so machte er unterwegs zahlreiche Zeichnungen von Stromschnellen und Strudeln. Zeitlebens war er fasziniert von dem Element Wasser, von seiner Geschmeidigkeit und Fähigkeit, Widerstände zu umfließen und seine Hindernisse mit seiner Beharrlichkeit am Ende abzuschleifen, auszuhöhlen, wegzuschwemmen. Vor allem aber faszinierte Leonardo am Fließen des Wassers jene Eigenschaft, die ihn in allen Erscheinungsformen am meisten interessierte: das ständige In-Bewegung-Sein.

Von der Arno-Mündung bei Pisa wandten sie sich nach Süden und folgten der Küste bis Piombino, skizzierten Wehranlagen und Befestigungen und machten sich Notizen über die Größe des Hafens. Dann bog er mit seinen Begleitern nach Osten in Richtung Arezzo ab, wo er Il Valentino vermutete, jedoch nicht antraf. Stattdessen begegnete ihm dort ein flüchtiger Bekannter aus seinen frühen Florentiner Jahren, Vitellozzo Vitelli, der Sohn eines legendären *condottiere*, der gemeinsam mit seinen Söhnen von jeher für die Republik Florenz gekämpft hatte. Nun hatte sein Ältester in Arezzo den Aufstand gegen Florenz angeführt und die Stadt unter die Herrschaft von Il Valentino gebracht.

»Wie kommt es«, fragte Leonardo am zweiten Abend, den sie zusammen im Saal des Palazzo dei Priori verbrachten, »dass Ihr nicht mehr auf der Seite von Florenz steht?«

Vitellozzo warf ihm einen scharfen Blick zu. »Seid Ihr der Einzige, der nicht weiß, was man dort meinem Bruder Paolo angetan hat?«

»Ich war lange in Mailand«, antwortete Leonardo betroffen. »Tatsächlich weiß ich nicht, was mit ihm geschehen ist.«

»Sie haben ihn ermordet«, sagte Vitellozzo mit vor Hass brennenden Augen. »Nachdem er Jahre seines Lebens in ihrem Dienst dahingegeben hat. Dabei kannte ich keinen treueren Mann als meinen Bruder.«

»Wer hat ihn ermordet?«, fragte Leonardo entsetzt. »Und weshalb?«

»Man hat ihm unterstellt, ein Verräter zu sein«, erklärte Vitellozzo finster. »Es hieß, er hätte Pisa einnehmen können und willentlich zu lange gezögert, bis die Gelegenheit vorüber war. Aber das stimmte nicht. In Wahrheit brauchte Soderini ein Bauernopfer, denn das Volk war aufgrund seiner erfolglosen Politik so aufgebracht, es hätte nicht viel gefehlt, und man hätte ihn aus dem Palazzo della Signoria gejagt. Deshalb musste mein Bruder den Verräter geben. Man hat ihn gefoltert, ihm den Prozess gemacht und ihm den Kopf abgeschnitten.« Er machte eine Geste mit der flachen Hand entlang seines Halses. »Auf der Turmgalerie des Regierungspalasts, vor aller Augen. Sie haben sein Haupt auf eine Stange gespießt und es dem Pöbel gezeigt.« Vitellozzo griff nach dem Becher mit Wein und leerte ihn in einem Zug. Dann knallte er ihn auf den Tisch. »*Sie* waren die Verräter«, fuhr er erbittert fort. »Mein Bruder hat ihnen treu gedient, und am Ende haben sie es ihm auf diese Weise gedankt. Und deshalb werde ich alles dafür tun, um diese Stadt zu vernichten.«

Leonardo fühlte, wie ihn ein Schauder überlief. Paolo war einige Jahre jünger gewesen als Vitellozzo, Leonardo hatte ihn als einen hoch aufgeschossenen, intelligenten Jüngling in Erinnerung mit einer ausgeprägten, schmalen Nase und fliehendem Kinn. »Schau«, hatte sein Vater bei einem der prunkvollen Festzüge zu ihm gesagt und auf die beiden Brüder gewiesen, die im Gefolge der Medici geritten waren, »dies sind die Söhne eines unserer tapfersten Heerführer.« Niemand hätte damals geglaubt, dass Paolo einmal so enden würde.

An jenem Abend in Arezzo hatte Leonardo eine Art Vorahnung erfasst, so als ob sich etwas Schlimmes über ihnen zusammenbraute. Doch er hatte es auf seine überreizten Nerven geschoben. Auf die unruhigen Schatten, die die Fackeln an die Wände des trutzigen Palazzos warfen.

»Es ist gut, dass Ihr auf unserer Seite seid«, hatte Vitellozzo schließlich das bedrückte Schweigen gebrochen. »Man erzählt sich Wunderdinge von Euren Erfindungen. Wollt Ihr mir morgen etwas davon zeigen?«

Das tat Leonardo und schüttelte beim hellen Licht des folgenden Tages sein Unbehagen ab. Hatte der Eroberer von Arezzo am

Abend mit seinem massigen, kahlen Schädel und seinen blitzenden Augen furchteinflößend gewirkt, so war er nun die Freundlichkeit in Person. Mit kundigem Blick sah er sich die winzigen Skizzen in Leonardos Notizbüchern an, erfasste rasch die technischen Zusammenhänge und stellte kluge Fragen. Und als sie sich zum Nachtmahl niedersetzten, waren er und der *condottiere* Freunde geworden.

»Das Meiste«, sagte Leonardo während dieser Unterhaltung, »was die Menschen heute für Wunderwerke halten, hat Archimedes bereits herausgefunden. Er soll zum Beispiel eine Schraube entwickelt haben, mit der man Wasser aus einem tiefer gelegenen Gelände nach oben transportieren kann. Damit könnte man Sumpflöcher oder überschwemmte Keller trockenlegen. Auch die Dampfkraft war ihm bereits bekannt.«

»Wer ist das?«, fragte Vitellozzo und füllte ihnen Wein nach. »Wenn er so ein großer Erfinder ist, muss Il Valentino ihn verpflichten.«

»Archimedes hat noch vor unserer christlichen Zeitrechnung gelebt«, erklärte Leonardo. »Er war ein Grieche aus Syrakus. Es ist ein Jammer, dass seine Schriften in alle Winde zerstreut und nur noch schwer zu bekommen sind. In Borgo San Sepolcro soll sich ein Exemplar befinden. Ich weiß das von meinem Freund Luca Pacioli. Er ist dort geboren.«

»Ich werde es Euch besorgen«, sagte Vitellozzo und legte seine Pranke auf Leonardos Arm. Alles war groß an diesem Mann, der kahle Schädel, die kraftvollen Hände, und obwohl Leonardo gewiss nicht klein war, überragte er ihn um fast einen Kopf. »Versprochen.«

Von Vitellozzo erfuhr Leonardo, dass sich Il Valentino derzeit in Urbino, der Hauptstadt des gleichnamigen Herzogtums, aufhielt, das er erst vor kurzem eingenommen hatte und das direkt an

Florentiner Hoheitsgebiete angrenzte. Für seine nächsten Eroberungsschritte, so richtete Vitellozzo Leonardo aus, benötigte Cesare Borgia genaues Kartenmaterial von den schwer zugänglichen Gebieten nördlich von Arezzo, den Ausläufern der Apenninen.

»Bislang sind diese Gebiete nicht kartographiert worden«, schloss Vitellozzo.

»Dann werde ich das tun«, antwortete Leonardo frohgemut.

Zwar hatte er noch nie zuvor Kartenmaterial zum militärischen Gebrauch angefertigt, jedoch häufig Landschaften für sich selbst skizziert und darin eine gewisse Fertigkeit erworben. Außerdem befanden sich in seinem Kopf Entwürfe für Vermessungsgeräte, und er brannte darauf, sie zu bauen und zu erproben.

Gemeinsam mit Tommaso und Salai konstruierte er sogleich einen leichten Handkarren, auf den er ein trichterförmiges Gefäß montierte. Diesen Trichter verschloss er unten mit einer beweglichen Klappe und füllte ihn mit Tonkugeln. Den Mechanismus zum Öffnen und Verschließen dieser Klappe verband er über Zahnräder mit den Rädern des Karrens, so dass sich nach jeder Radumdrehung der Trichter kurz öffnete und jeweils eine Kugel zu Boden fallen ließ. So konnte Leonardo anhand der Anzahl der Kugeln, die auf der abgefahrenen Strecke liegen geblieben waren, die zurückgelegte Entfernung berechnen.

»Großartig«, erklärte Vitellozzo mit einem schallenden Lachen, als Leonardo ihm den Wagen vorführte. »Einfach wie ein Kinderspielzeug und doch genial.«

Schließlich war er gemeinsam mit Salai und Tommaso aufgebrochen, um das Gebiet, das er kartographieren sollte, zu erkunden.

Von Arezzo ritten sie in Richtung Norden und fanden eine wilde Gegend voller Felsen, Klüfte und Wälder vor. Bei Ponte Buriano stießen sie wieder auf den Arno, der hier, lange ehe er Florenz erreichte, in einer großen Schleife den Höhenrücken des

Pratomagno umflosss. Eine uralte, steinerne Brücke überspannte den Fluss in fünf gleichmäßigen Bögen, und Leonardo war fasziniert von ihrer ausgewogenen Schönheit. Er fertigte einige Skizzen von ihr an, ebenso von den spektakulären Felsenhängen bei einem Ort namens Piantravigne, wo das Gestein durch Wind und Wetter auf eine malerische Weise erodiert war und die Gestalt von Pfeilern und archaischen Türmen angenommen hatte. Leonardo wurde nicht müde, ihre bizarren Erscheinungsformen zu zeichnen.

»Das solltest du auch tun«, riet er Salai, der gelangweilt im Gras lag. »Diese Landschaften sind wie geschaffen für den Hintergrund unserer Gemälde, wild und fantastisch. Siehst du, wie dort in der Ferne die Berge im bläulichen Dunst zu schweben scheinen? Und davor das Flusstal mit den Felsen – kein Künstler könnte sie sich eindrucksvoller ausdenken.«

Missmutig machte Salai sich an die Arbeit, und was unter seinen Händen in den Skizzenbüchern Gestalt annahm, war ausgezeichnet. So viel Talent, dachte Leonardo einmal mehr, und so wenig eigener Antrieb. Doch dafür war Leonardo ja sein Lehrmeister, und er nahm sich vor, ihn unermüdlich anzuspornen, sein Bestes zu geben.

In Urbino empfing Cesare Borgia sie mit jovialer Herzlichkeit im Palazzo Montefeltro, dessen Ruhm als prächtigster Palastbau der Gegenwart im Sinne der Wiederentdeckung der Antike sich in ganz Europa verbreitet hatte. Eine eindrucksvollere Kulisse für den Auftritt von Il Valentino hätte sich selbst Leonardo nicht ausdenken können, als er noch für Theateraufführungen und Festlichkeiten am Hof in Mailand zuständig gewesen war. Cesare war noch immer der große, athletische Kämpfer, als den Leonardo ihn in Erinnerung hatte, seine erstaunlich blauen Augen unter den langen Wimpern schienen einem mitten ins Herz zu schauen, seine Brauen wirkten wie mit einem Pinsel kühn geschwungen, und noch immer wirkte sein sinnlicher Mund mit den vollen Lippen, als würde er gerne und häufig lachen. Allerdings hatten inzwischen Hautausschläge und Pusteln seine Erscheinung erheblich entstellt.

»Das ist die Franzosenkrankheit«, kommentierte Tommaso diese Veränderungen, als sie ihre Unterkünfte in der Residenz des kunstliebenden Grafen von Urbino bezogen, der erst vor wenigen Tagen der Gefangennahme in letzter Minute entkommen war. »Die hat er sich bei irgendeiner Hure eingefangen, so viel steht fest.«

An diesem Abend lud Cesare Borgia zu einem Gastmahl, zu dem Vitellozzo von Arezzo herüberkam und noch weitere *condottieri,* die sich Cesare angeschlossen hatten, durchweg eindrucksvolle Gestalten, geformt vom Krieg, den sie zu ihrem Beruf gemacht hatten – Leonardo hatte es in den Fingern gejuckt, ein paar Charakterstudien von ihnen anzufertigen. Und später in seiner Unterkunft hatte er dies aus der Erinnerung auch getan ...

Jetzt, Monate später, warf Leonardo sich im Bett herum, und Salai murrte im Schlaf. Es war aussichtslos. In dieser Nacht würde er keine Ruhe mehr finden. Und bei dem Gedanken an diese Männer, von denen mittlerweile kein einziger noch am Leben war, hielt er es im Bett nicht länger aus. Leise, um Salai nicht erneut zu wecken, stand er auf, griff im Dunkeln nach seinem Hausmantel und verließ das Zimmer. In seinem *studiolo* schürte er im Kamin und blies auf die erloschene Glut, so dass leise knisternd einige Punkte rötlich aufglommen, gab dünnes Kienholz hinein, blies wieder, bis die ersten Flammen aufzüngelten und legte schließlich zwei Holzscheite dazu.

Leonardo holte die Mappe hervor, in der er die Aufzeichnungen für sein großes Wasserprojekt aufbewahrte. Wenn er sich ganz und gar in seine Arbeit vertiefte, würde er seinen Erinnerungen entkommen. Sein kühner Plan, seiner Heimatstadt, die seit Jahrhunderten auf den unsicheren und beschwerlichen Landweg angewiesen war, einen Hafen zu bescheren, fand große Zustimmung bei der Regierung. Dazu würde er den Lauf des Arnos begradigen und sein Bett tiefer legen, so dass Handelsschiffe ihn befahren konnten. Einen prächtigen Hafen würde er bauen, in dem Waren aus aller Welt gelöscht werden könnten. Florenz, das seit jeher auf Küstenstädte wie Venedig, Genua, Pisa und Livorno angewiesen war, würde einen eigenen Zugang zum Mittelmeer erhalten – die Aussicht darauf hatte den Rat der Zehn und besonders die Versammlung der Zünfte aus der Lethargie gerissen und zu wahren Begeisterungsstürmen verführt. Man hatte beschlossen, die enormen Kosten zu bewilligen, und das war ein wahres Wunder angesichts der durch den zermürbenden Krieg um Pisa chronisch leeren Kassen.

Den Fluss an Pisa vorbeizuleiten war hingegen ein noch viel schwierigeres Unterfangen. Es gab Stromschnellen und viele andere gefährliche Stellen, die es zu umgehen galt. Für jedes Problem würde Leonardo eine Lösung finden, und in dieser Nacht war er geradezu froh um jede Schwierigkeit, die er aus dem Weg räumen musste.

Und tatsächlich gelang es ihm eine Weile, sich in Berechnungen zu verlieren. Doch sein Geist war müde, schließlich litt er nun schon seit vielen Wochen an Schlaflosigkeit. Und in dem flackernden Licht der Kerze gaukelte ihm sein erschöpfter Verstand wieder jenen Morgen in Urbino vor, an dem er nach Cesare Borgia fragte, um seine Anweisungen entgegenzunehmen, und erfuhr, dass er nicht mehr da war. Noch in der Nacht musste er Urbino verlassen haben, und keiner kannte sein Ziel – oder man hatte Anweisung, es niemandem zu verraten.

»Wo ist Il Valentino?«, hatte Leonardo verwirrt in sein Notizbuch geschrieben und daran denken müssen, was Machiavelli über diesen Mann gesagt hatte: *Er taucht an einem Ort auf, noch ehe man begriffen hat, dass er den anderen überhaupt verlassen hat.* Beim besten Willen konnte er dem zweiten Kanzler des Florentiner Rats keinen Hinweis senden, welche Reisepläne Cesare Borgia hatte.

Gemeinsam mit seinen Gefährten hatte Leonardo sich in den folgenden Tagen in dem märchenhaften Palast des Herzogs von Montefeltro umgesehen, der in den vergangenen Jahrzehnten keine Mühen und Mittel gescheut hatte, um sein Stammhaus in einen wahren Musentempel zu verwandeln. Heute konnte Leonardo nur den Kopf darüber schütteln, wie sorglos er damals gewesen war, so ohne jede Vorahnung. Von dem eindrucksvollen Treppenaufgang des Palasts hatte er selbstvergessen Skizzen angefertigt, sich an den Schätzen erfreut, die hier zusammengetragen worden waren, und mit keinem Gedanken des Schicksals des kunstsinnigen Grafen Guidobaldo gedacht, der dies alles geschaffen hatte und sich nun mit seiner Gattin auf der Flucht befand.

Zehn Tage nach der überraschenden Abreise von Il Valentino übergab ihm ein Bote ein Schreiben. Es stammte aus Pavia und enthielt einen kurzen Brief von Cesare Borgia, in dem er Leonardo bat, sich während seiner Abwesenheit in die erst kürzlich eroberten Gebiete entlang der Riviera zu begeben.

Seht Euch um, schrieb er. *Und haltet die Augen offen. Hauptsächlich wünsche ich Eure Einschätzung zu den jeweiligen Befestigungen. Wir haben die meisten im Handstreich genommen, was nicht für ihre Verteidigungsanlagen spricht. Mit Rückeroberungsversuchen ist zu rechnen, dagegen müssen wir gewappnet sein.* Zu diesem Zweck hatte Il Valentino Leonardo und seinen Gefährten einen allumfassenden Passierschein ausgestellt, in dem er ihn als »Architekten und Generalingenieur« bezeichnete, der Zugang zu allem, was er sehen und vermessen wollte, erhalten sollte und uneingeschränkte Unterstützung bei allen baulichen

Maßnahmen, die Leonardo nach eigenem Ermessen durchführen konnte.

Wie gut ihm das getan hatte, nachdem man seine Empfehlungen bislang in Bausch und Bogen verworfen hatte. Wie sehr das seiner Eitelkeit geschmeichelt und ihn blind gemacht hatte für die andere Seite des Krieges. Voller Abenteuerlust reiste er mit Salai und Tommaso nach Pesaro, durchforstete dort die Bibliothek des herzoglichen Palasts ohne Erfolg nach einer Ausgabe von Archimedes und Schriften anderer antiker Mathematiker, ritt nach Rimini, um das imposante Castel Sigismondo mit seinem umlaufenden Wassergraben und seinen sechs trutzigen Türmen zu inspizieren, ließ sich von einem raffinierten Wasserspiel verzaubern, von dem er nicht herausfinden konnte, wer es konstruiert hatte, und nahm sich vor, bei Gelegenheit etwas Ähnliches zu erschaffen.

Inzwischen war es August geworden. In Cesena feierte man das volkstümliche Fest des Heiligen Lorenzo, und Leonardo beobachtete interessiert die Trachten und Bräuche, die ihm gänzlich unbekannt waren. Und dachte nicht daran, dass all diese Städte erst kürzlich erobert worden waren, die einen friedlich, weil sie sich ergeben hatten, die anderen durch blutige Kämpfe, in denen Menschen ihr Leben hatten lassen müssen, denen es im Grunde vollkommen egal war, wer über sie herrsche, und die sich nichts anderes wünschten, als in Ruhe gelassen zu werden, ihre Feste zu feiern und ihren Geschäften nachzugehen. Stattdessen waren fremde Soldaten eingefallen und hatten alles auf den Kopf gestellt.

Der Krieg schuf nun einmal neue Ordnungen. Auch Leonardo hatte die *arte della guerra* als eine Art Kunstform betrachtet. Man schlug sich nach ritterlichen Regeln, die List war ein Bestandteil davon. In den Geschichten, die Leonardo kannte, wurde von Tagesanbruch bis Sonnenuntergang gekämpft, danach besuchten sich die edlen Kontrahenten in ihren Zelten und spielten mitunter eine Partie Schach gegeneinander. Jedenfalls hatte er sich das so vorgestellt. Die Wahrheit war, Leonardo hatte den Krieg nie selbst kennengelernt, und das blutige Geschäft des Tötens war ihm, der nicht einmal mitansehen konnte, wie man Tiere schlachtete, so fremd wie der erst vor ein paar Jahren von Christoph Columbus entdeckte neue Kontinent im fernen Westen. Kriege gehörten zum Leben, es hatte sie immer schon gegeben, stets wütete einer in irgendeinem Winkel dieser Erde. Territorien wechselten den Besitz, so wie Ware auf dem Markt, das war der Lauf der Dinge, er hatte es in Mailand erlebt. Am Zug war der, der sich die besseren Söldner leisten konnte – und so klug war, sich mit den Erfindungen eines Leonardo da Vinci auszustatten. Das hatte er damals wirklich geglaubt.

Leonardo stand auf und ging zu dem zierlichen Tisch mit dem Schachspiel. Er war ein guter Spieler, gemeinsam mit Luca Pacioli hatte er ein Buch darüber verfasst. Überlegen war derjenige, der in die Zukunft denken konnte und in der Lage war, die verschiedenen möglichen Konsequenzen einer Entscheidung vorauszusehen. Wer verlor, wurde geschlagen und verschwand vom Spielfeld. So war das auch in der Politik.

Doch als Cesare Borgia seinem Stellvertreter Ramiro de Lorca erlaubte, in der Umgebung von Cesena den Widerstand einiger mutiger Dörfer durch Gräueltaten zu brechen, was Leonardo erst viel später erfuhr, waren es nicht Figuren aus Holz oder Elfenbein, die von der Spielfläche verschwanden. Es waren Menschen, Männer, Frauen und Kinder, Greise und Kranke, die aus ihren Betten gezerrt und geschlachtet wurden, schlimmer als Tiere. Frauen und Mädchen wurde Gewalt angetan, ehe Ramiros Leute sie in Brunnen warfen oder ihnen die Brust aufrissen. Die Grausamkeiten waren so groß, dass die Überlebenden nicht eingeschüchtert waren, sondern so verzweifelt und entsetzt, dass sie dem Borgia die Hölle an den Hals wünschten und im Gefühl, nichts mehr zu verlieren zu haben, erst recht aufbegehrten.

Da änderte Cesare seine Taktik. Er ließ Ramiro, der nichts anderes getan hatte, als seinen Befehl auszuführen, festsetzen und auf dem Marktplatz von Cesena öffentlich mit einem riesigen Holzkeil in zwei Hälften teilen, als Zeichen an die Bevölkerung, dass nicht er für die grausamen Taten verantwortlich war, sondern sein Stellvertreter.

Tagelang wurde der verstümmelte Leichnam öffentlich ausgestellt, und tatsächlich schien dies die Gemüter der Überlebenden von Cesena zu besänftigen. Als könnte vergossenes Blut anderes Blut auslöschen. Als könnte man Grausamkeiten gegeneinander aufwiegen.

Als Il Valentino beschloss, mit seinem Tross Cesena zu verlassen und sein Winterquartier in Imola aufzuschlagen, war Leonardo deshalb mehr als erleichtert gewesen. Und hatte nicht geahnt, dass ihm dort noch viel Schrecklicheres begegnen sollte.

»Es gibt nichts Widerlicheres als Verräter«, sagte Cesare Borgia eines Tages, nachdem Leonardo ihm voller Stolz einen von ihm gezeichneten Stadtplan von Imola präsentiert hatte. Er war nicht nur präzise bis auf das letzte Gebäude, sondern auch ein wahres Kunstwerk. Mit Aquarellfarben hatte er die Tuschzeichnung zart koloriert, bei genauerem Hinsehen konnte man Häuser, Brunnen und Plätze, Tore und noch die kleinste Gasse ausmachen. Bei den Worten seines Auftraggebers gefror ihm allerdings das Blut in den Adern. Hatte er womöglich Verdacht geschöpft, oder wusste er bereits, dass die Hinweise in seinen Briefen an Boltraffio Nachrichten an die Regierung von Florenz waren?

Il Valentino stand mit dem Rücken zu ihm am Fenster, so dass Leonardo sein Gesicht nicht sehen konnte. Einige unangenehme Minuten verstrichen, ehe Cesare Borgia sich umwandte.

»Meine eigenen Leute haben sich gegen mich verschworen«, sagte er. »Weißt du davon?«

»Nein«, antwortete Leonardo, überrascht von der Frage und über das plötzliche Du. »Ich habe nicht die geringste Ahnung.«

Eine Weile ruhte Cesares Blick prüfend auf ihm, dann beschloss er offenbar, ihm zu glauben.

»Du bist mit Vitellozzo gut befreundet, richtig?«

»Wir kennen uns flüchtig von früher«, antwortete Leonardo und fühlte, wie sich seine Haare im Nacken zu sträuben begannen. Vitellozzo? Sollte er zu den Verrätern gehören? »In Arezzo haben wir einige Tage zusammen verbracht.« Und nach kurzem Zögern fügte er hinzu: »Ich bin sicher, er ist Euch treu ergeben.«

Cesare Borgia hielt die Lider gesenkt, Leonardo konnte den Ausdruck seiner Augen nicht sehen. »So wird es sein«, sagte Il Valentino und ging zum Tisch, um sich erneut den Stadtplan anzusehen. »Du leistest ausgezeichnete Arbeit«, wechselte er nun das Thema. »Auch die anderen Karten sind genau. Damit haben meine *condottieri* ihren Gegnern viel voraus. Die kennen zwar ihre eigenen Hügel und Täler, aber sobald sie ihr Revier verlassen, sind sie ohne Ortskenntnis.« Er legte das Blatt zurück und wandte sich Leonardo direkt zu. »Und nun möchte ich, dass du diese Festung hier in Augenschein nimmst. So stark sie wirkt, so leicht war sie zu erobern. Das muss sich ändern. Zuerst müssen die Schäden repariert werden, die wir dem alten Kasten beigebracht haben. Die Mauern haben nachgegeben, als wären sie aus Pappmaché. Die Rocca Sforzesca muss uneinnehmbar werden.«

»Das wird sie«, antwortete Leonardo, erleichtert, dass keine Rede mehr von Verrätern und Verschwörungen war. »Ich habe bereits einen Rundgang gemacht. Es gibt viele Schwachstellen. Sobald man eines der Tore überwunden hat, kann man direkt ins Herz der Festung vorstoßen. Wir werden die Korridore umbauen, so dass der Feind, falls es ihm tatsächlich gelingt einzudringen, an mehreren Stellen abgefangen werden kann. Und nur immer ein Soldat nach dem anderen hereingelangt. Außerdem sollten wir die Krümmung der Rundtürme an den Flanken der Außenmauern verändern, damit sie den neuen Geschossen besser standhalten.« Und dann vertieften sie sich in technische Details, in Berechnungen der Flugbahnen von Kanonengeschossen und um wie viel die Mauern verstärkt und erhöht werden mussten.

Mit welcher Begeisterung war er ans Werk gegangen! Wie sehr hatte er es genossen, zu sehen, wie das, was er entwarf, Gestalt annahm. Il Valentino sorgte dafür, dass er jede Unterstützung erhielt, die er benötigte, und nun wuchsen die Mauern so rasch in die Höhe, wurden seine Umbauten so schnell umgesetzt, wie er es nie für möglich gehalten hätte. Tommaso stand ihm mit Rat und Tat zur Seite, richtete die Schmiede der Burg nach seinen Vorstellungen ein, ließ darin Tag und Nacht die Feuer lodern und bearbeitete das glühende Eisen, dass die Funken nur so stoben. Salai fertigte indessen Kopien von dem neuen Kartenmaterial an und assistierte Leonardo, der von früh bis spät an verschiedenen Stellen in der Festung gebraucht wurde.

So kam es, dass er Il Valentino höchstens zu Gesicht bekam, wenn dieser ab und zu die Baustellen besichtigte und sich erkundigte, ob alles gut voranschritt. Davon, was sich in diesen Wochen über ihren Köpfen zusammenbraute, erfuhr Leonardo nichts.

Es war Salai, der ihn eines Abends darauf ansprach.

»Il Valentino rast vor Wut«, erzählte er. »Und weißt du, warum?« Die Tür ging auf, und einer der Diener brachte heißes Wasser. Auf der Stelle verstummte Salai und wartete, bis der Mann für Leonardo ein Fußbad gerichtet hatte und wieder verschwand. Es war inzwischen Anfang Oktober und recht kühl für die Jahreszeit geworden. Leonardo genoss das warme Bad und hatte Salais Worte schon beinahe vergessen.

»Willst du nicht wissen, warum der Herr so zornig ist?«

»Ist er das wirklich?«, fragte Leonardo gelangweilt. Er kannte die sensationslüsterne Art seines Gefährten nur zu gut.

»Sein Kammerdiener hat es mir gesagt«, gab Salai leicht beleidigt zurück. »Stell dir vor, Cesares *condottieri* haben sich gegen ihn verschworen.«

Auf einen Schlag war Leonardo hellwach. Es war noch nicht lange her, dass Il Valentino selbst von einer Verschwörung gesprochen hatte. Aber mehr als diese Andeutung hatte er nicht mehr gemacht.

»Seine *condottieri*, sagst du?« So recht glauben mochte er das noch immer nicht.

»Ja. Sie sind wohl der Meinung, dass sie für ihre Dienste nicht angemessen entlohnt werden«, fuhr Salai fort. »Es heißt, sie forderten Burgen und Schlösser. Doch die will Il Valentino ihnen nicht geben.«

»Weil er sie nicht für sich, sondern für den Kirchenstaat erobert«, warf Leonardo ein.

»Was ein- und dasselbe ist«, gab Salai zurück. »Schließlich ist der Papst sein Vater. Und man sagt ...«

»Du solltest nicht so viel darauf geben, was *man* sagt«, fiel ihm Leonardo streng ins Wort. »Und von nun an sprichst du nie wieder von irgendeiner Verschwörung, niemandem gegenüber. Verstanden?«

»Aber ...«

»Ich verbiete es dir«, erklärte Leonardo mit Nachdruck. »Hier haben sogar die Wände Ohren. Weißt du denn nicht, wie gefährlich es wäre, sollte man uns damit in Verbindung bringen?«

Wie recht er damit hatte, das wusste er heute, hatte er damals selbst nicht geahnt. Wenige Tage nach diesem Gespräch mit Salai war auf einmal Niccolò Machiavelli in Imola eingetroffen, um im Auftrag der Republik Florenz erneut mit Il Valentino zu verhandeln.

»Diesem Mann scheint einfach alles zu gelingen«, sagte er zu Leonardo, als er sich die Bauarbeiten an einem der Rundtürme zeigen ließ und keiner der Arbeiter in ihrer Nähe war. »Bislang hat Cesare Borgia bereits die halbe Toskana überrannt, und wir wissen nicht, ob er bei seinem Wort bleibt und Florenz unangetastet lassen wird.« Der Regierungsbeamte beugte sich weit über die Brüstung der Wehrmauer, so als interessiere sie ihn tatsächlich, und Leonardo lehnte sich neben ihn, um weiter ungestört mit ihm reden zu können. »Dabei zahlt unsere Regierung ihm hohe Summen, mehr, als wir uns leisten können. Deshalb haben sie mich hergeschickt.« Machiavelli seufzte. »Wenn ich ehrlich sein darf – ich hoffe, diese Mission lässt sich rasch erfüllen, ich hege keinerlei Verlangen, den Winter fern von zuhause zu verbringen. Schließlich habe ich mich erst vor kurzem verheiratet.« Er zog eine kleine Grimasse und wirkte nun umso mehr wie ein Wiesel. »Wisst Ihr etwas über seine Pläne?«, fragte er leise.

»Nein«, antwortete Leonardo. »Darüber spricht er nicht mit mir. Ich bin sein Ingenieur, erhalte Aufträge und führe sie aus.«

Einer der Arbeiter erschien auf dem Wehrgang und begann, die neu gemauerten Steine zu verputzen. Leonardo grüßte den Mann und wechselte ein paar Worte mit ihm. Machiavelli hatte inzwischen einige Schritte in die entgegengesetzte Richtung getan. »Vielleicht«, sagte er, als Leonardo zu ihm aufgeschlossen hatte, »erledigen ja seine unzufriedenen *condottieri* unser Problem.«

Leonardo sog scharf die Luft ein. Also war an dem Gerede doch etwas dran.

»Wer ist an der Sache beteiligt?«, fragte er und bereute es augenblicklich.

»Je weniger Ihr davon wisst, umso besser«, gab Machiavelli freundlich zurück. »Wollen wir das Beste hoffen.«

Was er genau damit meinte, das verriet er jedoch nicht.

Machiavellis Hoffnung auf eine rasche Erfüllung seiner Mission sollte sich zerschlagen. All seine Beredsamkeit und Diplomatie zerschellten an den düsteren Mauern, die Il Valentino nicht nur um die Rocca Sforzesca in Imola errichten ließ, sondern auch um sich selbst gezogen hatte. Der Herbst ging dahin und mündete in einen feuchten, unersprießlichen Winter, und während Leonardo mit seinen Aufgaben an der Festung fertig wurde, hatte Machiavelli mit seiner Friedensmission rein gar nichts erreicht.

Inzwischen häuften sich die Hiobsbotschaften. Die Rebellion der *condottieri* war nun kein Geheimnis mehr, sondern eine Tatsache, die sich auf den Schlachtfeldern abspielte. Vitellozzo und seine Verbündeten kämpften gegen ihren einstigen Auftraggeber und jagten ihm von Woche zu Woche mehr und mehr Gebiete wieder ab, die sie zuvor für ihn erobert hatten. Bereits Mitte Oktober, so erfuhr Leonardo, war mit ihrer Hilfe der Herzog von Urbino in seinen Palast zurückgekehrt, und dies schien erst der Anfang gewesen zu sein.

So verwunderte es niemanden, als Cesare Borgia, der beinahe seiner gesamten Truppen beraubt war, den Abtrünnigen Verhandlungen anbot. Ja, er zeigte sich einsichtig und versprach, seinen Söldnerführern entgegenzukommen. Er wollte ihnen zwar keine Burgen überlassen, bot ihnen stattdessen Gold an. Alles schien sich tatsächlich zum Besten zu wenden, auch wenn Machiavelli es vermutlich anders gemeint hatte.

Der Jahreswechsel rückte näher, die Verhandlungen zwischen Il Valentino und seinen Feldherren standen vor einem guten Abschluss. Am letzten Tag des Jahres 1502 wollte er sich mit ihnen zu einem Gastmahl treffen, um bei dieser Gelegenheit alles zu besprechen und endgültig Frieden zu schließen. Als Treffpunkt schlug er die kleine Küstenstadt Senigallia vor, eine Tagesreise südlich von Pesaro.

Die Kontrahenten trafen vor den Stadtmauern aufeinander,

die *condottieri* wie vereinbart mit ihren kleinen, bis unter die Zähne bewaffneten Leibgarden. Leonardo beobachtete erleichtert, wie Cesare Borgia von seinem Schlachtross stieg, herzlich auf Vitellozzo zuging und ihn auf beide Wangen küsste, seine Kollegen mit freundlichen Gesten begrüßte und sie einlud, ihm in die Stadt zu folgen. In einem der Adelspaläste hatten seine Diener bereits alles für das Gastmahl vorbereitet. Und als Zeichen seiner friedfertigen Absichten entließ er seine Garde, woraufhin auch seine Kontrahenten ihre Wachleute außerhalb der Stadt ihre Zelte aufschlagen hießen.

»Ihr beide seid natürlich eingeladen«, rief Il Valentino Leonardo und Machiavelli zu, als er sein Pferd wieder bestieg. »Eure Gefährten lasst besser bei meiner Garde.«

Und obwohl Salai alles andere als zufrieden war, denn er hätte gerne mitgefeiert, nahm Tommaso mit ihm in dem Zeltlager Quartier, das Cesares Leute errichteten. Leonardo dagegen ritt mit den anderen ahnungslos durch das Stadttor, vorbei an den staunend aus ihren Häusern tretenden Bewohnern von Senigallia, bis zu jenem Haus, in dem das Fest stattfinden sollte. Als sie aus den Sätteln stiegen, rief Vitellozzo über die Rücken ihrer Pferde zu Leonardo herüber:

»Ich habe gehofft, Euch hier zu treffen, denn ich habe ein Geschenk für Euch.«

»Ein Geschenk?«, wiederholte Leonardo überrascht.

»Das Buch von Archimedes«, antwortete der *condottiere* mit blitzenden Augen. »Ich hab mein Versprechen nicht vergessen.«

Er hätte es vorhersehen müssen. Dann hätte er seinen Freund warnen können. Hätte ihn das gerettet? Wohl kaum. Immer wieder sah Leonardo die Szene vor sich. Fackeln erhellten den Raum, als sie den Saal betraten. Auf der festlich gedeckten Tafel brannten unzählige Kerzen. Eine Gruppe von Musikern spielte eine heitere Weise, und alle Anspannung fiel von den Gästen ab. Nie würde Leonardo den erleichterten Ausdruck in Vitellozzos Miene vergessen, mit der er alles musterte. Stolz und wachsam. Jedoch nicht wachsam genug.

Nichts ließ darauf schließen, was Il Valentino im Schilde führte. Freundlich und wohlwollend war seine Miene, herzlich sein Ton, mit denen er sie willkommen hieß.

Vitellozzo wandte sich gerade Leonardo zu, zog das Buch des Archimedes aus seiner Tasche und wollte es ihm reichen, als die Klinge aufblitzte. Im nächsten Moment ergoss sich ein Schwall von Blut über den Kragen des Edelmanns, über seine Brust, die ausgestreckte Hand mit dem Buch. Sein Kopf rollte indessen über den Boden, die Augen weit aufgerissen, und noch immer trug er das Lächeln auf den Lippen, mit dem er Leonardo eben noch betrachtet hatte.

Dann sank der enthauptete Leichnam in sich zusammen. Cesare Borgia aber hatte sich gebückt, dem Toten das Buch aus der Hand genommen, das Blut an seinem Rock abgewischt und es seinem Kriegsingenieur überreicht.

»Hier«, hatte er gesagt. »Darauf hast du dich doch schon so lange gefreut.«

Die Kerze auf Leonardos Schreibpult flackerte auf und erlosch. Die Glocken von San Lorenzo schlugen zum Angelusgebet. Es war Anfang April, ein Stundenglas würde verrinnen, bis die Sonne endlich aufging. Leonardo starrte in die Nacht und fragte sich, ob er diese Bilder jemals wieder aus seinem Gedächtnis würde löschen können.

Natürlich hatte man auch die anderen ermordet. Cesare hatte sie alle erdrosseln lassen.

»So geht es jenen, die mir die Treue brechen«, hatte er gesagt und sich zum Abendessen begeben.

Es hatte noch einige Wochen gedauert, bis es Leonardo mit Machiavellis Hilfe gelungen war, aus Cesare Borgias Diensten auszuscheiden. Die Kunde von der grausamen Rache hatte sich wie ein Lauffeuer in ganz Italien verbreitet. Allgemein wurde Il Valentino für seine List und Entschlossenheit bewundert, kaum einer teilte Leonardos Entsetzen. Doch die, die Cesare dafür rühmten, klug und unerschrocken gehandelt zu haben, waren nicht zugegen gewesen, keiner von ihnen hatte das Blutbad mit eigenen Augen gesehen. Keiner, außer Machiavelli und Leonardo selbst.

Auch die kleine Stadt Senigallia bekam den Zorn des Papstsohns zu spüren. Nachdem die Gefolgsleute der getöteten *condottieri* überrumpelt und entwaffnet worden waren, wurde die Stadt mehr als vierundzwanzig Stunden lang von Cesares Leuten geplündert. Selbst Machiavelli, der angesichts der Morde keine Miene verzogen hatte, wurde es unbehaglich zumute, als der Lärm, die Feuer, die Schreie und das Gemetzel in den Straßen nicht enden wollten. Es war diese Nacht, die Leonardo Alpträume bescherte und nicht zur Ruhe kommen ließ. Es waren diese Bilder, die er nicht aus dem Kopf bekam. Bis heute nicht, obwohl seither schon so viele Wochen, ja Monate, vergangen waren.

Am Ende musste Leonardo im Lehnsessel doch eingenickt sein. Er erwachte an dem allmorgendlichen Lärm, den die Lehrlinge beim Auskehren der Malerwerkstatt und beim Herrichten der Farben veranstalteten. Leonardo erhob sich und rieb sich den schmerzenden Nacken. Zeit, den Tag zu beginnen. Zeit, die Gespenster der Nacht zu vertreiben.

An diesem Morgen beschloss Leonardo, Salai mit dem Gemälde des *Salvator mundi* zu helfen – er konnte es einfach nicht mehr mitansehen, wie sein Lieblingsschüler die Mundpartie immer mehr verdarb. Sie gerieten miteinander in Streit, Salai war reizbar geworden, seit Leonardo ihn Nacht für Nacht mit seinen Alpträumen aus dem Schlaf riss.

»Komm«, sagte Leonardo deshalb. »Gib mir die Palette.«

Erleichtert überließ der junge Mann ihm Pinsel und die Farbpalette, die er für den Fleischton des Gesichts gemischt hatte. Leonardo hielt sie ins Licht und prüfte mit einem Malmesser ihre Konsistenz.

»Ich brauche Lasuren«, sagte er. »Das hier ist alles viel zu deckend. Um die feinen Schatten darzustellen, die die Lippen werfen, musst du etwas Mangangrau in Dammarharz lösen und eine kleine Menge von dem rötlich-braunen Eisenoxid beimischen.«

»Das sieht man doch gar nicht«, entgegnete Salai mürrisch.

»Man soll es ja auch nicht sehen«, erklärte Leonardo geduldig.

»Wenn man es nicht sieht, wozu machst du es dann?«

Leonardo konnte es nicht fassen, dass Salai es immer noch nicht begriffen hatte. So viele Jahre hatte es ihn gekostet, bis er endlich herausgefunden hatte, wie er mithilfe der Ölmalerei die zarten Nuancen im Gesicht eines Menschen täuschend echt nachbilden konnte, feinste Verläufe, unmerkliche Schatten, wie die der Wimpern oder die Erhebung einer Unterlippe, die delikaten Übergänge am Hals und an den Schläfen. Das Geheimnis war Geduld. Im Grunde gelang nicht einmal Boltraffio diese Technik, dafür konnte er seine Werke schneller beenden und brachte die Auftraggeber nicht so zur Weißglut wie er.

Leonardo goss sich von dem in feinstem Terpentinöl aufgelösten Dammarharz in eine Phiole und gab etwas von dem dunkelgrauen Manganpulver und eine Messerspitze Eisenoxid hinzu und rührte alles gut um.

»Mach dasselbe mit etwas Rötel und dem Rot vom Färberkraut und gib noch ein wenig Bleiweiß hinzu«, wies er Salai an. Und als der junge Maler zögerte und unwillig die Stirn runzelte, wurde er ärgerlich. »Jetzt tu nicht so, als hättest du nicht jahrelang bei mir gelernt. Um die Mundpartie zu retten, müssen wir Schicht um Schicht auftragen. An den dunkleren Stellen wie im Mundwinkel und im Kinngrübchen wohl an die zwanzig-, dreißigfach. An den helleren Stellen reichen fünf bis zehn.«

Mit geübter Hand prüfte er die verschiedenen Lasuren, die er und Salai vorbereitet hatten. Tatsächlich war die Färbung so schwach, dass sie nur im hellen Licht am Fenster zu erkennen war. Dann entfernte er auf dem Gemälde mit einem Malerspatel die obere, noch feuchte Farbschicht, dort, wo sie zu dicht aufgetragen war, und modellierte mit dem zart rosa gefärbten Bleiweiß den Untergrund für die Lasuren.

Er erklärte Salai gerade, was er für die Lippen und den weichen Bartflaum anmischen sollte, als jemand halblaut seinen Namen rief. Erstaunt sah er auf. Es war Niccolò Machiavelli, und der Anblick des Diplomaten rief auf der Stelle die schlimmen Erinnerungen in ihm wach. Machiavelli war dabei gewesen. Und im Gegensatz zu ihm hatten ihn die Morde an Vitellozzo und dessen Kollegen offenbar fasziniert.

»Interessant«, sagte der Zweite Kanzler der Republik und heftete seinen Blick auf den *Salvator mundi*. »Kann es sein, dass ich diesen Heiland schon einmal irgendwo in Florenz gesehen habe?«

Salai warf ihm einen finsteren Blick zu, dann wandte er sich ab. Er hatte Machiavelli von Anfang an nicht gemocht, der gegen seine Schönheit und seinen Charme vollkommen immun zu sein schien. Selbst Il Valentino hatte seinen Blick wohlwollend stets ein wenig länger als notwendig auf Leonardos Gefährten ruhen lassen, was Leonardo mit einer gewissen Sorge erfüllt hatte.

»Lasst uns in mein *studiolo* gehen«, schlug er nun vor und schickte einen Lehrling in die Taverne um die Ecke, um Wein und Olivenbrot zu holen, während er sich im Stillen fragte, was Machiavelli von ihm wollte. Sicherlich war er nicht gekommen, um in den gemeinsamen Erinnerungen zu schwelgen.

In Leonardos Studierzimmer sah Machiavelli sich interessiert um. Er ging an den Regalen entlang und betrachtete flüchtig die Versteinerungen, ließ seinen Blick über die Buchrücken gleiten und blieb vor dem Miniatur-Schädel stehen.

»Was verschafft mir die Ehre Eures Besuchs?«, fragte Leonardo. Bald war es Zeit für Monna Lisas Sitzung, und er wollte vermeiden, dass die beiden sich begegneten.

Machiavelli antwortete nicht gleich. Er blieb vor einem von Leonardos optischen Geräten stehen, mit denen er die Wirkung von Licht untersuchte, das durch eine geschliffene Linse fiel.

»Ein erfindungsbegabter und wissenshungriger Mensch wie Ihr«, sagte er schließlich, »tauscht sich sicherlich mit vielen anderen auf der ganzen Welt aus.« Leonardo wusste nicht, worauf sein Gast hinauswollte. Schließlich wandte sich Machiavelli zu ihm um und sah ihn aus seinen kleinen, dunklen Knopfaugen durchdringend an. Seine Lippen waren wie immer zu seinem schmalen Lächeln verzogen, das – Leonardo wusste dies aus Erfahrung – nichts mit seinen tatsächlichen Gefühlen zu tun hatte, sondern eine perfekte, harmlos wirkende Maske bildete.

»Kommt zur Sache, Niccolò«, bat er ihn. »Von welchem meiner Kontakte sprecht Ihr?« Es klopfte. Der Lehrling brachte das Gewünschte, warf dem wichtigen Besuch einen scheuen Blick zu und zog sich wieder zurück. »Setzen wir uns doch«, schlug Leonardo vor, goss Wein und Wasser in zwei Becher und bemühte sich, seine Unruhe zu verbergen. Denn dass sie beide viele Wochen zusammen verbracht hatten, bedeutete noch lange nicht, dass sie Freunde waren.

Machiavelli nahm tatsächlich endlich auf dem Sessel Platz, auf dem während ihrer Sitzungen Lisa del Giocondo saß, und erneut suchte Leonardo in Gedanken eine Möglichkeit, ihr für heute abzusagen.

»Ihr erhaltet Post von den Medici-Brüdern«, sagte Machiavelli und nahm einen Schluck aus dem Becher, den Leonardo ihm reichte. »Und ich wüsste gern, was sie Euch schreiben.«

Leonardo lachte leise auf und verbarg damit sein Erschrecken. Ein Bettelmönch hatte Boltraffio den Umschlag mit den beiden Schreiben auf der Straße zugesteckt. Wie um alles in der Welt hatte Machiavelli davon erfahren? »Ich dachte, Ihr lest die Briefe, ehe sie beim Empfänger ankommen?«, sagte er so unbefangen wie möglich.

»Normalerweise schon«, gab Machiavelli mit seinem unverbindlichen, schmalen Lippenlächeln zurück. »Dieses Mal habe ich bedauerlicherweise erst hinterher davon erfahren. Nun ja, Ihr habt recht, mich auszulachen. Es kommt durchaus noch vor, dass etwas unserer Aufmerksamkeit entgeht.« Er brach ein Stück von dem öligen Olivenbrot ab und aß es in aller Gemütsruhe. Dann sagte er: »Ich würde diesen Brief aber gerne lesen. Erlaubt Ihr es mir?«

Leonardo wurde es heiß und kalt. Er hatte Giulianos Schreiben zuunterst in einer Kassette zusammen mit Briefen seines Onkels vergraben und diese in einem seiner Schrankfächer verstaut. Blitzschnell lief vor seinem inneren Auge ab, was mit großer Sicherheit geschehen würde, sollte Machiavelli sie in die Finger bekommen. Und dass der Zweite Kanzler der Republik eine Hausdurchsuchung durchführen würde, war nicht ausgeschlossen. Damit würde Lisa del Giocondo in den Blick der Behörde rücken und lückenlos überwacht werden. Möglicherweise würde man nicht viel Federlesens machen und die junge Frau verhören, einschüchtern oder gar foltern, das kam in diesen Zeiten fast auf das Gleiche heraus. Nun bereute Leonardo es, ihren Brief nicht gelesen zu haben. Auf der anderen Seite – womöglich war es besser so.

»Ich bedaure sehr, aber das ist nicht mehr möglich«, log er und legte Bedauern in seine Stimme. »Ich hab den Brief verbrannt.«

»Was will Piero von Euch?«, fragte Machiavelli und nahm sich nochmal von dem Brot.

»Er hat sich erkundigt, wie meine Zeit mit Il Valentino war«, improvisierte Leonardo. Immerhin wusste Machiavelli, dass er auf Pieros Empfehlung den Posten als Militäringenieur bei Cesare Borgia erhalten hatte.

Machiavelli sah ihm unverwandt und ohne zu blinzeln in die Augen. Leonardo wusste, dass er auf der Hut sein musste, dieser Mann galt als der geschickteste Diplomat aller Zeiten und als einer, der die Informationen, die er haben wollte, auch bekam.

»Was ich von Piero de' Medici weiß«, sagte er schließlich, »legt nahe, dass er keinen Gefallen aus purer Freundlichkeit tut. Was also ist der Gegenpreis dafür, dass er Euch diesen begehrten Posten verschafft hat?« Leonardo wurde kurz durch Stimmen aus dem Erdgeschoss abgelenkt. Traf etwa gerade Monna Lisa ein? Auch Machiavelli schien zu lauschen. Jeden Moment fürchtete Leonardo, die Schritte der jungen Frau auf der Treppe zu hören. Doch sie blieben aus.

»Erwartet Ihr jemanden?«, fragte Machiavelli. »Komme ich etwa zur ungelegenen Zeit?«

»Nein«, antwortete Leonardo. »Ihr kommt nie ungelegen, Niccolò, das wisst Ihr.« Er trank einen Schluck, um etwas Zeit zu gewinnen. Dann sagte er: »Um auf Eure Frage zu antworten: Die Brüder wünschen sich ein Werk von mir. Vor allem Giuliano, und dass er ein kunstverständiger Mann ist, das ist allgemein bekannt.«

»Ein Kunstwerk?«, fragte Machiavelli nach, und obwohl seine Miene unbeweglich blieb, glaubte Leonardo so etwas wie Erstaunen herauszuhören.

»So ist es«, antwortete Leonardo und atmete innerlich auf. Denn schließlich war das die volle Wahrheit.

»Piero de' Medici reist von Pontius zu Pilatus, um Streitkräfte zu sammeln, mit denen er gegen seine Heimatstadt ziehen will – und Ihr sagt, er wünscht sich ein Kunstwerk?«

Leonardo hob beide Hände und lächelte, als wundere er sich ebenso. »Ich finde es auch erstaunlich«, sagte er. »Aber so sind die Menschen nun mal. Oftmals ein Rätsel.«

»Was für ein Kunstwerk?« Zum ersten Mal klang eine Frage aus Machiavellis Mund nach einem Verhör.

»Ein Gemälde«, gab Leonardo zurück. »Ihr wisst sicher, dass er damit nicht alleine steht. Mehrere Fürsten und sogar Könige wünschen sich Gemälde von mir.« Er seufzte und betrachtete seine Hände. »Dabei bin ich gar nicht daran interessiert. Viel lieber möchte ich meine Studien fortsetzen. Und mich unserem Wasserprojekt widmen.« Immerhin war es Machiavelli gewesen, der den Rat der Zehn davon überzeugt hatte, die Schiffbarmachung des Arnos voranzutreiben.

Der Zweite Kanzler der Republik Florenz betrachtete ihn lange und schwieg, so als ob er das Gesagte überdenken müsste. Sein Blick ruhte auf Leonardo, und gerade als dieser dachte, dass er mit seinen Erklärungen nicht durchkommen würde, vertiefte sich das maskenhafte Lächeln im Gesicht seines Gegenübers.

»Ihr habt recht. Die Menschen sind noch seltsamer, als ich es bislang dachte«, sagte er. »Da steht einem Mann das Wasser bis zum Hals, aber er denkt an Kunst.« Er ließ ein meckerndes Lachen hören. »Nun, immerhin beweist Piero damit, dass er doch etwas von seinen Ahnen geerbt hat.« Er erhob sich. »Habt Dank für Brot, Wein und Eure Zeit.« Machiavelli wandte sich zum Gehen. Er war bereits an der Tür, als er sich noch einmal umwandte: »Eines noch«, sagte er. »Sollten die Medici Euch wieder schreiben, so seid so nett und teilt die Lektüre mit mir.«

»Am Ende kommt womöglich auch Ihr noch auf die Idee, mich um ein Gemälde zu bitten«, versuchte Leonardo zu scherzen, und tatsächlich, der Zweite Kanzler brach in ein meckerndes Gelächter aus.

»Warum nicht?«, gab er zurück. »Was für eine ausgezeichnete

Idee. Allerdings steht mein Sinn mehr nach Schriften. Wisst Ihr eigentlich, dass ich eine kleine, feine Sammlung von Originalausgaben von Dichtern und Philosophen mein Eigen nennen darf? Nein? Ihr müsst mich unbedingt einmal besuchen. Marietta, meine Frau, wäre hingerissen!«

Leonardo begleitete seinen Gast hinunter und wappnete sich innerlich für die unvermeidliche Begegnung zwischen Machiavelli und Monna Lisa, die gewiss unten auf ihn wartete. Er hatte sich bereits eine Erklärung für ihr Kommen zurechtgelegt – doch er hatte sich umsonst gesorgt. Von der jungen Frau war weit und breit nichts zu sehen.

»Was wollte das Wiesel?«, fragte Salai, als Machiavelli sich endlich verabschiedet hatte.

»Nichts von Wichtigkeit«, antwortete Leonardo. »Ist Monna Lisa nicht gekommen?«

»Sie war da«, antwortete Boltraffio. »Aber als ich ihr gesagt habe, dass du Besuch hast, ist sie wieder gegangen. Ich habe vorgeschlagen, dass wir unseren Girardo zu ihr schicken, wenn du einen neuen Sitzungstag festgelegt hast.«

Leonardo fiel ein Stein vom Herzen, denn er rechnete damit, dass seine *bottega* eine Weile unter Beobachtung stehen würde. Machiavelli würde eine Liste vom Kommen und Gehen der Besucher erhalten. Es war sicherer für Monna Lisa, wenn sie seiner Werkstatt eine Weile fernblieb.

Dennoch war sein Herz voller Sorge. Er musste unbedingt verhindern, dass die Medici-Brüder ihm weiterhin Briefe zukommen ließen. Er hatte nur nicht die geringste Ahnung, wie er das anstellen sollte. Denn mit Sicherheit wurde von nun an nicht nur seine hereinkommende Post, sondern auch die kontrolliert, die er anderen schrieb.

9

DER DAMENZIRKEL

Florenz, 1503

Lisa ging in ihrem *studiolo* auf und ab. In ihrem Kopf summte es wie in einem Bienenstock. Dass die heutige Sitzung mit Leonardo nicht stattgefunden hatte, kam ihr entgegen, denn statt still dazusitzen, musste sie eine Menge Entscheidungen treffen.

Zuerst hatte sie die Zeit nutzen wollen, um Giulianos Brief aus dem Gedächtnis aufzuschreiben, doch dann war ihr in den Sinn gekommen, wie gefährlich das war. Was, wenn das Blatt in die falschen Hände geriet? Nein. Das war sicher keine gute Idee.

Sie sollte herausfinden, wer zur Partei der Medici-Brüder gehörte. Auf der einen Seite erfüllte es sie mit Stolz, dass Giuliano ihr eine so wichtige Mission zutraute. Auf der anderen war sie ratlos, wie ihr das gelingen sollte.

Ich muss Verbündete finden, dachte sie und wanderte weiter ruhelos von einer Regalwand zur gegenüberliegenden. Wem kann ich vertrauen?

Es klopfte an der Tür. Es war Ricardo, und Lisa wunderte sich kurz. Sie hatte Caterina noch nicht gesehen, seit sie zurückgekommen war und die Kinder friedlich spielend im Kinderzimmer mit Bice angetroffen hatte.

»Entschuldigt, Herrin«, sagte der Hausknecht, »da ist eine

Frau, die Euch sprechen möchte. Sie sagt, sie heißt Betta. Soll ich sie hereinlassen?«

»Betta? Aber ja«, rief sie erfreut aus. »Bring sie zu mir.«

Wenig später betrat ihre Amme das *studiolo* und sah sich mit staunenden Augen um.

»*Salve*«, grüßte sie befangen. »Hier ist es ja noch viel prächtiger als in dem alten Haus.«

»Wie schön, dich zu sehen«, Lisa ignorierte Bettas Förmlichkeiten und schloss sie herzlich in ihre Arme. »Wie geht es dir? Was macht dein Dienstherr?«

»Er ist vor zwei Tagen verstorben.« Betta seufzte. »Und da du damals gesagt hast ...«

»Natürlich«, fiel ihr Lisa liebevoll ins Wort. »Dein Platz ist jetzt hier bei mir und meiner Familie.« Sie nahm beide Hände der verlegenen Frau in die ihren und drückte sie. »Ich bin froh, dass du gekommen bist. Wann kannst du zu uns ziehen?«

»Wenn es recht ist, sofort«, antwortete Betta bedrückt. »Die Wohnung wird schon ausgeräumt. Du glaubst nicht, wie sich die Gläubiger aufführen. Wie die Geier sind sie bei Messer Guidobaldo eingefallen, da war er noch nicht einmal tot.«

Lisa legte den Arm um Bettas Schultern. »Das ist furchtbar«, sagte sie mitfühlend. »Er kann von Glück sagen, dass er dich bis zuletzt an seiner Seite hatte. Du hast getan, was du konntest. Und jetzt beginnt für dich ein neues Leben.« Lisa betätigte den Klingelzug. »Ich stelle dich gleich den anderen Angestellten vor. Ricardo hast du bereits kennengelernt. Und da ist noch Caterina. Ich bin sicher, du wirst gut mit ihr auskommen. Duccio kocht für uns, für ihn suchen wir noch einen Küchenjungen und ...«

Ricardo erschien, und Lisa wunderte sich wieder.

»Wo ist denn Caterina?«, fragte sie.

Der Hausknecht zuckte mit den Schultern. »Ich hab sie seit heute Morgen nicht mehr gesehen«, antwortete er. »Duccio ist wütend, weil sie ihm versprochen hat, auf dem Markt für ihn einzukaufen. Ich weiß nicht, wo sie sich rumtreibt.«

»Caterina treibt sich nicht herum«, entfuhr es Lisa ärgerlich. »Hast du überall nach ihr gesucht?«

Ricardo zuckte erneut mit den Schultern.

»Ich wusste nicht, dass dies meine Aufgabe ist«, gab er unwillig zurück.

»Geh und besorge für Duccio, was er braucht«, antwortete Lisa. »Vielleicht ist Caterina ja noch unterwegs, und du triffst sie bei einem der Händler.«

Ricardo wirkte alles andere als zufrieden, doch er verbeugte sich und zog sich zurück. Lisa wurde einmal mehr bewusst, dass sich der junge Mann eher als Francescos Diener verstand und mit dem, was er hin und wieder »Weiberkram« nannte, wenn er glaubte, sie höre es nicht, so wenig wie möglich zu tun haben wollte.

»Vielleicht sollten wir nach deiner Dienerin sehen?«, schlug Betta vor und sah sie fragend an.

Lisa war ratlos. Sie hatte sich in all den Jahren voll und ganz auf Caterina verlassen können. Ihr Verschwinden passte gar nicht zu ihr. Plötzlich streifte sie ein Gedanke. Konnte es sein, dass sie geflohen war? Als Sklavin war sie Francescos materielles Eigentum, und Lisa wusste, dass sie das nicht sein wollte. Durch die Stadttore gelangte niemand, der sich nicht ausweisen konnte. Es war nicht auszudenken, was mit Caterina geschehen konnte, sollte sie tatsächlich versuchen, dem Einfluss ihres Herrn zu entkommen.

»Ja, das sollte ich wohl«, sagte sie zu Betta. »Aber zuerst zeig ich dir dein Zimmer und ...«

»Das hat doch Zeit«, beruhigte ihre Amme sie. »Ich helfe dir suchen. Auf diese Weise lerne ich gleich das Haus kennen.«

Sie begannen mit Caterinas Zimmer, das sie leer antrafen. Falls Betta sich wunderte, dass es direkt neben ihrem und Francescos Schlafzimmer lag, nur durch einen kleinen Ankleideraum getrennt – der einzige Eingriff ihres Mannes in Lisas und Bramantinos Planung – so zeigte Betta es nicht. Auch Bice hatte keine Ahnung, wo Caterina sein könnte, musterte Betta neugierig und versprach, frische Wäsche für eines der freien Dienstbotenzimmer herauszulegen. Lisa sah auf der Dachterrasse nach – umsonst. Caterina war weder im Kindertrakt noch in jenen Räumen, in denen die Wäsche geflickt und gebügelt wurde. Und in der Nähe der Küche brauchten sie nicht zu suchen, Duccio war noch immer außer sich, dass Caterina ihn so im Stich gelassen hatte.

Schließlich blieb nur noch der Keller übrig, und Lisa ließ sich von dem Koch eine Öllampe geben.

Beim Brennholz und bei den Vorräten befand sich niemand. Die Waschküche schien verwaist. Auf einem Stapel neben der Tür lagen ordentlich zusammengelegt frisch gewaschene und getrocknete Leintücher, es roch nach Seifenlauge und dem Rosenwasser, mit dem Caterina die saubere Wäsche besprengte. Lisa wollte sich bereits abwenden, als ihr auf einmal so war, als hätte sie im flackernden Licht der Öllampe bei den Zubern etwas gesehen, was dort nicht hingehörte. Sie trat näher und stieß einen Schrei aus.

In dem engen Spalt zwischen der Kellerwand und dem großen Bottich lag ausgestreckt ein regloser Körper, nur die nackten Füße ragten hervor.

»Hier ist sie«, rief sie Betta zu. Caterinas Tuch, das sie um ihren Kopf geschlungen trug, war heruntergerutscht und ihr Gesicht war unter der Flut ihres langen, schwarzen Haars begraben. Ihr hellgrauer Rock war voller dunkler Flecken, und Lisa musste sich einen Moment lang am Rand des Zubers festhalten, als sie begriff, dass er blutgetränkt war. Dann hörte sie Caterina wimmern, und ihre Fassung kehrte zurück.

»Wir müssen sie dort herausholen«, erklärte sie Betta, die zu ihr geeilt war.

»Sie blutet. Schnell. Bring mir von den sauberen Leintüchern dort drüben.« Sie hielt die Öllampe höher, um besser sehen zu können. »Caterina«, sagte sie eindringlich. »Kannst du mich hören?« Caterina drehte den Kopf. Lisa sah, dass sie ihre Augen weit geöffnet hatte, doch sie antwortete nicht. Sie presste die Hände auf ihren Unterleib und wirkte verschreckt wie ein waidwundes Tier, das in seinem Versteck aufgespürt worden war und sich nun vollkommen still verhielt. »Bitte, Caterina«, flehte Lisa, »sprich mit mir. Kannst du aufstehen, oder sollen wir die Männer holen?«

»Nein«, bat Caterina mit hoher, dünner Stimme. »Nicht die Männer.«

Ein schrecklicher Verdacht überfiel Lisa.

»Was ist passiert?«, fragte sie. »Hat dir jemand Gewalt angetan?«

Caterina schüttelte den Kopf und wandte das schmerzverzerrte Gesicht wieder ab. Ein Ruck lief durch ihren Unterleib, und noch mehr Blut strömte zwischen ihren Beinen hervor.

»Geh mal zur Seite«, forderte Betta sie auf und zwängte sich in den Spalt zu Caterina. Behutsam hob sie den Rock hoch. Zwischen Caterinas gespreizten Schenkeln war alles rot vor Blut. Aus ihrer Scham wand sich ein bläulich schimmernder Strang und führte zu einer ebensolchen Blase in der Größe einer Männerfaust. In der Blase konnte Lisa einen winzigen, zusammengekrümmten Menschen erkennen.

Die Öllampe geriet ins Beben. Lisa presste die freie Hand gegen ihren Mund, um sich nicht übergeben zu müssen. Ganz langsam sickerte die Erkenntnis in sie ein. Caterina hatte eine

Fehlgeburt erlitten. Sie war wieder schwanger geworden. Ein brennender Zorn gegen Francesco stieg in ihr auf.

»Wir brauchen eine Wehfrau«, hörte sie Betta sagen. »Und zwar schnell.« Mit sicheren Handgriffen faltete die Ältere das Leintuch zusammen und presste es gegen Caterinas Schoß. »Lauf, mein Täubchen. Und bring ein sauberes Messer mit.«

Lisa überwand ihre Erstarrung und eilte zur Treppe. Oben begegnete ihr Ricardo, der soeben von seiner Besorgung zurückgekommen war. Sie schickte ihn nach Adalberta, die ihr bei ihren Geburten stets so gut beigestanden hatte.

»Beeil dich«, schrie sie, als er sie begriffsstutzig anstarrte und sich nicht gleich in Bewegung setzte. »Sie soll alles stehen und liegen lassen und auf der Stelle mit dir kommen. Es geht um Leben und Tod.«

Danach lief sie in die Küche und bat Duccio um sein schärfstes Messer, das er nur unter Protest herausgab.

»Ein wahrer Koch trennt sich niemals von seinen Messern«, empörte er sich. Doch Lisa nahm es ihm einfach aus der Hand.

»Bring Wasser zum Kochen«, wies sie ihn an. »Zwei große Kessel. Davon brauchen wir heute sicher eine Menge.«

Als sie in den Keller zurückkehrte, war es Betta gelungen, Caterina den verschmutzten Rock auszuziehen.

»Wir müssen die Nabelschnur durchschneiden«, erklärte sie und riss einen dünnen Streifen von einem der Leintücher ab. »Soll ich das tun?«

Lisa hielt den Griff des Messers fest umfasst und schüttelte tapfer den Kopf. Es war *ihr* Mann, der Caterina geschwängert hatte. Sie war für die Dienerin verantwortlich. Betta band den Stoffstreifen um die Nabelschnur. Lisa biss die Zähne zusammen und trennte sie mit einem energischen Schnitt durch.

»Und jetzt müssen wir das Mädchen in ihr Bett bringen«,

hörte sie Betta sagen. »Zu zweit schaffen wir das. Das arme Ding ist ja dünn wie ein Faden.«

Mit einer Kraft, die Lisa ihrer alten Amme nicht mehr zugetraut hätte, lud sie sich Caterina über die Schulter und hob sie ächzend aus dem schmalen Spalt, in den sie sich verkrochen hatte. Dann zeigte sie Lisa, wie sie sich unter den Achseln und den Knien der Dienerin die Hände reichen und ineinander verschränken mussten, um Caterina zu zweit tragen zu können.

Das ging einfacher, als Lisa es sich vorgestellt hatte. Und als Caterina ihr auf der Treppe den Kopf gegen die Schulter lehnte und sich an ihrer anderen festhielt, empfand sie eine so große Verbundenheit mit dieser Frau, dass sie die Tränen nur mit Mühe zurückhalten konnte.

Als sie Caterina in ihr Bett legten, war ihr Gesicht aschfahl, selbst ihre sonst so tiefroten Lippen wirkten bleich.

»Sie hat viel von ihrem wertvollen Lebenssaft verloren«, raunte Betta Lisa zu und begann, Schenkel und Beine sanft von dem Blut zu reinigen. »Hoffentlich kommt die Wehfrau bald.«

Sie zählte einige der Heilkräuter auf, die sie für solche Fälle kannte, und Lisa eilte in die Küche, um nachzusehen, was sie davon im Haus hatten. Duccio war einem erneuten Wutanfall nahe, zumal sie ihm sein kostbares Messer nicht zurückgebracht hatte, und es blieb Lisa nichts anderes übrig, als ihn einzuweihen. Betroffen suchte der Koch ohne weitere Widerrede die Kräuter heraus, machte sich daran, sie aufzubrühen, und versprach, eine kräftige Hühnersuppe für Caterina zuzubereiten.

Als Lisa zurück ins Zimmer kam, war Adalberta endlich eingetroffen. Die erfahrene Frau musterte Caterina mit zusammengezogenen Brauen und verlangte, das zu früh Geborene zu sehen.

»Ich geh es holen«, sagte Betta rasch, als sie sah, wie Lisa erbleichte.

»Und Ihr legt Euch am besten ein wenig hin«, riet ihr Adalberta. »Nicht, dass wir uns auch noch um Euch kümmern müssen.«

»Nein«, antwortete Lisa. Sie würde bleiben, Caterina die Hand halten und, wenn nötig, mithelfen. Als Betta mit der in ein Leintuch gehüllten Frühgeburt wiederkam, besah Adalberta sie genau und schnupperte sogar an ihr.

»Das Kind ist schon seit einer Weile tot«, erklärte sie. »Aber es ist noch nicht alles draußen. Sie muss den Rest ausstoßen, sonst vergiftet es sie von innen.«

Die folgenden Stunden waren ein Kampf auf Leben und Tod. Die verfrühten Wehen, die Caterina noch im Waschkeller geschüttelt hatten, waren verebbt, und da sich die Nachgeburt nicht von selbst lösen wollte, griff die erfahrene Heilerin schließlich zum äußersten Mittel. Sie wusch ihre Rechte gründlich mit Seife und heißem Wasser, fuhr mit ihr in Caterinas Unterleib und holte die verbliebenen Reste der Schwangerschaft mit der Hand heraus. Die Schreie der Dienerin schallten durch das ganze Haus. Als sie schließlich völlig erschöpft verstummte, geriet Lisa umso mehr in Panik.

»Sie wird doch nicht sterben?«, flüsterte sie.

»Das liegt jetzt in Gottes Hand«, sagte Adalberta mit sorgenvoller Miene. Sie nahm dankbar den mit Wasser verdünnten Wein an, den Bice ihnen brachte, während Betta versuchte, Caterina von der Hühnerbrühe etwas einzuflößen.

Plötzlich stand Francesco im Zimmer und starrte mit weit aufgerissenen Augen auf die leichenblasse Gestalt im Bett.

»Was ist hier los?«, fragte er.

»Eure Dienerin hatte eine Fehlgeburt«, erklärte Adalberta in nüchternem Ton und begann, ihre Sachen zusammenzupacken. »Es wäre ein Junge geworden.« Sie griff nach dem blutigen Bündel, das sie unter das Bett geschoben hatte. Ehe Francesco etwas erwidern konnte, öffnete sie das Leinen und hielt ihm den Inhalt hin. Ein leicht fauliger Geruch stieg daraus auf. »Hier, die Frucht.« Sie sprach sachlich, so als ginge es um einen Gegenstand und nicht um ein totes Kind. Francesco schnappte nach Luft. Und tat dann etwas, was Lisa noch nie an ihm gesehen und ihm auch niemals zugetraut hätte: Er brach haltlos in Tränen aus.

Es war ein Geschenk des Himmels, dass Betta an Lisas Seite war. Sie wollte sich gar nicht ausdenken, wie sie das alles ohne sie gemeistert hätte. Die gute Frau hatte noch nicht einmal ihr eigenes Zimmer bezogen, als sie bereits alles dafür tat, um Caterinas Leben zu retten. Wenn die Dienerin diese Nacht übersteht, hatte Adalberta gesagt, dann ist Hoffnung. Es dauerte jedoch nicht lange, und die Kranke begann von innen heraus zu glühen.

»Das ist so etwas wie das Wochenbettfieber«, sagte Betta leise und machte der Kranken kühle Wadenwickel.

Sie schickte Lisa ins Bett und übernahm die Nachtwache, doch Lisa fand keinen Schlaf. Die Nähe zu ihrem Ehemann, von dem sie nicht wusste, ob er schlief oder wie sie in die Dunkelheit starrte, ertrug sie nur schwer. Irgendwann stand sie leise auf und löste Betta ab, die sich kaum noch aufrecht halten konnte.

In den dunkelsten Stunden zwischen Mitternacht und Morgengrauen gesellte sich auf einmal Francesco zu ihr und nahm am Fußende der Fiebernden Platz, die in einer ihnen unverständlichen Sprache fantasierte. Immer wieder waren die Silben »Lunja« und »Takama« herauszuhören.

»Was redet sie da?«, hörte Lisa Francesco flüstern. »Verstehst du das?«

»Es sind die Namen ihrer Schwestern«, antwortete Lisa, ohne ihn anzusehen. »Sie wurden von ihr getrennt und genau wie sie als Sklavinnen verkauft. Aber das weißt du sicher.« Am liebsten hätte sie ihn angeschrien, wegzugehen, sie musste sich auf die Zunge beißen, um es nicht zu tun. Da saß er, keine drei Meter von ihr entfernt, und doch schien es ihr, als trennten sie Ozeane. Seine Tränen hatten ihr mehr als alle Worte offenbart, wie sehr er Caterina liebte, und dass er das ungeborene Kind beweinte, das er mit ihr gezeugt hatte. Dennoch schien er nichts von dieser Frau zu wissen, weder was sie für immer verloren hatte, noch von dem, was sie bewegte.

Und was war mit ihr, Lisa? Was wusste er schon von ihren Sehnsüchten? Warum um alles in der Welt hat er mich geheiratet, fragte sie sich wieder und wieder, wo sein Herz doch längst gebunden war? Und wenn er Caterina so sehr liebte, wieso schenkte er ihr nicht die Freiheit?

Es gab nur noch wenige Haushalte in Florenz, die Sklaven hielten, die meisten hatten ihnen den Freibrief ausgestellt. Wer es bei seinen Herren gut hatte, blieb in der Regel. Und je besser sie behandelt wurden, umso unverbrüchlicher war das Band zwischen ihnen und den Familien, denen sie dienten. Lisa konnte nicht verstehen, warum Francesco die Frau, die er so offensichtlich liebte, immer noch als sein Eigentum betrachtete, statt in ihr einen ebenbürtigen Menschen zu sehen.

In diesem Moment schlug Caterina die Augen auf. Lisa reichte ihr sogleich den Becher mit Brühe, und die Fiebernde trank einige Schlucke. Dann sank sie mit einem Stöhnen zurück auf ihr Kopfpolster.

»Hast du Schmerzen?«, fragte Lisa. »Hier ist etwas, was sie lindert.« Sie griff bereits nach dem Fläschchen mit Laudanum, das sie aus den Zeiten aufbewahrt hatte, als Monna Piera krank gewesen war, doch Caterina schüttelte den Kopf.

»Das bringt nur schlimme Träume«, flüsterte sie rau. Ihr Blick hing immer noch an dem ihrer Herrin, und Lisa bezweifelte, dass sie Francesco bemerkt hatte, der außerhalb des Lichtscheins der Kerze saß. »Warum habt Ihr mich nicht einfach sterben lassen?«, fragte sie mit einer solchen Verzweiflung in der Stimme, dass es Lisa fast das Herz zerriss. »Dann hätte meine Qual ein Ende. Und Ihr hättet Euren Ehemann endlich für Euch.«

Lisa schluckte. Fast konnte sie fühlen, wie Francesco erstarrte.

»So etwas darfst du nicht sagen«, antwortete sie, nachdem sie sich wieder gefasst hatte.

»Warum nicht?« Caterinas Stimme bebte vor Schmerz. »Weil ich Euer Eigentum bin, das Ihr nicht verlieren wollt?«

»Nein«, sagte Lisa hilflos. »Deshalb nicht.« Sie strich der Kranken eine Haarsträhne aus der Stirn und suchte verzweifelt nach einer Antwort, die Caterina trotz allem ihr Leben wieder lebenswert erscheinen ließe.

»Warum dann?«

»Hast du deine Tochter ganz vergessen?«, mahnte Lisa sanft. »Sina braucht dich. Du darfst nicht sterben, Caterina. Du bist jung und stark. Und die Zeiten …« Lisa stockte. Konnte sie etwas versprechen, was nicht in ihrer Hand lag? »Die Zeiten können sich für uns alle ändern«, führte sie ihren Satz zu Ende. »Es werden wieder Tage kommen, an denen du glücklich sein wirst, am Leben zu sein. Erinnere dich an Kahina, die stolze Königin. Sicher war auch sie mitunter mutlos. Aber sie hat an dein Volk gedacht und immer weitergekämpft. So wie du jetzt an Sina denken musst.«

Caterina schwieg. Sie starrte an die Decke, wo sich der Lichtschein der Kerze in der Dunkelheit verlor. Ihr Atem ging ruhiger. Und dann bemerkte Lisa, dass sie eingeschlafen war.

Als sie sich umwandte, war Francesco nicht mehr da. Sie wusste nicht, wann er gegangen war. Ob er ihre Unterhaltung mit angehört hatte?

Sie schlang den großen Wollschal noch enger um ihren Körper und lehnte sich in ihrem Sessel zurück. Auf einmal fühlte sie die Müdigkeit wie ein dumpfes Tuch, das sich über sie legte. Einen Moment lang wehrte sie sich dagegen. Doch in dem Gefühl, dass sie mehr für Caterina im Augenblick nicht tun konnte, ergab sie sich dem Bedürfnis, zu schlafen.

Am nächsten Morgen fieberte Caterina noch immer. Adalberta, die in aller Früh gekommen war, um nach ihr zu sehen, legte ihr die Hand auf die Stirn und schüttelte unzufrieden den Kopf. Sie übergab Lisa ein Beutelchen und riet, einen Aufguss davon zu machen, ihn der Dienerin zu trinken zu geben und ihre Scham damit auszuwaschen.

»Schafft Ihr das ohne mich? Ich muss zu einer Geburt.« Betta nickte.

Die Tür ging auf, und Francesco betrat die Kammer. Er hatte sich offensichtlich gerade im Nebenzimmer angekleidet und richtete sich den Kragen.

»Was ist da drin?« Francesco deutete misstrauisch auf das Beutelchen.

»Lindenblüten, Bilsenkraut und Kamille«, gab Adalberta kurz angebunden zurück. »Das lindert das Fieber. Und noch so manche Pflanze, von der Ihr noch nie gehört habt.«

Francesco schüttelte missbilligend den Kopf.

»Ricardo soll Messer Gianotti rufen«, sagte er gebieterisch zu Lisa. »Ich will, dass sich ein richtiger Arzt um sie kümmert.«

Er wandte sich ab und verließ das Zimmer. Wenig später hörten sie seine Schritte auf der Treppe.

»Bitte nimm uns das nicht übel«, bat Lisa und entnahm ihrer Börse eine Münze. Adalberta tat, als hätte sie Francescos Zurücksetzung nicht gehört.

»Damit Ihr es wisst«, sagte sie streng. »Kein Mann darf sich Eurer Dienerin während der nächsten Wochen nähern. Außer, er hat vor, sie umzubringen.« Sie steckte die Münze ein, die Lisa ihr reichte.

»Und wie soll ich das verhindern?«, entfuhr es Lisa niedergeschlagen.

»Wäre es nicht besser, sie würde in einer der Dienstbotenkammern schlafen?«, schlug Betta sanft vor. »Das schickt sich doch gar nicht, dass sie hier direkt neben Eurem Schlafgemach ...« Sie verstummte mit Blick auf Adalberta.

»Ihr könnt ruhig offen sprechen«, warf diese ein. »Ich bin nicht blind, und das Kind hat schließlich nicht der Heilige Geist gemacht. Es ist eine Schande ...«

»Genug!«, rief Lisa aus, der die Schamesröte ins Gesicht gestiegen war.

»Wenn sie die freie Kammer neben mir bekommen könnte«, gab Betta sanft zu bedenken, »könnte ich mich besser um sie kümmern. Dann wäre der Hausherr auch des Nachts weniger gestört.«

»Ach, bitte, gebt mir diese Kammer, Herrin.« Caterinas Stimme klang flehentlich. Mühsam versuchte sie, sich aufzurichten. Betta eilte zu ihr und schob sie wieder unter die Decke.

»Leg dich hin, Mädchen«, sagte sie liebevoll. »Lass mich erst das Bett dort für dich bereitmachen, wenn deine Herrin es erlaubt.« Aller Augen richteten sich fragend auf Lisa.

Diese zögerte. Was würde Francesco dazu sagen? Da kam ihr wieder in den Sinn, was Monna Piera einst zu ihr gesagt hatte. Dass man als Frau Herrin im Haus sein musste. Seiner Mutter hatte Francesco nie zu widersprechen gewagt. Mochte er draußen in der Welt seiner Wege gehen und Entscheidungen treffen – hier in dem neuen Heim, das er angeblich nur für Lisa geschaffen hatte, musste sie endlich lernen, sich durchzusetzen.

Den Ausschlag aber gab letztlich Messer Gianotti, der gleichfalls befürwortete, dass die Kranke zumindest bis zu ihrer Genesung in den Dienstbotentrakt verlegt würde. Denn, so meinte er, man wisse schließlich nicht, welcher Art dieses Fieber war und ob es womöglich ansteckend sein könnte. Auch wenn Adalberta über diese Gründe lachen musste, denn welcher Mann war je am Kindbettfieber gestorben, Lisa fühlte sich nun mutig genug, um die nötigen Anweisungen zu treffen.

Als Francesco zum Mittagessen eintraf und als Erstes nach seiner Geliebten sehen wollte, fand er ihr Bett in der Kammer neben seinem Ankleidezimmer leer.

»Sie ist im Dienstbotentrakt«, sagte Lisa und wappnete sich für die befürchtete Auseinandersetzung. Zu ihrer Erleichterung nahm Francesco ihre Anordnung indes widerspruchslos hin.

Über all dem war Giulianos Brief vollkommen in den Hintergrund getreten. Und doch ertappte sich Lisa während der folgenden Tage, wenn sie Betta und Bice am Bett der Fiebernden ablöste, dass sie sich ausmalte, wie es wäre, Francesco zu verlassen und sich Giuliano anzuschließen. Ja, vielleicht würde sie das tatsächlich eines Tages tun, wenn die Kinder größer waren und sie nicht mehr so dringend brauchten. Das wäre freilich erst möglich, wenn die Medici ihre angestammte Stellung in Florenz wieder eingenommen hätten und Lisa unter ihrem Schutz stünde. Manchmal träumte sie von einem heimlichen Wiedersehen mit Giuliano, irgendwo draußen auf dem Lande oder in Rom, wo er sich mit seinem Bruder augenblicklich aufhalten sollte, wenn es stimmte, was Lisa im Hause der Benci gehört hatte. Ihr brauchte nur ein guter Grund einzufallen, warum sie dorthin reisen musste, und in ihren Träumen war das ganz einfach. Bloß dass ihr bei Licht betrachtet keine schlüssige Erklärung für eine solche Reise einfiel, sie hatte weder Verwandtschaft noch Freunde dort. Ach, warum war es stets nur den Männern vorbehalten, zu kommen und zu gehen, wie es ihnen beliebte, ohne jemandem

Rechenschaft ablegen zu müssen? Francesco brauchte nie einen Grund anzugeben, wenn er verreiste, seine Geschäfte waren Anlass genug.

Am dritten Tag sank endlich Caterinas Fieber, und alle im Haus atmeten auf. Noch nie war die Wertschätzung so offenkundig geworden, die jeder im Haus Caterina entgegenbrachte, alle hatten um sie gebangt, selbst der oft so mürrische Duccio hatte sich täglich nach ihrem Befinden erkundigt.

Es war ein warmer Frühlingstag, und Lisa beschloss, Betta zum Markt zu begleiten, um für die Küche einzukaufen. Als sie aus der Via della Stufa auf die Piazza San Lorenzo traten, reckte sie ihr Gesicht der Sonne entgegen, viel zu lange hatte sie das Haus nicht verlassen. Es wimmelte nur so von Menschen, die dem Markt zuströmten, und Betta hakte sich bei Lisa unter, so als wollte sie sicherstellen, sie nicht zu verlieren. Schon von Weitem stieg ihnen der Duft von in Olivenöl ausgebackenen Brotfladen in die Nase und von gezuckerten Hörnchen. Am liebsten hätte Lisa bei einem der Männer, die diese leckeren Naschereien in großen Kesseln frisch ausbuken, für Betta und sich so ein *corneto* erstanden und es sofort von dem fettigen Papier, in das sie es einschlugen, aus der Hand gegessen – wenn ein solches Verhalten für eine ehrbare Frau nicht undenkbar gewesen wäre.

Und so zog sie Betta weiter zu den Blumenfrauen, bewunderte seltene, gefüllte Rosen, die laut der Händlerin aus Damaskus stammten, was Betta sogleich anzweifelte, denn wie sollten so empfindliche Blumen diese lange Reise überstehen? Lisa verhandelte den Preis und bestellte zwei prächtige Bouquets für die großen Vasen im Speisezimmer, die ihr noch am selben Tag geliefert werden sollten. Gleich nebenan boten Männer lebende Tiere zum Kauf an, Hasen und Hühner, Fasane und Tauben, und Lisa wollte rasch an den Käfigen vorübergehen, denn der Geruch nach Angst und Exkrementen schlug ihr auf den Magen, von ihrem Mitleid für die armen Kreaturen ganz zu schweigen.

»Sieh mal dort«, raunte Betta ihr zu und wies auf einen großen, schlanken Mann mit silbernem, bis auf seine Schultern herabfallendem Haar, in dem Lisa sogleich Leonardo da Vinci erkannte. Er stand vor einer großen Voliere voller Singvögel und sprach auf den Händler ein, einen stoppelbärtigen Mann mit verschorftem Kopf und bunt zusammengewürfelter Kleidung.

»Wenn Ihr wirklich alle nehmt«, hörte Lisa den Vogelfänger sagen, »dann kostet das zwei Golddukaten. Es sind immerhin zwei Dutzend.« Inzwischen waren einige Schaulustige stehen geblieben und kommentierten den Preis.

»Übereilt nichts, Messer Leonardo«, rief ein anderer Vogelhändler dem Künstler zu und drängte sich zwischen ihn und seinen Konkurrenten. »Kommt zu mir herüber und schaut Euch meine Lerchen an. Die sind viel größer und fetter. Ich geb sie Euch für die Hälfte.«

»Ich nehm sie alle«, antwortete Leonardo souverän. Er reichte dem ersten Händler zwei Goldmünzen und dem anderen eine, der sich verdutzt am Kopf kratzte, weil ihm offenbar dämmerte, welch nachteiliges Geschäft er nun gemacht hatte.

»Und wohin sollen wir sie bringen?«, fragte der erste Vogelhändler und verstaute seine zwei Goldmünzen mit einem breiten Grinsen in seinem Wams.

»Nirgendwohin«, antwortete Leonardo. »Ich mach das schon selbst.« Inzwischen war es still geworden, jeder beobachtete gebannt, wie der Meister zu den Volieren ging und die Türen weit öffnete. Die Vögel darin stieben zuerst noch verschreckt durcheinander, bis sie begriffen, dass der Weg in die Freiheit offen stand, und einer nach dem anderen dem Käfig entfloh und wild mit den Flügeln schlagend in die Lüfte aufstieg. »Seht euch das an«, sagte Leonardo und wies fasziniert auf den Schwarm, der sich langsam entfernte. »Das sind Wunderwerke. Wie kann man so etwas braten und essen?« Er blickte amüsiert in die sprachlose Menge rings um ihn, aus der ihn die meisten fassungslos anstarrten. Manche lachten, andere schüttelten verständnislos den Kopf.

»Wie kann man so viel Geld einfach wegfliegen lassen!«, brummte einer der Umstehenden missbilligend und ging seiner Wege.

Lisa hatte noch immer den Kopf in den Nacken gelegt und beobachtete fasziniert, wie der Schwarm über ihnen kreiste und schließlich nur noch als dunkle Punkte am Himmel zu erkennen war.

»Ihr wollt doch hoffentlich keine Vögel zum Abendessen einkaufen?« Leonardo stand plötzlich neben ihr und betrachtete den Kübel mit den Damaszener Rosen. Oder tat er nur so? Jedenfalls vermied er es, sie direkt anzusehen.

»Zum Glück nicht«, gab Lisa mit einem leisen Lachen zurück. »Denn jetzt sind die Käfige leer, und der Himmel ist voller Lerchen.«

Leonardo nickte. »So sollte es sein. Findet Ihr nicht? Freiheit ist ein hohes Gut, und das gilt nicht nur für uns Menschen.« Er kam noch einen Schritt näher. Lisa, die ahnte, dass er ihr etwas Wichtiges mitteilen wollte, bat Betta, beim Stand nebenan Spargel zu kaufen.

»Es ist gut, dass ich Euch sehe«, fuhr Leonardo fort, als sie außer Hörweite war. »Meine *bottega* wird nämlich überwacht. Auch meine Post wird gelesen. Besser, Ihr kommt vorerst nicht mehr.«

Lisa erschrak. Sie wusste, wie gefährlich es war, mit den Medici in Kontakt zu stehen. Man riskierte, verhaftet und verhört zu werden. Im schlimmsten Fall drohte sogar das Todesurteil.

Die Blumenhändlerin schien aufmerksam geworden zu sein, und Leonardo bat sie, drei besonders schöne Stängel von den weißen Madonnenlilien für ihn auszuwählen, die auf der anderen Seite ihres Standes in einem Wasserbottich standen.

»Wir müssen uns beraten«, raunte er Lisa zu. Schon kam die Blumenfrau wieder auf sie zu. »Wenn Ihr eine Einladung ins Haus der Benci erhaltet, nehmt sie bitte an«, konnte Leonardo gerade noch sagen, dann wandte er sich der Händlerin zu, um sie wegen der prächtigen Lilien zu loben, die in seiner Malerwerkstatt auf Marienbildern verewigt sein würden.

»So werden sie niemals welken«, sagte er zu der verzückt dreinblickenden Blumenfrau, die wie jeder andere Leonardos Charme erlag.

Die Einladung in den Palazzo Benci erfolgte noch am selben Tag. Lisa überzeugte sich davon, dass die Kinder bei Bice gut aufgehoben und mit dem Hauslehrer beschäftigt waren, der nach ihrem Vorbild spielerisch das Rechnen mit ihnen übte, und ließ Caterina in Bettas Obhut zurück. Ginevra de' Bencis Diener holte sie pünktlich zur vierten Nachmittagsstunde ab, um sie zu seiner Herrin zu geleiten.

Lisa war besorgt. Sie war sich nicht sicher, inwieweit Ginevra von Leonardo eingeweiht war und ob sie ihr vollkommen vertrauen konnte. Die goldene Feder, die sie stets in ihrem Mieder mit sich herumtrug und nur nachts in ihrem Schmuckkästchen verbarg, drückte sie an diesem Tag besonders. Die Tatsache, dass Leonardos Malerwerkstatt beobachtet wurde, bereitete ihr ein ungutes Gefühl im Magen. Offenbar war das Netz der Überwachung enger, als sie es sich bislang hatte vorstellen können.

»Hier kommt die Dame, die von allen anderen Florentinerinnen beneidet werden wird.« Mit diesen Worten und einem liebevoll-ironischen Lächeln wurde Lisa von Ginevra in deren *studiolo* begrüßt.

Hinter ihrem Lehnstuhl stand ihr Bruder Giovanni, den Lisa

erst einmal gesehen hatte, und vor dem sie sich im Grunde ein wenig fürchtete.

»Wenn sie erst wissen«, ergänzte er mit einem unergründlichen Lächeln, »dass Lisa del Giocondo die Ehre hat, von dem göttlichen Leonardo porträtiert zu werden.«

»Nun, bald werden es alle erfahren«, fügte Ginevra hinzu. »Kommt her, meine Liebe. Ist das etwa Angst, was ich in Euren Augen sehe?«

»Nein«, antwortete Lisa tapfer und küsste Ginevra zur Begrüßung auf beide Wangen. »Eher Sorge. Aber bitte erzählt mir, warum ich Eurer Meinung nach Grund hätte, Angst zu haben.«

Giovanni de' Benci rückte einen der Lesesessel für sie heran und nahm selbst auf einem Hocker Platz, den man auch dazu benutzte, Bücher aus den höheren Regalfächern herunterzuholen. Er wirkte, als wäre er auf dem Sprung und könnte jederzeit abberufen werden.

»Leonardo hat uns alles erzählt«, sagte Ginevra, und jede Ironie und aufgesetzte Heiterkeit waren aus ihrer Stimme verschwunden. »Warum er Euch malt oder zumindest Sitzungen mit Euch macht. Und er lässt Euch ausrichten, dass er den Brief, den er Euch überbrachte, doch noch gelesen hat, ehe er ihn den Flammen übergab.« Ginevra warf Lisa einen prüfenden Blick zu. »Schließlich muss er wissen, in welcher Gefahr er schwebt.«

Lisa nickte. Ihr war heiß geworden bei dem Gedanken, dass Leonardo die leidenschaftlichen Worte gelesen hatte, die Giuliano nach all den Jahren an sie zu Papier gebracht hatte. Dass der Brief nicht mehr existierte, beruhigte sie allerdings.

»Kommt er denn nicht?«, fragte sie.

Ginevra schüttelte den Kopf. »Wir sind alle der Meinung, dass es besser ist, er bleibt unserem Treffen heute fern. Es ist anzunehmen, dass Machiavelli über jeden seiner Schritte informiert wird.«

Lisa horchte auf. Diesen Namen hatte Boltraffio neulich erwähnt, als sie vergeblich zur Sitzung gekommen war. Leonardo hatte Besuch von Machiavelli gehabt, und etwas im Blick des Malergehilfen hatte Lisa dazu bewogen, nicht zu warten, sondern lieber wieder nach Hause zu gehen.

»Seid Ihr Euch darüber im Klaren, wie gefährlich das ist, wozu Ihr in dem Schreiben aufgefordert wurdet?« Giovanni sah sie eindringlich an. »Erst vor wenigen Wochen sind zwei angesehene Bürger der Stadt wegen Hochverrats gehängt worden, weil sie sich zu jener Partei bekannten.«

Wieder nickte Lisa. Sie kannte die Geschichte, Francesco hatte es erwähnt, vor allem deswegen, weil einer der Verurteilten, bislang ein unbescholtener und allseits geachteter Mann, sein Kunde gewesen und dessen Witwe nicht mehr in der Lage war, die letzte Rechnung an Seidenwaren zu begleichen. Von einem Tag auf den anderen konnte eine ganze Familie in Ungnade fallen und finanziell vernichtet werden. Das durfte ihr nicht passieren. Schon allein ihrer Kinder wegen musste sie das unbedingt verhindern.

»Mir ist das sehr wohl bewusst«, sagte sie. »Aber glaubt Ihr nicht auch, dass man gerade einer Frau wie mir so etwas am allerwenigsten zutraut?« Lisa sah von Giovanni zu Ginevra, die sie beide zweifelnd musterten. Dann tauschten die Geschwister einen Blick aus, und Giovanni fragte:

»Und wie genau wollt Ihr das angehen? Wie glaubt Ihr, eine solche Liste verlässlich erstellen zu können, ohne der Obrigkeit aufzufallen?«

Lisa schwieg, denn das wusste sie selbst noch nicht. Sie hatte gehofft, dass Ginevra ihr die Antwort auf diese Frage liefern könnte, doch in ihren moosgrünen Augen las sie nur Bedenken und Sorge. War es wirklich zu vermessen, sich auf diese Sache einzulassen?

Lisas Blick wanderte die Wände des *studiolo* entlang, das sie von Anfang an so bewundert hatte. Und angesichts dieser vielen Buchrücken hatte sie auf einmal eine Idee.

»Ich werde einen Lesezirkel ins Leben rufen«, sagte sie. Plötzlich stand ihr alles glasklar vor Augen. »Einen Zirkel von Damen. Wir werden die neuesten Gedichte lesen und dabei gemeinsam herausfinden, auf welcher Seite die Gatten, Väter und Brüder der wichtigen Familien stehen.«

Giovanni runzelte die Stirn.

»Einen Damenzirkel?«

»Genau«, gab Lisa aufgeregt zurück. »Und dabei brauche ich Eure Hilfe, Ginevra. Wir müssen uns langsam vorantasten. Mit jenen Frauen beginnen, von denen wir sicher wissen, dass sie auf unserer Seite stehen. Ich habe ein paar Namen aufgeschrieben, die mein Mann einmal erwähnt hat. Jede der Frauen wird Freundinnen haben, Schwestern und Cousinen, die in andere Häuser eingeheiratet haben, und so wird der Zirkel langsam wachsen.«

»Was für eine gute Idee«, sagte Ginevra, und an der Art und Weise, wie ihre Augen zu leuchten begannen, erkannte Lisa, welch großen Gefallen sie an dem Vorschlag fand.

»Ich weiß nicht«, wandte ihr Bruder noch immer voller Zweifel ein. »Besteht nicht gerade bei Frauen die Gefahr, dass sich die eine oder andere irgendwann verplappert?«

Lisa warf ihm einen empörten Blick zu, während Ginevra in helles Lachen ausbrach.

»Immerhin hat sich der Briefeschreiber an eine Frau gewandt«, entgegnete sie, nachdem sie sich wieder beruhigt hatte. »Und nicht an einen Mann. Vielleicht ist er ja wenigstens in dieser Sache klüger, als ich dachte.«

»Werdet Ihr mir helfen?«, fragte Lisa atemlos.

Ginevra zögerte mit ihrer Antwort.

»Um es rundheraus zu sagen«, ergriff ihr Bruder das Wort,

»Ginevra steht ganz besonders unter Verdacht, mit den Medici zu kollaborieren. Unser Haus wird seit Langem observiert, eigentlich seit jenem Tag, an dem die Brüder fliehen mussten.«

»Man wird uns immer in Verbindung mit dieser Familie bringen«, ergänzte Ginevra mit einem gewissen Stolz. »Unsere Vorväter waren Bankiers der Medici, und Lorenzo, Giulianos und Pieros Vater, hat meinen Bruder und mich sehr gefördert.«

»Wir sind gemeinsam aufgewachsen«, ergänzte Giovanni. »Lorenzo war sieben Jahre älter als ich und sein Bruder nur drei.«

»Ich habe den Medici die schönsten Jahre meines Lebens zu verdanken«, erklärte Ginevra mit ungewohnter Leidenschaftlichkeit. »Ach, was waren das für herrliche Jahre! Alle wichtigen Gelehrten des Abendlandes folgten dem Ruf der Medici und versammelten sich in Florenz. Damals waren wir Frauen keineswegs ausgeschlossen aus ihren Zirkeln, Lorenzos Mutter war selbst eine große Mäzenin.« Sie seufzte. »Davon sind wir heute weit entfernt. Ein paar Jahre unter dem Einfluss dieses Hasspredigers Savonarola, und schon ist diese schöne Blüte der Kultur verkümmert. Und überall herrscht Argwohn.«

»Aber diese guten Zeiten könnten zurückkehren«, wagte Lisa leise einzuwenden. Es tat ihr weh zu sehen, wie verbittert ihre mütterliche Freundin von der Gegenwart sprach. Ginevra sah sie nachdenklich an und hob die Schulter.

»Wer weiß?«, sagte sie, und in ihren Augen las Lisa Zweifel.

»Die junge Generation ist nicht wie die alte«, wandte Giovanni ein. »Ich höre nichts Gutes von Piero aus Rom. Er soll ein grässlich ausschweifendes Leben führen. Völlerei, Hurerei, Trunksucht. Und als wäre das nicht genug, heißt es, er sei dem Glücksspiel verfallen.«

»Und Giuliano?« Lisas Stimme zitterte.

»Der soll dagegen fast ein Heiliger sein«, antwortete Ginevra. »Es ist ein Jammer, dass er nicht der Erstgeborene ist.«

»Gut möglich, dass Piero seine Rückkehr nach Florenz nicht mehr erlebt, wenn er so weitermacht«, gab ihr Bruder zurück. »Vielleicht ist es Zeit zu akzeptieren, dass die Ära der Medici für immer zuende ist.«

Lisas Herz klopfte ungestüm. In ihrer Fantasie sah sie bereits Giuliano in den Medici-Palast als Oberhaupt der Familie einziehen. Und sich selbst an seiner Seite ... Sie rief sich zur Ordnung. Das war unmöglich. Sie war Ehefrau und Mutter. Die vergangenen Jahre konnte man nicht einfach so auslöschen. Und davon abgesehen – Giuliano hatte inzwischen sicher eine Frau an seiner Seite, jung, schön und tugendhaft, wie er war. Aber das änderte nichts an ihrer Entscheidung, den Brüdern zur Rückkehr zu verhelfen. Und wenn das, was sie tun konnte, auch nur ein kleiner Beitrag dazu sein mochte.

»Werdet Ihr zu meinem Lesezirkel kommen?«, fragte sie Ginevra.

Die hob die Augenbrauen und seufzte.

»Ich fürchte, es ist besser, ich bleibe ihm fern«, antwortete sie. »Die Gründe habe ich bereits genannt. Ich stehe unter Beobachtung. Und wenn ich in Eurem Haus verkehre, werdet auch Ihr observiert werden und Eure schöne Idee mit dem Damenzirkel wird der Obrigkeit bald verdächtig vorkommen.«

»Ich hatte so sehr auf Euch gebaut«, erklärte Lisa mutlos. »Auf Euren Rat. Ihr seid schließlich viel erfahrener als ich.«

Eine Weile war es still zwischen ihnen. Giovanni wippte auf dem Schemel, ihm war deutlich anzumerken, wie kritisch er der Sache gegenüberstand.

»Vielleicht wäre es das Beste«, sagte er schließlich zu seiner Schwester, »wenn du dich für einige Zeit wieder zu den *Murate* zurückziehst. Bei den Nonnen kann Monna Lisa dich besuchen, ohne aufzufallen. Und du bist in Sicherheit, falls die Sache mit diesem Damenzirkel ein Fehlschlag werden sollte.«

Ginevra wirkte alles andere als begeistert, doch sie nickte.

»Ich will nicht, dass Ihr meinetwegen in ein Kloster geht«, beeilte Lisa sich zu sagen. Sie kannte das strenge Gebäude am Ende der Via San Giuliano, ihre Eltern wohnten ganz in der Nähe. Ihr kamen wieder ihre Schwestern in den Sinn, denen dasselbe Schicksal drohte und denen sie versprochen hatte, zu helfen.

»Es ist für mich nicht so schlimm, wie es aussieht«, gab Ginevra zurück. »Mein Großvater und mein Vater haben große Summen für den Bau des Klosters gestiftet, deshalb sind wir den Schwestern eng verbunden. Wie alle Stifterfamilien nehmen wir eine Sonderstellung im Kloster ein. Ich habe als junges Mädchen bei den *Murate* gelebt und meine humanistische Ausbildung bei ihnen erhalten. Es ist ein guter Ort für eine Frau, und immer, wenn ich von meinem Leben hier genug habe, ziehe ich mich dorthin zurück.« Sie wandte sich zu ihrem Bruder. »Du hast recht. Das ist eine gute Lösung. Und du, Lisa, kannst mich dort jederzeit besuchen.«

Lisa errötete, als sie das freundschaftliche Du aus dem Munde dieser bewundernswerten Frau hörte.

»Und mit wem soll ich also beginnen?«, fragte sie.

»Mit Simonetta Tornabuoni«, antwortete Ginevra. »Ihre Familie und die ihres Mannes gehören fraglos zu denjenigen, die die Medici lieber heute als morgen zurückhätten. Besprich dich mit ihr. Sie ist mit jeder jungen Frau aus gutem Hause befreundet.«

»Ist sie auch verschwiegen?«, wandte Giovanni ein.

»Sie ist klug genug, um zu begreifen, dass alles andere tödlich wäre«, gab Ginevra zurück.

»Es gibt noch ein Problem«, sagte Lisa verlegen. »Ich würde Giuliano gerne antworten.« Sie wurde über und über rot. »Es ist wegen Leonardo«, beeilte sie sich hinzuzufügen. »Er sollte keine Briefe mehr von ihm und seinem Bruder bekommen.«

»Völlig richtig«, pflichtete Giovanni lebhaft bei. »Das darf auf keinen Fall mehr vorkommen. Ich verstehe nicht, wie die beiden so unvorsichtig sein können. Da muss ein anderer Weg gefunden werden.«

»Wir könnten unseren Dichterfreund Sandrino bitten, ein Brieflein an Giuliano mitzunehmen«, schlug Ginevra vor. »Er wollte dieser Tage ohnehin nach Rom zurückkehren.« Und zu Lisa gewandt fügte sie hinzu: »Er hat uns neue Gedichte mitgebracht. Schade, dass wir sie nicht mehr gemeinsam lesen können. Und für deinen neuen Lesezirkel sind sie zu gewagt. Ich werde dir ein paar harmlosere Sachen empfehlen.« Auf einmal blitzten ihre Augen auf. »Das Allerbeste wäre natürlich, du schreibst Giuliano keinen Brief, sondern ein Gedicht. Das kann Sandrino in einer Mappe unter einigen anderen Versen mit sich führen. Es wäre doch sehr verwunderlich, wenn sich ein Kontrollposten in Lyrik vertiefen würde, oder?«

Lisa starrte auf das Blatt Papier, das Giovanni ihr mitsamt Feder und Tinte auf dem Schreibpult in dem *studiolo* der Benci bereitgestellt hatte. Sie waren sich einig darüber, dass eine so gefährliche Botschaft besser an Ort und Stelle verfasst werden sollte. Am selben Abend wollte Ginevra sie dem Dichter aus Rom übergeben.

Aber was sollte sie schreiben? Würde Piero ihre Nachricht lesen? Das war mehr als wahrscheinlich. Lisa schloss die Augen und versuchte, Giulianos Worte wieder heraufzubeschwören. An einen Satz konnte sie sich besonders gut erinnern: *Die Vergangenheit können wir nicht mehr ändern, liebste Lisa, deshalb lass uns von der Gegenwart sprechen, und vor allem von der Zukunft.*

Kurz entschlossen tauchte sie die Feder in das Tintenfässchen und streifte sie routiniert so lange an seinem Rand ab, bis kein Tropfen mehr von ihrer Spitze fallen würde. Noch einmal hielt sie einen Moment inne, dann begann sie zügig zu schreiben.

Höre, Freund längst vergangener Tage
An denen wir, in Liebe eng verbunden,
uns nahe waren in so manchen Stunden,
und fern uns schien das Land der Klage

Das harte Schicksal hat uns jäh getrennt
Zwei Leben führen wir statt einem
Ich steh allein, vertraue keinem
Fürchte Verrat in jeglichem Moment.

Doch will ich dir den Weg bereiten
Wie früher mit gereimten Zeilen
Als Bote wähl ich Amor mir

Geheimsten Weg muss er beschreiten
Behutsam sein mit seinen Pfeilen
Und kommen durch die Hintertür.

Lisa zählte nach, das Versmaß stimmte, auch wenn sich das Sonett an manchen Stellen noch etwas holprig las, so war die Botschaft wohl deutlich: Sie war einverstanden mit Giulianos Vorschlag, und er sollte einen sichereren Weg finden, ihr Botschaften zukommen zu lassen. Am besten wohl genauso wie sie es tat – durch einen Poeten.

Sie gab das Gedicht verlegen Ginevra und kaute sich die Unterlippe wund, während ihre Freundin es bedächtig las.

»Ausgezeichnet«, sagte sie und faltete das Blatt zusammen. »Das Beste an der Sache ist, dass du wieder dichtest.«

Unter dem Lächeln der Älteren fühlte Lisa, wie ihr Hitze ins Gesicht stieg.

»Ob Giuliano wohl versteht, was wir sagen wollen?«

»Das wird er«, erklärte Ginevra. »Da bin ich mir sicher.«

Auf dem Heimweg war ihr sonderbar zumute. Sie hatte an Giuliano geschrieben! Er würde ihre Zeilen lesen. Hatte sie auch genug Herzenswärme in die Verse gelegt? Verstand er, dass sie ihn immer noch ... Aber was dachte sie denn da? Liebte sie ihn denn tatsächlich noch?

Sie blieb unvermittelt stehen, und Ginevras Diener sah sie fragend an.

»Habt Ihr etwas vergessen?«, fragte er höflich.

Lisa schüttelte den Kopf und setzte ihren Weg fort. Ängstlich horchte sie in sich hinein. Was empfand sie eigentlich? Warum klopfte ihr Herz so aufgeregt? War es wegen des Abenteuers, auf das sie sich eingelassen hatte? Oder war es Stolz, weil sie das erste Mal in ihrem Leben eine wichtige Aufgabe übertragen bekommen hatte, etwas, das über den Horizont ihres Haushalts hinausging und möglicherweise sogar die Welt veränderte? Oder rührten sich tatsächlich noch Gefühle von früher tief in ihr, Gefühle für Giuliano? So viel Zeit war vergangen, mehr als acht lange Jahre, und im Grunde war das, was sie mit ihm erlebt hatte, längst in ihr verblasst. Ihre Verzweiflung und ihren Trotz, ja, beides konnte sie noch immer in sich wachrufen. Ihre jugendliche Liebe jedoch, ihre Schwüre und Zärtlichkeiten erschienen ihr heute, als wäre das alles nicht ihr, sondern einer anderen geschehen. Und war sie nicht tatsächlich eine andere? Sie hatte geheiratet, Kinder geboren, Pflichten übernommen, war durch Monna Pieras harte Schule gegangen. War es möglich, an das anknüpfen zu wollen, was so lange zurücklag?

Der Weg vom Palazzo Benci bis zu ihr nach Hause war nicht weit, sie musste eigentlich nur die Apsis der Stammkirche der Medici, San Lorenzo, umrunden, ein Stück am nördlichen Seitenschiff entlanggehen, dann zweigte die Via della Stufa linker Hand ab. Als Lisa am Eingang zu ihrem alten Haus vorüberkam, stockte ihr Schritt kurz, so ungewohnt war es für sie noch immer, nicht hier einzutreten, sondern erst am nächsten Tor.

Da öffnete sich das Portal, und Lisas Schwägerin Filippa trat heraus, an ihrer Seite deren älteste Tochter Margherita, der man ihre einundzwanzig Jahre kaum ansah, obwohl sie bereits drei Kinder geboren hatte und mit dem vierten schwanger war.

Lisa grüßte freundlich, Filippa hingegen murmelte nur einen kurzen Gruß.

»Warum kommst du mich nicht einmal besuchen?«, fragte Lisa Margherita, die sie von Anfang an gern gemocht hatte. Die junge Frau warf ihrer Mutter einen kurzen Blick zu, zuckte verlegen mit den Schultern. Lisa verdrehte im Geiste die Augen. Francesco hatte nach ihrem Umzug die gesamte Familie zu einem Festmahl eingeladen, doch seine Brüder hatten aus fadenscheinigen Gründen abgesagt. Sie nickte Margherita freundlich zu und wollte sich bereits abwenden, als Filippa das Wort an sie richtete.

»Ist das nicht der Diener der Benci?«, fragte sie und machte eine Geste mit dem Kinn in Richtung ihres Begleiters.

»So ist es«, antwortete Lisa.

»Verkehrst du etwa immer noch in diesem Haus?« Filippa schnaubte empört.

»Ich wüsste nicht, was daran auszusetzen wäre«, gab Lisa zurück und ärgerte sich gleichzeitig, dass sie sich von ihrer Schwägerin provozieren ließ. Sie bedankte sich verlegen bei Ginevras Diener und versicherte ihm, dass sie ihn nicht mehr benötigte, befand sie sich doch kurz vor ihrem Haus.

»Nun, schon Monna Piera, die du ja so abgöttisch geliebt hast, fand, dass das keine passende Gesellschaft für eine del Giocondo ist. Diese sogenannte Dame hatte schließlich eine anrüchige Jugend. Noch vor ihrer Heirat, da war sie noch nicht einmal fünfzehn Jahre alt, hatte sie eine Affäre mit einem venezianischen Gesandten und ...«

»Deine Tochter war dreizehn, als sie heiratete«, fiel ihr Lisa scharf ins Wort.

»Ja«, gab Filippa zurück, während Margherita beschämt den Kopf senkte, »aber wie du richtig sagst, schloss sie eine Ehe und ging keine unschickliche Beziehung mit einem Mann ein, der öffentlich mit seiner Ehefrau samt gemeinsamem Kind hier nach Florenz gekommen war.«

»Du erzählst Lügen«, fuhr Lisa sie an.

»Oh nein, das tue ich nicht«, trumpfte Filippa auf, und ihre Wangen glühten vor Sensationslust.

»Mamma ...«, wandte Margherita verlegen ein, doch ihre Mutter ließ sich nicht bremsen.

»Bembo hieß er«, sagte sie laut und deutlich. »Bernardo Bembo.«

»Mutter, wir sollten nun wirklich ...«, versuchte Margherita es erneut.

»Zum Glück haben ihre Brüder sie dann alsbald verheiratet. Mit einem verschuldeten Kaufmann, lass dir die Geschichte von Francesco erzählen. Aber etwas anderes blieb ihr nach *dieser* Geschichte nicht übrig.« Sie gab einen abschätzigen Laut von sich. »Denn auf einmal war er wieder fort, dieser Bembo. Und mitgenommen hat er Ginevra nicht, sondern nur ihr Bildnis, das Leonardo da Vinci von ihr gemalt hat.«

»Ich habe sagen hören«, wurde nun auch Margherita gesprächig, »dass Leonardo dich porträtiert? Stimmt das?«

»Ja, so ist es«, antwortete Lisa, und einen Moment lang freute sie sich diebisch über Filippas Miene, die ihr regelrecht entgleiste.

»Leonardo da Vinci?«, fragte ihre Schwägerin fassungslos nach, und der Neid stand ihr deutlich ins Gesicht geschrieben.

»Genau der«, gab Lisa mit Genugtuung zurück. Sogleich löste sich das Gefühl des Triumphs gegenüber ihrer Schwägerin allerdings in nichts auf. War es klug, dass alle Welt von ihren Begegnungen mit Leonardo erfuhr? Lenkte das nicht den Verdacht der Obrigkeit auf sie? Und dass Filippa mit ihren frommen Betschwestern alles durchhechelte, was in der Stadt auch nur annähernd bemerkenswert war, lag auf der Hand. Offenbar hatte sich wenigstens Caterinas Fehlgeburt noch nicht herumgesprochen, worüber Lisa sehr erleichtert war.

»Ich komme dich gerne einmal besuchen«, sagte Margherita tapfer und erntete einen missbilligenden Blick ihrer Mutter dafür.

»Du bist jederzeit willkommen«, antwortete Lisa erfreut und verabschiedete sich höflich von den beiden.

Lisa nahm sich vor, so bald wie möglich mit Francesco über ihr Vorhaben mit dem literarischen Damenzirkel zu sprechen, denn dazu benötigte sie seine Erlaubnis. Doch ehe sich eine günstige Gelegenheit dazu ergab, musste er überraschend verreisen.

»Die Pisaner machen wieder Ärger«, sagte er verdrossen. »Und mein Handelsagent dort ist offenbar spurlos verschwunden. Also muss ich persönlich nach Livorno und mich um meine Fracht kümmern.« Dabei wirkte er derart aufgebracht, dass Lisa es für klüger hielt, ihm erst nach seiner Rückkehr von ihrer Idee zu erzählen.

Glücklicherweise legte sich Caterinas Fieber in den folgenden Tagen, und Messer Gianotti war sehr zufrieden mit sich und seinen Heilkünsten, obwohl das alles eigentlich Adalberta zu verdanken war und Bettas hingebungsvoller Pflege. Noch immer war die Dienerin viel zu schwach, um aufzustehen.

»Sie hat viel Blut verloren«, erklärte Adalberta. »Wenn Ihr sie schont, bis sie sich vollständig erholt hat, wird sie wieder auf die Beine kommen. Aber denkt daran. Keinen Beischlaf! Ihr Schoß ist stark verwundet und muss erst ausheilen.«

Lisa nickte und nahm sich vor, darüber mit Francesco zu sprechen. Sie hoffte inständig, dass seine Mission erfolgreich sein und er mit guter Laune heimkehren würde.

»Macht der berühmte Maler jetzt doch kein Bild von dir?«, erkundigte sich Pippo eines Tages beim Mittagessen. In Abwesenheit ihres Mannes aß Lisa gemeinsam mit den Kindern, auch Bice und Betta nahmen an diesen Mahlzeiten teil.

»Natürlich macht er das«, antwortete Lisa überrascht. »Wie kommst du denn darauf?«

»Weil du schon lange nicht mehr in deinem schönsten Kleid zu Messer Leonardo gegangen bist«, fiel Meo ein.

»Ach so. Nun, im Augenblick braucht er mich nicht so dringend«, erklärte Lisa.

»Dann ist er sicher bald fertig?«, fragte Pippo aufgeregt. »Papa hat gesagt, es gibt dann ein Fest.«

»Das wird noch eine Weile dauern«, antwortete Lisa und wechselte einen Blick mit Betta, die sie erstaunt musterte. »Ach, unsere liebe Betta weiß das ja noch gar nicht. Wer von euch erklärt ihr, was Messer Leonardo macht?«

Meo und Pippo wetteiferten miteinander, Betta davon zu erzählen, und Lisa hörte Francescos Begeisterung und Stolz aus ihren Worten heraus. Es rührte sie, wie wichtig ihm die Sache war, gleichzeitig wusste sie nicht, ob es jemals wieder Sitzungen in Leonardos *bottega* geben würde.

»... und dann«, sagte Pippo gerade mit glühenden Wangen, »gehören wir zu den vornehmeren Familien von ganz Italien, und alle Türen stehen uns offen. Wir werden richtig reich sein, und Papa hat keine Sorgen mehr.«

Stille breitete sich aus, nur unterbrochen von dem leisen Schmatzen der Kinder, mit dem sie sich Duccios mit Frischkäse gefüllte Nudeln einverleibten, die sie so gerne mochten. Lisa war der Appetit freilich vergangen. Stand es so schlecht um die Geschäfte ihres Mannes, dass er all seine Hoffnungen auf das Porträt setzte? Nein. Das hatten die Kinder hoffentlich falsch verstanden.

Lisa konnte sich nicht erinnern, dass sie jemals so sehnlichst auf die Rückkehr ihres Mannes gewartet hatte wie in diesen Tagen. Es dauerte zwei volle Wochen, doch dann kam er offensichtlich zufrieden mit sich und der Welt zurück. Er hatte Lisa und sogar jedem der Kinder ein Geschenk mitgebracht und für Caterina eine Phiole mit einer bräunlichen Flüssigkeit.

»Ein Stärkungsmittel«, erklärte er Lisa, der er es übergab.

Seit Caterina im Dienstbotentrakt untergebracht war, hatte er nicht mehr persönlich nach ihr gesehen, und wie es schien, hatte er das auch jetzt nicht vor. Lisa fand in ihrem kunstvoll in seidiges Papier eingeschlagenen Päckchen einen Tiegel aus Sandelholz mit einem fremdartigen Balsam.

»Magst du den Duft?«, fragte Francesco gespannt.

Lisa schnupperte ausgiebig.

»Oh ja«, antwortete sie fasziniert. »Er riecht sehr gut. Das Aroma kenne ich gar nicht.«

»Das kannst du gar nicht kennen«, gab er zufrieden zurück. »Er stammt von einer Pflanze aus der sogenannten Neuen Welt, die erst vor wenigen Jahren entdeckt wurde. Dieses Döschen hat mich ein Vermögen gekostet.« Übermütig zog er Lisa auf seinen Schoß und gab ihr einen Kuss auf den Hals. »Für meine Schöne ist mir nichts zu teuer«, raunte er ihr ins Ohr und Lisa wusste, dass sie an diesem Abend nicht mehr mit ihm über ihre offenen Fragen sprechen konnte.

Erst am folgenden Tag fand sie die Gelegenheit dazu. Dass Caterina sich einige Wochen erholen musste, ehe er ihr wieder beischlafen konnte, nahm er ohne sichtliche Regung zur Kenntnis, ja, Lisa war es fast so, als hätte er das bereits selbst erkannt. Von ihrem Plan, regelmäßig Damen der Florentiner Gesellschaft zu einem Lesezirkel in ihr *studiolo* einzuladen, war er geradezu begeistert.

»Eine sehr gute Idee«, lobte er sie. »Duccio soll für exquisite Naschereien sorgen. Und für süßen Wein. Diese Treffen sollen so außergewöhnlich sein, dass sich jede Frau der Stadt wünscht, von dir eingeladen zu werden.«

Lisa nickte, erleichtert darüber, dass er davon so angetan war.

»Da ist noch etwas«, begann sie, die Gunst der Stunde nutzend. »Ich hab dir ja bereits von der Absicht meiner Eltern erzählt, meine jüngeren Schwestern in ein Kloster zu schicken.« Francescos Miene verzog sich säuerlich. Doch Lisa ließ sich nicht beirren. »Du weißt, wie schrecklich es für mich damals war, und ich bin dir ewig dankbar, dass du mich vor diesem Schicksal bewahrt hast. Und nun bitte ich dich, hab auch Erbarmen mit meinen Schwestern. Besonders Camilla ist alles andere als geeignet für ein Leben als Nonne. Sie ist viel zu lebhaft und wünscht sich nichts mehr, als so bald wie möglich eine Familie zu gründen. Bitte, tu mir die Liebe und finde einen guten Ehemann für sie.«

»Vor allem soll ich die Mitgift bezahlen«, gab Francesco zurück. »Das willst du wohl eigentlich sagen, oder etwa nicht?«

Lisa senkte den Kopf. »Es wäre mir eine größere Freude als ... als jedes Geschenk dieser Welt.« Sie biss sich auf die Zunge. Hoffentlich hatte sie Francesco nicht gekränkt, denn es war klar, dass sie auf das teure Döschen mit dem duftenden Balsam anspielte. Ach, so gerne würde sie für ihre Schwestern auf all die kostbaren Dinge verzichten, auch auf ihren Schmuck sowie die vielen erlesenen Seidentücher und Schals.

»Na gut«, antwortete Francesco zu ihrer großen Erleichterung. »Ich stelle dir zu diesem Zweck fünfzehnhundert Goldflorin zur Verfügung. Kein Jota mehr, hörst du? Davon können deine beiden Schwestern verheiratet werden. Vielleicht nicht an eine der ersten Partien der Stadt, aber doch an rechtschaffene, gut gestellte Männer. Die findet dein Vater ohne meine Hilfe.«

Er erhob sich, wohl um zu zeigen, dass sein Großmut nun erschöpft war, und Lisa sprang auf und fiel ihm vor Freude um den Hals.

»Danke!«, sagte sie. »Das werde ich dir nie vergessen.«

»Das will ich hoffen«, gab Francesco mit einem leisen Lachen zurück und drückte sie zärtlich an sich, ehe er sich wieder von ihr löste. »Ach, und eh ich es vergesse: Macht Leonardo da Vinci eigentlich gute Fortschritte mit deinem Bildnis?«

Es war nicht einfach, Francesco plausibel zu machen, dass sich der große Meister derzeit anderen Projekten widmen musste. Ginevra hatte ihr von seinen Plänen mit der Schiffbarmachung des Arnos erzählt, und als sie ihrem Mann davon berichtete, war er plötzlich ganz Ohr.

»Wenn ihm das gelingt«, sagte er, »warte ich gerne noch ein paar Wochen auf das Bild«, und Lisa hatte aufgeatmet.

Gleich am folgenden Tag ließ Lisa sich von Francescos Hausbank einen Wechsel ausschreiben und begab sich, von Ricardo begleitet, direkt zu ihren Eltern.

Sie traf nur ihren Vater an, der sie mit ungläubiger Miene musterte, als sie ihm eröffnete, dass keine ihrer Schwestern ins Kloster eintreten musste.

»Hier ist ein Wechsel über 1500 Goldflorin«, sagte sie und reichte ihn Antonmaria. »Und wenn du die Summe drauflegst, die du dem Kloster geben müsstest, wirst du gewiss gute Partien für Camilla und Sandra finden.«

Sie holte tief Luft und sah ihm erwartungsvoll in die Augen. Das war es doch, was er seit Jahren von ihr forderte, oder etwa nicht? Francesco hatte seinem Schwiegervater immer wieder finanziell ausgeholfen, ihm beratend beigestanden und mehr als einmal erfolgreiche Verhandlungen für ihn durchgeführt. Das war in Antonmarias Augen offenbar nicht genug gewesen. Aber nun hatte sie ihm ein Vermögen überreicht – würde er nun endlich seinen Frieden mit ihr machen?

»Das ist sehr freundlich von deinem Mann«, erwiderte Antonmaria langsam und bedächtig. »Bitte richte ihm meinen Dank aus.« Er verstaute den Wechsel in seiner Geldschatulle und schloss sie sorgfältig ab.

Lisa stand da wie betäubt. Das war alles? Ihr Vater nahm einen so großen Geldbetrag an, ohne mehr Worte zu verlieren, als es die Höflichkeit verlangte?

»Wo ist Mutter«, fragte Lisa einige Atemzüge später, als sie einsehen musste, dass Antonmaria die Angelegenheit tatsächlich für beendet betrachtete. Sie musste sich räuspern, so rau war ihre Stimme.

»Sie ist mit deinen Schwestern auf einen Besuch gegangen«, antwortete ihr Vater. »Aber ich richte ihr gerne aus, dass du hier gewesen bist.«

Ernüchtert begriff Lisa, dass er sie mit diesen Worten verabschiedet hatte.

Die Tränen kamen erst, als sie wieder auf der Straße war. Eilig zog sie sich den Schleier vors Gesicht, damit niemand sah, wie sie weinte. Zwischen ihr und ihrem Vater würde es also nie mehr so sein wie früher. Warum konnte er ihr nicht verzeihen? Oder hatte er sie schon früher nicht so geliebt, wie sie geglaubt hatte? Waren jene Sommertage in der Ca' di Pesa goldene Ausnahmen gewesen, damals, als er ihr das Reiten beigebracht und gesagt hatte, sie wäre fast so tüchtig wie ein Junge? War diese grenzenlose Enttäuschung, die aus seinen Augen sprach, wenn er sie ansah, von Anfang an da gewesen, aus dem einfachen Grund, *weil* sie kein Sohn war, sondern nur eine Tochter?

Sie atmete ein paarmal tief durch. Es war dunkel in der Via San Giuliano, und es roch streng nach Urin und Abfällen wie fast überall in der Stadt. Das wäre in der Via della Stufa nicht anders, würde Monna Pieras alter Hausknecht nicht täglich fegen und den Unrat mit eimerweise Wasser wegspülen. Lisa hatte dies für das neue Haus übernommen, seither teilten Ricardo und Lapo sich diese Aufgabe.

»Warten wir noch auf jemanden?«, fragte Ricardo, dem die Ungeduld deutlich anzusehen war.

»Nein«, antwortete Lisa. Es wurde Zeit, sich mit der Haltung ihres Vaters abzufinden. Ernüchtert schlug sie den Heimweg ein, froh darüber, dass ihre Schwestern ebenfalls bald das Elternhaus verlassen und eine eigene Familie gründen konnten.

»Einen Lesezirkel?« Simonetta streichelte den winzigen Hund auf ihrem Schoß und schob die Unterlippe vor. »Wie langweilig!« Lisa zupfte unschlüssig an ihrem Seidenschal herum und wusste nicht, wie sie die Sprache auf das bringen sollte, was sie eigentlich meinte.

»Es sind ganz besondere Gedichte«, sagte sie und sah ihre Freundin bedeutungsvoll an. »Aus Rom. Und … in Rom halten sich ja gerade auch unsere … unsere Jugendfreunde auf.«

Simonetta zog ihre Stirn kraus.

»Du sprichst in Rätseln, Lisa.« Doch auf einmal lief ein Strahlen der Erkenntnis über ihr Gesicht. »Oder meinst du etwa die Medici-Brüder?« Lisa sah sich erschrocken um, ob sich nicht noch einer der Diener im Raum befand. »Du brauchst keine Angst zu haben«, erklärte Simonetta. »In unserem Haus halten alle diesen Namen in großen Ehren. Aber jetzt erzähl einmal von vorn, was du vorhast. Was hat denn ein literarischer Damenzirkel mit den Medici zu tun?«

»Giuliano hat mir geschrieben«, erzählte Lisa mit gesenkter Stimme. Trotz der Versicherung ihrer Freundin war ihr nicht wohl dabei, dieses Geheimnis laut herauszuposaunen. »Und mich gebeten, eine Liste von den Familien zu erstellen, die ihn und Piero im Falle seiner Rückkehr unterstützen würden.«

Es kam selten vor, dass Simonetta sprachlos war, und dies war einer jener raren Augenblicke.

»Ihr ... ihr steht immer noch in Kontakt?«, fragte sie schließlich fassungslos. »Wieso hast du mir das nicht schon früher erzählt?«

»Weil ich den Brief gerade erst erhalten habe.« Lisa überlegte fieberhaft, welche Details sie Simonetta besser vorenthalten sollte.

»Und auf welchem Wege ... ich meine, das ist doch höchst gefährlich!«

Lisa zuckte mit den Schultern. »Lassen wir dies mein Geheimnis sein, ja?« Auf keinen Fall wollte sie Leonardo erwähnen.

Simonetta betrachtete sie, als sähe sie Lisa zum allerersten Mal.

»Bei allen Heiligen! Und ich habe dich immer für eine fügsame, rechtschaffene Ehefrau und Mutter gehalten. Ein bisschen langweilig, aber warmherzig – nein, bitte nicht böse sein! Und nun erfahre ich, dass ich mit einer durchtriebenen Geheimagentin der Medici befreundet bin?« Sie klatschte begeistert in die Hände, so dass der kleine Hund aus seinem Dämmerschlaf aufschreckte, ein helles Bellen von sich gab und von Simonettas Schoß sprang.

»Hilfst du mir?«, fragte Lisa, der die Euphorie ihrer Freundin nicht geheuer war.

»Mit Freuden helfe ich dir«, gab Simonetta mit blitzenden Augen zurück. »Und jetzt verstehe ich, was du meinst. Das wird eine Verschwörung der Frauen unter dem Deckmantel der Poesie. Großartig! Eine wundervolle Idee. Ach, endlich passiert etwas Interessantes!«

»Die Sache ist nur«, gab Lisa zu bedenken, »ich weiß nicht, wer außer uns beiden noch in Frage kommt. Und wen wir zu den Treffen einladen.«

»Das lass nur meine Sorge sein«, erklärte Simonetta eifrig.

»Meine jüngere Schwester Tiziana, sie ist ja mit Filippino Strozzi verheiratet. Die Strozzis hassen Soderini und vor allem die Partei der Betbrüder, die immer noch Savonarola nachweinen. Und Ada, meine Cousine. Und ... Warte. Lass mich Feder und Tinte holen.«

Eine halbe Stunde später hatten sie eine Liste mit sechs Namen und eine zweite mit mehr als einem Dutzend Damen, die sie zu einem späteren Zeitpunkt nach und nach einladen würden. Lisa bestand darauf, die Gruppe langsam wachsen zu lassen, damit sie jede der Frauen zunächst kennenlernen konnte.

»Wir dürfen uns keinen Fehler erlauben«, warnte sie Simonetta und nahm die Liste an sich. »Eine einzige Verräterin oder auch nur jemand, der nicht verschwiegen ist, kann uns alle ins Unglück stürzen.«

Simonetta nickte ernst.

»Ich werde Ercole ein wenig ausfragen«, schlug sie vor. Und als sie sah, wie Lisa skeptisch die Brauen hob, fügte sie hinzu: »Ich verrate ihm vorerst nichts von unserem Plan, keine Sorge. Er kennt die Männer unserer Kandidatinnen besser als ich, und seine Einschätzung wird uns helfen.« Sie warf Lisa einen prüfenden Blick zu. »Weiß eigentlich Francesco davon?«

»Er weiß, dass wir einen literarischen Zirkel gründen werden«, antwortete Lisa. »Mehr nicht.«

»Du hast ihn nicht aus Liebe geheiratet, stimmt's?«

Lisa sah verlegen zur Seite. Noch nie hatte sie mit jemandem über ihre Gefühle gesprochen, sie war es nicht gewohnt, sich zu offenbaren.

»Nein, aber ich habe ihn mit der Zeit lieben gelernt«, antwortete sie schließlich. »Nur ... dann hab ich erfahren, dass er noch eine andere besucht.«

»Eine andere Frau?«, fragte Simonetta ungerührt. »Na und? Das tun sie doch alle.«

»Auch Ercole?«, fragte Lisa scheu.

»Natürlich.« Simonetta wirkte völlig ungerührt. »Das ist ganz normal.«

»Und das macht dir gar nichts aus?«

»Wieso sollte mir das etwas ausmachen?« Simonetta sah sie forschend an. »Er trägt mich auf Händen, hält felsenfest zu mir. Und ich bin froh, dass er mich ab und zu in Ruhe lässt. Sag bloß, du träumst immer noch von der großen Liebe?« Lisa fühlte, wie ihr Gesicht heiß wurde, und schlug die Augen nieder. War das, was sie sich wünschte, wirklich so falsch? »Sag mal«, fuhr ihre Freundin nachdenklich fort, »liebst du Giuliano etwa immer noch?« Simonettas himmelblaue Augen ruhten voller Mitgefühl auf ihr.

»Ich weiß nicht«, gab Lisa ehrlich zurück. Die Wendung, die ihre Unterhaltung genommen hatte, brachte sie in Verlegenheit. Auf der anderen Seite teilte sie mit ihrer Freundin nun bereits ein tödliches Geheimnis, wieso sollte sie nun mit ihren Gefühlen hinter dem Berg halten? »Ich weiß eigentlich gerade gar nicht, was ich empfinde. Es ist so lange her ...«

»Ja«, erklärte Simonetta mit einem Seufzen. »Damals waren wir jung und unbeschwert. Und unser Leben, das hatten wir uns völlig anders vorgestellt.«

Lisa musste daran denken, wie Simonetta damals auf jenem Ball sowohl von Piero de' Medici als auch von dessen Vetter umschwärmt worden war, bis das Ganze in einem Eklat geendet hatte, weil Piero seinen Kontrahenten vor aller Augen geohrfeigt hatte. In jener Nacht hatte Lisa zum ersten Mal in Giulianos Armen gelegen ...

Simonettas Hausdienerin streckte den Kopf zur Tür herein und fragte, ob sie den Damen noch etwas Orangenwasser bringen dürfe. Und dann tranken sie von der süßen Limonade und hingen, jede für sich selbst, ihren Erinnerungen nach.

Schon eine Woche später duftete das gesamte Haus nach süßen Köstlichkeiten. Duccio hatte vom Hausherrn höchstpersönlich die Order erhalten, »zu zeigen, was in ihm steckte«, und das wörtlich genommen. In seiner Jugend hatte er in Venedig sein Handwerk gelernt und eine Weile, wie er sagte, bei einem orientalischen Gesandten gedient. Seither kannte er die Geheimnisse der arabischen Küche und fuhr nun kandierte Früchte der Saison auf, die einem auf der Zunge zergingen, mit Kardamom gewürzte Mandelplätzchen, nach Rosenwasser duftendes Marzipan und vor Honig triefende Sesamecken. Mehr als einmal musste er die Kinder aus der Küche jagen, die von den verführerischen Aromen, die ihr seit Tagen entstiegen, angezogen wurden wie Nachtschmetterlinge vom Licht.

Lisa fieberte dem ersten Treffen des literarischen Damenzirkels mit ganz anderen Gefühlen entgegen. Stundenlang erörterte sie mit Ginevra, die tatsächlich ins Kloster der *Murate* an den östlichen Stadtmauern umgezogen war, welche Gedichte sie auswählen sollte und wie sie die Sprache auf den eigentlichen Zweck der Zusammenkünfte bringen sollte.

»Es ist doch einfach«, erklärte Ginevra schließlich, während sie auf ihren Stock gestützt in ihrer geräumigen und mit allen Bequemlichkeiten ausgestatteten Zelle auf und ab ging. »Für die Medici müssen wir eine Metapher finden, ein Geheimwort sozusagen, dessen Bedeutung nur die Eingeweihten erkennen.«

»Die *palle*?«

Ginevra schüttelte den Kopf. »Jeder weiß, dass die *palle* ihr Zeichen sind«, erwiderte sie. »Es muss etwas Subtileres sein.«

»Was ist mit der Feder?«, schlug Lisa vor. Ginevra sah sie fragend an. »Bei den Triumphzügen trugen die Medici stets eine goldene Feder an ihrem Barett.« Lisa wandte sich kurz um, holte Giulianos Kleinod aus ihrem Mieder und hielt es Ginevra entgegen.

»Ja«, sagte Ginevra und nahm ihr die goldene Feder aus der Hand. »Jetzt erinnere ich mich. Wie konnte ich das vergessen. Woher hast du sie?«

»Von Giuliano«, antwortete Lisa und fühlte, wie sie errötete. »Er hat mir damals so eine geschenkt, ehe wir voneinander getrennt wurden. Doch ich hab sie verloren.« Lisa schluckte. Die Erinnerung an jenen schrecklichen Tag schmerzte wieder, seit Giuliano erneut in ihr Leben getreten war. »Mit dem Brief hat er mir seine geschickt, als Zeichen, dass er wirklich von ihm stammt.«

Ginevra schüttelte missbilligend den Kopf. »Wie unvorsichtig«, schalt sie. »Nicht auszudenken, was mit Leonardo passiert wäre, wenn der Umschlag in die falschen Hände gefallen wäre.« Sie reichte Lisa die im Licht funkelnde Feder zurück. »Aber als Deckwort eignet sie sich gut. Die goldene Feder. Oder einfach nur die Feder. Damit lässt sich auch trefflich reimen.«

Und so suchten sie einige heitere Gedichte aus, in denen von Vögeln die Rede war, die Federn lassen mussten, von Federn, mit deren Hilfe die Worte der Liebe an die Angebetete geschrieben wurden und so fort.

Und dann kam der große Tag. Ricardo hatte ausreichend Stühle im *studiolo* aufgestellt. Betta versprühte Rosenwasser, um, wie sie sagte, den muffigen Geruch der alten Bücher auszugleichen, womit sie Lisa zum Lachen brachte. Kurz vor elf stahl sich auf einmal Pippo in den so festlich hergerichteten Raum, wo bereits Duccios Köstlichkeiten auf silbernen Platten auf die Gäste warteten.

»Warum bist du nicht im Unterricht wie deine Geschwister?«, fragte Lisa ihn ungehalten, denn jeden Moment konnten die geladenen Damen eintreffen.

»Ich hab dem Lehrer gesagt, dass ich heute bei euch lerne«, antwortete Pippo und schielte zu den kandierten Aprikosen hinüber, die er besonders gerne aß. »Poesie«, fügte er altklug hinzu. »Das nehmen wir nämlich bei Messer Bartoldi nicht durch.«

»Du gehst jetzt augenblicklich zurück in deinen Lateinunterricht«, befahl Lisa ungewohnt streng, und sogleich begann die Unterlippe des Siebenjährigen zu zittern. »Hör zu, mein Sohn«, sagte Lisa nun in liebevollerem Ton. »Dies ist ein Zirkel für Damen. Und weil du ein Junge bist, kannst du leider nicht teilnehmen.«

»Ach so«, schniefte Pippo. »Wenn das so ist ...« Er starrte so sehnsüchtig nach den kandierten Früchten, dass Lisa sich erbarmte, ihm eine Aprikose zugestand und ihn dann Bice übergab, die bereits nach ihm suchte.

Pünktlich zum Glockenschlag von San Lorenzo erschien Simonetta mit ihrer Schwester Tiziana Strozzi und ihrer Cousine Ada Piccolomini, gefolgt von Olivia de' Bracci, Elisabetta di Michele, Giannina Bellini und Barbarina Filati. Lisa war sich sicher, dass der Aufmarsch all dieser elegant gekleideten Damen aus der ersten Gesellschaft von Florenz auch im Hause ihrer Schwäger nicht unbemerkt bleiben würde.

Alle waren bereits von Simonetta über den Zweck der Zusammenkunft eingeweiht worden und hatten mit ihren Gatten gesprochen. Von Beginn an streiften sie in dem vertrauten Kreis alle Förmlichkeiten ab, die sie sonst zutage tragen mussten.

»Du kannst uns auf die Liste setzen«, erklärte Giannina, kaum dass alle Platz genommen hatten, und die anderen nickten.

Und dann widmeten sie sich mit großer Begeisterung Duccios süßen Wunderwerken und, als man die Stimme des Hausherrn auf der Treppe hörte, auch pflichtbewusst den poetischen Werken, die Lisa mit so viel Mühe ausgesucht und abgeschrieben hatte.

»Fühlt Euch bitte nicht gestört«, sagte Francesco, der vorsichtig den Kopf zur Tür hereingestreckt und eine Weile zugehört hatte, wie Lisa ein Gedicht von Sandrino rezitierte. »Ich möchte

Euch nur versichern, wie glücklich ich bin, einen so illustren und kunstsinnigen Kreis in meinem Haus zu beherbergen.« Er nickte allen freundlich zu und verschwand wieder.

Die jungen Frauen konnten nur mit Mühe ein Kichern unterdrücken.

»Ist dein Mann denn gar nicht eingeweiht?«, fragte Olivia de' Bracci in Lisas Richtung.

»Nein«, antwortete Lisa verlegen und fühlte, wie sie rot wurde.

»Es ist sicherer so«, sprang ihr Simonetta bei. »Und nun zum Wichtigsten: Wen laden wir nächste Woche ein? Lisa und ich haben bereits ein paar Namen notiert. Nun sollten wir uns gemeinsam beraten, wem wir vertrauen können und wem besser nicht.«

Lisa holte die Liste hervor und strich sie glatt. Während die anderen genüsslich den Süßigkeiten zusprachen, las sie die Namen einiger junger Frauen vor, worauf sich eine lebhafte Diskussion entspann.

»Maddalena Spini?«, fragte Barbarina zweifelnd. »Seid ihr sicher, dass die Spini auf der Seite der Medici stehen?«

»Ich wäre da auch vorsichtig«, warf Olivia ein. »Sie gehören zwar zu den ältesten Familien der Stadt und haben unter den Medici hohe Ämter bekleidet. Aber das heißt noch lange nicht, dass sie daran glauben, dass Piero zurückkehren sollte.«

»Also nehme ich Maddalena vorerst von der Liste.« Lisa griff nach ihrer Feder. »Auf keinen Fall gehen wir ein Risiko ein.« Energisch strich sie den Namen durch.

»Ich kann meinen Bruder fragen«, schlug Barbarina vor. »Er ist mit Maddalenas Bruder schon ein paarmal zur Jagd ...«

In diesem Moment stieß Tiziana einen leisen Schrei aus und wies zur Tür. »Wer ist denn das?«

Auf der Schwelle stand Camilla, Lisas jüngere Schwester. Mit rotgeweinten, weit aufgerissenen Augen musterte sie die Runde und heftete dann ihren Blick auf das Papier in Lisas Hand.

»Himmel, Camilla«, rief Lisa aus und faltete die Liste hastig zusammen. »Wie kommst du denn hier herein?«

»Durch die Tür«, antwortete ihre Schwester feindselig. »Der Knecht hat mich ins Haus gelassen. Und da ich niemanden gesehen habe ... Du bist eine Verräterin, Lisa«, brach es nun hasserfüllt aus ihr heraus. »Du hast versprochen, mich und Sandra vor dem Kloster zu bewahren. Aber das waren leere Worte. In Wirklichkeit denkst du nur an dich selbst. Du hast uns vergessen inmitten deiner feinen Freundinnen.« Zornig blickte sie in die Runde. Tränen glitzerten an ihren Wimpern, bahnten sich den Weg über ihre Wangen. Ungestüm zog sie die Nase hoch.

»Das ist nicht wahr«, gab Lisa fassungslos zurück. »Ich habe ...« Verlegen blickte sie zu den anderen jungen Damen, von denen einige Camilla neugierig anstarrten, während die anderen sich peinlich berührt abgewandt hatten und bereits ihre Schals und Handschuhe zusammensuchten. »Seid so nett und entschuldigt mich einen Moment«, sagte sie und bemühte sich, ihre Fassung zurückzugewinnen. »Ich bin gleich wieder zurück. Bitte. Greift zu. Ich lasse uns von Betta noch eine Erfrischung bringen.«

Sie nahm Camilla sanft am Arm und wollte sie aus dem *studiolo* führen, doch diese riss sich jäh los. »Dir ist deine Familie wohl peinlich, was?«, fauchte sie. »Was heckt ihr da eigentlich miteinander aus? Was ist das für eine Liste, die du versteckst?«

»Meine Familie ist mir nicht peinlich«, antwortete Lisa ärgerlich. »Aber dein Auftritt ist es sehr wohl. Lass uns nach nebenan gehen und die Sache besprechen.«

»Da gibt es nichts mehr zu besprechen.« Camillas Stimme zitterte. »Morgen bringt Mamma uns ins Kloster. Sie sagt, wir haben lange genug gewartet.« Sie brach haltlos in Tränen aus.

»Was redest du da?«, stieß Lisa erschrocken aus. »Das muss ein Missverständnis sein. Papa hat die Mitgift für Sandra und dich erhalten und ...«

»Du lügst«, fiel ihr Camilla ins Wort und riss sich von ihr los. »Gar nichts hat er erhalten. Jedes Wort von dir ist Lüge.« Sie drehte sich um und rannte aus dem *studiolo*. Mit einem dumpfen Knall fiel die Tür hinter ihr ins Schloss.

»Geh ihr nach«, riet Simonetta ihr sanft. »Wir können die Liste ausnahmsweise ohne dich durchgehen. Sieh nach ihr. Nicht, dass sich das Mädchen noch etwas antut.«

Lisa bedankte sich und eilte zur Tür. Aus dem Erdgeschoss hörte sie Bettas Stimme, die Camilla erfreut beim Namen rief. Gleich darauf schlug die Haustür dröhnend zu. So schnell sie konnte, eilte sie die Treppe hinunter.

»Rasch!«, rief sie Betta atemlos zu. »Reich mir meine *giornea*.« Es war undenkbar, ihr Haus ohne den Übermantel zu verlassen. Doch alles dauerte viel zu lange, Bettas besorgte Fragen, das Anlegen des Gewandes. Sie bat Ricardo, ihrer Schwester zu folgen und sie nach Hause in die Via San Giuliano zu bringen. Dann, nach einer gefühlten Ewigkeit, konnte auch sie in Bettas Begleitung das Haus verlassen.

»Wohin gehen wir?«, fragte ihre Amme verwirrt.

»Zu meinen Eltern«, antwortete Lisa entschlossen.

In ihr tobte ein Sturm. Es musste ein Missverständnis sein. Alles andere wäre eine Katastrophe. War es möglich, dass ihr Vater … nein, sie weigerte sich, den Gedanken zu Ende zu denken. Ein Missverständnis. Alles würde sich aufklären.

»Renn doch nicht so, mein Täubchen«, bat Betta, als sie den Domplatz erreicht hatten, und hielt sich die Seite. Widerstrebend verlangsamte Lisa ihren Schritt. »Was ist denn eigentlich passiert? Wieso hat Camilla geweint?«

Lisa antwortete nicht. Ihre Kehle war wie zugeschnürt. Erst als sie das altvertraute Haus in der Via San Giuliano erreicht hatten, konnte sie wieder sprechen. »Ich muss mit meinem Vater reden. Oder nein. Besser mit meiner Mutter.« Lisa schickte ein Stoß-

gebet gen Himmel, dass Lucrezia nicht wieder ausgegangen war.
»Und ich möchte, dass du dabei bist. Als Zeugin.«

Betta wirkte nicht besonders erfreut. »Hast du vergessen, dass ich dieses Haus in Schimpf und Schande verlassen musste?«, wandte sie ein.

»Nein, das hab ich nicht«, antwortete Lisa und schlug mit dem eisernen Ring mehrmals heftig gegen das Portal. »Auch ich hab mein Zuhause in Schande verlassen, als sie mich in aller Frühe ins Kloster brachten. Aber das ist lange her, Betta. Heute wird man uns anhören müssen, ob es ihnen passt oder nicht.«

»Dein Vater ist nicht zu sprechen«, sagte Lucrezia und musterte Betta unfreundlich. »Er ruht, denn es geht ihm nicht gut.«

»Wir werden seine Ruhe stören müssen«, antwortete Lisa kalt. »Er wird mir Rede und Antwort stehen.«

»Wie kannst du es wagen ...« Lucrezia sprühte nur so vor Empörung.

»Hör zu, Mutter, ich habe keine Zeit für Höflichkeiten«, fiel ihr Lisa ins Wort. »Wo ist Sandra? Ich möchte, dass sie dabei ist. Und jetzt geh die beiden bitte holen. Andernfalls tu ich es selbst. Ich kenne noch den Weg in Vaters Schlafzimmer.«

Lucrezia warf Betta erneut einen vorwurfsvollen Blick zu, so als sei sie an allem schuld. Doch allmählich schien ihr aufzugehen, was Lisas Anlass für diesen überraschenden Besuch sein könnte.

»Es gibt keinen anderen Weg für die Mädchen«, sagte sie. »Wenn du wegen deiner Schwestern hier bist – Camilla ist ausgegangen.«

»Ich weiß«, antwortete Lisa. »Sie war bei mir. Dann ist sie kopflos davongelaufen. Ich kann nur hoffen, dass unser Knecht sie findet, ehe sie in den Arno springt oder sonst eine Dummheit begeht. Und nun hol meinen Vater. Ich sage es zum letzten Mal.«

Lisa fühlte, wie Betta sie erstaunt von der Seite musterte. Sie wunderte sich selbst über ihren entschlossenen Ton. Aber die Empörung, die sie von Kopf bis Fuß erfüllte, war so groß, dass sie tatsächlich am liebsten in Antonmarias Privatgemach gestürmt wäre.

»Nun gut«, machte Lucrezia spitz. »Wenn du wirklich den Zorn deines Vaters auf dich ziehen willst ...«

Sie rauschte davon, ohne ihnen einen Platz anzubieten, und Lisa blieb stehen, zog die *giornea* fester um sich, denn plötzlich war ihr kalt. Sie sah sich in diesem Raum um, in dem sie einst glücklich gewesen war – heute war er ihr fremd, und mit seiner dunklen Holzvertäfelung wirkte er abweisend und streng. So wie ihr Vater.

Betta hatte begonnen, leise Gebete vor sich hinzusprechen, und auf einmal tat sie Lisa leid, und sie bereute beinahe, die gute Frau in diesen Streit hineingezogen zu haben. Aber sie brauchte jemanden, der mit anhörte, was gleich gesprochen werden sollte. Und noch immer glomm da die vage Hoffnung in ihr, dass sich alles in Wohlgefallen auflösen würde, dass es sich um ein Missverständnis handelte.

Als sie Schritte hörte, straffte Lisa sich. Doch es war Noldo, der jüngste ihrer Brüder. Mit seinen sechzehn Jahren überragte er sie bereits und sah feindselig auf sie herab.

»Bist du gekommen, um Ärger zu machen?«, sagte er statt einer Begrüßung.

Lisa schwieg. Sie würde nur mit Antonmaria sprechen, mit sonst niemandem. Und schon gar nicht mit einem pickeligen Jüngling, der sich bereits für wer weiß was hielt. »Du kannst froh sein, dass meine Brüder nicht hier sind. Sonst könntest du was erleben.«

Lisa konnte es nicht fassen. Noldo, der einst so zärtlich mit ihr geschmust hatte, schien ihr drohen zu wollen – wie lachhaft.

Endlich erschien Antonmaria mit versteinertem Gesicht. Tiefe Furchen hatten sich auf seiner Stirn gebildet, er wirkte bleich und angespannt.

Sandra huschte hinter ihrer Mutter ins Zimmer, eine magere, verschüchterte Dreizehnjährige, den Kopf zwischen die Schultern gezogen, den Blick gesenkt.

»Was willst du?«, donnerte Antonmaria los, nachdem er sich auf einen der geschnitzten Sessel hatte fallen lassen.

»Wo ist die Mitgift für meine Schwestern, die ich dir überreicht habe?«, fragte Lisa. »Was hast du mit dem Geld gemacht?«

»Welche Mitgift?« Antonmaria sah gespielt amüsiert von seiner Frau zu seinem Sohn. Nur Sandra blickte plötzlich auf und heftete ihre weit aufgerissenen, hoffnungsvollen Augen auf Lisa.

»Ich spreche von dem Wechsel im Wert von eintausendfünfhundert Goldflorin«, sagte Lisa langsam und sehr deutlich, als hätte sie es mit einem Schwerhörigen zu tun. »Dem Wechsel, den ich dir vor gut zwei Wochen überreicht habe. Du hast ihn in deine Geldschatulle eingeschlossen. Wo ist er jetzt?« Lucrezia fuhr bei Lisas Worten überrascht herum. Ihr Blick schnellte von Lisa zu ihrem Gatten.

»Daher stammt also das Geld?«, entfuhr es ihr. »Von Lisa für …« Sie schlug beide Hände vor den Mund.

»Papa«, wagte Sandra zu sagen. »Ist das wahr? Müssen wir gar nicht ins …«

»Ruhe«, polterte Antonmaria. Um seinen Mund zuckte es, offenbar suchte er nach einer Antwort.

»Du kannst nicht bestimmen«, mischte sich nun Noldo ein, »was Papa mit dem Geld macht.«

»Und ob ich das kann«, fauchte Lisa ihn an. »Denn mein Ehemann hat es für einen bestimmten Zweck gestiftet: Um zu verhindern, dass meine Schwestern ein Leben als Nonnen führen müssen, das sie nicht wollen. Eintausendfünfhundert Goldflorin.

Meinst du, das können wir einfach so verschenken, du Grünschnabel?«

»Von Schenken kann keine Rede sein«, erklärte Antonmaria. »Als Tochter bist du uns das längst schuldig. Es war ein Fehler, dich damals nicht im Kloster zu lassen, da wärst du besser aufgehoben gewesen. Wir hätten San Silvestro nicht verloren. Die Einnahmen von diesem Gut fehlen uns seit Jahren. Die Gabe, die du mir gebracht hast, ist ein Tropfen auf den heißen Stein und ...«

»Ein Tropfen?«, fiel ihm Lisa aufgebracht ins Wort. »Das ist der dreifache Wert von San Silvestro. Glaubst du, es fällt Francesco leicht, so viel zu erübrigen? Er hat es mir zuliebe getan. Um meiner Schwestern willen. Weil er ein gutes Herz hat im Gegensatz zu dir. Du hast nämlich ein Herz aus Stein.« Noldo trat drohend auf sie zu. »Was?!« schrie Lisa ihrem Bruder ins Gesicht. »Willst du mich etwa schlagen?« Einen Atemzug lang maßen sie einander mit Blicken, endlich wandte Noldo sich ab.

»Was habt ihr mit dem Geld gemacht?«, fragte Lisa ihre Mutter. »Wenn es noch da ist, dann rette deine Töchter!«

Lucrezia verbarg das Gesicht in den Händen und sank auf einen Schemel.

»Wir haben zwei Landgüter davon gekauft«, erklärte Noldo triumphierend. »Eines für Franceschino und eines für mich. Gigi hat ja ...«

»Du denkst zu kurz, Lisa«, unterbrach sein Vater ihn, dem es offensichtlich nicht recht war, was sein Jüngster da ausplauderte. »Du denkst, wie Weiber eben denken, und zwar nur an eure Angelegenheiten. Die Zukunft der Familie aber ruht auf den Schultern meiner Söhne. Deshalb war es dringlicher, für sie zu sorgen. Im Kloster haben es die Mädchen gut.« Er drehte den Kopf zur anderen Seite, als Sandra wieder in sich zusammensank und leise in ihr Taschentuch weinte. »Meine Schwester wird sich ihrer annehmen. Sie werden ein gottgefälliges Leben führen ...«

»... und für deine Sünden beten?« Lisa wandte sich ab. »Und das hast du auch bitter nötig, Vater. Du bist ein Betrüger. Und ich werde es nicht hinnehmen, von dir auf diese Weise ausgeraubt zu werden. Ich gebe dir eine Frist von drei Tagen. Wenn du bis dahin den Kauf der Güter nicht rückgängig gemacht hast und schriftlich niederlegst, dass Sandra und Camilla jeweils 750 Goldflorin Mitgift erhalten, wird Francesco dich vor Gericht ziehen.«

Sie gab Betta ein Zeichen und ging zur Tür, doch das Gelächter ihres Vaters fühlte sich an wie ein Schlag in den Rücken.

»Vor Gericht? Wessen willst du mich denn anklagen? Du hast deinen Vater entschädigt, mehr nicht. Ich bin das Oberhaupt der Familie und kann handeln, wie ich es für richtig halte.«

Noch auf der Treppe hörte Lisa Antonmarias fürchterliches Lachen. Unten auf der Straße musste sie sich einen Moment lang gegen das Holz des Portals lehnen, so schwach fühlte sie sich.

»Lisa, Schätzchen«, flüsterte Betta aufgeregt und fächelte ihr Luft zu. »Du hast dich zu manch hartem Wort hinreißen lassen. Wenn das alles nicht ein schlechtes Ende nimmt ...«

»Schlechter kann es gar nicht mehr werden«, murmelte Lisa. Dann riss sie sich zusammen und machte sich niedergeschlagen mit ihrer treuen Amme auf den Heimweg.

10

DER ZWEITE KANZLER

Florenz, 1503

»Ich möchte gerne wissen, wie weit Ihr mit dem Bildnis meiner Frau gekommen seid.«

Leonardo hatte keine Ahnung, wer dieser Mensch war. Er hatte ihn so früh am Tag gestört, dass es noch dunkel war, und wenn Leonardo nicht ohnehin von Schlaflosigkeit geplagt wäre und sich inzwischen angewöhnt hätte, vor Morgengrauen die Bettstatt zu verlassen und sich seinen Berechnungen für die Umleitung des Arnos zu widmen, hätte der Kerl ihn womöglich geweckt, so ungestüm hatte er an die Tür seiner Werkstatt gepocht.

»Ich bin Francesco del Giocondo«, fuhr der Mann fort, der anscheinend begriffen hatte, dass Leonardo ihn nicht kannte. »Ich habe mit Eurem Vater einen Vertrag geschlossen. Und das vor mehr als sechs Wochen. Wann ist mit dem Porträt zu rechnen? Kann ich es sehen?«

»Nein«, entgegnete Leonardo barsch.

»Warum nicht? Ich habe einen hohen Betrag bezahlt und …«

»Ihr könnt es nicht sehen«, wiederholte Leonardo.

Inzwischen war auch Boltraffio aus seinem Zimmer im Obergeschoss heruntergekommen. Offenbar hatte ihn der Lärm aus dem Bett geholt.

»Macht hier jemand Ärger?«, fragte er.

»Ich hoffe nicht«, antwortete Leonardo. »Monna Lisas Ehemann ist gewiss kultiviert genug, um zu verstehen, dass er sich gedulden muss.«

Jetzt zögerte del Giocondo. Leonardo kannte solche Männer. Sie machten eine Menge Geld durch Fleiß, Geschick und mitunter mithilfe nicht ganz legaler Winkelzüge und gehörten trotzdem nicht zur Oberschicht. Oder vielleicht deshalb. Genauso wenig wie Leonardo selbst. Als Bastard geboren und als Künstler hoch angesehen, war er schon in jungen Jahren in die ehrwürdige Gilde der Maler von Florenz aufgenommen worden. Doch das bedeutete gar nichts. Entweder man war in die goldenen Paläste hineingeboren, oder man würde ewig draußen bleiben.

»Er hatte in letzter Zeit andere Aufgaben«, erklang auf einmal eine helle, ein wenig schneidende Stimme, und Leonardo fuhr herum. Auf der Schwelle der Malerwerkstatt stand Machiavelli und zeigte sein maskenhaftes Lächeln. Leonardo hatte erst kürzlich erfahren, dass der Beamte zu Soderinis rechter Hand aufgestiegen war, eine Position, die ihn direkt ins Zentrum der Macht gebracht hatte.

»Er hat zugesagt, ein Porträt meiner Gattin zu fertigen«, beharrte Francesco del Giocondo eigensinnig auf seinem Anspruch. »Und zwar schon vor längerer Zeit. Wenn ich eine Bestellung erhalte, liefere ich pünktlich und ziehe keinen Kunden dem anderen vor und ...«

»Auch wenn der Papst bei Euch bestellt?«, warf Machiavelli fröhlich ein. »Muss der dann ebenfalls warten, bis alle anderen bedient sind?«

»Wieso?«, fragte del Giocondo kämpferisch zurück. »Hat etwa der Papst ein Bildnis bei Messer Leonardo bestellt?«

»Nein«, antwortete Machiavelli freundlich. »Aber die Signoria braucht seine unschätzbaren Fähigkeiten als Wasseringenieur. Habt Ihr etwa noch nichts von dem großen Plan gehört, mit dem wir Florentiner den Pisanern buchstäblich das Wasser abschneiden werden?«

»Wir werden die Sitzungen mit Monna Lisa bald wieder aufnehmen«, versuchte Leonardo, den Seidenhändler zu beruhigen. »Alles zu seiner Zeit. Ihr dürft Euch geehrt fühlen, Francesco del Giocondo. Denn ich greife nur noch in den seltensten Fällen persönlich zum Pinsel.«

Endlich verabschiedete sich der Mann, und Leonardo bat Machiavelli hoch in sein *studiolo*. Was war heute nur los? Die Glocke von San Lorenzo hatte noch nicht einmal zum Angelus-Gebet gerufen, und schon ging es in seiner *bottega* zu wie in einem Taubenschlag.

»Ihr habt also beschlossen, wieder zu malen, und nicht nur für Piero de' Medici«, sagte Machiavelli, als er die Tür hinter ihnen schloss. »Und warum ausgerechnet die Frau eines Seidenhändlers?« Leonardo antwortete nicht. In seinem Kopf arbeitete es fieberhaft. Nun, da Machiavelli von dem Auftrag wusste, brauchte er ihn auch nicht mehr geheim zu halten. Im Grunde bedeutete es eine glückliche Wendung, dass der Staatsbeamte Monna Lisas Ehemann so aufgebracht erlebt hatte, es bewies, dass dieses Bildnis ein völlig normaler Auftrag war. Der Haken war nur, dass er eigentlich solche Aufträge nicht mehr annahm.

»Ist sie etwa so hübsch?«, fragte Machiavelli nach und lachte leise in sich hinein.

»Ihr Mann zahlt gut«, gab Leonardo zurück. »Und meine Kassen sind leer. Il Valentino hat nicht daran gedacht, mich für meine Dienste angemessen zu entlohnen.«

»Il Valentino«, echote Machiavelli und setzte sich auf den gepolsterten Sessel. »Männer wie er sind über so profane Dinge erhaben.«

»Da sagt Ihr etwas Wahres.« Leonardo nahm auf seinem angestammten Stuhl vor dem Schreibpult Platz. »Vermutlich kann man schon froh sein, wenn der Lohn nicht aus einem Dolch besteht, den man ins Herz gestoßen bekommt.«

Machiavelli lachte meckernd, als Leonardo jedoch selbst keine Miene verzog, musterte er ihn aufmerksam.

»Mir scheint, die Zeit mit Cesare Borgia ist Euch nicht gut bekommen«, sagte er. »Solche Fürsten sind nichts für das Gemüt eines zart besaiteten Künstlers.«

»Ihr wisst, dass ich mehr bin als ein zart besaiteter Künstler«, entgegnete Leonardo schlecht gelaunt.

»Natürlich weiß ich das«, antwortete Machiavelli freundlich. »Deshalb habe ich ja auch dafür gesorgt, dass Eure bewundernswürdigen Fähigkeiten der Republik zugutekommen. Wenn Ihr in finanziellen … sagen wir mal: Engpässen seid, dann lasst es mich wissen. Ihr müsst keineswegs Eure Talente an die Gattin eines Seidenhändlers verschwenden, nur weil er Bares auf den Tisch legt. Sagt, was Ihr braucht, und ich werde sehen, was ich für Euch tun kann.«

»Ihr müsst gar nichts tun«, entfuhr es Leonardo schroffer, als er beabsichtigt hatte. »Ich werde mein Wort halten und Monna Lisa malen. Und den Arno werden wir dennoch umleiten. Eine Erhöhung meines Lohns kann freilich nicht schaden.« Er erhob sich und hoffte, dass Machiavelli sich verabschieden würde. Doch der blieb seelenruhig auf dem Sessel sitzen.

»So hübsch kann sie nicht sein«, sagte er versonnen und mehr zu sich selbst. »Sonst hätte ich schon von ihr gehört. Außerdem schlägt Euer Herz nicht für Frauen. Was hat sie also, was Euch dazu bringt, ihr Eure kostbare Zeit zu widmen? Eine Gunst, die nicht einmal die Markgräfin von Mantua …«

»Isabella will gar nicht von mir porträtiert werden«, fiel ihm Leonardo aufgebracht ins Wort und setzte sich wieder. »Sie will lediglich einen Leonardo da Vinci ihrer Sammlung einverleiben und sich damit brüsten. Ihr könnt Euch nicht vorstellen, wie engstirnig diese so aufgeklärte Dame in Wirklichkeit ist. Alles wollte sie mir vorschreiben, jedes kleinste Detail. Aber so geht das nicht. Wenn ich einen Menschen male, dann muss mir erlaubt sein, seine Seele abzubilden. Nicht nur die äußere Maske.«

Er wandte sich ab. Wieso ließ er sich immer wieder dazu hinreißen, diesem kühlen Politiker seine Gefühle zu offenbaren?

»Und nun wollt Ihr also die Seele dieser Monna Lisa abbilden«, sagte Machiavelli nachdenklich. »Ich denke, ich sollte mir diese Dame durchaus einmal ansehen.«

Leonardo biss sich auf die Unterlippe. Das war nun gerade nicht, was er wollte. Wenn er ehrlich zu sich war, hatte er diese junge Frau liebgewonnen. Ja, er vermisste die Sitzungen mit ihr. Wenn er an die Mission dachte, die Giuliano de' Medici ihr zumutete, lief es ihm kalt den Rücken hinunter. Er wäre erleichtert, wenn sie von solchen Dingen Abstand nehmen würde.

»Kann es sein, dass sie etwas mit diesem geheimnisvollen Brief zu tun hat?«, fuhr dieser Teufel mit dem Gesicht eines Wiesels nun seelenruhig fort. »Ich meine das Schreiben, das meinen Leuten bedauerlicherweise durch die Finger geschlüpft ist und das Ihr so übereilt verbrannt habt.«

»Ich weiß nicht, wovon Ihr sprecht«, gab Leonardo zurück und fühlte, wie sich seine Haare im Nacken sträubten.

»Von dem Brief, den Euch die Medici-Brüder geschrieben haben«, erklärte Machiavelli geduldig.

»Ich hab Euch bereits mitgeteilt, was darin stand«, antwortete Leonardo. »Sie haben sich nach meiner Arbeit bei Il Valentino erkundigt.«

»Dabei befanden sich Giuliano und Piero zu jener Zeit in Rom und Il Valentino ebenso. Wieso haben sie ihn nicht einfach gefragt?«

Leonardo hob die Schultern und bemühte sich, gleichgültig zu erscheinen. »Vielleicht solltet auch Ihr nach Rom fahren und sie fragen?«

Machiavelli lächelte, wenn nur irgend möglich, noch breiter und nickte.

»Vielleicht werde ich das tatsächlich tun«, erwiderte er.

Und dann stand er so jäh auf, dass Leonardo unwillkürlich zurückfuhr.

»Ich möchte offen mit Euch sein«, sagte der Zweite Kanzler der Republik und trat ans Fenster, lehnte sich mit dem Rücken gegen den Sims. »So offen, wie wir am Hof von Il Valentino miteinander waren. Ich denke ernsthaft darüber nach, mit Piero und Giuliano in Kontakt zu treten.«

»Ist das die neue Strategie unserer Regierung?«, fragte Leonardo überrascht.

Machiavelli schüttelte den Kopf.

»Nein. Das ist sozusagen ein rein privates Interesse meinerseits. Mich interessiert, wie Menschen mit Macht umgehen. Wie sie sich ihre Stellung erkämpfen und sie behaupten. Über Il Valentino verfasse ich nebenbei bemerkt gerade eine kleine Schrift. Ich halte ihn nämlich für einen der bedeutendsten Fürsten unserer Tage.« Leonardo schwieg, ihm war unbehaglich zumute. Allein der Gedanke an Cesare Borgia verursachte ihm Übelkeit. »Wie er mit der Verschwörung seiner *condottieri* umging – einfach bewunderungswürdig.« Leonardo versuchte aus der Miene des Zweiten Kanzlers herauszulesen, ob er das wirklich ernst meinte, was schwierig war, denn vor dem hellen Licht des Fensters war sein Gesicht nicht zu erkennen. Leonardo hasste es, wenn er das Mienenspiel seines Gegenübers nicht im Blick hatte. »Keine Sorge«, fuhr Machiavelli fort, dem Leonardos Unbehagen nicht verborgen geblieben war. »Ich wäre nicht fähig, wie Cesare einen Menschen mit eigener Hand zu töten, aber ich strebe ja nicht das Amt eines Fürsten an. Ich bin Humanist, interessiere mich für die Beweggründe der Menschen und, wenn Ihr so wollt, auch für ihre Abgründe. Von Il Valentino habe ich gelernt, dass man sich am besten alle Seiten offenhält. Ob Soderini die Macht in Florenz noch lange halten kann – wer weiß das schon? Er hat sich zwar zum *gonfaloniere* auf Lebenszeit ernennen lassen – aber was bedeutet das in Zeiten, in denen Meuchelmord ein praktikables Mittel ist, sich der Feinde zu entledigen, und Feinde hat er genug. Sein Einfluss ist am Schwinden. Die alten Familien wären ihn nur zu gerne los. Die Zünfte stehen stets auf dessen Seite, der es schafft, den Handel ungehindert florieren zu lassen. Und der Pöbel leidet nun schon viel zu lange unter Mangel – er wird es sich nicht mehr lange gefallen lassen, stets die schlimmste Last zu tragen. Der Krieg gegen Pisa zehrt unsere Republik aus. Was Florenz braucht, ist ein freudiges Ereignis. Die Rückkehr eines Prinzen würde die Menschen mit Hoffnung erfüllen.«

»Pieros Rückkehr?«, fragte Leonardo zweifelnd.

Machiavelli zuckte mit den Schultern. »Es ist im Grunde egal. Hauptsache, einer mit gutem Namen. Einem Namen, mit dem man glückliche Zeiten verbindet. Die Schrift, von der ich sprach, werde ich Piero widmen.« Er trat vom Fenster weg und nahe an Leonardo heran. Obwohl er fast einen Kopf kleiner war als der Maler, war seine Autorität fast körperlich spürbar. »Also wenn da etwas im Gange sein sollte und diese Monna Lisa del Giocondo darin eine Rolle spielt, wäre es von Vorteil, mich einzuweihen. Ich versichere Euch, es wird ihr nichts geschehen.«

»Sie spielt gar keine Rolle«, antwortete Leonardo mit Nachdruck. »Weder in diesem noch einem anderen Zusammenhang. Ihr Mann wünscht ein Porträt. Das ist die ganze Geschichte.«

Machiavelli nickte bedächtig, ohne Leonardo aus den Augen zu lassen.

»Auch gut«, sagte er. »Dann können wir uns zumindest endlich wieder auf ein Frauenbildnis von Eurer Hand freuen.« Er verabschiedete sich in seiner unverbindlich liebenswürdigen Art, deutete eine Verneigung an und ging.

»Ich mag ihn nicht«, sagte Salai und warf Leonardo einen besorgten Blick zu. »Warum kommt er denn dauernd? Das Wiesel ist mir nicht geheuer.«

»Du sollst ihn nicht so nennen«, gab Leonardo geistesabwesend zurück. Er war damit beschäftigt, die passende Holztafel für das Bildnis der Monna Lisa auszuwählen.

»Aber er sieht nicht nur aus wie ein Wiesel«, beharrte Salai, »er verhält sich auch wie eines.«

»Und wie verhält sich ein Wiesel?«, fragte Boltraffio grinsend.

»Wiesel sind Einzelgänger«, antwortete Salai ernsthaft. »Und gehen bei Nacht auf die Jagd. So wie Machiavelli. Man könnte meinen, er ist ein Geist und löst sich beim ersten Sonnenstrahl in Luft auf.« Boltraffio lachte schallend, was Salai nur noch mehr anzuspornen schien. »Außerdem ist das Wiesel ein ausgezeichneter Jäger.«

»Du kennst dich ja vielleicht aus mit diesen Viechern«, spottete Girardo, der Leonardo gerade half, ein paar von den schwereren, noch unbenutzten Holztafeln aus Nussbaumholz beiseitezurücken, damit er an die kleineren Formate herankam.

»Und ob ich mich mit diesen Biestern auskenne«, erklärte Salai, der es wie immer genoss, im Mittelpunkt zu stehen. Er hatte seine blonde Lockenmähne zu einem Zopf im Nacken zusammengenommen und sah damit hinreißend aus. »Mein Vater hielt Wiesel wegen der Mäuse im Pferdestall. Da konnte ich sie gut beobachten. Du denkst noch, wie putzig dieses Tierchen aussieht, und dann schnellt es blitzschnell vor und tötet seine Beute mit einem gezielten Biss ins Genick.« Salai schlich sich an Boltraffio heran und packte ihn jäh im Nacken, worauf eine kleine Rangelei zwischen den jungen Malern entstand.

»Schluss jetzt«, sorgte Leonardo für Ordnung, in der Hand eine schöne Pappelholztafel in einem Format, das gut für einen Privathaushalt passte. »Ich will nichts mehr hören. Jeder von euch weiß, was er zu tun hat.« Er fuhr mit einem Tuch über die Oberfläche, um sie vom Staub zu befreien, und drehte und wendete das Stück. Die Tafel war nicht besonders dick, aber frei von sich andeutenden Verwerfungen oder Rissen. Ein ehrliches Stück Holz, es würde seinen Zweck erfüllen. Er übergab es Girardo, damit er es fein abschliff und mit der üblichen Grundierung aus Bleiweiß und Harzen versah, und bat ihn, danach in der Via della Stufa vorbeizugehen und Monna Lisa zu einer weiteren Sitzung einzuladen.

Sie kündigte ihr Kommen für die folgende Woche an, und Leonardo ließ den Sessel wieder nach draußen stellen. Es war ein heller Frühsommertag, und Leonardos Gehilfen hatten ein Dach aus Leinwand über den Hof gespannt. Er hatte sich vorgenommen, mit dem Entwurf für das Gemälde zu beginnen, dem sogenannten Karton, und dazu musste er noch einmal ganz genau ihr Gesicht im indirekten Licht der Sonne studieren, um den ihr eigenen Hautton zu erfassen. Wie immer würde er diesen mithilfe von vielen durchscheinenden Farbschichten aufbauen, so wie unter der menschlichen Haut nicht nur das gut durchblutete Fleisch, sondern auch Knochen und Knorpel, Blutgefäße und Sehnen hindurchschimmerten.

Als sie erschien, war sie in Begleitung einer vielleicht fünfzigjährigen Dienerin, die sich mit großen Augen in der Malerwerkstatt umsah. Monna Lisas Gesicht war mit einem besonders dicht gewebten Schleier verhüllt, die junge Frau wirkte unsicher und angespannt. Leonardo rieb sich die Hände an einem mit Terpentinöl getränkten Lappen ab und ging, Lisa zu begrüßen.

»Ich dachte, es wäre zu gefährlich, Euch zu besuchen?«, fragte sie leise, so dass nur er es hören konnte.

»Das ist es nicht mehr«, antwortete er und hoffte, dass dies auch stimmte. »Euer Gatte war neulich hier«, fügte er schmunzelnd hinzu. »Seither habe ich das Gefühl, es wäre gefährlicher, *nicht* weiterzumachen.« Er versuchte, ihr Gesicht durch das dichte Gewebe hindurch zu erkennen, doch es war nicht möglich. »Wir arbeiten heute wieder draußen. Bitte macht es Euch dort mit Eurer Begleiterin bequem.« Er wies zu der Tür, die in den Hof führte, wo seine Lehrlinge bereits alles für die Sitzung vorbereitet hatten.

Als er wenig später selbst hinauskam, saß Dea, die Nachbarskatze, schon auf Monna Lisas Schoß. Sie störte sich offenbar nicht daran, dass die Dame den Schleier noch immer nicht gelüftet hatte. Drei Schritte entfernt hatte die Dienerin Platz genommen und warf ihm von dort neugierige Blicke zu.

»Du musst wirklich nicht bleiben«, sagte Monna Lisa zu ihr.

»Es schickt sich einfach nicht«, wandte die Dienerin ein. »Eine Frau ganz allein unter lauter Männern ...«

»Ich versichere dir, deiner Herrin wird hier kein Haar gekrümmt«, erklärte Leonardo und stellte das Zeichenbrett mit den darauf befestigten Papierbögen auf die Staffelei. In dem Käfig hoch oben am Fenster des Nachbarhauses trällerten wieder die Finken. Dea hob den Kopf und sah interessiert zu ihnen empor.

»Es ist schade um die Zeit. Ich möchte, dass du nach Caterina siehst.« Monna Lisa sprach leise, jedoch mit Nachdruck. »Und komm mich zum Mittagsläuten wieder abholen.«

Widerstrebend erhob sich die Dienerin. Eigentlich, fand Leonardo, gehörte sie nicht zu jener Sorte Dienstboten, die sich ihrer Herrschaft widersetzte. Sie wirkte eher besorgt. Einen Moment lang zögerte sie noch, dann machte sie einen Knicks und verschwand.

»Wird die Werkstatt denn nicht mehr überwacht«, fragte Lisa.

»Das wird sie ganz gewiss noch«, antwortete Leonardo. »Aber der Zufall wollte es, dass Niccolò Machiavelli, der, wie ich vermute, die Observation angeordnet hat, hier mit Eurem Gatten zusammentraf. Seither weiß er, dass ich Euch in seinem Auftrag porträtiere. Also wäre es auffälliger, wenn Ihr mich nicht besuchen würdet.«

»Francesco ist Machiavelli begegnet?« Lisa wirkte überrascht.

»Werde ich heute Euer Gesicht nicht sehen?«, entgegnete Leonardo freundlich. Zögernd legte Lisa den Schleier ab. Leonardo erschrak, als er ihre verweinten Augen sah. Er hatte sie noch nie so niedergeschlagen gesehen.

»Ich fürchte, Ihr werdet heute keine Freude an mir haben«, sagte sie und senkte den Blick auf die Katze in ihrem Schoß.

Leonardo legte die Zeichenkohle beiseite, stand auf und rückte seinen Hocker näher zu ihr heran. »Was ist passiert?«, erkundigte er sich besorgt.

Monna Lisa presste die Lippen aufeinander und sah an ihm vorbei. Bestürzt bemerkte Leonardo, dass sich ihre Augen mit Tränen füllten. »Ich glaube nicht, dass dies eine interessante Geschichte für Euch ist«, presste sie hervor. »Ihr seid ein Mann und lebt somit in einer ganz anderen Welt als wir Frauen.«

»Ist das so?«, fragte er verwundert.

»Oh ja«, antwortete Monna Lisa erregt. »Ein Mann kann über sein Leben selbst bestimmen. Er ist frei, kommt und geht und tut, was er für richtig hält. Wir Frauen aber ...« Ihre Stimme brach. Sie schluckte ein paarmal und blinzelte heftig, um nicht noch mehr Tränen zu vergießen.

»Frauen dürfen das nicht, ich weiß«, führte er ihren Satz zu Ende. Er dachte an Ginevra de' Benci, die trotz ihrer Stärke, ihrer Klugheit und Schönheit und obwohl sie aus einem reichen Haus stammte, ihrer Bestimmung als anerkannte Dichterin nicht hatte folgen können. Niemand in Florenz und in anderen kulturellen Zentren Italiens bezweifelte, dass sie ihren männlichen Kollegen mehr als gewachsen war. Dennoch war es ihr bis heute verwehrt, ihr Werk in einer Buchausgabe herauszubringen, so wie es die anderen bedeutenden Poeten selbstverständlich machten. Und warum? Weil ihr Gatte, den man ihr ausgesucht hatte, und der ihr nicht im Geringsten das Wasser reichen konnte, es nicht erlaubte.

»Was ist es, das Ihr tun möchtet und nicht könnt?«

»Es geht nicht um mich«, antwortete Monna Lisa und trocknete mit einem Taschentuch ihre Tränen. »Es geht um meine Schwestern. Mein Vater hat sie gegen ihren Willen ins Kloster geschickt. Und dabei habe ich ...« Sie stockte. Dea hatte sich erhoben, streckte sich und bohrte dabei offenbar ihre Krallen in Monna Lisas Schenkel, so dass sie leise aufschrie. Mit einem Satz sprang die Katze von Lisas Schoß direkt auf die viel höhere Mauer, spazierte ein Stück auf ihr entlang, reckte den Kopf nach dem Vogelkäfig und schien abzuschätzen, ob sie dort hinaufgelangen könnte. Schließlich verschwand sie auf dem Nachbargrundstück.

Monna Lisa rieb sich die Oberschenkel, dann hielt sie es offenbar selbst auf dem Sessel nicht mehr aus, stand auf, ging bis zur Mauer und wieder zurück, unruhig, und erinnerte Leonardo an die Vögel hoch oben im Käfig.

»Bitte verzeiht«, sagte sie. »Aber ich kann heute unmöglich stillsitzen. Am besten, ich gehe wieder und lasse Euch etwas Vernünftiges tun. Mit mir vergeudet Ihr nur Eure Zeit.« Sie griff bereits nach ihrem Schleier.

»Wartet.« Leonardo stand ebenfalls auf. Der Schmerz dieser jungen Frau schnitt ihm ins Herz. Er wollte nicht, dass sie schon wieder ging. Irgendetwas an ihrer Gegenwart tat ihm wohl. »Wir müssen nicht unbedingt hier sitzen.« Auf einmal hatte er eine Idee, wie er sie auf andere Gedanken bringen könnte. »Ich möchte Euch gerne etwas zeigen. Etwas, das erst wenige Menschen gesehen haben.«

»Was denn?«, fragte sie, und zu seiner Freude blitzte kindliches Interesse in ihren verweinten Augen auf.

»Habt einen Moment Geduld«, bat er und ging in die Malerwerkstatt, um den Schlüsselbund für die große Stallung zu holen.

Es war ein ordentliches Stück Arbeit gewesen, sie zu säubern und für seine Zwecke herzurichten. Natürlich konnte sie sich nicht mit dem alten Theatersaal im Mailänder Visconti-Palast messen, zumindest hatte Leonardo hier ausreichend Platz, um seinen Traum vom Fliegen weiterzuverfolgen. Er kehrte in den Hof zurück und sperrte eine Tür auf, die hinter dem wilden Wein fast verborgen war. Monna Lisa war ihm gefolgt und spähte in den großen, spärlich beleuchteten Raum.

»Ist das ein Stall?«, fragte sie. »Es riecht nach Pferden.«

»Mögt Ihr Pferde?« Er durchquerte den dämmrigen Raum, um auf der gegenüberliegenden Seite zwei Fensterläden zu öffnen.

Das Gebäude war zwischen zwei mehrstöckigen Wohnhäusern eingefügt worden und besaß ein großes Tor zur Straße hinaus. Als Leonardo die Stallung übernommen hatte, war sie mit Wagenrädern, gebrochenen Achsen und allerlei anderem Gerümpel vollgestopft gewesen. Inzwischen war das Ganze nicht wiederzuerkennen: Leonardo hatte den Raum räumen und säubern lassen und die Wände mit Kalk geweißt.

Im hinteren Viertel waren die Pferde untergebracht, getrennt durch einige Deckenstützen und Querverstrebungen. Sein Araber streckte interessiert den Kopf durch zwei Balken und scharrte mit einem Vorderhuf.

»Ich bin früher geritten«, antwortete Lisa fasziniert und ging auf die Pferde zu. »Als ich noch jung war.«

»Ihr seid immer noch jung«, warf Leonardo ein, doch sie hörte nicht auf ihn.

»Kann ich zu ihnen?«, fragte sie. »Oder mögen sie das nicht?«

»Mein Hengst ist recht launisch«, warnte Leonardo sie. »Aber wenn Ihr Euch vorsichtig nähert ...«

Monna Lisa ging langsam auf die Pferde zu. Der Araber warf seinen Kopf zurück und schnaubte, Lisa ließ sich davon nicht beirren. Leonardo hörte, dass sie leise, kehlige Laute von sich gab, und auch das Pferd horchte auf und drehte seine aufgerichteten Ohren in ihre Richtung. Was danach folgte, verschlug Leonardo die Sprache. Als Lisa den Hengst erreichte, streckte sie vorsichtig ihre Hand aus. Und der sonst so wählerische Araber senkte entspannt den Kopf und schnupperte an ihrem Handrücken, woraufhin Lisa ihm sanft das Maul streichelte, was er zu genießen schien.

Eine Weile war nur das Atmen und Schnauben der Tiere zu hören. Leonardo war mit Pferden aufgewachsen und hatte sie von Kindesbeinen an studiert. In seinen Mappen bewahrte er unzählige Zeichnungen auf, die er von ihnen angefertigt hatte, und er war sich sicher, dass er in der Lage wäre, mit verbundenen Augen ein anatomisch korrektes Pferd zu zeichnen, falls das nötig wäre. Er kannte die Sprache dieser Tiere, las sie an ihrer Körperhaltung und ihren Gesten ab. Pferde hielten sich stets die Option zur Flucht offen, gerieten rasch in Panik und konnten, wenn sie sich bedroht fühlten, durch ihre schiere Größe und die Wucht der Hufe gefährlich werden, auch wenn man sie noch so gut kannte. Doch was da gerade zwischen seinem Hengst und Monna Lisa vor sich ging, sah eher nach Freundschaft aus.

»War es das, was Ihr mir zeigen wolltet?«, fragte sie, als sie sich wieder zu ihm umwandte. Da fiel ihr Blick auf eine große Konstruktion aus Holz und Stoff, an der sie vorhin achtlos vorübergegangen war.

Fasziniert ging sie darauf zu. »Das sieht aus wie ein ... wie ein riesiger Vogel«, sagte sie und betrachtete die ausladenden Schwingen. Sie bestanden aus einem Skelett aus Holz, das Leonardo mit Leinen bespannt hatte. »Wozu ist das gut?«

»Zum Fliegen.« Leonardo wartete gespannt auf ihre Reaktion. Sie starrte ihn ungläubig an, dann besah sie sich die Apparatur genauer, entdeckte die bootsförmige Halbschale zwischen den beiden Flügeln, groß genug, damit ein Mensch darin Platz nehmen konnte.

»*Damit* kann man fliegen?«, wollte sie wissen und berührte die Leinenbespannung mit den Fingerspitzen. »Wo habt Ihr das denn gelernt?«

»Von den Vögeln«, antwortete Leonardo. »Sie sind reine Wunderwerke der Ingenieurskunst.«

Lisa lachte fröhlich auf. »Ihr meint also, Gott sei ein Ingenieur?«

»Der Beste«, gab Leonardo schmunzelnd zurück. »Wenn es ihn denn gibt.« Er fühlte ihren erstaunten Blick auf sich, während er in die bootsförmige Kanzel stieg und sachte an zwei Stangen zog. Sogleich veränderte sich die Neigung der Flügel. Mithilfe von Gelenken war es sogar möglich, nur ihren äußeren Teil zu bewegen.

»Es braucht sicherlich viel Kraft, um sich damit in die Lüfte zu erheben«, sagte Lisa.

»Das stimmt. Und deshalb habe ich diesen Plan aufgegeben.« Leonardo kletterte wieder aus dem Gestell. »Tatsächlich habe ich ursprünglich versucht, eine Maschine zu bauen, mit der man vom Boden aufsteigen könnte, so wie Vögel das tun. Aber das ist nicht möglich. Wenigstens vorerst nicht.«

»Warum?«, wollte Lisa gespannt wissen. »Wenn es Vögeln gelingt, wieso nicht auch Euch?«

»Weil das Material, das ich bislang verwendet habe, zu schwer ist«, erklärte Leonardo. »Allein unser Körpergewicht übersteigt das eines Vogels um ein Vielfaches. In Relation dazu müssten die

Flügel riesig sein und trotzdem leicht. Ich verwende schon das leichteste Holz, das ich bekommen kann. Und trotzdem ist der Apparat samt Mensch zu schwer für die Muskelkraft eines Einzelnen. Aber sicher langweile ich Euch mit meinen Überlegungen ...«

»Nein, nein, nicht im Geringsten«, beteuerte Lisa aufgeregt. Sie deutete auf das mit Leinwand bespannte Gestell. »Also wird sich diese Maschine nicht in die Lüfte erheben. Was habt Ihr dann damit vor?«

»Habt Ihr je gesehen, wie sich Mauersegler von einem Turm oder einem anderen hohen Gebäude abstoßen und schwerelos in der Luft kreisen?«

»Ja«, antwortete Lisa. »In der Nähe des Sommerhauses meiner Eltern gab es einen Adlerhorst. Ich habe sie oft beobachtet, wie sie in großer Höhe einfach so dahingleiten, ohne mit den Flügeln zu schlagen.«

»Sie nutzen Aufwinde«, erläuterte Leonardo. »Denn ob Ihr es glaubt oder nicht, die Luft ist ständig in Bewegung. Warme Luft steigt auf, kalte sinkt nach unten. Ich habe also vor, wie ein Mauersegler aus einer gewissen Höhe zu starten und mit den Aufwinden so lange wie möglich zu segeln.«

Erfreut sah er, dass Monna Lisa ihm fasziniert zuhörte. Ihren Kummer schien sie vergessen zu haben.

»Also müsst Ihr auf einen Turm steigen«, folgerte sie.

»Eher auf einen Berg«, gab er zurück. »Denn ich bin sicher, dass es eine Weile braucht, bis die aufsteigende Luft unser Flügelwesen hier erfasst und zu tragen beginnt. Falls das tatsächlich der Fall sein sollte.«

»Das hört sich nicht ungefährlich an«, wandte Monna Lisa ein. »Was macht Ihr, wenn es keine Aufwinde gibt?«

»Dann stürze ich ab, so wie Ikarus, als er der Sonne zu nahe kam«, entgegnete Leonardo mit einem kleinen Lächeln. »Aber keine Sorge«, fügte er hinzu, als er Lisas erschrockenes Gesicht sah. »Wir werden Vorkehrungen treffen.«

»Was für Vorkehrungen?«

»Zum einen prüfen wir natürlich vorher, ob es Aufwinde gibt«, erklärte Leonardo. »Außerdem empfiehlt es sich, die Flugmaschine über einem See zu erproben.« Er zog ein paar Schläuche aus feinem Leder aus einem Regal. »Und für den Fall eines Absturzes binden wir diese mit Luft gefüllten Beutel an den Körper, so dass man nicht untergeht und gerettet werden kann.«

»Das ... das habt Ihr ausprobiert?«, wollte Lisa zweifelnd wissen. »Seid Ihr damit schon ins Wasser gegangen?«

»Viele Male«, antwortete Leonardo und warf die Schläuche zurück. »Ich hab es mit Tierblasen versucht, die sind nicht stabil genug. Sie platzen leicht.«

»Und ...« Lisa zog ihre Stirn kraus. »Was sind doch gleich die Gründe dafür, dass Ihr so viel Zeit und Mühe in diese Sache steckt?«

Leonardo sah sie an. Hatte er sich getäuscht? Dachte auch Monna Lisa wie all die anderen gewöhnlichen Menschen, deren Horizont an den Stadttoren endete?

»Weil einer es tun muss«, sagte er ernst. »Weil die Grenzen, die wir uns setzen, überschritten werden müssen. Weil es keinen Fortschritt gibt, wenn wir das kleine Wort ›unmöglich‹ akzeptieren.« Erfreut registrierte er, wie Monna Lisas Augen zu strahlen begannen. »Steht nicht in der Bibel, dass Gott den Menschen als sein Ebenbild erschuf?«, setzte er nach. »Wenn dem so ist, sollten wir dann die Gottesgabe der Schöpferkraft nicht nutzen zum Wohle aller? Stellt Euch nur einmal vor, es würde eines Tages gelingen, einen Apparat zu erschaffen, mit dessen Hilfe sich der Mensch in die Lüfte erheben könnte. Wie lange braucht Euer Gatte, bis er zu seinen Handelsniederlassungen gelangt? Tage? Wochen? Er muss mühsam die Straßen entlangwandern oder

-reiten, Umwege in Kauf nehmen, Flüsse und Berge überwinden. Wenn er jedoch fliegen könnte wie ein Vogel, wäre es ihm möglich, den direkten Weg zu nehmen. Und wenn es uns sogar gelingen könnte, einen Antrieb zu entwickeln, würde er eine Menge Zeit sparen.«

»Einen Antrieb?« Lisa wirkte verwirrt.

»Habt Ihr noch nie ein Schiff gesehen, dessen Segel vom Wind gebläht sind und das sich durch diesen Antrieb wie von Zauberhand über das Wasser bewegt?«, fragte Leonardo sie. »Bereits im alten Griechenland haben Ingenieure herausgefunden, dass man auch Wasserdampf als Antrieb nutzen kann. Und ich habe Techniken entwickelt, mit denen eine solche Antriebskraft vergrößert wird. Zahnräder. Man dreht an einem kleinen Rad, und durch die präzise Umsetzung können damit Berge bewegt werden.« Er stockte. Wieder hatte er sich von seiner Begeisterung hinreißen lassen. Es war Monna Lisa nun deutlich anzusehen, dass sie von all diesen Informationen überfordert war. »Noch ist das meiste davon eine Musik, die zukünftige Zeiten spielen werden«, sagte er eilig. »Es gibt noch viele Probleme zu lösen und Hindernisse zu überwinden. Eines Tages jedoch wird die Menschheit Materialien erfunden haben, die leicht genug sein werden, damit eine solche Konstruktion hier von der Luft getragen werden kann. Sie wird die Probleme der Antriebskraft lösen, und die Welt wird sich damit auf eine Weise verändern, die wir uns heute kaum vorstellen können.«

In dem Schweigen, das nun folgte, war nur das Schnauben der Pferde und die Bewegung ihrer Hufe zu hören. Monna Lisa starrte auf die Flugmaschine, und Leonardo bereute bereits zutiefst, ihr das alles anvertraut zu haben. Sie würde ihn für verrückt halten. Im besten Fall für einen Träumer. Und da wurde ihm bewusst, dass es ihm nicht gleichgültig war, was sie über ihn dachte.

»Mit Holz kenne ich mich nicht aus«, sagte sie schließlich.

»Aber für die Bespannung gibt es sicherlich einen leichteren Stoff. Habt Ihr schon einmal an Seide gedacht?«

Leonardo sah sie verblüfft an. »Seide? Ja, das habe ich«, antwortete er. »Sie ist zu dünn und reißt leicht.«

»Dann war es keine gute Seide«, gab Lisa zurück. »Ich werde mit meinem Mann sprechen. Wir wollen sehen, was sich da machen lässt.«

Als Leonardo die Tür zu seinem provisorischen Hangar wieder abschloss, läuteten die Glocken von San Lorenzo zur Mittagsstunde.

»Sagt mir noch eines«, bat er Lisa, denn jeden Moment konnte die Dienerin kommen, um ihre Herrin abzuholen. »Ihr werdet Euch doch hoffentlich nicht in die Gefahr begeben und Giuliano de' Medicis Bitte nachkommen?«

An dem fassungslosen Blick, den sie ihm zuwarf, erkannte er, dass seine Warnung zu spät kam.

»Selbstverständlich erfülle ich seinen Wunsch«, antwortete sie stolz. »Und Ihr würdet staunen, wie weit wir in dieser Sache bereits gekommen sind.«

In den folgenden Wochen kam Monna Lisa, wenn sie sich freimachen konnte, denn sie schien seit einiger Zeit unglaublich beschäftigt zu sein, am Vormittag für zwei, drei Stunden. Leonardo hatte längst den Bildaufbau festgelegt und mit dem Karton begonnen. Monna Lisa saß seitlich zum Bildhintergrund auf einem Balkon und wandte sich dem Betrachter zu, indem sie ihren Oberkörper leicht drehte. Ihr linker Arm lag auf der Sessellehne, ihre rechte Hand über die Linke gelegt. Sie wirkte vollkommen in sich ruhend, und doch erweckte sie den Eindruck, als könnte sie sich jeden Moment erheben. Hinter ihr würde man eine Landschaft sehen, und zwar nicht irgendeine. Leonardo hatte beschlossen, jene Skizzen zu verwenden, die er auf seiner Reise durch das Bergland des Apennin angefertigt hatte, kurz vor der schicksalsschweren Begegnung mit Il Valentino. Dies war zu einer Zeit gewesen, in der er noch nicht jeden Abend hatte fürchten müssen, in seinen Träumen von Schreckensbildern gequält zu werden.

Auf einem Gemälde überließ Leonardo nie auch nur das kleinste Detail dem Zufall. Alles hatte seine Bedeutung und fügte einen Aspekt zum Gesamteindruck hinzu. Und jene archaische Felslandschaft über den Wassern des Arnos, dort, wo er in einer großen Schleife den Höhenrücken des Pratomagno umfloss, jene uralte und so vollkommen erbaute Brücke mit den fünf Bögen bei Ponte Buriano, die Klüfte und Wälder und verschlungenen Wege würden das Wesen dieser Frau vortrefflich widerspiegeln. Ihre sanfte Ausstrahlung, die ihm wohltat, die feine Beobachtungsgabe, die sie auszeichnete, ihren aufmerksamen Blick, dem nichts entging, vor allem nicht die Atmosphäre eines Raums, die Stimmung eines anderen Menschen. An manchen Tagen kam es Leonardo so vor, als könnte sie in ihm lesen wie in einem Buch. Aber da war noch etwas anderes. Vor allem ihr nur mühsam zurückgehaltener Wunsch nach einem anderen Leben prägte ihre Blicke und Gesten. Er kannte sich aus mit den Gefühlen und heimlichen Sehnsüchten seiner Mitmenschen. Und aus Monna Lisa sprach ein solcher Hunger nach Liebe und Erfüllung, die sie offensichtlich bei ihrem Gatten nicht fand.

Francesco del Giocondo war einige Tage, nachdem Leonardo Lisa seinen Flugapparat gezeigt hatte, mit einem Gehilfen erschienen und hatte ihm zwei Ballen eines ganz besonders dicht gewobenen Seidenstoffs mitgebracht, eine Qualität, die Leonardo in der Tat noch nie gesehen hatte.

»Ein Geschenk«, sagte er mit der Miene eines Mannes, der sich des hohen Wertes seiner Gabe durchaus bewusst war.

Außerdem hatte der Gehilfe eine große Menge an kostbaren Stoffproben dabei, und del Giocondo forderte Leonardo auf, eine

Auswahl für das Gewand seiner Frau zu treffen, mit dem sie auf dem Gemälde verewigt werden würde. Leonardo sah ein, dass sich der Seidenhändler nicht mit der Aussage zufriedengeben würde, seine Frau solle eines ihrer schlichten Alltagskleider tragen. Und ehe del Giocondo selbst darüber entschied, beschloss er, Farben auszusuchen, die in der geplanten Landschaft im Hintergrund ihre Entsprechung fanden. Eine besonders schöne goldbraun changierende Atlasseide für Rock und Ärmel. Für die fein gefältelte Bluse ein gedecktes Blau, das sich in Wasser und Himmel widerspiegeln würde. Erdige Brauntöne für die *giornea*.

»Ist das nicht zu dunkel?«, fragte der Seidenhändler, als er die Proben nebeneinanderlegte. »Wollen wir für die Bluse nicht lieber weißen Batist nehmen?«

»Nein«, antwortete Leonardo. »Mit diesen gedämpften Tönen kommt der Teint Eurer Gattin viel besser zur Geltung.« Er sah es bereits vor sich: Aus dem dunklen Grund der Landschaft und ihrer Garderobe würden Monna Lisas Gesicht und Dekolleté herausleuchten, auch ihre Hände würden den Blick unwillkürlich auf sich ziehen. »Lasst das Hemdchen am Ausschnitt mit Goldfäden besticken«, fügte er hinzu und lächelte bei der Vorstellung, wie das Garn mit den goldenen Lichtern auf den Wassern des Flusses im Hintergrund harmonieren würde. »Ihr wisst sicherlich, dass im Kloster der *Murate* solche Arbeiten vorzüglich ausgeführt werden. Und ein goldfarbener Schal wäre außerdem von Vorteil.«

Francesco del Giocondo nickte beeindruckt. »Da Ihr von Gold sprecht«, sagte er und machte dem Gehilfen ein Zeichen, die Stoffproben zusammenzupacken, »meine Gattin besitzt erlesenen Schmuck.«

»Keinen Schmuck«, gab Leonardo entschieden zurück. »Nichts darf ihr eigenes Strahlen in den Schatten stellen.«

Dagegen konnte der Seidenhändler nichts mehr einwenden. Und die Gunst der Stunde nutzend, teilte er dem verblüfften

Francesco mit, dass er Lisa nicht mit kunstvoll hochgesteckter Frisur darstellen würde, sondern mit dem schwarzen Schleier, den sie ständig trug, über dem offen herabfallenden Haar, und dass das neue Kleid so schlicht wie möglich geschnitten sein musste.

»Ah«, machte del Giocondo. »Ihr meint die Mode, die man *alla spagniola* nennt. Lucrezia Borgia hat damit begonnen. Seit sie in spanischer Tracht nach Ferrara eingeheiratet hat, kleiden sich auch hier die Damen gerne in dieser Manier. Aber ob das für meine Lisa ...«

»Vertraut mir«, fiel ihm Leonardo sanft ins Wort, der keineswegs an die von Cesare Borgias Schwester geprägte Mode gedacht hatte. »Monna Lisas Schönheit kommt am besten zur Geltung, wenn nichts von ihr ablenkt. Wie ich bereits sagte: Ich porträtiere keine Garderobe, sondern Menschen.«

Und an dem Strahlen, das del Giocondos Gesicht erhellte, seit er das Wort »Schönheit« ausgesprochen hatte, sah er, dass er ins Schwarze getroffen hatte. Er erkannte allerdings noch etwas anderes: Francesco del Giocondo schien seine Frau wirklich zu lieben. Und das hatte er nicht erwartet. Lisa wirkte schließlich alles andere als glücklich.

In diesen Tagen ergab es sich, dass er gemeinsam mit Luca, Tommaso und Salai samt einiger Baukommissare der Stadt aufbrechen musste, um verschiedene Standorte zu besichtigen, an denen die Arbeiten für die Umleitung des Arnos bald beginnen sollten. Die Florentiner Truppen hatten endlich einen nennenswerten Erfolg errungen und die Fortalezza Verruca eingenommen, eine strategisch wichtige Festung auf einem schroffen Hügel westlich von Pisa gelegen, die grandiose Ausblicke über die Niederungen des unteren Arnos ermöglichte. Und zwar genau an jener Stelle, an der Leonardo vorhatte, den Fluss umzuleiten.

Zwei Tage nach der Eroberung traf er mit seinen Begleitern

dort ein. Während er sich vom Kommandeur der Festung jeden Winkel zeigen ließ, erfasste ihn erneut jene Begeisterung, die ihm wieder einmal zeigte, wie sehr sein Herz für die Ingenieurskunst schlug. Kaum hatte er sich einen Überblick über die Fortalezza verschafft, erkannte er auch schon ihre Schwachstellen und entwickelte Vorschläge, um die Anlage uneinnehmbar zu machen. Die nächsten Stationen führten ihn an die Ufer des Arnos, wobei er Gelegenheit hatte, hier und dort die Pläne zu korrigieren, die er nach seiner ersten Sichtung des Flussverlaufs ein Jahr zuvor angefertigt hatte. Als er sein Vorhaben mit den Vertretern der Baubehörde und dem Kommandeur des Feldlagers bei Riglione in unmittelbarer Nähe der Stadt Pisa durchsprach und sie allesamt beeindruckt von seinen Vorschlägen waren, ja, als bereits ein baldiger Beginn der Grabungsarbeiten beschlossen wurde, schlief er nachts endlich wieder tief und fest.

Bei seiner Rückkehr nach Florenz fand er, erschöpft von dem langen Ritt und im tiefsten Herzen glücklich, wie sich die Dinge endlich gestalteten, Machiavelli in seinem *studiolo*. Er saß in Monna Lisas Sessel und sah ihm lächelnd entgegen.

»Glückwunsch«, sagte er. »Ich habe bereits von den Fortschritten gehört. Alles geht seinen wunderbaren Gang.« Leonardo hatte Mühe, seinen Unwillen zu verbergen. Dass der Regierungsbeamte so ohne Weiteres bei ihm ein- und ausging, passte ihm keineswegs. Er beschloss, ein ernstes Wörtchen mit Boltraffio zu reden. Noch nie hatte sein Werkstattleiter in seiner Abwesenheit jemanden, der nicht zur *bottega* gehörte, einfach eingelassen. Ärgerlich ließ er seine Satteltasche mit den Baudokumenten in eine Ecke fallen.

»Was verschafft mir die Ehre?«, fragte er. »Ihr seid sicher nicht gekommen, um mich zu beglückwünschen?« Sein Blick glitt über seine Schränke, die er vor seiner Abreise sorgsam verschlossen hatte. Sie schienen unberührt.

»Sagen wir«, antwortete Machiavelli, »ein eher privates Anliegen. Wie weit seid Ihr eigentlich mit dem Porträt der Lisa del Giocondo gediehen?« Und als Leonardo nicht antwortete, fuhr er fort. »Sie soll einen interessanten literarischen Zirkel ins Leben gerufen haben, in dem die vornehmsten Damen der Stadt verkehren. Meine Frau hat davon gehört und würde sich zu gerne dazugesellen. Hättet Ihr die Freundlichkeit, Monna Lisa das auszurichten, damit Marietta eine Einladung erhält?«

11

DAS VERHÖR

Florenz, 1503

»Wie bitte?« Simonetta war empört. »Du willst wirklich die Frau des größten Schnüfflers von Florenz einladen?«

»Ich fürchte«, sagte Lisa ruhig, »es bleibt uns nichts anderes übrig. Alles andere wäre ein Affront, den wir uns nicht leisten können. Darüber hinaus würde Machiavelli noch mehr Verdacht schöpfen.«

»Noch *mehr*?«, wiederholte ihre Schwester Tiziana alarmiert. »Hegt er denn bereits einen Verdacht?«

Um Zeit zu gewinnen, stand Lisa auf und schenkte ihren Freundinnen von der Granatapfellimonade ein.

»Verdacht ist das falsche Wort«, korrigierte sie sich und hätte sich am liebsten geohrfeigt. Keine ihrer Freundinnen wusste, dass Leonardo da Vinci in die Sache involviert war. »Aber man weiß ja, dass er seine Nase überall hat. Dennoch. Glaubt ihr nicht auch, dass wir den Wunsch seiner Frau auf keinen Fall missachten können? Ich denke, wir sollten sie nicht länger warten lassen.«

Simonetta presste verärgert die Lippen aufeinander, während ihre Cousine Ada nachdenklich mit den Fransen ihres Schals spielte.

»Lisa hat recht«, erklärte Giannina Bellini grimmig. »Wenn

wir Machiavelli einmal auf unserer Fährte haben, können wir den Zirkel gleich schließen.«

»Vielleicht ist er bereits auf unserer Fährte«, wandte Ada ein.

»Dann ist dies die Gelegenheit, ihn glauben zu machen, dass wir nichts weiter sind als ein Haufen gelangweilter Ehefrauen, die sich einbilden, etwas von Literatur zu verstehen«, gab Giannina zurück. »Wir laden Monna Marietta ein. Und suchen die ödesten Gedichte aus, die je geschrieben wurden, rezitieren sie stundenlang mit Grabesstimme und ...«

»Wir sollten nicht übertreiben«, wandte Tiziana ein. »Aber Giannina hat recht. Wenn wir es richtig anstellen, bleibt sie spätestens nach dem zweiten Treffen von selbst weg.«

»Hat eine von euch sie bereits kennengelernt?«, fragte Barbarina. »Ich hab sie noch nie zu Gesicht bekommen.«

Die anderen schüttelten die Köpfe.

»Wahrscheinlich ist sie eine hagere, griesgrämige Besserwisserin«, mutmaßte Olivia.

»Das wissen wir nicht«, mahnte Lisa.

»Schau doch ihren Mann an«, beharrte Olivia. »Dieser Niccolò erinnert mich immer irgendwie an ein Nagetier.«

»Wir werden sie schon wieder loswerden«, warf Barbarina ein.

»Ich weiß nicht.« Simonetta hatte sich an der Diskussion bislang nicht beteiligt. »Vielleicht gefällt es ihr ja, auch wenn wir es noch so langweilig finden. Und dann sitzen wir ganz schön in der Tinte.«

Sie hatten im Laufe des Sommers und des Herbstes eine stattliche Liste zusammenstellen können. Vierundfünfzig Familien bekannten sich inzwischen dazu, die Medici im Falle ihrer Rückkehr zu unterstützen, und je mehr Frauen sich ihnen anschlossen, desto rascher kamen sie voran. Inzwischen luden sie längst nicht mehr alle zu den Treffen ein, sondern hatten beschlossen, dass diejenigen mit ihnen engen Kontakt hielten, die sie am besten kannten. Bei Lisa versammelte sich nur der innere Kreis, der von Anfang an dabei gewesen war.

»Kommen wir lieber zur Sache«, lenkte Lisa nun die Unterhaltung auf den eigentlichen Zweck ihrer Zusammenkünfte und faltete ihre sorgsam gehütete Liste auf. »Barbarina. Du wolltest doch mit deiner Tante sprechen. Was hast du erreichen können?«

Wieder konnte sie einige Namen zu den anderen hinzufügen. Es schien, als würden die meisten der wohlhabenden Bürgerfamilien und einige der liberalen Adeligen nur auf ein Zeichen einer politischen Veränderung warten. Lisa sehnte den Tag herbei, an dem sie Giuliano ihren Liebesbeweis in Form dieser kostbaren Liste übermitteln würde. Und in ihren Träumen tat sie das stets persönlich, obwohl sie sich darüber im Klaren war, dass dies kaum möglich sein würde. Sie konnte nur auf eine weitere Gelegenheit hoffen wie vor Monaten, als ihm der römische Poet ihr Gedicht überbracht hatte.

Seit seinem ersten Brief im Frühjahr hatte sie nichts mehr von Giuliano gehört. Und obwohl sie einerseits erleichtert darüber war, dass er ihre Botschaft offenbar verstanden hatte und niemand mehr durch weitere Schreiben in Gefahr gebracht wurde, lebte sie dennoch in der ständigen Erwartung, dass er ihr auf irgendeinem anderen, sicheren Weg antworten würde, auch wenn sie keine Ahnung hatte, wie das möglich sein sollte. Und so führte sie eine Art doppeltes Leben: Sie war nach wie vor eine liebevolle Mutter. Sie stand ihrem Haushalt vor und sorgte dafür, dass Francesco nach seiner Arbeit das Heim vorfand, das er erwartete. Er kam offensichtlich ihrem Wunsch nach und suchte Caterina nicht mehr auf. Sie hätte glücklich sein können, trotzdem dachte sie fast ständig an Giuliano, fragte sich, was er wohl gerade tat, wo er sich aufhielt und welche Anstrengungen er für seine Rückkehr nach Florenz unternahm. Vor allem fragte sie sich, ob er wohl allein lebte oder ob sich an seiner Seite eine Frau befand. Und obgleich dieser Gedanke ihr stets einen schmerzhaften Stich versetzte, konnte sie ihm doch keinen Vorwurf machen, falls das so war, schließlich lebte auch sie nicht allein. Das Einzige, was sie konnte, war, sich in den Momenten, in denen ihr Mann sie in seine Arme zog, vorzustellen, dass nicht Francesco del Giocondo es war, der sie liebte, sondern Giuliano de' Medici. Und im Grunde war das für alle besser, denn Francesco war sichtlich erleichtert darüber, dass sie ihm nach der langen Zeit der Entfremdung wieder mit einer gewissen Zärtlichkeit begegnete. Brauchte er zu wissen, dass diese eigentlich einem anderen galt?

»Was ist denn mit deinen Eltern?«, riss Ada sie aus ihren Gedanken. »Sind sie nicht auch für die Rückkehr der Feder?« Sie hatten sich tatsächlich angewöhnt, den Namen der Medici nie zu erwähnen, sondern, falls notwendig, das Kennwort zu benutzen.

Lisa schüttelte traurig den Kopf.

»Hast du vergessen, was Antonmaria Gherardini getan hat?«, ergriff Simonetta an ihrer Stelle entrüstet das Wort. »Wie sollten wir einem Mann vertrauen, der das Geld seiner Tochter ...«

»Simonetta«, mahnte Lisa sie leise und spürte, wie sie rot wurde.

»Stimmt es denn nicht?«, beharrte Simonetta. »Deine Schwestern fühlten keinerlei Berufung, ins Kloster zu gehen. Und dein Mann hat ...«

»Lass es gut sein«, warf Giannina mit einem mitleidigen Blick auf Lisa ein, deren Verlegenheit unübersehbar war. »Wir alle kennen die Geschichte. Nicht nur in Lisas Familie stehen die Söhne an erster Stelle. Über uns Frauen wird nach Gutdünken verfügt. Auch meine kleine Schwester ist vor einem Monat zu den Orsolinen geschickt worden, und ich fürchte, sie wird dort nie wieder herauskommen.«

Die Frauen schwiegen bedrückt. In jeder Familie gab es mindestens eine Tochter, der dieses Schicksal vorbestimmt war. Natürlich gab es Fälle, in denen die Betroffene aus freien Stücken den Schleier nahm. Aber im Grunde hatte keine von ihnen eine echte Wahl. Und mit einem drückend schlechten Gewissen erinnerte Lisa sich daran, dass sie ihre Schwestern schon viel zu lange nicht mehr besucht hatte. Camilla hatte sie seit ihrem verzweifelten Auftritt in ihrem Haus nicht mehr gesehen, bei Lisas bislang einzigem Besuch im Kloster war sie angeblich krank gewesen.

Francesco hatte zunächst getobt, als er erfahren hatte, für welchen Zweck sein Schwiegervater das Geld ausgegeben hatte. Doch zu einem Gerichtsverfahren gegen ihn konnte er sich nicht entschließen. »Das würde meinem Ruf und damit meinem Geschäft mehr schaden, als es das Geld wert war«, hatte er pragmatisch geantwortet. »Familien ziehen einander nicht vors Tribunal. Aber Antonmaria wird nie wieder auch nur eine Blechmünze von mir erhalten, so viel steht fest.« Und damit war für ihn die Sache erledigt gewesen. Lisa dagegen hatte ihre Eltern seither nicht mehr besucht und konnte sich auch nicht vorstellen, es je wieder zu tun.

»Die Gherardini kommen also nicht in Frage«, fasste Olivia zusammen und steckte ihre Liste sorgsam weg. »Und was machen wir nun wegen Marietta Machiavelli?«

Eine Weile sagte keine der Frauen etwas. Dann ergriff Lisa das Wort.

»Vielleicht ist es an der Zeit, unsere Strategie zu ändern«, sagte sie. »Wir können nicht darauf zählen, dass Marietta wirklich nach einigen Besuchen beschließen wird, unseren Treffen fernzubleiben. Vor allem nicht, wenn sie, wie wir befürchten, von ihrem Mann zu uns geschickt wird, um uns auszuspionieren.« Nachdenklich faltete sie das von ihr eng beschriebene Blatt mit all den

Namen wieder auf. »Ist es nicht viel zu gefährlich, dass jede von uns so eine Liste aufbewahrt?«, fragte sie. »Wenn auch nur eine gefunden wird, stürzen wir nicht nur uns, sondern außerdem die Familien, die uns vertrauen, ins Unglück.«

»Lisa hat recht«, warf Giannina alarmiert ein. »Es wäre nicht das erste Mal, dass eine Verschwörung auf diese Weise aufgedeckt würde.«

»Jede von uns muss ihre Liste eben sorgsam verstecken«, meinte Barbarina. »Das ist doch selbstverständlich.«

»Genügt das denn?«, fragte Lisa zweifelnd.

»Jedes Papier kann gefunden werden, wenn jemand gründlich nach ihm sucht«, wandte Simonetta ein. »Wir waren bislang wirklich zu leichtsinnig.«

»Und was schlägst du vor?«, wollte Ada wissen.

»Wir lernen sie auswendig«, schlug Lisa vor. »Und dann verbrennen wir sie.«

»Wir sollen sie auswendig lernen?« Olivia machte große Augen und überflog ihre Liste. »Mehr als sechzig Namen? Und es werden immer mehr ...«

»Ich habe in meiner Kindheit alle Psalter auswendig lernen müssen«, sagte Ada. »Das sind rund hundertfünfzig Texte.«

»Und ich Savonarolas Schriften.« Giannina zog eine Grimasse.

»Also werden wir diese Namen behalten können«, erklärte Ada.

»Ich denke, ich kann das«, meinte Lisa, und einige andere nickten zustimmend. »Und wer von uns kein so gutes Gedächtnis hat, merkt sich einfach jene Familien, die von ihr angeworben wurden. Das müsste möglich sein. Was meinst du, Olivia?«

Den restlichen Nachmittag brachten sie damit zu, die Namen in eine alphabetische Ordnung zu bringen, um sie sich besser einprägen zu können. Am Ende einigten sie sich darauf, dass Lisa – und nur sie – als Erinnerungsstütze eine Liste aufbewahren würde, in der die Anzahl der mit einem bestimmten Buchstaben beginnenden Namen notiert war, also 16 x A, 8 x B, 2 x C, 9 x D und so weiter. Schließlich erhoben sie sich und stellten sich rund um den Tisch herum auf. Lisa zündete eine Kerze an und räumte das Obst von einer Kupferschale. Sie nahm ihre Liste und hielt sie in die Flamme. »Auf die Rückkehr der Feder«, sagte sie feierlich und legte das brennende Papier auf die Metallschale, wo es zu dunkelgrauen Ascheflocken zerfiel.

»Auf die Rückkehr der Feder«, wiederholte Simonetta und tat es ihr nach, gefolgt von allen anderen Frauen.

»Mama hat einen Geheimbund«, verkündete Pippo am selben Abend beim Essen. Lisa stockte der Atem, als sie das hörte.

»Sie hat einen literarischen Damenzirkel«, korrigierte Francesco ihn mit einem nachsichtigen Lächeln. »Und ja, er ist ziemlich geheim. Wir sollten sie keinesfalls stören.«

»Nächste Woche wird sogar Marietta Machiavelli daran teilnehmen«, sagte Lisa und staunte selbst darüber, dass ihr dieser lästige Umstand gerade zupass kam. »Sie hat ausdrücklich darum gebeten.«

»Na, dann wird der Zirkel so geheim nicht mehr bleiben«, sagte Francesco mit einem Lachen. »Aber im Ernst: Wir können stolz darauf sein, dass die Frau eines so wichtigen Mannes zu uns kommen möchte. Duccio soll etwas ganz Besonderes für euch machen.«

»Er übertrifft sich bereits jetzt darin, uns zu verwöhnen«, lobte Lisa den Koch. »Ich habe den Verdacht, dass die Damen in Wahrheit nur wegen seiner Köstlichkeiten herkommen.«

»Aber gestern habt ihr irgendwas Geheimes verbrannt«, meldete sich Pippo erneut zu Wort. »Auf dem Obstteller war alles voll mit Asche.«

Lisa schluckte. Was es möglich, dass ihr siebenjähriger Sohn sie und die anderen dabei beobachtet hatte? Hatte er gar gelauscht?

»Wir haben unsere Gedichte verbrannt, weil sie schlecht waren«, erklärte sie. »Und dabei haben wir uns geschworen, es künftig besser zu machen.«

»Habt ihr deshalb das mit der Feder gesagt?«

Lisas Herzschlag setzte einen Moment lang aus. Dann hatte sie sich wieder gefangen. »Natürlich«, sagte sie. »Schließlich schreiben wir die Gedichte mit unseren Federn. Aber hör einmal, Pippo«, fügte sie streng hinzu, »man lauscht nicht an Türen. Du weißt, dass ich euch das verboten habe.« Sie nahm sich vor, ein ernstes Wort mit Bice zu sprechen, in deren Obhut die Kinder waren.

»Da seht ihr, wie ernst eure Mutter die Dichtkunst nimmt«, lobte Francesco sie. »Man muss in seinen Bemühungen stets das Beste von sich fordern.« Er betrachtete Lisa liebevoll. »Du hast mir noch nie ein Gedicht von dir gezeigt«, sagte er nachdenklich. »Vielleicht schreibst du ja irgendwann eines für mich?«

Lisa wollte ihren Ohren nicht trauen. Bislang war sie davon ausgegangen, dass Francesco ihren Damenzirkel nicht besonders ernst nahm und ihn nur deswegen befürwortete, weil er sich gesellschaftliches Ansehen davon versprach. Und nun wollte ausgerechnet er, der nüchterne und kalkulierende Kaufmann, ein Gedicht von ihrer Hand?

»Erst, wenn ich besser geworden bin«, antwortete sie und schenkte ihm ein Lächeln. »Vorher wage ich nicht, dir etwas zu zeigen.«

»Da kannst du unbesorgt sein«, erklärte Francesco mit einem Lachen. »Ganz egal, was du schreibst, ich werde es lieben. Schließlich bin ich ein Mann der Zahlen und nicht der Worte. Ach ja«, fügte er hinzu, und seine Augen leuchteten. »Deine Ausstattung für das Gemälde ist fertig. Heute früh kam die Bluse von den *Murate* zurück. Es war eine ausgezeichnete Idee von Messer Leonardo, den Ausschnitt mit Goldstickereien zu versehen. Morgen früh wird mein Gehilfe dir alles herüberbringen. Und dann hoffe ich, dass das Bild bald fertig sein wird.«

Als Lisa am folgenden Morgen den Unterricht ihrer Kinder besuchte, stellte sie zu ihrer Erleichterung fest, dass Messer Bartoldi mit ihnen gerade die Verschwörung der Pazzi durchnahm, die in dem Attentat gegen Giulianos Vater und Onkel am Ostersonntag des Jahres 1478 gegipfelt hatte. Giulianos Onkel war dabei getötet worden, sein Vater hatte dem Mordanschlag nur knapp entgehen können. Meo, inzwischen bald elf Jahre alt, und Pippo hingen gebannt an den Lippen ihres Hauslehrers. Lisa atmete auf. Bestimmt hatte diese Geschichte Pippos Fantasie in Sachen Verschwörung befeuert. Dennoch musste sie unbedingt dafür sorgen, dass niemand mehr ihre Zusammenkünfte belauschte.

Leise schloss sie die Tür wieder und begab sich ins Zimmer nebenan, in dem Bice gerade den einjährigen Andrea stillte. Zu ihren Füßen spielten Sina und Milla mit ihren Puppen.

Obwohl die beiden erst vier Jahre alt waren, war offensichtlich, dass Milla hinter der Entwicklung der anderen Kinder zurückblieb. Vor allem der Vergleich mit Sina, die sogar zwei Monate jünger war als ihre Freundin, machte das allzu deutlich.

»Das wird schon werden«, beteuerte Betta stets, wenn sie sah, wie Lisas Blick sorgenvoll auf ihrer Tochter ruhte. »Manche Kinder brauchen eben länger als andere.«

Lisa hoffte es. Vielleicht liegt es an der schwierigen Geburt, sagte sie sich. Auch sie hatte damals lange gebraucht, um sich davon zu erholen. Sicher war es für die Kleine kein guter Start ins Leben gewesen.

In diesen Tagen setzte Lisa endlich ihre guten Vorsätze in die Tat um und begab sich zum Kloster San Domenico di Cafaggio, um ihre Schwestern und bei dieser Gelegenheit auch ihre Tante, Suor Albiera, zu besuchen. Wie immer überkam sie ein Gefühl von Unwohlsein, sobald sie sich der Pforte näherte. Jener fürchterliche Novembertag vor mehr als neun Jahren stand ihr dann vor Augen, als ihre Mutter sie hierhergebracht hatte. Was für ein Glück hatte sie gehabt, diesen Mauern wieder zu entrinnen. Umso elender fühlte sie sich, dass ihre Schwestern für immer hierbleiben mussten.

Sie hatte einen Korb voller feinster Lebensmittel dabei, und unter ihrer *giornea* steckten zwei kleine Pappkartons mit der Aufschrift des besten Zuckerbäckers der Stadt, die die Lieblingssüßigkeiten ihrer Schwestern enthielten. In einem unbeobachteten Moment würde Lisa sie ihnen zustecken.

Ihre Tante hatte sie ebenfalls bedacht, und doch stand zu befürchten, dass diese ihre Geschenke unmittelbar der Mutter Oberin melden würde, so dass es zweifelhaft war, ob ihre Verwandten wirklich in den Genuss der Gaben kommen würden. Insgeheim hoffte sie, dass sich die Gelegenheit ergab, ihre Schwestern allein zu sehen. Vor allem hatte sie das Bedürfnis, sich mit Camilla auszusprechen.

Wie die Pförtnerin ihr mitteilte, die sogleich den Korb mit Lebensmitteln an sich nahm, war Suor Albiera bettlägerig und musste dem Treffen fernbleiben. Das harte Klosterleben hatte von der inzwischen Fünfzigjährigen seinen Tribut gefordert, außerdem schonte sich ihre Tante nie, sie nahm noch immer an freiwilligen Fastenzeiten und nächtelangem Wachen und Beten teil, das hatte Lisas Mutter erzählt, als Lisa noch in ihrem Elternhaus verkehrt hatte.

Lisa zog ihr Wolltuch enger um sich, das sie zusätzlich über der *giornea* um ihre Schultern geschlungen hatte, während sie im

Besucherzimmer auf ihre Schwestern wartete, und tastete nach den Schachteln mit den Süßigkeiten. Endlich hörte sie Schritte auf dem Flur.

Es war Camilla, die als Erste den Raum betrat, und ihre Miene verhieß nichts Gutes. Sandra folgte ihr mit furchtsam hochgezogenen Schultern und schloss behutsam die Tür hinter sich.

»Warum bist du gekommen?«, stieß Camilla hervor. Nicht einmal eine Begrüßung sprach sie aus. »Holst du uns endlich hier heraus?« Überrumpelt öffnete Lisa den Mund und schloss ihn wieder. »Hab ich es mir doch gedacht«, fuhr Camilla verbittert fort. »Du kommst, um dich an unserem Unglück zu weiden.« Sie wandte sich zum Gehen. »Komm, Sandra. Mit dieser Frau haben wir nichts mehr zu schaffen.«

»Aber Camilla«, bettelte die jüngste der Schwestern mit Tränen in den Augen. »Ich hab mich so auf Lisa gefreut.«

»Bleibt doch«, bat Lisa verwirrt. »Lasst uns in Ruhe miteinander reden. Es ist wirklich nicht meine Schuld, dass ihr hier seid, und ihr wisst das genau.«

Lisa sah von Camilla zu Sandra, die verlegen wegschaute. »Bitte, setzt euch«, drängte Lisa die beiden. »Ich hab euch etwas mitgebracht.« Mit einem wachsamen Blick zur Tür ließ sie die beiden Schachteln auf den Tisch in der Mitte des Raums gleiten. Während Sandra erfreut danach greifen wollte, starrte Camilla Lisa nur noch verärgerter an.

»Mit Süßigkeiten willst du uns abspeisen?«, fragte sie zornig. »Du glaubst wirklich, damit kannst du dich von deiner Schuld loskaufen?«

»Von welcher Schuld?«, rief Lisa überrascht aus. »Ich hab getan, was ich konnte. Glaubt ihr, es war einfach, meinen Mann davon zu überzeugen, dass er die Mitgift für euch beide bezahlen soll? Aber er hat es getan. Wenn Vater von dem Geld lieber Güter für unsere Brüder gekauft hat, ist das nicht meine Schuld.«

Camilla starrte sie fassungslos an. Und erst jetzt verstand Lisa, dass sie von all dem offenbar gar nichts wusste. Wie konnte das sein?

»Du lügst«, fauchte Camilla und schob den Schemel so jäh zurück, dass er auf dem Steinboden ein hässliches Geräusch verursachte. »Wann immer du den Mund aufmachst, lügst du.« Tränen traten in ihre vor Zorn funkelnden Augen. Lisa fiel auf, wie dünn sie geworden war, das Gesicht verhärmt und grau, so als ob sie schlecht schlafen würde. »Ich habe immer große Stücke auf dich gehalten. Du warst unser Vorbild, nicht wahr, Sandra? Wir wollten so werden wie du. Und wir haben fest daran geglaubt, dass du dich um uns kümmern würdest. Nun muss ich einsehen, dass die Tante recht hat. Du bist selbstsüchtig. Der Reichtum deines Mannes hat dich blind gegenüber deinen Nächsten gemacht.« Sie wischte sich mit dem Handrücken die Tränen von den Wangen. »Leb wohl, Lisa«, sagte sie mit bebender Stimme. »Ich will dich in diesem Leben nie wieder sehen.«

Sie stürzte zur Tür, riss sie auf und rannte den Flur hinunter. Lisa wollte ihr nachgehen, rief mehrmals hinter ihr her, vergebens. Niedergeschlagen kehrte sie in das Besucherzimmer zurück.

»Wie kann sie so reden?«, fragte sie Sandra, die noch immer am Tisch saß wie ein Häuflein Elend. »Du bist dabei gewesen, als Vater zugegeben hat, was er mit eurer Mitgift gemacht hat.«

»Sie haben gesagt, dass wir das Camilla auf keinen Fall erzählen dürfen«, flüsterte Sandra so leise, dass Lisa sie kaum verstehen konnte. »Unter keinen Umständen. Ich habe schwören müssen, bei allem, was mir heilig ist.«

»Warum denn das?« Lisa spürte, wie nun auch ihr Tränen über die Wangen liefen. »Es ist schließlich die Wahrheit.«

»Es ist nicht recht, wenn die Tochter gegen den Vater aufgebracht wird«, sagte Sandra, und es klang, als wiederhole sie etwas, was ihr viele Male eingebläut worden war. »Wir müssen Vater und Mutter in Ehren halten. Und es ist besser, eine nimmt die Schuld auf sich, als dass eine ganze Familie in Unfrieden gerät.«

»... eine nimmt die Schuld auf sich«, wiederholte Lisa fassungslos.

»Wir haben alle gehofft, dass Camilla sich fügen würde«, schluchzte Sandra. »Dass sie sich damit abfindet und es am Ende vergisst. Aber das tut sie nicht. Sie wird es niemals vergessen. Denn sie leidet hier noch mehr als ich.«

Mitleid und Verzweiflung wallten in Lisa auf. Sie zog Sandra von ihrem Schemel und schloss sie fest in ihre Arme.

»Es tut mir so leid«, flüsterte sie. »Ich hab Francesco gefragt, ob er nicht nochmals ... aber er sagt, dass man euch gegen den Willen der Eltern hier nicht herausholen darf. Und außerdem ... Er kann nicht nochmal so eine große Summe entbehren. Es geht einfach nicht.«

»Ich weiß.« Sandra richtete sich auf und löste sich sanft aus Lisas Umarmung. »Hör nicht auf das, was Camilla sagt. Sie weiß es nicht anders. Du bist die beste Schwester, die man sich nur wünschen kann. Unser Vater wollte es so. Dagegen bist selbst du machtlos.« Ein Lächeln erschien auf Sandras Lippen. »Weißt du noch, wie wir Mädchen früher alle zusammen in einem Bett geschlafen haben?« Lisa nickte. Ihr Hals war wie zugeschnürt. »Daran denke ich, wenn ich abends im Schlafsaal liege«, sprach Sandra weiter. »Ich stelle mir vor, wie ich mich an deinen Rücken kuschle. Und dann schlafe ich auch schon ein.«

Wieder fielen sich die Schwestern in die Arme, klammerten sich heftig aneinander fest und weinten nun haltlos um ihre verlorene Kindheit, um die Träume, die sie damals gehegt hatten, um die Unbeschwertheit und die Zuversicht, mit der sie in ihre Zukunft geblickt hatten. Ein Dasein als Nonne hatte immer drohend über ihnen geschwebt. Sie waren jedoch davon überzeugt gewesen, dass ein gnädiges Schicksal sie davor bewahren würde.

Dass ein wundervoller Prinz kommen, sich in sie verlieben und sie auch ohne Mitgift heimführen würde. Und in jenem Sommer, als Giuliano de' Medici in Lisas Leben getreten war, hatte dieses Märchen zum Greifen nahe geschienen ...

Schwere Schritte, die sich auf dem Flur näherten, ließen die Schwestern auseinanderfahren.

»Schnell«, raunte Lisa und hielt Sandra beide Schachteln mit Süßigkeiten hin. »Versteck sie unter deinem Gewand.«

Doch zu spät. Sandra hatte ihre Kutte noch nicht einmal anheben können, als die Mutter Oberin eintrat. Mit einem Blick erfasste sie die Situation.

»Gott zum Gruß, Lisa del Giocondo«, sagte sie. »Ich fürchte, die Besuchszeit ist um. Ich wollte die Gelegenheit nutzen, um Euch vom Befinden Eurer Tante zu unterrichten. Sie ist krank und benötigt teure Medikamente. Das Kloster kann dafür nicht aufkommen, und Euer Vater hat mir ausrichten lassen, ich soll mich an Euch wenden.«

Lisa schluckte. Sie kam gern für die Medikamente ihrer Tante auf, das war nicht die Frage. Aber dass ihr Vater sie nach wie vor als seine Zahlmeisterin betrachtete, war empörend. Wortlos legte sie die Goldflorin auf den Tisch, die die Mutter Oberin verlangte.

»Kann ich für meine Schwestern eine Gabe hinterlassen, die ihnen zugutekommt?«, fragte sie, und doch kannte sie die Antwort bereits.

»Wenn Ihr dem Kloster eine Zuwendung machen möchtet, werden wir alle für Euch beten«, antwortete die Oberin. »Unser Grundsatz ist die Gleichbehandlung. Und deshalb sage ich auch für diese Gabe Dank im Namen aller.«

Sie nahm die beiden Schachteln vom Tisch, nickte Lisa zu und scheuchte Sandra vor sich her aus dem Raum. An der Tür sah sich die Kleine noch einmal um, und ihr sehnsuchtsvoller Blick zerriss Lisa beinahe das Herz.

Zuhause legte sie sich zu Bett, so elend fühlte sie sich. Die Verzweiflung ihrer Schwestern lastete schwer auf ihrem Herzen, doch noch schlimmer nagte die Feigheit ihres Vaters an ihr. Er hatte seine Töchter beraubt, und nun sollte sie die Schuldige sein, die ihre Schwestern im Stich ließ? Warum bekannte er sich nicht zu dem, was er getan hatte, und schenkte Camilla reinen Wein ein? Auch von ihren Brüdern war sie maßlos enttäuscht. Sie hatten sich an ihnen bereichert und nahmen in Kauf, dass sie und Camilla sich entzweiten?

»Was ist mit dir, mein Täubchen?«, fragte Betta und brachte ihr eine Schale mit Hühnerbrühe, die laut Duccio einen Toten zum Leben erwecken konnte. »Du wirst hoffentlich nicht krank werden?« Lisa seufzte tief. »Mir kannst du alles sagen«, versicherte ihr Betta. »Du weißt, dass bei mir jedes Geheimnis gut aufgehoben ist. Ist etwas mit deinen Schwestern? Geht es ihnen nicht gut?«

Und so schüttete Lisa ihr Herz bei ihrer guten Amme aus, die bleich wurde, dann wieder rot vor Empörung, und schließlich ausgesprochen niedergeschlagen wirkte.

»Hättest du so etwas je von meinem Vater gedacht?«, schloss Lisa und legte sich zurück in ihre Kissen. »Dass er zulässt, dass Camilla mich für eine herzlose Lügnerin hält?«

Betta antwortete nicht. Ihr Blick ging ins Leere, so als dächte sie an längst vergangene Zeiten und als ob das, was sie dort sah, keine schöne Erinnerung war.

»Gegen die Männer sind wir machtlos«, sagte sie endlich, stand auf und schüttelte ein paar Kissen zurecht.

In Lisa bäumte sich alles gegen diesen Satz auf. Nein. Sie waren nicht machtlos. Sie dachte an Monna Piera. Was hätte sie an ihrer Stelle getan? Vermutlich hätte sie Vorkehrungen getroffen, statt Antonmaria den Wechsel einfach so ohne Zeugen auszuhändigen. Vielleicht hätte sie selbst Ehemänner für ihre Schwestern ausgesucht und die Hochzeiten arrangiert. Aber das hätte bedeutet, Lisas Vater zu übergehen und ihn vor der gesamten Stadt bloßzustellen. Jedermann hätte erfahren, dass das Oberhaupt der Familie Gherardini nicht in der Lage war, die Mitgift für seine Töchter aufzubringen. Über solche Dinge war Monna Piera hinweggegangen und hatte sich dafür den Ruf einer harten, eigensinnigen Matrone eingehandelt. Sie war eine Respektsperson gewesen, und Lisa begriff, dass man dafür einen gewissen Preis zahlen musste.

Energisch schlug sie die Decke zurück und stand auf. Diese Schlacht hatte sie verloren, und der Verlust wog schwer. Lisa trat vor ihren Spiegel, nahm den Kamm aus Ebenholz und ordnete damit ihr Haar. Dabei sah sie sich selbst in die Augen und schwor sich, nie wieder einen solchen Fehler zu begehen. Nein, sie waren nicht machtlos gegenüber den Entscheidungen der Männer. Und sie würde ihnen diese nie wieder überlassen.

Es war Anfang Dezember und ungewöhnlich kalt. An jenem Morgen, an dem Marietta Machiavelli zum ersten Mal dem Zirkel beiwohnen sollte, ging die Sonne über einem fremdartig glitzernden Florenz auf. Es hatte in der Nacht geschneit, und eine dünne Schneedecke lag über den Dächern, verbarg gnädig den Schmutz in den Straßen, sorgte aber auch für Aufruhr und Geschrei unter den Händlern, die wie immer ihre Karren zum Markt führen wollten. In Lisas Haus kam Ricardo kaum mit dem Anfeuern der Kamine und Öfen nach, Duccio fluchte, weil sein »ewiges Feuer«, wie er seine Kochstelle nannte, erloschen war, was seiner Meinung nach niemals vorkommen durfte.

Lisa überlegte, ob es nicht angebracht wäre, den literarischen Zirkel an diesem Tag abzusagen, doch gegen Mittag hatte die Sonne den Schnee schon fast wieder geschmolzen, nur auf den Nordseiten der Dächer und in schattigen Gassen hielt er sich noch.

Wie verabredet trafen die meisten ihrer Freundinnen ein paar Minuten vor der offiziellen Stunde ein, denn sie wollten sich noch kurz besprechen, wie sie mit Machiavellis Gattin umgehen sollten. Die jungen Damen hatten sich von Sänftenträgern herbringen lassen und schritten vorsichtig über das Brett, das Ricardo über den Schneematsch gelegt hatte, ins Haus. Nur Olivia ließ sich entschuldigen, ihr kleiner Sohn hatte über Nacht Fieber bekommen.

»Hier sind die Gedichte«, sagte Lisa und deutete auf einen Papierstapel. Messer Bartoldi hatte sich freundlicherweise erboten, ausreichend Kopien von ihnen anzufertigen, und Lisa war ihm außerordentlich dankbar dafür, denn die ausgesuchten Werke waren wirklich kein Genuss.

»Von wem sind sie?« Ada griff nach einem der Blätter.

»Von einem jungen Geistlichen«, antwortete Lisa. »Er hat sie Ginevra de' Benci zur Begutachtung geschickt.«

»Wie geht es ihr eigentlich?«, fragte Simonetta. »Ich habe sie schon lange nicht mehr gesehen.«

»Es geht ihr gut.« Lisa dachte an den letzten Besuch in Ginevras Räumen bei den *Murate*. Sie fand es schwierig, hinter die Fassade ihrer Freundin zu blicken. Ginevra war eine Meisterin der Selbstbeherrschung und schien sich mit ihrer Situation abgefunden zu haben. »Sie freut sich wie wir alle auf den Frühling«, fügte sie hinzu, als Simonetta sie immer noch fragend ansah. »Und darauf, wieder mehr Zeit im Freien zu verbringen.«

»Oh ja«, seufzte Ada, »darauf freue ich mich auch. Bei dieser Kälte hängt der Himmel voller Rauch. Jeder heizt, so gut er kann. An manchen Tagen bekommt man fast keine Luft mehr.«

Das sind die Tage mit diesem besonderen Wetter, dachte Lisa. Da hindert eine schwerere Luftschicht in der Höhe jene am Boden am Aufsteigen und drückt sie sogar nach unten. Leonardo hatte ihr das erklärt in Zusammenhang mit seinen Studien zum

Fliegen. Doch da ertönte die leise Glocke, das Zeichen, das Lisa mit Betta vereinbart hatte, um sie vorzuwarnen, dass Signora Machiavelli eingetroffen war.

»Also«, sagte sie rasch. »Wir behandeln sie respektvoll. Und konzentrieren uns vollkommen auf die Texte.«

Ada seufzte erneut, sie hatte das erste Gedicht bereits überflogen.

»Das wird eine langweilige Sitzung«, murmelte sie.

Und da klopfte es an der Tür.

Marietta Machiavelli war keineswegs eine dürre, griesgrämige Frau. Sie war noch jung, kaum zwanzig Jahre alt, hatte rosige Wangen und sprühte nur so vor Lebendigkeit. Alles an ihr war rund, auch die graublauen Augen, mit denen sie neugierig in die Runde blickte.

»Ich freu mich so, hier zu sein«, platzte es aus ihr heraus, nachdem Lisa sie mit gebührender Höflichkeit begrüßt und ihr die anderen vorgestellt hatte. »Und bin sehr gespannt auf unsere Lektüre.«

Lisa wechselte mit Simonetta einen kurzen Blick. Dass Marietta Machiavelli nett sein könnte, damit hatte seltsamerweise keine von ihnen gerechnet. Dann verteilte sie die Texte und erklärte, dass sie diese reihum vorlesen würden.

»Und am besten beginnt Ihr heute gleich damit«, schloss sie. »Ich hoffe, die Schrift meines Hauslehrers, der so freundlich war, sie für uns abzuschreiben, ist gut lesbar.«

»Sehr gern«, antwortete Marietta, räusperte sich, setzte sich auf ihrem Stuhl zurecht und begann vollkommen ohne Scheu oder Befangenheit zu lesen.

Sie las gut. Flüssig und im richtigen Tempo, geriet nur an jenen Stellen ins Stocken, wo der Dichter das rechte Versmaß nicht beachtet hatte, was man ihr nicht verdenken konnte. Als sie geendet hatte, sah sie fragend in die Runde. »Ein hübsches Gedicht«, urteilte sie und zog die Stirn kraus. »Man könnte wohl ein paar Dinge verbessern.« Sogleich schlug sie ihre kleine Hand vor den Mund und wurde über und über rot. »Verzeiht«, schob sie eilig hinterher. »Das war anmaßend von mir.«

»Ähm ... nein«, sagte Lisa nach einem Moment, in dem sie alle verblüfft die Luft angehalten hatten, »anmaßend ist es nicht. Und Ihr habt vollkommen recht. Man könnte daran durchaus einiges kritisieren.«

Sie blickte aufmunternd in die Runde, und Ada war die Erste, die sich gefasst hatte.

»An welcher Stelle würdet Ihr denn etwas ändern wollen?«, fragte sie Marietta in liebenswürdigem Ton, und es war auch wirklich nicht schwierig, freundlich zu dieser jungen Frau zu sein.

Allmählich entspann sich eine erst zögerliche, dann immer angeregtere Diskussion über diese Texte, und jener junge Geistliche, der sie Ginevra anvertraut hatte, hätte sicherlich seine Freude daran gehabt, wie eifrig diese Damenrunde versuchte, seinen Ergüssen etwas abzugewinnen. Nur Tiziana und Elisabetta, die sich kein bisschen für Lyrik interessierten und nur in dem Zirkel waren, um den Medici zur Rückkehr zu verhelfen, rutschten nach einer Stunde unruhig auf ihren Stühlen und konnten ihre Langeweile kaum noch verbergen.

»Ich denke«, nutzte Lisa eine kurze Pause im Gespräch, »das genügt für heute.« Während Marietta enttäuscht wirkte, nickten die anderen Frauen erleichtert und schoben die Blätter übereinander. »Was für ein interessantes Treffen. Möchtet Ihr das nächste Mal wieder dabei sein?«

Lisa sah Marietta fragend an und fühlte die angstvollen Blicke ihrer Freundinnen auf sich.

»Sehr gerne«, antwortete Marietta, auf einmal schüchtern. »Aber nur, wenn es allen recht ist. Ich hoffe, ich habe mich heute nicht zu weit vorgewagt. Ich bin schließlich neu in der Runde. Da hätte ich mich wohl doch mehr zurückhalten sollen.«

Lisa schluckte. Wenn sie tatsächlich einen echten literarischen Zirkel führen wollten, wäre jemand wie Marietta genau die richtige Teilnehmerin.

»Durchaus nicht.« Simonetta klang fast ein wenig grimmig. »Wo kommen wir hin, wenn wir uns ständig zurückhalten?«

Mariettas Gesicht entspannte sich sichtlich. »Also wenn ich nicht störe, wäre ich sehr gerne wieder dabei«, erklärte sie. »Und ...« Sie schien noch etwas auf dem Herzen zu haben, wusste aber offenbar nicht, ob sie damit herausrücken sollte.

»Sprecht nur immer frei«, ermutigte Lisa sie. Sie wusste noch immer nicht, wie sie Marietta einschätzen sollte. War ihre Begeisterung echt? Alles sprach dafür. War sie wirklich aus eigenem Interesse hier oder im Auftrag ihres Mannes? Beides war möglich. Es konnte nicht schaden, mehr von der jungen Frau zu erfahren.

»Ich wollte fragen«, fuhr Marietta nun zögernd fort, »ob hier ausschließlich Lyrik behandelt wird, oder ob Ihr auch andere Texte besprecht.«

»Was für andere Texte?«, erkundigte sich Simonetta, und wer sie kannte, konnte den leicht misstrauischen Ton durchaus heraushören.

»Prosatexte«, antwortete Marietta und zog ihre Tasche heran. Diese war Lisa gleich zu Beginn aufgefallen. Denn es handelte sich nicht um eine zierliche Damentasche, sondern um etwas, das eher wie eine Mappe für Akten aussah. Marietta holte aus ihr einen mit einer farbigen Schnur zusammengehaltenen Stapel Blätter hervor und reichte ihn Lisa. »Zum Beispiel so etwas.«

Lisa griff erstaunt nach dem Packen. Es handelte sich um dicht beschriebene Seiten.

»Was ist das?«, fragte sie verblüfft.

»Ein Aufsatz, an dem mein Mann gerade arbeitet«, erklärte Marietta in einer Mischung aus Stolz und Unsicherheit, ob die anderen das wohl interessieren könnte. »Es geht um die Frage, welches die beste Regierungsform ist. Das ist ein Thema, das ihn sehr interessiert. Und ... nun ja, auch ich finde das bedenkenswert.«

Ada hatte vergessen, ihren Mund zu schließen. Und Barbarina hatte den Kopf wenig damenhaft vorgereckt, als hätte sie nicht recht gehört.

»Nur, damit ich es verstehe«, sagte Lisa langsam und hatte das Gefühl, sich an diesem Packen Papier die Finger zu verbrennen. »Das handelt von Politik?«

»Ganz recht«, bestätigte Marietta eifrig. »Wir leben ja in turbulenten Zeiten«, fügte sie hinzu. »Italien befindet sich bereits seit Jahren in Aufruhr. Mein Vater sagt immer ...« Marietta blickte in die Runde und schien erst jetzt zu bemerken, wie konsterniert alle waren. »Politik ist von dem griechischen Wort *politikós* abgeleitet und bedeutet so viel wie »den Bürger betreffend«. Oder die Bürgerin. Also geht sie uns alle etwas an. Oder nicht?« Keine der Anwesenden gab eine Antwort, sie waren alle viel zu überrascht von der Wendung, die dieses Treffen nahm. »Nun«, räumte Marietta vorsichtig ein, »vielleicht ist es nicht das Richtige für diese Runde. Ich persönlich finde aber, wir Frauen sollten nicht alles Wichtige den Männern überlassen. Gut. Wir haben unseren Platz in dieser Gesellschaft. Dennoch ist es kein Fehler, sich im Denken zu schulen und uns eine Meinung zu bilden.« Noch immer starrten die anderen Frauen sie nur an, und Mariettas Unbehagen wuchs sichtlich. »Jedenfalls findet das auch mein Vater.«

»Wir beschäftigen uns nicht mit Politik«, sagte Lisa schließlich in ruhigem, entschiedenem Ton. »Dies ist ein literarischer Zirkel.«

Marietta griff hastig nach dem Manuskript ihres Mannes und steckte es sorgsam weg. »Tut mir leid«, räumte sie ein, über und über rot geworden. »Es war nur ein Vorschlag.«

»Natürlich«, säuselte Ada, als spräche sie beruhigend zu einem Kind, das einen Fehler eingesehen hat. »Vorschläge sind immer willkommen. Aber wie Lisa schon sagte, wir sind an politischen Themen nicht interessiert.«

»Das hab ich verstanden«, erklärte Marietta beflissen und neigte den Kopf. Dennoch war ihre Enttäuschung nur allzu deutlich. »Ich bitte nochmals um Entschuldigung.«

»Bitte nehmt noch von den Süßigkeiten«, sagte Lisa und erhob sich, um die Platte herumzureichen. »Mein Koch ist untröstlich, wenn wir so viel übrig lassen.« Im Stillen hasste sie sich für diese Lügerei, und dafür, dass sie so tat, als wäre das Wichtigste an ihren Treffen die kandierten Maronen und mit Pistazien gefüllten Datteln. Fast musste sie lachen über den gespielten Eifer, mit dem ihre Freundinnen nun einander nach ihren Kindern befragten, und in helle Aufregung ausbrachen, weil Adas Tochter einen Milchzahn verloren hatte. Was musste Marietta Machiavelli von ihnen denken! Und doch war es besser, sie davon zu überzeugen, dass Lisa und ihre Freundinnen die albernsten und rückständigsten Hausfrauen von ganz Florenz waren. Denn wenn Lisa es recht bedachte, konnte Mariettas Vorschlag nichts anderes als eine Falle sein.

»Ich glaube, die sind wir los«, erklärte Simonetta am anderen Tag, als Lisa sie mit ihren Kindern besuchte. Unter der Aufsicht von Bice und Simonettas Kinderfrau spielten sie mit den Töchtern des Hauses in der Eingangshalle und machten dabei eine Menge Lärm.

»Eigentlich schade«, gab Lisa zurück. »Ich hätte Machiavellis Text gern gelesen.«

»Ich hab mich erkundigt«, berichtete Simonetta. »Und jeder sagt etwas anderes über ihn. Mein Vater meint, er hasse die Medici aus ganzem Herzen. Mein Schwager, Tizianas Mann, behauptet hingegen, er sympathisiere heimlich mit ihnen.«

»So oder so«, erklärte Lisa, »er darf von dem Zweck unserer Treffen auf keinen Fall etwas erfahren.«

»Natürlich nicht«, stimmte Simonetta ihr zu. »Das wäre unser Ende. Aber ich denke, wir waren überzeugend.« Sie grinste und setzte sich in ihrem Stuhl auf. »Wir beschäftigen uns nicht mit Politik«, ahmte sie Lisa nach und wollte sich ausschütteln vor Lachen. »Du warst großartig, Lisa. Ich hätte nie gedacht, dass du dich so verstellen kannst.« Kichernd naschte sie von dem Mandelgebäck. »Hast du das schon probiert?«, fügte sie mit vollem Mund hinzu. »Ich finde, dass mein Koch deinem Duccio durchaus das Wasser reichen kann. Oder?«

Lisa stimmte ihr höflich zu. Als ob es auf die Leistung ihrer Köche ankäme. Sie wurde das Gefühl nicht los, dass Simonetta den Damenzirkel als spannende Abwechslung ihres Alltags betrachtete, während er für sie eine ernste Angelegenheit war. Und sie sich der Gefahr, in der sie sich befand, durchaus bewusst war. Oder benutzte auch sie das Sammeln von Informationen für Giuliano, um sich von ihren häuslichen Dramen abzulenken?

Das Zerwürfnis mit ihrer Schwester Camilla und ihren Eltern nagte an ihr. Und Caterina hatte sich zwar inzwischen erholt und ging wieder ihrer Arbeit nach wie zuvor. Sie war jedoch hohlwangig und bleich geworden, unter ihren wunderschönen Augen lagen tiefe Schatten. Etwas schien in ihr zerbrochen seit der Fehlgeburt, und sie war noch zurückhaltender Lisa gegenüber, als sie es ohnehin immer gewesen war. Nur in Gesellschaft von Sina und Milla schien sie aufzublühen, und Lisa war ihr dankbar, dass sie sich um ihre Jüngste so liebevoll kümmerte. Das Einzige, was sie mit Zuversicht erfüllte, war die heimliche

Aufgabe, die Giuliano ihr übertragen hatte. Und ihre Besuche bei Leonardo da Vinci.

»Ihr seid stets so ernst«, sagte der Maler kurz vor dem Jahreswechsel während einer ihrer Sitzungen und begutachtete die Skizze, die er gerade angefertigt hatte. Wie auf jenen, die er bereits früher gezeichnet hatte, blickte ihn eine in sich gekehrte, traurige Monna Lisa an. Er löste das Blatt vom Brett und warf es ins Feuer. »Warum ist das so? Hat es etwas mit Giuliano de' Medici zu tun?« Lisa fuhr herum. Sie hatte sich dermaßen angewöhnt, diesen Namen niemals auszusprechen, dass sie nun erschrocken war.

Sie antwortete nicht gleich. Wie sollte sie Worte für ihre Gefühle finden, die sie selbst nicht recht verstand? Dann begann sie langsam zu erzählen, was damals passiert war. Ihr kam in den Sinn, dass sie ihre Geschichte noch nie jemandem anvertraut hatte, jedenfalls nicht in allen Einzelheiten. Auf einmal wurde ihr bewusst, dass sie dieses Geheimnis über all die Jahre hatte einsam werden lassen, obgleich sie stets von Menschen umgeben war. Niemand hatte je in ihr Herz geschaut, keiner ahnte, dass hinter ihrer ruhigen, vernünftigen Fassade so viel Schmerz und Leidenschaft verborgen waren. Und vielleicht lag es auch an der Art, wie Leonardo ihr zuhörte – zugewandt und doch alles andere als drängend, mit halb geschlossenen Lidern, so als lausche er einem fernen Lied.

»Ihr liebt ihn noch immer«, sagte er, lange nachdem sie geendet hatte.

»Ich weiß es nicht«, gestand sie leise ein. »Woher soll ich das wissen. Es ist nun mehr als neun Jahre her, seit ich ihn zuletzt gesehen habe.« Sie stand auf und ging in Leonardos *studiolo* auf und ab. »Es gab eine Zeit«, fuhr sie lebhaft fort, »da war ich sicher, meinen Mann aus vollem Herzen zu lieben. Aber dann habe ich etwas Furchtbares erfahren, und damit ist alles zerbrochen.« Lisa war vor ihrem Lieblingsstück aus Leonardos Sammlung stehen geblieben. Es war die Versteinerung einer Meerespflanze, in deren wellenförmiger Gestalt die Bewegung des Wassers noch zu erahnen war. Wenn man genau hinsah, erkannte man viele Einzelheiten, die feine Äderung der langen, schmalen Blätter, zarte Triebe, sogar ein paar fedrige Blüten, jedenfalls vermutete Lisa, dass es welche wären. Und diese Pflanze, so hatte Leonardo ihr erklärt, war mitten im Erblühen von Sedimenten verschüttet worden. So fragil sie gewesen sein mochte, sie hatte sich doch dem Stein eingeprägt. Nur eines störte das Bild: Ein feiner Riss spaltete es in zwei Hälften. Genauso fühlte sich ihr Herz an, wenn sie an ihre Liebe zu Francesco dachte.

»Womit hat er Eure Liebe verloren?«, fragte Leonardo.

»Er lebt im Konkubinat«, antwortete Lisa und strich mit dem Zeigefinger sanft über den Riss im Stein. »Lange, bevor er mich zur Frau nahm, hat er sein Herz einer Sklavin geschenkt. Ich habe es erst erfahren, als sie fast gleichzeitig mit mir ein Kind von ihm gebar.« Sie schluckte schwer. Wagte nicht, Leonardo anzusehen und wartete ängstlich darauf, was er sagen würde. Schließlich war Leonardo ein Mann und würde das Ganze aus Francescos Blickwinkel sehen, der eben seine »Bedürfnisse« hatte. Sie biss die Zähne zusammen. Wie sie dieses Wort hasste! Als ob nur Männer Bedürfnisse hätten. Doch das Schweigen im *studiolo* nahm kein Ende, und schließlich kehrte Lisa zurück zu ihrem Platz. Sie nahm ihren Schal und schlang ihn sich um die Schulter.

»Es tut mir leid, Euch mit dieser Sache behelligt zu haben.« Die Scham schnürte ihr beinahe die Kehle zu. »Bitte vergesst, was Ihr eben gehört habt.«

Leonardo stand auf und legte ihr die Hand auf die Schulter.

»Geht nicht«, sagte er leise, und das Mitgefühl in seiner Stimme brachte etwas in Lisa zum Schmelzen. »Lauft nicht weg.

Ich weiß wie kein anderer, wie schmerzlich all das im Herzen brennt. Es gibt keine Worte dafür.«

Und als hätte er damit eine verborgene Tür in ihrem Innern geöffnet, begann Lisa haltlos zu weinen, wehrte sich nicht, als Leonardo sie sanft an sich zog, und ließ ihren Tränen an seiner Brust freien Lauf.

Irgendwann beruhigte sie sich wieder und trocknete ihr Gesicht. Leonardo tauchte ein sauberes Tuch in den Wasserkrug auf seinem Tisch und reichte es ihr. Sie legte es sich über die Augen, um sie zu kühlen. Sie wollte gar nicht wissen, wie fürchterlich sie aussah, so verschwollen fühlte sich ihr Gesicht an. »Ich weiß einfach nicht, was ich machen soll.« Ihre Stimme klang wie erstickt. »Mein Mann weigert sich, von Caterina zu lassen.« Obwohl, so schoss es ihr durch den Kopf, er sich seit der Fehlgeburt der Dienerin nicht mehr genähert hatte. Betta hatte ihr versichert, gut aufzupassen, ob er des Nachts in den Gesindetrakt kam. Bislang, so schwor sie, war es noch nicht vorgekommen.

»Auch Ihr wisst ja nicht, wem Euer Herz gehört«, gab Leonardo zu bedenken.

Lisa biss sich auf die Unterlippe und senkte den Kopf. Das stimmte. Und wenn sie ehrlich war, wurde sie Francesco in jeder Nacht, die er zu ihr kam, wenigstens in Gedanken untreu. »Wollt Ihr meinen Rat hören?«

Überrascht sah Lisa ihn an und nickte.

»Trefft Euch mit Giuliano. Und findet heraus, ob Ihr ihn noch immer liebt.«

»Ihn treffen?«, rief sie verblüfft aus. »Wie sollte das möglich sein?«

»Es findet sich immer ein Weg, wenn beide es wollen«, erklärte Leonardo. »Natürlich kann er nicht nach Florenz kommen. Aber auf neutralem Boden, irgendwo draußen auf dem Land, da wäre eine Zusammenkunft bestimmt möglich.«

»Auf dem Land ...«, wiederholte Lisa und dachte fieberhaft nach. War das nicht viel zu riskant? »Wo könnte das sein?«

Leonardo wandte den Kopf und schien die Zeichnungen zu betrachten, die an einer der Wände hingen, das Porträt eines älteren Mannes und verschiedene Rötelstudien einer jungen Frau mit einem kleinen Kind, das mit einem seltsamen Gegenstand spielte. Einer Spindel?

Der Maler stand auf und ging zum Fenster. »Falls Ihr Euch dazu entschließt, finden wir einen Weg. Das muss selbstverständlich alles sorgfältig überdacht werden. Und Giuliano muss bereit dazu sein.«

Giuliano zu treffen. Lisa atmete tief ein, und ihr war, als dringe damit nicht nur neue Luft in sie ein, sondern auch frischer Mut. Wenn Leonardo da Vinci, der ansonsten so umsichtig war, dies nicht für ausgeschlossen hielt – war es dann vielleicht tatsächlich möglich?

»Bedenkt«, sagte er nun, und sein Lächeln war warm und brachte seine meerblauen Augen zum Strahlen, »dass ich dies alles aus purem Eigennutz vorschlage. Denn solange Ihr so traurig dreinblickt, wird Euer Porträt nicht gelingen. Ich habe Euch gleich zu Beginn erklärt, dass ich Euer Geheimnis entschlüsseln muss, um Euch malen zu können. Und dieses letzte Geheimnis, für wen Euer Herz schlägt, müsst Ihr nun selbst ergründen.«

Nachdenklich machte Lisa sich auf den Heimweg. Sie hatte es abgelehnt, dass Girardo sie begleitete, es war heller Tag, der Schnee war längst nur eine Erinnerung, und die wenigen Schritte bis in die Via della Stufa würde sie heute alleine bewältigen.

Niemand behelligte sie. Es war Mittagszeit, und wie immer waren um diese Stunden die Straßen leer. An der Ecke zur Via de' Gori blieb sie kurz stehen und blickte an der beeindruckenden Fassade des Palazzo Medici empor, erinnerte sich an die Zeiten, als sie dort aus- und eingegangen war. Sie eilte weiter. In der Via della Stufa überfiel sie wie aus dem Nichts ein unheilvolles Gefühl. Und dann sah sie sie. Zwei Männer in der Tracht der Amtsbüttel verharrten im Schatten der Mauer des Palazzos, der ihrem Haus gegenüberstand.

»Madonna Lisa del Giocondo?«, fragte der eine und trat auf sie zu. Sie nickte. »Wir müssen Euch bitten, mit uns zu kommen.«

»Aber ... warum?«

»Ihr seid verhaftet«, erklärte der andere, ein unangenehmer Mann mit stechenden, schwarzen Augen. »Wenn Ihr Aufsehen vermeiden wollt, das dem Geschäft Eures Mannes sicher schaden würde, kommt Ihr jetzt friedlich mit uns. Ansonsten ...«

Es blieb ihr keine Wahl. Die beiden Amtsbüttel nahmen sie in ihre Mitte, und sosehr sie sich den Kopf verrenkte, um zu den Fenstern ihres Hauses hinaufzublicken – niemand war zu sehen, der ihr zu Hilfe eilen könnte.

»Ich möchte meinen Mann informieren«, sagte sie und blieb stehen.

»Das ist nicht notwendig«, antwortete der erste Büttel, der höfliche, und griff nach ihrem Arm.

So vieles schoss ihr durch den Kopf, während sie die leergefegten Straßen entlanggingen. Dass jemand Simonetta und die anderen warnen müsste. Dass Marietta Machiavelli also doch eine Spionin gewesen war und ihre Lügen durchschaut hatte. Dass sie ihre Kinder womöglich nie wiedersehen würde, und das entsetzte sie mehr als alles andere.

Sie sah in die Gesichter der wenigen Passanten und hoffte, jemand würde sie erkennen, begreifen, was gerade mit ihr passierte, und Francesco Bescheid geben. Doch keines kam ihr bekannt vor, niemand nahm von ihr und ihren Begleitern Notiz. Schließlich erreichten sie den *bargello*, jenen furchteinflößenden, festungsähnlichen Bau, in dem sich nicht nur der Sitz des Polizeihauptmanns, sondern auch das Gericht und das Gefängnis befanden.

»Warum bringt Ihr mich hierher?«, keuchte Lisa, als sie in den Innenhof geführt wurde.

»Das werdet Ihr gleich erfahren«, knurrte der Büttel mit den stechenden Augen. »Je schneller Ihr geht, desto eher.«

Sie war noch nie in diesem weitläufigen Gebäude gewesen und hatte nach kurzer Zeit die Orientierung verloren, nachdem sie eine steile Treppe hinaufgeleitet worden war. Als sie einen düsteren Gang entlanggeführt wurde, hörte sie einen jammervollen, langgezogenen Schrei, der ihr das Blut in den Adern gefrieren ließ, sie konnte nicht sagen, woher genau er stammte. Eine weitere Treppe folgte, noch mehr Gänge und Flure – schließlich wurde eine der vielen Türen geöffnet und sie in einen Raum geschoben. Ehe Lisa es begriff, fiel die Tür hinter ihr ins Schloss. Geräuschvoll wurde ein Riegel vorgeschoben.

Lisa rüttelte an ihr, vergebens. Panisch sah sie sich um. Es war ein karg eingerichteter Raum. Der untere Teil der Wände war mit dunklem Holz getäfelt, der Boden mit abgetretenen und schmucklosen Steinplatten belegt. Durch ein vergittertes Fenster fiel dürftiges Licht auf einen Tisch, auf dem eine Kerze in einem verspiegelten Glasbehälter brannte. Außerdem befand sich dort ein Tintenfass samt Feder. Auf der einen Seite des Tischs stand ein hoher, geschnitzter Stuhl, ein einfacher Hocker auf der anderen.

Sie war allein. Rasch trat sie ans Fenster. Es ging auf eine Art Luftschacht hinaus, in dem sich Tauben tummelten, Fensterbrett und Gitter waren voll von ihrem Kot. Angewidert und verängstigt wandte Lisa sich um. War dies eine Gefängniszelle? Nein. Die spärliche Einrichtung sprach eher für einen Ort für Verhöre.

Zum Glück hatte sie an diesem Tag vergessen, die goldene Feder aus der Schmuckschatulle zu nehmen. Plötzlich fiel ihr jedoch die Liste ein, die sie in einer speziell dafür eingenähten Tasche im Innern ihres Kleids immer bei sich trug, jene, die ihr als Gedächtnisstütze dienen sollte und auf der sie die Anzahl der Namen desselben Anfangsbuchstabens notiert hatte. Was für eine dumme Idee! Hastig zog Lisa sie aus ihrem Versteck und wollte sie eben in die Kerzenflamme halten, als sie hörte, wie der Riegel zurückgeschoben wurde. Es gelang ihr gerade noch, das Papier in ihr Mieder zu schieben und sich zwei Schritte von dem Tisch zu entfernen, ehe zwei Männer eintraten.

»Lisa del Giocondo«, sagte der Ältere und fixierte sie mit hellblauen, durchdringenden Augen. Seine Schultern waren nach vorne gebeugt, so dass er den Kopf anheben musste, um die Welt zu betrachten, was an einen Vogel erinnerte, der den Hals nach seiner Beute reckte. »Richtig?«

Lisa wollte etwas erwidern, doch sie brachte kein Wort hervor. Darum nickte sie und beobachtete, wie der zweite Mann, offenbar der Sekretär, eine Schreibmappe auf den Tisch legte und auf dem Schemel Platz nahm. »Hättet Ihr die Güte, Euren Schleier zu heben?« Der andere ließ sich auf den Lehnstuhl sinken. Es war keine Bitte, sondern ein Befehl. Lisa folgte ihm nach kurzem Zögern und steckte den Schleier in eine ihrer Manteltaschen.

»Wer seid Ihr?«, fragte sie und schluckte, ihre Stimme klang rau.

»Mein Name ist Arcobaldo Bartolomeo di Girolamo di San Severo«, antwortete der Mann. »Und ehe Ihr fragt – ich bin Oberkommissar der Inneren Sicherheit. Und nun zu Euch.« Er warf dem Sekretär einen prüfenden Blick zu, und als er sah, dass dieser aus der Mappe einen Packen Schreibpapier herausgenommen hatte und die Feder bereits ins Tintenfass tauchte, fuhr er fort. »Ihr seid angezeigt, eine Verschwörung gegen die Republik Florenz zu planen.«

»Von wem?«

»Das tut nichts zur Sache«, gab San Severo streng zurück. »Ihr antwortet auf meine Fragen und stellt keine eigenen. Ist das klar?«

Lisa nickte.

»Gebt Ihr zu, dass Ihr einen Umsturz plant?«

»Nein«, antwortete Lisa.

»Aber Ihr wünscht die Rückkehr der Medici und sucht zu diesem Zweck Verbündete?«

»Nein.«

»Gebt Ihr zu, dass Ihr bestimmte Listen anlegt mit Namen derer, von denen Ihr vermutet, dass sie eine Rückkehr der Medici an die Macht unterstützen würden?«

»Nein.«

»Könnt Ihr Euch vorstellen, dass wir Mittel haben, Euch dazu zu bringen, diese ›Neins‹ zu überdenken?«

Lisa starrte den Mann ungläubig an. Drohte er ihr gerade Folter an?

»Ich möchte einen Advokaten sprechen«, sagte sie mit fester Stimme. »Wie kommt Ihr dazu, bei helllichtem Tage eine unbescholtene Dame abführen zu lassen, Ehefrau eines ehrbaren Kaufmanns und Mutter von vier Kindern?«

Sie hatte die Hände zu Fäusten geballt, stand fest auf ihren beiden Füßen, die Ellbogen durchgestreckt. Und dennoch klopfte ihr das Herz in der Brust, als wäre sie von einem Stadttor zum anderen gerannt.

»Euer Ehemann wird zur gegebenen Zeit verständigt werden«, gab San Severo ungerührt zurück. »Zuvor möchte ich von Euch wissen, was während dieser ...«, er nahm ein Blatt aus der Mappe, die der Sekretär zu ihm geschoben hatte, und schien etwas zu suchen, »... dieser sogenannten literarischen Damenzirkel in Eurem Haus wirklich vor sich geht.«

»Wir lesen Gedichte«, antwortete Lisa.

San Severo reckte seinen Hals noch ein wenig weiter vor und zog die Augenbrauen hoch. »Gedichte.«

»So ist es.«

»Welche Art Gedichte?«

»Poetische Gedichte.« Lisa verlagerte ihr Gewicht auf das rechte Bein. Offenbar dachte man nicht daran, ihr eine Sitzgelegenheit anzubieten. Nun gut. Sie war jung und stark und konnte stehen. »Wenn Ihr es wünscht, kann ich sie Euch bringen.«

Lisa konnte nicht erkennen, was San Severo davon hielt.

»Wer nimmt an diesen Treffen teil?«, fragte er.

»Einige meiner Freundinnen«, antwortete sie und überlegte, wie sie es umgehen konnte, Namen zu nennen.

»Hier.« San Severo zog ein leeres Blatt hervor. »Gib ihr die Feder«, wies er den Sekretär an, und dieser reichte sie ihr. »Aufschreiben.«

Lisa fühlte, wie ihr ein Tropfen kalter Schweiß die Wirbelsäule hinunterrann. Nun, überlegte sie. Man brauchte nur ihre Dienerschaft zu befragen und würde erfahren, wer an den Treffen teilnahm. Außerdem war es nicht verboten, gemeinsam Gedichte zu lesen. Mit einem unguten Gefühl schrieb sie die Namen ihrer Freundinnen auf das Papier. Und dann kam ihr endlich etwas in den Sinn, was möglicherweise alles zum Guten wenden könnte. »Neuerdings hat sich auch Marietta Machiavelli zu uns gesellt«, sagte sie, setzte in aller Ruhe diesen Namen unter den von Olivia und wartete angespannt auf San Severos Reaktion. Doch diese blieb aus.

Als sie aufsah, blickte sie direkt in die eisblauen Augen des Kommissars, die sie vollkommen ohne Regung taxierten. Er nahm das Blatt und schien es mit einer anderen Liste in seiner Mappe zu vergleichen.

»Fehlt da nicht jemand?« Er schob die Liste zu Lisa zurück. »Denkt nochmals gründlich nach.« Tatsächlich. Lisa hatte vergessen, Elisabetta di Micheles Namen dazuzuschreiben. Kein Wunder, Elisabetta beteiligte sich selten an ihren Gesprächen. Plötzlich durchfuhr sie ein furchtbarer Verdacht. Sollte Elisabetta sie womöglich verraten haben?

»Ihr habt recht.« Sie schluckte. »In der Aufregung habe ich Monna di Michele vergessen.«

San Severo nickte, ohne sie aus den Augen zu lassen.

»Was für ein Zufall, dass alle diese Damen aus Familien stammen, denen wir seit längerem unsere besondere Aufmerksamkeit schenken.« Er lehnte sich zurück. »Und nun werden wir uns Euch einmal etwas gründlicher ansehen.«

Auf einen Wink von ihm sprang der Sekretär auf und wuselte hinaus. Wenig später kam er in Begleitung einer Ordensfrau zurück.

»Ich hoffe, Ihr wisst diese Sonderbehandlung zu würdigen«, erklärte San Severo und wandte sich seinem Ordner zu. »Normalerweise macht unser Sekretär das selbst.«

Lisa sah fragend von ihm in das unbewegte Gesicht der Nonne.

»Legt den Mantel ab«, sagte diese. Und da begriff Lisa. Sie wurde leibesvisitiert. Die Hitze schoss ihr ins Gesicht. »Und nun die *giornea*.«

»Hier?« Lisa sah sich entsetzt um. »Vor den Männern?«

»Legt sie ab«, wiederholte die Ordensfrau leise und eindringlich. Und in ihrem drohenden Blick las Lisa: ehe alles nur noch schlimmer wird.

Lisa gehorchte. Sie schlüpfte aus dem warmen Mantel, den die Nonne durchsuchte und schließlich achtlos zu Boden warf. Dasselbe geschah mit der *giornea*. Das Blut begann in ihren Ohren zu rauschen, als die Nonne ihr half, das Mieder aufzuschnüren. Da fiel auch schon der Zettel, den sie vorhin versteckt hatte, heraus und die Ordensfrau bückte sich und reichte ihn San Severo. »Sollen wir weitermachen?«, fragte sie.

»Und ob«, gab der Kommissar, sichtlich besser gelaunt, zurück. »Bis auf die Haut. Solche Kreaturen sind im Stand und verstecken Dinge an unerhörten Orten.«

»Das könnt Ihr nicht tun«, protestierte Lisa heiser.

»Doch, Kindchen«, sagte die Nonne, und fast klang es traurig. »Sie können das tun. Komm. Stell dich nicht an.«

Schwindel erfasste Lisa. Als die Nonne ihr an den Busen griff im Versuch, das Mieder weiter zu lösen, wich sie instinktiv zurück, bis sie mit dem Rücken gegen die Wand stieß. Sie fühlte, wie ihr Rock zu Boden glitt, die Ordensfrau hatte die Bänder gelöst. Auch er wurde gründlich untersucht, dann beiseite gelegt.

»Nun das Mieder«, befahl die Nonne.

»Nein«, entgegnete Lisa. Eh sie es sich versah, versetzte ihr die Ordensfrau zwei derart kräftige Ohrfeigen, wie sie es einer Frau niemals zugetraut hätte, und obwohl sie sich wehrte und um sich trat, gelang es der Nonne, ihr das Mieder samt angehefteter Ärmel über den Kopf zu zerren, so dass sich Lisas aufgestecktes Haar löste und ein paar Haarnadeln klirrend zu Boden fielen.

»Lass mich los«, fauchte sie und schlang die Arme um ihren Leib, der nur noch von ihrem wollenen Winterunterkleid bedeckt war.

»Wenn das noch lange dauert, helfen wir nach«, drohte San Severo und stand bereits von seinem Stuhl auf.

Die Nonne nahm dies wohl zum Anlass, noch härter zuzulangen, packte Lisa an den Schultern und schleuderte sie so heftig gegen die Wand, dass sie mit dem Hinterkopf hart aufschlug und benommen taumelte. Sie fühlte, wie ihr Unterkleid angehoben wurde, grobe Hände ihren Busen quetschten, ihr in den Schritt fassten und in ihrer Scham herumtasteten, worauf sie wie im Reflex ein Knie hochzog und es der Frau in den Bauch rammte. Es half nichts. Wie ein Kaninchen fühlte sie sich im Genick gepackt, umgedreht und ihren Oberkörper nach unten gedrückt. Jäh schrie sie auf, als die Frau ihr mit dem Finger mehrmals brutal in den After fuhr.

»Nichts«, sagte die Nonne in Richtung der Männer und ließ von Lisa ab. »Kannst dich wieder anziehen.«

Es war eisig in dem Raum, doch Lisa spürte die Kälte nicht. Ihre Hände zitterten derart, dass sie ewig brauchte, um in ihren Rock zu schlüpfen, und hätte die Ordensfrau ihr nicht geholfen, sie wäre mit dem Mieder nicht alleine zurechtgekommen.

»Nun, dann wollen wir uns mal diesem rätselhaften Stück Papier widmen«, hörte sie San Severo sagen. Lisa lehnte keuchend an der Wand. In ihrem Unterleib tobte ein brennender Schmerz. Hinter der Ordensschwester fiel die Tür ins Schloss. »16 mal A, 8 mal B, 2 mal C, 9 mal D ... was bedeutet das?« Lisa umschlang ihren Oberkörper mit den Armen. Sie zitterte am ganzen Leib und konnte nicht mehr klar denken. Ihr Kopf dröhnte von dem Schlag gegen die Wand. »Was bedeutet das?«, wiederholte San Severo lauter.

Lisa vernahm ein seltsames Sirren in ihren Ohren. Übelkeit stieg in ihr auf. Mit aller Macht versuchte sie, dagegen anzukämpfen. Sie durfte sich jetzt keine Schwäche erlauben. Verzweifelt biss sie die Zähne zusammen. Ihr Körper rebellierte, doch sie musste ihren Verstand sprechen lassen.

»Es ist ein Übungsblatt für meine Kinder«, sagte sie mit so fester Stimme, wie sie nur konnte. »Mein Sohn Piero lernt gerade das Schreiben. Manche Buchstaben liegen ihm besser als andere.«

San Severo schien sie mit seinem stahlblauen Blick durchbohren zu wollen.

»Ein Übungsblatt für Kinder?«, wiederholte er. Seine Augen wurden schmal.

»So ist es«, gab Lisa zurück und fühlte endlich, wie Zorn in ihr aufstieg. Alles war besser als dieses Gefühl der Ohnmacht, das sie noch immer ergreifen wollte. »Ich lege Wert auf die Bildung meiner Kinder.«

»Damit sie später Gedichte lesen können im Kreise ihrer Freunde.« San Severo spie seine Worte geradezu heraus. »Oder Verschwörungen anzetteln. Stehen die Buchstaben nicht eher für Namen?«

Lisa rang darum, ihre Fassung vollends zurückzugewinnen. »Namen?«, fragte sie. »Was für Namen?«

Die Faust, die nun auf den Tisch niederfuhr, ließ sie erzittern.

»Schluss mit dieser Komödie«, schrie San Severo. »Schluss mit den Lügen. Wer ist an der Verschwörung beteiligt? Ich höre. Nennt endlich Namen.« Lisa wandte den Blick ab und sah aus dem Fenster. Ein paar Tauben flatterten hektisch auf und schienen miteinander zu streiten. Sachte segelte eine feine, hellgraue Feder herein. Die Feder. Sie musste stark sein. Für Giuliano. Für alles, wofür es sich zu leben lohnte. »Ihr werdet sie nennen, glaubt mir das«, hörte sie San Severo sagen. »Und Ihr erspart Euch eine Menge Leid, wenn Ihr das jetzt gleich tut.«

»Es sind Übungen für meine Kinder«, wiederholte Lisa. Das helle Sirren in ihren Ohren nahm wieder zu. Der Schmerz in ihrem Hinterkopf breitete sich über ihren Nacken nach unten aus, lief ihre Wirbelsäule entlang und brachte sie zum Taumeln. »Bitte«, keuchte sie, »kann ich mich setzen?«

Durch die Übelkeit, die überhand nehmen wollte, hörte sie San Severo sagen: »Ihr wollt sitzen? Na gut. Ippolito. Hol der Dame den Stuhl.«

Lisa schloss die Augen und atmete ein paarmal tief durch, während der Sekretär aus dem Zimmer ging und kurz darauf wiederkam. Erleichtert tastete Lisa nach dem Stuhl, den er neben ihr abgestellt hatte – und erstarrte. Aus der Sitzfläche ragten Dutzende von scharfen Nägeln senkrecht empor.

»Macht es Euch ruhig bequem«, hörte sie San Severo sagen. »Und wenn Ihr fürchtet, den edlen Stoff Eures Rockes zu beschädigen, sei Euch erlaubt, ihn einfach anzuheben.« Lisa hielt sich an der Stuhllehne fest und rang um Fassung. Das war der sogenannte »Judas-Stuhl«, sie hatte davon gehört und doch nicht glauben wollen, dass solche Folterinstrumente tatsächlich existierten. Nie im Leben hatte sie ernsthaft geglaubt, dass so etwas ihr angedroht werden könnte. »Nun setzt Euch schon!«, hörte sie die unbarmherzige Stimme des Kommissars. »Oder sagt endlich die Wahrheit.« Lisa atmete verzweifelt gegen die drohende Ohnmacht an und schloss die Augen. Plötzlich fühlte sie sich an den Oberarmen gepackt und roh zu dem Stuhl gedreht.

»Nein!«, schrie sie und stieß den Sekretär mit für sie selbst überraschender Heftigkeit von sich, so dass er rückwärts gegen den Tisch taumelte und San Severo grobe Flüche von sich gab.

»Hol den *aguzzino*«, hörte Lisa den Kommissar sagen.

Da öffnete sich auf einmal die Tür, und in einem Moment der Panik glaubte Lisa, der angekündigte Folterknecht wäre schon da. Verschreckt flüchtete sie in die hinterste Ecke des Raums. Doch der Mann, der auf der Schwelle stand, sah nicht aus wie ein Folterknecht. Er trug das rotsamtene Wams eines hohen Verwaltungsbeamten, darüber einen Mantel aus schwarzer Wolle.

»Was wollt Ihr«, fuhr San Severo ihn an. »Seht Ihr nicht, dass Ihr stört?«

»Ich störe in der Tat nur ungern«, antwortete der Fremde höflich. Seine dunklen Mausaugen fielen auf den Judas-Stuhl und wanderten zu Lisa, die sich immer noch in die Ecke drückte. Dann richtete er seinen Blick wieder auf den Kommissar. »Aber ich bringe gute Nachrichten. Ihr müsst Euch nicht mehr länger mit dieser Sache befassen. Ich übernehme das.«

»Ihr?« San Severo schien alles andere als begeistert. »Nein. Das geht nicht. Dies ist ein Fall der Inneren Sicherheit und ...«

»Genau deswegen ist er mir übertragen worden«, fiel ihm der andere freundlich ins Wort.

»Unmöglich«, konterte San Severo und klopfte mit den Fingerspitzen auf die Papiere vor ihm. »Es liegt eine Anzeige vor. Mit ungewöhnlich detaillierten Angaben.«

»Das ist mir bekannt«, antwortete der Regierungsbeamte. »Ich kümmere mich darum.«

»Mit welcher Befugnis?«

Mit einer geschmeidigen Bewegung zog der Fremde eine gerollte Schrift aus seinem Ärmel, trat an den Tisch und hielt sie San Severo so hin, dass er sie lesen konnte. Unwillkürlich wich der Kommissar auf seinem Stuhl zurück.

»Na schön, nehmt sie mit«, sagte er resigniert, schob die Papiere auf dem Tisch zusammen und legte sie zurück in die Mappe. Mit einer eleganten Bewegung griff der Fremde danach.

»Schön, schön«, sagte er. »Und das nehme ich auch mit. Ich wünsche allerseits noch einen guten Tag.«

Er hob ihren Mantel auf und ging zu Lisa, die das Ganze ungläubig verfolgt hatte. Wer war dieser Mann? Geriet sie nun vom Regen in die Traufe? Konnte sie diesem wie eingemeißelt wirkenden Lächeln trauen?

»Niccolò Machiavelli«, sagte er. »Darf ich Euch bitten, mich zu begleiten?«

»Wir beschäftigen uns nicht mit Politik«, sagte sie eine halbe Stunde später in Machiavellis Amtsstube im Palazzo Vecchio, nur wenige Gehminuten vom *bargello* entfernt. Den mit Wasser vermischten Gewürzwein, der vor ihr stand, rührte sie nicht an.

Machiavelli nickte. »Natürlich nicht«, sagte er. »Ihr und Eure Freundinnen lest Gedichte.«

Lisa versuchte, in seiner Miene zu lesen, was er wirklich dachte, doch es war unmöglich, hinter diese freundlich-unverbindliche Fassade zu blicken.

»Warum bin ich dann hier?«, fragte sie.

»Wie San Severo bereits erwähnte, gab es unglücklicherweise eine Anzeige.«

»Von wem?«

Machiavelli legte die Fingerspitzen vor seiner Brust gegeneinander und schwieg.

»Sagt es mir!«, bat Lisa.

»Steht Ihr in Kontakt zu Piero oder Giuliano de' Medici?«, wechselte Machiavelli abrupt das Thema.

»Nein«, antwortete Lisa und dachte daran, wie lange sie nichts mehr von Giuliano gehört hatte. So gesehen war es nicht einmal eine Lüge. Im Augenblick stand sie in der Tat nicht im Kontakt mit den Brüdern.

»Schade«, antwortete Machiavelli zu ihrer Überraschung. Oder war es Taktik? Wollte er sie auf diese Weise zu Geständnissen bewegen?

»Diese Antwort verwundert mich«, sagte sie kühn. »Schließlich sind sowohl Piero als auch Giuliano Staatsfeinde.«

»Ihr standet Giuliano einmal sehr nahe, nicht wahr?«

Lisa schluckte. Woher wusste dieser Mann das?

»Das ist lange her.« Ihre Stimme klang belegt, was sie ärgerte. »Wir waren damals Kinder.«

»Ihr wart fünfzehn Jahre«, wandte Machiavelli ein. »Andere Mädchen sind in diesem Alter längst verheiratet.«

Lisa schwieg und sah aus dem Fenster. Im Gegensatz zu dem Raum im *bargello* hatte man von hier aus eine schöne Aussicht über die Piazza.

»Habt Ihr schon von Pieros Tod gehört?«

Überrascht sah sie ihn an.

»Er ist tot?« Zu spät bemerkte sie, dass ihre heftige Reaktion verdächtig wirken musste. Darum setzte sie hinzu: »Wie ist er gestorben?«

»Er hat auf der Seite der Franzosen gegen die Spanier gekämpft und ist nach einer verlorenen Schlacht bei der Überquerung eines Flusses ertrunken.« Lisa konnte es nicht fassen. Ertrunken. »Ich hörte, er habe das Boot mit zu vielen Kanonen beladen, um sie vor den Feinden in Sicherheit zu bringen. Die Last war zu schwer, das Boot ist gekentert.«

»Sind ... sind noch mehr Menschen ums Leben gekommen?«, fragte sie bang und dachte an Giuliano.

»Ein paar Soldaten«, antwortete Machiavelli und betrachtete sie genau. »Aber Giuliano lebt.«

Sie senkte den Blick, um ihre Erleichterung zu verbergen. Piero war tot. Das bedeutete ...

»Das bedeutet«, sagte Machiavelli, »dass Giuliano nun seinen Machtanspruch über Florenz geltend machen könnte. Es heißt, er halte sich augenblicklich in Pisa auf. Viele sagen, er wäre ein weit besserer Herrscher als sein älterer Bruder.«

»Wie könnt Ihr so etwas sagen«, beeilte Lisa sich zu sagen. »Die Zeit der Medici ist vorbei.«

»Ist sie das?«

Eine lange Weile sprach keiner von beiden. Was für eine merkwürdige Unterredung. Welche Taktik steckte hinter Machiavellis Worten und Andeutungen? Sie durfte sich keinen Fehler erlauben. Auf Machiavellis Schreibtisch lag noch immer die Mappe mit der Anzeige, die Lisa in große Schwierigkeiten gebracht hatte. War sie das immer noch? Wäre es nicht ein probates Mittel, sie noch mehr zu zermürben, indem man ihr Hoffnungen machte, aus der Sache glimpflich herauszukommen, um sie hernach nur umso mehr zu quälen? Machiavelli konnte unmöglich ernst meinen, was er gerade gesagt hatte. Lisa hätte gerne ihren pochenden

Hinterkopf betastet, sie war sich sicher, dass dort eine mächtige Beule aufblühte.

»Wann darf ich nach Hause?«, fragte sie erschöpft.

»Noch in dieser Stunde«, antwortete Machiavelli. »Aber vorher möchte ich Euch um etwas bitten.« Er schwieg kurz, sah an Lisa vorbei und schien zu überlegen. »Für den unwahrscheinlichen Fall«, sagte er schließlich, »dass Ihr doch noch die Gelegenheit bekommt, mit Giuliano in Kontakt zu treten, bitte ich Euch, ihm auszurichten, dass er im Ernstfall auf mich zählen kann.«

Sie konnte nicht glauben, dass nicht mehr als zwei Stunden und eine halbe vergangen waren, seit die Büttel sie vor ihrem Haus abgepasst hatten. Zuhause wirkte Betta unsäglich erleichtert, als sie endlich kam, und bestürmte sie mit Fragen, warum die Sitzung bei Messer Leonardo so lange gedauert habe.

»Ich war drauf und dran hinzulaufen und nach dir zu sehen«, versicherte sie, und Lisa war froh, dass sie es nicht getan hatte. Francesco war an diesem Tag gar nicht zum Mittagessen nach Hause gekommen, und die Kinder bastelten unter Bices Anleitung Kronen für das baldige Fest der Heiligen drei Könige. Wehmütig dachte Lisa an die Zeiten zurück, als dieser Feiertag mit einem prachtvollen Umzug begangen worden war. Savonarola hatte den alten Brauch nach der Vertreibung der Medici verboten, und man hatte ihn auch nach seinem Tod noch nicht wieder eingeführt.

Machiavelli hatte ihr geraten, niemandem von dem Verhör zu erzählen, und im Grunde gab Lisa ihm recht – mit einigen Ausnahmen. Sie musste so bald wie möglich mit Simonetta und den anderen sprechen. Und doch entschied sie sich nach einem leichten Imbiss, den Duccio ihr mit beleidigter Miene aus den Resten des Mittagessens zubereitet hatte, an diesem Tag nichts mehr zu unternehmen. Gut möglich, dass San Severo sie noch eine Weile beobachten ließ. Sie sagte Betta, dass sie sich an einem Balken in Leonardos *bottega* den Hinterkopf angestoßen hätte. Sogleich drängte die treue Seele sie, sich zu Bett zu legen, und brachte ihr kühle Umschläge. Auf Lisas Bitte hin lief sie dann zum Kloster der *Murate*, um in der Kirche vor dem Bildnis der Heiligen Katharina eine Kerze anzuzünden und diese mit einem kleinen Efeuzweig, den Lisa eigenhändig auf ihrer Dachterrasse schnitt, zu umwickeln. Denn dieses Zeichen hatte sie mit Ginevra de' Benci vereinbart für den Fall, dass sie dringend um eine Unterredung bitten musste. Und bereits am Abend schickte ihr Bruder Giovanni seinen Diener, um Lisa zu einem Nachmittagskonzert am folgenden Tag einzuladen.

»Und du weißt wirklich nicht, wer dich verraten haben könnte?«, fragte Ginevra leise, den Blick auf die halbgeöffnete Tür zum Saal nebenan gerichtet, wo das Ensemble aus Laute, Harfe und Viola da Gamba vor einer handverlesenen Schar von Gästen spielte.
»Nein«, antwortete Lisa. »Es könnte jede sein. Dennoch kann ich es mir bei keiner vorstellen. Sie brächte sich ja auch selbst und ihre ganze Familie in Gefahr.« Ginevra schwieg eine Weile und schien der Musik zu lauschen. »Was hältst du von Machiavelli?«, flüsterte Lisa. »Ist ihm zu trauen?«
»Ich denke, dass er klug genug ist, sich alle Möglichkeiten offenzuhalten«, antwortete Ginevra. »Trauen würde ich ihm nicht. Aber in einem hat er recht.«
»Womit denn?«
»Es ist höchste Zeit, dass du Giuliano triffst.« Lisa glaubte ihren Ohren nicht zu trauen.
»Das rätst du mir?«, fragte sie.
»Du schwebst wahrscheinlich noch immer in großer Gefahr«, erklärte Ginevra. »Die Geheime Staatspolizei ist auf dich aufmerksam geworden. Es ist Zeit, die Früchte deiner Arbeit abzu-

liefern, ehe du nicht mehr in der Lage dazu bist.« Lisas Beule am Hinterkopf begann erneut schmerzhaft zu pochen.

»Wir könnten ihm die Liste schicken«, raunte Lisa und fühlte, wie sich alles in ihr dagegen sträubte.

»Schicken? Niemals. Eine Liste auf Papier darf es nicht mehr geben. Du musst sie ihm mündlich überbringen. Persönlich.« Ginevra wandte sich von den Musikern ab und richtete ihren Blick auf Lisa. Ihre dunkelgrünen Augen wirkten beinahe schwarz, als sie sagte: »Ich denke, es ist ohnehin Zeit, dass ihr euch endlich wiederseht.«

Auf einmal schlug Lisas Herz so heftig, dass sie kaum noch die Musik hören konnte. Unwillkürlich presste sie eine Hand gegen ihr Brustbein.

»Aber...«, flüsterte sie nach einer Weile, »wie soll das gehen?«

»Lass das unsere Sorge sein«, antwortete Ginevra und griff nach ihrem Stock. »Ich finde heraus, wo Giuliano sich aufhält. Und Leonardo ... nun, das wird er dir noch selbst sagen.«

Die letzten Akkorde der Musik verklangen, und Ginevra erhob sich, ging zur Tür, um in den Applaus einzustimmen. Lisa bemerkte den Diener, der in der anderen Tür des Nebenraums stand und eine höfliche Verbeugung in ihre Richtung machte, nahm ihr wollenes Umschlagtuch und verließ in seiner Begleitung den Palazzo Benci. Keiner der anwesenden Gäste würde später sagen können, ob Monna Lisa del Giocondo anwesend gewesen war oder nicht.

Als sie nach Hause kam, sah sie Betta sogleich an, dass etwas Außergewöhnliches passiert sein musste.

»Dein Gatte wünscht dich zu sprechen.«

»Er ist schon zuhause?«, fragte Lisa überrascht und legte den Schal ab. Normalerweise kam Francesco erst am Abend aus dem Kontor.

Betta nickte, sah zur Treppe, die in die obere Etage führte, und rang die Hände. »Seit dem frühen Nachmittag. Er hat mit den Kindern gespielt. Ich weiß auch nicht, was los ist, aber ich kann ihn ja schlecht fragen, warum er nicht seiner Arbeit nachgeht.«

»Und wo ist er jetzt?«

»In eurem Schlafgemach«, antwortete Betta und trat einen Schritt näher an Lisa heran, zupfte am Ausschnitt ihrer Bluse herum, so wie früher, als Lisa noch ein kleines Mädchen gewesen war. »Entschuldige«, bat sie, als es ihr bewusst wurde. »Er wirkt irgendwie seltsam«, fügte sie leise hinzu.

Vielleicht hat er von meiner Verhaftung erfahren, dachte Lisa, während sie die Treppe hinaufging, und überlegte, wie sie diese erklären konnte. Oder vielleicht ist er ärgerlich, weil Leonardos Gemälde noch immer nicht fertig und nicht zu erwarten ist, dass er es bald beendet.

Francesco saß in seinem Lieblingssessel, zu seinen Füßen spielten Sina und Milla. Lisa blieb auf der Schwelle kurz stehen, konnte sich nicht vorstellen, was an diesem idyllischen Familienbild Betta so in Sorge versetzt hatte. Dann bemerkte Lisa, womit die vierjährigen Mädchen spielten, es war der Inhalt ihres Schmuckkästchens, und der Schreck darüber durchfuhr Lisa so jäh, dass ihr die Klinke aus der Hand glitt und die Tür ins Schloss fiel.

»Da bist du ja«, sagte Francesco und drehte sich zu ihr um.

Und da sah Lisa, was er unablässig zwischen Daumen und Zeigefinger drehte. Es war die goldene Feder. »Die Kinder haben dein Schmuckkästchen zu Boden fallen lassen, dabei muss das Schloss kaputt gegangen sein.« Er hielt die Feder ins Licht der späten Nachmittagssonne. »Von wem hast du das?« Lisa stand wie angewurzelt da. Ihr Kopf war wie leergefegt. Das Schmuckkästchen war der einzige Ort, den sie absolut sicher geglaubt hatte, immerhin konnte sie es abschließen. Und nun fiel ihr einfach keine schlüssige Ausrede ein.

Francesco erhob sich und kam auf sie zu. »Ich bin froh, dass du lieber schweigst, als mir eine Lüge aufzutischen.« Er wirkte ernst. »Und auch ich habe etwas, was ich dir wohl endlich enthüllen muss. Komm mit mir. Begleite mich in mein Kontor.«

Lisa verstand erst nicht. Ins Kontor wollte er mit ihr? Da war sie noch nie gewesen, seit er sich von seinen Brüdern getrennt hatte.

Er fasste sie sanft am Ellbogen, und sie fühlte, dass er keinen Widerspruch duldete. Als sie auf die Via della Stufa hinaustraten, erkannte sie die beiden Büttel am nördlichen Ende der Straße, und ihr Herz begann erneut zu hämmern.

Sie tat so, als habe sie nichts gesehen, und ging an Francescos Seite hinunter in Richtung Fluss. Sein neues Kontor befand sich in unmittelbarer Nähe des Arnoufers, und als er das Tor aufschloss, hatte Lisa das Gefühl, einem Fremden zu folgen. Sie würde ihm die Wahrheit sagen, alles andere war unter ihrer Würde. Auch er war einer Rückkehr der Medici nicht abgeneigt, wenn sie Glück hatte, würde er akzeptieren, dass sich ihr Tun auf den politischen Aspekt beschränkte.

Ernesto Galleani, Francescos rechte Hand, sah erstaunt von einem Rechnungsbuch auf, als sie eintraten.

»Bitte lass uns allein«, bat Francesco seinen leitenden Mitarbeiter.

»Natürlich«, antwortete Galleani verwirrt, nahm das große Buch und verließ den Raum.

»Nimm Platz.« Höflich rückte Francesco einen Stuhl für sie zurecht.

Die goldene Feder legte er behutsam in eine kleine Schale aus Ebenholz. Auf dem schwarzen Holz kam die feine Goldschmiedearbeit noch mehr zur Geltung. Er trat zu einem eingebauten Schrank, der eine gesamte Breite des Raums einnahm, öffnete eine Lade, nahm eine Metallkassette heraus und stellte sie beiseite.

Er berührte eines der geschnitzten Ornamente an der Front des Schrankes, und Lisa vernahm ein Knirschen. Fasziniert beobachtete sie, wie die Rückwand zur Seite glitt. Zum Vorschein kam ein geräumiges Geheimfach, dem Francesco etwas entnahm.

Er verschloss das geheime Fach wieder und stellte die Kassette zurück. Dann setzte er sich Lisa gegenüber. Neben die Ebenholzschale stellte er ein kleines, nachtblaues Etui.

»Ursprünglich hatte ich vor, dir dies zur Hochzeit zu schenken«, sagte er und legte seine Hand darauf. »Aber dann war ich mir nicht mehr sicher, ob es eine gute Idee war. Also ließ ich es sein, wartete auf eine andere Gelegenheit. Wie mir scheint, ist sie heute gekommen.«

Er schien sich einen Ruck zu geben, nahm das Etui und reichte es Lisa.

»Was ist das?« Ihr Herz klopfte heftig.

»Sieh selbst«, antwortete er.

Als sie es öffnete, glaubte sie zu träumen. Auf nachtblauer Seide ruhte Giulianos Feder. Sie sah zum Tisch, dort lag ihr Gegenstück.

»Wo ... wo hast du das her?«, fragte sie.

»Errätst du es nicht?« Francesco versuchte ein Lächeln. »Es war ein regnerischer Novembertag«, begann er, und Lisa schloss die Augen, weil sich plötzlich der Raum um sie zu drehen schien. »In der Stadt herrschte Aufruhr, jedermann stürmte zum Palazzo Medici. Ich hatte gerade erfahren, dass die Zeichen auf Umsturz standen und die Brüder fliehen wollten. Auf der Stelle warf ich mir meinen dicken Filzmantel über und rannte in die Via de' Ginori, zum Hintereingang des Medici-Palasts, denn wenn sie wirklich vorhatten, zu fliehen, dann durch den Garten. Ich war nicht allein, eine Horde wütender Männer hatte dasselbe Ziel, und tatsächlich standen die Reitknechte mit den Fluchtpferden schon bereit.« Lisa presste eine Hand gegen ihre Schläfe. »Piero schuldete mir 4.000 Goldflorin«, fuhr Francesco fort, »und ich hoffte ... ach, was weiß ich, was ich hoffte. Aber plötzlich sah ich dich, Lisa, und wollte meinen Augen nicht trauen. Antonmaria Gherardinis Tochter, des Schwagers meiner verstorbenen Frau, stand im Begriff, sich den Flüchtenden anzuschließen! Du warst bereits halb auf Giulianos Pferd, als ich dich an der Taille zu fassen bekam und festhielt. Blitzschnell warf ich dir meinen Mantel über, damit dich nur ja niemand erkannte. Danach brachte ich dich wieder nach Hause.« Lisa starrte Francesco mit weit aufgerissenen Augen an, aber was sie eigentlich sah, war Giuliano, wie er sich vom Pferd beugte und seine Hand nach ihr ausstreckte. Sie fühlte seinen festen Griff – und dann diesen anderen, die Gegenbewegung, die brutale Gewalt, die sie kopfüber davontrug.

»*Du* warst das«, keuchte sie, und die Erkenntnis war wie ein Peitschenhieb.

»Ja. Ich meinte es gut mit dir«, antwortete Francesco.

»Gut?« Lisa konnte es nicht fassen. »Du hast mein Leben zerstört.«

»Oh nein, ich habe es gerettet«, versicherte Francesco im Brustton der Überzeugung. »Allein die Vorstellung, ein zartes Mädchen wie du auf einer so waghalsigen Flucht. Unvermählt mit diesen Abenteurern.« Francesco wies auf die goldene Feder in dem nachtblauen Etui. »Diese hier hab ich später in meinem Mantel gefunden. Mir war natürlich klar, dass ein Medici ein so kostbares Schmuckstück nicht jedem Mädchen schenkt, und dass er dich vermutlich bereits zur Frau gemacht hatte. Ich habe trotzdem um deine Hand angehalten, denn ich konnte dich nicht mehr vergessen, deine Schönheit, deinen wilden Mut. Deine Mutter hielt es freilich für klüger, abzuwarten, ob du nicht womöglich schwanger wärst.« Lisa presste die Lippen aufeinander und wandte den Kopf ab. »Als sich herausstellte, dass das nicht der Fall war, haben wir geheiratet.«

Mein ganzes Leben ist auf Lügen aufgebaut, fuhr es Lisa durch den Kopf. Seit jenem Novembertag bin ich ein Spielball meiner Eltern und meines Gatten. Über mich wurde verfügt wie über eine Truhe Kleider. Oder besser wie über eine Milchkuh. Und noch heute versuchen meine Eltern, mich zu melken.

»Nun stellt sich die Frage«, begann Francesco von Neuem, »woher kommt diese zweite Feder?«

Lisa sah ihm trotzig in die Augen. »Du hast vielleicht geglaubt, dass du mich wie einen Ballen Stoff einfach für dich beanspruchen kannst. Aber du irrst dich, Francesco.«

»Du tust mir unrecht«, wandte er ein. »Ich habe dich aus Liebe geheiratet. Meine Mutter war strikt dagegen, auch ohne zu wissen, was du getan hattest. Ich habe ihr getrotzt und dich zu meiner Frau gemacht, gegen jede Vernunft.«

»Gegen jede Vernunft?«, begehrte Lisa zornig auf. »Du hast mir mein Glück geraubt. Ich hatte keine andere Wahl, als zuzustimmen, dich zu heiraten.«

»Liebst du mich denn gar nicht?« Francesco sah sie flehentlich an.

»Es gab tatsächlich eine Zeit, da hab ich dich geliebt«, antwortete Lisa mit Bitterkeit in der Stimme. »Ich habe meine Liebe zu Giuliano niedergekämpft und mich meinem Schicksal gefügt. Du kannst ja nichts dafür, hab ich mir gesagt. Und ich war glücklich an deiner Seite. Aber dann musste ich das von Caterina erfahren und hab begriffen, dass du nicht weißt, was Liebe heißt. Dass es dir nur um die Befriedigung deiner Lust geht, um Besitz und Ansehen. An diesem Tag ist meine Liebe zu dir gestorben. Was bleibt, ist Pflichterfüllung.«

Mit Genugtuung und Staunen beobachtete Lisa die Wirkung ihrer Worte. Es war, als alterte Francesco vor ihren Augen um mehrere Jahre. Er schien um Fassung zu ringen, und sie weidete sich an diesem Anblick.

»Und was wirst du nun tun?«, fragte er. »Was habe ich zu erwarten, jetzt, da du offensichtlich wieder mit dem Medici in Kontakt stehst?«

Lisa ließ ihren Blick durch das Kontor wandern. Unpersönliche Aktenschränke, eine Landkarte mit der italienischen Halbinsel, eine weitere, die Südfrankreich und die Schweiz zeigte. Ein Abakus und andere Rechenmaschinen. Keine Gemälde, keinerlei Kunstgegenstände. Alles, was sie sah, war sachlich und nüchtern.

Wir leben in zwei verschiedenen Welten, dachte sie. Er weiß nichts von mir, ich nichts von ihm.

»Ich habe keine Ahnung, wie es weitergehen soll«, antwortete sie schließlich ehrlich. »Denn das, was du mir heute enthüllt hast, ändert alles. Ich brauche Zeit.«

Er bedachte sie mit einem langen Blick, dann sah er hinüber zu den Landkarten. »Nun, ich werde zu einer großen Reise aufbrechen«, sagte er. »Aus diesem Grund wollte ich dir eigentlich heute etwas ganz anderes mitteilen. Ich werde längere Zeit unterwegs sein, und deshalb hielt ich es für angebracht, zuvor meine Angelegenheiten zu ordnen. Ich habe bei Ser Piero da Vinci mein Testament hinterlegt. Sollte mir etwas zustoßen, erhältst du das Gut San Silvestro zurück. Das wird dir zeit deines Lebens ein gutes Auskommen ermöglichen. Aber lass es dir nicht von deinem Vater wieder abnehmen, das musst du mir versprechen.«

Lisa starrte ihn überrascht an. Es war keineswegs üblich, dass eine Witwe ihre Mitgift zurückerhielt, und ihr Ehekontrakt hatte diese Regelung nicht vorgesehen. Es war eine großzügige Geste vonseiten ihres Gatten, und nach allem, was sie gerade zu ihm gesagt hatte, fühlte sie sich beschämt. »Das Geschäft geht zu gleichen Teilen auf meine Söhne über«, fuhr Francesco fort. »Und wenn ich glücklich zurückkehre, wovon ich ausgehe, nehme ich Meo als Lehrling auf. Pippo wird ihm später folgen, und wenn er das richtige Alter hat, Andrea. Für unsere Milla habe ich eine großzügige Mitgift vorgesehen. Aber wenn es so weit ist, wirst du entscheiden, ob eine Ehe das Richtige für das Mädchen ist, oder ob sie in einer Schwesternschaft besser aufgehoben sein wird.« Er lehnte sich zurück und fuhr sich mit der Hand über Stirn und Augen. »Auch wenn du es mir nicht glauben willst, Lisa, ich liebe dich wirklich. Auf meine Weise. Und deshalb wirst du San Silvestro selbst dann zurückerhalten, solltest du beschließen, dich von mir zu trennen. Nur die Kinder, auf die verzichte ich nicht.«

Lisa schluckte. In ihrem Kopf drehte sich alles. Wollte Francesco sie mit seiner Großzügigkeit davon ablenken, wie brutal er über sie bestimmt hatte? Und spielte sich nun erneut als ihr Retter auf? Doch obwohl seine Abwesenheit ihre Pläne erleichtern würde, erfüllte sie der Gedanke an die Gefahr, in die er sich offensichtlich begab, mit Unruhe.

»Wo gehst du denn hin?«, fragte sie.

»Mein Kontor in Lyon braucht einen neuen Verwalter, und ich muss dort ein paar Dinge in Ordnung bringen.«

»Ist das nicht zu gefährlich?« Lyon lag in Frankreich. Und das war weiter entfernt, als Lisa es sich vorstellen konnte.

Ein leises Lächeln erschien auf Francescos Gesicht.

»Dass du dich immerhin noch um mich sorgst, stimmt mich hoffnungsvoll«, sagte er. »Mach dir keine Gedanken. Ich komme ganz sicher zurück.«

12

DER RIVALE

Florenz, 1504

Eine kalte Sonne schob sich über den östlichen Horizont und vergoldete den aufsteigenden Nebel über dem Arno. Ein silbriger Schimmer von Raureif lag über den Weiden und den abgeernteten Feldern, die Leonardo an schlecht rasierte Greise erinnerten. Aus einem niedrigen Gehölz rund um einen Weiher stiegen ein paar Stockenten auf, Schüsse zerrissen die morgendliche Stille, und zwei Enten stürzten getroffen ins Wasser.

»Heiliger Strohsack«, schimpfte Tommaso, der es sich nicht hatte nehmen lassen, seinen Freund zu begleiten. »Hat der mich erschreckt.«

Leonardo schwieg und beobachtete voller Missfallen den Jäger, der sich aus seiner Deckung erhob und seinen Hund losließ, damit er die Beute aus dem Wasser holte.

Wenig später ritten sie durch einen Weiler und wurden von ein paar räudigen Hunden verbellt. Rauchfäden stiegen aus den Kaminen der ärmlichen, aus Holz und Lehm erbauten Hütten, magere Ziegen lugten aus Bretterverschlägen, und in einem Pferch stand regungslos ein halbes Dutzend Schafe eng aneinandergedrängt. Ein Hahn erhob seine heisere Stimme, und gerade, als sie das Dorf schon wieder verließen, bemerkten sie eine Schar zerlumpter Kinder, die hinter ihnen herrannten und um Almosen bettelten.

»Nicht doch«, brummte Tommaso, als Leonardo sein Pferd anhielt. »Komm denen bloß nicht zu nahe. Du holst dir den Tod.«

Leonardo nahm eine Handvoll kleiner Kupfermünzen aus seinem Beutel und verteilte sie gerecht unter den Kleinen. Die meisten zogen sich daraufhin zurück, nur ein kräftiger Junge von vielleicht sieben Jahren folgte ihnen noch eine ganze Weile und bot »den Herren« lauthals seine Dienste an.

»Nehmt mich mit«, bettelte er, doch Leonardo schickte ihn nach Hause. »Deine Eltern brauchen dich«, sagte er streng, und schließlich kehrte der Junge mit hängendem Kopf um.

»Das hat man davon, wenn man zu großzügig ist«, maulte Tommaso, als er sah, wie nah Leonardo dieses Elend ging.

»Es ist nicht gerecht, dass die einen im Überfluss leben und die anderen gar nichts haben«, gab Leonardo zurück. »Ein schlimmer Wintersturm und diese Hütten fallen auseinander.«

Tommaso brummte etwas, doch er widersprach nicht mehr.

Es war fast Mittag, als sie sich gen Norden wandten und auf das Bergland zuritten, dem die Leonardo wohlvertraute Hügellandschaft von Vinci mit ihren fruchtbaren Olivenhainen und Weinbergen vorgelagert war.

»Ist es das?«, fragte Tommaso und wies zu dem trutzigen Wehrturm, der wie ein Wächter über den Dächern der Ortschaft aufragte. Er hatte Leonardo noch nie hierher begleitet, keinen hatte Leonardo bislang an die Stätte seiner Kindheit mitgenommen, nicht einmal Salai.

»Ja«, antwortete Leonardo. »Wir sind bald da.«

Er hatte Tommaso nicht den wirklichen Grund dieser Reise anvertraut, je weniger Menschen davon wussten, umso besser. Offiziell überbrachte er seinem Onkel ein wichtiges Dokument, eine neue Lizenz für seinen Weinhandel, die zu diesem Jahreswechsel fällig geworden war. Doch dies war nur ein Vorwand.

Er hatte seinen Besuch durch den Händler, der ihn regelmäßig mit Olivenöl und Wein aus dem Keller seines Onkels belieferte, angekündigt, und nun öffnete Gianni die Tür mit einem Strahlen im Gesicht, kaum dass sie geklopft hatten.

»Willkommen, willkommen«, rief der alte Hausdiener und brüllte nach Guido, der auch gleich angerannt kam und gemeinsam mit Tommaso die Pferde in den Stall brachte.

Es duftete nach Braten, und Leonardo hoffte inständig, sein Onkel habe nicht vergessen, dass er kein Fleisch aß. Seine Sorge war unbegründet, der Tisch, an den sie sich trotz der noch morgendlichen Stunde setzen mussten, bog sich beinahe unter all den Schüsseln und Tongefäßen mit allerlei Gerichten. Nannina hatte sich offenbar seine Vorliebe für Eintöpfe genau gemerkt, vor allem jenen aus Gemüse und Kichererbsen mochte Leonardo besonders gern.

Schließlich zog er sich mit seinem Onkel zurück, um in aller Ruhe mit ihm über das zu sprechen, weswegen er hier war.

»Steht das Haus in Anchiano, in dem ich zur Welt kam, noch leer?«, erkundigte er sich, und sein Onkel nickte.

»Wieso fragst du?«, wollte Franco wissen. »Möchtest du einziehen?«

»Das nicht. Aber du hast einmal gesagt, dass es stets ein einsamer Rückzugsort sein könnte, für mich oder für meine Freunde.«

Franco da Vinci horchte überrascht auf.

»Musst du dich eine Weile verstecken?«, fragte er besorgt.

»Nein«, beruhigte Leonardo ihn. »Es geht nicht um mich. Und es geht auch nicht darum, jemanden für längere Zeit dort zu beherbergen. Es geht um ein Zusammentreffen von zwei Personen, von dem niemand etwas erfahren darf. Unter keinen Umständen.« Die letzten drei Worte hatte Leonardo betont.

»Hört sich gefährlich an.« Leonardo konnte nicht erkennen, ob dies seinen Onkel schreckte oder eher reizte.

»Das ist es in der Tat.« Es hatte keinen Sinn, dies zu beschönigen.

»Um wen geht es denn?«, fragte sein Onkel.

»Besser, du kennst die Namen nicht«, erklärte Leonardo. »Es geht um eine Dame und einen Herrn.«

»Ein romantisches Stelldichein?«

Leonardo zuckte mit den Schultern.

»Vielleicht«, sagte er. »Aber der eigentliche Grund dieses Treffens könnte uns alle das Leben kosten, wenn die falschen Leute davon erfahren.«

Franco da Vinci fuhr sich mit der Hand über seinen inzwischen kahlen Schädel und schien nachzudenken. »Ich nehme an, die Personen sind in der Lage, auf verschwiegenen Wegen herzukommen und ihre Fährten gut zu verwischen?«, fragte er.

»Was den Mann betrifft, hast du recht«, antwortete er.

Und dann berichtete er mit gesenkter Stimme von dem Plan, den er sich gemeinsam mit Ginevra und Giovanni ausgedacht hatte.

»Wann wird es so weit sein?«, erkundigte sich Onkel Franco, nachdem sie alles geklärt hatten.

»Das weiß ich noch nicht.« Leonardo lehnte sich in seinem Stuhl zurück. Es war nicht einfach, zu Giuliano Kontakt aufzunehmen, und er machte sich Sorgen um Ginevra, die diese Aufgabe übernommen hatte. »Ich werde dir ein Zeichen geben. Wenn dein Weinhändler dir eine Bestellung von mir überbringt, auf der ich dich bitte, mir eine Flasche Tresterschnaps zu senden ...«

»... dann weiß ich Bescheid.« Franco da Vinci grinste. »Ich hoffe, bei den Behörden weiß niemand, wie sehr du Aquavit hasst.«

Schon als sie zurückritten, schlug das Wetter um und sandte erste zaghafte Vorboten des Frühlings. In diesen Tagen kam Luca Pacioli, der eine Weile in Rom gewesen war, um an der ehrwürdigen Universität La Sapienza an mathematischen Disputen teilzunehmen, zurück nach Florenz, denn er wollte Leonardo bei den komplizierten Berechnungen für das Arno-Projekt unterstützen.

»Heute lässt du einmal fünfe gerade sein«, sagte der Mathematiker, nachdem er seinen Freund herzlich begrüßt hatte. »Komm mit mir, wir müssen unser Wiedersehen feiern. Ich lade dich in eine Trattoria auf der anderen Seite des Flusses ein, die du wahrscheinlich noch nicht kennst.«

»Fünfe sind aber nicht gerade«, wandte Salai vorlaut ein, während Leonardo sich bereits den rosenfarbenen Mantel um die Schultern legte, den er aus einem der Stoffe hatte schneidern lassen, die ihm Francesco del Giocondo seit seinem Besuch in der *bottega* hin und wieder schickte. Leonardo wusste selbst nicht recht, womit er dies erreicht hatte, aber offenbar stand er in der Gunst des ansonsten als geizig verschrienen Seidenhändlers.

»Wer weiß, ob die Zahl fünf in einem anderen Universum nicht wirklich gerade ist«, lachte Pacioli und schlug Salai freundschaftlich auf den Rücken, der ihn erwartungsvoll ansah und offenbar hoffte, mit eingeladen zu werden. »Tut mir leid, mein Junge«, sagte er, »heute bleiben wir Älteren unter uns.«

»In einem Universum«, gab dieser enttäuscht zurück, »in dem die Zahl fünf gerade ist?«

Luca Pacioli lachte schallend. »Wenn man genügend Wein zum Essen trinkt, gelingt einem das vielleicht auch in unserem.«

Sie traten hinaus auf die Via Larga und schlenderten hinunter in Richtung des Flusses. So vieles gab es, was Luca seinem Freund erzählen konnte. Rom war noch immer ein gefährliches Pflaster, berichtete der Franziskaner. An jedem Morgen, so erzählte er, konnte man in dunklen Gassen über Tote stolpern, mancher mit einem Dolch im Rücken oder mit durchschnittener Kehle. Andere trieben im Tiber, in den die Mörder ihre Opfer geworfen hatten in der Hoffnung, der Fluss würde das Verbrechen samt aller Spuren mit sich nehmen. Doch die meisten Leichen strandeten auf der Tiberinsel oder an einem der zahlreichen Brückenpfeiler – wer sie getötet hatte, blieb freilich meist im Dunkeln.

»Auf der anderen Seite ist Rom ein Ort voller Wunder«, erzählte Luca mit glänzenden Augen. »Gegenwart und Vergangenheit hausen dort so nah beieinander, dass dir mitunter der Atem wegbleibt. Und erst die Kunstwerke, die dort tagtäglich neu entstehen ...«

Sie hatten plaudernd die Piazza della Trinità erreicht und steuerten auf die gleichnamige Brücke zu. Dabei kamen sie an dem Palazzo Spini vorüber, an dessen Südseite sich eine offene Loggia befand, eine Art überdachter Terrasse, zu der ein paar Steinstufen hinaufführten. Jemand rief laut Leonardos Namen. Es war der betagte Hausherr selbst, Doffo Spini, der Leonardo und Luca erfreut heranwinkte. In der Loggia entdeckte Leonardo einige Gesichter, die er von Ginevras Gesellschaften flüchtig kannte, stolze Oberhäupter alter Adelsgeschlechter, die ihren Stammbaum über Jahrhunderte zurückverfolgen konnten, so wie Doffo Spini selbst. Verführt von den zarten Sonnenstrahlen, hatten sie sich hier in ihren Pelzmänteln versammelt.

»Ihr kommt wie gerufen«, beteuerte Spini eifrig. »Wir diskutieren gerade über eine Stelle aus Dantes Divina Commedia und können uns nicht einig werden, was sie bedeutet. Wir würden gerne Eure Meinung dazu hören.«

Leonardo wechselte einen kurzen Blick mit Luca, der die Brauen angehoben hatte. Es war deutlich, dass sein Freund keinerlei Lust verspürte, über Dante zu diskutieren, er wollte zu Mittag essen und ihm weiter von Rom erzählen. Und während ihm Spini mit getragener Stimme die Stelle aus der Divina Commedia vorlas, sah Leonardo Michelangelo Buonarotti, jenen unglaublich talentierten Bildhauer, den Ginevra so schätzte, über die Straße zu ihnen herüberkommen. Als er Spini rezitieren hörte, blieb auch er unwillkürlich stehen.

»Hier ist Michelangelo«, sagte Leonardo liebenswürdig, nachdem Spini geendet hatte und fragend seine Augen auf ihn richtete. »Er wird Euch die Stelle erklären!«

Er hatte es wohlwollend gemeint, umso überraschter war er, als Michelangelo zu ihm herumfuhr wie von der Tarantel gestochen.

»Erklär es doch selbst«, fauchte er zornig, »der du in Mailand einen Entwurf zu einem Pferd gemacht hast, um es in Bronze zu gießen, und es dann nicht fertiggebracht hast. Gib zu. Du hast die Sache aufgeben müssen und schämst dich heute noch deswegen.« Und ehe einer etwas entgegnen konnte, wandte Michelangelo sich verächtlich ab und stapfte davon.

Leonardo stand wie erstarrt, und er war nicht der Einzige, alle schienen wie vom Donner gerührt. Was fiel diesem Grünschnabel ein, ihn so zu beleidigen? Er war freundlich zu dem jungen Kollegen gewesen, ja, geradezu liebenswürdig. Nun aber brannte ihm das Gesicht vor Zorn und Demütigung. Auf einmal bemerkte er, dass alle ihn anstarrten, die einen voller Mitgefühl, die anderen gespannt, wie er auf diese verbale Ohrfeige reagieren würde. Verdammt! Es war doch nicht seine Schuld, dass dieses vermaledeite Pferd nicht hatte gegossen werden können ...

»Ich glaube«, sagte Luca und brach damit das peinliche Schweigen, »über Dante werden wir ein andermal diskutieren. Jetzt zwingt uns leider eine Verabredung, uns zu verabschieden.«

»Er ist ein Flegel.« Luca wischte mit der Hand über den Tavernentisch, als könnte er damit die Beleidigung beiseiteschieben. »Vergiss ihn einfach.«

»Er sagt, was alle denken«, widersprach Leonardo düster.

»Was alle denken, interessiert uns nicht«, versuchte Luca ihn zu trösten.

Leonardo schwieg. Die Laune war ihm verdorben. Er mochte Leute nicht, die keine Höflichkeit kannten. Warum hatte der junge Mann ihn angegriffen? Was hatte er ihm getan, dass er ihn in aller Öffentlichkeit derart bloßstellte?

»Er ist neidisch auf dich«, gab Luca zu bedenken. »Weil du so berühmt bist und er noch um seine Anerkennung ringen muss. Vielleicht beunruhigt ihn auch der schlimm zugerichtete Marmorblock, vermutlich hat er erkannt, dass er sich mit dem gigantischen Auftrag übernommen hat. Und nun vergiss ihn einfach und entscheide dich, ob du die gefüllten Kürbisblüten mit Reis nimmst oder den Nudelauflauf mit frischem Käse.«

»Du hast recht«, antwortete Leonardo und bestellte die gefüllten Kürbisblüten. Und obwohl es nicht seine Art war, nachtragend zu sein, nahm er sich im Stillen vor, dem jungen Kollegen diese Unverschämtheit eines Tages heimzuzahlen.

Wie sehr ihn die Sache kränkte, bemerkte er erst in den folgenden Tagen. Natürlich hatte sich die Begebenheit wie ein Lauffeuer in der Stadt herumgesprochen und wurde begierig aufgegriffen und weitererzählt. Leonardo und Michelangelo, so hieß es, waren schon immer Rivalen gewesen, auch wenn die beiden bislang noch kaum Gelegenheit gehabt hatten, einander zu begegnen. Trotzdem kochte die Gerüchteküche munter ihr Süppchen, zum Beispiel erzählte man sich, dass Leonardo unbedingt jenen Marmorblock hatte haben wollen, angesichts seiner Misserfolge als Bildhauer habe man ihn stattdessen lieber Michelangelo gegeben. Es kam sogar so weit, dass Boltraffio und Giampietrino sich mit einigen seiner Anhänger in aller Öffentlichkeit prügelten, weil jene ihren Meister in unerträglicher Weise geschmäht hatten.

»Wie konntet ihr nur!« Leonardo betrachtete missbilligend

seine arg zugerichteten Mitarbeiter. Giampietrino hatte ein zugeschwollenes, blaues Auge. Und Boltraffio blutete am Ohr. »Schaut euch nur an!«

»Du solltest erst die anderen sehen!«, gab Giampietrino wütend zurück. »Wir haben es ihnen ordentlich gezeigt.«

»Ich habe kein Verlangen, die anderen zu sehen«, schimpfte Leonardo. »Der Klügere schweigt und geht seiner Wege. Wir begeben uns nicht auf die Ebene dieses ungebildeten Schreihalses. Soll er doch seinen Selbsthass an dem Marmorblock abarbeiten! Wir bleiben die, die wir sind, egal, was er oder seine törichten Anhänger sagen.«

Dazu kam, dass es Ginevra noch immer nicht gelungen war, mit Giuliano de' Medici ein Treffen zu vereinbaren. Monna Lisa war bei ihrer letzten Sitzung beinahe in Tränen ausgebrochen, so angegriffen waren ihre Nerven. Francesco del Giocondo war zu einer längeren Reise aufgebrochen, die Gelegenheit war mehr als günstig, doch die kostbare Zeit verstrich, und nichts geschah. Dass die junge Frau weiterhin observiert wurde, wunderte Leonardo nicht. Und er verstand, wie sehr sie das ängstigen musste.

Anfang Februar ließ Machiavelli ihn in den Regierungspalast bitten. Zu seiner Überraschung erwartete ihn ein Diener am Eingang und führte ihn in den großen Ratssaal, in den *Salone dei Cinquecento*, der so hieß, weil in ihm fünfhundert Ratsherren bequem Platz fanden. Dieser Saal war erst vor wenigen Jahren auf Geheiß Savonarolas erbaut worden, der nach venezianischem Vorbild eine echte Republik in Florenz etablieren wollte und zu diesem Zweck diese große Ratsversammlung von fünfhundert gewählten Bürgern eingeführt hatte. Damit wollte er für alle Zeiten verhindern, dass wieder eine einzelne Familie wie die Medici das Ruder an sich reißen konnte. Auch wenn Leonardo schon zuvor hier gewesen war, so erschienen ihm an diesem Tag die Dimensionen des Raums geradezu gigantisch. Hier konnte man die Sala delle Asse in Mailand gut und gerne sechs Mal unterbringen. In der Mitte stand Machiavelli und blickte ihm entgegen.

»Wollt Ihr mir ein Ratsherrenamt anbieten?«, scherzte Leonardo, nachdem sie sich begrüßt hatten.

»Das nicht.« Machiavelli ließ seinen Blick über eine der langen Wände schweifen. »Wir sind der Meinung, Ihr könnt Eurer Heimatstadt auf andere Weise zu Ruhm und Ehre verhelfen.«

Leonardo folgte seinem Blick und begann zu ahnen, worum es gehen könnte. Immer wieder waren Stimmen laut geworden, die forderten, dass die Wände dieses wichtigen Ortes ausgeschmückt werden sollten.

»Ihr werdet ein Wandgemälde schaffen, wie es die Welt noch nie gesehen hat«, sagte Machiavelli prompt. »Und zwar im Herzen der florentinischen Macht. In Mailand habt Ihr gezeigt, dass Ihr auch darin ein Meister seid. Wie ich höre, pilgern Menschen aus aller Herren Länder zu diesem Kloster, nur um Euer *cenacolo* zu sehen.« Er wandte sich Leonardo direkt zu und sah zu ihm auf. »Man erzählt sich allerdings«, fuhr er nun leiser fort, »dass es um das Fresko nicht gut bestellt sein soll.«

»Es ist kein Fresko«, sagte Leonardo.

»Vielleicht liegt genau darin das Problem«, gab Machiavelli zurück. »Mir wurde berichtet, dass Ihr eine neuartige Technik angewendet habt.«

»Sie beruht auf der traditionellen Tempera-Malerei«, konterte Leonardo. Er konnte es nicht leiden, wenn man seine Kompetenz anzweifelte. Und schon gar nicht, wenn dies jemand tat, der von Malerei nichts verstand. So wie Machiavelli.

»Ihr habt sie jedoch auf einen öl- und pechhaltigen Untergrund gesetzt«, hielt Machiavelli ihm erstaunlich sachkundig vor. »Tatsache ist, dass sich das Bild an vielen Stellen von der Wand ablöst.«

»Wer sagt das?«, fuhr Leonardo zornig auf.

»Ich kann Euch nachher in meiner Amtsstube die Berichte zeigen«, erklärte Machiavelli liebenswürdig. »Versteht mich nicht falsch. Ich möchte Euch keineswegs kritisieren, das stünde mir nicht zu. Ich möchte nur verhindern, dass sich hier in diesem ehrwürdigen Saal so etwas wiederholt. Wir arbeiten für die Ewigkeit. Ist es nicht so?« Leonardo antwortete nicht, sondern sah an Machiavelli vorbei auf die Bänke der Ratsherren. Er hatte sich um diesen Auftrag nicht beworben. Warum also bot man ihn ihm an, wenn man gleichzeitig solche Bedenken hegte? »Verwendet die Al-fresco-Technik«, riet Machiavelli ihm eindringlich.

»Wenn Ihr einen Freskenmaler sucht, werdet Ihr in dieser Stadt einen anderen finden. Hier leben und arbeiten die besten.«

»Wir wollen Euch«, beharrte Machiavelli.

»Die Al-fresco-Technik eignet sich nicht für meine Arbeitsweise«, erklärte Leonardo und zwang sich zur Geduld. »Das, was Ihr an meinen Werken bewundert, lässt sich damit nicht herstellen. Der Putz trocknet innerhalb weniger Stunden. Dann muss die Malerei – wenn man das Einbringen von Farbpigmenten in feuchten Mörtel wirklich so nennen will – vollendet sein. Alles, wofür ich berühmt bin, die zarten Übergänge, das *sfumato* – das alles braucht Zeit. Viel Zeit. Und deshalb werde ich Euch kein Fresko machen. Ich könnte es nicht verantworten.«

Er wandte sich zum Gehen, doch Machiavelli hielt ihn zurück.

»Ihr findet eine andere Lösung«, sagte er mit der ihm eigenen Freundlichkeit, die im Grunde keine war. »Nur eines müsst Ihr mir versprechen: Dieses Wandgemälde wird nicht von der Wand abblättern. Es wird halten. Ihr malt es für die Ewigkeit. Sind wir uns da einig?«

»Die Ewigkeit ist ein großes Wort«, gab Leonardo zurück. »Nur Gott behält sich das Privileg vor, ewig zu sein.«

»Ich denke, Ihr glaubt nicht an Gott?«

Leonardo blinzelte überrascht. Woher wusste dieser kleine Mann auch das?

»Ich glaube an die Erfahrung«, antwortete er. »Und zu meinem Bedauern habe ich noch keine gemacht, die Gottes Existenz zwingend beweist.«

»Kommen wir zum Geschäftlichen«, wechselte Machiavelli das Thema. Offenbar war er nicht sonderlich an der Evidenz Gottes interessiert. »Ihr erhaltet ein Honorar von dreihundert Golddukaten.«

»Zuerst muss ich wissen, wie umfangreich die Arbeit sein soll«, gab Leonardo zurück. Machiavelli wies auf die schier endlos lange Seitenwand dem Eingang gegenüber.

»Die exakten Maße bestimmt Ihr selbst«, erklärte er. »Das Gemälde sollte die Wand beherrschen, nicht vollkommen ausfüllen.«

»Ich werde eine Menge Ausgaben haben«, wandte Leonardo ein und schritt die Länge der Wand ab. »Neue Gehilfen müssen eingestellt werden. Gerüste gebaut. Das wird teuer.«

»Wir werden diese Ausgaben übernehmen«, beeilte Machiavelli sich, ihn zu beruhigen. »Aber Ihr werdet einen Karton anfertigen und ihn dem Rat zur Begutachtung vorstellen.«

Leonardo nickte. Natürlich würde er das tun. Nur ein Verrückter wie Michelangelo hieb auf einen Marmorblock ein, ohne vorher Zeichnungen gemacht und den Stein mit Markierungen versehen zu haben. Überhaupt, Michelangelo. Genugtuung durchflutete ihn, als er daran dachte, wie sehr sich sein selbst ernannter Feind darüber ärgern würde, dass Leonardo diesen ehrenvollen Auftrag erhielt und nicht er. Denn Michelangelo hatte die Freskenmalerei bei Ghirlandaio, einem der besten Künstler seiner Zeit, erlernt. Er würde schäumen, wenn er es erfuhr. Doch sogleich schämte Leonardo sich dieses hämischen Gefühls. Bislang hatte er stets ein freundschaftliches Verhältnis zu anderen Künstlern unterhalten. Er konnte sich nicht erinnern, je mit einem Kollegen in Wettstreit getreten zu sein. Ehe so etwas geschah, verzichtete er lieber auf den Auftrag, und andere taten das auch. So wie Perugino damals, als Il Moro ihn verpflichten wollte, um Leonardo, mit dem er sich wegen der Bezahlung gestritten hatte, eins auszuwischen. Künstler mussten zusammenhalten, sonst hatten die Reichen und Mächtigen leichtes Spiel. Doch diese überlebenswichtige Regel schien Michelangelo nicht zu kennen.

»Wir werden einen Vertrag aufsetzen«, sagte Machiavelli und holte Leonardo in die Gegenwart zurück.

»Hab ich bei der Wahl des Themas freie Hand?«, fragte er.

»Oh«, gab Machiavelli zurück und legte den rechten Zeigefinger an sein Kinn, so als habe er etwas Wichtiges vergessen. »Ja, das Thema. Wir wünschen uns eine spektakuläre Kampfszene, aus der – aber das versteht sich von selbst – die Florentiner siegreich hervorgehen. Unser Chronist hat bereits ein paar derartige Ereignisse herausgesucht. Soweit ich das einschätzen kann, findet die Geschichte von der Schlacht bei Anghiari die meisten Anhänger im Rat. Euch ist die Begebenheit bekannt?«

Selbstverständlich kannte Leonardo die Geschichte von der Schlacht bei Anghiari, jedes Kind kannte sie. Im Jahre 1440 hatten die Florentiner das Mailänder Heer geschlagen, das unter der Führung des legendären *condottiere* Niccolò Piccinino stand. Leonardo konnte die Logik hinter dieser Themenwahl nur zu gut nachvollziehen. Es ging darum, das Florentiner Volk an siegreiche Zeiten zu erinnern, von denen es, wenn man es genau nahm, im Zusammenhang mit kriegerischen Auseinandersetzungen nicht allzu viele gab. Florenz besaß kein eigenes Heer, und seine Oberhäupter hatten stets auf Verhandlung, Diplomatie und Verträge gebaut und waren damit lange erfolgreich gewesen. Nun hatte der jahrelange Krieg gegen Pisa die Bevölkerung, die dafür bezahlte, zermürbt. Sie an eine Begebenheit zu erinnern, aus der sie siegreich hervorgehen konnten, war ein Gebot der Zeit. Das Problem war nur – Leonardo hatte genug vom Blutvergießen. Der Eifer, mit dem er die Umleitung des Arnos vorantrieb, entsprang seinem Wunsch nach Frieden, auch wenn er den Pisanern aufgezwungen werden musste. Seit Jahren belagerten die Florentiner und mit ihnen verbündete Truppen die Stadt. Doch was nützte dies, wenn sich die Pisaner über ihren Hafen mit allem versorgen konnten, was sie benötigten? Das Fehlen des Flusswassers würde hingegen alles zum Erliegen bringen. Leonardo ging davon aus, dass sich die Stadt recht bald ergeben würde. Und zwar kampflos.

Nun aber, da ihm die Aufgabe gestellt wurde, Schlachtengetümmel darzustellen, kehrten die Alpträume zurück, die endlich nachgelassen hatten. Es kam vor, dass er nachts aufstand und die Schreckensbilder, die ihn quälten, aufs Papier zu bannen versuchte. Er zeichnete Männer mit vor Schmerz und Verzweiflung aufgerissenen Mündern, andere, die sich Befehle zubrüllten, sich gegenseitig anspornten. Pferde, die sich bäumten und trotzdem von grausamen Zügeln mitten hinein in Kampfhandlungen gezwungen wurden, mit angstvoll aufgerissenen Augen und Schaum vor den Nüstern. Er zeichnete Studien von Nahkämpfern, die ihre Schwerter wie Keulen schwangen, angespannt von der Ferse bis zum Scheitel. Und hatte doch nicht die geringste Ahnung, wie er das Wandgemälde aufbauen sollte. Denn alles in ihm wehrte sich dagegen.

»Es ist ein ehrenvoller Auftrag«, sagte Monna Lisa, als sie nach längerer Pause wieder mit den Sitzungen für ihr Gemälde fortfuhren. Sie trug die Kleider, die ihr Gatte nach Leonardos Angaben hatte anfertigen lassen, und die dunklen Farben standen ihr außerordentlich gut. Leonardo war mit dem Entwurf auf Karton bereits weit gediehen. Was darauf allerdings noch wie ein geisterhafter blinder Fleck wirkte, war Lisas Gesicht. Er konnte sich nicht entschließen, welchen Ausdruck er ihm geben sollte. Etwas schien zu fehlen, und das war auch kein Wunder, war sie doch mit sich selbst noch nicht im Reinen. Ob sie es nach der Begegnung mit Giuliano de' Medici sein würde? »Aber Ihr seht nicht glücklich aus.« Leonardo sah überrascht auf. Er hatte den Faden der Unterhaltung längst verloren. »Ich meine den Auftrag von der Stadtverwaltung«, fügte sie hinzu, als sie es bemerkte.

»Es ist mir zuwider«, antwortete Leonardo zögernd, »Menschen zu malen, die sich gegenseitig abschlachten.«

»Muss es denn eine solche Szene sein?«, fragte sie und versuchte Dea anzulocken, die sie an diesem Tag ignorierte und zwischen den Tischbeinen der Werkstatt herumstrich.

Leonardo schwieg. Was hatte er selbst einst in Mailand für seine Schüler über die *Art und Weise, eine Schlacht darzustellen*, notiert? *Wenn du einen Gefallenen malst, so mache auch die Gleitspur im Staub, der hier zu blutigem Schlamm geworden ist. Andere mögen im Sterben die Zähne zusammenbeißen, die Augen verdrehen, die Fäuste an den Leib pressen und die Beine krümmen. Auch könnte man viele Gefallene in einem Haufen auf einem toten Pferd zeigen…* Und vor all dem graute ihm, denn er sah das in seinen Träumen.

»Was ich sagen will«, fuhr Monna Lisa fort, nachdem die Katze im Hof verschwunden war, ohne sie eines Blickes zu würdigen. »Wenn meine Söhne miteinander streiten, was selten vorkommt«, beeilte sie sich, hinzuzufügen, »dann schlagen sie sich ja nicht gleich die Köpfe ein. Es geht immer um etwas. Um einen Lieblingsball. Oder ein Buch, das einer dem anderen wegnimmt.« Sie sah ihn an und errötete. »Verzeiht«, sagte sie leise. »Ich rede Unsinn. Eine Schlacht ist ja etwas ganz anderes als ein Streit zwischen zwei kleinen Jungen und …«

»Nein«, fiel ihr Leonardo aufmerksam ins Wort. »Ich fürchte, es ist gar nicht viel anders. Auch den Erwachsenen geht es um etwas. Um Territorien. Um strategische Städte, die sie ihrem Herrschaftsgebiet einverleiben können. Um Macht und Gold.«

»Und wann ist so eine Schlacht eigentlich entschieden?«, fragte Lisa nach. »Im Falle meiner Kinder ist sie das, wenn der eine den ersehnten Gegenstand endgültig an sich gerissen hat. Außer, Betta oder ich greifen ein.«

Leonardo sah sie überrascht an. Ja. Wann war eine Schlacht entschieden? Im Grunde dann, wenn sich eines der Heere zurückzog. Oder wenn ...

»Wenn die Standarte erobert wurde«, sagte er. Plötzlich lag alles klar und deutlich vor ihm. »Der *gonfalone*«, fügte er hinzu. »Und da unser Regierungsoberhaupt den Titel *gonfaloniere* trägt ...«

»Piero Soderini würde tatsächlich mit dem Banner in eine Schlacht reiten?«, fragte Lisa zweifelnd.

»Nein, das würde er sicher nicht«, antwortete Leonardo. »Das ist in diesem Fall nicht wörtlich gemeint.«

»Es ist eine Metapher«, stellte Lisa fest.

»Ja«, sagte er überrascht. »Und Ihr habt mich auf eine wunderbare Idee gebracht. Als Metapher oder besser als Symbol werde ich auf dem Wandgemälde den Kampf um die Standarte darstellen, denn mit dieser Insignie steht und fällt die Entscheidung.«

Warum war er nicht von selbst darauf gekommen? Auf einmal stand ihm alles deutlich vor Augen. Natürlich würde es nicht ein harmloses Gerangel sein wie zwischen Monna Lisas kleinen Söhnen. Jeder der Soldaten würde die Standarte unter Einsatz seines Lebens verteidigen und alles geben, um ihrer habhaft zu werden. Er würde eine lange Stange, die Lanze, an deren Spitze die Fahne befestigt war, in einer flachen Diagonale quer durch das gesamte Bild zeigen, um das sich ein Knäuel von ineinander verschlungenen Menschen- und Pferdekörpern ballen würde.

Sogleich begann er mit Tinte und Feder erste Versuche aufs Papier zu kritzeln, als ein Bote den Vertragsentwurf von Machiavelli bei ihm abgab. Er legte die Feder beiseite und entfaltete das Schreiben. Und glaubte, seinen Augen nicht zu trauen.

Von den dreihundert Goldflorin, die Machiavelli erwähnt hatte, stand nirgendwo mehr etwas. Er sollte auf der Stelle 35 Florin als Vorschuss erhalten, von zusätzlichen Zahlungen für Materialien, Löhne für Mitarbeiter und anderen Ausgaben war keine Rede im Vertrag. Und den Gipfel der Unverschämtheit fand er ganz am Ende: »Der Künstler verpflichtet sich, das Wandgemälde bis spätestens Ende Februar 1505 fertigzustellen, und zwar ohne Ausnahme oder jegliche Ausflüchte.«

Leonardo ließ das Schreiben sinken. Eine ungeheure Müdigkeit stieg in ihm auf. Musste er sich mit seinen fast 52 Jahren noch immer solche Frechheiten gefallen lassen? Er stieß alle Luft aus seinen Lungen, nahm ein sauberes Blatt Papier aus dem Fach in seinem Pult und begann zu schreiben:

Änderungen am Vertrag über ein Schlachtengemälde von Leonardo da Vinci. Kurz hielt er inne. Normalerweise schrieb er als Linkshänder von rechts nach links. Wenn er an andere schrieb, stellte er sich selbstverständlich um, doch in diesem Fall musste er sich stets konzentrieren.

Erstens entfällt die Terminierung auf den Februar 1505. Zweitens erhält Leonardo da Vinci zusätzlich zu den 35 Goldflorin, zahlbar bei Vertragsabschluss, monatlich 20 Goldflorin. Drittens übernimmt die Signoria alle Kosten, die zur Erstellung des Werks notwendig sind, und zwar für Material, Gerüste und Gerätschaften nach Gutdünken des Ausführenden, Gehälter der notwendigen Gehilfen und Handwerker. Viertens: Aufgrund der Größe des Auftrags stellt die Signoria dem Künstler einen geeigneten Raum frei zur Verfügung, in dem er einen Entwurfskarton in den Originalmaßen fertigen kann. Sie übernimmt auch die Renovierungsarbeiten für diesen Raum, die anfallen mögen, samt Heizungskosten während der kalten Jahreszeit. Er hielt inne und überlegte. Dann fügte er hinzu: *Fünftens: Bei*

Abnahme des Entwurfs wird eine zweite Zahlung von 35 Goldflorin fällig. Er legte die Feder beiseite und überflog das Geschriebene. Eine so große Arbeit konnte er frühestens innerhalb von zwei Jahren fertigstellen, das wusste er, seit er die Sala delle Asse ausgestaltet hatte. Also würden die monatlichen Raten zusammengerechnet rund 480 Goldflorin ergeben, mit den Zahlungen bei Vertragsschluss und bei Abnahme des Kartons wäre er bei 550. Das klang nach viel Geld, doch davon musste er sich und seine Leute immerhin zwei Jahre lang finanzieren. Es war fraglich, ob am Ende etwas übrigblieb, und eigentlich versuchte er seit Jahren, etwas für sein Alter zurückzulegen. Und da er damit rechnete, dass die Pfennigfuchser im Palazzo Vecchio versuchen würden, ihn herunterzuhandeln, machte er aus den 35 Goldflorin 40 und schlug auch bei den monatlichen Zahlungen noch fünf hinzu.

Schließlich rief er Salai und bat ihn, sein Gekritzel sauber abzuschreiben. Am Abend las er alles noch einmal gewissenhaft durch und schickte Girardo damit am folgenden Morgen zu Machiavelli.

Wie er erwartet hatte, begann nun das Geschacher. Der Rat stimmte zu, alle zusätzlich entstehenden Kosten zu übernehmen und Leonardo ein großes, leerstehendes Refektorium im Kloster Santa Maria Novella zuzuweisen, die sogenannte *Sala dei Papi*, doch als Leonardo den Raum besichtigte, stellte er sich als renovierungsbedürftig heraus. Das Dach hatte ein Loch, durch das es hereinregnete, und die Fenster schlossen nicht. Er überzeugte Machiavelli davon, dass der Saal erst hergerichtet werden musste, ehe er dort mit seiner Arbeit beginnen konnte. Zeigte sich der Rat in dieser Hinsicht als entgegenkommend, so beharrte er auf dem Termin der Fertigstellung. Und was die Honorare anbelangte, wurde an allen Ecken und Enden gekürzt.

»Warum tue ich das?«, rief Leonardo ein ums andere Mal aus

und erntete von Machiavelli stets nur das wohlbekannte, verständnisvolle Lächeln.

»Es ist eine Ehre«, wiederholte der Berater des *gonfaloniere*. »Ihr werdet in die Ewigkeit eingehen.«

Leonardo hatte genug von diesem Gerede.

»Ich muss *heute* essen und meine Gehilfen bezahlen, nicht in einer unbestimmten Ewigkeit«, knurrte er.

»Und wir wollen nicht bis in alle Ewigkeit warten, bis Euer Werk vollendet sein wird«, konterte Machiavelli. »Was ich noch sagen wollte«, wechselte er das Thema. »In Kürze werdet Ihr eine Einladung von der Dombauhütte erhalten. Dieser junge Bildhauer namens Michelangelo Buonarotti ist bald mit seiner Statue fertig. Hattet Ihr bereits Gelegenheit, sie zu sehen?« Leonardo schüttelte unwillig den Kopf. Er hatte sich vorgenommen, sich an das zu halten, was er seinen Gehilfen predigte: diesen Flegel zu ignorieren. »Solltet Ihr aber. Die Skulptur ist bemerkenswert. Und nun muss darüber beraten werden, wo man sie aufstellt. Die besten Künstler der Stadt sollen darüber entscheiden. Und selbstverständlich könnt Ihr da nicht fehlen.«

Tatsächlich erhielt Leonardo bald eine Einladung und musste einsehen, dass es nicht länger möglich war, so zu tun, als gäbe es Michelangelo und sein Werk nicht. Er musste Stellung beziehen, und dabei war ihm alles andere als wohl.

»Das hat er sich schlau ausgedacht«, kommentierte Luca Pacioli das Ereignis, das die ganze Stadt in Atem hielt. »David, der Goliath besiegt, ist schließlich das symbolträchtigste Wahrzeichen der Stadt. Völlig gleichgültig, wie er aussieht, die Florentiner werden ihn lieben.«

Er hatte recht. Selbst Leonardo, der dem Kollegen noch immer die Unverschämtheit nachtrug, mit der dieser ihn beleidigt hatte, musste zugeben, dass Michelangelos David nicht nur größer war als alle anderen Marmorstandbilder seit der Zeit der Antike, sondern auch wunderschön. Was ihn ärgerte. Und als er sich darüber bewusst wurde, ärgerte er sich noch mehr.

»Mal sehen, ob dieser angewinkelte linke Arm halten wird, wenn er die Stütze wegschlägt, die im Augenblick noch vom Ellbogen zum Knie verläuft«, meinte Tommaso nach seinem Besuch im Hof der Dombauhütte, wo Michelangelo schon seit Jahren an dem Koloss arbeitete. »Vielleicht kippt er dann um.«

»Der kippt nicht um«, widersprach Luca ihm. »Das leicht abgespreizte linke Bein gleicht das statisch aus.«

»Wenn er Pech hat«, mischte Salai sich ein, der nun wirklich nicht allzu viel von der Bildhauerei verstand, »bricht ihm trotzdem ein Stück von dem Ellbogen ab, wenn er die Stütze entfernt.«

»Das kommt auf den Verlauf der Maserung an«, meinte Luca. »Michelangelo kennt den Stein gut genug, um zu wissen, was er tut.«

Leonardo konnte das alles nicht mehr hören. Auf dem Weg zur Versammlung ging er über die Piazza della Signoria und drehte sich langsam im Kreis, so als sähe er den Ort zum ersten Mal. Dabei versuchte er sich vorzustellen, wo Michelangelos David am besten zur Geltung kommen würde. Vor dem Eingang zum Regierungsgebäude begegnete er einem »alten Bekannten«, es war der bronzene David seines Lehrmeisters Verrocchio, und nur wenige wussten, dass er, Leonardo, ihm im Alter von fünfzehn Jahren dafür Modell gestanden hatte. Da war es nun, sein jüngeres Selbst, nur mit einer Tunika bekleidet, deren Stoff so dünn war, dass man seine Muskeln, die Rippen und den Bauchnabel deutlich erkennen konnte, und auch seine Brustwarzen, würden die nicht durch rosettenartige Ornamente mehr betont als verdeckt.

Leonardo mochte die Statue, etwas an ihr rührte ihn. Vielleicht war es die freche Unschuld, die sie ausstrahlte, die Unbekümmertheit der Jugend, die wie der alttestamentliche David weder der Autorität des Alters noch der größeren physischen Kraft Respekt zollte. Dann wandte Leonardo sich zu der Loggia dei Lanzi um, zu jenem Arkadenbau, der für öffentliche Kundgebungen und offizielle Empfänge erbaut worden war. Unter dem Schutz der Überdachung waren bereits die Statuen einiger namhafter Kollegen untergebracht worden, die die Stadt in Auftrag gegeben oder erworben hatte. Hier irgendwo würde sich wohl ein Platz für Michelangelos Statue finden.

Als Leonardo bei der Versammlung eintraf, wurde ihm erst bewusst, welch illustrer Kreis hier versammelt war. Er kannte alle, waren sie doch seit vielen Jahren in derselben Gilde, hatten gemeinsam ihre Jugendjahre verbracht oder voneinander gelernt. Er begrüßte Andrea della Robbia, Sandro Botticelli und Pietro Perugino, seinen Freund Filippino Lippi und viele mehr.

Umständlich wurde die Sache vorgetragen und jeder einzelne der Anwesenden um seine Meinung gebeten. Viele waren der Ansicht, die neue Statue sollte direkt vor dem Eingang des Regierungspalasts aufgestellt werden.

»Aber da steht doch schon Verrocchios David«, wandte Botticelli ein.

»Den könnte man woanders unterbringen«, rief Cosimo Rosselli, ein würdiger Greis und bedeutender Freskenmaler. »Er ist ja längst nicht so groß.«

Nur Giuliano di Sangallo, ein berühmter Architekt, der unter vielen anderen Arbeiten eine prachtvolle Landvilla in Poggio a Caiano für die Medici erbaut hatte, äußerte die Meinung, Michelangelos David solle in der Loggia dei Lanzi ihren Platz finden.

»Was ist deine Meinung, Leonardo?«, fragte der Leiter der Dombauhütte, und alle richteten ihre Augen auf ihn.

»Ich denke«, begann er, »man sollte ihn in der Loggia aufstellen, wie Giuliano gesagt hat, hinter der niedrigen Mauer, an der die Soldaten Aufstellung nehmen. Er sollte dort mit entsprechender Verzierung so platziert werden, dass er die staatlichen Zeremonien nicht stört.«

Verwunderte Blicke trafen ihn.

»Wirklich?«, fragte sein Freund Filippino leise. »Hinter der Mauer und den Soldaten?«

Leonardo fühlte, wie ihm Hitze ins Gesicht stieg. Natürlich war das Unsinn. Es würde bedeuten, das Werk vor möglichst vielen Augen zu verstecken, statt es angemessen zu präsentieren. Wie hatte er sich nur hinreißen lassen, aus purer Abneigung dem Künstler gegenüber so etwas zu äußern? Dann war die Reihe an Sandro Botticelli, der in begeisterten Worten dafür warb, Michelangelos Werk als neues, selbstbewusstes Sinnbild der Stadt mitten auf die Piazza zu stellen, weithin sichtbar für alle.

Diese Meinung teilten die meisten, und so wurde es beschlossen. Und Leonardo verließ die Versammlung mit dem doppelten Gefühl einer Niederlage.

Gemeinsam mit einigen seiner Freunde verließ er das Gebäude. Gegenüber der Dombauhütte sah er Giovanni de' Bencis Diener, wie zufällig lehnte er an einem Strebepfeiler, der die Apsis der Kathedrale stützte. Als der Diener bemerkte, dass Leonardo ihn erkannt hatte, setzte er sich langsam in Bewegung.

Leonardo verabschiedete sich von seinen Kollegen und wartete, bis sie sich entfernt hatten. Dabei beobachtete er, wie der Diener bei einem Kastanienverkäufer stehen blieb und sich ein paar von den gerösteten Maronen in ein Papier einschlagen ließ. Wie zufällig stellte er sich dazu und kaufte ebenfalls welche.

»Mein Herr lässt Euch grüßen«, sagte der Diener, als sie sich ein Stück von dem Stand entfernt hatten. »Er sagt, es wäre Zeit, bei Eurem Onkel eine Flasche Aquavit zu bestellen.«

13

DAS TREFFEN

Florenz – Anchiano, 1504

Lisa hatte lange gezögert, Sandras Bitte nachzukommen, sie erneut im Kloster zu besuchen. Zu schmerzhaft war das letzte Zusammentreffen mit ihren Schwestern gewesen. Wenn man ihr schon die Rolle des Sündenbocks zugedacht hatte, warum sollte sie bei diesem Spiel noch mitmachen? Doch als Tag um Tag verging und noch immer kein Treffen mit Giuliano in Aussicht stand, entschloss sie sich eines Morgens, das verhasste Kloster aufzusuchen. Sandra konnte schließlich am allerwenigsten etwas für die Handlungen ihres Vaters.

Seit Francesco im Januar abgereist war, fand Lisa keine Ruhe mehr. Nicht einmal ihre Kinder konnten ihr noch Freude schenken, stets erinnerten sie Lisa daran, dass ihr gesamtes Leben in der Via della Stufa auf einer Lüge aufgebaut war. Denn kam es nicht einer Lüge gleich, was Francesco ihr verschwiegen hatte? Hätte sie ihn geheiratet, wenn sie gewusst hätte, dass ausgerechnet er sie von ihrem Geliebten getrennt hatte und damit die Ursache all ihrer Qualen war? Nein. Sie wäre vermutlich lieber im Kloster geblieben.

Als sie aus ihrer Sänfte stieg und sich dem düsteren Bau von San Domenico di Cafaggio gegenübersah, fragte sie sich, was dann wohl aus ihr geworden wäre. Vielleicht hätte ein schlimmes Fieber sie von ihrem Nonnendasein erlöst. Oder hätte sie sich irgendwann in ihr Schicksal ergeben, Ehrgeiz entwickelt und wäre am Ende eine Mutter Oberin geworden?

Dieses Mal wartete ihre jüngste Schwester bereits in der Besucherzelle auf sie. Sandra sprang von dem Betstuhl auf, auf dem sie gekniet hatte, und fiel ihr um den Hals.

»Endlich«, rief sie erleichtert aus. »Ich bin so froh, dich wiederzusehen. Ich dachte schon, es sei zu spät und sie hätten dir ein Leid zugefügt.«

»Mir?«, fragte Lisa verständnislos. »Wieso sollte mir jemand ein Leid zufügen?«

Sandra griff nach ihrer Hand und zog sie zum Tisch, drängte sie, sich auf den Besucherstuhl zu setzen.

»Ich muss dir etwas Schreckliches erzählen«, begann sie und ihre Augen füllten sich mit Tränen. Über den Tisch hinweg nahm sie Lisas Hände, die erschrak, denn Sandras fühlten sich kalt an. »Camilla hat etwas Schlimmes getan. Sie ...« Sandra biss sich auf die Unterlippe und wirkte, als müsse sie Kraft sammeln, um auszusprechen, was ihr ungeheuerlich erschien. »Sie hat dich bei den Behörden angezeigt.«

»*Was* hat sie getan?« Auf einmal begriff Lisa. Die Denunziation. Tagelang hatte sie gemeinsam mit Simonetta überlegt, welche ihrer Mitstreiterinnen sie wohl verraten haben könnte. Es musste jemand gewesen sein, der den Zirkel gut genug kannte, um alle Namen des inneren Kreises zu wissen. Sogar ihre Dienerschaft hatten sie im Verdacht gehabt. Für Betta würde Lisa freilich ihre Hand ins Feuer legen, ebenso für Caterina, mit der sie sich seit deren Fehlgeburt noch verbundener fühlte als zuvor, auch wenn sie wenig Worte miteinander wechselten und ihren Alltag so eingerichtet hatten, dass sie sich nicht oft begegneten. Ricardo? Der würde Francesco gegenüber Bericht erstatten, seinen Dienstherrn jedoch niemals einer solchen Gefahr aussetzen. Dass ihre Schwester die Verräterin war – darauf wäre Lisa nie gekommen.

Nun fügte sich freilich eines zum anderen. Camilla hatte sie und ihre Mitstreiterinnen bei ihrem ersten Treffen überrascht. Offenbar hatte sie mehr gehört, als sie alle geahnt hatten.

»Sie hat alles der Mutter Oberin erzählt«, unterbrach Sandra ihre sich überstürzenden Gedanken. »Dann sind zwei Männer gekommen. Ein älterer mit silbernem Stoppelhaar und einem so eisblauen Blick, dass es mir durch und durch ging. Der andere hat nicht gesprochen, aber alles aufgeschrieben, was Camilla gesagt hat.«

»Und ... was genau hat sie gesagt?«

Sandra sah zur Tür und lauschte. Dann beugte sie sich vor und sah Lisa eindringlich an. »Stimmt es«, fragte sie atemlos, »dass du die Regierung stürzen und den Medici-Brüdern zur Rückkehr verhelfen willst?«

»Würdest du mir denn so etwas zutrauen?«, fragte Lisa zurück, um Zeit zu gewinnen. Es widerstrebte ihr, Sandra anzulügen. Die arme Kleine hatte nichts mehr, woran sie sich halten konnte. Es war nicht gerecht, ihr die Wahrheit vorzuenthalten. Aber war es auch klug?

»Ja«, antwortete Sandra, und ein Lächeln stahl sich in ihr bleiches Gesicht. »Wenn das jemand schaffen könnte, dann du.« Sie stieß einen Seufzer der Erleichterung aus. »Offenbar haben die Männer Camilla nicht geglaubt. Sonst würdest du mir nicht so munter gegenübersitzen. Was bin ich froh!«

»Hast du deshalb nach mir geschickt?«

Sandra nickte eifrig und drückte Lisas Finger. »Ich wollte dich warnen. Aber das war wohl nicht nötig.« Sie atmete tief auf und lehnte sich zurück.

»Doch, Sandra, sie haben Camilla geglaubt«, sagte Lisa und Sandra riss vor Schreck die Augen auf. »Ich bin verhört worden.

Und beinahe gefoltert. Glücklicherweise ...«, sie überlegte, ob sie Machiavelli erwähnen sollte, entschied sich dagegen. »Am Ende ist nochmal alles gut gegangen.«

»Man hat dich verhört?« Sandra rang die Hände. »Hat man dir etwas angetan?«

»Es ist nochmal alles gut gegangen«, wiederholte Lisa und dachte an die beiden Büttel, die wie Schatten alle paar Tage in der Via della Stufa auftauchten, das Haus beobachteten und wieder verschwanden. Sie atmete tief durch. »Sandra«, begann sie. »Ich muss dir etwas sagen. Und ich brauche nicht zu betonen, dass du es für dich behalten musst.«

»Ich kann schweigen«, beteuerte Sandra. »Und werde dich gewiss nicht verraten.«

»Nun... Möglicherweise werde ich eines Tages verschwinden«, hörte Lisa sich sagen. »Dann brauchst du dir keine Sorgen um mich zu machen. Weil das heißt, dass ich ein neues Leben beginne.«

Als sie die entsetzte Miene ihrer Schwester sah, bereute sie ihre Worte. Doch Sandra nickte langsam. »Ein neues Leben«, wiederholte sie andächtig.

»Eines, das ich mir selbst ausgesucht habe, und nicht die Eltern oder mein Ehemann«, fuhr Lisa fort. »Und egal, was sie über mich erzählen werden, du musst dich stets daran erinnern, dass ich Lisa bin und immer bleibe, deine Schwester, die es gut mit dir meint.«

Sandras Augen schienen größer und größer zu werden, bis Lisa begriff, dass sie in Tränen schwammen. »Ich weiß«, flüsterte Sandra. »Du hast es immer gut gemeint. Und ich habe nie daran gezweifelt. Ich hab dich lieb, Lisa, und werde für dich beten. Egal, was ich über dich hören werde. Ich weiß, dass die Jungfrau Maria meine Bitten erhört und dich beschützen wird. Sie hat das schon einmal getan und dich während des Verhörs vor dem Schlimmsten bewahrt.« Sandra schlug andächtig das Kreuzzeichen und faltete ihre Hände. Auf dem Flur waren Schritte zu hören.

»Was soll ich Camilla sagen?«, fragte Sandra hastig.

Die Tür öffnete sich, und die Mutter Oberin stand auf der Schwelle. Feindselig starrte sie Lisa an.

»Sag meiner Schwester, dass ich ihr vergebe«, sagte Lisa laut und vernehmlich. Und mit einem Blick auf die Mutter Oberin fügte sie hinzu: »Und allen anderen auch.«

Anfang April erhielt sie von der Vorsteherin der *Murate* endlich jenes Billett, das sie nun schon so lange herbeigesehnt hatte: *Ich habe die Freude, Ihnen mitzuteilen, dass die ehrenwerten Schwestern Eurer Bitte um Klausur stattgegeben haben.* Es folgte das Datum des übernächsten Tages, sie wurde zur Morgenandacht erwartet.

Der Plan, den sie gemeinsam mit Ginevra ausgearbeitet hatte, erschien ihr gut. Betta und der gesamten Dienerschaft sagte sie, dass sie sich für drei Tage ins Kloster der *Murate* zurückziehen wolle, um für die gute Rückkehr ihres Gatten zu beten. In Florenz wusste jeder, dass eine Frau, die sich an diesen Ort begab, in keinem Fall gestört werden durfte, denn sie galt als so gut wie »eingemauert«, wie es der Name des Ordens nahelegte.

Denn mehr als dreihundert Jahre zuvor hatte sich eine fromme Frau wirklich in ein winziges Häuschen auf einem der Brückenpfeiler des Ponte delle Grazie einmauern lassen und nur ein vergittertes Fenster zur Brücke hin offengelassen, um von der Mildtätigkeit ihrer Mitmenschen zu leben. Mit den Jahren waren andere Frauen ihrem Beispiel gefolgt, bis das Häuschen und ein zweites auf dem benachbarten Brückenpfeiler zu klein geworden waren und sich die *Murate* einen solchen Ruf erworben hatten, dass einige reiche Florentiner Familien, darunter die Benci, ihnen das heutige Kloster geschenkt hatten. In einem besonderen Trakt konnten Frauen der Stifterfamilien, wie zum Beispiel Ginevra de'

Benci, wohnen, ohne ein Gelübde leisten zu müssen. Und nun wurde auch Lisa für drei Tage diese Ehre zuteil.

Lisa legte Wert darauf, dass möglichst viele von der Klausur erfuhren. Selbst Simonetta glaubte daran, dass sie das Bedürfnis nach Klosterruhe verspürte, und schob diese »Grille« auf den Schrecken, den ihr San Severo eingejagt hatte. Was sie wirklich vorhatte, verriet Lisa niemandem.

Sosehr Lisa diesen Tag herbeigesehnt hatte, so unwirklich erschien ihr jetzt jeder ihrer Schritte. Als sie ihre Kinder küsste, um sich von ihnen zu verabschieden, kam ihr der Gedanke, dass es möglicherweise zum letzten Mal war. Denn welche Folgen das haben würde, was sie im Begriff stand zu tun, wusste sie selbst noch nicht. Alles war denkbar. Dass sie verhaftet und zu Kerkerhaft oder Schlimmerem verurteilt wurde. Oder dass sie Giuliano folgen würde, ganz gleich wohin sein Weg sie führte.

»Warum gehst du ausgerechnet jetzt weg, wo Vater verreist ist?«, fragte Meo und musterte sie aus seinen klugen, blauen Augen.

»Gerade deswegen«, antwortete sie, und das schlechte Gewissen über diese Lüge schnürte ihr die Kehle fast zu, »um für seine Rückkehr zu beten.«

»Hast du Angst, er kommt nicht wieder?«, fragte Pippo bang, was sie eilig verneinte.

Andrea war noch zu klein, um zu verstehen, was vor sich ging. Milla jedoch klammerte sich mit einem derart verzweifelten Schluchzen an sie, dass es ihr schier das Herz zerriss, dabei konnte sie diesem Kind noch immer nicht die Liebe geben, die es verdient hätte.

Der lange Blick, mit dem Caterina sie ansah, ließ Lisa befürchten, dass die Sklavin mehr ahnte, als sie für möglich hielt. Nur Betta, ausgerechnet die Frau, die sie am längsten von allen kannte, wirkte unbesorgt, plauderte munter davon, wie gut ihr die Ruhe tun würde und dass sie sich einstweilen keine Sorgen um die Kinder zu machen brauchte.

»Es sind ja nur drei Tage«, sagte sie und schloss Lisas Kleidertasche. »Das geht im Nu vorbei.«

Als sie das Haus verließ, sah Lisa die beiden Büttel wie Schatten am oberen Ende der Straße stehen und hoffte inständig, dass ihre Finte nicht durchschaut wurde. Bruno, der neue Knecht, den Francesco eingestellt hatte, weil Ricardo ihn selbstverständlich auf seiner Reise begleitete, hatte eine Sänfte für sie bestellt und ging fürsorglich neben ihr her bis zum anderen Ende der Stadt, wo er sie an der Klosterpforte mit einer ehrerbietigen Verbeugung verabschiedete.

Sie steckte ihm ein Trinkgeld zu und sah sich dabei verstohlen um. Da waren sie, die beiden Büttel. Bestimmt würden sie ihren Platz vor dem Tor die folgenden drei Tage lang nicht aufgeben.

Ginevra erwartete sie mit ungewohnt rosigen Wangen. Dieses Abenteuer schien der ewig Leidenden neue Kraft zu verleihen.

»Rasch«, sagte sie. »Uns bleibt nur wenig Zeit. Hier sind die Kleider. Und Leonardo hat mir eine Menge seltsamer Dinge geschickt, die helfen sollen, aus dir einen echten Rotzbengel zu machen.«

Hinter dem mit Gold- und Silberstickereien verzierten Paravent, ein Kunsthandwerk, für das die *Murate* berühmt waren, legte Lisa ihre Kleider ab und schlüpfte in eine staubige, weite Hose, wie Bauern sie trugen, und eine abgetragene Bluse aus vergilbtem Leinen.

»Leonardo lässt ausrichten, dass diese Sachen alle sauber gewaschen worden sind«, rief Ginevra ihr zu. »Er hat sie mithilfe von verschiedenen mineralischen Pigmenten so eingefärbt, dass sie gebraucht aussehen. Niemals hätte unser Künstler dir zugemutet, in getragenen Kleidern herumzulaufen.« Ginevra lachte, und Lisa lauschte entzückt, denn sie konnte sich nicht erinnern, wann ihre

Freundin das letzte Mal solche Heiterkeit gezeigt hatte. »Lass dich ansehen«, sagte diese nun, als Lisa hinter dem Paravent hervortrat. »Passt ausgezeichnet. Hier sind noch Wams und Umhang.« Sie reichte Lisa die aus grobem Stoff geschneiderten Kleidungsstücke. »Aber zuerst müssen wir uns um deinen Kopf kümmern.«

»Um meinen Kopf?«

»Komm, setz dich hin. Leonardo hat mir alles genau erklärt. Am liebsten hätte er das selbst gemacht, aber Männer haben hier keinen Zutritt.«

»Dabei verwandle ich mich gerade in einen«, wandte Lisa ein.

»Deshalb musst du so schnell wie möglich von hier verschwinden. Also. Kannst du die Nadeln aus deinem Haar nehmen?«

»Wir müssen es doch hoffentlich nicht abschneiden?«, fragte Lisa erschrocken. Sie hätte keine Ahnung, wie sie dies im Falle ihrer Rückkehr ihrer Familie erklären sollte.

»Nein«, antwortete Ginevra. »Leonardo sagt, auf dem Land tragen es die jungen Burschen auch lang.«

Lisa löste ihre Frisur, und als hätte Ginevra nie etwas anderes getan, verrieb sie Öl und ein gelbliches Pulver zwischen ihren Händen und bearbeitete damit Lisas Haar, bis es strähnig wurde und einen etwas helleren, stumpfen Farbton annahm. Schließlich band sie es zu einem Zopf im Nacken zusammen.

»Nun zu deinem Gesicht«, sagte Ginevra und wusch sich sorgfältig die Hände, ehe sie Lisas Wangenknochen mit einer graubraunen Paste betupfte, vorsichtig einen Schmutzrand um ihren Hals zog und ausgemergelt wirkende Schatten um ihre Augen legte. Mit einem Schwamm verrieb sie schließlich das Ganze so, dass es natürlich wirkte und die Übergänge nicht mehr zu sehen waren. Mit einem Stück Zeichenkohle zog Ginevra Lisas Augenbrauen nach. »Wir dürfen deine Hände nicht vergessen«, mahnte sie. »Und am besten färben wir auch deine Füße, für den Fall, dass man dich durchsuchen wird. Du wirst diese Holzschuhe tragen«, fügte sie hinzu und wies auf ein paar abgelatschte Pantinen, die schon bessere Tage gesehen hatten.

Sorgfältig bräunte Lisa ihre Füße und hoffte, dass man sie im Falle einer oberflächlichen Leibesvisitation nicht für zu zart halten würde. Vor allem unter die Zehen- und Fingernägel massierte sie das graubraune Pulver. Meine Güte, dachte sie. Soll ich Giuliano etwa so vor Augen treten?

Ginevra musterte sie kritisch. »Die Zähne!«, rief sie aus. »Sie sind viel zu strahlend für einen Stallburschen.« Sie wies auf die verschiedenen Säckchen, die die farbigen Erden enthielten. Lisa wählte eine gelbliche, von der Leonardo ihr einmal erklärt hatte, dass sie aus Siena stammte, und rieb sich die Zähne damit ein. Dann schlüpfte sie in die Pantinen, legte Wams und Umhang um und versuchte, wie ein Junge zu gehen. Es gelang ihr recht gut, mit diesen Holzlatschen konnte sie gar nicht anders, als sich breitbeinig fortzubewegen.

»Die Mütze nicht vergessen«, riet Ginevra und reichte ihr ein riesiges, ausgebeultes Exemplar, das Lisa sich tief in die Stirn zog. »Und dein Bündel.«

»Was ist darin?«

»Sieh nach«, forderte Ginevra sie auf.

Lisa fand ein trockenes Stück Brot, ein Klappmesser und einen zerbeulten Becher aus gehämmertem Blech. Zwei Hosenknöpfe und ein kleines Knäuel Bindfaden. Außerdem ein zerknittertes Heiligenbildchen aus Papier.

»Ein frommer Stallbursche.« Ginevra nickte zufrieden. »Und was ist denn in dieses Schnupftuch eingeknüpft?«

Tatsächlich, Lisa fand sieben Kupfermünzen darin.

»Nun, es wird Zeit«, sagte Ginevra, während Lisa alles zurück in das Bündel steckte. »Du weißt, was du zu tun hast?«

Lisa nickte. »Am Ende des Flurs führt eine Treppe ins Erdgeschoss, von da komme ich in den Garten«, wiederholte sie, was ihr erklärt worden war, dabei klopfte ihr das Herz bis zum Hals. »Dann gehe ich den Weg, der an den Obstbäumen entlangführt, bis zum Wirtschaftsgebäude. Dort steht ein Pferdewagen, und der ältere Mann wird mich anschreien: »Wo hast du dich herumgetrieben, Matteo?« Er wird mich übel beschimpfen und auf den Wagen zerren.«

»Ich hoffe, er hilft dir auf den Wagen und zerrt dich nicht allzu sehr«, gab Ginevra mit einem breiten Lächeln zurück. »Und vergiss nicht, es ist Leonardos Onkel Franco. Bei ihm ist ein Knecht, der heißt ...«

»... Guido«, fiel ihr Lisa ins Wort und schulterte das Bündel. »Leb wohl, Ginevra. Und hab Dank für alles, was du ...«

»Schon gut«, unterbrach Ginevra sie, schloss sie in die Arme und murmelte ein paar Worte, die Lisa nicht verstand. Vielleicht war es ein Segen. Vielleicht aber auch etwas anderes.

Sie fand den Flur wie erwartet leer vor, die beiden Damen, die hier wohnten, hatten sich in der Kirche zur Morgenandacht versammelt. Lisa gelangte ungehindert bis zu jener Tür, die zu einem schneckenförmigen Treppenhaus führte. Das Poltern, das die Holzschuhe verursachten, machte ihr Angst, und weil das Gehen darin ungewohnt für sie war, zog sie sie aus und huschte die Wendeltreppe barfuß hinunter, obwohl der Stein eisig kalt war und sie unten angekommen ihre Zehen kaum mehr spürte.

Dennoch behielt sie die Pantinen in je einer Hand und eilte draußen im Garten auf bloßen Füßen an den Reihen der Obstbäume entlang, wie sie es stets im Sommer auf dem Land tat. Auf einmal war ihr, als fühlte sie Ginevras Blick aus dem Fenster in ihrem Rücken, und sie verlangsamte ihre Schritte, um nur keine Aufmerksamkeit auf sich zu ziehen.

Das Wirtschaftsgebäude mit dem großen Tor kam hinter einem Gewächshaus in Sicht, einen Pferdewagen sah sie allerdings nicht. Kam sie zu früh? Zu spät? Sie verharrte, stellte sich so neben das verglaste Haus, dass sie vom Klostergebäude aus nicht zu sehen war, und schlüpfte nun doch in die unbequemen Schuhe.

Plötzlich öffnete sich hinter ihr knarrend eine Tür, und eine resolute Frauenstimme rief: »Bei allen Heiligen ...«, und Lisa, zu Tode erschrocken, wartete nicht ab, was sie sonst noch zu sagen hatte, sondern rannte, so schnell sie es in den schrecklichen Schuhen vermochte, in Richtung Tor. In diesem Moment fuhr ein Pferdewagen herein, und Lisa hoffte inständig, dass es wirklich Leonardos Onkel war, der dort neben dem Knecht auf dem Kutschbock saß – wenn nicht, war sie verloren.

Kaum war der Wagen zum Stehen gekommen, erhob sich der Kutscher. Breitbeinig auf dem Bock stehend brüllte er aus Leibeskräften: »Matteo!« Lisa fiel ein Stein vom Herzen, obwohl die Stimme drohend und zornig klang. »Wo hast du dich die ganze Zeit herumgetrieben?«, tobte der Alte, und Lisa hätte ihn am liebsten dafür umarmt. Während der Knecht zwei kleinere Weinfässer ablud und ins Gebäude trug, ließ sich Lisa von Leonardos Onkel aus Leibeskräften ausschimpfen und schließlich auf die Ladefläche ziehen. Franco da Vinci wies auf einen Haufen aus Pferdedecken, und Lisa kauerte sich darauf zusammen, spitzte die Ohren, ob ihr jemand aus dem Garten gefolgt war und wissen wollte, wer dieser Junge war. Doch außer Leonardos Onkel, der weiter vor sich hin brummte, hörte sie nichts. Schließlich kehrte der Knecht zurück, stieg auf den Kutschbock, und der Pferdewagen setzte sich in Bewegung, machte im Klosterhof eine Kehre und rumpelte wieder aus der Einfahrt hinaus. Geräuschvoll wurden die Tore hinter ihnen geschlossen, und Lisa zog sich eine Decke über den Kopf für den Fall, dass San Severos Büttel auch diesen Ausgang bewachten.

Das Kloster der *Murate* lag direkt an der östlichen Befestigungsmauer, und Franco da Vinci setzte offenbar darauf, die

Stadt so schnell wie möglich hinter sich zu lassen, denn wenig später bremste der Pferdewagen bei der Porta la Croce ab.

»Du bist doch gerade erst hereingefahren«, hörte Lisa den Kontrollposten sagen.

»So ist es«, gab Franco da Vinci freundlich zurück. »Wir haben die Ware abgeliefert, und nun geht es wieder nach Hause.«

»Empfänger?«

»Das Kloster der *Murate*«, antwortete Franco. »Allerfeinster Messwein.«

»Die Papiere?«

Offenbar reichte Franco sie dem Posten, längere Zeit wurde nicht gesprochen.

»Wer ist das da hinten auf dem Wagen?«

Lisa saß wie erstarrt und wagte kaum zu atmen.

»Matteo. Mein nichtsnutziger Enkel«, erklärte Franco.

»Den hab ich vorhin nicht gesehen.«

»Das war auch schwer möglich«, gab Franco mit Ärger in der Stimme zurück. »Er hat unter den Decken geschlafen wie ein Murmeltier. Ich schätze, er wird erst wieder pünktlich zur Mittagssuppe so richtig munter.«

»Steh mal auf, Junge«, sagte der Posten.

Als Lisa nicht gleich gehorchte, brüllte Franco da Vinci: »Muss man dir denn alles zweimal sagen?« Zitternd erhob Lisa sich und spähte vom Wagen. Der Posten starrte sie eindringlich an. Instinktiv schlang sie die Arme um ihren Oberkörper und schlug die Augen nieder.

»Hast du auch Kinder?«, fragte Franco.

»Zwei Mädchen«, antwortete der Posten.

»Man muss Gott für alles dankbar sein«, sagte Franco mitfühlend. »Du bist jung. Sicher schenkt dir der Herr noch einen Sohn. Hoffentlich hast du mit dem dann mehr Glück als wir mit unserem Matteo.«

Der Posten löste den Blick von Lisa und gab Franco die Papiere zurück.

»Wie du sagst, man muss nehmen, was einem gegeben wird. Gute Fahrt.«

Mit einem Gefühl, als wären ihre Knie aus Watte, sank Lisa zurück auf die Pferdedecken. Keinen Augenblick zu früh, denn mit einem gewaltigen Ruck zog das Gefährt wieder an und rumpelte durch das Stadttor.

»Bei allen Heiligen«, sagte Franco da Vinci und musterte Lisa von Kopf bis Fuß. »Ich hätte vorhin schwören können, mein Neffe hat mir einen Streich gespielt und mir tatsächlich einen verdammten Straßenjungen aufgehalst.« Es war eine gute Stunde später, und Franco da Vinci hatte den Wagen auf einer Anhöhe unter einer mächtigen Steineiche zum Stehen gebracht. Am Fuß des Hügels glänzte Florenz im Licht der Morgensonne. Es war trotz der fortgeschrittenen Jahreszeit ein kalter Morgen, und Lisa fror.

»Hier«, sagte Franco da Vinci, holte einen Schaffellmantel vom Kutscherbock und half ihr hinein. »Das wird Euch wärmen.« Noch immer betrachtete er Lisa aus seinen hellen Augen, als könnte er nicht glauben, was er sah. »Das wird ein schönes Stück Arbeit, aus Euch wieder die Dame zu machen, die Ihr eigentlich seid.«

»Ich bin Euch zu Dank verpflichtet«, begann Lisa. »Mein Name ist ...«, doch Franco hob warnend die Hand.

»Nein«, sagte er. »Ich will Euren Namen nicht hören. Es genügt mir, dass Ihr eine Freundin von Leonardo seid.« Ein warmes Gefühl breitete sich in Lisas Brust aus. War sie das? Und damit nicht mehr die unliebsame Kaufmannsgattin, deren Porträt zu malen er im Grunde keine Lust hatte? »Wollt Ihr hinten auf dem Wagen bleiben oder Euch mit uns auf den Kutschbock setzen?«

Sie wählte den Kutschbock und wickelte ihre kalten Füße in eine der Decken ein. Die beiden Männer, die sie in ihre Mitte genommen hatten, wärmten sie außerdem. Mit großen, gierigen Augen sog sie die Landschaft in sich auf, durch die sie fuhren. Bislang war sie nur im Sommer aus Florenz herausgekommen, und der Anblick der ergrünenden Felder und Weiden mit ihrer erwachenden Blütenpracht stimmte ihr Herz froh und zuversichtlich. Sie lauschte den Erzählungen von Leonardos Onkel, der ihr von der Beschaffenheit der Böden erzählte und davon, dass sein Neffe gedachte, den Lauf des Arnos zu verändern.

»Nur ob er dann weiterhin durch die Überschwemmungen die Felder nährt, ist ungewiss«, schloss der Alte und trieb die Gäule zu größerer Eile an.

Es war später Nachmittag, als sie endlich Vinci erreichten. Das letzte steile Stück stiegen sie vom Wagen, um die Pferde zu schonen, und obgleich die Männer ihr versicherten, dass sie getrost sitzen bleiben konnte, sprang auch Lisa vom Bock und quälte sich in den Holzschuhen die Straße hinauf. Vor der letzten Kurve bat Franco sie allerdings, sich wieder unter den Decken zu verstecken.

»In Vinci soll Euch niemand zu Gesicht bekommen«, sagte er. »Wir bringen Euch nicht in unser Stadthaus, das würde zu viel Aufsehen erregen. Unser Landgut liegt ein Stück außerhalb des Ortes.«

Lisa gehorchte und rollte sich unter den Decken zusammen. Gedämpft konnte sie hören, wie Franco von Passanten angesprochen wurde und gut gelaunt antwortete. Nach einer gefühlten Ewigkeit hielt der Wagen, und jemand zupfte an ihrer Decke.

»Wir sind da«, sagte Guido und half ihr vom Wagen.

Er brachte sie in eine Küche, wo ein Wasserkessel über einem Feuer brodelte und eine junge Frau die Augen weit aufriss, als sie Lisa sah. Ungläubig musterte die Magd sie von oben bis unten. In der Nähe des Kamins spielte ein vielleicht vierjähriger Knabe mit ein paar Holzscheiten.

»Ich bin Nannina«, sagte die Magd. »Das Bad ist gleich fertig.«

»Ich hab keine anderen Kleider«, erklärte Lisa verlegen, doch die Frau wies auf eine einfache *gamurra* aus graublauer Wolle, die über einer Stuhllehne hing. Wäsche und Strümpfe lagen fein säuberlich dabei.

»Ihr bekommt von mir, was Ihr braucht«, sagte Nannina und goss das kochende Wasser in einen bereits halb gefüllten Zuber. »Prüft bitte selbst, ob es so recht ist.«

Das Badewasser war genau richtig, und Lisa legte nur allzu gern die Jungenkleider ab. Als sie in die Wanne stieg und sich vorsichtig setzte, fiel die Anspannung von ihr ab. Nannina reichte ihr ein großes Stück Seife, eine Bürste und legte einen Schwamm ins Wasser.

»Soll ich Euch helfen, die Haare zu waschen?«

»Das wäre sehr freundlich«, antwortete Lisa mit einem Seufzen. »Sie zu entwirren wird nicht einfach sein.«

Nannina schäumte ihr die Haare ein und holte einen grobzinkigen Kamm. Geduldig begann sie, die verfilzten Strähnen zu entflechten, während sich das Badewasser von all den farbigen Erden, die Ginevra ihr in das Haar und auf die Haut geschmiert hatte, nach und nach braun verfärbte. Lisa tat ihr Bestes, um Finger- und Zehennägel mit der Bürste zu reinigen, bis sie schließlich völlig erschöpft aus dem Zuber stieg. An den Füßen hatte sie Blasen, doch sie biss die Zähne zusammen. In Leintücher gehüllt ließ sie sich neben dem Kaminfeuer nieder, und Nannina rieb ihr strapaziertes Haar mit ein wenig Olivenöl ein, bis es wieder glänzte.

Franco da Vinci bekam sie an diesem Abend nicht mehr zu Gesicht. Schweigend aß sie von dem Eintopf, den Nannina ihr anbot, leerte einen Becher mit warmem Gewürzwein und ließ sich dann in die Kammer auf der anderen Seite des Kamins führen, wo die Magd bereits zwei heiße Steine zwischen die Laken einer einfachen Bettstatt gelegt hatte.

»Danke«, sagte sie, als Nannina ihr eine gute Nacht wünschte. »Für alles.« Und hoffte, dass sie eines Tages die Gelegenheit bekommen würde, sich dieser freundlichen Frau erkenntlich zeigen zu können.

Obwohl sie todmüde war und ihre Glieder von der ungewohnten Reise schmerzten, lag sie doch noch lange wach, zu aufregend war dieser seltsame Tag gewesen. Scheinbar wahllos zogen die Eindrücke an ihrem inneren Auge vorüber. Die Szene an der Porta di Croce, jener Moment, als der Posten gefragt hatte, wer denn da hinten auf dem Wagen säße. Sie vermied es, sich auszumalen, was alles hätte passieren können und wo sie jetzt wäre, hätte Franco da Vinci nicht so geistesgegenwärtig reagiert. Unversehens musste sie an jene Tage denken, die sie nach ihrer vereitelten Flucht in Bettas ehemaligem Zimmer unter dem Dach im Haus ihrer Familie verbracht hatte. So viel war inzwischen geschehen. Und doch hatte sie das Gefühl, als wäre sie auf wundersame Weise wieder an jenen Ausgangspunkt zurückgelangt.

Morgen würde sie Giuliano wiedersehen. Allein dieser Gedanke sorgte dafür, dass neue Kraft und Aufregung sie durchströmte und an Schlaf nicht zu denken war. Wo er sich in diesem Augenblick wohl befand? Wartete er bereits an dem vereinbarten Treffpunkt auf sie? Oder war er noch auf dem Weg? Hoffentlich wurde er nicht aufgehalten. Und dann stellte sie sich wohl zum hundertsten Mal jene Frage, auf die immer wieder alles hinauslief: Hatte er sich verändert? Würde sie ihn noch wiedererkennen? Und er? Würde er enttäuscht sein, dass ihm statt jenem zarten, fünfzehnjährigen Mädchen nun eine Frau entgegentrat, die mit ihren nahezu fünfundzwanzig Jahren die beste Zeit bereits hinter sich hatte? Die Schwangerschaften hatten ihren Körper verändert, wo früher unter ihrer Haut die Hüftknochen zu fühlen gewesen waren, hatten sich nun weiche Polster um ihren Leib gelegt, ihre Brüste waren voller, und ihr einstmals so makelloser Bauch wies, wenn man genau hinsah, feine Striemen auf.

Aber noch viel beunruhigender war die Frage, was wäre, falls sie beide noch immer dieselbe Liebe und Leidenschaft füreinander empfanden. Wenn er sie bitten würde, ihm zu folgen. Würde sie das tun? Mann und Kinder verlassen und einer ungewissen Zukunft entgegengehen? Ja, das würde sie. Und eines Tages würde sie an seiner Seite nach Florenz zurückkehren, sie würden beim Papst, der Giuliano so freundlich gesonnen war, die Auflösung ihrer Ehe erlangen, und sie könnte endlich vor aller Augen an der Seite jenes Mannes leben, den sie schon immer geliebt hatte.

Über diesen Gedanken schlief sie ein.

Ein Pochen an der Tür ließ sie auffahren. Kurz wusste sie nicht, wo sie war. Nannina stand in der Tür, ihre Gestalt vom Licht der Kerze umflossen, die sie in der Hand hielt.

»Es ist Zeit, Madonna«, sagte sie. »Soll ich Euch beim Ankleiden helfen?«

Schlaftrunken schlüpfte Lisa in die schlichten Kleider der Magd, war dankbar für die feingestrickten Strümpfe, die ihr bis über die Knie reichten, und die Schnürschuhe – noch einen Tag in den Holzpantinen hätte sie schwerlich überlebt. Nannina half ihr, das Haar zu einem schlichten Knoten im Nacken aufzustecken, und reichte ihr ein Tuch in der Farbe des Kleides, das sich Lisa wie Nannina um Kopf und Schläfen band.

Auf dem Küchentisch standen eine Keramikschale mit Hafergrütze und ein Becher heiße Milch. Nannina schob ihr einen Topf mit Honig zu, an dem sie sich bediente.

»Hier«, sagte die Magd, als sie ihr Morgenmahl beendet hatte, und reichte ihr ein großes, wollenes Umschlagtuch. »Das wird

Euch wärmen. Guido ist zwar schon hinaufgefahren, um den Kamin einzuheizen. Trotzdem wird es eine Weile dauern, bis es nach dem Winter dort oben warm wird.« Es klang, als spräche sie aus Erfahrung.

Die Tür ging auf, und Franco da Vinci trat ein.

»Seid Ihr bereit?« Lisa nickte, ließ zu, dass Nannina sie in das Wolltuch wickelte und auch ihren Kopf damit bedeckte. Dann bedankte sie sich einmal mehr bei der Magd und folgte Leonardos Onkel hinaus in den anbrechenden Morgen.

Auf der Ladefläche eines Einspänners befanden sich Putzeimer, Besen und anderes Gerät. Wer immer sie zu dieser frühen Stunde beobachtete, sollte glauben, dass eine Magd zu dem einsamen Haus gebracht wurde, um dort sauber zu machen.

»Was ist das für ein Gebäude?«, fragte Lisa, als sie einige Meilen später von dem steilen Weg abbogen und sie das kleine Anwesen am Ende der Zufahrt in der Morgendämmerung erkennen konnte.

»Hier ist Leonardo geboren«, erklärte der Alte und warf ihr einen kurzen Blick zu. »Ihr wisst, dass er das uneheliche Kind einer Magd namens Caterina war?«

Lisa sah ihn erstaunt an. Dass Leonardo Ser Piero da Vincis ältester Sohn und außerhalb der Ehe geboren worden war, das wusste jeder in der Stadt. Was sie überraschte, war der Name seiner Mutter. Caterina. So wie ihre Dienerin oder besser gesagt: Francescos Sklavin.

»War sie auch eine Sklavin?«, fragte sie, noch ehe sie richtig darüber nachdenken konnte.

»Eine Sklavin? Nein«, antwortete Franco. »Sie war Dienerin in unserem Elternhaus, eine liebenswerte Frau. Wie schön sie war, kann man erahnen, wenn man meinen Neffen ansieht. Nun, mein Bruder konnte dieser Schönheit nicht widerstehen. Nachdem sie schwanger wurde, hat unser Vater sie mit einem

Bauern verheiratet und ihnen dieses Haus zur Verfügung gestellt.« Sie hatten den Hof des kleinen Anwesens erreicht, und Franco hielt den Wagen an. Ein Pferd stand am Rande der sandigen Fläche und kaute an einem Grasbüschel. »Da wir nicht wissen, wann der andere Gast kommen wird, schlage ich vor, dass Ihr die Nacht hier verbringt. Morgen früh hole ich Euch wieder ab.«

Wenn ich dann noch hier bin, dachte sie.

Die Tür des Hauses war aufgegangen und Guido kam auf sie zu, reichte ihr die Hand, um ihr vom Wagen zu helfen. Alles erschien ihr vollkommen unwirklich, so als bewegte sie sich in einem Traum. Ein rosiger Schein begann den Himmel zu erhellen, zwischen den Olivenbäumen hindurch sah sie im Dunst des Frühlingsmorgens in eine weite Ebene hinab.

»Kommt ins Warme«, sagte der Knecht, der bereits die Gerätschaften vom Wagen gehoben hatte. Auf seinem Kutschbock hob Franco da Vinci eine Hand zum Abschied. Lisa erwiderte den Gruß und folgte dem Knecht ins Haus.

In dem großen Kamin loderte ein Feuer, das den Raum mit rötlich flackerndem Licht erfüllte. In der Mitte stand ein Tisch mit zwei Stühlen, darauf ein Krug und ein Becher. Noch mehr dieser Becher waren in einer der gemauerten Nischen aufeinandergestapelt, in einer anderen befanden sich passende Teller und Besteck. Und neben der Tür entdeckte sie ein einfaches Schreibpult. Sie öffnete die Klappe – hier lag alles bereit, wie sie es angegeben hatte. Guido entzündete eine Petroleumlampe und stellte sie auf den Tisch.

»Nebenan ist ein Lehnstuhl«, sagte er und wies auf eine offen stehende Tür, die zu einem Raum rechter Hand führte. »Der ist bequemer.« Lisa nickte. »Die Eimer und all das sind nur da, falls einer der Nachbarn vorbeischaut«, erklärte der Knecht. Er stellte einen Korb auf den Tisch, der mit einem Tuch abgedeckt war.

»Nannina hat Euch eine Mahlzeit eingepackt.« Er warf Lisa einen letzten Blick zu, doch als sie nichts sagte, ging er hinaus in den Hof. Lisa trat auf die Schwelle der Haustür und beobachtete, wie er auf sein Pferd stieg. Franco da Vinci hatte den Einspänner bereits gewendet, winkte noch einmal, dann rollte der Wagen vom Hof. Lisa schloss die Tür und sah sich um.

Es gab links neben dem Kaminzimmer offenbar noch einen Raum, zu dem zwei ausgetretene Steinstufen hinunterführten. Lisa legte die Hand auf die alte Klinke und öffnete die Tür. Sie hatte einen Kellerraum erwartet, und tatsächlich war der Fußboden mit unebenen Steinplatten ausgelegt, so wie ein Teil des Hofes. In der Mitte stand jedoch ein großes Bett, umrahmt von groben Teppichen aus ungesponnener Schafswolle.

Hier würde sie übernachten. Ob in diesem kargen Zimmer Leonardo geboren worden war? Sie ging zurück in den Raum mit dem Kamin und nahm die Lampe vom Tisch, um das Schlafzimmer genauer zu erkunden.

Es war mit frischen Laken bezogen, natürlich, Nannina hatte alles für sie vorbereitet. Ihr wurde heiß bei dem Gedanken an Giuliano. Würden sie hier wieder beieinanderliegen? Rasch zog sie die Tagesdecke wieder über das Bett und sah sich weiter um. An den Wänden hingen gerahmte Zeichnungen, und als sie näher trat, erkannte sie, dass sie von Leonardos Hand stammen mussten: Sie zeigten verschiedene Landschaften, die dieser Gegend hier ähnelten.

Nachdenklich ging sie zurück und zog einen der Stühle zum Kamin. Wann Giuliano wohl eintreffen würde? Lange hielt sie es nicht aus auf ihrem Platz am Feuer, unruhig ging sie von Zimmer zu Zimmer, entdeckte in dem Raum mit dem Lehnstuhl ein paar Regale mit Büchern. Hier befand sich ein Fenster, von dem aus sie die Einfahrt überblicken konnte. Entschlossen zerrte sie den schweren Lehnstuhl dorthin, und obwohl es kalt durch die

Ritzen wehte, gab sie den Platz am Kamin auf, wickelte sich noch fester in Nanninas Wolltuch und bezog auf ihrem Wachposten Stellung. Sie wollte gewappnet sein, wenn Giuliano kam, sich nicht überrumpeln lassen.

Nichts geschah. Draußen färbte der Sonnenaufgang den Dunst, der über den Gärten lag, rosenrot. Bis auf das Knacken des Feuers und hin und wieder leise huschende Geräusche über ihr, die vermutlich von Mäusen stammten, herrschte Stille. Ob ihre Kinder wohl noch schliefen? Beim Gedanken an Pippos aufgewecktes Gesicht und Meos kluge Augen wurde ihr ganz wehmütig zumute. Und wie süß der kleine Andrea duftete, wenn Bice ihn ihr frisch genährt in die Arme legte. Sie schreckte zusammen, als sie bemerkte, dass sie nahe daran war, einzunicken – oder hatte sie bereits geschlummert? Sie stand auf und ging in den drei kleinen Räumen auf und ab. Lange stand sie vor dem Bücherregal und sah die Titel durch. Einige handelten von der Landwirtschaft, darüber, wie man Obst- und Olivenbäume beschnitt, andere waren geistlicher Art. Eine Weile fesselte sie ein großer Atlas mit wundersamen Karten darin, und sie ertappte sich dabei, wie sie Lyon auf ihnen suchte. Dann stellte sie auch den zurück und setzte sich wieder ans Fenster.

Längst war es Tag geworden, doch so richtig hell würde es wohl nicht mehr werden. Die Wolken hingen tief, hin und wieder ging Regen nieder. Lisa legte Holz nach und bemerkte besorgt, wie der Stapel, den Guido vorbereitet hatte, dahinschmolz. Die Stunden verrannen, und Lisa verlor das Gefühl für die Zeit, die verging. Gedankenverloren beobachtete sie die Nebelschwaden, die durch die Olivenbäume zogen. Als ihr Magen knurrte, ging sie nachsehen, was sich in dem Proviantkorb befand. Sie schälte ein gekochtes Ei und aß es mit einem Stück Brot, das mit Schmalz bestrichen war. Es schmeckte köstlich, auch das Wasser aus dem Krug.

Gestärkt nahm sie ihren Beobachtungsposten wieder ein. Keine Menschenseele war zu sehen, und langsam wurde sie ungeduldig. Was, wenn Giuliano gar nicht kam? Je länger sie darüber nachdachte, desto wahrscheinlicher schien ihr, dass er aufgehalten worden sein musste. Hoffentlich hatte man ihn nicht erkannt und gefangengenommen?

Auf einmal war ihr, als hätte sie zwischen den Bäumen, die die Zufahrt säumten, eine Bewegung gesehen. Sie beugte sich näher ans Fenster und kniff die Augen zusammen. Hatte sie sich das nur eingebildet? Eine Täuschung ihrer übermüdeten Nerven? Der Ruf eines Mäusebussards erklang, ein zweiter antwortete. Ein seltsam schabendes Geräusch an der Außenfassade ließ Lisa aufmerken. Sie beugte sich noch näher ans Fenster, um herauszufinden, was die Ursache dafür war – und wurde jäh von hinten gepackt und vom Fenster weggerissen. Mit hartem Griff wurden ihr die Arme auf den Rücken gedreht.

»Still«, zischte eine Männerstimme nahe an ihrem Ohr. »Wer ist sonst noch im Haus?«

»Niemand«, keuchte sie. »Ich bin hier, um sauber zu machen.«

»Ach ja?« Der Mann hinter ihr schob sie zur Wand neben dem Bücherregal, riss ihre Handgelenke hoch und presste sie oberhalb ihres Kopfes gegen die Mauer. »Stillhalten«, befahl er, und schon fühlte Lisa sich mit raschen, gründlichen Griffen abgetastet. Sie schrie und wehrte sich, doch der Mann verstand sein Handwerk, hielt sie mit einer Hand fest und ließ mit der anderen keine Stelle ihres Körpers aus. »Wo ist die Liste?«, fragte er.

»Welche Liste?«, keuchte Lisa und konnte nicht fassen, was gerade geschah. Wieso wusste dieser Mann davon? Dann ließ er ganz plötzlich von ihr ab. Lisa fuhr herum und blickte in wachsame, hellbraune Augen. Der Rest des Gesichts war von einem Tuch verhüllt, das sich der Mann um Mund und Nase gebunden hatte. Voller Panik sah Lisa sich nach einem Gegenstand um, mit dem sie sich wehren konnte, und zog den Atlas aus dem Regal neben ihr, hielt ihn schützend wie ein Schild vor ihren Körper. Doch der Mann schenkte ihr keine Beachtung mehr.

»Alles sauber?«, fragte er in Richtung der Tür, wo flüchtig die Gestalt eines anderen, ebenfalls maskierten Mannes erschien.

»Keiner hier«, lautete die Antwort, und von draußen rief jemand herein: »Auch im Garten nicht.«

»Aufstellung nehmen«, befahl der, der Lisa so erschreckt hatte. »Ihr zwei hinten, ich bleibe vorne.«

Sie folgte ihm empört bis zur Schwelle und sah verblüfft, wie er zwei große Holzscheite ins Feuer legte, ehe er sich wie die anderen zurückzog und sachte die Haustür hinter sich schloss.

Der jähe Schreck hatte ihr Herz von einer Sekunde zur anderen zum Rasen gebracht. Wer waren diese Leute? Sie wollte gerade Nanninas Wolltuch aufheben, das zu Boden geglitten war, als ein sanftes Pochen an der Haustür sie erneut zusammenfahren ließ.

»Wer ist da?«, rief sie und umklammerte den Atlas fester.

Die Tür öffnete sich, und herein trat ein großer Mann in einem dunklen Reiseumhang, der bei ihrem Anblick seinen ausladenden Hut vom Kopf zog und sie aus großen, dunklen Augen forschend ansah. Augen, die sie kannte. »Giuliano?«, hörte Lisa sich mit fremder, kleiner Stimme sagen.

»Lisa«, antwortete der Mann und kam mit ein paar schnellen Schritten auf sie zu. »Meine Lisa. Ich kann es nicht glauben.« Das Buch fest gegen ihre Brust gepresst, fühlte sie sich von ihm umarmt. Mit einem leisen Lachen ließ er sie los und nahm ihr den Folianten aus den Händen. »Du hast dir die Zeit mit Lesen vertrieben? Lass mich sehen. Ein Atlas! Willst du an meiner Seite die Welt bereisen?«

Lisa wollte etwas sagen, brachte jedoch kein Wort heraus. Unverwandt starrte sie diesen Mann an, in dessen Gesicht die Züge ihres Jugendfreundes nur langsam an Deutlichkeit gewannen. Der Giuliano, den sie gekannt hatte, war kaum größer gewesen als sie. Dieser Mann jedoch war ein Hüne, Wangen und Kinn bedeckte ein dichter, dunkler Bart. Nur die Augen. Die waren dieselben geblieben.

»Sind das deine Männer gewesen?«, fragte sie.

»Es tut mir leid, wenn sie dich erschreckt haben«, antwortete Giuliano bedauernd. »Aber ich muss auf der Hut sein. Dies ist Feindesgebiet, und es wäre nicht das erste Mal, dass man versuchte, mir eine Falle zu stellen. Verzeih. Ich hoffe, sie waren nicht grob zu dir?« Er betrachtete sie liebevoll, zog einen Handschuh aus und fuhr ihr sanft mit dem Finger über die Schläfe. »Du bist noch viel schöner als damals«, flüsterte er und trat dicht an sie heran, so dass sie den Geruch seiner Lederkleidung wahrnahm. Vergeblich suchte sie jenen Duft, den sie so lange vermisst hatte. »Und so mutig bist du. Hast diesen gefährlichen Weg gewagt.« Er beugte sich zu ihr herunter und küsste sie sanft auf den Mund. Zuerst kitzelten sie seine Barthaare. Dann fühlte sie die vertraute Berührung seiner Lippen.

Ein heißer Strom durchfuhr sie, eine Mischung aus Begehren und Verzweiflung über die verlorene Zeit, aus Hoffnung und dem Wissen, dass nichts die Uhren zurückdrehen konnte. Sie öffnete ihre Lippen und erwiderte seinen Kuss mit einer Leidenschaft, die sie selbst überraschte.

Wie lange sie so standen, wusste sie später nicht mehr. Schließlich löste sich Giuliano von ihr und zog sie zum Feuer. Er drückte sie sanft auf den Stuhl, der dort stand, und stellte den anderen daneben.

»Wir müssen uns erst wieder aneinander gewöhnen«, sagte er und setzte sich zu ihr. Nahm ihre Hand. »Erzähl mir von dir«, bat er sie.

»Da gibt es nicht viel zu erzählen«, antwortete sie schlicht und beobachtete, wie das Licht der Flammen auf seinem halb fremden, halb vertrauten Gesicht tanzte. »Nach deiner Flucht hat meine Familie mich gezwungen, Francesco del Giocondo zu heiraten. Ich habe vier Kinder geboren, zwei Söhne und zwei Töchter. Eine der Töchter ist gestorben ...« Unvermittelt griff wieder die Traurigkeit nach ihr.

»Ich habe auch einen Sohn«, erzählte Giuliano mit Stolz in der Stimme. »Der kleine Pasquino macht mir viel Freude.«

Lisa schluckte. Das hatte sie nicht gewusst.

»Und seine Mutter?«

»Sie ist bei seiner Geburt gestorben«, antwortete Giuliano. »Eigentlich waren wir nur kurz beisammen. Dass sie von mir ein Kind geboren hatte, hab ich erst nach ihrem Tod erfahren. Ich habe den Jungen sogleich anerkannt. Er ist bei meinem Bruder. Bei Giovanni. Piero ist ... aber das weißt du sicher.«

Lisa nickte und drückte ihm die Hand. Auch er wirkte traurig – oder bildete sie sich das nur ein? Sie wusste nicht, wie die Brüder im Exil zueinander gestanden hatten. Früher hatte sie den Eindruck gehabt, dass Piero und Giuliano sich aufgrund ihrer unterschiedlichen Wesensart eher fremd gewesen waren.

»Jetzt bist du das Familienoberhaupt«, sagte sie. Giuliano schüttelte den Kopf.

»Nein«, gab er zurück. »Mein Bruder Giovanni ist älter als ich. Er ist klug und weiß die Dinge zu lenken. Eines Tages wird er Papst werden. Und dann steht unserer Rückkehr nichts mehr im Wege.«

Lisa horchte erstaunt auf. Noch saß Papst Alexander fest auf dem Stuhl des Heiligen Vaters. Andererseits – er war recht betagt. Verfolgte Giovanni de' Medici tatsächlich solche Ziele? Er musste um die dreißig sein.

»Damit ist wohl noch nicht so bald zu rechnen, oder?«, wandte Lisa ein. »Ich hoffe, es gelingt dir früher, nach Florenz zurückzukommen.« Lisa studierte aufmerksam seine Miene. »Es gibt zahlreiche Familien, die dort auf dich warten.«

Giuliano lächelte erfreut. »Ist das so?«

Eine Pause entstand, und sie fühlte wieder die Fremdheit zwischen ihnen. Hoffte er, seine Informationen zu erhalten, damit er bald wieder verschwinden könnte?

»Erzähl mir von deinen Plänen«, bat Lisa und sah, wie ein wachsamer Ausdruck in seinen Augen erschien.

»Jeder kennt unser Begehr«, wich er aus. »Wir sind die legitimen Herrscher von Florenz, und als solche werden wir zurückkehren. Früher oder später. Vielleicht mit deiner Hilfe.«

»So meine ich das nicht«, erklärte sie und hielt seinem Blick stand. »Was sind deine persönlichen Pläne? Wie lebst du? Was bewegt dein Herz?«

Ein paar Sekunden lang sah er sie überrascht an.

»Wie ich lebe? Ständig auf der Hut und auf der Flucht«, antwortete er. »In Rom fühle ich mich sicher, auch in dem Kloster, in dem Giovanni Abt ist und wo wir Piero begraben haben. Ansonsten ist ein Leben im Exil unbeständig. Einige Jahre lang fand ich beim Herzog von Urbino ein wenig Ruhe, dort ist mein Sohn zur Welt gekommen. Wirklich Heimat werde ich aber erst wieder in Florenz finden. Im Palast meiner Väter. Und das ist es, was mein Herz bewegt. Jeden Tag. Jede Stunde.«

»Hast du mich vermisst?« Eigentlich hatte sie diese Frage nicht stellen wollen, und sie biss sich auf die Zunge.

»Natürlich habe ich dich vermisst, meine Lisa«, antwortete er, und seine Stimme war weich wie Butter. »Der schlimmste Moment meines Lebens war, als ich dich zurücklassen musste. Und doch gab es viele Gelegenheiten, dem Herrn dafür zu danken.«

»Zu danken?«

»Ja«, bekräftigte Giuliano. »Unsere Flucht war lebensgefährlich. Und auch später gab es viele schreckliche Situationen, bei denen ich dankbar war, dass sie dir erspart blieben. Gut möglich, dass du heute nicht mehr am Leben wärst, meine Lisa. Ich weiß nicht, ob ich dich immer hätte beschützen können.«

Lisa schwieg ernüchtert. Er redete wie ihr Vater. Und vermutlich hatte er recht.

»Ich war noch ein halbes Kind damals«, fuhr er fort. »Heute bin ich erwachsen und weiß, was ich tue. Ich führe ein einsames Leben.« Er schluckte. Dann suchte er ihren Blick. »Wenn ich dich ansehe, fühle ich, dass auch du ein Stück Heimat für mich bist. Es ist ein unstetes Dasein an meiner Seite. Aber wenn du den Mut dazu hättest, es mit mir zu teilen ...« Lisa sah ihn überrascht an. Er wollte sie also wirklich noch?

Er nahm ihre Hände und zog sie vom Stuhl hoch. Auf einmal riss er sie jäh in seine Arme. Presste sie an sich und verschloss ihren Mund mit seinen Lippen.

Lisa fühlte, wie ihr die Beine nachgaben. Mit einer einzigen Bewegung strich Giuliano ihr das Tuch vom Kopf, fuhr mit seinen Fingern durch ihren Haarknoten, so dass die Nadeln heraussprangen und die Fülle ihrer Locken über ihren Rücken fiel. »Lisa, ach Lisa«, flüsterte er und tastete nach ihrer Brust.

»Komm«, keuchte sie und löste sich von ihm, nahm ihn bei der Hand und führte ihn ins Zimmer nebenan, wo das Bett stand. Den Bruchteil einer Sekunde verharrte er am Fenster, als ob er lauschte, dann wandte er sich wieder Lisa zu, die bereits dabei war, ihr Mieder zu lösen. Er half ihr, bis sie im Unterkleid vor ihm stand, öffnete sein Wams, seine Hose und drängte sie aufs Bett.

»Zieh auch du dich aus«, bat sie, doch er schien sie nicht zu hören, vergrub sein Gesicht in der Fülle ihrer Brüste, spreizte sanft ihre Beine, massierte ihren Schoß und drang vorsichtig in sie ein.

Die Welle der Lust schlug so jäh über ihr zusammen, dass sie aufschrie und sich ihm entgegenreckte. Ein Teil von ihr wollte ihn genau auf diese Weise, der andere bedauerte, dass alles so schnell ging. Seine Bewegungen verrieten den erfahrenen Liebhaber, dem keine ihrer Regungen entging. Und erst, als er ihr kein Quäntchen Lust schuldig geblieben war, bäumte er sich über ihr auf, stöhnte laut und ergoss sich in ihr, ehe er mit einem Seufzen über ihr zusammenbrach.

Da lag er, fast vollständig bekleidet, nicht einmal die Stiefel hatte er ausgezogen. Nur sein Geschlecht ruhte heiß und feucht auf Lisas Oberschenkel, ansonsten fühlte sie Leder auf ihrer bloßen Haut. Schließlich rollte er sich zur Seite, bemüht, ihr nicht wehzutun, und zog die Decke über sie.

»Ich liebe dich noch genau wie früher«, flüsterte er nah an ihrem Hals, so dass sein Atem sie kitzelte. So verharrten sie eine lange Weile, und Lisa dachte schon, er sei eingeschlafen. Die Zeit schien sich ins Unermessliche zu dehnen und die Gegenwart mit der Vergangenheit zu verschmelzen. Sie gab sich Träumereien hin, sah sich an seiner Seite, damals, heute, in der Zukunft. Erst als er sich erhob und seine Kleidung richtete, kehrte die Gegenwart zu ihr zurück.

»Ich werde mit dir reiten«, sagte sie. »Wo immer du auch hinmusst. Nichts wird uns mehr trennen.«

Er setzte sich zu ihr auf die Bettkante und strich ihr zärtlich eine Strähne aus der Stirn. Mit einem leisen Bedauern schüttelte er den Kopf.

»Das wird nicht gehen«, sagte er. »Aber wenn du möchtest ... es gibt eine sichere Burg. Dort kannst du bleiben und auf mich warten. So oft ich kann, werde ich ...«

»Auf dich warten?«, unterbrach Lisa ihn. »Ich habe zehn Jahre auf dich gewartet.« Und ich dachte, das wäre nun vorbei, fügte sie in Gedanken hinzu.

»Nun, es wird anders sein«, erklärte er und lauschte doch wieder hinaus in den Garten. »Du wirst wissen, dass ich dich liebe. Und dass ich kommen werde und alles so sein wird wie früher.«

Oder so wie jetzt?, fragte sie sich und setzte sich auf. Flüchtige Momente der Leidenschaft, die nur die Sehnsucht nach mehr wecken? Aber das würde sich ändern, wenn er erst Herrscher von Florenz war und das unstete Leben ein Ende hatte.

Ihr war kalt, eilig zog sie sich wieder an. »Wenn du nach Florenz zurückkehrst. Werden wir dann leben wie Mann und Frau?«

Sie setzte sich neben ihn und nahm seine Hand.

»Was meinst du damit?« Er sah sie forschend an. Unter seinem linken Auge entdeckte sie eine feine Narbe, die er früher nicht gehabt hatte. Sanft strich sie mit dem Finger darüber. So vieles war geschehen, was ihn verändert hatte.

»Ich meine, ob du mich heiraten wirst, wenn der Papst meine Ehe aufgelöst hat«, erklärte sie.

»Warum sollte der Papst sie auflösen?«, fragte er verständnislos.

»Weil wir ihn darum bitten werden«, sagte sie mit Nachdruck.

Lange gab Giuliano keine Antwort, und Lisa ließ seine Hand los, schlang fröstelnd die Arme um ihren Oberkörper. Der Natursteinboden strahlte eine Kälte ab, die ihr durch und durch ging. Endlich kam Bewegung in Giuliano.

»Du frierst ja«, sagte er und stand auf. »Lass uns zum Feuer gehen. Dort erklär ich dir alles.«

Sie folgte ihm, und etwas in ihr sagte ihr, dass alles vorbei war. Sie spürte ihn noch immer in sich, seine Berührungen hatten ihren Körper verzaubert, und doch war es nichts von Bestand. Am Kamin zog er sie auf seinen Schoß, aber sie fühlte nur die Härte seiner Lederkleidung. Er erklärte ihr, dass der Papst ihre Ehe niemals annullieren würde und dass sie, selbst wenn er das täte, nie seine Frau werden könnte. Dass er seit kurzem mit einer französischen Prinzessin verlobt war, ein ausgezeichneter Schachzug, der seinem Bruder Piero vor seinem Tod noch gelungen war.

»Wir Medici haben immer nach strategischen Gesichtspunkten heiraten müssen«, hörte sie ihn sagen, während er ihr den Rücken streichelte. »Meine Mutter war eine Orsini, auch Piero hat eine Tochter aus dieser Familie geheiratet. Das hat uns in Rom starke Verbündete eingebracht. Doch wenn wir ernsthaft auf eine Rückkehr nach Florenz hoffen wollen, brauchen wir die Unterstützung eines Königs. Von dem von Neapel oder jenem von Frankreich.«

»Wie heißt deine Verlobte?«, fragte Lisa tonlos.

Giuliano stockte kurz. »Philiberta von Savoyen«, antwortete er widerstrebend.

»Und du liebst sie?«

»Ob ich sie liebe?« Giuliano sah sie überrascht an. »Was weiß ich, ich habe sie ja noch nicht einmal gesehen.«

»Und dennoch wirst du sie heiraten?«

»Natürlich.« Er sah ihr forschend in die Augen und strich ihr erneut sanft über die Wange. »Lisa. Diese Dinge haben mit Liebe nichts zu tun. Es geht um Verträge. Um Koalitionen. Liebe steht auf einem anderen Blatt.«

Lisa fühlte sich wie betäubt. Sie verstand. Er bot ihr den Platz einer Konkubine an. Wollte sie das?

Giuliano hatte inzwischen weitergeredet, von Gesandten und Briefen und einem Ehevertrag. »Wir hoffen, dass sich kein Hindernis mehr zeigt«, sagte er gerade. »Es wäre von großem Vorteil, wenn es wirklich dazu kommen könnte.«

»Von Vorteil …«, wiederholte sie leise. »Hast du nicht immer gesagt, dass du ein ganz normales Leben wünschst? Dass dir die Liebe wichtiger ist als solches Kalkül?«

Er sah sie an, als sei sie nicht recht bei Verstand.

»Lisa«, sagte er sanft. »Wir waren Kinder! Und ja, die Liebe ist mir wichtig. Darum bin ich doch hier!«

»Aber ... wenn ich jetzt mit dir ginge. Was wäre ich dann? Deine Konkubine?« Sie stand von seinem Schoß auf und kniete sich vors Feuer, legte ein wenig Holz nach, damit er die Verzweiflung in ihren Augen nicht sehen konnte.

»Du weißt, dass wir nicht heiraten können«, sagte er zu ihrem Rücken.

Lisa schluckte und sah unverwandt ins Feuer, und erst, als die Flammen vor ihren Augen verschwammen, merkte sie, dass sie weinte. »Und keine weiß wie du, was ich meiner Stellung und meiner Familie schuldig bin«, fuhr Giuliano fort. »Dass ich nicht einfach so handeln kann, wie mein Herz es sich wünscht.«

Seiner Stellung? Er war schließlich kein Prinz, entstammte keiner Dynastie. Die de' Medici waren Geschäftsleute gewesen, Händler und Bankiers, von keinem höheren Stand als beispielsweise ein Francesco del Giocondo. Lisa hatte in Giuliano einen freien Mann zu lieben geglaubt, der kühn das tat, was er für richtig hielt. Und nicht einen, der sich von seinen Brüdern verheiraten ließ und nichts weiter war als ein Spielball in der Hand von noch Mächtigeren.

Sie erhob sich und wickelte sich in das Wolltuch, das sie vor einer gefühlten Ewigkeit hier hatte fallen lassen. »Es wird Abend«, sagte sie. »Es ist wohl sicherer, wenn du bald gehst.«

Giuliano sah zu ihr auf. In seinen dunklen Augen tanzten die Flammen. »Du kommst also nicht mit mir?«

Lisa holte tief Luft. Dann dachte sie an ihre Kinder, und ihr Herz wurde weit. Auch der Gedanke an Francesco war nun mit Wärme verbunden. »Nein, Giuliano«, sagte sie. »Ich weiß jetzt, wohin ich gehöre.«

»Bin ich also vergeblich gekommen?« Giulianos Stimme klang plötzlich hart. »Es wurde keine Liste bei dir gefunden.«

»Du bist nicht vergeblich gekommen«, antwortete sie und begriff nun vollends ernüchtert, dass er vor allem anderen an ihren Diensten interessiert war. Sie ging zu dem Schreibpult und entnahm dem Fach, was sie brauchte. Ihre Hand war ruhig, als sie die Feder in das Tintenfass tauchte und sie sorgfältig an seinem Rand abstrich, bis sie nicht mehr tropfte. Dann schrieb sie die Namen auf das Blatt Papier, in alphabetischer Reihenfolge, so wie sie sie sich eingeprägt hatte.

Als sie ihm das Blatt reichte, war es auf beiden Seiten dicht beschrieben. Sie wusste nicht, ob er es wirklich verdient hatte, aber sie hatte ihr Versprechen gegeben und hielt es.

»Es wird Zeit«, mahnte sie. Es war besser, sie beendete das alles so schnell wie möglich, ehe der Schmerz sie übermannte.

»Und du willst deinen Entschluss nicht noch einmal überdenken?«, fragte er und betrachtete sie aus diesen großen, dunklen Augen, von denen sie so lange geträumt hatte. Und auf einmal wusste sie, dass der Schmerz, vor dem sie sich gerade noch gefürchtet hatte, nicht mehr kommen würde. Dass er längst hinter ihr lag. Und dass sie mit diesem Mann nicht mehr verband als eine Erinnerung.

»Zeit zu gehen, Giuliano de' Medici.« Den Kuss ließ sie sich noch gefallen. Dann schob sie ihn von sich. »Gott möge dich behüten«, sagte sie.

An der Tür ahmte er den Ruf eines Mäusebussards nach. Einen Moment später wurde er beantwortet. Lautlos bewegten sich zwei Schemen auf das Haus zu, und Giuliano glitt hinaus zu ihnen in die anbrechende Dämmerung. Im nächsten Augenblick war er hinter den Bäumen verschwunden.

14

DER TRAUM VOM FLIEGEN

Florenz, 1505

Das Licht an diesem Morgen im März war ein Versprechen. Leonardo sprach kein Wort, während er neben Salai den Monte Ceceri hinaufritt und sich immer wieder nach dem Pferdewagen umsah, den Tommaso lenkte. Darauf befand sich die kostbare Fracht, das Ergebnis von vieler Jahre Arbeit.

Sie waren noch vor Einbruch der Dämmerung aufgebrochen, inzwischen hatten sie Fiesole hinter sich gelassen, eine weitere Stunde, dann waren sie am Ziel. Heute würde sich zeigen, ob er all die Jahre einem Hirngespinst nachgelaufen war oder ob es dem Menschen tatsächlich gelingen könnte, die gottgegebenen Gesetze zu überwinden und wie ein Vogel zu fliegen.

Der Apparat war endlich so weit. Und Tommaso, den nichts davon abbringen konnte, dass er die Konstruktion als Erster ausprobieren wollte, hatte sich monatelang darauf vorbereitet. Es würde nicht einfach sein, den riesigen Apparat zu lenken, vor allem würde es Kraft erfordern. Und deshalb hatte Leonardo für Tommaso schon vor Monaten ein Übungsgerät gebaut, an dem sein Freund unermüdlich die Bewegungsabläufe zum Steuern der Flügel wiederholt hatte. Nun waren seine Muskeln hart wie Eisen und sein Unternehmungsgeist nicht mehr zu bremsen.

Auch für Leonardo kam dies nun zur rechten Zeit. Seit er erfahren hatte, dass die Stadtverwaltung niemand anderen als Michelangelo Buonarotti verpflichtet hatte, im großen Ratssaal die gegenüberliegende Wand zu bemalen, war es um seine Ruhe geschehen. Ganz Florenz sprach nun von nichts anderem als von dem »Wettstreit der Giganten«, in dem einer von ihnen als Sieger hervorgehen und den anderen in seine Schranken verweisen würde. Wie sehr Leonardo solche Wettstreite hasste. Schließlich waren sie Künstler und keine Gladiatoren, die man gemeinsam in die Arena schickte. Er hatte sich Mühe gegeben, Michelangelo aus dem Weg zu gehen, ihn einfach zu ignorieren. Aber nun hatte man ihnen ein Duell aufgezwungen, das zumindest er nicht gewollt hatte.

Nicht dass er fürchtete, Michelangelo zu unterliegen. Der mochte zwar ein ausgezeichneter Bildhauer sein, die Malerei jedoch, die Leonardo bislang von ihm in Kopien zu Gesicht bekommen hatte, konnte ihn nicht überzeugen. Allzu grobschlächtig erschienen ihm die von Michelangelo dargestellten Figuren. Vor allem die Frauen kamen wuchtig daher, als wären sie eigentlich Männer, denen zufällig noch Brüste gewachsen waren. Und alle schienen ein ähnliches Übungslager wie Tommaso hinter sich gebracht zu haben, denn sie strotzten nur so vor Muskelkraft.

Das war so nicht abgesprochen, hatte er Machiavelli vorgehalten. Und als er auch noch erfahren hatte, dass sein jüngerer Kollege ein höheres Honorar erhielt als er, war er nahe daran gewesen, alles hinzuwerfen.

Dabei hatte der Rat der Stadt seinen Entwurf in Originalgröße regelrecht gefeiert. Ein Jahr lang hatte er an dem Karton gearbeitet, hatte sich einmal mehr mit Haut und Haar in diese Aufgabe gestürzt. Sogar seinen Schlafplatz hatte er in den kleinen Raum neben dem Papstsaal im Kloster Santa Maria Novella verlegt, um nur keine Zeit auf den Wegen hin und her zu verlieren, vor allem aber, um während des Prozesses der Entstehung so nah wie möglich bei seinem wachsenden Werk zu sein. Mehr als einmal war er direkt vor dem riesigen Karton eingeschlafen, und wenn Salai ihn nicht geweckt und ins Bett geführt hätte, wäre er am anderen Morgen steif und durchfroren dort wieder aufgewacht. Ein ganzes Ries festes Papier, das waren an die fünfhundert Bogen, hatten seine Gehilfen sorgfältig aneinandergeklebt, und um diesen Malgrund zu stabilisieren, hatte Leonardo einen Rahmen konstruiert, in den er gespannt und an der Wand aufgerichtet worden war. 88 Pfund feingesiebtes Mehl hatte ein Bäcker gebracht, außerdem benötigte Leonardo 28 Pfund Alexandriner Bleiweiß, 36 Pfund Natron und zwei Pfund Schlämmkreide, dazu Unmengen von Leim allein für die Grundierung des Kartons.

Gemeinsam mit einem Schreiner hatte er ein neuartiges Gerüst nach seinen Plänen gebaut, das es ihm ermöglichte, die Plattform, auf der er stand, mit Hilfe von Seilzügen nach oben und unten zu fahren, was eine große Erleichterung für ihn bedeutete und der Stadt eine Menge Geld sparte, denn ein herkömmliches Gerüst wäre viel teurer gekommen. Dennoch musste er sich wegen jeder Kleinigkeit mit dem Kämmerer herumstreiten, und mehr als einmal hatte er bereut, sich auf die Sache eingelassen zu haben. Einmal wollte der Mann ihm sein monatliches Honorar in kleinen Kupfermünzen auszahlen, die einen ganzen Sack gefüllt hätten. »Ich bin doch kein Pfennigmaler«, hatte er empört ausgerufen und darauf bestanden, die 35 Florin in Gold ausbezahlt zu bekommen.

Als der Entwurf fertig gewesen war, hatte keiner im Rat auch nur ein einziges kritisches Wort herausgebracht, obwohl die Mehrheit der Räte wohl eher ein konservatives Schlachtengemälde erwartet hatte. Leonardos Malerei auf dem Karton war so ungewöhnlich, so neuartig, so großartig in ihrer Lebendigkeit, dass den Betrachtern buchstäblich die Luft wegblieb, und nicht nur deshalb, weil Leonardo mit der Tradition gebrochen hatte und statt Heeresformationen eine Nahkampfszene zeigte.

Auf den ersten Blick sah man ein Geknäuel aus Menschen- und Pferdeleibern. Dann wusste das Auge nicht, wohin es zuerst schauen sollte: auf den Hauptmann links im Bild, der mit verbissener Miene die Standarte zu halten versuchte? Oder auf seinen Adjutanten, der ihm mit erhobenem Säbel zu Hilfe eilte? Oder auf die beiden florentinischen Heerführer, die sich ans hintere Ende der Standarte hängten und entschlossen waren, sie den Gegnern zu entreißen? Oder zu den beiden Fußsoldaten, die unter den Hufen der ineinander verkeilten Schlachtrösser erbittert miteinander rangen? Alles in dem Bild war äußerste Bewegung, eingefroren in einem einzigen Augenblick, in dem der Ausgang der Schlacht noch lange nicht entschieden war.

Leonardo hatte sich erkundigt, ob das, was Machiavelli über sein LETZTES ABENDMAHL in Mailand gesagt hatte, stimmte. Und tatsächlich schien die Wandmalerei an einigen Stellen Blasen zu werfen und abzubröckeln. Leonardo konnte sich nicht erklären, woran das liegen mochte, und vermutete, dass von unten Feuchtigkeit in die Wand eingezogen war. Er ließ das Mauerwerk im Florentiner Ratssaal untersuchen, und selbst Tommaso schwor, dass es trocken war, schließlich war dieser Teil des Regierungspalasts erst vor wenigen Jahren erbaut worden. Leonardo hatte sich trotzdem dazu entschlossen, eine andere Maltechnik zu verwenden als in Mailand, und zwar eine, die bereits in der Antike unter dem Namen Enkaustik entwickelt worden war. Diese beruhte auf einer speziellen Mischung aus Wachs, das mit Pigmenten versetzt wurde. Erwärmte man diese Mixtur, wurde sie flüssig und man konnte damit malen wie mit Ölfarbe, erkaltete sie, haftete sie fest auf der Wand. Dieses Vorgehen hatte zwei große Vorzüge: Zum einen konnte Leonardo bereits gemalte und hart gewordene Stellen, die er überarbeiten wollte, mithilfe von heißen Metallstäben, die er nahe an die Oberfläche hielt, wieder erwärmen und auf diese Weise die feinen Farbverläufe, für die er berühmt war, auch Tage später noch erzeugen. Und zum anderen verlieh das Wachs der fertigen Wandmalerei einen unnachahmlichen Glanz, der mit keiner anderen Methode zu erreichen war.

Inzwischen hatte er den Entwurf vom Karton auf die Wand übertragen, was bei diesen Dimensionen eine große Geduldsarbeit darstellte. Dafür hatte er eine Art Wagen konstruiert, der seine Arbeit erleichterte. Normalerweise wurde die Wand vollständig mit Gerüsten zugebaut, und die Maler kletterten von morgens bis abends auf ihnen herum wie die Eichhörnchen. Leonardo wusste, wie sehr das in die Knochen ging, schließlich dauerte die Ausführung viele Monate, wenn nicht Jahre. Außerdem wollte er sein Werk während seiner Entstehung immer wieder von unten und in einiger Entfernung in Gänze beurteilen können, was unmöglich war, wenn ein Gerüst es verdeckte. Er hatte auf diese Weise gerade die ersten Partien fertiggestellt, als Michelangelo mit seinem Trupp Anhänger erschienen war. Seither war es mit der Ruhe vorbei.

»Woran denkst du die ganze Zeit«, fragte Salai, als sie eine ebene Plattform oberhalb des Steinbruchs erreichten. »Hast du Zweifel, ob es funktionieren wird?«

»Zweifel sind zu nichts nütze«, antwortete Leonardo und stieg von seinem Pferd. »Wir haben alles genau berechnet. Nun geht es darum, unsere Überlegungen in der Wirklichkeit zu erproben.«

»Und wenn der Zoroaster sich das Genick dabei bricht?«

Leonardo sah seinen Geliebten streng an.

»Du sollst ihn nicht so nennen«, maßregelte er ihn. »Und er wird sich nicht das Genick brechen.«

»Und wenn doch?«

Leonardo ging an den vorderen Rand der Abbruchkante und sah hinunter. Der eigentliche Steinbruch lag ihm zu Füßen. Hier wurde seit Generationen *pietra serena* abgebaut, jenes Gestein, aus dem die meisten Häuser in Florenz erbaut worden waren. Und an dieser Stelle hatten die Steinbrecher eine besonders steile Kante stehen lassen. Es war ein guter Ort, um den Segler zu erproben, hier ging es mehrere hundert *braccia* tief hinab. Leonardo blickte nach oben und entdeckte einen großen Milan, der sich immer höher in den Himmel hinaufschraubte, ohne auch nur einmal mit den Flügeln zu schlagen. Er nickte zufrieden. Die thermischen Verhältnisse waren ausgezeichnet. Die aufsteigenden Winde würden den künstlichen Vogel tragen.

Endlich war Tommaso mit dem Wagen bei ihnen angekommen, und Leonardo rief nach Salai, der sich zum Austreten in die Büsche geschlagen hatte, um beim Abladen zu helfen.

Sie hatten alles sorgfältig nummeriert und wohlsortiert in Bündel aus Leinwand verpackt, das Gestänge, die Scharniere, die Gelenke, die Winden und Seile und all die anderen handgeschnitzten Kleinigkeiten, die den Korpus des künstlichen Vogels bildeten. Wobei der Flugapparat eigentlich mehr einer Fledermaus ähnelte, denn die Schwingen waren mit einer durchgehenden Membran aus jener Seide bespannt, die Francesco del Giocondo Leonardo geschenkt hatte. Immer wieder hatte Leonardo Vögel und vor allem Exemplare des Milans beobachtet und die Flugmanöver studiert, die dieser Vogel so elegant vollbrachte. Er hatte entdeckt, dass der fächerförmige Schwanz nicht nur bei der Steuerung des Flugs von unschätzbarer Bedeutung war, sondern dem Raubvogel auch erlaubte, unvermittelt in den Sinkflug zu gehen, wenn er eine Beute erspäht hatte.

Ruhig und konzentriert verteilten sie die Säcke entsprechend ihrem Inhalt über das Gelände. In seiner vollen Breite maß der künstliche Vogel an die hundertfünfzig Schritte, legte er die Flügel an, ein knappes Drittel weniger. Zuerst setzten Tommaso und Leonardo gemeinsam die Kanzel zusammen, jenes Gestell im Zentrum der Konstruktion, in dem sich der fliegende Mensch befand. Sie waren von dem bootsförmigen Modell abgekommen und hatten eine viel beweglichere und absolut raffinierte Lösung gefunden: Der Luftpilot saß in der Mitte eines senkrecht aufragenden Rahmens aus Holz in einer Art Miniatursattel, einer Lederschlaufe, die zwischen seinen Beinen verlief und vorne und hinten an einem Holzring befestigt war. Dieser hölzerne Ring ließ sich öffnen und schließen und wurde dem Flieger um die Taille gelegt. Damit bildete er im Grunde seinen einzigen Halt. Seine Füße steckten in Steigbügeln, die über Seilwinden am oberen Rahmen des Gestells mit den hinteren Steuerpunkten verbunden waren, trat er sie durch, hoben sich die Flügel, zog er sie an, senkten sie sich. Doch das war noch längst nicht alles. Mithilfe von weiteren, über Winden laufenden Seilen konnten die Schwingen auch unabhängig voneinander bewegt und geneigt werden. Während des Flugs hing der Mensch also in diesem hölzernen Rahmen und kontrollierte mit Händen und Füßen die Bewegung der Flügel. An seinen Schultern war außerdem die Steuerung des Schwanzes befestigt, den er durch die Verlagerung seines Oberkörpers aufrichtete oder senkte. Tommaso hatte an seinem Übungsgerät zwar nicht mit dem Flugapparat geübt, wohl aber mit entsprechenden Gewichten an den Enden der Seile. Und hier hatte er die wechselvollen und komplexen Bewegungsabläufe einstudiert, um mit Flügeln und Schwanz zu navigieren. Denn je nachdem, von welcher Seite und mit wie viel Kraft der Wind in das Fluggerät fuhr, musste der Steuermann reagieren, um nicht umgeworfen und womöglich mitsamt dem Apparat auf den Kopf gedreht zu werden.

Endlich war nicht nur die Kanzel, sondern auch das Skelett des Flugapparats zusammengesetzt, und die Männer machten sich gerade daran, die drei Säcke mit der Seide für die Bespannung zu öffnen, als eine Kutsche heranrumpelte und in der Nähe ihres Wagens hielt. Zuerst sprangen zwei Knaben heraus, rannten ein Stück weit auf sie zu und blieben angesichts des verblüffenden Gebildes, das hier Gestalt annahm, staunend stehen. Monna Lisa stieg aus dem Wagen und half einer zweiten Dame heraus.

»Willkommen«, rief Leonardo und ging den Gästen entgegen. Er hatte Ginevra und Lisa eingeladen, dem Versuch beizuwohnen, Ginevra hatte ihm keine Ruhe gelassen. »Und wer seid ihr?«, fragte er freundlich die beiden Jungen.

»Ich bin Bartolomeo del Giocondo«, sagte der Ältere und nahm seinen Bruder vorsichtshalber an der Hand. »Und das ist …

»Ich bin Pippo«, platzte der Kleinere heraus und starrte Leonardo mit weit aufgerissenen Augen an. »Kann man mit diesem Ding dort wirklich fliegen?«

»Und ob«, sagte Tommaso, der sich zu ihnen gesellte. »Das werde ich euch nachher beweisen. Aber zuerst müssen wir den Vogel zum Leben erwecken.«

»Zum Leben?«, fragte Pippo und betrachtete Leonardos Mitarbeiter mit dem zottigen Bart und den wirren Haaren fasziniert.

»Es ist eine Maschine«, erklärte Leonardo. »Und wie alle Maschinen muss ein Mensch sie bedienen, so dass es aussieht, als würde sie ein eigenes Leben führen. Im Grunde ist alles reine Mathematik und die Nutzung von physikalischen Gesetzen.«

»Mamma sagt auch immer, dass Rechnen wichtig ist«, gab Pippo zurück.

»Da hat sie recht«, sagte Leonardo mit einem Lächeln zu den beiden Damen, die zu ihnen traten. Lisa hatte sich bei Ginevra untergehakt, so dass es nicht so auffiel, wie schwer ihrer Freundin das Gehen fiel. »Am besten sucht ihr euch einen schönen Platz, von dem aus ihr alles gut im Blick habt. Vielleicht dort drüben?« Leonardo wies auf einige Blöcke aus *pietra serena* ganz in der Nähe, die sich als Sitzgelegenheiten geradezu anboten. »Zumindest bis es losgeht, habt ihr es dort bequem.«

»Meo, Pippo«, wandte Lisa sich an die Jungen. »Seid ihr so lieb und holt die Decken, die wir mitgebracht haben, aus der Kutsche und breitet sie dort aus?«

Sogleich rannten die Jungen los. Doch Ginevra schien sich nicht so einfach auf eine Art Besuchertribüne abschieben zu lassen, sie löste sich von Monna Lisa und ging auf ihren Stock gestützt bis zur Abbruchkante.

»In diesen Abgrund wollt Ihr Euch werfen?«, fragte sie Tommaso.

»Die Winde werden mich tragen«, entgegnete er mit einem grimmigen Lächeln.

»Und wenn nicht?«, hakte Ginevra nach.

»Hört, edle Dame«, begann der Metallurg und stemmte die Hände in die Hüften. »Nur die Esel ziehen die Karren bis in alle Ewigkeit und fragen sich nicht, wie es wäre, wenn die Welt eine andere Ordnung hätte. Aber wir sind Erfinder und pfeifen auf das, was schon immer so war. Ich weiß nicht, wie viele Jahre wir bereits an diesem Ding herumtüfteln, und heute ist der Tag gekommen, um vom Denken ins Tun zu kommen. Wenn wir es niemals ausprobieren, weil wir uns womöglich wehtun könnten, werden wir auch niemals die Grenzen überwinden, die uns gesetzt sind. Nur so kommt die Menschheit einen Schritt voran. Indem Menschen etwas tun, das keiner vor ihnen gemacht hat.«

Leonardo grinste von einem Ohr zum anderen.

»Ich glaube, das ist die längste Rede, die ich je von dir gehört habe, Tommaso«, sagte er und schlug ihm freundschaftlich auf die Schultern. »Und nun lasst uns vom Reden ins Tun kommen. Es wartet noch eine Menge Arbeit.«

»Wir helfen mit!«, rief Pippo mit glänzenden Augen und konnte nur mit Mühe zurückgehalten werden.

Leonardo hatte die Frauen gebeten, keiner Menschenseele etwas von ihrem Versuch zu erzählen, und nur weil es Monna Lisas ausdrücklicher Wunsch war, hatte er zugestimmt, dass ihre beiden Söhne dem Experiment beiwohnen durften, die nun aufgeregt um sie herumtanzten und Salai mit Fragen löcherten. Ansonsten wusste niemand etwas davon, denn das Letzte, was Leonardo wollte, war eine riesige Zuschauerschar. Es war keineswegs sicher, wie die Sache ausgehen würde. Und die Kunde von einem Scheitern wäre angesichts des Malerwettstreits im Regierungspalast nicht gerade förderlich.

Konzentriert spannten sie zu dritt die Seide über die Tragflächen. Der aufsteigende Wind spielte mit den noch unbefestigten Enden, riss den Männern den Stoff aus den Händen und ließ ihn aufflattern.

»Der Vogel kann es kaum noch erwarten«, rief Tommaso übermütig und fing sein Ende wieder ein.

Endlich war alles an seinem Platz.

»Geht es jetzt los?«, fragte Pippo atemlos und hüpfte aufgeregt auf und ab. Doch die Männer gaben keine Antwort mehr.

Konzentriert standen sie beisammen. Leonardo stülpte Tommaso eigenhändig den Helm über den Kopf, den er angefertigt hatte. Er war aus Metall geschmiedet und innen und außen mit Leder bezogen. Mit einer Lasche wurde er unter dem Kinn befestigt. Auch eine mit Metallstreifen verstärkte Lederjacke hatte er für ihn vorgesehen, Polsterungen für Knie und Ellenbogen. Atemlos sahen Meo und Pippo zu, wie Tommaso sich den hölzernen Ring um die Hüfte legte und Leonardo ihn sorgfältig schloss.

»In die Fußbügel kannst du erst in der Luft steigen«, sagte er, und Tommaso nickte. Entschlossen ergriff er die hölzernen Steuerknüppel und zog an ihnen. Sogleich hob der künstliche Vogel seine Flügel.

»Seht genau her«, rief Tommaso den beiden Jungen zu, während der Wind an der gespannten Seide zerrte. »An diesen Moment werdet ihr euch euer Leben lang erinnern.«

»Sei vorsichtig«, mahnte Leonardo ihn leise. »Denk daran, wenn der Wind nach dir greift, musst du schnell reagieren.«

»Ich weiß, ich weiß«, antwortete Tommaso und holte tief Luft. »Und nun tretet zurück.«

Leonardo nahm die Kinder bei den Händen und zog sie außer Reichweite der enormen Flügel.

»Flieg, mein Vogel, flieg«, flüsterte er und drehte sich um. Atemlos sah er, wie Tommaso den riesigen Apparat anhob. So schnell er konnte, begann er nun zur Abbruchkante zu laufen, erreichte sie und sprang.

Es war ein einziger Aufschrei, als Tommaso mit dem Vogel einfach im Abgrund verschwand. Leonardo wusste zwar, dass das enorme Gewicht seinen Freund mitsamt dem Fluggerät zunächst einmal fallen lassen würde, dennoch blieb ihm beinahe das Herz stehen. Seine Füße trugen ihn von ganz allein zur Abbruchkante zurück. Zuerst konnte er nichts von dem künstlichen Vogel sehen. Dann ertönte ein Jauchzen, und Tommaso tauchte samt dem Apparat wieder auf.

»Ich fliege«, hörte er seinen Freund begeistert schreien, und ein ungeheures Glücksgefühl durchströmte Leonardo. Es funktionierte! Die Aufwinde hatten die Tragflächen erfasst und hoben sie empor. Die Menschheit würde die Luft erobern! Es war kein Traum, sondern Wirklichkeit.

Er beschirmte seine Augen mit den Händen. Tommaso war es offenbar gelungen, seine Füße in die Steigbügel zu stellen, und so beschrieb er nun einen eleganten Bogen, wurde von Aufwinden erfasst und getragen, immer höher, so dass Monna Lisas Söhne jubelten und ihre Mützen in die Luft warfen.

Leonardo schenkte dem keine Beachtung. Alles an ihm war Aufmerksamkeit. Wohin würde der Wind Tommaso tragen? Noch schraubte er sich in die Lüfte, doch kaum hatte er sich über die höchste Stelle des Monte Ceceri erhoben, schienen andere Kräfte an dem Segler zu rütteln. Die Flügel erzitterten und gerieten in Schieflage, der künstliche Vogel wurde seitlich abgetrieben und Tommaso hatte Mühe, das Gleichgewicht wieder herzustellen. Es war ihm gerade gelungen, als eine Böe ihn weit ins offene Land hinaus wehte, weg von den Flanken des Berges in Richtung Fiesole, und auf einmal war es, als würden die Kräfte, die den Apparat in der Schwebe gehalten hatten, erlahmen. Mit einem jähen Ruck sackte er ab.

»Kehr zurück«, schrie Leonardo, obwohl Tommaso schon längst viel zu weit entfernt war, als dass er ihn hören konnte.

Er hatte offenbar selbst bemerkt, dass die Aufwinde in der Nähe des Berges stärker waren, und versuchte den Vogel zurückzulenken, hob den einen Flügel an und senkte den anderen. Ja, es gelang ihm sogar, den Schwanz in die Position zu bringen, die sie bei Mauerseglern und Milanen so oft beobachtet hatten. Doch der Auftrieb war zu schwach, in zitternden Schleifen sank Tommaso mitsamt dem Flugapparat immer tiefer.

»Bereite eine Landung vor«, sagte Leonardo vor sich hin und hoffte, dass sein treuer Mitarbeiter und Freund ebendies versuchte. Das Gelände, über dem er gerade trudelte und dem er sich erschreckend schnell näherte, war mit Geröllbrocken übersät, eine Schutthalde der Steinbrecher und alles andere als geeignet für eine sichere Landung. Ein weiteres Mal legte Tommaso sich in die Steigbügel und versuchte den Korpus um ihn herum in die entgegengesetzte Richtung zu steuern, über eine Wiese, die unterhalb des Steinbruchs lag. Mehrmals wurde er zurückgetrieben, doch als nur noch die Höhe eines Kirchturms ihn vom Boden trennte, gelang ihm das Manöver und er glitt von den Felsen weg zu dem grasbewachsenen Hang. Leonardo wollte schon aufatmen, als ein unerwarteter Windstoß den künstlichen Vogel erneut anhob und ungestüm gegen eine Gruppe von Zedern wehte, in deren Geäst sich der Apparat verfing. Was dabei mit Tommaso geschah, konnte Leonardo von seinem Standpunkt aus nicht erkennen.

Wortlos eilten er und Salai zu ihren Pferden. Seine Gäste befanden sich in heller Aufregung, doch um sie konnte Leonardo sich jetzt nicht kümmern.

»Verdammt«, hörten sie Tommaso schreien, als sie den Hügel erreichten, auf dem er seine Bruchlandung hingelegt hatte. Schlimmere Flüche folgten. Als sie ihn endlich gefunden hatten, brach Salai in schallendes Gelächter aus. Der Metallurg hing hilflos im Geäst einer mächtigen Zeder, der Flugapparat zerrissen und zerbrochen in der Krone darüber.

»Was bin ich froh, dich zu sehen«, rief Leonardo Tommaso erleichtert zu.

»Holt mich endlich hier runter!«, schrie der zornig zurück.

Es war Salai, der behände auf die Zeder kletterte, unter Leonardos Anweisungen vorsichtig die Seile löste und Tommaso langsam herunterließ.

»Ich hab mich noch nie so gefreut, dich zu sehen, mein Freund«, sagte Leonardo, als er ihn in seine Arme nahm und vorsichtig auf den Boden legte. »Bist du verletzt?«

»Mein Bein«, stöhnte Tommaso nur und ließ sich erschöpft ins Gras fallen. »Es tut höllisch weh.«

Zuhause stellte sich heraus, dass ein Oberschenkelknochen gebrochen war.

»Du hättest dir auch den Hals brechen können«, tröstete Leonardo ihn. »Oder den Schädel.«

Doch nachdem er sich von der schmerzhaften Prozedur erholt hatte, mit der Monna Lisas Hausarzt ihm das Bein geschient hatte, war Tommaso geradezu euphorisch.

»Ich bin geflogen«, sagte er ein ums andere Mal und sah verzückt aus dem Fenster neben seiner Schlafstatt hinauf in den Himmel. »Dort oben, wie ein Vogel.« Mit leuchtenden Augen wandte er sich zu Leonardo. »Und ich sage dir, diesem Gefühl kommt nichts auf Erden gleich. So schwerelos, so frei von allem ... Dagegen ist das Leben hier unten auf der Erde schwerfällig und plump.«

»Werde erst einmal gesund«, entgegnete Leonardo. »Dann wird dir das Leben hier unten schon wieder gefallen.«

»Du verstehst mich nicht«, beharrte Tommaso leise, und Leonardo wurde von einem großen Bedauern ergriffen. Er hätte es selbst ausprobieren sollen. Es würde eine Ewigkeit dauern, bis sie einen neuen Flugapparat gebaut haben würden. So viele kleine Überlegungen und Einzelteile hatten in der Mechanik gesteckt. Alles hatten er und Tommaso von Hand geschnitzt und wieder und wieder verbessert. Sicher, es gab die Skizzen. Doch würden sie diese ganze Mühe tatsächlich noch einmal auf sich nehmen? Wäre er dann nicht zu alt, um sich selbst den Lüften anzuvertrauen?

Leonardo hatte seine Arbeit im Ratssaal des Regierungspalastes einige Tage lang ruhen lassen, und es drängte ihn nicht, dort fortzufahren, wo er aufgehört hatte. Es bestand kein Zweifel daran, dass die Wandmalerei unvergleichlich werden würde. Auch Machiavelli war bei seiner letzten Visite hell begeistert gewesen und hatte ihn zu der Wahl seiner Technik beglückwünscht.

»Wie macht Ihr das nur?«, hatte er gefragt. »Die Farben strahlen in einer Intensität und Brillanz, wie ich es noch nie gesehen habe.«

»Das macht das Wachs«, hatte Leonardo erklärt.

Erst nach einigen Tagen, als er sicher war, dass Tommaso nicht womöglich doch noch zu fiebern begann, sondern alle mit seiner Langeweile tyrannisierte, machte er sich auf den Weg in den Palazzo della Signoria. Wie immer brach er vor seinen Gehilfen auf, denn er wollte die Arbeit auf sich wirken lassen, ehe er sich wieder daran begab.

Bereits im Vorraum beschlich ihn das Gefühl, dass etwas nicht stimmte. Aus der offenen Tür drang der Geruch nach verbranntem Holz. Als er den Saal betrat, glaubte er seinen Augen nicht zu trauen. Es war ungewohnt warm in dem riesigen Raum. In mehreren Metallschalen direkt unter seinem Gemälde loderten Feuer.

»Was ist hier los?«, fuhr er einen jungen Mann an, in dem er einen der Gehilfen von Michelangelo erkannte. »Was treibst du hier? Lösch sofort die Feuer.«

»Es war so kalt hier drin«, antwortete der Gehilfe und konnte sich ein Grinsen nicht verkneifen. »Da haben wir Feuer gemacht.«

»Und wieso direkt unter meiner Arbeit?«, fuhr Leonardo zornig auf und trat nach einer der Feuerschalen, so dass die brennenden Scheite über den Steinboden glitten und erloschen. »Warum nicht dort drüben …« Er stockte. Sein Blick war auf seine Arbeit gefallen.

Von dem Gesicht des Bannerträgers troff Farbe, dunkle Striemen rannen über seine Wangen, als ob er weinte. Die Hand, die die Standarte umklammert hielt, zerlief, ebenso die kunstvoll ausgeführte Rüstung. Und dann wurde ihm klar, dass das gesamte bereits Gemalte dabei war, zu zerfließen. »Das ist kein Zufall«, stieß er hervor und sah sich nach dem Gehilfen um. Der war verschwunden.

Hastig stürzte Leonardo die restlichen Metallschalen um und erstickte die Flammen. Doch es war zu spät. *Das macht das Wachs,* hatte er zu Machiavelli gesagt. Jemand musste ihn gehört und es Michelangelo hinterbracht haben. Fassungslos raufte Leonardo sich die Haare. Er wagte kaum, seine Arbeit genauer in Augenschein zu nehmen. Das Gemälde löste sich vor seinen Augen auf, Farbe floss ineinander, die Proportionen verzerrten sich in grotesker Weise. Außer sich vor Wut wandte er sich ab, lief aus dem Saal und die vielen Treppen hinauf zu Machiavellis Amtsstube, vorbei an den Beamten und Sekretären, die ihn aufhalten wollten, und riss die Tür auf.

»Dieser von Neid zerfressene Steineklopfer hat meine Arbeit ruiniert«, schrie er. »Und zwar vorsätzlich!«

Erst da sah er, wer bei Machiavelli in einem Sessel saß und ihn mit kühlen Augen maß. Es war Soderini, der *gonfaloniere*. Und wie jedermann wusste, ein besonderer Gönner von Michelangelo Buonarotti.

»Beruhigt Euch.« Dieses Mal lächelte Machiavelli nicht. »Wir verstehen kein Wort von dem, was Ihr sagt.«

»Herumbrüllt, das trifft es wohl besser.« Soderini betrachtete ihn missbilligend. »Ich dachte, Ihr hättet bessere Manieren, Leonardo da Vinci. Wenn Ihr Euch über etwas beschweren wollt, dann tut das in schriftlicher Form.«

Wie er aus dem Zimmer gekommen war, wusste er später nicht mehr. Die Treppe taumelte er mehr hinunter, als dass er ging. Von unten vernahm er bereits Geschrei und Gelächter. Menschen strömten in Richtung des Ratssaals. »Das soll eine neue Technik sein?«, schrie jemand. »Da hat sich der große Leonardo wohl gewaltig verrechnet.«

Im Hof traf er auf seine Gehilfen, die nicht verstanden, was sich in Windeseile – wie immer in Florenz, wenn es etwas Neues gab – verbreitete.

»Geht nach Hause«, sagte er zu ihnen.

»Warum?«, wollte Salai wissen. »Was ist los? Du bist ja aschfahl.«

Leonardo kam nicht dazu, es ihm zu erklären. Außerdem hätte er keine Worte gefunden für das, was ihm gerade widerfuhr. Eine Gruppe von Räten hatte ihn entdeckt und sogleich umringt, aufgeregt bestürmten sie ihn mit Fragen. Doch Leonardo war außerstande, ihnen Rede und Antwort zu stehen.

»Lasst ihn in Ruhe«, herrschte Salai die Männer an. Gemeinsam mit Giampietrino nahmen sie Leonardo in ihre Mitte und brachten ihn durch die wachsende Menge johlender Bürger nach Hause.

Dort legte er sich zu Bett. Seine Wut war einer namenlosen Niedergeschlagenheit gewichen. Wenn er die Augen schloss, sah er sein zerstörtes Wandgemälde.

»Es ist nicht so schlimm«, behauptete Salai, als er einige Stunden später nach ihm sah. »Wir waren dort. Boltraffio sagt, wir können das retten.«

Leonardo schüttelte nur den Kopf. Er würde seine Arbeit in dem großen Ratssaal nicht mehr aufnehmen. Mit einem Konkurrenten im Rücken, der sich nicht zu schade war, ihn mit solchen Mitteln zu bekämpfen, konnte er nicht malen. Das Schlimme war, dass niemand ihm glauben würde. Es würde wie immer auf ihn zurückfallen, wie damals in Mailand, als Il Moro die Bronze für das Pferdestandbild für Kanonen verwendet hatte, statt sie ihm zu überlassen. Leonardo ist daran gescheitert, hieß es überall, auch dafür hatte Michelangelo gesorgt. Und jetzt sagte man von ihm, er habe sich mit der Technik vertan.

Sollte Michelangelo doch beide Wandseiten ausgestalten. Leonardo hatte seinen Entwurf gesehen – Soldaten, die beim Baden die Nachricht von einem Angriff erhielten. Massige nackte Gestalten, die sich beeilten, aus dem Fluss zu steigen und ihre Kleider und Harnische anzulegen. Das Ganze wäre eher als Entwurf für ein dreidimensionales Wandfries geeignet als für eine Malerei, fand er. Aber was kümmerte es ihn? Mit dem Auftrag hatte er, Leonardo, abgeschlossen.

Was hielt ihn denn noch in Florenz? Sein Vater war im vergangenen Sommer gestorben. Und wie sein Onkel es vorausgesagt hatte, war Leonardo von Ser Piero mit keinem Scudo bedacht worden. Leonardo hatte das durchaus erwartet und stets geglaubt, dass ihm das gleichgültig sei. Als es jedoch so weit war und sein leiblicher Vater ihm nicht einmal ein Buch oder ein anderes Erinnerungsstück hinterlassen hatte, war er doch verletzt. Zu allem Überfluss hatten ihn seine Brüder sogleich wissen lassen, dass er sich die Mühe und Ausgaben sparen könne, sich juristische Hilfe zu holen. Das ist alles vollkommen rechtens, hatte sein Halbbruder Antonio am Grab ihres gemeinsamen Vaters gesagt. Wen wunderte es, dass Leonardo seine Stiefgeschwister seither noch mehr mied als zuvor? Er gehörte schließlich nicht zur Familie, und das Testament seines Vaters bewies dies einmal mehr.

»Boltraffio hat schon damit begonnen, die schlimmsten Schäden zu beseitigen«, fuhr Salai fort. »Und Girardo und die anderen haben Michelangelos Gehilfen gezeigt, was wir von ihnen halten.«

Leonardo stöhnte und drehte sich zur anderen Seite. »Lass mich in Ruhe«, sagte er und war froh, als die Tür hinter Salai ins Schloss fiel. Mit Prügeleien war ihm nicht geholfen.

So lag er da, und die Misserfolge seines Lebens zogen an ihm vorüber. Hatte er zu oft nach den Sternen gegriffen und am Ende nur Staub zwischen den Fingern gehabt? Auf welche seiner Werke konnte er wirklich stolz sein, welche würden die Zeiten überdauern? Die paar Gemälde, die in alle Himmelsrichtungen verstreut waren, wohl kaum. Seine Arbeiten als Ingenieur und Architekt an Cesare Borgias Seite ebenso wenig. Aus dem Vorhaben zur

Umleitung des Arnos hatte ihn der Rat der Stadt inzwischen ausgeschlossen, um Kosten zu sparen. Der städtische Bauinspektor, so hieß es, würde die Pläne ebenso gut umsetzen wie Leonardo selbst. Vergeblich hatte er darauf hingewiesen, dass während der Grabungsarbeiten immer wieder neue Berechnungen notwendig sein würden, Korrekturen je nach Beschaffenheit des Untergrunds vorgenommen werden mussten. Die Wassermassen, die sie in ein neues Bett verlegen würden, waren gewaltig und ihre Kraft nicht zu unterschätzen. Man hatte nur genickt und ihn auf das Wandgemälde verwiesen.

»Wir brauchen Euch hier«, hatte Machiavelli gesagt und ihn an den Termin der Fertigstellung erinnert, der nun doch im Vertrag stand. »Widmet Euch der Kunst und lasst die schmutzige Arbeit getrost unseren Bauinspektor erledigen.« Und nicht erst seit heute ahnte Leonardo, dass auch dieses Vorhaben scheitern würde.

Am folgenden Morgen stand er missmutig auf und begann die Papiere auf seinem Schreibpult zu sortieren. Aus Mailand schrieb ihm nun bereits zum dritten Mal Charles d'Amboise, Comte de Chaumont, der französische Gouverneur, den König Louis XII. dort eingesetzt hatte. Er lud Leonardo mit den schönsten Worten ein, zurückzukommen, ja er warb geradezu um ihn. Bislang hatte Leonardo die Briefe achtlos beiseitegelegt, doch an diesem Morgen las er sie noch einmal in Ruhe durch. Nichts als Bewunderung und Wohlwollen sprachen aus den Zeilen des Grafen. In Mailand würde er mit offenen Armen empfangen, könnte sich seinen Studien widmen und, wenn ihm danach war, interessante Aufträge ausführen. Zum Beispiel wünschte sich der Graf eine Landvilla, die alles, was man bislang kannte, übertreffen sollte. Er könne es kaum erwarten, Leonardo das Grundstück zu zeigen.

Das erinnerte Leonardo an seinen Weingarten, den er nun so lange nicht mehr gesehen hatte. Laut Salais Vater brachte er einen guten Wein hervor, einmal hatte ein Fässchen tatsächlich den Weg von Mailand nach Florenz gefunden. In Florenz besaß er nichts, während er in Mailand Grundbesitzer war. Was hielt ihn denn noch hier außer seinen Freunden, vor allem Giovanni und Ginevra de' Benci?

»Es ist jemand für dich gekommen«, unterbrach Boltraffio seine Gedanken. Noch ehe er sagen konnte, dass er niemanden sehen wolle, erkannte er Monna Lisa, die zögernd auf der Schwelle stand.

»Tretet ein«, sagte Leonardo und bemühte sich, seine Niedergeschlagenheit zu verbergen. »Ich hoffe, Euch treibt nicht die Neugier her. Sicher habt Ihr gehört, was mit meinem Wandgemälde geschehen ist.«

Monna Lisa antwortete nicht, sie bedachte ihn lediglich mit einem Blick, der ihm bis in die Seele drang. Augenblicklich bereute er seine Worte. Er tat ihr unrecht, sie gehörte nicht zu den Menschen, die sich am Unglück anderer weideten.

»Ich hab mich nach Messer Tommaso erkundigt«, sagte sie schließlich. »Und ein paar Kräuter gebracht, deren Sud als Umschläge bei Knochenbrüchen helfen sollen. Bei der Gelegenheit wollte ich nach Euch sehen und ... und fragen, wie es denn nun mit meinem Porträt weitergehen soll.«

Leonardo senkte den Blick. Noch ein unvollendetes Werk, das ihn bis in alle Ewigkeit verfolgen würde. Er bemerkte, dass Monna Lisa die offen auf seinem Schreibpult liegenden Briefe mit einem sorgenvollen Blick bedachte und ihn dann forschend musterte. »Ihr plant, fortzugehen, nicht wahr?«, fragte sie leise.

»Vielleicht«, versuchte er, der Frage auszuweichen. Und doch hatte er sich bereits entschieden. »Aber zunächst beenden wir das Porträt.«

Monna Lisa nahm ihren Schal ab und setzte sich in den Lehnstuhl, wie so viele Male zuvor.

»Ihr müsst das nicht unbedingt tun«, erklärte sie. »Giuliano hat sicher kein Interesse mehr daran. Und mein Gatte ...« Sie schluckte. »Er ist seit über einem Jahr in Frankreich. Und während all dieser Zeit hat er weder mir noch den Kindern auch nur eine einzige Zeile geschrieben. Manchmal bin ich mir gar nicht mehr sicher, ob er überhaupt zurückkehren wird.«

Sie sah angestrengt aus dem Fenster und wirkte so unglücklich, dass Leonardo seinen eigenen Kummer vollkommen vergaß.

»Er kommt bestimmt zurück«, versuchte er sie zu trösten. »Seine Familie ist hier. Und sein Geschäft.«

»Vielleicht war ich zu abweisend«, sagte Monna Lisa und biss sich auf die Unterlippe. »Ich war so zornig darüber, dass er mich damals an meiner Flucht mit Giuliano gehindert hatte. Und heute ...«

Leonardo wartete ab. Lisa hatte ihm nie von ihrem Zusammentreffen mit Giuliano de' Medici erzählt. Den literarischen Damenzirkel hatte sie mit ihren Freundinnen eine Weile fortgeführt, dann war er aufgelöst worden. Und die Einzige, die dies bedauerte, schien Machiavellis Frau zu sein. Ob Lisas Anstrengungen für die Medici umsonst gewesen waren? Noch gab es keine Anzeichen für eine Rückkehr Giulianos an die Macht.

»Aber was rede ich da von meinen eigenen Sorgen«, sagte Monna Lisa und straffte sich. »Es tut mir leid, was Euch widerfahren ist, oder besser gesagt Eurer Arbeit. Ich bewundere den Entwurf sehr ...«

»... schließlich habt Ihr mich auf die Idee gebracht«, fiel ihr Leonardo ins Wort. Er wollte nicht über das Desaster im Palazzo della Signoria sprechen. »Und das Gute daran ist, dass ich jetzt wieder Zeit für Euer Porträt habe.«

Lisa sah ihn mit großen Augen an.

»Wie das?«, gab sie zurück. »Schließlich wird es viel Zeit und Geduld kosten, die Schäden an dem Wandgemälde zu beseitigen.«

»Ich werde die Sala dei Cinquecento nie wieder betreten«, erklärte Leonardo entschlossen und fühlte gleichzeitig, wie eine Last von ihm abfiel. »Und nun lasst uns von etwas anderem sprechen. Wann könnt Ihr es einrichten, wieder zu Sitzungen zu erscheinen?«

15

DIE HEIMKEHR

Florenz, 1505

Es war das merkwürdigste Bild, das Lisa je gesehen hatte. Denn eines war gewiss: Auf diese Weise war es nicht üblich, Ehefrauen darzustellen, so selbstbewusst vor einer dramatischen Landschaft, als thronte sie wie eine Gottesmutter über Wasser und Land. Dass Leonardo eine Brüstung hinter ihrer Gestalt angedeutet hatte, fiel zunächst kaum ins Auge, ebenso wenig die Kostbarkeit des Gewandes, das Francesco für sie hatte nähen lassen. Ganz im Gegenteil, Kleid, Hemdchen, Überwurf und der fast transparente Schleier, der locker über ihre linke Schulter drapiert war, wirkten, als hätte sich ihre Gestalt aus der in denselben Farbtönen gehaltenen Landschaft heraus materialisiert. Inzwischen hatte Leonardo auch endlich damit begonnen, ihre Gesichtszüge zu konkretisieren, und wenn er in diesem Tempo weiterarbeitete, würde das Bild in wenigen Wochen fertig sein.

Gleichwohl er darüber kein Wort verlor, ahnte Lisa, dass er dabei war, seine Abreise vorzubereiten. Zwischen ihm und dem Rat der Stadt war ein heftiger Streit entbrannt. Keiner schien ihm glauben zu wollen, dass Michelangelo hinter der Zerstörung steckte, die die Feuer unter Leonardos Wandgemälde angerichtet hatten. Inzwischen hieß es sogar, er selbst habe sie angeordnet, um für die Weiterarbeit die Oberfläche anzuwärmen, und sich dabei verschätzt. Seine besten Malergehilfen hatten außerdem die am stärksten ins Auge fallenden Schäden beseitigt, so dass viele keinen Grund sahen, warum Leonardo seinen Auftrag nicht erfüllen sollte. Lisa jedoch war selbst in die Sala dei Cinquecento gegangen und hatte lange vor der Wand gestanden. Und war zu dem Schluss gekommen, dass die Verzerrungen, die das Schmelzen der wachshaltigen Farben verursacht hatte, für jedermann offensichtlich waren, der bereit war, genau hinzusehen.

Während der Sitzungen rührten sie lieber nicht an das Thema, obgleich Lisa es außerordentlich bedauerte, dass dieser herrliche Entwurf offenbar niemals ausgeführt werden würde. Die meiste Zeit schwiegen sie. Lisa fand Trost in Leonardos Gegenwart und hatte gleichzeitig das Gefühl, dass auch er die gemeinsamen Stunden genoss. Für die Arbeit an ihrem Porträt hatte er den hinteren Teil der *bottega* freiräumen und durch schwere Vorhänge abtrennen lassen. Und niemand, nicht einmal Niccolò Machiavelli, durfte ihre Sitzungen stören, das schärfte Leonardo jeden Morgen seinen Mitarbeitern aufs Neue ein.

Niemals hätte Lisa sich vorgestellt, dass sie ihren Gatten einmal so vermissen würde. Dabei hatte sie keinen Grund zur Klage. Auf der einen Seite ging ihr Leben weiter wie bisher. Bruno, der neue Hausknecht, war zum umsichtigen Hüter des Hauses geworden, und Ernesto Galleani ließ Lisa regelmäßig das Haushaltsgeld samt einer kleinen Apanage für ihren eigenen Bedarf auszahlen. Andererseits war seit ihrer Rückkehr aus Vinci nichts mehr wie zuvor. Die Erkenntnis, dass sie all die Jahre lang einem Trugbild nachgetrauert hatte, ließ ihr manches in einem anderen Licht erscheinen. Und wenn sie es sich auch lange nicht eingestehen wollte – sie sehnte sich nach Francesco. Nach der Unbedingtheit, mit der er zu ihr hielt – oder müsste sie eher sagen: gehalten hatte? Nach dem Pragmatismus, mit dem er die Dinge beurteilte und regelte. Und nach seinen Zärtlichkeiten, selbst wenn diese Sehnsucht mit der Furcht durchsetzt war, dass er erneut mit Caterina das Lager teilen würde. Dann dachte sie wieder, dass es gut war, ihn so weit von zuhause zu wissen. Die Dienerin schien ihn nicht zu vermissen und war in den vergangenen Monaten seiner Abwesenheit deutlich aufgeblüht. Vielleicht lag das auch an Bruno, mit dem sie sich gut zu verstehen schien.

»Ihr schaut noch immer viel zu traurig drein«, riss Leonardo sie aus ihren Gedanken. »Was muss ich tun, damit Ihr endlich ein wenig lächelt?«

Er gab sich wahrhaft Mühe, sie aufzuheitern. Einmal überraschte er sie sogar mit einem kleinen Trupp Musiker, die im Hof heitere Tanzmusik aufspielten, während ein Gaukler mit kleinen Lederbällen jonglierte und gewagte Couplets sang. Doch das Lächeln, das Lisa darüber zustande brachte, ging über ihre Lippen nicht hinaus und stellte Leonardo nicht zufrieden.

Und dann kündigte Galleani ihr eines Tages im Mai Francescos Rückkehr für die folgende Woche an. Aufregung erfasste die Dienerschaft. Caterina und Betta brachten mithilfe von zwei eigens dafür eingestellten Frauen das Haus auf Hochglanz, während Duccio höchstpersönlich zum Markt eilte und spezielle Ladengeschäfte für exotische Delikatessen aufsuchte. Dort bestellte er die Zutaten für Francescos Lieblingsspeisen, die nach einem ausgeklügelten Zeitplan ins Haus geliefert oder von Bruno abgeholt wurden. In all der emsigen Geschäftigkeit entging Lisa freilich nicht, dass sich ein Schatten über Caterina legte, als sie gemeinsam mit Betta Francescos Sachen aus den Truhen in seinem Ankleidezimmer zum Lüften auf die Dachterrasse hängte und seine Stiefel so lange polierte, bis sie glänzten. Und Lisa hatte keine Worte des Trostes für sie.

Die Anspannung im Haus wuchs, als Galleani am Morgen des

angekündigten Tages persönlich vorbeikam, um Lisa zu sagen, dass sich Francescos Rückkehr vermutlich noch etwas verzögern würde.

»Um wie lange?«, fragte Lisa.

»Das weiß ich nicht«, antwortete Galleani und drehte unschlüssig seinen Hut zwischen den Fingern. »Ich soll Euch noch etwas ausrichten«, fuhr er fort. »Er wird in Begleitung von zwei Frauen kommen und bittet Euch, die Zimmer herrichten zu lassen. Im Gesindetrakt.«

Lisa sah Francescos Mitarbeiter erschrocken an. Ihr Mann würde zwei Frauen mitbringen? Zwei neue Dienerinnen oder – ihr wurde schwindlig bei dem Gedanken – zwei weitere Sklavinnen? Hatte er genug von Caterina und ihr und sich neue Gespielinnen gesucht? Sie musste bleich geworden sein, denn Galleani erkundigte sich besorgt nach ihrem Befinden.

»Es geht mir gut, danke«, sagte Lisa und versuchte, ihr Entsetzen zu verbergen.

Die Kinder brachen in enttäuschtes Geheul aus, als sie ihnen mitteilte, dass sich die Rückkehr ihres Vaters hinauszog. Schon seit Tagen waren sie kaum zu bändigen, selbst der sonst so zufriedene Andrea, inzwischen fast zweieinhalb Jahre alt, stritt sich andauernd mit Milla und bekam es dann mit Sina zu tun, die ihre Freundin temperamentvoll verteidigte. Meo und Pippo, bereits für den Empfang ihres Vaters herausgeputzt, weigerten sich, ihre Festtagskleider auszuziehen und mit Messer Bartoldi Unterricht zu machen, und Lisa, die einsah, dass sie sich an diesem Tag ohnehin auf nichts konzentrieren konnten, gab dem Hauslehrer frei.

»Das nächste Mal begleite ich Papa, wenn er verreist«, erklärte Meo.

»Andrea auch verreisen«, rief der Jüngste eifrig.

»Du doch nicht«, fauchte Pippo. »Du bist noch viel zu klein.

Aber ich werde mit ihm und Meo fahren.« Was Andrea dazu brachte, Pippo schreiend mit seinen kleinen Fäusten zu traktieren.

»Gebt Ruhe«, rief Lisa, deren Nerven zum Zerreißen gespannt waren, und schnappte sich ihren Jüngsten, so dass er nun mit Füßen und Fäusten nach ihr trat.

»Es ist ein so schöner Tag«, sagte Betta besänftigend. »Wieso machen wir nicht alle miteinander einen Ausflug zu den Gärten hinter Santa Maria Novella, um ein bisschen Ball zu spielen?«

»Eine gute Idee«, seufzte Lisa erleichtert, als sie sah, dass die Kinder den Vorschlag eifrig aufgriffen und losrannten, um ihre Spielsachen zusammenzusuchen. »Bruno soll euch begleiten.«

Nur Caterina bat sie, bei ihr zu bleiben.

»Was ist geschehen?«, fragte die Dienerin, als sie endlich allein waren. Wie immer hatte sie längst bemerkt, wie aufgewühlt Lisa war. »Kommt der Herr nicht mehr wieder?«

»Doch«, antwortete Lisa niedergeschlagen. »Und er wird zwei neue Dienerinnen mitbringen.«

Es war schwer zu sagen, wie Caterina die Neuigkeit aufnahm. Ganz kurz glommen ihre ungewöhnlichen, grüngoldenen Augen auf, dann waren ihre ebenmäßigen Züge wieder vollkommen unbewegt.

»Also muss die leere Kammer vorbereitet werden«, sagte sie nüchtern. »Soll ich das erledigen?«

Lisa nickte. Für die Dienerin war es wohl eine gute Nachricht. Sollte Francesco neue Bettgespielinnen mitbringen, hätte Caterina künftig ihre Ruhe vor ihm. Lisa jedoch würde neue Nebenbuhlerinnen haben. Verzweiflung überkam sie, als Caterina das Zimmer verließ. Aber was hatte sie erwartet? Bei ihrer letzten längeren Unterredung vor Francescos Abreise hatte sie ihm unmissverständlich zu verstehen gegeben, dass sie ihm sein Eingreifen damals während der Vertreibung der Medici-Brüder niemals verzeihen würde. Und er hatte ihr im Falle einer Trennung die Rückerstattung ihrer Mitgift zugesagt. Würde er sie nun womöglich auf das Gut San Silvestro verbannen? Jetzt, wo sie voller Hoffnung auf einen Neuanfang mit ihm war?

Unruhig ging sie durchs Haus. Alles hier zeugte von ihrer Hand, die Ausgestaltung der Räume, die elegante Einrichtung. Und wie liebevoll sie alles vorbereitet hatten! Auf den Beistelltischchen an den Wänden und auf den Kommoden standen Gebinde aus Frühlingsblumen. Edle Bienenwachskerzen steckten auf den silbernen Haltern, und in den Schalen aus Terracotta hatte Caterina Zitronen und Orangen arrangiert. Der Tisch im Speisezimmer war kunstvoll eingedeckt, das chinesische Porzellan schimmerte, und in den venezianischen Gläsern spielte das Sonnenlicht. Im *studiolo* blieb Lisa vor den Bücherregalen stehen. Inzwischen waren einige Bände hinzugekommen, galante Literatur wie Luca Pulcis Poem CIRIFFO CALVANEO, der Ritterroman in Versen LA GUERRA DI ATTILA von Nicolò da Casola und IL NOVELLINO von Masuccio Salernitano. Francesco hatte sich stets großzügig gezeigt, wenn sie ihn um eine solche Anschaffung gebeten hatte. Er war so stolz auf sie gewesen, weil sie Bildung genossen hatte und sich für die schönen Künste interessierte. Hatte sie das alles nun verspielt?

»Sorgt Euch nicht zu sehr«, hörte sie Caterina hinter sich sagen und fuhr herum. Sie hatte die Dienerin nicht hereinkommen hören. »Was immer geschieht, ich werde Euch treu ergeben sein.«

Tränen schossen Lisa in die Augen. So viele Jahre lebten sie nun schon unter einem Dach, und doch hatte die ihnen aufgezwungene Rivalität eine unsichtbare Mauer zwischen ihnen aufgebaut. Jetzt, wo sie dabei war, zu fallen, fühlte Lisa erst, wie nah sie sich im Grunde seit langem waren. Auf Caterina hatte Lisa sich stets verlassen können, und auch sie hatte die Dienerin, soweit es in ihrer Macht gestanden hatte, geschützt und für sie gesorgt, wann immer es notwendig gewesen war. Und so würde es in Zukunft bleiben. Einem jähen Impuls folgend schloss Lisa Caterina in ihre Arme. Einen Atemzug lang wirkte die Dienerin wie versteinert, schließlich erwiderte sie vorsichtig die Umarmung. Eine Weile standen sie so, dann vernahm Lisa das Geräusch von Pferdegetrappel, das in der Gasse widerhallte. Die Dienerin hob lauschend den Kopf. Vor ihrem Haus schienen die Reiter anzuhalten. Wenig später pochte es vernehmlich gegen das Tor.

Lisas erster Gedanke war, den Kindern könnte etwas zugestoßen sein. Sie lief hinaus und eilte die Treppe hinunter. Duccio kam aus der Küche und wischte sich die Hände an einem Küchentuch ab, er wusste, dass Bruno die Frauen und Kinder begleitete. Lisa wollte ihn gerade bitten, zu öffnen, als die Tür aufflog und Francesco auf der Schwelle stand, schmutzig von den Stiefelspitzen bis zu den Oberschenkeln, selbst in seinen rotblonden Bartstoppeln und den Brauen hatte sich feiner Reisestaub festgesetzt. Seine Augen blitzten bei Lisas Anblick freudig auf.

»Ich dachte schon, es sei niemand zuhause«, rief er, trat ein und schloss Lisa ohne viel Umstände fest in seine Arme.

»Dass ... dass du tatsächlich da bist«, stammelte sie. »Galleani hat gesagt ...«

Auf einmal stieß Caterina einen Schrei aus, und Lisa fuhr zu ihr herum. Die Dienerin wirkte, als hätte sie ein Gespenst gesehen. Sie starrte auf zwei in verstaubte Reisemäntel gehüllte Gestalten, die ihre Kapuzen weit ins Gesicht gezogen hatten und an der Schwelle eng aneinander geschmiegt standen. Sie zögerten, das Haus zu betreten.

Fremdartige Laute drangen aus Caterinas Kehle, Worte, wie sie sie auch während ihres Fiebers gestammelt hatte. Sie stürzte auf die beiden Fremden zu, schob ihnen behutsam die Kapuzen in den Nacken, nahm erst das Gesicht der einen zärtlich zwischen ihre Hände, dann das der anderen.

»Kahina«, flüsterte die Größere von beiden. Das andere Mädchen brach in Tränen aus.

»Takama«, antwortete Caterina mit so bewegter Stimme, wie Lisa es noch nie von ihr gehört hatte. »Lunja.«

»Es sind ihre Schwestern«, sagte Francesco und sah Lisa erwartungsvoll an. »Ich habe lange gebraucht, um sie zu finden.«

Unvermittelt fuhr Caterina herum und stellte sich schützend vor die beiden Frauen.

»Nehmt mich, Herr«, rief sie mit blitzenden Augen aus. »Tut weiterhin mit mir, was Ihr wollt. Aber rührt meine Schwestern nicht an. Nicht um alles in der Welt.«

Einen Moment lang war es sehr still in der Eingangshalle und Lisa sah, wie Francesco unter dem Staub der Reise erbleichte. Noch nie hatte sie Caterina so mit ihrem Herrn sprechen hören, und Angst befiel sie vor dem, was nun unausweichlich kommen würde. Doch zu ihrer Überraschung blieb Francesco ruhig.

»Deshalb habe ich sie nicht hergebracht«, sagte er und seine Stimme klang belegt. »Sondern, um etwas wiedergutzumachen, was vor vielen Jahren geschehen ist.« Er schwieg einen Moment. »Ich habe deine Schwestern freigekauft. Ihr sollt nie mehr getrennt sein. Außerdem ...« Er schluckte. »Ihr sollt alle drei die Freiheit haben.« Er wandte sich von Caterina ab und griff nach Lisas Händen. »Ist es nicht das, was du dir gewünscht hast?«

Lisa nickte. Sie konnte zunächst nicht sprechen, so überwältigt war sie davon, wie sich die Dinge wendeten. Sie stellte sich auf die Zehenspitzen und schlang ihre Arme um Francesco, drückte ihn fest an sich. Dann besann sie sich ihrer Rolle als Hausherrin und löste sich von ihm.

»Willkommen«, sagte sie zu Caterinas Schwestern und ging auf sie zu.

Einen Moment lang wirkten die beiden, als wollten sie vor Lisa zurückweichen, so als erwarteten sie Schläge. Doch nachdem Caterina ein paar leise Worte in ihrer Sprache gesagt hatte, beruhigten sie sich und musterten Lisa aus wachsamen Augen.

Die Ähnlichkeit war unverkennbar, wenn auch weder Takama, die Ältere, noch Lunja an Caterinas Schönheit heranreichte. Vielleicht war das ein Glück gewesen, dachte Lisa, die sich fragte, was die beiden wohl in den vergangenen Jahren erdulden mussten. Keine von ihnen hatte solche grüngoldenen Augen wie ihre älteste Schwester. Ihre Gesichtszüge jedoch waren zart und ebenmäßig wie Caterinas.

»Sprecht ihr unsere Sprache?«, fragte Lisa.

»Ja, Herrin«, antwortete die Ältere.

»Ihr habt eine weite Reise hinter euch. Caterina wird dafür sorgen, dass ihr alles bekommt, was ihr braucht. Sie wird euch zeigen, wo ihr schlaft. Alles Weitere werden wir sehen.« Und als sie bemerkte, wie furchtsam sich die beiden in der Halle umschauten, fügte sie hinzu: »Ihr steht unter meinem Schutz. Alles ist gut.«

»Du hast das vorhin wirklich ernst gemeint?«, fragte Lisa und reichte Francesco den Badeschwamm. Duccio hatte Kessel voller Wasser übers Feuer gehängt, damit sein Herr ein Bad nehmen konnte. »Ich meine, dass du den Frauen die Freiheit schenkst?«

»Ja, das habe ich«, antwortete er und tauchte kurz mit dem Kopf unter, um den Staub aus seinen Haaren zu spülen. »Ich hoffe, es ist dir recht?«

»Ob mir das recht ist?«, fragte Lisa überrascht. »Natürlich ist es das!«

»Du wirst Caterina vermissen«, gab Francesco zu bedenken. »Wenn sie frei ist, zu gehen wohin sie möchte, wird sie uns vielleicht verlassen.«

»Ja, dann werde ich sie ganz sicher vermissen«, räumte Lisa ein. Und zwar mehr als nur die Dienerin, inzwischen waren sie so vertraut miteinander. Keine andere würde je ersetzen können, was Caterina für sie war. »Trotzdem. Sie muss endlich selbst bestimmen dürfen, wie sie leben möchte. Aber hast du dir überlegt, wohin die drei gehen sollen? Sie sind doch völlig mittellos und als Frauen ungeschützt.« Sie dachte daran, wie gut Caterina sich mit Bruno verstand. »Oder möchtest du ihnen eine Mitgift schenken?«

Francesco griff nach der duftenden Seife und schäumte sich Bartstoppeln und Haare damit ein.

»Wir werden sehen«, sagte er. »Vielleicht wollen sie in unseren Diensten bleiben. Ich sage ja schon lange, dass wir viel zu wenig Personal haben. Außerdem, was ist mit Sina? Sie ist immerhin meine Tochter.«

Ja, dachte Lisa. Und Millas allerbeste Freundin. Sie auseinanderzureißen wäre grausam.

»Warten wir ab, was die drei beschließen«, schlug Lisa vor.

»Nun erzähl mir von dir. Hast du den Medici getroffen?«, fragte Francesco unvermittelt.

»Ja«, antwortete Lisa und sah ihrem Mann in die Augen.

»Nimmst du mir immer noch übel, was ich damals getan habe?«

Lisa atmete tief durch. Sie hatte nicht erwartet, dass Francesco so bald und so direkt darauf zu sprechen kommen würde. Zweifellos war dies der Moment, der über ihre gemeinsame Zukunft entscheiden würde.

»Nein«, antwortete sie wahrheitsgemäß. »Das nehme ich dir nicht mehr übel.«

Eine Weile schwiegen sie. Lisa wartete darauf, dass Francesco weitere Fragen stellte. Doch das tat er nicht.

»Ich bin froh, dass du noch hier bist«, sagte er schließlich.

»Galleani hatte den Auftrag, mir unverzüglich Bescheid zu geben für den Fall, dass du fortgehen solltest. Aber außer von drei Tagen, die du bei den *Murate* verbracht hast, hat er mir nichts berichtet. Giuliano wird doch wohl nicht in das ehrwürdige Kloster eingedrungen sein?«

Wider Willen musste Lisa lachen.

»Nein«, antwortete sie. »Das ist er nicht.« Und als Francesco sie weiterhin erwartungsvoll ansah, fügte sie hinzu: »Bitte versteh, dass ich über die Umstände unseres Treffens nicht sprechen kann. Es würde zu viele Menschen mit hineinziehen, und ich habe mein Wort gegeben, darüber zu schweigen.« Sie suchte seinen Blick. »Das Wichtigste ist jedoch, dass ich nun weiß, wo ich hingehöre. Und zwar hierher. An deine Seite.«

Francesco griff nach ihrer Hand, ohne den Blick von ihr zu wenden. Sie erwiderte den Druck seiner Finger, und es war ihr gleichgültig, dass ein Rinnsal Seifenwasser über ihren Seidenrock lief und ihn vermutlich ein für alle Mal verdarb.

»Ich habe viele Fehler gemacht«, bekannte Francesco leise. »Und in jener Nacht, in der Caterina am Fieber beinahe gestorben wäre, habe ich das erkannt. Sie hat fantasiert, erinnerst du dich? Und du hast mir erklärt, dass sie von ihren Schwestern spricht. Kanntest sogar ihre Namen. Warum weiß ich das nicht, hab ich mich gefragt. Wie kann es sein, dass Lisa von diesen Schwestern Kenntnis hat, und ich, der ich so viele Nächte bei Caterina lag, habe keine Ahnung davon?« Er hatte die Augen geschlossen und sich im Zuber zurückgelehnt. »Damals habe ich mir geschworen, diese Mädchen zu finden und allen dreien die Freiheit zu schenken.«

Mit wachsendem Staunen lauschte Lisa seinen Worten.

»Warum hast du mir das nicht gesagt?«, fragte sie. »Das ist zwei Jahre her!« Und es hätte so vieles geändert, fügte sie in Gedanken hinzu.

»Ich wusste nicht, wann ich die Reise würde unternehmen können«, antwortete Francesco. »Ich hatte mich gerade von meinen Brüdern getrennt und anderes zu tun. Außerdem war ich mir nicht sicher, ob ich sie wirklich finden würde.«

»Das ist in der Tat ein Wunder«, sagte Lisa. »Wie ist dir das denn gelungen?«

»Ich habe mich zuerst an den Sklavenhändler gehalten, von dem wir Caterina gekauft hatten«, erzählte Francesco. »Glücklicherweise hat meine Mutter über jede Ausgabe stets akribisch Buch geführt und Namen und Adresse ebenfalls notiert. Dieser Mann wollte mir zwar zunächst keine Auskunft geben, hatte angeblich vergessen, wohin die anderen beiden gegangen waren, doch ich habe ihn davon überzeugen können, dass es besser für ihn sei, sich zu erinnern.« Er lächelte, und Lisa beschloss, nicht näher nachzufragen. »Die Jüngste war in Venedig bei einem reichen Kaufmann in Dienst«, fuhr er fort. »Sie soll recht gut kochen können, und zunächst wollte ihre Herrin nichts davon wissen, sie herzugeben. Die andere, Takama, war äußerst schwer aufzuspüren. Sie hatte mehrmals den Besitzer gewechselt. Zuletzt war sie bei einem Spezereienhändler in der Nähe von Genua. Sie hat im Laden verkauft und war wohl recht beliebt bei den Kunden. Entsprechend hoch hat ihr Herr den Preis für sie getrieben.«

»Wollten sie denn mit dir gehen?«, fragte Lisa. Die Überlegung, dass Caterinas Schwestern glücklich in ihrem alten Leben gewesen sein könnten, kam ihr erst jetzt.

»Ich habe ihnen von Caterina erzählt«, sagte Francesco. »Von Kahina, wie sie sie nennen. Da gab es für sie kein Zögern. Schon allein das Zusammentreffen der beiden Jüngeren hättest du erleben sollen. So eine Freude.«

Das Wasser hatte sich abgekühlt, und Lisa breitete ein am Kamin angewärmtes Laken für Francesco aus, als er aus der Wanne stieg. Dankbar ließ er sich von ihr darin einhüllen.

»Liebst du mich denn noch?«, fragte er und zog sie an sich. Sie spürte seine warme, feuchte Haut unter dem Stoff, sein Begehren, und ihr eigener Körper reagierte augenblicklich darauf.

»Ja, ich liebe dich«, flüsterte sie und schmiegte sich an ihn.

»Und du?«

»Ich habe dich von Anfang an geliebt«, antwortete er. »Du wolltest mir nur nicht glauben.«

»Jetzt glaube ich dir«, sagte Lisa. Da war noch so viel mehr, was sie auf dem Herzen hatte, doch aus der Eingangshalle drang plötzlich lautes Geschrei zu ihnen herauf. »Das sind die Kinder«, erklärte sie mit einem Lachen. »Sie waren draußen beim Spielen.«

»Dann sei so nett und reiche mir meinen Hausmantel, ehe die Bande über mich herfällt«, bat Francesco. »Ach, wie habe ich mich auf euch alle gefreut!«

Als Lisa einige Tage später aufbrach, um Leonardo aufzusuchen, erschien ihr die Welt wie verwandelt. Zum ersten Mal seit langem nahm sie die Schönheit der Stadt wieder in sich auf, in der sie lebte, die Eleganz der Palazzi, die Erhabenheit des Klinkerbaus von San Lorenzo, die Kuppel des Doms, die immer wieder durch die Häuserschluchten hindurch sichtbar war. Das Sonnenlicht brachte die Fassaden aus *pietra serena* und die Gewänder der Passanten zum Leuchten. Ein frühsommerlich blauer Himmel spannte sich über sie, und wenn Lisa den Kopf in den Nacken legte, sah sie Schwalben und Mauersegler, die hoch oben in den Lüften ihre Kreise zogen.

Frohgemut betrat sie Leonardos *bottega*. Francesco hatte sich gewundert, dass das Bild noch immer nicht über dem Kamin hing, und bei aller Großmut, die er seit seiner Rückkehr an den Tag legte, konnte er seine Enttäuschung darüber nicht verhehlen.

Leonardo war im Gespräch mit drei seiner Meisterschüler. Als er aufblickte und sie sah, ging ein Ausdruck des Erstaunens über sein Gesicht, dem ein breites Lächeln folgte.

»Endlich«, sagte er nur und kam auf sie zu. »Was auch immer geschehen sein mag – jetzt ist es so weit. Das Lächeln ist in Eurem Herzen angekommen. Habt Ihr Zeit für eine Sitzung?« Lisa nickte. »Dann nehmt bitte gleich Platz.«

Leonardo wandte sich wieder Boltraffio und den anderen beiden Malern zu, und Lisa ging langsam durch die Malerwerkstatt, ließ ihren Blick über die Werke wandern, die an der gegenüberliegenden Wand an den Seilzügen hingen. Eine halbfertige Arbeit zog sie in ihren Bann, eine Leda mit dem Schwan, daneben hing jener *Salvator mundi*, an dem Salai so lange gearbeitet hatte. War er nun fertig oder noch immer nicht?

»Kommt«, hörte sie Leonardo hinter sich sagen. »Wir wollen den Augenblick nutzen. Wer weiß, wie lange das Strahlen in Euch anhält.«

»Oh, es wird bleiben«, erklärte Lisa. »Mein Mann ist nach Hause gekommen.« Statt zu antworten, legte Leonardo ihr kurz seine Hand auf die Schulter, und Lisa war es, als würde die Wärme, die er ausstrahlte, sie ganz und gar erfüllen.

Leonardo arbeitete an diesem Tag lange und konzentriert. Lisa konnte hören, wie Boltraffio mehrmals Besucher wegschickte, die unbedingt den Meister sprechen wollten, und wenn sie sich nicht täuschte, vernahm sie auch Machiavellis etwas schneidende Stimme. Trotzdem war in ihr ein Frieden, wie sie sich nicht erinnern konnte, ihn jemals gefühlt zu haben. Sie war angekommen in ihrem Leben, endlich. Francesco und sie hatten sich ausgesprochen und sich gegenseitig zum ersten Mal ihrer Liebe versichert. Ist es nicht seltsam, dachte Lisa. Nun waren sie bereits seit zehn Jahren verheiratet, und erst jetzt fühlte sie sich geliebt und liebte wie eine frischvermählte Braut.

Irgendwann wurde das Licht, das durch das Fenster fiel, zu schwach, und Leonardo legte seinen Pinsel nieder.

»Darf ich es sehen?«, fragte sie, wie so oft zuvor.

Leonardo lachte. »Ich bitte um Geduld«, sagte er. »Wir brauchen noch zwei, drei Sitzungen.«

»Dann ist es fertig?«

Leonardo bedachte sie mit einem nachdenklichen Blick, den sie nicht recht deuten konnte.

»Euer Gatte wird zufrieden sein«, entgegnete er schließlich und rief nach Girardo, damit er Lisa nach Hause begleitete.

Es waren vor allem die Kinder, die dafür sorgten, dass Takama und Lunja allmählich ihre Scheu ablegten. Nur wenn Francesco im Haus war, schien es, als würden sie sich unsichtbar machen, und das blieb auch so, nachdem er den drei Schwestern ihre Freibriefe überreicht hatte.

»Müssen wir jetzt das Haus verlassen?«, erkundigte Caterina sich wenig später besorgt bei Lisa.

»Nein«, beruhigte sie die Dienerin. »Überlegt in aller Ruhe, was ihr mit eurer Freiheit anfangen wollt. Für die Zeit, in der ihr bei uns im Haus mitarbeitet, werdet ihr entlohnt werden.«

»So wie Bruno und die anderen?«, fragte Caterina. »Sie erhalten Lohn und haben das Essen und Wohnen im Haus frei?« Offenbar machte sie sich Gedanken, ob man sie am Ende für Verpflegung und Unterkunft zur Kasse bitten könnte.

»So ist es.« Und dann erklärte Lisa Caterina, was sie und ihre Schwestern in der Woche erhielten, wenn sie sich alle nützlich machten. »Ihr könnt gern für immer bei uns bleiben«, schloss sie und beobachtete Caterinas Mienenspiel. »Lunja könnte Duccio in der Küche helfen. Und für Takama ...«

»Für immer wollen wir nicht bleiben«, fiel ihr Caterina sanft ins Wort.

»Das kann ich verstehen.« Lisa fühlte ein großes Bedauern. »Aber was ist mit Sina? Sie ist Francescos Tochter. Und wie du weißt, sind die Kinder Eigentum ihrer Väter.«

»Sie wird also immer eine Sklavin bleiben«, gab Caterina düster zurück.

»Es gäbe da noch eine andere Lösung«, sagte Lisa, der soeben ein Gedanke gekommen war. »Sina und Milla sind jetzt fast sechs Jahre alt. Eine meiner Freundinnen hat ihre Kindheit und Jugend im Kloster der *Murate* verbracht.«

»Monna de' Benci«, sagte Caterina, und Lisa nickte.

»Wenn du bereit bist, dich von deinem Kind zu trennen, könnte ich meinen Mann bitten, für die beiden Mädchen die Kosten zu übernehmen, damit sie dort wohnen und eine Schule besuchen, Lesen, Schreiben und Rechnen lernen und viele andere Dinge mehr. Dann wird deine Tochter weder Sklavin noch Dienerin sein, wenn sie älter ist, sondern sich entweder für ein Leben im Kloster entscheiden oder vielleicht eine Ehe eingehen.«

»Das alles kostet viel Geld«, wandte Caterina ein, doch Lisa sah an dem Glänzen in ihren Augen, dass die Idee ihr gefiel.

»Ich werde mich dafür einsetzen, dass Francesco dies übernimmt«, sagte sie. »Schließlich ist er Sinas Vater. Auch um Millas Wohlergehen willen wird er zustimmen. Milla wird vermutlich nie ein eigenständiges Leben führen können. Sie ist ein liebes Mädchen. Aber sie kann noch immer keine vollständigen Sätze sprechen. Sina ist ihr Ein und Alles. Es wäre also nur zu ihrem Vorteil, wenn die beiden zusammenbleiben könnten. Zumindest, bis sie erwachsen sind.«

Caterina nickte. Lisa wusste, wie sehr sie an ihrer Tochter hing. Sie nahm jedoch an, dass Caterina zu deren Wohl bereit wäre, sie in die Hände der Nonnen zu geben. Das Kloster der *Murate* war ein freundlicher Ort, und Lisa wünschte, ihre

Schwestern könnten da leben statt in dem strengen San Domenico di Cafaggio. Wenngleich die Frauen und Mädchen vollkommen von der Außenwelt abgeschirmt waren, herrschte bei den *Murate* ein liebevoller Ton, das hatte Ginevra ihr oft versichert. Und wenn ihre freiheitsliebende Freundin sich dort gerne aufhielt, würde es auch den Mädchen nach einer Zeit der Eingewöhnung gefallen.

»Es wäre ein großes Glück für Sina, wenn sie lernen dürfte, statt in wenigen Jahren schon als Dienerin zu arbeiten«, sagte Caterina und nestelte unruhig an ihrem Rock herum. Beklommen dachte Lisa daran, dass Francesco Caterina im Alter von fünfzehn Jahren zu seiner Geliebten gemacht hatte. Im Grunde war das nicht mehr gutzumachen. Das Mindeste, was er tun konnte, war nun, angemessen für seine Tochter zu sorgen und deren Weichen für ein besseres Leben zu stellen.

»Wenn es dir lieber ist, kann ich sie weiterhin zuhause unterrichten«, schlug Lisa vor. »So wie ich es mit meinen Nichten und Neffen getan habe. Aber ...«

»Ihr sollt noch mehr Kinder bekommen«, unterbrach Caterina sie sanft. »Und nach all den schwierigen Jahren zur Ruhe kommen. Dafür ist es besser, wenn ich bald Euer Haus verlasse.«

Die Worte rührten Lisa, sie fühlte, dass Caterina recht hatte. »Ich werde dich vermissen«, sagte sie traurig.

»Ich Euch auch«, gab Caterina zurück. »Trotzdem versteht Ihr gewiss, dass ich mich nach einem anderen Leben sehne. Ich bin nun seit zwanzig Jahren in diesem Haushalt. Bald bin ich eine alte Frau. Wenn ich jetzt nicht mit etwas Neuem beginne, werde ich es niemals tun.«

»Und was hast du vor?«

Caterina antwortete nicht gleich. Sie sah aus dem Fenster, und Lisa ahnte, dass sie bereits einen Plan gefasst hatte.

»Bruno und ich wollen heiraten«, sagte sie endlich mit fester

Stimme. Natürlich, dachte Lisa. Es war kaum zu übersehen, wie sehr Caterina in der Gegenwart des Knechts aufblühte. »Wo wir dann leben werden, das wissen wir noch nicht. Es wird nicht einfach sein, eine neue Stellung zu finden, bei der wir alle vier unterkommen können. Denn von meinen Schwestern trenne ich mich nie wieder.«

»Ich kann mich umhören«, bot Lisa an. »Vielleicht werden bei meinen Freundinnen Stellen frei.«

»Am liebsten würde ich Florenz verlassen«, erklärte Caterina. »Hier werde ich für alle doch immer nur Francesco del Giocondos Sklavin sein, auch wenn ich es nicht mehr bin. Und ein Leben auf dem Land würde uns allen gefallen. So wie früher, als unsere Eltern noch lebten. Ihr müsst wissen, wir hatten ein Gehöft mit Ziegen und Schafen. Und Bruno stammt aus dem Chianti, er kennt sich mit dem Weinbau aus.« Caterina seufzte. Das Leuchten in ihren Augen erlosch. »Aber das wird wohl ein Traum bleiben.«

Lisa hatte mit wachsendem Staunen gelauscht. Auf dem Land wollte Caterina leben? Erst am Tag zuvor hatte Francesco geklagt, was alles während seiner Abwesenheit in Unordnung geraten war. Der Pächter ihres Guts San Silvestro war gestorben. Galleani hatte dessen Sohn zu seinem Nachfolger bestimmt, doch der junge Mann hatte sich mir nichts dir nichts einer Söldnertruppe angeschlossen. Seither war das Gut verwaist. »Wo soll ich auf die Schnelle einen neuen Pächter finden?«, hatte Francesco geklagt. Ob dies etwas für Bruno und Caterina wäre?

»Wir werden etwas für euch finden«, sagte Lisa. Sie würde mit Francesco darüber sprechen. Noch wollte sie Caterina keine unnötigen Hoffnungen machen. Doch je länger sie darüber nachdachte, desto besser gefiel ihr die Idee, Caterina würde mit ihrer Familie in San Silvestro wohnen.

»Es ist noch nicht fertig«, sagte Leonardo und erschien Lisa wie ein Vater, der sein Kind vor Angreifern schützen wollte.

Überwältigt betrachtete Lisa das Gemälde. Das sollte sie sein? Sicher, die Frau auf dem Bild trug unverkennbar ihre Züge. Allerdings wirkte sie so erhaben, so in sich ruhend, als könnte nichts sie erschüttern. Im Grunde wirkte sie so, wie Lisa gerne wäre.

»Warum ist es noch nicht fertig?«, fragte sie zurück, als sie sich wieder gefasst hatte. »In meinen Augen ist es vollkommen.«

Voller Staunen trat sie ganz nah an die Malerei heran. Nicht die kleinste Spur eines Pinselhaars war zu sehen, so fein hatte Leonardo gearbeitet.

»Es fehlt noch vieles«, gab Leonardo zurück. »Aber schickt morgen ruhig Euren Gatten vorbei. Er hat lange genug gewartet.«

»Wollt Ihr das Bild nicht lieber zu uns bringen lassen?«, schlug Lisa vor. »Es wäre doch viel schöner, er würde es an Ort und Stelle sehen.«

»So soll es sein«, antwortete Leonardo.

Gleich am nächsten Vormittag brachten Tommaso und Girardo das verhüllte Gemälde in die Via della Stufa und befestigten es an der dafür vorgesehenen Wand über dem Kamin. Als Lisa ins Zimmer kam, hatten sie es mit einem weißen Leintuch sorgfältig verhängt und richteten von Leonardo aus, dass es ihrem Gatten vorbehalten war, es zu enthüllen.

»Warum dürfen wir das Bild nicht sehen?«, fragte Pippo, der sich aus seinem Unterricht geschlichen hatte, und stampfte mit dem Fuß auf.

»Weil es deinem Vater gebührt, den ersten Blick darauf zu richten«, erklärte Tommaso dem Jungen.

Auch wenn sie es nicht zugeben wollten, erging es den Erwachsenen im Haus nicht anders als Pippo. Und selbst Lisa, die das Bild bereits kannte, fiel es schwer, zu warten, bis Francesco endlich zum Mittagessen kam.

»Du musst dieses Tuch von Mamma herunterziehen«, empfing ihn Pippo aufgeregt.

»Das Tuch von Mamma?«, fragte Francesco verständnislos. Dann sah er das verhängte Bild. »Sagt bloß, es ist so weit?«, rief er aus. »Leonardo da Vinci hat seinen Auftrag endlich erfüllt?«

»Wir würden es jetzt gerne sehen«, bat Meo auf seine höfliche Art, und Pippo zog seinen Vater ungestüm am Ärmel.

Alle hatten sich im Esszimmer versammelt, auch die Dienerschaft, als das Tuch schließlich von dem Gemälde herunterglitt. Einen Moment lang herrschte andächtige Stille, dann lief ein glückliches Aufseufzen von Mund zu Mund.

»Wunderschön!«, sagte Francesco zufrieden. »Der Meister hat sich selbst übertroffen. Seht nur, wie lebensecht! Als würde sie gleich den Mund öffnen und zu uns sprechen.«

Während die anderen Leonardos Werk in den höchsten Tönen priesen, hatte es Lisa die Sprache verschlagen. Denn das Bild, das nun über dem Kamin hing, war nicht dasselbe, das sie am Tag zuvor gesehen hatte. Es war ihm täuschend ähnlich, unterschied sich jedoch in vielen Details. Am deutlichsten wohl, was die Landschaft im Hintergrund anbelangte. Statt der dramatischen Komposition aus in bläulichen Dunst gehülltem Gebirge in der Ferne hinter einer erdfarbenen Ebene, unterbrochen von Seen und Flussläufen, hatte jemand – und Lisa war sich sicher, dass es nicht Leonardo gewesen war – mit flüchtigen Pinselstrichen ein paar Felsen vor einer weiten und wüsten Ebene hingeworfen. Auch das Gewand war längst nicht so raffiniert ausgeführt wie auf dem Gemälde, das Leonardo ihr gezeigt hatte. Nur ihr Gesicht und die auf der Stuhllehne überkreuzten Hände waren von jener Vollkommenheit, die Leonardo zu erzeugen vermochte. Und das feine, ein wenig einseitige Lächeln, das eine persönliche Eigenart von ihr war, Simonetta hatte sie oft genug damit aufgezogen. »Du lächelst stets nur mit einem Mundwinkel«, sagte sie dann. »So als gäbe es nur einen halben Grund, um glücklich zu sein.«

»Gefällt es dir nicht?« Lisa schreckte auf. Den begeisterten Jubel um sie herum hatte sie gar nicht mehr wahrgenommen. »Du wirkst so erschrocken. Sag bloß, du hast das Bild vorher noch nicht gesehen?« Francesco hatte seinen Arm um ihre Schultern gelegt und betrachtete sie liebevoll.

»So ist es«, antwortete sie und beschloss, das Geheimnis für sich zu behalten. »Dieses Bildnis hier sehe ich heute zum ersten Mal.«

»Ihr habt uns ein anderes Gemälde geschickt.« Lisa stand in Leonardos *studiolo* und betrachtete die Reisetaschen. Er würde nach Mailand gehen. Angeblich nur für drei Monate, so war es mit dem Rat der Stadt nach langem Hin und Her ausgemacht. Dann würde er zurückkommen und das Wandbild vollenden. Doch Lisa glaubte nicht daran. Leonardo hatte gesagt, dass er die Sala dei Cinquecento nie wieder betreten würde. Sie ahnte, dass es ein Abschied für immer war. »Warum? Was ist mit dem anderen?«, insistierte sie, als Leonardo nicht antwortete.

»Es ist noch nicht fertig«, antwortete er endlich, zog zwei Bücher aus dem Regal und legte sie in eine der Taschen. War er wirklich so beschäftigt, oder vermied er es, ihr in die Augen zu sehen? »Gefällt es Eurem Gatten?«

»Er ist begeistert«, berichtete Lisa wahrheitsgemäß. »Verratet Ihr mir, wer es gemalt hat?«

Endlich wandte sich Leonardo zu ihr um. »Es ist ein Werkstattbild«, sagte er in aller Offenheit. »Boltraffio hat das meiste gemacht und dabei gezeigt, was für ein hervorragender Maler er ist. Gesicht und Hände stammen von mir persönlich. Diese Aufgabe konnte ich keinem anderen überlassen.« Er trat ganz nah an sie heran und legte einen Moment lang seine linke Hand an ihre Wange. Es war wie ein Streicheln, kurz und flüchtig. »Die gemeinsame Zeit mit Euch hat mir viel bedeutet«, sagte er leise. »Ihr könnt das nicht wissen, aber Ihr wart wie ein Licht in einer Phase der Dunkelheit für mich. Damals habt Ihr mir Hoffnung und Zuversicht geschenkt. Haltet mich für einen Narren, Madonna, aber von Eurem Bildnis kann ich mich nicht trennen.«

»Was ... was bedeutet das?«, stammelte Lisa verwirrt. »Was geschieht mit ihm, solange Ihr fort seid?«

»Ich nehme es mit«, antwortete Leonardo.

»Ihr nehmt es mit nach Mailand?« Lisa konnte es nicht glauben.

»So ist es.« Leonardo wandte sich wieder seinen Reisetaschen zu. »Und überall dorthin, wohin mich mein Schicksal noch führen wird.«

Lisa schluckte. Die Vorstellung, dass ihr Porträt eines Tages in einem fremden Haus hängen würde, bereitete ihr Unbehagen.

»Sicher werdet Ihr es eines Tages doch verkaufen«, sagte sie und musste sich räuspern, so belegt klang ihre Stimme.

»Nein«, antwortete Leonardo. »Ich glaube, Ihr habt noch nicht verstanden. Ihr werdet mich überallhin begleiten, Monna Lisa. Ich werde mich niemals von diesem Bildnis trennen, sondern an ihm weiterarbeiten, bis ich den Pinsel nicht mehr halten kann.«

»Aber warum?«, fragte Lisa verständnislos. »Wieso sagt Ihr, es sei nicht fertig?«

»Weil ein Kunstwerk nie ganz fertig ist«, antwortete Leonardo geduldig. »Es gibt kein Ende in dem Bemühen, etwas Vollkommenes zu schaffen.«

»Und was ist mit den Bildern, die Ihr verkauft? Sind die auch nicht fertig?«

»Nein«, antwortete Leonardo. »Man reißt sie uns mitten im Prozess einfach von der Staffelei.« Er wirkte auf einmal müde. »Weil sie sich etwas Schönes über den Kamin hängen wollen.

Eine Dekoration. Auf die Vollkommenheit kommt es ihnen nicht an.« Er betrachtete Lisa, als frage er sich, warum er ihr das eigentlich zu erklären versuchte. »Verzeiht Ihr mir, dass ich es Euch nicht dalasse?«, fragte er.

»Da gibt es nichts zu verzeihen«, sagte Lisa, die das Gehörte kaum fassen konnte. »Ich habe Euch so viel zu verdanken. Ohne Euch wüsste ich noch heute nicht, wohin mein Herz mich wirklich zieht. Und nicht nur das.« Sie suchte nach Worten, die das ausdrücken konnten, was sie fühlte. »Ihr habt mich sehend gemacht.«

Leonardo lächelte. »Für die Wunder, die uns umgeben?«

Sie nickte. »Ihr habt einmal von einem Geheimnis gesprochen, das jeder in sich trägt. Wisst Ihr das noch?«

»Und? Habt Ihr Eures gefunden?«

»Ich glaube schon«, antwortete Lisa nachdenklich.

»Dann habt Ihr mir etwas voraus«, gab Leonardo zurück. »Lebt wohl, Monna Lisa. Und das meine ich auch so: Lebt wohl und glücklich. Und erinnert Euch manchmal an Leonardo, wenn Ihr Euer Bildnis betrachtet.«

Ganz kurz schloss er sie in seine Arme, doch Lisa war es noch Stunden später, als sie längst wieder vor dem anderen Bild in ihrem Haus stand und es betrachtete, als würde sie die Berührung wie einen Schutzmantel fühlen. Sie wusste, dass sie Leonardo da Vinci nie wiedersehen würde, und das war traurig. Aber das Wissen, dass sie miteinander über das Gemälde verbunden bleiben würden, war mehr als ein Trost.

EPILOG

Florenz, 1519

»Wo ist Mamma? Für sie ist ein Brief angekommen.«

Pippos Stimme hallte durch das ganze Haus. Mit seinen dreiundzwanzig Jahren mochte er es nicht mehr, wenn Lisa ihn so rief, er bestand darauf, Piero genannt zu werden, doch er war noch immer so ungestüm und temperamentvoll wie früher. Pippo eben. Seit er und Andrea gemeinsam mit Meo im Geschäft seines Vaters mitarbeiteten, entbrannte immer wieder heftiger Streit zwischen den vieren, und meistens war es Pippo, der die Ursache dafür gab. Seine Ideen waren gewagt, noch mutiger als die seines Vaters, während Meo der Bedächtigere und – das musste sich Lisa insgeheim eingestehen – der Klügste von allen war. Der sechzehnjährige Andrea hatte Mühe, sich gegen seine beiden älteren Brüder zu behaupten, doch zweifellos würde er seinen Weg machen. Am Ende vertrugen sich alle stets wieder, auch wenn Lisa die Befürchtung nie vollständig loswurde, es könnte zwischen den Brüdern einmal so kommen wie zwischen Francesco und ihren Schwägern.

»Ich bin hier«, rief Lisa und öffnete die Tür ihres *studiolo*. »Was ist so wichtig, dass du mitten am hellen Vormittag deine Arbeit verlässt?«

»Ein Brief aus Frankreich«, keuchte Pippo, der wie immer zwei Treppenstufen auf einmal genommen hatte. »Und Papa findet, du solltest ihn so schnell wie möglich bekommen. Sieh einmal, wie groß er ist.« Pippo reichte ihr das Schreiben. Tatsächlich war es eher ein festes, flaches Päckchen als ein Brief. »Er trägt das Siegel des französischen Königs!« Das Papier war schwer und wirkte kostbar. »Am Ende wird er noch unser Kunde.«

»Wer, der König von Frankreich?«, fragte Lisa amüsiert. »Warum sollte der dann ausgerechnet mir schreiben?«

»Mach endlich auf«, drängte ihr Sohn.

Lisa musste lachen.

»Der Brief ist an mich gerichtet«, sagte sie mit Nachdruck. »Und ich lese ihn, wann immer ich will. Und ganz sicher nicht, solange du mir über die Schulter schaust. Marsch! Zurück zu deiner Arbeit, mein Sohn. Und vielen Dank. Es ist sehr freundlich von dir, dass du deswegen hergekommen bist.«

Enttäuscht machte Pippo kehrt und rannte die Treppe wieder hinunter. Kurz riss er die Tür zur Küche auf, aus der eine duftende Dampfwolke herausdrang.

»Was machst du uns heute zum Essen, Duccio?«, hörte Lisa ihn übermütig fragen. Es würde Artischocken geben, das hatte Lisa mit dem Koch besprochen, nachdem am Tag zuvor ein großer Korb geliefert worden war, den Caterina ihr vom Gut San Silvestro geschickt hatte. Mit Sicherheit würde Duccio etwas Wundervolles daraus zaubern.

Nachdenklich trug sie den Brief ins *studiolo*. Aus Frankreich kam er? Lisa kannte nur einen Menschen, der nun dort lebte, aber der hatte ihr noch nie geschrieben. Ginevra de' Benci, der es in letzter Zeit nicht gut ging, hatte sie stets über die verschlungenen Wege informiert, auf denen Leonardo da Vinci sich in den vergangenen vierzehn Jahren bewegt hatte. Er war tatsächlich nur noch einmal nach Florenz zurückgekommen, und der Anlass war kein schöner gewesen. Sein Onkel Franco war gestorben und hatte ihm Land in Vinci vermacht, doch seine Stiefbrüder hatten das Erbe angefochten. Jahrelang hatten sie gegen Leonardo prozessiert, und es war noch nicht lange her, dass dieser erbittert geführte Rechtsstreit zu seinen Gunsten entschieden worden war.

Von Mailand aus war der Künstler zunächst nach Rom gegangen, kein anderer als Giuliano de' Medici hatte ihn dorthin berufen. Schließlich war er einer Einladung des jungen französischen Königs François I. gefolgt und lebte seither in Frankreich in einem Ort namens Amboise, wo der König ihm ein richtiges kleines Schloss überlassen hatte.

»Endlich jemand, der die wahre Größe unseres Freundes anerkennt«, hatte Ginevra befriedigt gesagt, als sie Lisa davon erzählte. »Ich gönne es ihm von Herzen. Nur bedauere ich, dass er so weit entfernt ist. Ich vermisse ihn sehr.«

Ja, auch Lisa vermisste ihn. Manchmal stand sie im Esszimmer vor ihrem Porträt und betrachtete ihre Gesichtszüge, die Leonardo mit eigener Hand gemalt hatte. Und mit den Jahren war ihr, als ob ihr Konterfei immer jünger wurde, während sie selbst langsam alterte.

Neununddreißig Jahre war sie nun. Zwei weiteren Kindern hatte sie das Leben geschenkt, einem Sohn, den sie Giocondo getauft hatten, und Marietta, die in zwei Wochen elf Jahre alt wurde. Einmal mehr hatte Lisa den Tod eines ihrer Kinder erleben müssen, Giocondo war bereits einen Monat nach seiner Geburt gestorben und ruhte neben der kleinen und der großen Piera in der Familiengruft.

Wenn Lisa an die Jahre dachte, in denen sie Leonardo für das Gemälde Modell gesessen hatte, konnte sie kaum glauben, was seither alles geschehen war. Sieben Jahre später, im Jahr 1512, war Giuliano tatsächlich siegreich in Florenz eingezogen. Offenbar war die Namensliste, die Lisa ihm übergeben hatte, am Ende doch hilfreich gewesen. Dennoch waren die Umstände seiner Rückkehr nichts, woran sie gerne dachte. Obwohl so viele Familien ihm seine Unterstützung zugesagt hatten, hatte Giuliano die Waffengewalt und Grausamkeit des spanischen Heeres genutzt, das sein Bruder ihm überlassen hatte – Giovanni, der tatsächlich Papst geworden war und als Leo X. ein riskantes politisches Spiel trieb. In der benachbarten Stadt Prato hatten die spanischen Söldner derart grausam gewütet, nahezu alle Männer getötet und die Mädchen und Frauen brutal geschändet, so dass Soderini gezwungen wurde, ins Exil zu gehen, und sich der Rat der Stadt kampflos dem Medici ergab, um Florenz vor einem ähnlichen Schicksal zu bewahren. Stolz, befand Lisa, konnte Giuliano auf diese Rückkehr nicht sein, obgleich die Bürger ihm bei seinem feierlichen Einzug in die Stadt zugejubelt hatten, was sie immer taten, wenn ihnen ein prunkvolles Schauspiel geboten wurde. Lisa jedoch war zuhause geblieben. Mit dieser Geschichte hatte sie abgeschlossen. Und in den wenigen Jahren seiner Regentschaft hatte Giuliano auch nie nach ihr geschickt, wenngleich sie nur einen Steinwurf vom Palazzo Medici entfernt wohnte. Bereits als er in den Palast seiner Väter einzog, soll er leidend gewesen sein. Und bereits vier Jahre nach seiner Rückkehr war er gestorben.

Noch immer stand Lisa in ihrem *studiolo* und hielt den großen, versiegelten Brief in den Händen. Etwas in ihr fürchtete sich davor, ihn zu öffnen. So vieles war in den vergangenen Jahren geschehen. Würde nun ein weiteres Kapitel ihres Lebens zuende gehen? Kurz erwog sie, Ginevra zu besuchen, die sich seit einigen Jahren ganz in das Kloster der *Murate* zurückgezogen hatte, und den Brief mit ihr gemeinsam zu lesen. Doch dann entschied sie sich dagegen. Wer immer der Absender sein mochte, er hatte an sie persönlich geschrieben.

Behutsam brach sie das Siegel und griff nach dem Papiermesser, mit dem sie mitunter Buchseiten aufschnitt. Vorsichtig öffnete sie damit den sorgfältig verschlossenen Umschlag. Zwischen festem Karton kamen zwei Blätter zum Vorschein. Eines war beschrieben, auf dem anderen entdeckte Lisa Skizzen, die ihr bekannt vorkamen.

Sie hielt das Papier ins Licht und sah gezeichnete Lippen und Münder. Eine Kinnpartie war ebenfalls darunter – unverkennbar ihre eigene, herzförmig und mit einem winzigen Grübchen. Unwillkürlich musste sie schmunzeln, als sie sich daran erinnerte, mit welcher Geduld Leonardo versucht hatte, ihr ein Lächeln zu entlocken. Er hatte zahllose solcher Studien angefertigt, die meisten jedoch sogleich wieder verbrannt.

Lisa setzte sich auf ihren Lieblingsstuhl, der demjenigen, auf dem sie in Leonardos *bottega* porträtiert worden war, glich, und nahm den Brief zur Hand. Sie atmete tief durch und begann zu lesen:

Euer Lächeln, Monna Lisa, hat mich immer begleitet und in vielen dunklen Stunden getröstet. Wie ich es Euch versprochen hatte, habe ich daran all die Jahre weitergemalt. Seit ein paar Wochen ist mein rechter Arm gelähmt, und ich kann den Pinsel nicht mehr führen, zu meinem größten Verdruss. Aber solange es noch möglich war, habe ich dieses Bild der Vollkommenheit ein Stück näher gebracht, und genauso wie Ihr zuhause in Florenz, seid Ihr auch auf dem Gemälde hier sanft gealtert, so nah bin ich Euch in Gedanken. Obgleich alle, die das Bildnis zu sehen bekommen, seit vielen Jahren schwören, es sei längst fertig, so weiß ich doch, dass meine bescheidene Kunst niemals den Zauber Eurer Seele wird einfangen können, und wäre mir auch ein ewiges Leben vergönnt. Doch ich bin sterblich, wie alle Menschen, und der Tod sitzt schon an meinem Bett, um sich mit mir zu befreunden. So nehmt nun als Andenken an unsere gemeinsame Zeit und als Dank für alles, was Ihr für mich getan

habt, beigelegtes Skizzenblatt, auf dem ich mein Bestes gab, das Geheimnis Eures Lächelns zu ergründen.
Euch über den Tod hinaus ergebener

Leonardo da Vinci

NACHWORT

Millionen von Besuchern strömen Jahr für Jahr in den Pariser Louvre, um ein bestimmtes Gemälde zu sehen: Leonardo da Vincis MONA LISA, das mit Abstand berühmteste und wertvollste Bild der Welt. Doch dieses Kunstwerk birgt ein großes Geheimnis: Wer war diese Frau?

Es gibt keinerlei Vorstudien oder Skizzen zur Mona Lisa, dabei hat Leonardo da Vinci eine große Menge an Notizbüchern hinterlassen und vieles von dem, was er tat, darin dokumentiert. Aber dieses Gemälde und seine Arbeit daran hat er nirgendwo erwähnt. Und die wenigen Hinweise von Zeitgenossen scheinen sich zu widersprechen.

Einer stammt von Giorgio Vasari, der in seiner 1550 erstmals erschienenen Sammlung von Künstlerbiographien, den LE VITE DE' PIÙ ECCELLENTI PITTORI, SCULTORI E ARCHITETTORI, wörtlich übersetzt »Die Leben der hervorragendsten Maler, Bildhauer und Architekten«, auch über Leonardo da Vinci berichtet. Über die MONA LISA schreibt er, dass Lisa del Giocondo, die Gattin eines Seidenhändlers, die Dargestellte sei. Dem steht ein anderes Zeitzeugnis scheinbar entgegen: Der Chronist Antonio de Beatis besuchte im Jahr 1517 im französischen Amboise Leonardo an dessen letzter Wirkungsstätte und sah dort das Gemälde mit eigenen Augen. Auf die Frage, wen es darstelle, antwortete Leonardo, es handele sich um eine Florentiner Dame, die er im Auftrag von

Giuliano de' Medici gemalt habe. Allerdings befand sich Giuliano de' Medici in den Jahren 1500 bis 1505, in denen die Entstehung des Gemäldes vermutet wird, nicht mehr in Florenz, gemeinsam mit seinen Brüdern wurde er im November 1494 aus der Stadt vertrieben. Warum also sollte er so viele Jahre später ein Bildnis von der Frau eines Seidenhändlers in Auftrag geben?

Dieses Rätsel ließ mich jahrelang nicht los. Das erste Mal stellte ich mir diese Frage, als ich während einer Exkursion in Paris das Bild sah. Wenig später studierte ich eine Weile in Florenz, und natürlich schlug mich dort die Geschichte dieser faszinierenden Stadt in ihren Bann, die mit dem Namen Medici eng verknüpft ist.

In den vergangenen Jahren habe ich unzählige Quellen studiert und Bücher über Leonardo da Vinci gelesen. In der Welt der Kunsthistoriker entbrannte der Streit über die Identität der Mona Lisa, und ich reiste nach Paris, Florenz und Mailand, um diesem Rätsel auf die Spur zu kommen. Und irgendwann drängte sich mir ein Gedanke auf: Ist es möglich, dass die Aussagen der beiden genannten historischen Zeitzeugen einander gar nicht widersprechen? Konnte es sein, dass Giuliano de' Medici sehr wohl einen Grund hatte, seinen Freund Leonardo um ein Gemälde von Lisa del Giocondo zu bitten, auch wenn er im Exil lebte? Giuliano und Lisa waren im selben Alter, der Kreis der Florentiner Oberschicht überschaubar – warum sollten sie sich vor der Vertreibung der Medici nicht gekannt haben? Ganz sicher waren sie sich begegnet – was, wenn sich die beiden ineinander verliebt hätten? Und warum sollte es nicht noch einen weiteren, politisch motivierten Grund für den Porträtauftrag geben, der Lisa zur Anführerin einer Verschwörung machte?

Die Idee zu diesem Roman war geboren, und während meiner weiteren Recherchen fand ich immer mehr Hinweise darauf, wie sich alles zugetragen haben könnte. Denn die anderen Theorien um die Identität der dargestellten Dame auf dem Gemälde, zum Beispiel jene, es könnte sich um die Mutter des unehelichen Sohns von Giuliano handeln, die bei der Geburt starb, basieren auf Spekulationen und Annahmen, die bei weitem unwahrscheinlicher sind.

Lisa del Giocondo geborene Gherardini hat tatsächlich gelebt. Der Historiker Giuseppe Pallanti hat in seinem Buch WER WAR MONA LISA? das Ergebnis seiner Recherchen in den Archiven von Florenz dargelegt, so dass man heute weiß, wer ihre Eltern, ihre Geschwister, ihre Kinder waren, und zudem recht gut über die Familie ihres Ehemannes Francesco del Giocondo und dessen Geschäfte informiert ist. Auch die anderen historischen Begebenheiten sind von mir gründlich recherchiert worden und stimmen mit der Handlung dieses Buches überein. Nur in zwei Punkten bin ich aus dramaturgischen Gründen bewusst von der Historie abgewichen: Zum einen wurde Giuliano de' Medicis unehelicher Sohn erst 1511 geboren, und Leonardo da Vinci erhielt den Auftrag zur Schlacht von Anghiari bereits 1503.

Alle Bücher und vor allem die unzähligen Biografien von Leonardo da Vinci aufzulisten, die ich für meine Arbeit zu diesem Roman zu Rate gezogen habe, würde diesen Rahmen sprengen. Deshalb seien hier nur jene Quellen erwähnt, die mir besonders wichtig waren.

Dazu gehört das bereits erwähnte Buch von Giuseppe Pallanti WER WAR MONA LISA?. Eine andere wertvolle Chronik ist Luca Landuccis FLORENTINISCHES TAGEBUCH, das legendäre DIARIO FIORENTINO, das den Alltag während der Blütezeit der Renaissance zwischen 1450 und 1542 aus der Sicht von Zeitzeugen eindrücklich beschreibt. Damit habe ich so manchen Irrtum und Widerspruch in einigen Biografien über Leonardo da Vinci klären und Leonardos Schaffen ins Zeitgeschehen einordnen können. Wie Leonardo zu den Frauen stand, schildert Kia Vahland in LEonardo da Vinci und die Frauen, und wenn manches darin – wie bei allen anderen Biografien – Spekulation sein mag, so fand ich diesen Ansatz bemerkenswert. Und natürlich dienten mir Leonardos eigene Schriften als wertvolle Quelle, die allerdings ihrer Natur gemäß als private Notizen teilweise rätselhaft und fragmentarisch bleiben. Meine Ausführungen zu seiner Maltechnik beispielsweise und die Details zu seinen Flugapparaten sind hieraus entnommen.

Wie Leonardo ausgesehen hat – auch darüber gibt es wenige Quellen. Dass er eine elegante und attraktive Erscheinung war, wird uns an vielen Stellen überliefert. Er soll sehr groß gewesen sein und vermutlich war er blondhaarig. Die berühmte Radierung, die einen uralten, mürrisch dreinblickenden Greis mit langem Bart und zotteligen Haaren darstellt, ist mit ziemlicher Sicherheit kein Abbild von Leonardo da Vinci, vermutlich stammt sie nicht einmal aus seiner Hand, sondern ist erst viel später entstanden. Dass Leonardo seinem Lehrmeister Verrocchio als Jugendlicher zu dessen David-Statue Modell gestanden hatte, ist ebenfalls eine mündliche Überlieferung, zu der es keine schriftlichen Belege gibt, und doch ist diese These wahrscheinlich.

Von Lisa del Giocondo kennen wir zwar die Lebensdaten und die ihrer Familienangehörigen, viel mehr jedoch nicht. Ihr Ehemann Francesco zahlte mehrmals hohe Summen an seinen Schwiegervater aus, trotzdem mussten Lisas jüngere Schwestern Camilla und Alessandra ins Kloster eintreten. Dass Francesco sich geschäftlich von seinen Brüdern trennte, ist verbürgt, ebenso, dass Lisa nach seinem Ableben ihre Mitgift, das Gut San Silvestro, zurückerhielt.

Ob es je einen geheimen Damenzirkel gab – wir wissen es nicht. Auch nicht, warum Leonardo da Vinci sich von dem Gemälde – wer immer der Auftraggeber gewesen sein mag – niemals trennte, so dass es schließlich in den Besitz des französischen Königshauses gelangte und heute im Louvre ausgestellt ist. Wissenschaftlich werden sich die Lücken in der Überlieferung wohl nicht mehr schließen lassen. In der Fiktion eines Romans ist dies allerdings sehr gut möglich.

Das gilt auch für die Gemälde, die in diesem Roman eine Rolle spielen. Die großartigen Porträts von Ginevra de' Benci, Cecilia Gallerani und Lucrezia Crivelli sind allgemein bekannt, genau wie die MADONNA MIT DER SPINDEL und das Bild ANNA SELBDRITT. Zwar flammen immer wieder Diskussionen darüber auf, ob sie wirklich Leonardo zugeschrieben werden können – dennoch gelten sie mit hoher Wahrscheinlichkeit als von seiner Hand. Dies trifft nicht für den SALVATOR MUNDI zu. Das bis dahin völlig unbekannte Bild gelangte vor einigen Jahren überraschend auf den Kunstmarkt und erzielte bei einer spektakulären Auktion trotz des erbitterten Streits um seine Echtheit einen Schwindel erregenden Preis. Ich habe diese Geschichte aufmerksam verfolgt, und meine persönliche Meinung ist, dass es sich dabei nicht um ein Bild von Leonardo da Vinci handelt, allenfalls könnte es seiner Werkstatt entstammen. Und so habe ich in diesem Roman Salai das Bild malen oder zumindest beginnen und Leonardo einige kleine Akzente setzen lassen.

Zuletzt noch zu dem Umstand, dass es in meinem Buch am Ende zwei Porträts der Mona Lisa gibt: das Gemälde, das Leonardo mitnimmt und jenes, das er Francesco del Giocondo überlässt. Tatsächlich existieren neben der weltberühmten Mona Lisa im Louvre noch mindestens 15 weitere Kopien dieses Bildes. Und eine davon zeigt tatsächlich eine Frau in jenem Alter, in dem Lisa zur Zeit seiner Entstehung war, die sogenannte ISLEWORTH MONA LISA. Sie stellt eines der vielen großen Rätsel dar, die mit Leonardos Werk verbunden sind: Stammt diese Kopie vom Meister selbst? Aus seiner Werkstatt? Was davon, wenn überhaupt etwas, hat er zu diesem Gemälde beigetragen? Ich habe in diesem Roman eine mögliche Antwort auf diese Frage gefunden.

Ich danke allen, die mir auf meinem langen Weg bis zur Vollendung dieses Buches beigestanden haben. Vor allem meiner Agentin Petra Hermanns, die von Anfang an von diesem Projekt überzeugt war. In der Verlagslektorin bei Bastei Lübbe Melanie Blank-Schröder fand ich eine engagierte und begeisterte Ansprechpartnerin; dem scharfen Auge und Verstand von Marion Labonte entging auch nicht die kleinste Ungereimtheit – vielen Dank für die großartige Zusammenarbeit an beide.

Meine Schwester und bewährte Probeleserin Brunhilde Rygiert begleitete mich auf meinen Recherchereisen und unterstützte mich wie immer auf großartige Weise.

Und meinem Mann Daniel Oliver Bachmann danke ich von Herzen für seine Geduld und die liebevolle Fähigkeit, mich immer wieder aus der Welt der Mona Lisa zurück in die Gegenwart geholt zu haben. Leonardo schrieb: Wo viel Gefühl ist, ist auch viel Leid. Aber auch das Gegenteil stimmt: Wo viel Liebe ist, können die wunderbarsten Dinge wachsen.

*Ein Epos um Fortschritt und Niedergang,
Krieg und Befreiung, Liebe und Verrat*

Ken Follett
DIE WAFFEN
DES LICHTS
Historischer Roman
Aus dem Englischen
von Dietmar Schmidt,
Rainer Schumacher
880 Seiten
mit Abbildungen
ISBN 978-3-7577-0006-5

1792. Die Welt ist in Unruhe. Maschinen machen Handarbeit überflüssig – und gefährlich. Ein Landarbeiter stirbt bei einem Unfall und hinterlässt Frau und Sohn. Amos, ein Tuchfabrikant mit Ambitionen, erbt ein ruiniertes Unternehmen. Alderman Hornbeam sollte als Friedensrichter für Recht und Ordnung sorgen, schützt aber nur seinen Reichtum, während Elsie, die Tochter des Bischofs, um die Existenz ihrer Sonntagsschule kämpft. Und auf dem europäischen Festland schmiedet Napoleon Bonaparte einen gewaltigen Plan, um die Macht an sich zu reißen. Es herrscht Krieg, und der Wandel bestimmt das Leben der Menschen. Können sie sich in der neuen Welt behaupten?

Lübbe

»Jeder König kann ein Tyrann werden, egal, mit welchen Vorsätzen er seine Herrschaft beginnt. Denn Macht vergiftet die Seele.«

Rebecca Gablé
DRACHENBANNER
Ein Waringham-Roman

928 Seiten
ISBN 978-3-404-19214-4

England 1238: Die junge Adela of Waringham und Bedric, Sohn einer Bauernfamilie, sind zusammen aufgewachsen. Während Adela als Hofdame zur Schwester des Königs geschickt und mit einem Ritter verheiratet wird, schuftet Bedric auf den Feldern von Waringham – dem Elend der Leibeigenschaft und der Willkür von Adelas Bruder ausgeliefert. Als die Situation unerträglich wird, flieht er. In London begegnet er Simon de Montfort, dem Schwager des Königs, der eine Rebellion und den Bruch mit der Krone riskiert, um Reformen durchzusetzen. Als 1258 Seuchen und Missernten über das Land ziehen, bricht ein Krieg aus, der eine neue Zeit einläutet. Doch Bedric und Adela haben einander nie vergessen ...

Lübbe

Sie kämpfen für ihre Träume und erreichen das Unmögliche

Sarah Lark
HIMMELSSTÜRMERINNEN
- WIR GREIFEN NACH DEN STERNEN
Roman. Saga um vier außergewöhnliche Frauen, die von Schottland aus die Welt für sich erobern

ISBN 978-3-7857-0047-1

Ende des 19. Jahrhunderts in Schottland: Drei Kusinen aus dem adligen Clan der Hards streben nach Höherem. Während Ailis die Sterne erkunden will, träumt Donella vom Ballonflug und Haily vom Starruhm auf der Bühne. In der ersten schottischen Mädchenschule werden die Absolventinnen auf ein mögliches Studium vorbereitet. Die junge Emily, die aus einer Dienstbotenfamilie stammt, darf sie dorthin begleiten. Was zunächst wie ein Glücksfall für Emily anmutet, ist an eine ungute Bedingung geknüpft. Aber erst einmal scheint ihnen die Welt offen zu stehen. Doch dann nimmt das Schicksal eine unerwartete Wendung, und die vier werden in alle Winde zerstreut...

Lübbe

Die Community für alle, die Bücher lieben

Das Gefühl, wenn man ein Buch in einer einzigen Nacht verschlingt – teile es mit der Community

In der Lesejury kannst du
- ★ Bücher lesen und rezensieren, die noch nicht erschienen sind
- ★ Gemeinsam mit anderen buchbegeisterten Menschen in Leserunden diskutieren
- ★ Autoren persönlich kennenlernen
- ★ An exklusiven Gewinnspielen und Aktionen teilnehmen
- ★ Bonuspunkte sammeln und diese gegen tolle Prämien eintauschen

Jetzt kostenlos registrieren: www.lesejury.de

Folge uns auf Instagram & Facebook:
www.instagram.com/lesejury
www.facebook.com/lesejury